纸醉金迷

张恨水 著

上

重庆出版集团 重庆出版社

图书在版编目(CIP)数据

纸醉金迷 / 张恨水著. —重庆: 重庆出版社,2019.3
ISBN 978-7-229-13614-7

Ⅰ.①纸… Ⅱ.①张… Ⅲ.①长篇小说—中国—当代Ⅳ.①I246.5

中国版本图书馆CIP数据核字(2018)第230864号

纸醉金迷
ZHIZUIJINMI
张恨水 著

责任编辑:李 子 李 雯
责任校对:刘小燕
装帧设计:严春艳

重庆出版集团
重 庆 出 版 社 **出版**
重庆市南岸区南滨路162号1幢 邮政编码:400061 http://www.cqph.com
重庆出版社艺术设计有限公司制版
重庆市鹏程印务有限公司印刷
重庆出版集团图书发行有限公司发行
E-MAIL:fxchu@cqph.com 邮购电话:023-61520646
全国新华书店经销

开本:889mm×1270mm 1/32 印张:23.75 字数:700千
2019年3月第1版 2019年3月第1次印刷
ISBN 978-7-229-13614-7
定价:59.80元

如有印装质量问题,请向本集团图书发行有限公司调换:023-61520678

目录·

一 纸醉金迷

第一回 重庆一角大梁子 /3
第二回 吊楼上两家庭 /14
第三回 回家后的刺激 /24
第四回 乘兴而来败兴回 /35
第五回 输家心理上的逆袭 /45
第六回 一切是撩拨 /55
第七回 买金子买金子 /65
第八回 半夜奔波 /75

第九回　排　队 /85
第十回　半日工夫 /95
第十一回　皮包的喜剧 /105
第十二回　起了酸素作用 /115
第十三回　物伤其类 /125
第十四回　一场惨败 /135
第十五回　铸成大错 /145
第十六回　杯酒论黄金 /156
第十七回　两位银行经理 /166

第十八回　再接再厉 /176

二　一夕殷勤

第一回　成就了一笔生意 /189
第二回　安排下钓饵 /200
第三回　入了陷笼 /210
第四回　心　病 /221
第五回　两个跑腿的 /232
第六回　巨商的手法 /244
第七回　大家都疯魔了 /254

第八回　如愿以偿　/264
第九回　一夕殷勤　/274
第十回　乐不可支　/284
第十一回　极度兴奋以后　/294
第十二回　一张支票　/304
第十三回　谦恭下士　/315
第十四回　忍耐心情　/325
第十五回　破家之始　/335
第十六回　胜利之夜　/345

第十七回　弃旧迎新 /355
第十八回　挤　兑 /365

三　此间乐

第一回　忙乱了一整天 /377
第二回　交换的难关 /387
第三回　戏剧性的演出 /397
第四回　钻石戒指 /407
第五回　心神不定 /417
第六回　营救丈夫的工作 /427

第七回　夜深时 /437
第八回　不可掩的裂痕 /447
第九回　一误再误 /457
第十回　破绽中引出了线索 /467
第十一回　赌徒的太太 /477
第十二回　人血与猪血 /487
第十三回　回家后的苦闷 /497
第十四回　有家不归 /509
第十五回　各有一个境界 /520

第十六回　你太残忍了　/530
第十七回　屡败屡战屡战屡败　/540
第十八回　此间乐　/550

四　谁征服了谁

第一回　居然一切好转　/561
第二回　一连串的好消息　/571
第三回　魔障复生　/581
第四回　失去了母亲的孩子　/591
第五回　滚雪球　/601

第六回　谁征服了谁 /612
第七回　各得其所 /623
第八回　皆大欢喜 /633
第九回　有钱然后有闲 /642
第十回　凄凉的童歌 /652
第十一回　黄金变了卦 /661
第十二回　失败后的麻醉 /670
第十三回　欢场惊变 /680
第十四回　舞终人不见 /690

第十五回　空城一计 /701
第十六回　螳螂捕蝉黄雀在后 /709
第十七回　收场几个忍心人 /719
第十八回　爆竹声中一切除 /729

一 纸醉金迷

第一回

重庆一角大梁子

民国三十四年春季，黔南反攻成功。接着盟军在菲律宾的逐步进展，大家都相信“最后胜利必属于我”这句话，百分之百可以兑现。本来这张支票，已是在七年前所开的，反正是认为一张画饼，于今兑现有期了，那份儿乐观，比初接这张支票时候的犹疑心情，不知道相距几千万里，大后方是充满了一番喜气。但人心不同，各如其面，也有人在报上看到胜利消息频来，反是增加几分不快的。最明显的例子，就是游击商人。在重庆，游击商人各以类分，也各有各的交易场所。比如百货商人的交易场所，就在大梁子。

大梁子原本是在长江北岸最高地势所在的一条街道。几次大轰炸，把高大楼房扫为瓦砾堆。事后商人将砖砌着高不过丈二的墙，上面盖着平顶，每座店面，都像个大土地堂，这样，马路显着宽了，屋子矮小的

①本书为张恨水先生长篇小说代表作之一，书中有部分字、词及语法语句与当代用法不同，此次编辑出版，为保留原作风貌及时代特色，故未作修改，仍维持先生原来用法，特此说明。——编者注

相连，倒反有些像北方荒野小县的模样。但表面如此，内容却极其紧张，每家店铺的主人，都因为计划着把他的货物抛出或买进而不安。理由是他们以阵地战和游击商比高下的，全靠做批发，一天捉摸不到行市，一天就可能损失几十万法币。

在这个地方，自也有大小商人之分。但大小商人，都免不了亲到交易所走一次。交易所以外的会外协商，多半是坐茶馆。小商人坐土茶馆，大商人坐下江馆子吃早点。

在大梁子正中，有家百龄餐厅，每日早上，都有几批游击百货商光顾。这日早上七点半钟，两个游击商人，正围着半个方桌面，茶烟点心，一面享受，一面谈生意经。

上座的是个黄瘦子，但装饰得很整齐。他穿了花点子的薄呢西服，像他所梳的头发一样，光滑无痕，尖削的脸上，时时笑出不自然的愉快，高鼻子的下端，向里微勾，和他嘴里右角那粒金牙相配合，现出他那份生意经上的狡诈。旁座的是个矮胖子，穿着灰呢布中山服，满脸和满脖子的肥肉臃肿着，可想到他是没有在后方吃过平价米的，他将筷子夹了个牛肉包子在嘴里咬着，向瘦子道："今天报上登着国军要由广西那里打通海口。倘若真是这样，外边的东西就可以进来了，我们要把稳一点。"

那瘦子嘴角里衔着烟卷，取来在烟缸子上弹弹灰，昂着头笑道："我范宝华生在上海，中国走遍了，什么事情没有见过？就说这六七年，前方封锁线里钻来钻去，我们这边也好，敌人那方面也好，没有碰过钉子。打仗，还不是那么回事？把日本鬼子赶出去，那不简单，老李，你看着，在四川，我们至少有三年生意好做，不过三年的工夫也很快，一晃就过去了。为了将来战事结束，我们得好好过个下半辈子，从今日起，我们要好好地抓他几个钱在手上，这倒是真的，我们不要信报上那些宣传，自己干自己的。”

老李道：“自然不去信他。但是你不信别人信，一听到好消息，大家就都抛出。越是这样越没有人敢要，一再看跌。就算我们手上这点存货蚀光了为止，我们可以不在乎。可是我们总要另找生财之道呀。于今物价这样飞涨，我每月家里的开销是八九上十万，不挣钱怎么办？你老兄更不用说了，自己就是大把子花钱。”

范宝华露着金牙笑了一笑，表示了一番得意的样子，因道：“我是糊里糊涂挣钱，糊里糊涂花钱。前天晚上赢了二十万，昨天晚上又输了三十万。”老李道：“老兄，我痴长两岁，我倒要奉劝你两句，打打麻将，消遣消遣，那无所谓。梭哈这玩意，你还是少来好，那是个强盗赌。”

范宝华又点了一支纸烟吸着。微摇了两摇头道：“不要紧，赌梭哈，我有把握。”老李听了这话，把双肉泡眼，眯着笑了起来。放下夹点心的筷子，将一只肥胖的右巴掌，掩了半边嘴唇，低声笑道：“你还说有把握呢，那位袁三小姐的事，不是我们几位老朋友和你调解，你就下不了台。”范宝华道：“这也是你们朋友的意思呀。说是我老范没有家眷，是一匹野马，要在重庆弄位抗战夫人才好。好吧，我就这样办。嗐！”说到这里，他叹了口气，改操着川语道：“硬是让她整了我一下。你碰到过她没有？”老李笑道：“你倒是还惦记她呢。”范宝华道：“究竟我们同居了两年多。”正说到这里，他突然站起身来，将手招着道：“老陶老陶，我们在这里。”

老李回头看时，走来一位瘦得像猴子似的中年汉子，穿了套半旧的灰呢西服，肋下夹了个大皮包，笑嘻嘻的走了来。他的人像猴子，脸也像猴子，尤其是额头前面，像画家画山似的一列列的横写了许多皱纹。

老李迎着也站起来让座，范宝华道：“我来介绍介绍，这是陶伯笙先生，这是李步祥先生。”陶伯笙坐下来笑道：“范兄，我一猜就猜中，你一定在大梁子赶早市。我还怕来晚了，你又走了。”范宝华道：“大概九点钟，市场上才有消息，先坐一会吧。要吃些什么点心？”

茶房过来，添上了杯筷，他拿起筷子，指着桌上的点心碟子道：“这不都是吗？我不是为了吃点心而来。我有件急事，非找你商量一下不可。”范宝华笑道：“又要我凑一脚？昨天输三十万了，虽然钱不值钱，数目字大起来，也有点伤脑筋。”

陶伯笙喝着茶，吃着点心，态度是很从容的。他放下筷子，手上拿了一只桶式的茶杯，只管转着看上面的花纹。然后将茶杯放在桌上，把手按住杯口，使了一下劲，做个坚决表示的样子，然后笑道：“大家都说胜利越来越近了，也许明年这个时候，我们就回到南京了。无论如何，由现在打算起，应该想起办法，积攒几个盘缠钱。要不然，两手空空怎么回家？”范宝华道：“那么，你是想做一笔生意？我早就劝过你了，找一笔生意做。你预备的是走哪一条路？”

陶伯笙额头上的皱纹，闪动了几下，把尖腮上的那张嘴，笑着裂痕伸到腮帮子上去，点了头道：“这笔生意，十拿九稳赚钱。现在黄金看涨，已过了四万。官价黄金，还是二万元一两。我想在黄金上打一点主意。”范宝华对他看了一眼，似乎有点疑问的样子。

陶伯笙搭讪着把桌上的纸烟盒取到手，抽出一支来慢慢地点了火吸着。他脸上带了三分微笑，在这动作的犹豫期间，他已经把要答复的话，拟好了稿子了。他喷出一口烟来道：“我知道范兄已经做有一批金子了。请问我当怎么做法？”范宝华哈哈一笑道：“老兄，尽管你在赌桌上是大手笔，你还吃不下这个大馍馍吧？黄金是二百两一块，买一块也是四百万。自然只要现货到手，马上就挣它四百万。可是这对本对利的生意，不是人人可以做到的。”

陶伯笙道："这个我明白。我也不能那样糊涂，想吃这个大馍馍。你说的是期货，等印度飞来的金砖到了，就可兑现，自然是痛快。可是我只想小做，只要买点黄金储蓄券。多一点三十两二十两，少一点十两八两都可以。"范宝华道："这很简单，你挤得出多少钱就去买多少得了。我还告诉你一点消息，要做黄金储蓄，就得赶快。一两个礼拜之内，就要加价，可能加到四万，那就是和黑市一样，没有利息可图了。"

陶伯笙看了李步祥一下，因道："大家全不是外人，有话是不妨实说。我也就为了黄金官价快要涨，急于筹一笔钱来买。范兄，你路上虽得活动，你自己也要用，我不向你挪动。但是，我想打个六十万元的会。"范宝华不等他说完，抢着道："那没有问题。不就是六万元一脚吗？我算一脚。"

陶伯笙笑道："我知道你没有问题，除了你还要去找九个人呢。实在不大容易。我想，求佛求一尊。打算请你担保一下，让我去向人家借一笔款子。"范宝华两手同摇着笑道："你绝对外行。于今借什么钱，都要超过大一分，借六十万，一个月要七八万元的利钱。黄金储蓄，是六个月兑现。六七四十二万，六个月，你得付五十万的子金。这还是说不打复利。若打起复利，你得付六十万的利息。要算挣个对本对利，那不是白忙了？"

那胖子李步祥原只听他两人说话。及至陶伯笙说出借钱买黄金的透顶外行话，也情不自禁地插嘴道："那玩不得，太不合算了。"陶伯笙道："我也知道不行，所以来向范兄请教，此外，还有个法子，我想出来邀场头，你总可以算一脚吧？"范宝华道："这没有什么，我可以答应的。不过要想抽六十万头子，没有那样大的场面。而且还有一层，你自己不能来。你若是也加入，未必就赢。若是输了的话，你又算白干，那大可不必。"

陶伯笙偏着头想了一想，笑道："自然是我不来。不过到了那个时候，朋友拉着我上场子，我要是说不来的话，那岂不抹了人家的面子？怎么样？李先生可以来凑一脚？"李步祥笑道："我哪里够资格？我们这天天赶市场的人，就挣的是几个脚步钱。"

范宝华道："提起了市场我们就说市场吧。老李，你到那边去看看，若是今天的情形有什么变动的话，立刻来给我一个信。我和老陶先谈谈。"

李步祥倒是很听他的指挥，立刻拿起椅子上的皮包就走出餐厅的大门。刚走到大门口，就听到有人在旁边叫道："我一猜就猜着了，你们会在这里吃早点的。"他掉转头去看时，说话者就是刚才和范宝华谈的袁三小姐。

她穿着后方时行的翠绿色白点子雪花呢长袍，套着浅灰法兰绒大衣。头发是前面梳个螺旋堆，后面梳着六七条云丝纽。胭脂粉涂抹得瓜子脸上像画上的美女一样，画着两条初三四的月亮形眉毛。最摩登的，还是她嘴角上那粒红豆似的美人痣。看这个女人也不像是怎样厉害的人。倒不想她和范宝华变成了冤家。他匆遽之间，为她的装饰所动，有这点感想，也就没答复出什么话来，只笑着点了两点头。

袁小姐笑道："哼！老范也在这里吧？"她说着，把肋下夹的皮包拿出来，在里面抽出一条小小的花绸手绢，在鼻子上轻轻抹了两下。李步祥又看到她十个手指头上的蔻丹，把指甲染得血一般的红。

她笑道："老李！你只管看我做什么？看我长得漂亮，打什么主意吗？"李步祥哎哟了一声，连说不敢不敢。

袁三小姐笑道："打我什么主意，谅你也不敢，我是问你，是不是打算和我做媒？"李步祥还是继续地说着不敢。

袁三小姐把手上的手绢提了一只角，将全条手绢展开，抖着向他拂了一下，笑道："阿木林，什么不敢不敢？实对你说，你要发上几千万元的财，也就什么都敢了。"老李笑道："三小姐开什么玩笑，你知道我是老实人。"

她笑道："哼！老实人里面挑出来的。哪个老实人能做游击商人？这也不去管他了。你是到百货市场去吧？托你一件事，给我买两管三花牌口红来。别害怕，不敲你的竹杠，我在百龄餐厅等着你。买来了，我就给你钱。"李步祥先笑道："袁小姐就是这一张嘴不饶人。东西买来了，我送到哪里去？"

袁三道："你没有听见吗？我在百龄餐厅等着你。你以为老范在那里我不便去。那没有关系，不是朋友，我们也是熟人。回头要来。"说着笑对了他招招手，她竟是大开了步子，走进餐厅里去。李步祥望着她的后影，摇了两摇头自言自语地道："这个女人了不得。"于是走上百货市场去。

这百货交易所在一幢不曾完全炸毁的民房里。这屋子前后共有四进，除了大门口，改为土地堂的小店面而外，里面第二第三两进屋子，拆了个空，倒像个风雨操场。这两进房子里挨着柱子，贴着墙，乱哄哄地摆下摊子。那些摊子上，有摆衬衫袜子的，有摆手绢的，有摆化妆品的，也有专摆肥皂的。夹着皮包的百货贩子，四处乱钻，和守住摊子的人，站着就地交涉。全场人声哄哄，像是夏季黄昏时候，扰乱了门角落里的蚊子群。

李步祥兜了两三处摊子，还没有接洽好生意，这就有个穿蓝布大褂的胖子光了头，搬一条板凳放在屋子中间。他这么一来，立刻在市场上的游击商人，就围了上来。人围成了圈子以后，那胖子站在凳子上，在怀里掏出一本拍纸簿，在耳朵夹缝里取出一支铅笔。他捧着簿子看了看，伸了手叫道："新光衬衫九万。"只这一声，四处八方，人丛中有了反应："八万，八万五，八万二，两打，三打，一打。"同时，围着人群的头上，也乱伸了手。那胖子又在喊着："野猫牌毛巾一万二。"在这种呼应声中，陆续地有人走来，加进了那个拥挤的人圈，人的声音也就越发嘈杂了。

李步祥的意思，只是来观场，并不想买进货品，也就只站在人丛后面呆望了一阵。约莫有十来分钟，他把市场今日的行市，大概摸得清楚了。却有人轻轻在肩上拍了一下，看时，正是那位邀赌的陶伯笙。便笑道："陶先生，你也有兴致来观观场吗？不买东西，在这里站着是无味的，声音吵得人发昏。"陶伯笙笑道："那位袁三小姐又去找老范去了。我想坐在一处，他们或者不好说话，所以我就避开来了。"

李步祥笑道："没有关系。我和他们混在一处两三年，什么不知道？这位袁三小姐是什么全不在乎的。不是你提起我倒忘怀了。她正叫我给她买两支口红呢。来吧，我们一同来和袁小姐看口红。"说着，转了两三个化妆品摊子，果然找到了两支三花牌口红。

李步祥一问价钱，那位摊贩子并没有开口说话，将蓝布衫的长袖子伸出来。当李步祥也伸过手去和他握着时，他另一只手，立刻取了一块白的粗布手巾，搭在两个人手上，也不知道他们两只手在布底下捏了些什么。那李步祥缩回手来，摊贩子立刻摇了两摇头道："那不行，差远了。"李步祥笑着伸过手去两只手捏住，又把布盖着。他连问着："可不可以？"于是两个人一面捏手，一面打着暗号，结果，李步祥缩回手来，掏出几千元钞票，就把口红买过来了。

陶伯笙跟着他走了几步，笑道："为什么不明说，瞒着我吗？"李步祥道："市场上就是这么一点规矩，明事暗做。其实什么东西，什么价钱，大家全知道。你非这样干，他不把你当内行，有什么法子呢？走吧，把东西送给袁三去。"

陶伯笙笑道："你当了老范的面，送她这样精致的化妆品，恐怕不大妥当，老范那个人疑心很重。"李步祥笑道："没关系，大家全是熟极了的人。"

他说着，向前走，一到餐厅门口，陶伯笙不见了。心想，这家伙倒是步步当心，是个精灵鬼，自己也不可太大意。于是缓着步子向里走，隔着餐厅玻璃门，先探头望了一下。那袁三和范宝华坐在原先的桌位上，谈笑自若。她倒是先看见了，抬起手来，连招了两下。

李步祥只好夹着皮包走过去了。看看范袁两人脸色，都极其自然。便横头坐下来笑道："刚才范兄还提到你的，不想你就来了。"袁三将眼睛向两人瞟了一眼，笑道："那多谢你们惦记了。"李步祥道："本来你和范兄是很好的。大家还可以……"袁三立刻把笑脸沉下来道："老李，话不要说得太远了。过去的事提他干什么？我们都不过是朋友而已。朋友见面，坐坐茶馆何妨？"李步祥把脸腮上的胖肉拥起来，苦笑了一下。

袁三又笑道："你自说是个老实人，说错了话我也不怪你。托你买的口红，你买了没有？"他便在口袋里掏出两支口红管子，放在桌上。袁三拿过去看了看装潢上的记号，又送到鼻子尖上闻了两下，点着头道："这是真的，你花了多少钱买的？"李步祥笑道："小意思，还问什么价钱？"袁三道："我敲竹杠要敲像老范一样的，敲就敲笔大的。你这个小小游击商人，经不起我一敲。多少钱买的？说！"

李步祥一想，这家伙真凶，和她客气不得。于是点了头笑道："袁小姐说的是，你就给五千块钱吧！我们买得便宜。"袁三道："两千五百元买不到一支口红，你说实话。"李步祥将肥脖子一缩，笑道："袁小姐真是厉害，市场上价目都晓得。我是七千元买的。"

袁三将朱漆的小皮包放在桌上打开，在里面抽出一叠钞票，拿了几张由桌面上向李步祥面前一丢。因笑道："你真是阿木林。北平人有句话，叫做窝囊废，你说对不对？"李步祥红着胖脸道："民国二十一二年，我混小差使在北平住过两年，这句话我懂得。那比上海人说的阿木林还要厉害一点。"袁三道："你看！要钱就要钱，白送就白送，少算两千块钱，那算怎么回事？"他笑道："我怕袁小姐嫌我买贵了。"她笑着叹了口气道："你真是一块废料。"说话时，还把手上拿的花绸手绢隔了桌面向他拂了几拂。李步祥心里十分不痛快，可是对了她还只有微笑。

袁三站了起来，将皮包夹在肋下，向范宝华道："你大概是不要我会东的了。"范宝华笑道："根本你也没有扰我，就只喝了半杯茶。"袁三道："胜利快来到了。大概一两年内，我们可以回上海。好孩子，好好地抓几个钱回家去养老婆儿女，别尽管赌梭哈。"她说着话时，手拿了皮包，将皮包角按住桌子，在地面悬起一只脚，将皮鞋尖在地面上点着。最后，说了两个字"再见"，扬着脖子挺了胸脯子就这样地走了。

范李怔怔地对望了一阵。还是范宝华笑道："这家伙越来越流，简直是个女棍子。幸而她离开了我，若是现今还在一处，我要让她搜刮干了。"李步祥道："我在餐厅门口碰着她，是她先叫我的。她叫我到市场上去买口红。不知道什么缘故，我见着她就软了，她叫我买东西，我不敢不买。我想老兄不会见怪。"

范宝华也笑着叹口气道："你真是一块废料。这且不谈，今日市场情形怎么样？"李步祥道："还在看跌，市场上很少人进货，我们还是按兵不动的好。"范宝华将桌子一拍道："我还看情形三天，三天之内，还是继续看跌的话，我决计大大地变动一下，要干就痛痛快快地大干一阵，这样不死不活的也闷得很。我也不能让袁三小视了我。"

李步祥道："如果你有这个意思，我倒可以和你跑跑腿。那衡阳来的几个百货字号，当去年撤退的时候，他们把所有的东西都搬进来了，就是存着货不肯拿出来，预备挣钱。现在国军打胜仗，眼见不久就要拿回桂柳，货留着不是办法，预备倒出来。你若买进一部分回来，赶快运到内地去卖，还是一笔好生意。”

范宝华笑道：“你真是不行，大后方可做的生意多着呢，除了做百货，我们就没有第二条路子吗？你瞧着吧，这个礼拜以内，我要玩个大花样。老陶那家伙溜了，你到他家去找他一趟，让他到家里来找我。老李，你看我发财吧！”说着，打了一个哈哈。

第二回

吊楼上两家庭

范宝华是个有经验的游击商人，八年抗战，他就做了六年半的游击商，虽然也有时失败，但立刻改变花样，就可以把损失的资本捞回来。因之利上滚利，他于民国二十七年冬季，以二百元法币作本钱，他已滚到了五千万的资本。虽然这些年，他一贯地狂嫖浪赌，并不妨碍他生意的发展。

李步祥以一个小公务员改营游击商业，才只短短的两年历史，对范宝华是十分佩服的，而且很得他许多指导，见他这样的大笑，料着他又有了游击妙术。便笑道："你怎样大大地干一番？我除了跑百货，别的货物，我一点不在行，除此之外，现在以走哪一条路为宜呢？"

范宝华笑道："你不用问着我这手戏法吧，你去和我找找老陶，就说我有新办法就是了。若是今天上午能找到，就到我那里去吃中饭。否则晚上见面。今晚上我不出门，静等他。"李步祥道："我看他是个好赌的无业游民，他还有什么了不起的办法吗？"

范宝华道："你不可以小视了他，他不过手上没钱，调动不开。若是他有个五六百万在手上，他的办法，比我们多得多呢。”李步祥笑道：“我是佩服你的，你这样地指挥我做，我就这样进行。这次你成了功，怎么帮我的忙？”

范宝华笑道：“借给你二百万，三个月不要利钱。你有办法的话，照样可以发个小财。”他听了自是十分高兴，立刻夹了皮包，就向陶伯笙家来。

这陶伯笙住在临街的一幢店面楼房里，倒是四层楼。重庆的房子包括川东沿江的码头，那是世界上最奇怪的建筑。那种怪法，怪得川外人有些不相信。比如你由大街上去拜访朋友，你一脚跨进他的大门，那可能不是他家最低的一层，而是他的屋顶。你就由这屋顶的平台上，逐步下楼，走进他的家，所以住在地面的人家，他要出门，有时是要爬三四层楼，而大门外恰是一条大路，和他四层楼上的大门平行。

这是什么缘故？因为扬子江上溯入峡，两面全是山，而且是石头山。江边的城市，无法将遍地的山头扒平。城郭街道房屋，都随了地势高低上下建筑。街道在山上一层层地向上横列地堆叠着，街两旁的人家，就有一列背对山峰，也有一列背对了悬崖。背对山峰的，他的楼房，靠着山向上起，碰巧遇到山上的第二条路，他的后门，就由最高的楼栏外，通到山上。这样的房子还不算稀奇。因为你不由他的后门进去，并不和川外的房屋有别的。背对了悬崖的房屋，这就凭着川人的巧思了。

悬崖不会是笔陡的，总也有斜坡。川人将这斜坡，用西北的梯田制，一层层地铲平若干尺，成了斜倒向上堆叠的大坡子。这大坡子小坦地，不一定顺序向上，尽可大间小，三间五，这样的层次排列。于是在这些小坦地上，立着砖砌的柱子，在下面铺好第一层楼板。那么，这层楼板，必须和第二层坦地相接相平。第二层楼面就宽多了。于是在这一半楼面一半平地的所在，再立上柱子，接着盖第三层楼。直到最后那层楼和马路一般齐，这才算是正式房子的平地。在这里起，又必须再有两三层楼面，才和街道上的房子相称。所以重庆的房子，有五六层楼，那是极普通的事。

可是这五六层楼，若和上海的房子相比，那又是个笑话。他们这楼房，最坚固的建筑，也只有砖砌的四方柱子。所有的墙壁，全是用木条子，双夹的漏缝钉着，外面糊上一层黄泥，再抹石灰。看去是极厚的墙，而一拳打一个窟窿。第二等的房子，不用砖柱，就用木柱。也不用假墙，将竹片编着篱笆，两面糊着泥灰，名字叫着夹壁。还有第三等的房子，那尤其是下江人闻所未闻。哪怕是两三层楼，全屋不用一根铁钉。甚至不用一根木柱。除了屋顶是几片薄瓦，全部器材是竹子与木板。大竹子作柱，小竹子做桁条，篾片代替了大小钉子，将屋架子捆住。壁也是竹片夹的，只糊一层薄黄泥而已。这有个名堂，叫捆绑房子。由悬崖下向上支起的屋子，屋上层才高出街面的，这叫吊楼，而捆绑房子，就照样地可以起吊楼。唯其如此，所以重庆的房子，普通市民，是没有建筑上的享受的。

陶伯笙是个普通市民，他不能住超等房子，也就住的是一等市房的一幢吊楼。吊楼前面临街，在地面上的是一家小杂货铺。铺子后面，伸出崖外，一列两间吊楼。其中一间住了家眷。另一间是他的卧室，也是客厅，也是他家眷的餐厅。过年节又当了堂屋，可以祭祖祭神。这份儿挤窄，也就只有久惯山城生活的难民处之坦然。

李步祥经范宝华告诉了详细地点，站在小杂货店门口打量了一番，望着店堂里，堆了些货篓子货架子，后面是黑黝黝的，怕是人家堆栈，倒不敢进去。就在这时，有个少妇由草纸堆山货篓子后面笑了出来，便闪开一边看着。

那少妇还不到三十岁，穿件半旧的红白鸳鸯格子绸夹袍，那袍子自肋以下有三个纽扣没扣，大衣襟飘飘然，脚下一步两声响，踏了双皮拖鞋。烫头发鸡窠似的堆了满头和满肩。不过姿色还不错。圆圆的脸，一双画眉眼，两道眉毛虽然浓重些，微微地弯着，也还不失一份秀气。她操着带中原口音的普通话，笑着出来道："下半天再说吧，有人请我听戏哩。今天该换换口味了。"她脸腮上虽没有抹胭脂粉，却是红晕满腮，她笑着露出两排白牙，很是美丽。

李步祥想着，这女人还漂亮，为什么这样随便？他正这样注意着，后面正是陶伯笙跟出来，他手上举了只手皮包，叫着道："魏太太你丢了重要的东西了。"她这才站住，接过皮包将手拍着道："空了。丢了也不要紧。不是皮包空了，我今天也不改变路线去听戏。这两次，我们都是惨败。"说着，摆头微笑，走到隔壁一家铺子里去了。

李步祥这才迎向前叫声陶先生。他笑道："你怎么一下工夫又到这里来了？请家里坐，请家里坐。"说着，把他由店堂里向后引，引到自己的客室里来。

李步祥一看，屋子里有张半旧的木架床，被褥都是半旧的。虽然都还铺叠得整齐，无如他的大皮包、报纸、衣服袜子，随处都是。屋子里有张三屉桌和四方桌，茶壶茶碗、书籍、大小玻璃瓶子、文具，没有秩序地乱放。在垃圾堆中，有两样比较精致些的，是两只瓷瓶，各插了一束鲜花，另外还有一架时钟。

这位陶先生出门，把身上的西服熨烫得平平整整，夹了个精致大皮包，好像家里很有点家产，可是住的屋子这样糟。这吊楼的楼板，并没有上漆，鞋底的泥代了油漆作用，浮面是一层潮黏黏的薄灰。走着这楼板还是有点儿闪动。陶伯笙赶快由桌子下面拖出张方凳子来，上面还有些瓜子壳和水渍，他将巴掌一阵乱抹，然后拍着笑道："请坐请坐。"

李步祥看他桌上是个存货堆栈，也就不必客气了，把带来的皮包，也放在桌上。虽然那张方凳子，是陶伯笙用手揩抹过的，可是他坐了下去，还觉得不怎么合适，那也不理会了。因笑道："我不是随便在门口经过的，是老范叫我来的。"陶伯笙道："刚才分手，立刻又请老兄来找我，难道又有什么特别要紧的事吗?"说着，在身上掏出一盒纸烟，抽了一支敬客。

李步祥站起来接烟时，裤子却被凳面子粘着，拉成了很长。回头看时，有一块软糖，半边黏在裤子上，半边还在凳面上，陶伯笙笑着哎呀了一声道："这些小孩子真是讨厌，不，也许是刚才魏太太丢下来的。"李步祥笑道："没关系，我这身衣服跟我在公路上跑来跑去，总有一万里路，那也很够本了。"他伸手把半截糖扒得干净，主人又在床面前另搬了张方凳子出来，请客坐下。

李步祥吸着烟，沉默了两三分钟，然后笑道："这件事，就是我也莫名其妙。老范坐在茶座上，突然把桌子一拍，说是三天之内，要大干一番，而且说是一定要发财。我也不知道他这个财会怎样地发起来。他就叫我来约你去商量。想必他大干一番，要你去帮忙。"陶伯笙伸着手搔了几搔头。因道："要说做买卖，我也不是完全外行，但是要在老范面前，着实要打个折扣，他做生意，还用得着我吗?"

李步祥道："他这样地着急要我来约你，那一定有道理。他在家里等你吃午饭，你务必要到。"说着，就拿了皮包要走。陶伯笙说道："老兄今天初次光顾，我丝毫没有招待，实在是抱歉。"说着，将客送出了大门，还一直地表示歉意。

李步祥走了，他站在店铺屋檐下，还不住地带着笑容。有人笑问道："陶先生，什么事这样地得意?把客送走了，还只是笑容满面。这个胖子给你送笔财喜来了?"看时，又是那魏太太。她肋下夹着一本封面很美丽的书，似乎是新出版的小说。手上捏了个牛角尖纸包，里面是油炸花生米。便答道："天下有多少送上门来的财喜？他说是老范叫他来约我的，要我上午就去。"魏太太道："那还不是要你去凑一脚。在什么地方？"陶伯笙道："不见得是约我凑脚。他向来是哪里有场面就在哪里加入，自己很少邀班子。而且我算不得硬脚，他邀班子也不会邀我。"

这时，有个穿藏青粗呢制服的人，很快地由街那边走过来，站住，皱了眉向魏太太道："怎么在大街上说赌钱的事？"魏太太钳了一粒花生米，放到嘴里咀嚼着，因道："怎么着？街上不许谈吗？"她钳花生米吃的时候，忘了肋下，那本书扑地一声落在地上。她赶快弯腰去捡书。可是左手作事，那右手捏的牛角尖纸包，就裂开了缝，漏出许多花生米。那男子站在旁边，说了两个字："你看。"不想这引起魏太太的怒火，刷的一声，把那包花生米抛在地上，掉转身就走进杂货店隔壁的一家铺子去了。

陶伯笙笑道："魏先生，端本老兄，你这不是找钉子碰吗？你怎么可以在大街上质问太太？"魏端本脸上，透着三分尴尬，苦笑了道："我这是好意的劝告，也不算是质问啦。"陶伯笙笑道："赶快回家道歉吧。要不然，怪罪下来，你可吃不消。"魏端本微笑着，走回他的家。

他的家也是在一幢吊楼上。前面是爿冷酒店。他们家比陶家宽裕，拥有两间半屋子。一间是小客室，也作堂屋与餐厅，有一张方桌子，一张三屉桌，和几只木椅子和藤椅子。但是这样屋子也就满了。另一间是他夫妇的卧室，此外半间，算是屋外的一截小巷，家里雇的老妈子，弄了张竹板床，就睡在那里。

魏先生放缓了脚步，悄悄地走进了卧室，却见太太倒在床上，捧了那本新买的小说在看，两只拖鞋，一只在地板上，一只在床沿上。光了两只脚悬在床沿外，不断来回地晃着。魏先生走进房，站着呆一呆，但魏太太并不理他，还是晃着脚看着书。

魏先生在靠窗户的桌子边坐下。这里有张半旧的五屉柜。也就当了魏太太的梳妆台。这上面也有茶壶茶杯，魏先生提起茶壶，向杯子里斟着茶，不想这茶壶里却是空的。因道："怎么搞的？这一上午，连茶壶里的茶都没有预备。"那魏太太依然看她的书，对他还是不理会。

魏端本偷看太太的脸子，很有点怒色，便缓缓地走到床面前，又缓缓地在床沿上坐下。因带了笑道："我就是这样说一声，你又生气了吗？"说着，伸出手去，正要抚摸太太悬在床沿上的大腿。不料她一个鲤鱼打挺，突然坐了起来，把手将魏端本身上一推，沉着脸道："给我滚开些。"

魏端本猛不提防，身子向旁边歪过去。碰在竹片夹壁上，掉落一大块石灰。他也就生气了，站在床面前道："为什么这样凶？我刚刚下办公厅回来，没有吃，没有喝，没有休息。你不问一声罢了，反而生我的气。"魏太太道："没吃没喝，活该。你没有本领养家活口，住在这手推得倒的破吊楼上。我一辈子没有受过这份罪。你有本领，不会雇上听差老妈子，伺候你的吃你的喝？"

魏端本道："我没有本领？你又有甚么本领，就是打梭哈。同事的家眷，谁不是同吃着辛苦，度这国难生活？有几个人像你这样赌疯了。"魏太太使劲对丈夫脸上啐了一声，竖着眉毛道："你也配比人家吗？你这个骗子。"说着索性把手指着魏先生的脸。

魏先生最怕太太骂他骗子。每在骂骗子之后，有许多不能答复的问题。他立刻掉转身来道："我不和你吵，我还要去写信呢。"他说着，就走到隔壁那间屋子里去。魏太太却是不肯把这事结束，踏着皮拖鞋，也追了过来。见魏先生坐在那三屉桌边，正扯开抽屉，取出信纸信封。魏太太抢上前，一把将信纸按住，横着眼道："那不行。你得交代清楚明白，为什么当了朋友的面，在马路上侮辱我？”

魏端本道：“我怎么会是侮辱你。夫妻之间，一句忠告都不能进吗？你一位青春少妇站在马路上谈赌博，这是应当的吗？”魏太太那只手，还放在桌上，这就将桌子一拍，喝道：“赌博？你不能干涉我赌钱，青春少妇？你知道‘青春’两个字就好乘人于危，在逃难的时候用欺骗的手腕害了我的终身。我要到法院去告你重婚。我一个名门小姐，要当小老婆，也不当你魏端本的小老婆，我让你冤苦了。”说着，也不再拍桌子了，坐到旁边椅子上，两手环抱伏在桌子上，头枕了手臂，放声大哭。而且哭得十分惨厉，那泪珠像抛沙一般，由手臂滚到桌面上去。

魏端本发了闷坐在破旧的藤椅子上，望了太太，很想辩驳两句，可是没有那股勇气。想安慰她两句吧？可是今天这件事，自己是百分之百的有理。难道在这种情形下，自己反要向她去道歉吗？于是只有继续地不作声，在制服口袋里摸出一盒纸烟，自己取了支烟，缓缓地擦了火柴来点着。

魏太太哭了一阵，昂起头来，自用手绢抹着眼泪。因向魏端本道：“今天我和你提出两个条件：第一，你得登报宣布，和你家里的黄脸婆子早已离婚。我们要重新举行结婚仪式。第二，干脆我们离婚。”魏端本道：“平常口角，很算不了一回事，何必把问题弄得这样严重？”

魏太太将头一摆道：“那不行。现在的时局好转，胜利就在今明年。明年回到了南京，交通便利，你那黄脸婆子来了，你让我的脸向哪里摆？这件事情，刻不容缓，你非办不可。”魏端本道：“你这是强人所难。离婚要双方签字，才能有效。我一个人登报，有什么用处？”

魏太太道：“强人所难？你没有想到当年逃难到贵阳的时候，你逼着我和你一路到重庆来，书不念了，家庭也从此脱离了关系，那不是强人所难吗？我怎么都接受了，那个时候，你为什么不说你家里有老婆？”魏端本道：“六七年的旧账，你何必去清算？这七年以来，我没有亏待你。而且那时候，在贵阳的朋友，也把我的家事告诉了你的。事后你问我，我都承认了，我并没有欺骗你。”

她道：“事后？事后才告诉我。可是我的贞操，已经让你破坏了。慢说我是旧家庭出身，就算我是新家庭的产儿，一个女孩子的贞操，让人破坏了，也是不可补偿的损失。那时，我年轻，没有主意，虽是你朋友告诉了我你是个骗子，可是我也只好将错就错。现在没有什么话说，你赔偿我的贞操，还我一个处女的身份。不然的话，我到法院里去告你诱拐重婚。你这种狼心狗肺的人，不给你厉害，你不知道好歹。”

魏端本将吸的烟向桌下瓦痰盂子里一丢，红着脸道：“你的贞操，是我破坏的吗？”魏太太听了这话，先是脸上一红，随后脸色惨然作变，最后脸腮向下沉着，两道眉毛竖了起来。看到桌子面前有只茶杯，猛地拿起茶杯来，对了魏端本迎面砸了过去。

魏先生在她拿起茶杯来时，根据以往的经验，已予以严密的注意。她一举手，他立刻将身子一偏，茶杯飞了过来，没有砸着他的脸，却砸在他的肩膀上。茶杯里还有些剩茶，随着杯子翻过来，淋了魏先生一身。杯子滚到地板上，就呛啷一声碎成了几片。魏先生这实在不能不生气了，瞪着眼望了她道：“好！你又动手。”魏太太坐在对面椅子上，又哇地一声哭了。

魏先生对于太太有三件事，非屈服不可。其一是太太化妆之后，觉得比任何同事的太太还要漂亮。这时出于衷心的喜悦，太太要什么给什么。第二是太太生气的时候，也不能不屈服。当初和太太结合的时候，太太是十九岁，兀自带着三分小孩儿脾气，一点儿事就着恼，也不免有些撒娇成分，魏先生总是将就着。偶然有两次不将就，太太可就恼怒得更厉害，念着她年轻，还是让步吧。这么一来，成了习惯，太太一生气，魏先生就软了半截。第三是太太哭的时候了，教人有话说不进去，动手打架，更是不忍，也只有屈服。而且不屈服的话，太太就要算旧账，闹离婚，几次也就决定了离婚了，可是怕她要巨额的赡养费。尤其是两个小孩子一个四岁，一个两岁半，将会陷入悲惨的境地。再说，太太实在也很漂亮，失去了这样的太太，一个抗战期间的小公务员，哪里找去？在这几种情形之下，他对太太已丝毫没有反抗的能力。

现在太太又在哭了，纵然泼了身上衣服一片水渍，可说丝毫没有受伤，茶杯那一砸，也就不必计较。回想对太太所说的话，实在也太严重了。关于太太贞操问题，这是个谜。向来微露口风，提出质问，必是一场恶劣的斗争，积威之下，过去的事，本来也不愿提，这时因为太太自己提了出来，落得反击一下。不想她依然强硬非常。打算战胜她的话，只有答应离婚。反正她知道小公务员是穷的，不会要多少钱。若说她会闹到上司那里去，或者在报上登启事，反正这一碗公务员的饭，也没有什么可以留恋的。实在不能忍受了。除了言语咄咄逼人，她还动手打人。有家庭的乐处，实在抵不了没家庭的苦处。立刻之间，他心里有了急遽的变化。呆站着了一会，看到太太还在呜呜咽咽地哭，他就坐了下来，取出纸烟来吸着。

把这支纸烟吸完了，对付太太的主意也有个八成完成。觉得拆散了也好。否则，将来胜利回家，更有一番惊天动地的大交涉。正自这样想着，女佣工杨嫂带着两个孩子回来了。手上抱着一个，身后跟着一个，抱着的那个两岁半的男孩子，手上拿了半个烧饼，老远地叫着道：“爸爸，烧饼。”他不由得笑了，点头道：“好孩子。你吃吧。”在他这一笑之中，立刻想到，离不得婚，孩子要受罪呀。

第三回

回家后的刺激

魏太太很知道她丈夫是一种什么性格，见他对孩子笑着说出了和软的话，尤其料到他是不会强硬的，便掏起这件旧袖子的衣襟，擦着脸上的泪痕。杨嫂看到就把自己衣袋里一条白手绢送了过来。因道："你为啥子又和先生割孽吗？（川语：冲突或极端不和之谓）这里有块帕子。"魏太太将手帕拿着一摔道："用不着。我身上穿的衣服，还不如抹桌布呢。"

魏端本看太太这个样子，气还是很大，往常杨嫂做饭，不是将孩子交给太太，就是交给主人。这样子，太太是不会带孩子的。自己若去带孩子，也就太示弱了。没人带孩子，这顿午饭，休想吃，便到卧室里拿着皮包戴上帽子，悄悄地走出去。

当他由这屋门口经过的时候，魏太太就看到了。因叫着道："姓魏的，你逃走不行，你得把话交代明白了。"魏端本一面走着，一面道："我有什么可交代的？我躲开你还不行吗？"而且说到最后一句，他脚步加快，立刻就走远了。

魏太太追到房门口，将手撑着门框，骂道："魏端本，你有本领走，看你走到哪里去！你从此不回来，才算是你的本事。"杨嫂道："太太，不要吼了。先生走了，你就可以幺台了（完事也）。我给你买回来了。好贵哟。"说着，她在衣襟下面摸出两枚广柑来。

这东西是四川特等产品。上海人叫做花旗橘子，而且色香味，比花旗橘子都好。二十六年抗战初期入川的下江人，都为了满街可买到的广柑而吃惊，那时间的广柑，一元可以买到三百枚。大家真没想到中国土产，比美国货又好又便宜。同时也奇怪着，为什么就没有人把这东西贩到下江去卖？因之到了四川的外省人大家都欢喜去吃川橘和广柑。广柑也就随人的嗜好普遍和物价指数的上升，在三十四年的春季，曾卖到一千元一枚。

魏太太吃这广柑的时候，是三十四年的春季，还没有到十分缺货的时候，也就五百元一枚了。她拿着广柑在鼻子尖上嗅了一下，笑道："还不坏。"将一枚放桌上，取一枚在手，就站了剥着吃。小孩子在吃烧饼，却不理会。大孩子站在老妈子身后，将一个食指送到嘴里去吮着，两只小眼珠溜溜地望了母亲。

魏太太吃着还剩半边广柑，就塞到大孩子手上。因道："拿去拿去，你和你那混蛋的老子一样，看不得我吃一点东西。"说着，又剥那一个广柑吃，杨嫂道："时候不早了，我们该烧饭了。太太，你带孩子，要不要得？"她摇头道："我才不带呢。不是这两个小东西，我才自由得多呢。"

杨嫂道："先生回来吃饭，朗个做（怎么办）？"魏太太道："他才不回来呢，我也不想吃什么，到斜对面三六九去（重庆下江面馆，市招一律为三六九，故三六九成为上海面店之代名词）下四碗面来。我吃一碗，你带小孩共吃三碗，总够了。我那碗，要排骨的。我要双浇，来两块排骨，炸得熟点儿，你们吃什么面，我就不管了。管他呢，落得省事。把这家管好了，也没意思，住在这店铺后面的吊楼上住家像坐牢无二。”

这位杨嫂，和魏先生一样，她是很怕这位太太，不过魏太太手头很松，用钱向来没有问过账目。有着这样的主人，每月有工资四五倍的进账，在太太发脾气的时候，也就忍耐一点了。太太这样说着话，似乎脾气又要上来。她于是抱着一个孩子，牵着一个孩子，因道：“走，我们端面来吃。”

魏太太对于女佣工是不是去端面，倒并不介意，且自把这个五百元一枚的广柑吃完了。想起刚才看的那本小说，开头描写爱情的那段就很有趣味。这书到底写些什么故事，却是急于要知道的，于是回了房去，又睡到床上，将书捧着看。

也不知经过了多少时候，杨嫂站在屋里道：“太太，你还不起来吃面，面放在桌上都快要凉了。”她只是哼了一声，依然在看书。这杨嫂随了她将近三年，也很知道她一点脾气。这就端了那碗面送到她面前来，笑道：“三六九的老板，和我们都很熟了，你看看这两块排骨，硬是大得很。”魏太太把眼光由书本上瞟到面碗上来，果然那两块排骨有巴掌那么大。同时，也真觉得肚子里有点饿。一个翻身坐了起来，先将两个指头钳了一块排骨送到嘴里咀嚼着。笑道：“味儿很好。”杨嫂于是把面碗放到桌上笑道：“那么，太太你就快来吃吧。”魏太太被这块排骨勾引起食欲来了。立刻随着那面碗来到了桌旁，五分钟后，她就把那碗面吃完了。她那本小说，是带在手边的，于是继续地翻着看。

杨嫂进来拿碗问道：“太太，你不洗把脸吗？”她道：“把冷手巾拿过来，我擦把脸就是。”杨嫂道：“你不是要去看戏吗？”她将手按着书昂头想了一想，便点头道：“好的，我去看戏。魏端本他不要这家，我田佩芝也不要这个家，你给我打盆热水来。”杨嫂笑道：“水早已打来了。”说着，向那五屉柜上一指。魏太太一拍书本，站了起来道：“不看书了，出去散散闷。”说着，便把放倒了的镜子在五屉柜上支起来，在抽屉里搬出了一部分化妆品，连同桌面上的小瓶儿小盒儿一齐使用着。

三十分钟工夫，她理清了头发，抹上了油，脸上抹匀了脂粉。将床里边壁上挂的一件花绸袍子换过，摸起枕头下的皮包，正待出门，因走路响声不同，低头看去，还是趿着拖鞋呢。自己笑骂着道：“我这是怎么着了？有点儿魂不守舍。”说着，自在床褥子下摸出长统丝袜子来穿了。

可是再看看那床底下的皮鞋，却只有一只，弯着腰，把魏端本留在家里的手杖，向床底下掏了一阵，也还是没有。因为屋子小，放不下的破旧东西，多半是塞到床底下去。大小篮子、破手提皮箱、破棉絮卷儿，什么都有。她想把这些东西全拖出来再行清理，一来是太吃力，二来是灰尘很重，刚是化妆换了衣服，若弄了一身的灰尘，势必重新化妆一次，那就更费事了。她这样地踌躇着，坐在床沿上，只是出神。最后只好叫着杨嫂了。

杨嫂进来了，看到太太穿了丝袜子却是趿着拖鞋，一只皮鞋扔在屋子中间地板上。这就让杨嫂明白了，笑道：“那一只皮鞋，在五斗柜抽斗里，太太，你忘记了吗？”她道：“怎么会把皮鞋弄到抽斗里面去了呢？”

杨嫂笑道：“昨晚上你把皮鞋拿起来，要打小弟弟，小弟弟刚是打开抽斗来耍，你那只鞋子，就丢在抽斗里面了。”她说着，把五斗柜最下一层抽斗拉开，那只皮鞋底儿朝天，正是在那抽斗中间。魏太太笑道：“我就没有向那老远的想，想到昨天晚上去，拿来我穿吧。”

杨嫂将鞋子送过去，她是赶快地两脚蹬着，及到站起来要走，觉得鞋子怪夹人。杨嫂笑道："鞋子穿反了哟。"魏太太笑道："真糟糕，我是越来越错。"于是复坐下来，把鞋子穿顺，拿起手皮包，正待要走，这倒让她记起一件事。因而问杨嫂道："我两个孩子呢？"她笑道："不生关系，他们在隔壁屋子里吃面。"

魏太太含着笑，轻放了脚步，慢慢儿地走出去了。她惯例是这样子的，出去的时候，怕让两个小孩子看见，及至出了大门，她也就把小孩子们忘记了。小孩子被她遗弃惯了，倒也不感觉得什么痛苦，杨嫂带着他们到邻居家玩玩，街上走走，混混就是一天。倒是在办公厅里的魏端本，有时会想起这两个孩子。今天和太太口角一番，负气走出去，没有在家吃午饭。他想到太太是向来不屈服的，料想也未必在家。两个孩子，不知吃了午饭没有？他有了这份想头，再也不忍和太太闹脾气了，公事完毕，赶快地就向家里走。

到了家门口，已是满街亮着电灯的时候，冷酒铺子正在上座，每副座头上都坐着有人，谈话的声音闹哄哄的。心里本就有几分不快，走到这冷酒店门口，立刻生发着一个感想，当公务员，以前说是做官，做官那还了得，谁不羡慕的一回事？于今做官的人，连住家的地方都没有，只是住在冷酒铺子后面，这也就难怪做小姐出身的太太，始终是不痛快。

他怀着一分惭愧的心情走回家去，那个做客厅的屋子，门是半掩着，卧房呢，门就倒锁着了。向隔壁小房子里张望一下，见杨嫂带了两个孩子睡在床铺上，巷子口上，有盏没有磁罩子的电灯，是照着整个长巷，长巷另一头，是土灶水缸小木板用棍子撑着的条桌，算是厨房。灶是冷冰冰的，条板上的砧板菜刀，很安静地睡在那里，菜碗饭碗覆在条板上，堆叠着碗底朝天，便自叹了一声道："不像人家，成天不举火。"

这话把睡在床上的杨嫂惊醒，坐起来道："先生转来了，钥匙在我这里，要不要开房门？”魏端本道：“你把钥匙交给我，你开始作饭吧。”杨嫂将钥匙交过来，答道：“就是吗，两个娃儿都困着了，正好烧饭，没得菜喀。”魏端本道：“中午你们怎样吃的？”杨嫂道：“在三六九端面来吃的，没有烧火。”魏端本道：“我猜着一点没有错。钥匙还是交给你，请你看家看孩子带烧饭，我去买点菜。油盐有没有？”杨嫂道：“盐倒有，没有油。割得到肉的话，割半斤肥肉转来，可以当油，也可以烧菜。”魏端本道：“就是那么说。”于是将帽子公事皮包一齐交给了杨嫂，自出去买菜。

这地方到菜市还不远，没有考虑的走去。到了那里，只有木栅栏上挂了几盏三角菜油灯，各放出四五寸长的火焰，照见几个小贩子，坐在矮凳子上算账，高板凳堆着大小钞票。菜市里面的大场面，是黑洞洞的。这面前有七八副肉案，也都空着。只有一副肉案的半空上挂着两小串肉，带半边猪头。

叫一声买肉，没有人答应，旁边算账的小贩代答道：“卖肉的消夜去了，不卖了。”魏端本说了许多好话，请他们代卖半斤肥肉，并告诉了是个穷公务员，下班晚了。有个年老的贩子站起来道：“看你先生这样子，硬是在机关里做事的，我割半斤肥肉你转去当油又当菜吃。你若是做生意的，我就不招闲（不管也）怕你不会去上馆子。”说着，真的拿起案子上的尖刀，在挂钩上割下一块肥肉，向案上一扔道：“拿去，就算半斤，准多不少，没得称得。”

魏端本看那块肉，大概有半斤，不敢计较，照半斤付了钱。因而道：“老板，菜市里还买得到小菜吗？”老贩子摇摇头道：“啥子都没得。”魏端本道：“这半斤肥肉，怎么个吃法？”老贩子道：“你为啥子早不买菜？”魏端本道：“我一早办公去了，家里太太生病，还带三个孩子呢，已经饿一天了，谁来买菜？而且我不在家，也没有钱买菜。我今天不回家，他们还得饿到明天。”老贩子点点头道：“当公务员的人，现在真是没得啥子意思。你们下江人在重庆作生意，哪个不发财，你朗个不改行吗？我帮你个忙，替你去找找看，能找到啥子没得，你等一下。”说着，他径直走向那黑洞洞的菜场里面去了。

约莫六七分钟，他捧了一抱菜蔬出来。其中是三个大萝卜，两小棵青菜，半把菠菜，十来根葱蒜。笑道：“就是这些，拿去。”说着，全放在肉案板上。魏端本道：“老板，这怎么个算法，我应当给多少钱？”老贩子道：“把啥子钱？我也是一点同情心嘛！卖菜的人，都走了，我是当强盗（川语谓小贼为强盗，而谓强盗为棒客，或称老二）偷来的。”魏端本拱拱手道：“那怎样好意思哩？”老贩子道：“不生关系。他们也是剩下来的。你太婆儿（川语太太也）病在家里，快回去烧饭。抗战期间，作啥子官？作孽喀。”

魏端本真没想到得着人家下级社会这样的同情。连声地道谢，拿着杂菜和半斤猪肉，走回家去。太太依然是没有回来。他把菜送到厨房里去，杨嫂正焖着饭。看了这些菜道：“哟！这是朗个吃法？”魏端本笑道：“那不很简单吗？先把肥肉炼好了油，萝卜青菜菠菜煮它个一锅烂。有的是葱蒜，开锅的时候，切些葱花蒜花，还有香气呢。闲着也是闲着，你洗菜，我来切。”

杨嫂也没有说什么，照着他的话办，看她那样子，也许有点不高兴，魏先生也就不说什么了。连肉和菜蔬都切过了，和杨嫂谈几句话，她也是有问就答，无问不理。这分明她极端表示着，站在太太一条线下。便也不多说话，回到外边屋子里，随手抽了本土纸本的杂志坐在昏黄的电灯下看，借等饭菜来到。

不到半小时，饭菜都来了，一只大瓦钵子，装了平价米的黄色饭，一只小的钵子，装了杂和菜。那切的白萝卜片上，铺着几片青菜叶儿，颜色倒很好看，尤其是那些新加入的蒜叶葱叶，香气喷人。他扶起筷子夹了几片萝卜放到嘴里咀嚼，半斤肥肉的作料，油腻颇重。因笑道："这很不错，色香味俱佳。"杨嫂靠了房门站定，撇了嘴角微笑。

魏端本笑道："你笑什么？我也不是生来就吃这个呀。这抗战的年头，多少人家破人亡，有这个东西吃，那也不大坏呀。"杨嫂道："先生，你为啥子不做生意？当个经理，不比当科长科员好得多吗？现时在机关里做事，没得啥子意思咯。"

魏端本吃着饭，且和她谈话。因道："你叫我作生意，我作哪个行当呢？"杨嫂道："到银行里去找个事吗，要不，吃子公司也好嘛，不做啥子生意，买些东西囤起来也好嘛！票子不值钱，拿在手上作啥子？"

魏端本笑道："我比你知道得多，票子不值钱？票子我还想不到呢。太太说你也囤了些货，挣多少钱？"杨嫂听了这话，眉飞色舞地笑了。她道："也没有囤啥子。去年子，我爸爸进城来了，带去几千块钱，买了几斗胡豆（蚕豆也）上个月卖脱，挣了点钱。"

魏端本道："你说的是四川用的老斗子。几斗豆子，大概有两市担吧？于今的市价，你应该挣了三四万了。"她笑道："没得朗个多。但是，做生意硬是要得，做粮食生意更要得。黑市的粮食好贵哟！"

魏端本放下筷子，昂头叹了口气道："是何世界？来自田间的村妇，知道囤积，也知道黑市这个名词，我们真该惭愧死了。"忽然有人接嘴道："你今天才明白？你早就该惭愧死了。"

说着话进来的，正是太太田佩芝。他心里想着：好哇！人还没有进门，就先骂起我来了。昂起头来，就想向她回骂几句过去。然而就在这一抬头之间，他的勇气完全为审美的观念克服，没有反抗的余地了。现时眼里所看到的太太，比往日更为漂亮，她新烫了发，乌亮的云团，罩着一张苹果色的嫩脸子，越显得那双大眼睛黑白分明。尽管脸上带了怒色，也是她做女孩子时候，那样天真。

他立刻放下筷子碗，站起来笑道：“今天上午的事，回想起来，是我错了。我想你不好意思怎样处罚我吧？”魏太太瞪了他一眼，没说什么，走近桌子，看看瓦钵子里是煮的萝卜青菜，便道：“越来越出穷相了。盛菜没有碗，用瓦钵子，不像话。”说毕，把头一扭自走了。

魏端本虽然碰了太太一个无言的钉子，然而究竟没再骂出来，似乎因自己的道歉，压下去了几分怒气，听到隔壁卧室里，叮咚两下响，知道太太已脱了高跟鞋。她向来是这样，疲倦了要倒向床上睡下，照例是远远地把鞋子扔了出去的。

把饭吃完，自到厨房里去提着水壶到卧室里去，打算将热水倾到洗脸架子上的脸盆里去，却见太太正把那脸盆放在五屉柜上，脸盆里的水，变成乳白色，一阵香皂味袭人鼻端，洗脸手巾揉成一团，放在桌面上，她正弯了腰对着镜子，将那胭脂膏的小扑子，三个指头钳着，在脸腮上擦着红晕。这就放下水壶，站在旁边呆看了一会。

太太抹完了胭脂，却拿起了柜面上的口红管子在嘴唇上涂抹着。她站在桌子的正面，恰是拦住了魏先生过去取洗脸盆。魏先生看过了这样久，却是不能不说话了。因道：“你不是刚由理发馆里回来吗？又……”这句话没有完，魏太太扭转了身躯，向他瞪了眼道：“怎么样？由理发馆里回来就不许再洗脸吗？”

口里说着，她收拾了口红管子，将染了口红的手指头，在湿手巾上揉搓着。她那身体是半偏的，她出门的那件淡红色白点花漂亮花绸衣服，又没有换下，倒更是显得身段苗条。说话时，红嘴唇里的牙齿越发是白净而整齐。这就两只手同时摇着道：“不要生气，太太！我是说你已经够美的了！这是真话，你理了发回来，黑是黑，白是白，实在现出了你的美丽，一个穷公务员，真是不配和你做夫妻。”说着，半歪了脖子看着太太，做个羡慕的微笑。

魏太太脸上有点笑容，鼻子耸着，哼了一声，魏端本回头看看，杨嫂并不在身后，就向太太深深地鞠了个躬，笑道："我实在对不起你，你要怎样罚我都可以。你是不是又要出门去？若是看电影的话，买票子挤得不得了，我去和你排班。"他口里说着，看看太太的脚下，却穿的是绣花缎子旧便鞋。魏太太笑道："不要假惺惺了，我不上街。"

魏端本走近一步，靠住她站着，低声笑道："你修饰得这样的漂亮，是给我看吗？"魏太太伸手将他一推道："不要鬼头鬼脑，你也自己照照镜子吧，周身都是晦气。谁都像你，年轻的人，见人不要一个外面光？"

她是轻轻地推着，魏端本并没有让她推开。便笑道："我怎么能穿得外面光呢？现在骨子里穷，面子上也穷，还可以得着人家同情。若是外面装着个假场面，连社会的同情心，都要失掉了。"魏太太道："社会上同情你，谁同情你？打我这里起，就不能同情你。一样的有手有脚有脑筋，而且多读了十几年书，有一张大学文凭，什么事不能干？要当一个公务员，你混得简直不如一个挑粪卖菜的了。哪个年轻力壮的人，现在不是一挣几十万？"

魏端本笑道："你不要说社会上没有同情我，刚才到菜市去买菜，那菜贩子就同情我，青菜萝卜送了一大抱，看见我可怜，不要我的钱。"魏太太把脸一沉，瞪着眼吓了一声道："你也太没有廉耻了。说你不如挑粪卖菜的，你倒是真的接受着人家的怜悯，拿了人家的菜蔬不给钱，你还有脸对我说。我不和你说话，别丢尽了我的脸。"说着捡起床上放着的皮包扭身就走。

魏端本被她这样抢白着，也自觉有点惭愧，怔怔地站在屋子里。杨嫂走进屋子来，给她收拾着扔在五屉柜上的化妆品。魏端本问道："太太到哪里去了，你知道吗?”杨嫂很随便地答道：“还不是打梭哈去了。”他问道：“打梭哈去了？她不见得有钱呀!”

杨嫂把化妆品收拾干净，放到抽屉里去了，将抽屉猛地一推，回转头来向他笑道：“先生，你没有办法，别个也没有办法吗?”她说毕自走了，魏端本站在屋子中又呆住了，杨嫂的言语，比太太说的还要刺激几分呢!

第四回

乘兴而来败兴回

在魏先生这样呆住的时候，却听到门外有人叫了声杨嫂。她答应了以后，那个叫的人声音变小了，挨着房门走向隔壁的夹道里去。这是个妇人，是邻居陶家的女佣工。魏端本看到她这鬼鬼祟祟，心里立刻明白过来，必是太太同陶先生一路出去赌钱去了，这是来交代一句话，且悄悄地去听她说些什么，于是也就跟踪走了过去。

这就听到那女佣工低声道："你太太在我们家里打牌，手帕子落在家里，你拿两条干净的送了去。"杨嫂道："啥子要这样怪头怪脑，随便她朗个赌，先生也管不到她，就是吗，我送帕子去。我太太要是赢了钱的话，你明天要告诉我。"那女佣笑道："你太太赢了钱，分你小费？对不对头？"杨嫂道："输了就要看她脸色喀。今天和先生割孽，还不是这几天都输钱。"

魏端本听到这里，也就无须再向下听了，回到屋子里，睡在床上，呆想了一阵，怪不得这个月给了她十几万元，还混不过半个月。这十几万元，跑了多少路，费了多少手脚。下半个月，若不再找两笔外快，且不谈这日子过不下去，至少要和太太吵架三五次。而且，自己要买一双皮鞋，也要作一套单的中山装，这不止是十万元的开支。

他想到这里，不能睡着了，一个翻身坐起来，将衣裳里记事由的日记本子翻着检查一遍。这些事由，在字面上看，虽都是公事。但在这字里行间，全是找得出办法来的。自己检查着心里随时的计划，怎样去找钱来补家用的不足。这又感到坐在床沿上空想是不足的了，必须实行在纸面来列举计划，于是就了电灯光，靠着五屉柜站立，把放在抽屉里的作废名片，将太太画眉毛的铅笔，在名片背上，自己打着哑谜地做起记号。

先想起了白发公司的王经理，曾托自己催促某件公事的批示，这就把白改为红，王改为玉，公事改为私章。这件事在陈科长那里，已表示可以通融，径直地就暗示王经理拿出五十万来，起码弄他个十万。

又想起合作社那一批阴丹士林布，共是五十七疋，放在仓库里五六个月没有人提起，可能是处长忘记了。经手的几个人，全是调到别一科去了，档案的箱子，自己是能开的。若是能把那五字改成三字，二十疋阴丹士林可以弄出来。这只要和科长说明了，有大批收入，为什么不干？这市价五六万的行市，就是一百万。这可以叫科长上签呈说是把那布拿出来配给，和什么平价布、平价袜子，混着一拿，只要是科长把这事交给我办，运到科里检收的时候，就可以在分批拿出去的过程中，径直送到科长家里去。事成之后，怕科长不分出几成来，于是另取张名片，写了“丹阳人五十七岁，半年不知所在”几个字。

第二次又在杂记簿上发现了修理汽车行通记的记载，这是共过来往的。处长上次修理车子，配了三个零件，照市价打折算钱，处长高兴之至。运动科长上过签呈，把南岸三部坏了的卡车拿去修理。通记的老板，至少也会在修理费上给个二八回扣，十万八万，那也是没有问题的。

他这样地想着，竟想到了七八项之多，每个计划，都暗暗地做下了记号。自己也没有理会到已经站了多久，不过偶然直起身子来，已是两只脚酸得不能直立了。他扶着五屉柜和板凳，摸到床沿上去坐着，他默想着自己是有些利令智昏了。单独地在家里想发财，人都不知道在什么地方了。可是话又得说回来，若不想法子弄钱，怎样能应付太太的挥霍呢？这个时候，她正在隔壁挥霍，倒不知道心里是不是很痛快？她正在那五张扑克牌上出神，还会有那富余的思想想到家和丈夫身上来吗？好是赌场就在隔壁，倒要去看看她是怎样的高兴。于是把皮鞋脱了，换了双便鞋，将房门倒锁了，悄悄地走向隔壁去。

这时那杂货店已关上了店门。里面看门的店伙，显然已得有陶伯笙的好处，敲门的时候，应门的人，盘问了好几句话，直问到魏端本交代清楚，太太也在陶家，是送东西来的，他才将门打开。人进去了，他也立刻就关上门。

魏端本走到店房后，见陶伯笙所住的那个屋子有强烈的电灯光，由里面射出来。因为他的房门虽已关上，但那门是太薄了，裂开了许多缝，那缝里透露出来的光线，正是银条一般。魏端本走到门外，就听到太太有了不平的声音道：“真是气死人，又碰了这样一个大钉子。越拿了大牌，我就越要输钱，真是气死人。”

她说这几句话，接连来了两句气死人，可想到她气头子不小，若是走进去了，她若不顾体面骂了起来，那倒是进退两难了。这把要来观场的心事，完全推翻。不过好容易把门叫开，立刻又抽身回去，这倒是让那杂货店里的人见笑的。因之就站在门边，由门缝里向内张望着。这个门缝竟是容得下半只眼睛，看到里面非常的清楚。

这屋子中间摆了一张圆桌面，共围坐了六个男人，两个女人。其中一个就是自己太太了。太太面前放着一叠钞票，连大带小约莫总有两三万元。她总是说没钱用，不知道她这赌场上的钱是由哪里来的。人家散着扑克牌，她却是把面前的钞票一掀三四张，向桌子中心赌注上一扔。扔了一回又是一回。结果和着桌中心大批的钞票让别人席卷而去。

魏端本在门缝里张望，心里倒是非常之难过，叹了口无声的气，径自回家去了。但他一不留心，却把门碰响了一下。主人陶伯笙坐在靠门的一方，他总担心有捉赌的，立刻回转身问句哪个。但魏端本既已转身，人就走远了。并没有什么反应。

魏太太坐在陶伯笙对面抬头就看到这扇门的。便笑道："还不是你们家里的那只野狗？你们家有剩菜剩饭倒给野狗吃，就常常招引着它来了。"陶伯笙对这话虽不相信，但惦记桌上的牌，也就没有开门来看是谁，无人答应，也就算了。

这时，是这桌上第二位太太散牌。这位太太三十多岁，白白胖胖的长圆面孔，鼻子两边，两块颧骨，高高撑起，配着单眼皮的白果眼，这颇表示着她面部的紧张，也可想她在家庭有权的。若照迷信的中国老相法说，她是克夫的相了，她微微地卷起一寸多绿呢夹袍的袖口，露出左腕上戴的一只盘龙的金镯子，两只肥白的手，拿着扑克在手上，是那样的熟悉，牌像翻花片似的，向其余七位赌客面前扔去。送到第二张的时候，是明张子了。魏太太紧挨了她坐着是第七家，第二张是个K，第三张却是个A。她笑道："老魏，你该捞一把了。"她说话时，随手翻过自己的一张，是个小点子，摇摇头道："我不要了，看一牌热闹吧。"这以前还不是胜负的关头，其余的七家都出钱进了牌。

这时，该魏太太说话，她看看桌上明张没有A，除了对子，决计是自己的牌大。她装作毫不考虑的样子，把面前的钞票，全数向桌子中心一推，大声道："……唆了！"她这个作风，包括了那暗张在内，不是一对K，就是一对A。还有六家，有五家丢了牌。只有那位范宝华，钱多人胆大。他明张九、十两张，暗张也是个九。他想着，就算魏太太是一对，自己再换进一个九来，不怕不赢她。她今天碰钉子多了，有大牌也许小心些，现在唆了，也许她是投机。便问道："那是多少？"魏太太道："不多，一万六千元。"

范宝华道："我出一万六千元，买两张牌看看。"散牌的那位太太对二人看上了一眼，料着魏太太就要输，因为姓范的这家伙打牌还相当地稳，没有对子，他是不会出钱的，好在就是两张牌两家，先分一张给范宝华是个三，分给魏太太是个K。范宝华说声完了。再分给范宝华一张是个九，他没有动声色，只把五张比齐着，最后分给魏太太，又是个A。她有了两对极大的对子，向范宝华微笑道："来几千元'奥赛'吗？"范宝华笑道："魏太太，你未必有'富而好施'。仅仅是两大对的话，你又碰钉子。"魏太太道："你会是三个九？"范宝华并不想多赢她的钱，把那张暗牌翻过来，可不就是个九？

魏太太将四张明牌和那张暗牌，向桌子中间一扔，红着面孔，摇了摇头道："这样的牌，有多少钱都输得了。"对散牌的人道："胡太太，你看我这牌打错了吗？"胡太太笑道："满桌没有爱斯，你有个老开和爱斯，可以唆。"她道："那张暗牌，还是皮蛋呢。"说着，站了起来。她心里明白，不到两小时，输了五万元，明天自己的零用钱都没有了，就此算了吧，哪里找钱来赌？

范宝华见她面孔红得泛白，笑道："魏太太收兵了。"她一摇头道："不，我回家去拿支票本子来。"主人陶伯笙听了这话，心里可有点为难，魏太太在三家银行开了户头，有三本支票，可是哪家银行也没有存款。在赌场上乱开空头支票，收不回去的话，下了场，人家赌钱的人，都把支票向邀赌的人兑了现款去，那可是个大麻烦。因道："你别忙，先坐下来看两牌。”

范宝华连和她共三次赌，都是她输了，心里倒有些不过意。因把刚收去她梭哈的那叠票子，向桌子中间一推，笑道：“原封未动，你先拿去赌，我们下场再算，好不好？”魏太太还不曾坐下，因道：“若是你肯借的话，就索性找我四千，凑个整数好算账。”范宝华说了句那也好，他就拿了四张千元钞票，放到她面前，她也就坐下来再赌了。她心里想着：只有这两万元翻本，必须稳扎稳打，不能胡来了。

又是三十分钟，算把得稳，还输去了八九千元。这桌上的大赢家，是位穿西装的罗先生。他尖削的脸，眼睛下面两只转动的眼珠，表示着他的阴险。只是小半夜，他已赢了一二十万，面前堆了一大堆钞票，其中还有几张美钞，是杨先生输出来的。这杨先生只二十来岁，是个少爷。西装穿得笔挺，只是脸子白得像石灰糊的，没有丝毫血色。他不住地在怀里掏出大皮夹子，在里面陆续地抽出美钞来。这个时候的美钞是每元折合法币千元上下，这每拿出来三四张五元或十元的，这数目是很惹人注意的。魏太太还不知道他叫什么名字，只听到赌友全叫他小杨而已。

心里也就想着，这家伙是几辈子修到的？有钱而又年轻。只看他输了多少钱，脸上也没有一点变动，不知他家是有多少家产的。那小杨坐在她斜对面，见她只管打量着，不知道自己有什么毛病，倒很感到受窘，只是把头低了。其实魏太太倒不是看他的脸，而是看他面前放的那叠美钞。想着怎么找个机会，把他的美钞也赢两张过来才好。

机会终于是来了，轮到那大赢家罗先生散牌，在第三张的时候，她有了三个四，明张是一对。对过的小杨有一张A，一张Q摆在外面。自然是有对子的人说话了，她照着扑克经上钓鱼的说法，只出了五百元进牌。此外七个人却有五个人跟进了。小杨牌面上，成了一对A，姓罗的牌面上一对K带一个J，魏太太换来一个K，这该那有对A的姓杨的说话。照说，姓杨的应当拿出大注子来打击人，但是，他还只加了五百元。魏太太心想：糟了，他必然是有张A盖着的。出小注子，恐怕也是钓鱼。这样倒霉，自己三个四，却又碰了他三个A。但有三个四在手，决不能不碰一下，幸是他只出五百元，乐得跟进。

桌子上的人，除了那姓罗的都把牌丢了。他发最后的一张牌，小杨是个七，她又得了一张K。明张是K、四两对，姓罗的本来有对K证明了她不会有K三个。她以两对牌的资格，将钞票向桌子中心一推，说声唆了。姓罗的毫不考虑，把牌扔了。小杨把那张暗牌翻过来，正是一个A。他一手环靠了桌沿，一手拿了他面前的美钞在盘弄着微笑道："别忙，让我考虑考虑。"老K她只有两张，那没问题。难道她会有三个四？原来我三个A，是公开的秘密，她只两对，肯投我的机吗？

魏太太见他三个A摆出来，心想：有这样大的牌，他不会不看。于是也装作拿小牌的人故作镇静的样子，将桌外茶几上的纸烟取过来一支，摸过来火柴盒，把火擦着了，缓缓地点着烟，两手指夹了支烟，将嘴唇抿着喷出一口烟来。烟是一支箭似的，射到了桌子中心。那小杨考虑的结果，将拿起的美钞重新放下，把五张牌，完全覆过去，扔到桌子中心，摇摇头道："我不看了。"胡太太是和魏太太站在一条线上的。她虽不知道那暗张是什么，但小杨有三个A而不看牌，这是个奇迹，望了他道："这样好的牌也牺牲吗？"他笑着没有作声。

魏太太好容易得了一把"富而好施"，以为可以捞对门一张美金。不想这家伙，竟会拿了三个A不看牌。这个闷葫芦比碰了钉子还要丧气。自己也不肯发表那暗张，将牌都扔了，只是小小地收进了几千元。沉住了气没有作声。只是吸烟。胡太太低声问道："你暗张是个四？"魏太太淡淡地答道："你猜吧。"

在这种情形下，做主人的陶伯笙，知道她是拿了大牌，而没有赢钱。看这样子，今晚上她非输十万八万不可！本来他两口子今日吵了一天的架，就不应当容她加入赌场。这样隔壁的邻居，她大输之下，她丈夫没有不知道之理。明天见了面，魏端本重则质问一番，轻则俏皮两句，都非人所能堪。便向魏太太笑道："今晚上你的牌风不利，这样该沉着应战，或者你先休息休息，等一个转变的机会，你看好不好？"魏太太道："休息什么？输了钱的人都休息，赢钱的人正好下场了。我输光了，也不向你借钱。"

她这几句话，显然是给陶伯笙很大一个钉子碰。好在姓陶的平常脾气就好，到了赌博场上脾气更好。虽然她是红着面孔说的，陶伯笙还是笑嘻嘻地听着。可是她的牌风实在不利，输的是大注子，赢的是小注子，借来范宝华的那两万元，都已输光。所幸邻座胡太太也是小赢家，还可以通融款子下注。只是她决不肯掏出老本来给人财，只是三千二千地借。零碎凑着，也就将近万元了。自己是向陶伯笙夸过口的，不向他借钱。范宝华又已借过两万的了。我倒不信，今天的牌风是这样的坏，于是立刻开了房门向外走。

陶伯笙借着出来关门，送她到店堂里低声道："魏太太我看你今晚上不要再来了吧？你不看见他们开支票，是彼此换了现款再赌的，支票并不下注。这就因为桌子上一半是生人。你开支票，除是我和老范可以调款子给你，可是我今晚上也输了。开出支票来，你以为老范肯兑现款给你吗？"她听了这话，当然是兜头一瓢冷水。因道："你也太仔细了，你瞧不起我，难道我家里就拿不出现款？"说着话是很生气，叶咚叶咚，开着杂货店的店门乱响，她就走出来了。陶伯笙家里有人聚赌，当然不敢多耽误，立刻把店门关起来了。

魏太太站在屋檐下，整条街，已是空洞无人。人睡了，不用电了，电线杆上的灯泡，偏是雪亮地悬在街顶上。马路原来是不平的，而且是微弯着的。在这长街无人的情形下，似乎马路的地面，平了许多。同时，街道也觉得已经拉直。远远地看去，只有丁字路口，站着个穿黑衣服的警察，此外就是自己了。她想着这大概是很深夜了，自己赌得头昏眼花，也没有看看表，她凝了一凝神。这天晚上，有些例外，山城上并没有雾，望望街顶上，还稀疏的有几点残星。四川是很少风的，这晚上也是这样。可是魏太太赌梭哈的时候，八九个人，拥挤在一间小屋子里，纸烟的残烟充塞在屋子里，氧气又被大家呼吸得干净，除了乌烟瘴气，就是尼古丁毒的辣味熏人，而且也因为空气的浑浊，头是沉甸甸的。屋子里人为的温度，只觉身上发燥。这时到了空洞的长街上，新鲜的空气扑在脸上，仿佛是徐来的微风轻轻地拂着脸，立刻脑筋清醒过来，而呼吸也灵通得多了。

她凝思之后，忽然想到，真回去拿钱来赌吗？自己是分文没有，不知丈夫身上或皮包里有钱没有？他当然是睡了，叫醒了他和他要钱，慢说是白天吵过架的，就是没有吵过架，这话也不好开口，只有偷他的了。可是偷得钱来，也未必能翻本，输了算了，回家睡觉去吧。她想着翻本的希望很小，缓缓地走到冷酒店门口去敲门，但敲了七八下，并没有回响。

她站在门下，低头想着，这是何苦？除了把预备给孩子添衣服的钱都输了，还借了范宝华两万元的债。和这姓范的，除了在赌场上会过三四次，并没有交情可言，这笔债不还恐怕还是不行。还得赌，赌了才有法子翻本。反正是不得了，把支票簿拿来，开一张支票，先向姓范的兑三万元，再开张支票还他二万元。赢了，把支票收回来，输了有什么关系？难道还能要我的命吗？

终于是想到了主意了，她用力地敲上几下门板。门里的人没有惊动，却把街头的警察惊动了，远远的大声问句哪一个。魏太太道："我是回家的，这是我的家。"警察走向前，将手电筒对她照了一照，见她是个艳装少妇，便问道："这样夜深，哪里来？"他这一照一问，她感觉得他有些无礼。可是陶家在聚赌，不能让警察盘问出消息来的。因道："我由亲戚家有事回来，这也违犯警章吗？"警察道："我在岗位上，看到你在这里站了好久了。现在两点钟了，你晓不晓得？一个年轻太太，三更半夜，在这里站住，我不该问吗？地方上发生了问题，是我们警察的事。"魏太太道："我也不是住在这里一天的。不信，你敲开门来问。"

那警察真个敲门，并喊着道："警察叫门，快打开。"他敲得特别响，将里面有心事容易醒的魏端本惊动了。他连连地答应着，心里也就猜是太太回家了。仿佛听到说是警察叫门，莫非她赌钱让抓着了。那也好，警戒她一次。他打开门来，果然是太太和警察。他还没有发言呢，她先道："鬼门，死敲不开，弄得警察来盘问。"一抢步，横着身子进了门。

警察道："这是你太太吗？这样夜深回家？"魏端本道："朋友家里有病人，她回来晚了。"警察道："她说是去亲戚家，你又说是上朋友家，不对头。"魏端本披了中山服的，袋里现成的名片，递一张过去，笑道："不会错的。这是我的名片，有问题我负责。"那警察亮着手电，将名片照着，见他也是个六七等公务员，说句以后回来早点，方才走去。这问题算告一段落。

第五回

输家心理上的逆袭

魏端本站在大门口，足足发呆了五分钟，方才掩着门走回家去。奇怪，太太并没有走回卧室，是在隔壁那间屋子，手托了头，斜靠了方桌子坐着，看那样子，是在想心事。他心里想着：好，又必定是输个大窟窿。我也不管你，看你有什么法子把话对我说。你若不说，更好，我也就不必去找钱给你了。他怀了这一个心事，悄悄地回卧室睡觉去了。

魏太太坐在那空屋子里，明知丈夫看了一眼而走开，自己输钱的事，当然也瞒不了他。一来他是向来不敢过问的，二来夜深了，他是肯顾面子的人，未必能放声争吵。因之也就坦然地在桌子边坐下去。

在她转着念头的时候，仿佛隔壁陶家打扑克的声音，还能或断或续地传递了过来。又有了这样久的时间，不知道是谁胜谁负了。若是自己多有两三万的资本，战到这个时候，也许是转败为胜了。可惜的是拿着那把“富而好施”的时候，小杨拿着三个爱斯，他竟丢了牌不看。

想到这里，心里像有一团火。只管继续地燃烧，而且这股怒火，不光是在心里郁藏着，把脸腮上两个颧骨，也烧得通红。看看桌上，粗瓷杯子里还有大半杯剩茶，她端起来就是一口咕嘟下去，仿佛有一股冰凉的冷气直下丹田。这样，好像心里舒服一点，用手扑扑自己的脸腮，却也仿佛有些清凉似的。

于是站在屋子里徘徊一阵，打算开了吊楼后壁的窗户，看看隔壁的战局，已到什么程度，就在这时，看到魏端本的大皮包，放在旁边椅子上。她心中一动，立刻将皮包提了过来，放在桌上打开，仔细地寻查一遍，结果是除了几百元零碎小票子而外，全是些公文信件的稿子。她将皮包扣住，依然向旁边椅子上丢下去，自言自语地道："假使这里面有钱他也就不这样的乱丢了。可是，他的皮包，向来不这样乱丢，分明有意把皮包放在这里骗我一下。也可以想，皮包并不是空的，他把钱都拿了起来，藏在身上。"想到这里，她就情不自禁地，鼻子里哼上了一声。于是熄了电灯，轻移着脚步缓缓地走回卧室。

当她走回卧室的时候，见魏端本拥被睡在枕头上，鼾声大作。他身上穿的那套制服挂在床里墙钉上。她轻轻地爬上床，将衣服取下，背对了床，对着电灯，把制服大小四个口袋完全翻遍，只翻到五张百元钞票。她把这制服挂在椅子上，再去找他的制服裤子，裤子搭在床架子头上，似乎不像有钱藏着的样子，但也不肯放弃搜寻的机会，提将过来，在插袋里后腰袋里，前方装钥匙小袋里，全找遍了，更惨，只找出些零零碎碎的字条。说了句穷鬼，把字条丢在桌上。

其中有张名片，反面用铅笔写了几个大字，认得是魏端本自己的笔迹，上写，明日下午十二时半，过南岸，必办。在"必办"旁边打着两个很大的双圈。她想：这决不是上司下的条子，也不像交下来的公事，他过江去干什么？也不知道这明日是过去了的日子，还是未来的日子。自己是常到南岸去赌钱的，这话并没有告诉过他，莫非他知道了，要到南岸去寻找？可是我真在赌场上遇到了他的话，一抓破了面子，我只有和他决裂。他既然去寻找，一定是居心不善的。

她想着想着，坐在屉柜旁的椅子上。这就看到那柜桌面上，有许多名片，在下面写了铅笔字。那字全是隐语，什么意思，猜想不出来，看看床上的人，睡得正酣。心想，他这是捣什么鬼？莫非是对付我的？

心里猜疑着，眼就望着床上睡的人。见他侧着的脸，颧骨高顶起，显着脸腮是削下去了。他右手臂露在外面，骨头和青筋露出，显着很瘦。记得在贵阳和他同居的时候，他身体是强壮的，那还是在逃难期中呢。这几年的公务员生活，把他逼瘦了。以收入而言，在公务员中，还是上等的，假使好好过日子，也许不会这样前拉后扯。譬如这个礼拜里面，连欠账带现钱输了将近十四五万。这十四五万拿来过日子不是可以维持半个月甚至二十天吗？尤其是今晚这场赌，牌瘾没有过足，就输光了下场。真是委屈得很。那陶伯笙太可恶，就怕我开空头支票，先把话封住了我，让我毫无翻本的希望。今晚上本没有预备赌钱，只想去看电影的。不是这小子在街上遇着，悄悄地告诉，今晚上家里有局面，那么手皮包里两万元依然存在，明天可以和孩子买点布做衣服。这好了，自己分文不存，魏端本身上，不到一千元了，每天的日用生活费，这就是大大的问题。魏端本一早起，就要上机关去办公的，还必得在他未走以前，和他把交涉办好。自然，开口向他要钱，必得说出个理由来，这理由怎么说呢？这半个月，他已经交了家用二十多万了。照纸面上的薪水津贴说，已超过他三个月的收入。她想到这里，又看了看睡在枕上的瘦脸。心里转了个念头，觉得这份家，也真够他累的。

她心里有点恕道发生了，却听大门外马路上有了嘈杂的人声。远远有人喊着向右看齐，向前看。报名数。一二三四五，极短促而粗暴的声音，连串地喊出。这是重庆市训练的国民兵，各条街巷，在天刚亮而又没有亮的时候，他们在山城找不着一块平坦的地方，就在马路上上操。

有了这种叫操声，自然是天快亮了。自己本是没有钱，无法去翻本，就算有钱，现在已不能去翻本了。

这个时候，脸上已经不发烧了，心里头虽还觉得有些乱糟糟的，可是也不像赌输初回来的时候，那样难过了。倒是天色将亮，寒气加重，只觉一丝丝的冷气，不住由脊梁上向外抽，两只脚，也是像站在冷雪上似的，凉入骨髓。站起来打了两个冷颤，又打了两个呵欠，赶快脱了长衣，连丝袜子也来不及拉下，就在魏先生脚头倒下去，扯着被子，把身子盖了。

她落枕的时候，心里还在想着，明日的家用，分文俱无，必得在魏端本去办公以前，把交涉办好。同时追悔着今晚上这场赌，赌得实在无聊，睡了好大一会还睡不着。朦胧中几次记起和丈夫要钱的事，曾想抢个先，在他未走之前，要把这问题解决。可是无论如何，自己挣扎不起来。等着可以睁开眼睛了，听到街上的人声很是嘈杂。

重庆的春季，依然还是雾天，看看吊楼后壁的窗子外，依然是阴沉沉的，她估计不到时间，就连叫了两声杨嫂。她手上拿了张晚报进来，笑道："太太，看晚报，又是好消息。卖晚报的娃儿乱吼，啥子德国打败仗。"她将两只手臂，由被头里伸了出来，又打了两个呵欠。笑道："什么，这一觉，睡了这样久？先生没有给你钱买菜吗？"杨嫂道："给了两千元，还留了一封信给你，他不回来吃午饭，信在枕头底下。"魏太太道："他还别扭着，好吧，我看他把我怎么样？"说着在枕头下一摸，果然是厚厚的一封信。看时，信封上写着芝启。敞着口，没有封。她将两个指头把信瓤子向外扯出来，先透出了一叠钞票，另外有张纸，只写了几行字：

芝：好好的休息罢。留下万元，作你零用。我今日有趟公差，过南岸到黄桷垭去，我把轿子钱和旅馆钱省下，想今晚上赶回来。万一赶不回来，我会住在朋友家里的，不必挂念。

本留

她看完了信，将钞票数一下，可不是一万元？黄桷垭是疏建区的大镇市，常去的。过江就上坡总在几千级。本地人叫作上十里下五里，十里路中间，没有二十丈的平地，上去上坡子到山顶为止，才是平路。若不坐轿子，那真要走掉半条命。他这样子省有什么用？还不够太太看一张牌的钱。但不管怎么样，他那样苦省，自己这样浪费，那总是对不住丈夫的事。想到这里，又把魏先生留下的信，从头至尾地看上一遍，这里面丝毫没有怨恨的字样，怕今天赶不回来，还叮嘱着不要挂念。

她把信看着出了一会神，也就下床漱洗。杨嫂进房来问道："太太要吃啥子饭食？先端碗面来，要不要得？"魏太太道："中午你们怎么吃的？"杨嫂道："先生没有回家，我带着两个娃儿，浪个煮饭？我带他们上的三六九。"魏太太笑道："那好，又是一天厨房不生火，那也不大像话吧？孩子交给我。你去做晚饭。"杨嫂笑道："要是要得，你要耐心烦喀。"魏太太道："我只要不出去，在家里看着孩子，有什么不耐烦？"杨嫂低着头笑了出去，低声说了句："浪个别脱（犹言那样干脆）。"

魏太太听了，心下不大谓然，心想：难道我会生孩子，就不会带孩子？只是这个女佣工，却是自己放纵惯了的，家交给她，孩子也交给她。另换个人，就不能这样放心，只得把这句话全盘忍受了，只当是没有听到。

果然，杨嫂抱着牵着，把两个孩子送进来了。大孩子五岁多，是个女孩，小头发蓬着像个鸡窠。上身穿了白花洋纱质，带裙子的童装，在这上面，罩了件冬天用的，骆驼绒大衣。大衣不但是纽扣全没有了，而且肋下还破了个大口，向下面拖着绒片筋。胸面前湿了大块，是油渍糖渍鼻涕口水粘成的膏药状。下面光了腿子，穿了双破皮鞋，而且鞋上的绊带也没有了。两条光腿，那全不用说，都沾遍了泥点。小的这个孩子，是个男孩，约莫是两岁，他倒完全过的冬天。身上的一套西北蓝毛绒编的挂裤，已记不清是哪日起所穿，胸襟前袖口上，全是结成膏片的脏迹。袖口上脱了毛线，向下挂着穗子。那张小圆脸儿，更不成话，左腮一道黑迹，连着鼻子嘴横抹过来，涂上了右腮。鼻子下面，还是拖两条黄鼻涕，拖到嘴唇。腿上是和姐姐相同，光着下半截。一只脚穿了鞋袜，一只赤脚。

魏太太皱了眉头道："我的天！怎么把孩子弄得这样脏？"杨嫂并没有回答她这个问题，将男孩子交给主妇，扭身就出去了。她好像认为小孩子这样脏，乃是理所当然。魏太太叹了口气把男孩子放在床上，自己舀了盆热水来，给两个小孩子洗过手脸，顷刻之间，找不到日用的脚盆，和两孩子洗了脚，这又找不到脚布。看看床栏上，还有就也遇事从简了，将脸盆放到地板上，换下来两日未曾洗的一件蓝布罩衫，取过来给孩子擦了腿脚，将箱子五屉柜，全翻了一阵，找出十几件小孩儿衣服，挑着适当的，给他们换上了。因对了孩子望着道："这不也是很好的孩子，交给杨嫂，就弄成那个样子。"有人笑答道："可不是很好的孩子吗？孩子总是自己带的好。"

看时，是隔壁陶伯笙太太呢。她总是那样干净朴素的样子，身上穿了半旧的阴丹士林罩衫，她会熨烫得没有一丝皱纹。头上的长发，在脑后挽了个辫环。脸上略微有点粉晕，似乎仅是抹了一层雪花膏。立刻起身相迎，笑道："你这位管家太太，也有工夫出来坐坐？"陶太太笑道："谈什么家？无非是两间屋子。"

魏太太屋子里，本来也就秩序大乱，现时和孩子一换衣服，又把面前两把椅子占满了。她只得将衣服抱作一堆，立刻送到桌底下去，口里连道请坐请坐。陶太太坐下来笑道："打算带孩子出去玩吗？"魏太太道："哪里也不去。我看孩子脏得不成样子，给他收拾收拾。"陶太太道："是的，住在这大街上，家里一寸空地也没有，孩子没个透空气的地方，健康上大有关系，若是再不给他弄干净一点，更不好了。"

魏太太一面拿鞋袜给孩子穿，一面谈话。因道："我是太笨了，横针不会直竖，孩子的鞋帮子，我也不能做。什么都买个现成的，就是现成的吧，也赌疯了，不给孩子装扮起来。这门娱乐太坏，往后我要改变方针了。"陶太太微笑道："若是摸个八圈，倒也无所谓，打梭哈可来得凶，我一径不敢伸手。"

魏太太心想：她不走人家的，今日特意来此，必有所谓，且先装不知，看她要些什么。因道："我家成日不举火，举火就是烧饭，热水也没有一杯。你又不吸香烟，我简直没法子招待你。"陶太太道："不要客气，我有两句话和你商量商量。你不是和胡太太很要好吗？我知道她手边很方便。我有一只镯子。想在她手上押借几万块钱。这件事我不愿老陶知道。他是个好面子的人，他知道押首饰，又要说我丢了他面子了。我想请你悄悄地去和胡太太商量一下。她若认为可以，我再去找她。"

魏太太笑道："你手上也不至于这样紧呀！"陶太太叹了口气道："你哪里知道我们家的事？你不要看老陶三朋四友，成天在外面混，他是完全绷着一个面子。做了人家公司一个交际员，只有两万元车马费，吸香烟都不够。我们也就是图这个名，写户口册子好看些，免得成了无业游民。两个孩子都在国立中学，学膳费是不要的，可是孩子来信餐餐抢糙米饭吃，吃慢了，饭就没有了，得饿着。大孩子的学校离重庆远，在永川，每餐饭还有两碗没油的蔬菜，八个人吃。第二个孩子在江津，常是一餐饭吃一条臭萝卜干。而且每餐只有两碗饭，只够半饱。两人都来信，饿得实在难受，希望寄一点钱去，让他们买点烧饼吃。大孩子还不断地有点小毛病，不是咳嗽，就是闹湿气，要点医药费。我怕孩子太苦了，打算每人给他两三万块钱。你别看老陶上了牌桌子不在乎，那都是临时乱拉的亏空。真要他立刻掏出一笔现款，他还要去想法子。他也未必给孩子那样多钱，东西我也不戴出来，白放在箱子里，换了舍不得，出几个利钱押了它吧。”

魏太太没想她托的是这件事。笑道：“进中学的孩子了，你还是这样地疼。”陶太太皱了眉道：“前天和昨天连接到两个孩子的来信诉苦，我饭都吃不下去。我们那一位，倒是不在乎，照样的打牌。魏先生就不像他，我看见他回家就抱孩子。”

魏太太道：“他呀！对于孩子也就是那么回事，见了抱抱，不见也就忘记了。说起打牌，我倒要追问一句，昨晚上的局面，陶先生又不怎样好吧？”陶太太摇着头苦笑了一下，接着又点了两点头道：“不过昨晚上这场赌是他敷衍范宝华的，可以说是应酬，连头带赌，还输了三万多。听说那个姓范的要做一笔黄金生意，叫老陶去和他跑腿。老陶就听场风是场雨，高兴得了不得，昨晚上有两个穿西服在一处打牌的就是帮忙可以买金子的人。老陶为他们拉拢，在馆子里大吃一顿，又到我们家来赌钱。听说原来是要到一个女戏子家里去赌的，他们一面赌钱，一面还要开心。因为那个女戏子不在家，就临时改到我家来了。我们做了买金子的梦，一点好处没有得到，先赔了三万元本，人熬了一夜，累得七死八活。我的那位还是很起劲，觉也没有睡，一大早就到老范那里去了。”

魏太太道：“那倒好，我和胡太太抵了那个女戏子的缺了。”陶太太不由得脸上飞红，立刻两手同摇着道：“你可不要误会。你和胡太太，都是临时遇到的。”

魏太太虽然听到她这样解释了，心里总有点不大坦然，这话只管老说下去，却也没有味。便笑道：“好赌的人，有场合就来，倒不管那些，我是个女男人，谁要对我开玩笑，谁预备倒霉，我是拳头打得出血来的人。”陶太太不好说什么，只是微微地笑着。

那杨嫂正走了进来。问道：“饭做好了，就吃吗？没得啥子好菜咯。”陶太太笑道：“你去吃饭，我晚上等你的回信。”说着，大家一齐走到隔壁屋子里来。看那桌上的菜，是一碗豆腐，一碗煮萝卜丝。魏太太皱了眉道：“又买不到肉吗？炒两个鸡蛋吧。”陶太太道：“我为老陶预备了很多的菜他又不回来吃，我去给你送一点来。”说着立刻走了。

魏太太坐在桌子边，捧着一碗平价米的黄色饭，将筷子尖伸到萝卜丝里拨弄了几下，然后夹了一块煎豆腐，送到鼻子尖上闻了一闻，将豆腐依然送回菜碗里，鼻子哼着道：“唔！菜油煎的，简直不能吃。”杨嫂盛着小半碗饭来喂孩子。便笑道：“你是比先生考究得多咯，你不在家，先生买块咸榨菜，开水泡饭吃两三碗。你在家，他才有点菜吃。”

魏太太还没有回答这句话，陶家女佣人端了一碗一碟来，碗盛的是番茄红烧牛肉，碟子盛的是叉烧炒芹菜。她放到桌上，笑道：“我太太说，请魏太太不要客气，留下吃，家里头还多咯。”魏太太看那红烧牛肉烧得颜色酱红，先有一阵香气送到鼻子里。便道：“你们家里的伙食倒不坏。”刘嫂道：“也就是先生一个子吃得好。太太说先生日夜在外面跑，瘦得那样，要养一家子，让他吃点好饭食。他自己挣的钱，自己吃，天公地道，骑马的人还要和马上点好料呢。太太自己，硬是舍不得吃，餐餐还不是青菜萝卜？”

魏太太说着话时，夹了块牛肉到嘴里尝尝，不但烧得稀烂的，而且鲜美异常。因道：“你太太对你们主人，真是没有话说。你们先生对于太太，可是马马虎虎的。”刘嫂道：“马虎啥子？伺候得不好，他还要发脾气，我到他们家年是年（谓一年多也），没看到太太要过一天。”

魏太太道：“你们太太脾气太好了，先生成天在外交游，你太太连电影都不看一场。”刘嫂道：“还看电影？有一天，太太上街买东西转来晚一点，锁了房门，先生回来，进不得门，好撅（骂也）一顿。我要是她，我都不受。”

魏太太笑道：“你还想做太太啦？”刘嫂红着脸道：“这位太太说话……”她一笑走了。魏太太倒也不必客气，把两碗菜都下了饭，但到这时，许多在个性相反的事情，继续向她逆袭着，她心理上的反映，颇觉得自己有过分之处。

吃过了饭，呆呆地坐着。看着两个孩子在屋子里转着玩。有人在外面叫了声魏太太。她问是谁，那人进来了，是机关里的勤务，手上拿着一个小篾篓子。魏太太道：“你找魏先生吗？他过南岸去了。”勤务笑道：“是我和魏先生一路去的。他今晚不能回家，让我先回重庆。这是带来的东西。”说着将小篾篓放到桌上。魏太太道：“他说了什么话吗？”勤务在身上取出一封信，双手交上。

魏太太拆了信看，是日记簿上撕下来的纸片，用自来水笔写的。信这样说：

芝：公事相当顺手，今晚被主人留住黄桷垭，做长谈，明日可回家午饭，请勿念。友人送广柑十枚，又在此处买了咸菜一包，由勤务一并先送回，为妹晚饭之用。晚饭后，若寂寞，带孩子们去看电影吧。晚安！

本上

她把这信看完，心里动荡了一下，觉得有一股热气上冲，直入眼眶，她要流泪了。

第六回

一切是撩拨

女人的眼泪是最容易流出来的，很少例外。不过魏太太田佩芝个性很强，当她眼泪快流出来的时候，她想到面前还有个勤务，她立刻用一种极不自然的笑容，把那要哭的意味挡住。因向勤务道："魏先生也是小孩子脾气，怕重庆买不到广柑，还要由南岸老远地带了回来。你也该回去休息了，我没有什么事，你走吧。"那勤务看到她的颜色极不自然，也不便说什么，敬着礼走了。

魏太太在没有人的时候，把魏先生那张信纸拿着，又看了一看。杨嫂由外面走进来笑问道："太太，朗个的？说是你不大舒服？"她笑道："刚才还吃了两碗饭，有什么病？"杨嫂道："是刚才那个勤务对我说的。"魏太太忽然省悟过来，笑道："我有什么病？不过我在想心思罢了。"

杨嫂看她斜靠了桌子坐着，手托了半边脸，眼光呆定了，望着那两个在床边上玩的孩子。杨嫂走近两步，站在她面前，低声道："我说，太太，二天你不要打牌了，女人家斗不过男人家咯。你要是不打牌的话，我们佃别个两间好房子住的钱都有了，住了有院坝的房子，娃儿有个耍的地方，大人也透透空气。有钱吃一点，穿一点，比坐在牌桌上安逸（舒服也）得多。输了就输了，想有啥子用？二天不打牌就是。”

魏太太扑哧一声笑了，站起来道：“我受了十几年的教育，倒要你把这些话来劝我。陶太太托我和胡太太商量一件事，还等了我的回信呢。你看着两个孩子，我半点钟就回来。”杨嫂笑道：“怕不过十二点？”魏太太道：“难道我就没有作回正经事的时候？打水来我洗脸吧。”杨嫂看她这样子，倒也像是有了正经事，立刻帮助着她把妆化好。她还是穿了那件挂在床里壁的花绸衣服，夹了只盛几千元钞票的皮包，匆匆出门而去。这也是普通女人的习惯，在出门之前，除了化妆要浪费许多时间而外，还有许多不必要的琐事，全会在这时间发生，以致真要出门，时间是非常迫促，就落个匆匆之势。

这里到胡太太的家里，路并不算远，魏太太并没有坐车子，步行地走去。下百十步坡子，走到一条伸入嘉陵江的半岛上。这里是繁华市区，一个特殊的境界，新式的欧洲建筑，三三两两间隔着树立在山冈上下，其间有花木，也有草地。房子有平房，也有楼，每扇玻璃窗透出通明的电灯光线，这光线照着，让你可以看到穿着上等西服的男子，或满脸脂粉的烫发女郎，在这一丈长三尺宽的石板坡子上来去，因为这个地方对于战都的摩登仕女是太合理想的。到热闹街市很近，一也；房屋决不拥挤，有办法美化，二也；半岛是很好的石质，随处有极坚固的防空洞，三也。唯一的缺憾只是地不平，无论上街的坡子怎样宽大，车辆不能到门口，找不到轿子的时候，就得步行。但这点缺憾倒是百分之九十几的重庆人所能忍受的。因之这半岛上拥了个真善美新村的雅号，住着一二百家有钱阶级与有闲阶级。

魏太太不但是羡慕这里，而且也羡慕这里居民的生活。她每次到这里来，就发生一种感慨，论知识，论姿色，而且论年岁，都比这里的多数妇女强几倍。然而自己就住在冷酒铺后面的吊楼上。因此，不愿到这地方来。今天来了，她倒另有一番感想，假使自己把输了的钱都来做生活用途，自也有这个境况。

她正这样想着，身后一阵嬉笑之声。回头看时，三四支电筒，闪着白光，簇拥一群男女走下来。听那些人口音，有说北方话的，有说下江话的。有人道："今晚上我不能跳得太夜深，明天上午九点钟，我有要紧的事。"有个女子问道："什么要紧的事，是买金子吗？"那人笑道："买金子，九点钟才去，那才是外行呢。今天晚上就要到银行门口去排班。"那女子道："你廖先生买金子，还用得着排班吗？我知道范宝华就在和你合作。"这句范宝华让魏太太特别注意，原来这位小姐，也是老范的熟人。这就缓缓地开步，让过他们，随在后面走。那男子道："袁小姐几时看到老范的？"她道："不用得遇着他，我也知道他的行动。不过他买他的金子，他发他的财，我袁三小姐并不眼热，我也不会再敲他的竹杠。"那男子哈哈一笑。

魏太太这就明白了，这个女子就是和老范拆了伙的袁三。听说她长得很漂亮，可惜看不到她的面貌。她一路想着，一路跟他们走，这倒巧了，他们所到的地点，就是胡太太家紧隔壁的一所楼房。借了他们手电光，直到胡家门口。

胡家的房子，是五六间洋式平房周围绕着细竹篱笆，屋檐下亮着雪白的电灯，照见篱笆里两棵红白碧桃花，开得像两丛彩堆。花下一片青草地毯，绿油油的。这和自己家里打开吊楼窗户就看到人家高高低低灰黑色的屋脊，真不可同日而语。她在篱笆门下叫了声胡太太。檐下的洋式门推开了，看到门里面又是灯火通明的，有人伸头问了一问。魏太太道："我姓魏，来见胡太太，有几句话商量。"这报告完毕，胡太太早是由门里抢了出来，迎上前挽着她的手臂笑道："这是哪阵风吹来的？请到里面坐。"她牵着魏太太由侧面的小门里进去。

魏太太由正屋窗子外经过向里看着的时候，见那里是座小客厅，灯光下坐满了的人。主人将客引到自己卧室里让座，首先就问："吃了晚饭没有？"魏太太道："我已经吃过饭了，你家有什么喜庆事情？"胡太太道："什么喜庆也没有，我们是随人家热闹。隔壁刘家今夜跳舞，到他家去跳舞的人我们有一大半是相熟的，在没有跳舞之前就到我家来谈天。我怕你是来邀我去凑局面，所以我请你到房里来谈话。"

魏太太因把陶太太所托的事细细地说了。胡太太丝毫不加考虑，因道："叫她拿来就是了。现在银楼挂牌的金价是四万到五万。我照三万一两押她的。小事，我也不要什么利钱。可是日子久不得。金子跌了价，也许不值三万，那我就倒出利息了。"

魏太太笑道："我虽不买金子，可是这好处我晓得，金子只有往上涨，哪有向下落的道理？"胡太太道："照你这样说，有金子的人都不肯向外卖出了。你是好朋友，我也不必瞒着你。我现在做一笔生意，请你看几样东西。"说着，她把玻璃窗上的幔布先给掩盖起来，然后打开穿衣橱，取出白铁小箱子来。她将背对了窗户，捧着白铁小箱子朝了电灯，然后向魏太太招了两招手。

魏太太会意走了过去。她将小铁箱的锁打开，掀开盖来，黄光外射，让魏太太吃了一惊。里面有四只金镯子，两串金链子，十几枚金戒指。因道："这都是你收买的吗？"胡太太笑道："若是我收买的，我就不给你看了。明天早上，我就送进银楼。"

魏太太道："你怕金子会跌价，所以趁这个机会卖了它？我劝你可别做这种傻事。"胡太太将小箱子锁好，依然送到衣橱子里去。笑道："我并不傻，我是替人家代劳的。我有两家亲戚，住在歌乐山。他们看到金子能卖到四万几一两，黄金储蓄呢？可只要两万元一两。于是他们脑筋一转，有了办法，决定把金子拿到银楼去换现钱。这笔现钱分文不动，拿去买黄金储蓄券。六个月到期，凭了储蓄券去兑现金。那么现在卖掉一两金子，六个月之后，就变成二两金子了。这样现成的好买卖，为什么不做？他们有了这个动议，惊动了两家太太小姐们，连老妈子也在其中凑热闹，各把首饰拿出来，带到城里来换。他们知道我们认识一家银楼，托我去和他们换掉，而且还托我们胡先生到银行里去买储蓄券。所以今天晚上我这衣橱子倒成了交易所了。”

魏太太道：“也许这里面有一大半是你的吧？”胡太太将衣袖子向上一卷，露出了右手臂上套着的金镯子，笑道：“我的还在这里。假使我有那富余钱的话，就买了黄金储蓄券了，哪里还会等着今日？”魏太太嘻嘻地望着她笑道：“也许你早就买得可观了。”胡太太也只笑了一笑。

魏太太道：“这几个月来，也偶然听到有人说买金子，买黄金储蓄券，真正干得起劲的人，也还不多，为什么这个礼拜以来到处都听着是买金子的声音？”胡太太点点头道：“这个我有点研究，可以告诉你，第一是黄金的黑市，涨到了五万上下，现在花二万元买一张储蓄券，六个月兑现，对本对利，比在银行里存大一分的比期（川地商家习惯半月一交割，十五或三十一日必须结账。故每月三十一及十五谓之比期。银行因此习惯而有半月存款之例谓之比期存款。普通半月存款亦谓之比期存款。但依存款之日起息，半月一结，则不必固定十五日或三十一日）还要合算。你拿十万元到银行里存大一分，到七个月头，利上加利，才有十九万几，还不到对本对利呢。这不是买黄金储蓄券更合算吗？所以黄金黑市越涨价买黄金储蓄券的人越多。第二是官价和黑市相差一半，政府卖黄金也好，卖黄金储蓄券也好，那都吃亏太大了。非把官价提高不可。提高多少现在虽不知道，但是总不会和黑市相差一半。等到黄金官价定高了，兑现的日子就不能对本对利了。据报上登载，就在这几日财政部要宣布新官价。大家要抢便宜，所以这几日买黄金的人发了狂，这些买三两五两黄金储蓄券的算什么？那些买黄金期货的，一买几千两，也雪片似的向四行送着支票，那才是吓人呢。第三，还有个原因，说政府看到卖黄金是太吃亏，要不卖了，因此要想发财的人更是着急。”

魏太太笑道：“你说这话，我算明白了。既是卖黄金吃亏，政府又何必卖，马上就可以停止，还等什么？”胡太太道：“为的是法币要回笼。”魏太太道：“什么叫法币回笼？”胡太太道：“法币发得太多了。这叫通货膨胀。通货膨胀，钱不值钱，东西要涨价，这叫法币贬值。政府不愿法币贬值和东西涨价，要把市面上的法币收回去，这就叫回笼。让法币回笼的办法很多，不一定是出卖黄金。譬如抽税，发公债票，抛售物资都可以。”

魏太太走近一步，将手拍了她肩膀道：“真有你的，你也没有学过经济，怎么晓得这样多？”胡太太笑道：“这还用得着学呀！我们家里每天晚上来些摆龙门阵的客人，无非就谈的是这些。听过三回五回，也许你还不明白。等着你听到二三十回，甚至五六十回，难道你还不明白吗？”魏太太道：“那么你们府上贵客满堂，也许又是在开经济座谈会了。”胡太太道：“那倒不是。他们今天都是到刘家去跳舞的，时间未到，先到我家来坐坐。我不是说了，这些人我们认识一大半吗？”

魏太太道：“跳舞还有时间，反正是大家趁热闹。”胡太太道：“自然是这样的，不过人马未曾到齐，大家就得等上一等，尤其是几位女明星没有到，大家必须等着。”魏太太道：“是哪几位女明星呢？舞台上和电影上的女明星我很少看到她们的本来面目。”胡太太挽着她的手道：“你随我来吧，也许她们来了。”她随着女主人走出门时，隔壁那客室里的欢笑声，已经停止。那边洋楼里，留声机用扩大器放着音乐片子，响声由窗子缝里和门缝里传播了出来。胡太太笑道：“他们已经开始了。你看，很有趣的。”

魏太太关于摩登的事，什么都玩过，就是不会跳舞。这原因第一是由于她没有朋友引带学习，第二是她参加的社交，是不大高贵的场合，没有跳舞的机会。心里倒也想着，重庆城里半公开的跳舞，到底是怎么一种场面？这时有了这样一个机会，自也愿意去见识。顺便看看范宝华那个离婚夫人，长得是怎么漂亮。心里如此，随着胡太太，已走进了刘家。

这屋子倒是纯欧化式的，进了大门，就是个门廊，壁上的衣架帽钩，悬挂了不少的帽子和杂物。门廊过去，一条宽甬道，左边一所小客厅，已是坐满了人的。左边有个垂花门的大敞厅，家具全搬空了，只屋子角上，留有一张小圆桌，桌子放了一架留声机，旁边堆了二三十张话片。一位穿西服的少年，弯了腰在那里伺候话匣子。那头屋角，有个扩大器安在墙上。全屋电灯通明，照着七八对男女，在光滑的地板上溜着。在垂花门外面，乱摆着大小椅子，不舞的人，男女夹杂坐在那里。

胡太太带她进来了，随便地向人点着头，不知道谁是主人，也没有人来招呼。两人自走向那小客厅里去。一个头发梳得乌油淋淋的西服少年，迎向前对胡太太脚底下望着，笑道：“怎么穿便鞋来的?”胡太太笑道：“我今天没有工夫。”那人笑道：“为什么不来？今天有几张很好的音乐片子呢。”说着，将右手扬起来，中指按住了大拇指，对胡太太脸上遥遥地一弹，啪的一声响，自走开了。魏太太看她脸上时，略带微笑，并没有对这人感到失态。

这小客室里，只有一套沙发，四个锦垫，人都坐满了。两人走进去，复又退出来。这时，一段音乐片子放完，舞伴放开了手，分别向舞厅四周站着。魏太太心想，就是这么个局面，这会有什么很大的乐趣吗？说到男人，那还罢了，搂抱着女人那总是占便宜的事。说到女人，让男人抱着跳舞，这也会有趣味？跳完了，连个好好休息的地方都没有。

她以一个外行的资格，站在那垂花门边，向舞场上的几位女宾身上打量着。其中有个瓜子脸的女人，后脑披着十来股纽丝卷烫发，穿件大红银点子的旗袍，胸前高挺了两个乳峰，十分惹人注意。正好有个西装男子，将她向一位穿制服的人介绍着，称她是袁三小姐。她伸出手来和那人握着。远处兀自看到手指上银光一闪，这无须说，正是她手上戴了一只钻石戒指了。魏太太这就知道她是范宝华的离婚夫人。这样的全身繁华，可知老范在她身上花了多少钱。

再看看其他的女宾，虽不是个个都像袁三那样华丽，可是穿的衣服，全是很时髦的，戴金镯子那太不稀奇，手指上圈着钻石戒指的，就还有三位。尤其是各位女宾穿的皮鞋，漏花帮子的，绊带式的，嵌花条的，重庆鞋店玻璃窗里的样品，这里全有。袁三穿的是双朱红绊带式的高跟鞋子，套在白色丝袜上，那颜色像她那件红色银点旗袍，非常地刺激人的视官。魏太太很敏感地看了看自己身上这件五成旧的花绸衣服，红不红，灰不灰，白又不白。穿的这双皮鞋又是满帮子，好像军人穿的黄皮鞋。这和人家打比，未免太相形见绌了。

她正是这样惭愧着，偏是好几位女宾都把眼光向自己看来。她心想，这必是人家笑我落伍，我还老站在这里做什么？于是低声向胡太太道："我们走吧。"胡太太也看出了她局促不安的样子，以为她不会跳舞的人对于这种场合，不大习惯。便点点头引了她出去。

转身只走了两步，后面有人叫道："怎么走呢，胡太太？"她们回过头看时，是位穿西服，嘴唇上留有半圈短胡子的人。胡太太笑道："我是陪这位魏太太来观光的，刘先生自己没有跳舞？"他笑道："你若下场子我可以奉陪。魏太太初次来，我没有招待，那太对不起，请到楼下去坐坐。我熬有一点真咖啡，是重庆不大容易得着的，喝杯咖啡走吧。”说着，向魏太太笑着点头。她明白了这是主人，人家所请的客人，都是珠光宝气的太太小姐，自己这副形象，怎好意思加入人家的舞群，便笑道：“对不起！刘先生，我今天有事，改日再来拜访刘太太吧。”那主人有的是凑热闹的女宾，却也不怎样挽留，笑着送到门廊下就止步了。

魏太太再到胡家，他们家的男客已完全走了，主人让到小客室里来坐。重庆非大富之家经过八年的抗战已没有沙发椅。小康之家代替沙发的是柳条和藤片做的沙发式的矮椅子。胡家客室里也有这种陈设，而且椅子上各加阴丹士林布的软垫子。这种布也久已是成为奢侈品的了。客室的另一角放着小圆桌子，上面盖着挑花的漂白布桌毯，魏太太是久有此意，想买两丈极好的漂白布，做两身内衣。也就因为白布既极贵，而且也不大容易买到，把这事延误了，倒不如人家胡太太拿了作桌布。因笑道：“你们家打算在重庆还住个十年八载呢，还是这样新添东西。”胡太太道：“这不算添东西呀！你看我们家，到晚上还有大批人马来到，不能不让人家有个落座的地方。”

魏太太看围着圆桌的椅子，也是新置的，显然是最近的布置。魏端本阶级相等的朋友，就没有谁人家里能预备一间客室。这胡家的客室，虽然就是这点家具就摆满了。可是墙壁上挂着字画，桌上摆着鲜花瓶，并没有客室里不应当摆的东西，这可知道完全是做客室之用的。因笑道：“胡太太，我很欣慕你。在重庆能过着这样安适的日子，这不是容易的事。”胡太太笑着摇摇头道：“并不安逸呀！我们胡先生也是不住地向我啰唆，老说我花多了钱。往后我也要少赌两场了。”说着，嘻嘻一笑。

魏太太道：“你怕什么？有的是资本做金子生意。六个月对本对利大捞一笔，你输不了。”胡太太道：“提起这事，我不要说过就忘了。陶太太的事我们怎样办理，她是要现钱，还是要支票？现款恐怕家里没有这样多。”

魏太太道：“你开明日的支票吧。让她自己明日上午把金器拿来。她又没有拿东西来，我带了现款去，倒负有责任。”胡太太对于这个说法，倒好像是赞成的。立刻进屋子去，又拿了个小红皮箱出来，打开皮箱，取出了三个支票本子，挑了其中一个，摸出口袋里的自来水笔，伏在圆桌上，开了张三万元的支票。支票放在桌上，把小皮箱送进房去。再出来，却带了印泥盒和图章盒，在支票上盖了两个章，交给魏太太，笑道：“这决不是空头。”

魏太太心里想着，这家伙真有钱，而且也真会管理。支票和图章不但不放在一处，而且也做两回手续办理。这便笑着点了两点头道：“胡太太的事，没有错。你玩是玩了，乐是乐了，家里日子过得十分舒服，手边用的钱也十分顺便，我应当向你学习学习。”胡太太道：“好哇！随便哪天来，我先教给你跳舞。”魏太太道：“我若是有你这个环境……唉！不说了。我到你这里来一趟，我的眼睛受的刺激够了，我不能再受刺激了。”说着，将那支票揣在身上，扭转身就走了。

第七回

买金子买金子

魏太太带着满怀的感慨，回到了家里，事实上是和预定期间，多着两三倍。杨嫂带着孩子们都睡了。她心想，自己是个倒霉的人，这三万元支票，别在身上揣丢了。因之并不耽误，就到陶家来。陶太太坐在电灯下，补袜子底呢，立刻放下活计相迎。魏太太笑道："你们陶先生也穿补底袜子？"陶太太道："请问重庆市上，有几个人的袜子底不是补的？"魏太太道："其实，只要少输两回，穿衣服的钱都有了，别说是穿袜子。"陶太太笑道："话是谁都会说，可是事临到头上，谁也记不起这个说法了。"

魏太太嘻嘻一笑，弯着腰在长袜统子里，摸出了那张支票，递给陶太太，因把在胡家接洽的经过，说了一遍。接着叹口气道："有钱的人做什么事都占便宜，他们有法子用金子滚金子，现在是四两，半年后就是半斤。你这金镯子若是不押了它，现在卖个三四万块钱，就可以买二两黄金储蓄券。到了秋天，你就戴两只镯子了。"陶太太笑道："你也知道这个办法，你一定买了。伯笙原来也是劝我这样做的，可是我要为孩子筹零用钱，我就顾不得捡便宜的事了。”说着，她突然摇了两摇手，把支票收到衣袋里去。隔壁屋子，正是陶伯笙在说话。

魏太太到那屋子里来，见他将一张纸条放在桌上，用铅笔在纸上，列写阿拉伯字码。他一抬头笑道：“昨晚上的事，真对不起，我又是一场惨败。无论如何，要休息一个时期了。”魏太太笑道：“回来就写账，合伙买金砖吗？”陶伯笙哈哈大笑道：“好大口气。我也不过是和人跑跑腿而已。”

魏太太胡乱开句玩笑，却没有想到他真是在算金子账，便坐在旁边椅子上问道：“你有买金子的路子吗？”陶伯笙坐在桌子边，本还是拿了铅笔在手，对了纸条上的阿拉伯字码出神，这就很兴奋地放下了铅笔，两手按住了桌沿，望着魏太太道：“怎么着，你对这事感到兴趣吗？”

魏太太笑道：“对发财的事谁不感到兴趣？若不感到兴趣，那也就怪了。可是我没钱，一钱金子也买不到。”陶伯笙正了脸色道：“我不是说笑话，你何妨和魏先生商量商量，抽个十万八万，买四五两黄金储蓄券也好。将来抗战胜利回家去，也有点安家费。现在真是那话，胜利逼人来，也许明年这个时候，我们已经回到了南京。”魏太太摇着头道：“你也太乐观了。”陶伯笙道：“不乐观不乐观，这是比‘放比期’还优厚的利息，能借到债也可以做的买卖呀！”魏太太低头想了一想，笑道：“端本回家来了，我和他商量着试试吧。”

正说到这里，有个矮胖子走进来。魏太太已知道他，他是给老范跑腿的李步祥，人家真要谈生算经，自己也就只好走开了。陶伯笙和他握着手，笑了让座，因道：“冒夜而来，必有所求。”李步祥笑道：“在门外面我就听到你和刚才出去的这位太太谈买金子了。兄弟发财的念头也不后人。”

陶伯笙起身敬了他一支烟，又擦着火柴给他点上了，就因站在他面前的缘故，低声笑道："老兄，要买的话，打铁趁热，就是明后天。我听了银行里的人说：就在下月一号，金价要提高。今天的消息更来得急，说是政府看到买金子的人太多，下月就不卖了。"李步祥喷了一口烟，笑道："我也是听了这个消息，特意来向你打听的。你既然这样说了，我的事也就拜托你，你和老范去买的话，顺便给我来一份。"

陶伯笙道："你找我，我还找你呢。我和老范托的那位包先生，是隔子打炮的玩意。他根本还得转托业务科的人。几百万的本票，我可不敢担那担子，让人转好几道手。干脆，我去排班。我打算今晚上起个黑早，到中国或中央银行门口去等着。你也有此意，那就很好，我们两个人同去。站班有个伴，也好谈谈话。"李步祥把手伸到帽子里去，连连搔了几下头发，搔得那帽子一起一落。原来他走进来就谈金子，帽子都忘了摘下来呢。他笑道："站班，这可受不了。我到重庆来，除了等公共汽车，我还没有排过班。为了排班，什么平价东西，我都愿意牺牲。"

陶伯笙架了腿坐在床沿上，衔了支烟卷在嘴角上。左手拿了火柴盒，右手取根火柴，很带劲地在火柴盒上一擦，笑道："难道说，买平价金子，你也愿意牺牲吗？"说完了，方才将火头点了烟卷深深地吸上一口。李步祥道："若是你陶先生西装笔挺，都可以去排班，我李步祥有什么不能去的？不过你拿几百万去买，虽然是人家的，怕这里面，不有你很大的好处。我可怜，只拼凑了二十万元，买他十两金子而已。"

陶伯笙笑道："十两还少吗？我太太想买一两，那还凑不出那些钱呢。这些闲话都不必说了。银行是八点钟开门，我们要六点钟就去排班，晚了就挤不上前了。我们在哪里会齐？"李步祥已把那支烟吸完，他把桌上的纸烟盒拿起，又取了一支来抽，借以提起他考虑的精神。陶家这屋子里，有两把不排班的椅子，相对着各靠屋子的左右墙壁。李步祥面对了主人背靠了椅子，昂起头来，一下子吸了五分长一截烟，然后喷出烟来笑道："我还得问明白了老兄，我们是到中央，到中国，还是到储汇局？"

陶伯笙笑道："还是中央吧。听说将来兑现金，还是由中央付出。为了将来兑现的便利，就是中央吧，而且我的四百万元本票，只有一张五十万，是中央的，其余有两三家商业银行。为了他们交换便利，也是中央好。"李步祥笑道："你真前后想个周到，连银行交换票据你都替人家想到了。"

陶伯笙唉了一声道："你知道什么？你以为这是在大梁子百货市场上买衬衫袜子，交了钱就可以买到货？这买黄金储蓄券手续多着呢。往日还有个卡片，交给买主，让你填写姓名住址储金的数量。自从买金子的人多了，卡片不够用，银行里笔墨又闹恐慌，这才免了这节繁文。可是你还得和他们讨张纸条，写好姓名数量，将钱交了上去。当时他给你个铜牌子，明日再去拿定单。你若是现款，那自然你以为是省事，可是要带上几百万元钞票，你好带，人家还不愿意数呢。最好你是交中央银行本票，人家只看看就行了。其次是各银行的本票，他收到了本票，写了账，把你的户头登记了。本票交到交换科。交换是中央主办的，其他国家银行也是送到这里来交换。交换科每天交换两次，上午一次是十一点。交换科将本票验了，若是商业银行的话，还得算清了，今天他们并不差头寸，这张本票，才算是现钱。交换科通知营业科，营业科交办理黄金储蓄的人开单子。这几道手续，至少也得十二小时。若是你赶不上十一点钟的交换时间，中央晚上办理交换，第二天下午，才能通知营业科，你这定单，至早也得第三天才能填好，所以我们必须上中央，而且要赶上午。这个月已没有几天了。万一下月停止办理黄金储蓄，这两日争取时间，是最重要的事。"李步祥听了这番话，茅塞顿开，将手一拍大腿道：“真有你的，怪不得老范要你跑腿。你怎么知道得这样多？”

陶伯笙笑道：“这年头作生意不多多的打听，那还行吗？我除了在银行里向朋友请教而外，又在中国中央，亲自参观了一番。本来这件事还有个简单办法，就是托着来往的商业银行代办，并无不可。人家和国家银行有来往，天天有买卖。可是老范这人精细起来，却精细得过分。他原和三家商业银行有来往。其中一家有点靠不住，他的存款都提出来了，其余两家也是拼命在抢购金子。他怕托运两家银行不十分卖力，会耽误了时间。反正有我这个跑腿的，就在银行里开了本票，让我直接到银行里去买定单。反正是两条腿，站他两小时的班，这比辗转托人情，向人赔着笑脸，总要好得多。我们这是拿着几百万元去存款，又不向人家借几百万，凭什么那样下贱去托人情呢？”李步祥笑道：“你说的这些话，我都明白了，不用说了。事不宜迟，我连夜凑款子，明天早上我们在中央银行门口相会。”

陶伯笙道：“你不是说，已经凑足了款子吗？”李步祥道：“款子现成，全是现钞。我听到你说，银行里嫌数现钞麻烦，我连夜和朋友去商量，去掉中央银行的本票。若是掉不着本票的话，就是去掉换些大票子也好。”

陶伯笙道：“这倒是个办法。最好明天早上你来约我，我们一路到中央银行去，排班也好排在一处。”李步祥道：“那也好，反正走你这里过，弯路也有限。那么，我就走了。”说着，他就起身走去。

李步祥是个跑百货市场的小商人，没有钱在城里找房子住，家眷送在乡下过日子，他却是住在僻静巷子里一爿堆栈的楼上。这原来是重庆城里一所旧式公馆。四进房子，被敌机炸掉了两进半。商人将这破房子承租过来，索性把前面两进不要。将旧砖旧料，把炸了的半进盖个半边楼。李步祥就是在这加做的楼上住着。破砖和石头堆的坡式梯子，靠了屋边墙向上升，墙上打个长方洞，那算是楼门。楼倒有一列楼廊，可没有顶，又可算是阳台。旧式房子的屋顶，本来是三角形，屋檐前后总是很低。炸弹把这屋子炸去了半截，修理的时候，就齐那三角形的屋脊附近，由地面起了半截墙，墙上钉着木板，拦成半边楼。这样，楼的前面，高到屋脊，也就可以在板壁上开门开窗户了。楼里自然是前高后低，是斜形的，但临窗放桌子，靠后墙铺床，也起居如意。因为屋顶是斜的，为了显得里面空阔些，全楼是通的，并不隔开，一字相连铺了七八个床铺，两头对面又各铺了一张床。在这里住的人，倒好像坐小轮船的半边统舱。因为临窗的桌子和靠墙的床，相隔只可走一个人。若有人放把椅子在桌上算账，经过的人，必须跳栏竞赛地斜了身子跨过去。再加上箱子篮子盛货的包裹，其杂乱也不下于一个统舱。

李步祥走到这楼上，见不到罩子的秃头电灯泡，挂水晶球似的，前后左右，亮着四盏。两头两张三屜小桌，各堆了一堆椒盐花生，配着几块下江五香豆腐干。每张桌前，或站或坐，各有三四个人，互递着一只粗碗在喝酒，因为那股浓烈的香气袭人，就是不看到碗里有什么，也知道是在喝酒的。他呵了一声道：“好快活，吃花酒。”

这堆栈里一个年老的陈伙计，秃着头，翘着八字须，脸上红红的，卷起他灰布长衫的袖子，正端了粗饭碗在抿酒。放下碗来，钳了半块豆腐干，向他招招手道：“来来来，李老板，我们划几拳。”李步祥的床铺，在半间楼的最里面横头。这像坐统舱的边铺，是优待地位。他正要经过这两个吃花酒的席面。走到陈伙计面前，见有两张粗纸放在花生堆边，纸上洇着两大团油晕，还有些酱肉渣子。便笑道：“怎么着，今天打牙祭？”陈伙计笑道：“什么打牙祭？他们敲我的竹杠。”李步祥道：“那未必是老兄赚了一票？要不然，他们不会无缘无故敲你的竹杠。”

吃酒的人中有位刘伙计，便道：“李先生，你要知道，你也该喝他四两。陈先生令弟，由西康来，和他带来三两多金子。在西康不到三万元收的，到了重庆作四万五卖给别人了。那三两金子，根本就是带一万多块钱货到西康去换来的。前后也不过四个月，他赚了个十倍转弯，这还不该敲他一下吗？”陈伙计本来是端了酒碗待抿上一口，听了这话，笑得牙齿露着，胡子翘着，把碗里的酒喝不下去，索性放下碗来，笑道：“你不要听他们夸张的宣传。赚是赚了一点，哪里就赚得了许多呢？”

李步祥说着话，走到他的床边，将壁上的西装木架子取下，将身上穿的这套西服脱了挂上去，另在床底下箱子里，将一套旧的青呢中山服穿起。原来在重庆的商人，只要是常在外面活动的，都有一套拍卖行里买来的西服。就以这半个楼面上的住客而论，在家里挤得像罐头里的沙丁鱼，出去就换上了西服。你在街上遇到他，想不到他是住在这鸡窝里的。

陈伙计看到李步祥换下了西服，倒想起了一件事。笑道：“李先生出去跑市场，舍不得穿这套西服的？今天忙到这时候回来，有什么好买卖？”他毫不考虑，笑道：“抢购黄金。”陈伙计抓了把花生走过来塞到他手上，笑道：“别开玩笑了。”他是江苏人，撇了这句京腔，那个开字和玩字，依然是刻字晚字的平声，实在不如本腔受听，全楼人都笑了。

李步祥剥着花生，笑道：“你以为我是说笑话吗？我是真事。明日一大早，我就到中央银行去排班。明日上早操的朋友，希望叫我一声。”原来这楼上也有一位国民兵团的壮丁，是堆栈里两位学徒。他们没有吃花酒的资格，各端了本川戏唱本，睡在床上念。就有个川籍学徒答道：“要得。往常买平价布，赶汽车（川人对乘船乘车，均曰赶），都是我喊人咯。”

陈伙计道：“李先生真去买黄金储蓄券？若等一天，我们一路去。”

李步祥道："我不说笑话。你若是打算买，那就越快越好。听说下月一号，不是提高官价，就是停止办理黄金储蓄。这消息虽然已经外露，知道的人，还不算多，等到全重庆的人都知道了，你看，银行门口怕不会挤破头？所以要办……"

那位陈伙计，本已坐到那三屉桌子边，缓缓地剥着花生。听了此话，突然向上一跳的站了起来，问道："李先生，这消息靠得住？"李步祥倒不是像他那般紧张，依然坐在原位上，剥了花生米，落在右手掌心里，张开嘴来，手心托了花生米，向嘴里一抛，咀嚼着道："不管他消息真不真，决定了办，明天就办。早一天办，拿了储蓄券，将来就早一天兑现取金。"

有位坐在床上端酒碗的张老板，是个黑胖子，穿了西装，终年顶了个大肚子，颇有大腹贾的派头。谈起生意经，倒只有他是陈伙计的对手。这时，他把酒碗放下，将五个指头，轮流的敲着桌子，因微笑道："老兄，我刚才和你商量的话怎么样？你何必一定要买十两？你手上有十五六万先买它七八两，等凑到了钱，再补二两，那还不是一样？老兄，你要知足，你一万多块钱，变成了三两多黄金。黄金卖了十五六万，再去做黄金。黄金卖了十五六万，再去买黄金储蓄，半年之得，有半斤金子了。"陈伙计听了龇开了牙齿，手摸了几下胡子，笑道："既然是对本对利的生意你为什么不干？"

张胖子皱了眉，嘴里缩着舌头啧的一声，表示惋惜之意，因道："我的钱都在货上了，调动不开，手边上只有两三万元，二两都凑不上。"说到这里，陈伙计突然兴奋着，站了起来，大声问道："各位有放债的没有？三千五千，八千一万，我都借。半个比期，我一定奉还，只要能凑成四五万块钱，我就心满意足了。我照样出利钱，但我希望照普通银行的规矩，七分或八分，不让我出大一分就好。"他这样号召着。

虽然有几个人响应，但那数目，都只三千两千。

那最有办法的张胖子，拖了个方凳子，塞在屁股后面，就在桌子边坐下，在花生壳堆里挑着完整的花生出来，慢慢地剥着吃，他却不说什么。陈伙计望了他道："老张，真的！你有没有现款？"他这才笑道："老兄，赚钱的事个个想干的啊！我有钱，我自己也去买黄金储蓄了。"陈伙计道："我不相信你就只三万现款。"

他慢慢地还是在剥花生，在花生壳堆里找花生，而且还把喝光了酒的空碗，端起来闻上一闻。看他脸色沉着，好像是在打主意。于是大家也就沉默着，听他发表什么伟见。果然他挑出一粒花生，又向花生壳堆里一扔，然后脸子一扬道："我倒有个有福同享的办法。像凑钱买航空奖券一样，现在我们在这屋子里的人，除了自己有钱可以去买三两五两的不算。那只能买一两八钱，或者连五钱都不够买的，可以把款子凑起来。凑到十万，我们就买五两，凑到二十万，我们就买十两。记一笔总账，某人出了钱多少，将来兑现，按照出的资本分账。黄金储蓄券，记着出钱最多的那人姓名，由他开具收条，分交投资的，收据由他亲自签字盖章为凭。储券也由他负责保存。大家不要以为我出的主意，我想拿这储蓄券，我手边只有现款三万。我这个数目不会是最多数。"

他这样说着，就有好几个人叫着赞成赞成。有的说出二万，有的说出一万五千，那不够一万的，就再向别人去商量，借点小数来凑整的。都是这样说，连五钱金子都定不到，那就没意思了。那两个川籍学徒，也由床上坐起来，不看川戏唱本了。一个问道："哪天交款？"

张胖子道："打铁趁热，马上交款。陈先生年纪最大，我们公推他临时主席，款交给他。我们再推一个代表，明日一早到中央银行去排班。由主席今晚交款子给他，他负全责去办储蓄。将来兑现的时候，大家奉送一笔排班费。这样做，我觉得最公道也最公开。大家干不干？"

这时，除了陈伙计为着凑不到款子，谢绝当临时主席外，其余的人一律同意。有的开箱子找钱，有的在衣袋里摸索。

那两个川籍学徒，是这楼上最穷的分子，各各掏摸身上，都不过两三千元。甲学徒向乙学徒道："别个都买黄金，我们就无份，我们也凑五钱金子股本，要不要得？"乙学徒向床上一倒，把那放在被卷上的川戏唱本，又拿了起来，答道："说啥子空话？我没得钱，你也没得钱。发财有命喀。"甲学徒走过来，拉着他道："我和你咬个耳朵（说私话也）。"于是低声道："大司务老王有钱，我们各向他借四千。自己各凑一千，不就是一万？"乙学徒道："你去和他说吗？碰他那个酒鬼的钉子，我不招闲。"那甲学徒倒是想到就办，立刻下楼到厨房里去了。

约莫是十分钟，有人就在门外叫道："买金子，买金子，要得嘛！"门拉开，那个大司务老王进来了。他一张雷公脸，满腮都是胡楂子，在蓝布袄子上系着青布围襟，手捞起了围襟，只管揩擦着两手，笑着问道："朗个的，打会买金子？我来一个，要不要得？"

张胖子笑道："好长的耳朵，你怎么也知道了？"老王道："确是，大家带我一个。"张胖子道："你搭上多少股本？"老王道："今天我有三万块钱，预备带下乡去，交给我太婆儿，没得人写信，还在我身上。让她多吃两天吹吹儿红苕稀饭（吹吹，犹言可以吹动之米汁也。红苕即番薯），不生关系，列个老子，我先买金子再说。三万块钱，买一两五，过不到瘾。我身上还有七千四百元零钱，我再到街上去借三千元，凑起四万，买二两。列个老子，半年后有四两黄金，二天给我太婆打一只赫大的金箍箍（戒指也），她做一辈子的梦，这遭应了梦了，喜欢死她，列个老子，硬是要得。"说着，他不住伸手抓雷公脸上的胡楂子，表示了那番踌躇满志。引得全楼人哈哈大笑。

第八回

半夜奔波

老王的这番话，引起了李步祥的心事。原是预备将二十万元去向熟商人掉换本票的。一回到这楼上，大家讨论买金子，把这件事情就忘了。这就叫道：“老王，你上街借钱，我托你一件事。问问有大票子没有。你若能给我换到二十万五百元的票子，我请你喝四两大曲。”老王道：“就是嘛。票子越出越大，就越用越小。五百元一张的算啥子，一千元一张的，现在也有了。拿钱来嘛，我去换。”李步祥听到他说可以换了，倒是望着他笑了，因道：“你的酒醒了没有？”老王道：“你若是不放心，我们一路去，要不要得？银钱责任重大，我也不愿过手。”李步祥听他说，虽觉得自己过于慎重一点，但想来还是跟着他的好。于是把二十万元放在皮包里，跟着老王走上大街。

就在这堆栈不远，是两家大纸烟店。老王走进一家是像自己人一样，笑道：“胡老板，我有点急事，要用几个钱，借我三千元，一个礼拜准还你。”这纸烟店柜台里横了一张三屉小账桌，左边一叠账簿，右边一把算盘。桌子上低低地吊了一盏白罩子电灯，胡老板也似乎在休息着这一日的劳瘁，小桌上泡了一玻璃杯子清茶，正对着那清茶出神。他坐着未动，掉过脸来，笑道："你有什么急用？必定是拿了钱去，排班挤平价布。"

老王一摆头道："我不能总是穿平价布的命呀。今天我要摆一摆阔，凑钱买金子。胡老板，你帮我这一次忙，隔天你要请客的话，我若不跟你做几样好川菜，我老王是龟儿子。"这胡老板不免为他的话所引动，离开了他的账桌。走到柜台里，望了他道："这很新鲜，你也打算做金子生意，你和我借三千块买金子？你以为是金子一百二十换的时候？"老王含着笑正和他说着只借三千元的理由。

账桌后面的小门里，走出来一个中年妇人，只看她穿着雪花呢旗袍，烫发，手腕上戴着雕龙的金镯子，一切是表示着有钱，赶得上大后方的摩登装束。她抢问道："谁有金子出卖？"她见李步祥夹了大皮包站在后面，她误会这是个出卖金子的，只管望了他。老王笑道："没有哪个卖金子，买还买不到手哩。老板娘，你要买金子吗？我去和你排队，不要工钱，就是今晚上借我三千元，不要我的利息，这就要得。"老板娘道："老王，你说话算话。就是那么办。你只要在银行里站班到八点钟，我们有人替你下来，不耽误你烧中饭。"胡老板道："他的早饭呢？"老王道："我会找替工嘛。"

李步祥听了，这又是个买金子的。人家有本票有大票子，怕不会留着自己用，这大可不必开口了。同时，又感到买金子的人到处都是，料着明天早上，银行里是一阵好挤。有一次汇五万元小票子到成都，银行里都嫌数票子麻烦。这二十万元的数目，在人家拥挤的时候，人家也未必肯数。大梁子一带，百货商熟人很多，还是跑一点路吧。他自己觉得这是福至心灵的看法。再不考虑，夹了皮包，就直奔大梁子。

重庆城市区的夜市，到了九十点钟，也就止了。大梁子是炸后还没有建筑还原的市场，当李步祥到了那里，除了马路的路灯而外，两旁的平顶式的立体小小店铺，全已关了。好像断绝烟火的土地庙大集团，夹了马路休息着。然而他那股兴奋的精神，决不因为这寂寞有什么更改。他首先奔向老友周荣生家。

这位周老板，住在一家袜子店后面。只有一间仅够铺床的窄条矮屋子。除了那张床铺，连方桌子也放不下，只在床头，塞了一张两屉小桌。可是他在乡下的堆栈，却拥有七八间屋子。他是衡阳转进重庆来的一位百货商人，就是住在这百货交易所附近，以便时刻得着消息。他流动资金不多，并不收进。但他带来的货色，他以为还可以涨个两倍三倍，甚至七倍八倍，他却不卖出。尤其是这最近半个月里，因战局逐渐好转，百货下跌。他和七八位和衡阳进来的同业，订了个君子协定，非得彼此同意，所有带来的货，决不许卖出。在民国三十四年春季，他们合计的货物，约可值市价三万万五千万。若是大家把货抛出，重庆市场消化不了，可能来一个大惨跌。那是百货同业自杀的行为了。所以他住在这里，没有什么大事做，每天是坐茶馆打听行市。

这时，他买了一份晚报，躺在床上对了床头悬下的秃头电灯泡看，大后方缺纸，报纸全是类似太平年月的草纸印的。油墨又不好，不是不清楚，就是字迹易透纸背。他戴起了老花眼镜，两手捧了报，正在研究湘桂路反攻的这条消息。李步祥在门外叫道："周老板没有出门吗？"他已听出是李步祥的声音，一个翻身坐起来道："请进来，忙呀！晚上还出门。"

李老板走进他屋子，也没有个凳子椅子可坐，就坐在他床铺上。周老板虽然拥资七八千万，自奉还是很薄，这床铺上只有一条毯子和一床被。李步祥将皮包放在床铺上，他已能感觉硬碰硬的有一下响。便笑道："周老板，你也太省了，床铺上褥子都不垫一床。"他在床头枕下，摸出了纸烟火柴，取一支纸烟敬客，摇摇头道："谈不上舒服了，货销不出去，一家逃难来川的人，每月用到二三十万。连衣服也不敢添，还谈什么被服褥子。"

李步祥一听，感觉到不妙。一开口他就哭穷，他怎肯承认有本票有大钞票？口里吸着他敬的那支烟，一股又辣又臭的气味，冲进了嗓子眼，他只好手钳着烟支，不吸也不丢下，沉默了两分钟，然后笑道："若是周老板嫌货销不动的话，我多少帮你一个忙。明天我和你推销一批货。今天晚上我先和你做点生意，批三打衬衫给我。我立刻付款。"周荣生笑道："我就猜着李老板冒夜来找我必定有事。实不相瞒，货是有一点，现在正是跌风猛烈的时候，我怎样敢出手？"

李步祥笑道："那么，你不怕货滞销了？"周荣生也就感到五分钟内，自己的言语，过于矛盾。抬起他的手，还带了半边灰布薄棉袍的袖子，乱搔着和尚头，微笑着把头摇了几下。李步祥道："滇缅公路，快要打通，说不定两个月内，仰光就有新货运进来。周老板，你老是舍不得把货脱手，那办法妥当吗？老范的事情，你听见说了吧？"周荣生道："听见的，他不干百货了，把款子调去买金子。这倒是个办法。可是我不敢这样做。我若把我的东西一下抛出去，我敢说百货市场上要大大的波动一下，价钱不难再跌二三成。越跌，越销不出去，别人有货的，也跟着向下滚，那我是损人不利己。我若今天卖一点，明天卖一点，那能抓到多少款子，而且听说下个月金子就要提高官价了，月里没有了几天，无论如何来不及了。一个很好的机会，失了真是可惜。"说着，他又抬起手来摸和尚头。

李步祥笑道："我倒不是想发大财，捡点儿小便宜就算了。我也实不相瞒，明天早上，我要到银行里去作十两黄金储蓄。只是手边上全是些小额钞票，恐怕在银行交柜的时候，他会嫌着麻烦而不肯点数。周老板手上若是有本票或者大额钞票的话，换一点给我好不好？”周荣生突然站起来，拍着手笑道：“李老板，你把我看得太有办法了。没事，我关了几十万现款在身上放着。”他那满脸腮的胡楂子，都因他这狂笑，笑得有些颤动。

李步祥碰了他这个软钉子，倒弄得很难为情。便笑道：“那是你太客气了。你随便卖一批货，怕不是百十万？我是猜你或者卖了一批货。其二呢？我也有点好意。我想，反正我明天是站班站定了。若是你周老板也有这个意思，我就顺手牵羊和你代办一下。多的你不必托我，自己会去办。若是十两二十两的话，我想你放心把款子交给我的。”周荣生正是心里讪笑着李步祥的冒昧，听了他这个报告突然心里一动，便站定了向他望着道：“明天你真去排班？”

李步祥道：“若不是为排班我何必冒夜和你掉换票子呢？”他说着，手取了皮包，就站将起来道：“天已不早了，我得赶快去想法子。”周荣生道：“你再坐几分钟，我们谈谈。”说着，他就把那纸烟盒拿起来，又敬李步祥一支烟，而且把他手上夹的皮包抽下来，放在床铺上。笑道：“我也是这样想着，暂时找不到大批款子，就买他十两二十两，那又何妨？但是我倒要打听一下，一个人排班，可以来两份吗？”

李步祥两指夹了纸烟，放在嘴角里碰了一下，立刻放下，斜眼望了他，见脸上带了几分不可遏止的笑容。心里就想着，这家伙一谈到钱，就六亲不认，我刚才是说和他将钱掉钱，又不是向他借钱，他推托也不推托一声，就哈哈给我一阵冷笑。他少不得要托我和他跑腿，明的依了他，暗地必须要报复他一下。因笑道：“这又不是领平价米买平价布，这是响应国家储蓄政策，他要人排班，是免得挤乱了秩序。至于你一个人储蓄几份，他何必限制？并没有听到说，限制人储蓄多少两。那么，五十两来一份的可以来，十两来五份的，有什么使不得。开的是饭店，难道还怕你大肚子汉?”说着，他又将皮包提起来，点了头说声再见。

周荣生一把将他的衣袖抓住，笑道：“你忙什么的？我们再谈几句。”李步祥将手拍了皮包道：“我这里面带了二十万小额钞票，夜深了，夹了个大皮包，满街去跑，那成什么意思呢？再见吧。”说着，扭转身子就要走。周荣生还是将他的衣襟拉着，笑着点头道：“不忙，不忙，换钞票的事，我和你帮忙就是了。”李步祥道：“你不是说你没有现钞吗?”周荣生拉长了嘴角，笑得胡楂子直竖起来，抱了拳头拱拱手道：“山不转路转，我没有现款，我还不能到别处去找款吗？你在我这里宽坐十分钟，我去找点现款来。纵然找不到本票，我也想法去弄些五百元一张的大票子来。”

李步祥觉着获得了胜利，倒不好意思再别扭了，笑道：“我的事，怎好要你老兄跑路哩?”周荣生连说是没关系，安顿着他在屋里坐下，立刻出去了，出门之后，却又回头向屋子里探望着，笑道：“老兄，你可要等着我呀!”李步祥答应了，他方才放心而去。

约莫是十五分钟，周荣生满脸是笑地走了进来，手里还捏了个小纸卷，他先把纸卷透开，里面是两支纸烟，笑道：“老兄，我请客，我在纸烟摊上，特意给你买了二支骆驼牌来。这是盟军带来的玩意，我还没有尝过呢。”他说着请客，真是请客，这两支烟全数交给了客人，自己没有取用。接着在怀里掏出个手巾包，像是捆着一条咸面包似的。

将手巾包打开，里面果然是两大捆大额钞票，有二十元的关金，五百元的钞票，最小额的也是十元关金。一卷一卷地用麻绳绑好。这日子，大后方的关金，还没有离开红运。李步祥正惊讶着，他十几分钟，就怎么弄来许多钞票？可是那钞票捆中间还有个变成黄酱色的皮夹子呢。皮夹子的按钮，大概是不灵，将一根细带子，把那皮夹子捆了。他解开皮夹子上的带子，透开皮夹，见里面是字据钞票发票什么都有。他在字据里面，寻出个白纸扁包儿，再透开，里面是中央银行三张本票。他将那本票展给李步祥看是两万元的两张，十万元的一张，笑道："你看，这不和你所要换的款子，相差得有限吗?"

李步祥道："这带来的钱，可就多了。"周荣生拱拱手道："你明天不反正是排班吗？我就依你的劝，也来个二十两。一时还凑不到许多钱，明天早上，我到银行里去，把钱给你，也免得你晚上负责保管的责任。"

李步祥也只有微笑。周荣生却误会了他的意思。因道："老兄，你觉得我这钱怎么一下子就拿来了，不是借来的吗？我就不妨明告诉你，钱是哪里弄来的。这里的凯旋舞场经理，和我有点来往，我是在他那里拿的。我在舞场里面，还碰到了袁三。下次见着了她，你问问她看，是不是见着了我?"李步祥听他这话，倒不觉灵机一动，笑道："我只要你肯帮我忙就很感谢，我何必问你这钱是哪里来的呢?"说着，他打开皮包，取出了带着的现款，和周老板交换钞票。

周老板却是细心，将二十万元小额钞票，一张张地点数，每点一万，放作一叠。直到排好了二十叠，又把叠数，重新点验过一番。这足足消磨了三十分钟，李步祥只有坐在旁边床铺上瞪了眼望着；等他点验完了，这才笑问道："周老板，没有什么错误吗?"周荣生笑道："你李老板的款子，还会有什么短少吗?"李步祥道："那么，我现在要告辞了。"周荣生倒觉得他这样追着一问，好像有点毛病，于是又把这左手捏的二十叠票子，用右手论叠的掐着数了一遍，笑道："没有错。"

李步祥笑着走出袜子店，在大街上摇着头，自言自语地道："这家伙真小气，怎么也发了这样大的财?"说完这句话，遥远地听到有人咳嗽一声，正是周荣生的声音，他赶快地就走。

由这里直穿过一条街，就是凯旋舞厅。这是重庆市上，唯一的有夜市所在。红绿的电灯泡，嵌在花漆的门框上，排成个彩圈。远在街上，就听到一阵西洋音乐声音传了出来。这种地方，他战前就没有去过，不知道进门有什么规矩没有，这么一犹豫，他不免放缓了脚步，恰好有三个外国兵，笑嘻嘻地走进去。他想，这地方有了外国人，更是有许多规矩，自己穿这么一身破旧的中山服，是不是可以走进去呢？越考虑，胆子可就越小了，慢慢地走到那大门边，却又缩脚走了回来。他自己心里转着念头道："找袁三，也不过是碰碰机会的事。她未必在这里面。就是找着了她在跳舞场上，也不是谈生意经的所在，算了，回去吧。"他自己感到这个想头是对的，就打算向回家的路上走，忽然有人在身后叫道："那不是李老板？"他转头一看，正是袁三小姐。便点着头道："好极了。在这里遇到了三小姐。"

她站在电灯照耀的舞场门口，向他招了两招手，笑道："过来。老范有什么话托你转告我吗？"李步祥就近两步笑道："我有点事和三小姐商量商量。特意来找你来了。"袁三摇摇头道："那不对吧？我走出门来的时候看到你是向那边走的。"李步祥笑道："谁说不是？我没有进过舞场，走到门口没有敢进去。"袁三笑道："你这块废料。说吧，有什么事找我？"

李步祥回头看看，身后并没有人，笑道："实不相瞒，这两天我犯了一点财迷。听说下个月一号，黄金就要涨价了。我们得抢着买，我想明天到银行里去排班，要买点黄金储蓄。不过直到今天下午，我还只凑到了十来万元，想买十两，还差点款子。三小姐，你能不能帮我一点忙，借几万元给我。我多则半个月，少则一礼拜……"

袁三不等他说完，拦着道："什么多则少则，我向人家借钱，向来就没有打算还，要不然，你袁三小姐，没有田地房产，又没有字号买卖，这日子怎么过？人家借我的钱我也不打算叫人家还。你说，你打算借多少？”说着，她将薄呢大衣的领子，向上提了一提，人就在街上走着。她穿的是跳舞的高跟皮鞋，路面是不大平的，她走得身子前仰后合，李步祥看着，这简直就是跳舞。加之夜静了，空气沉寂着，她身上那化妆品的香气，一阵阵地向人鼻子里送着。他不敢随着袁小姐太近了，在五六尺以外跟着。袁三站住了，回转身来问道：“怎么回事，你怕我吃了你吗？走得这样远，你说什么，我简直没有听到。”

李步祥只好走近了两步，笑道：“我没有开口呢。袁小姐说是我借钱不打算还，那让我说什么是好呢？”袁三道：“这是我的话，你不要管，你说，你打算和我要多少钱。反正这样深夜让你来找我借钱，不能要你白跑。”李步祥道：“那么，三小姐借我五万元吧。”她摇摇头：“不行，那太多了。送你两万。我有个条件，今晚这街上找不到车子，不知什么事，车子都躲起来了。你送我回家，行不行？”说着，把夹在肋下的皮包抽出，打开来，随手抽了两叠钞票交给他。李步祥的目的虽不止这些，但有了两万元，又可多买一两金子，她说了不用还，白捡的东西，倒不必拘谨。于是道了声谢，将款子接过。

袁三道：“你随着我走吧，没有关系。我在跳舞厅里搂着男人跳舞，也算不了什么。你跟着后面，你会怕有人说你闲话。就有这个闲话，人家说是有一天晚上，李步祥跟着袁三由跳舞厅里出来，在马路上同走。你想，这就是个谣言，你也艳福不浅。你不觉着人家说袁三和你有关系你感到有面子吗？”李步祥哈了一声，接着说了三个字：“我的天。”袁三也就嗤嗤地笑了，向他招招手道：“废料，来吧。”

李步祥真不敢再说什么，像鸭子踩水似的，跟了她后面，穿过几条街巷。但默然地不敢说话。但是果然不说话，又怕袁三见笑，只是偶尔地咳嗽一半声。怎么是半声呢，因他的嗓子使劲不大，没有咳嗽得出来。袁三在路上，倒笑了好几回。到了她的门口，她笑道：“李老板，够你作蹩子的了，你回去吧。”李步祥如得了皇恩大赦，深深地点了个头，回身向寓所里走。

他在路上寂寞地走着，也就不断地想了心事消遣。他想着，本来是碰碰运气，想着未必就向袁三借得到钱，倒不料居然借得了两万元。她借四万也好，可以多买二两金子。她只借两万，现在连自己的老本是买十一两，这数目字不大合胃口，若能买十二两，凑成一打的数目就比较有趣，话又说回来了，白捡一两金子，六个月后，钱又翻个身，也总是有趣的事，想着想着，他自己笑起来了。身旁忽然有人问道：“做啥子的？”

看时，是街上站的警察，因站住道：“做买卖的回家去，有事问我吗？”警察道：“你为啥子个人走路，个人发笑？”李步祥道：“我在朋友家里来，他们说了许多笑话，我走着想了好笑。”警察道：“我怕你是个疯子。”李步祥笑道：“我一点不疯，多谢关照了。”

他点了头走去，他又想着，还是规规矩矩地走吧。这样夜深，身上带了二十几万现款，可别出了乱子。这样想着，也就沉静地，缓缓走回寓所。但他已不敢走小巷子，绕了路顺着电灯明亮的大街走。

经过一个长途汽车站，见十来个摊贩，亮着化石灯在风露下卖食物，起半夜买车票的人，纷纷围着担子吃东西。他忽然想起一件事，是没有吃晚饭到陶伯笙家去的，以后就忙着谈金子的事，还没有吃饭呢。面前一副担子是卖豆浆的，铁锅里热气上升。有个人端了碗豆浆泡着粗油条吃，不觉胃里一阵饥火上涌。可是想过去吃点东西，那回家是太晚了。附近也有个炉子，铁丝络上，烤着馒头。瞧在眼里，不由得馋出口水来，正想掏钱去买两枚。但想到皮包里的钱，整叠地包捆在一束，若掏出二十来万元来，抽出两张小票子来买东西，夜深行路有背财不露白之戒。这个险冒不得，就忍着饿走了过去。

第
九
回

排　队

这位冒夜为买金子而奔波的李老板，精神寄托在金子翻身的希望上，累不知道，饿也不知道，径直地带着二十万款子，奔回寓所去。这个堆栈里的寓公，买金子的份子不多，到了这样夜深，大家也就安息了。李步祥到了那通楼里面时，所有的人都睡着了，他想对那两个学徒打个招呼，站在屋中间向那床铺上看去，见他们睡着动也不动，呼噜呼噜，各打着鼾呼声。心想人家劳累了一天，明日还要早起去上操，这就不必去惊动他们了。加之自己肚子还饿着，马上就睡也可以把这饿忘了。

他匆匆地脱了衣裤，扯着床铺上的被，将头和身体一盖，就这样地睡了。不多一会工夫，同寓的人大家笑着喊着："李老板买十两金子，银行里弄错给写了二百两，这财发大了，请客请客。"他笑道："哪里有这话，你们把银行行员看得也太马虎了。"口里虽是这样说着，伸手摸摸衣袋里，觉得就是邦邦硬的东西塞满了。顺手掏出来一块就是十两重的一条金子。同寓的人笑道："这可不是金子吗？请客请客。"说请客，请客的东西也就来了。厨子老王将整大碗的红烧肉，和整托盘的白面馒头，都向桌子上放着。李步祥顺手取了个大馒头，筷子夹着一大块红烧肉，就向口里塞了进去，肉固然是好吃，那馒头也格外好吃，吃得非常的香，忽然有人叫道："你们哪个买苗金？这是国有的东西，你们犯法了，跟我上警察局。"李步祥听到这话，大大地吓了一跳，人被提去了不要紧，若是所有的黄金都让人抄了去，那岂不是白费一场心力？焦急着，就要把枕头底下的金子拿起了逃跑。不想两脚被人抓住，无论怎样挣不脱。直待自己急得打了个翻身，这才明白，原来是在床上作梦呢。

警察捉人的这一惊，和吃馒头夹红烧肉的一乐，睁眸躺在床上，还是都在眼前摆着一样。买金子的事罢了，反正钱在手上，自己还没有去买呢，只是那白馒头红烧肉的事，可叫人忘不了，因为醒过来之后，肚子里又闹着饥荒了。那梦里的红烧肉，实在让人欣慕不置。他急得咽下了两次口水，只好翻个身睡去，蒙眬中听到那两学徒，已穿衣下床，这也就猛然地坐了起来。甲学徒笑道："说到买金子，硬是比我们上操的命令还要来得有劲咯，李先生都起来了。"

李步祥看看窗子外面还是漆黑的。因道："我是受人之托，忠人之事，我还要去叫醒一个朋友呢。"他说着，心里是决定了这样办，倒也不管人家是否讪笑。先就在床底下摸出脸盆手巾漱口盂，匆匆地就向灶房里去。

这灶房里为着早起的两位国民兵，常是预备下一壶开水，放在灶上，一钵冷饭，一碟咸菜，用大瓦盆扣在案板上。重庆的耗子，像麻雀一样多，像小猫一样大，非如此，吃食不能留过夜。李步祥是知道这情形的，扭开了电灯，接着就掀开瓦钵子来看。见了大钵子扣着小钵子的白米饭，他情不自禁地，就抓了个饭团塞到嘴里，嚼也不曾嚼，就一伸脖子咽了下去，这觉得比什么都有味。赶快倒了冷热水，将脸盆放在灶头上漱洗，自然只有五六分钟，就算完毕，这就拿了筷子碗，盛了冷饭在案板前吃。

两个学徒都也拿了脸盆来了。甲笑道："我还只猜到一半喀，我说灶上的热水李先生要倒光。不想到这冷饭粑李先生也吃。不忙，掺点开水吗？我们不吃，也不生关系。"李步祥听了，倒有点难为情，因笑道："实不相瞒，昨晚上我忙得没有吃饭。简直作梦都在吃饭。"两个学徒，自不便和他再说什么。

李步祥吃了两碗冷饭，也不好意思再吃了。再回到楼上，打算把那位要去买大批黄金储蓄的陈先生叫醒。到那床头面前一看，却是无人，而且铺盖卷也不曾打开，干脆，人家是连夜去办这件事去了。他这一刺激，更透着兴奋，便将皮包里的现钞，重复点数两遍，觉得没有错误了，夹着皮包就向大街走。

这正是早雾弥漫的时候不见天色。因为重庆春季的雾和冬季的雾不同。冬季是整日黑沉沉的，像是将夜的时间。春季的雾起自半夜，可能早间八九点钟就消失，它不是黑的，也不会高升，只是白茫茫的一片云烟，罩在地上。在野外，并可以看到雾像天上的云团，卷着阵势，向面前扑来。天将亮未亮，正是雾势浓重的时候。马路两旁的人家，全让白雾埋了，只有面前五尺以内，才有东西可以看清。电杆上的路灯，在白雾里只发出一团黄光，路上除了赶早操的国民兵，偶然在一处聚结，此外都是无人。

李步祥放开了步子，在空洞的大街上跑，径直地向陶伯笙家走去。到了那里，天也就快亮了，在云雾缥缈里面，那杂货店紧紧地闭上了两扇木板门。他虽然知道这时候敲人家的店门，是最不受欢迎的事，可是和陶伯笙有约，不能不去叫起他。只得硬了头皮咚咚地将门捶上几下，到底陶伯笙也是有心人，在他敲门不到五分钟，他就开门迎他进去了。经过那杂货店店堂的时候，柜台里搭着小铺睡觉的人，却把头缩在被里叽咕着道："啥子事这样乱整？那里有金子抢吗？"

李步祥跟着主人到屋子里，低声问道："他们知道我们买金子？"陶伯笙笑道："他们不过是譬方话说说罢了。"说着自行到厨房里去盥水洗脸冲茶，又捧出了几个甜面包来，请客人用早点。李步祥道："昨晚上你也没有吃晚饭？这一晚，可真饿得难受。"

陶伯笙倒不解何以有此一问，正诧异着，还不曾回问过来。却听到门外有人接嘴道："陶先生还没有走啦，那就很好。"随着这话进来的是隔壁魏太太。陶伯笙笑道："啊！魏太太这样早？"她似乎长衣服都没有扣好，外面将呢大衣紧紧地裹着，两手插在大衣袋里。她扛了两扛肩膀，笑道："我不和你们犯了一样毛病吗？"陶伯笙道："魏太太也预备做黄金储蓄？要几两？你把钱交给我吧，我一定代劳。"魏太太摇摇头道："日子还过不下去，哪里来的钱买金子？我说和你们犯一样的毛病，是失眠症，并不是黄金迷。"

陶伯笙道："可是魏太太这样早来了必有所求。"她笑了一笑道："那自然。有道是不为利息，谁肯早起？我听说你是和范先生办黄金储蓄的，今天一定可以见到面。我托你带个信给他，我借他的两万元，这两天，手上实在是窘，还不出来，可否让我缓一步还他？"陶伯笙笑道："赌博场上的钱，何必那样认真？而且老范是整百两买金子的人，这一点点小款子，你何必老早地起来托我转话？我相信他不在乎。"魏太太道："那可不能那样说。无论是在什么地方，我是亲手在人家那里借了两万元来的。借债的还钱……"

陶伯笙正在捡理着本票现钞，向大皮包里放着。他很怕这大数目有什么错误，不愿魏太太从中打搅，便摇手拦着道："你的意思，我完全明白，不用多说了。我今天见着他，一定把你的话转达，可是我要见不着他呢，是不是耽误你的事？你这样起早自然是急于要将这句话转达到那里去。我看你还是自己去一趟吧。我写个地点给你。”说着，他取出西服口袋里的自来水笔，将自己的卡片，写了两行字在上面。因道：“上午十一点到十二点，下午三点到五点，他总会在写字间坐一会子的。”

魏太太接过名片看了一看，笑道：“老范还有写字间呢。”陶伯笙道：“那是什么话？人家做到几千万的生意，会连一个接洽买卖的地方都没有吗？”他口里虽然是这样说话，手上的动作，还是很忙的。说着，把皮包夹在肋下，手里还捏了半个小面包向嘴里塞了去。

魏太太知道人家是去抢买金子，事关重大，也就不再和他说话。陶伯笙匆匆地走出大门，天色已经大亮。李步祥又吃了三个小面包，又喝了一碗热开水，肚子里已经很是充实。跟在陶伯笙后面，由浓雾里钻着走。

街上的店户，当然还是没有开门，除了遇到成群的早操壮丁，还是很少见着行人。陶伯笙道：“老李，现在还不到七点钟，我们来得早一点了吧？”他笑道：“我们挨庙门进，上头一炷香，早早办完了手续回家，先苦后甜不也很好吗？”陶伯笙道：“那也好，反正走来了还有走回去之理？”

两人穿过了两条街，见十字街头，有群人影子，在白雾里晃动，起初也以为是上早操的。到了附近，看出来了，全是便装市民，而且有女人，也有老人。他们挨着人家屋檐下，一字儿成单行站着。有些人手上，还捏着一叠钞票。陶伯笙道：“怎么着，这个地方也可以登记吗？”

李步祥哈哈笑道：“老兄，你也不看人家穿些什么衣服，脸上有没有血色吗？他们全是来挤平价布的。你向来没有起过大早，所以没见过。这前面是花纱局一个平价供应站，经常每日早上，有这些人来排班挤着的。挤到了柜台边每人可以出六七成的市价买到一丈五尺布。布有黑的，有蓝的，也有白的，但都粗得很，反正我们不好意思穿上身，所以你也就不会注意到这件事。”

陶伯笙听他这话，向前走着看去，果然关着铺门的门板上，贴了不少布告，机关没有开门，那机关牌子，也就没有挂出来。那些在屋檐下排班的市民，一个接着一个，后面人的胸脯紧贴了前面人的脊梁，后面人的眼睛望了前面人的后脑勺，大家像是发了神经病似的这样站着。陶伯笙笑道：“为了这一丈五尺便宜布，这样早的在这里发呆，穿不起新衣服，就少穿一件衣服吧。”

李步祥道：“你这又是外行话了。在这里挤平价布的人，哪里全是买了布自己去穿？他们里面，总有一半是做倒把生意的，买到了布，再又转手去卖给别人。”陶伯笙道：“这不是要凭身份证，才可以买到的吗？”他道：“有时候也可以不要身份证，就是要身份证，他们配给的人，根本是连骂带喝，人头上递钱，人头上递布，凭一张身份证，每月配给一回，既不问话，也不对相片，倒把的人，亲戚朋友里面，什么地方借不到身份证？所以他们每天来挤一次，比做什么小生意都强。”

他还要继续地谈。陶伯笙猛地省悟过来，笑道：“老兄，我们来晚了，快走吧。你想只一丈五尺平价布的事情，人家还是这样天不亮来排班，我们做的那买卖，怎么能和这东西打比，恐怕那大门口已是挤破了头了。”李步祥说句不见得，可也就提开了脚步走。一口气跑到中央银行附近，在白雾漫漫的街上，早看到店铺屋檐下，有一串排班的人影，陶伯笙跌着脚先说声：“糟了。”

原来重庆的中央银行，在一条干路的横街上，叫打铜街。这条横街，只有三四幢立体式洋楼。他两人一看这排班的人，已是拉着一字长蛇阵转过弯来，横弯到了干路的民族路上。两人且不排班，先站到了横街头上，向那边张望一下。见那长蛇阵阵头，已是伸进到白雾里去，银行大门还看不见呢。但二人依然不放心这个看法，还是走向前去。直到银行门外，看清楚了人家是双扉紧闭。

站在门外的第一个人，二十来岁，身穿蓝布大褂，端端正正的，将一顶陈旧的盆式呢帽，戴在脑袋顶上，像个店伙的样子。陶伯笙低声道："老李，你看，这种人也来买黄金储蓄。"他笑道："你不要外行。这是代表老板来站班的。到了时候，老板自然会上场。我们快去上班吧。"说着，赶快由蛇头跑向蛇尾。就在他们这样走上去的时候，就有四五个人向阵尾上加了进去。陶伯笙道："好！我们这观阵一番，起码是落伍在十人以后了。"于是李先生在前，陶先生在后，立刻向长蛇阵尾加入。

这是马路的人行便路上。重庆的现代都市化，虽是具体而微的，但因为和上海汉口在扬子江边一条线上，所以大都市里要有的东西，大概都有。他们所站的是水泥面路，经过昨晚和今晨的浓雾浸润，已是湿黏黏的，而空间的宿雾，又没有收尽，稀薄的白烟，在街头移动，落到人身上和脸上，似乎有一种凉意。

陶李二人初站半小时的一阶段，倒没有什么感觉，反正在街上等候长途汽车，那也是常事。可是到了半多时后，就渐渐地感到不好受。第一是这个站班，不如等汽车那样自由，爱等就等，不等就叫人力车走，现在站上了可不敢离开，回头看看阵脚，又拉长了十家铺面以上，站的阵尾，变成阵中段了。这越发不敢走开，离开再加入，就是百十个单位的退后。第二是这湿黏黏的水泥便道和人脚下的皮鞋硬碰硬，已是不大好受，加之有股凉气由脚心里向上冒，让人极不舒服。说也奇怪，站着应该两条腿吃力，站久了，却让脊梁骨也吃力。坐是没有坐的地方的，横过来站着，又妨碍着前后站着的邻居，唯一的法子，只有把身体斜站着。斜站了不合适，就蹲在地下。

陶伯笙是个瘦子，最不能让身体受疲劳。他这样站班，还是第一次，在不能支持的情况下，只好蹲着了。可是他个子小，蹲了下去，更显着小，整条长蛇阵的当中，有这么个人蹲着，简直没有人理会脚底下有人。但在人阵当中蹲下去一个人，究竟是有空当的。陶伯笙的前面是李步祥，是个胖子，倒可抵了视线。他后面恰是个中年妇人，妇人后面，又是个小个人，在最后面的人，看到前面有空当，以为有人出缺，就向前推，那妇人向前一歪，几乎压在陶伯笙身上。吓得他立刻站了起来，大叫道："挤不得，乱了秩序，警察会来赶出班去的。"

那妇人身子扭了两扭，也骂道："挤什么?"她接着说："那里有金子抢吗?"人丛中有两位幽默地笑道："可不就为了这个？前面中央银行里就有金子。不过抢字加上个买字罢了。不为抢金子，还不来呢。"于是很多人随着笑了。李步祥回转头来向陶伯笙道："硬邦邦笔挺挺站在这里，真是枯燥无味，来一点噱头也好。"老陶没有说什么话，笑着摇了两摇头。

又是二十分钟，来了救星了。乃是卖报的贩子，肋下夹了一大叠报，到阵头上来做投机生意。陶李两人同时招手，叫着买报。可是其他站班的人，也和他二人一样，全觉得无聊，急于要找报纸来解闷，招着手要报的人，就有全队的半数。那报贩子反正知道他们不能离开岗位，又没有第二个同行。他竟是挨着单位，一个个地卖了过来。

好容易卖到身边，才知道是重庆最没有地位的一张报纸，平常连报名字都不大听到过。但是现在也不问它了，两人各买了一张，站着捧了看。先是看要闻，后是看社会新闻。战时的重庆报纸，是没有副刊的，最后，只好看那向不关心的社论了。直把全张报纸看完，两手都有些不能负荷，便把报纸叠了，放在衣袋里。

陶伯笙向李步祥摇头道："这日子真不容易挨，我觉得比在防空洞里的时候要难过些。"李步祥笑道："那究竟比躲防空洞滋味好些。至少，这用不着害怕。”在李步祥面前的，正是一位北方朋友，高大的个子，方面大耳，看他平素为人，大概都干着爽快一类的事情。他将两手抱住身上穿的草绿呢中山服，一摆头道：“他妈的，搭什么架子，还不开门。咱们把他揍开来。”

李步祥把身上的马表掏出来看看，笑道：“倒不能怨人家银行，才八点钟呢。银行向来是九点钟开门的。”那北方朋友道：“他看到大门外站了这多人，不会早点开门吗？早开门早完事，他自己也痛快吧。我真想不干了。”说着，抬出了一只脚去。

李步祥道：“老兄，你来得比我还早。现在银行快开门了。你这个时候走岂不是前功尽弃？你离开了这队伍，再想挤进来，那是不行的。”那位北方人听了这话，又把脚缩了回去。笑着摇摇头道：“我自己无所谓，有钱在手，不做黄金储蓄，还怕做不到别的生意吗？唉！可是家家有本难念的经。我想这队伍里面，一定有不少同志，都奉了内阁的命令来办理。今天要是定不到黄金储蓄，回到家里，就是个漏子。”他这么一说，前后好几位都笑了。

又过了二十来分钟，队伍前面一阵纷扰，人也就是一阵汹涌。可是究竟有钱买金子的人和买平价布的人不同，阵线虽然动了，却是一直线地向前移进，并没有哪个离开了阵线在阵外抢先。李步祥随了北方人的脚跟，陶伯笙又随了他的脚跟，在水泥路面上，移着步子。

这时，宿雾已完全消失，东方高升的太阳，照着面前五层高楼的中央银行巍巍在外。银行门口，根本就有两道铁栏杆，是分开行人进出路线的。这个掘金队，一串的人，由铁栏杆夹缝里，溜进中央银行大门。门口已有两名警察两名宪兵，全副武装分立在门两边，加以保护。他们看了这些人，好像看到了卓别林主演的《淘金记》一样，都忍不住一种轻薄的微笑。眼光也就向每个排队的黄金储户脸上射着。陶伯笙见人家眼光射到他身上，也有点难为情。但转念一想，来的也不是我陶某一个人，我又不是偷金子来了，怕什么？于是正着面孔走了过去。

恰好，到了银行门口，那个大队伍，已停止了前进，他就这样地站在宪警的监视之下。前面的那个北方人，就站在门圈子下，可以看到银行里面，回转头来笑道：“好吗？银行里面，队伍排了个圈子，让那一圈人把手续办完了，才能临到我们，这不知要挨到什么时候了。”

李步祥回头看看，见这长蛇阵的尾巴，已拖过了横街的街口。便笑道：“我们不要不知足，在我们后面，还拖着一条长尾巴呢。”北方人道：“对了，我们把那长期抗战的精神拿出来，不怕不得着最后的胜利。”这连那几位宪警也都被引着笑了。

他们在门口等了十来分钟，慢慢地向前移动，陶伯笙终于也进了银行的大门内。不过在进门以后，他又开始感到了一点渺茫。原来这银行正面是一排大柜台子，在那东角铜栏杆上，贴出了白纸大字条，乃是黄金储蓄处。来储蓄的人，由门口进去向北，绕了大厅中间几张填单据的写字台，折而向东，直达到墙边，再把阵头，引向黄金储蓄处。人家银行，还有其他许多业务要办，不能让储蓄黄金的人，都把地位占了，所以这个队伍曲曲折折地在银行大厅里闪开着路来排阵的。因为如此，在前面柜台边办理手续的人，都让这长蛇阵的中段，在中间横断了。他们是一切什么手续，后面全看不到。进了银行，还不知道事情怎样的进行，自然又焦急起来，一个个昂着头，竖着脚尖，不断地向前看。有叹气声，也就有笑声，有埋怨声，但走开的却没有一个。究竟是金子克服了一切。

第十回

半日工夫

在四十分钟以后，陶李二人挨着班次向上移，已移到了银行大厅的中间，这也就可以看到靠近的柜台了。大概这些人每人手上都拿了几张本票，虽也有提着大包袱，包着整捆的钞票的，恰好都是女人，似乎是女人交现钞就没有什么麻烦。在储蓄黄金的窗户左隔壁，常有人过去取一张白纸票，然后惶惶然跑回这边窗户。但跑回来，那后面的人，就占了他和柜台内接洽的位置，因此总是发生争议。经过了几个人的交涉局面，也就看出情形来了。那张白纸是让人填写储户和储金多少的。有些人在家里就写好了来的，自不必再写。有些人根本没预备这件事，过去取得了纸，又要到大厅中间填写单据的桌子上找了笔来填写。在他后面填好了单子的人，自不会呆等，就越级竟自向柜上交款了。因之填写单子的人，回头再来队伍头上，总得和排班买金子的人，费一番口舌。

陶伯笙看到，就向李步祥道："这事有点伤脑筋。我们都没有填单子，离开队伍去填写，后面人就到了那柜台窗眼下。这是一个跟着一个上去的阵线，我们回来，站在那个人面前交款，人家也不愿意。这只有我们两人合作。我站着队伍前面不动，你去填单子，填来了，你依然站在我前面。”李步祥摇摇头笑道：“不妥，你看谁不是站班几点钟的人，到了柜台边，你压住阵头不办理手续，呆站着等我填单子，后面的人，肯呆望着吗？”陶伯笙搔搔鬓发，笑道：“这倒没有什么比较好的法子。”

那前面的北方人笑道：“不忙，自然有法子，只要花几个小钱而已。”陶李二人，正还疑心这话，这就真有一个解决困难的人走过来了。这人约莫是三十多岁，黄瘦了一张尖脸，毛刺刺的，长了满腮的胡楂子。头上蓬松了一把乱发，干燥焦黄的向后梳着。由下巴颏到颈脖子上，全是灰黑的汗渍。身穿一件旧蓝布大褂，像米家山水画，淡一块浓一块的墨迹牵连着。扛了两只肩膀，越是把这件蓝布大褂飘荡着托在身上。他口里衔了一截五分长的烟卷，根本是早已熄灭了，然而他还衔在口角上。他左手托了一只旧得变成土色的铜墨盒，右手拿了一叠纸和一支笔，挨着黄金储蓄队走着，像那算命卜课先生兜揽生意，口里念念有词地道：“哪位要填单子，我可以代劳，五两以下，取费一百元，五两以上二百元，十两以上三百元。十五两以上四百元。二十两以上统取五百元。”

北方人笑道：“你这倒好，来个累积抽税。二十两以上，统是五百元，我储五百两，你也只要五百元吗？”他要死不活的样子，站住脚，答道：“怕不愿意多要？财神爷可就说话了，写那么一张纸片就要千儿八百元吗？”北方人还要和他打趣几句，已经有人在队伍里，把他叫去写单子了。

李步祥笑道：“这倒是个投机生意。他笔墨纸砚现成，陶兄，我们就照顾他两笔生意吧。”那家伙在队伍那头替人填单子，已是听到这议论了。他倒无须叫着，已是走过来了。向李步祥点了头道：“你先生贵姓？”他说话时，那衔在嘴角上五分长的烟卷，竟是不曾跌落，随了嘴唇上下颤动。

李步祥笑道："不多不少，我正好想储蓄二十两，正达到你最高价格的水准。"他尖嘴唇里，笑出黄色的牙齿来，半哈着腰道："老板，你们发财，我们沾沾光嘛！你还在乎这五百元？"李步祥想着为省事起见，也就不和他计较多少，就告诉姓名，和储金的数目。这家伙将纸铺在地上，蹲了下去，提了笔填写。填完了，将纸片交给李步祥，取去五百元。看那字迹，倒也写得端正。李步祥便道："字写得不错，你老兄大概很念了几年书，不然，也想不出这个好主意。"那人叹了口气道："不要见笑，还不是没有法子？"

那北方人也笑道："我倒还想起有个投机生意可做。谁要带了几十张小凳子到这里出租，每小时二百元，包不落空。"前后的人都笑了。这个插曲，算是消遣了十来分钟，可是那边柜台上，五分钟办不完一个储户的手续，陶李二人站了两小时，还只排班排到东边墙脚下，去那柜台储户窗户边还有一大截路。笔挺地站着，实在感到无聊，两人又都掏出口袋里的报纸来看。李步祥笑道："我看报，向来是马马虎虎，今天这张报，我已看了四遍，连广告上的卖五淋白浊药的文字，我都一字不漏看过了。今天我不但对得起报馆里的编辑先生，就是登广告的商家，今天这笔钱，都没有白花。"

陶伯笙道："我们总算对得起自己事业的了，不怕饿，不怕渴，还是不怕罚站。记得小的时候，在学校里淘气，只站十来分钟，我就要哭。于今站上几点钟，我们也一点不在乎。"李步祥摇着头，叹了口无声的气，接着又笑上了一笑。笑过之后，他只把口袋里装着的报纸，又抽出来展开着看。他的身体微斜着，扭了颈脖子，把眼睛斜望了报纸。陶伯笙笑道："你这样看报舒服吗？"李步祥笑道："站在这里，老是一个姿势，更不舒服。"他这句话，说得前后几个人都哈哈大笑了。

又是二十来分钟，又挨进了几尺路。却见魏太太由大门口走进来，像是寻人的样子，站在大厅中间，东张西望。陶伯笙不免多事，抬起一只手伸过了头，向她连连招了几下，魏太太看到人头上那只手，也就同时看到了陶先生，立刻笑着走过来，因道："你们还站在这里吗？快十一点钟了。"

陶伯笙摇摇头道："有什么法子呢？我们是七点多钟排班的。八，九，十，十一，好，共是四小时；坐飞机的话，到了昆明多时了。"李步祥道："若说是到成都，就打了个来回了。"魏太太周围看了一看，低声笑道："陶先生，你一个人来几份？"他道："我全是和老范办事，自己没有本钱。怎么着？魏太太要储蓄几两。我可以代劳。你只用到那边柜台上去拿着纸片，填上姓名，注明储金多少，连钱和支票都交给我，我就和你递上。快了，再有半点钟，也就轮到我们了。"魏太太道："我本来也没有资本。刚才有笔小款子由我手里经过，我先移动过来四万元，也买二两玩玩。我想，陶先生已经办完手续了，所以走来碰碰看。既然是……"

陶伯笙拦她道："没有问题。你去填写单子，这事交给我全权办理了。"魏太太笑着点了两点头，立刻跑到那面去领纸填字，然后掏了四万元法币，通通交到陶伯笙手上。他道："魏太太，这个地方，不大好受，你请便吧。大概在半小时以内，还不能轮着我的班。"魏太太站在旁边，两手插在大衣袋，提起脚后跟，将脚尖在地面上颤动着，只是向陶先生看看。

陶先生道："魏太太，你请便吧。我们熬到了九十多步，还有几步路，索性走向前去了。"魏太太道："二位有香烟吗？"她说这话时，连李步祥也看了一眼。李步祥倒是知道好歹，便向她半鞠躬道："纸烟是有，只是站得久了，没有滴水下咽。"魏太太点着头，表示一个有办法的样子，扭转身就走了。陶李二人，当时也没有加以理会，不到几分钟，她走了进来，一手提了手巾包过来。她将这两个手巾包，都递给了陶先生，笑道："我算劳军吧。"他解开来看时，一包是橘子，一包是鸡蛋糕。陶先生说道："这就太可谢了。"魏太太道："回头再见吧。"她自走了。

她到这里，倒是有两件事，一件事托人储蓄二两黄金。二来是去看范宝华，说明这几天还不能归还他两万元的债。现在办完了一件事，又继续地去办另一件事，范宝华的写字间，正离着中央银行不远。魏太太到了那里，却是一幢钢骨水泥的洋楼，楼下是一所贸易行，柜台里面，横一张直一张的写字台全坐满了人，人家不是打算盘，就是低了头记账，魏太太看看这样子，不是来做生意，很不便向人家问话。站着踌躇了一会子，只有几个人陆续地绕着柜台，向一面盘梯上走了去。同时，那里也有人陆续地出来，这并没有什么人过问。

魏太太觉得在这里踌躇着久了，反是不妥，也就顺了盘梯走去。在楼梯上，看到有工人提了箱子，在前引路，后面跟了一位穿西服的，两手插在大衣袋里，走着说话道："老王，二层楼上，来来往往的人多，我下乡去了，你得好好地锁着门，小心丢了东西。"魏太太这么一听这也就知道二层楼上是相当杂乱的，在楼下那番慎重，那倒是多余的了，于是大着步子向二楼上走着。

上得楼来，是一条房子夹峙的甬道，两旁的房子，有关着门的，也有掩着门的，挂着木牌，或贴着字条，果然都是写字间。这就不必向什么人打听了，挨着各间房门看了去。见有扇门上，挂着黑漆牌子，嵌着福记两个金字，她知道这就是范宝华的写字间哩，见门是虚掩的，就轻轻地在门板上敲了几下，但里面并没有人答应。于是重重地敲了几下，还是没有人答应。这就手扶了门，轻轻地向里推着，推得够走进去一个人的时候，便将半截身子探了进去。

看时，一间四方的屋子，左边摆了写字台和写字椅，右边是套沙发。有个工友模样的人，伏在沙发靠手上，呼呼地打着鼾声，正是睡得很酣呢。魏太太看这里并无第二个人，只得挨了门走进去，站在工友面前，大声叫了几句，那工友猛地惊醒，问是找哪个的。魏太太道："我有事和范先生商量。"那工友已随范宝华有日，他自然知道主人是欢迎女宾的，便道："他到三层楼去了。你坐一下，我去叫他来。"说着，掩上门就走了，魏太太单独地站在这屋子里，倒不知怎样是好，看到写字台上放了一张报，这就顺手拿起来看，报拿起来了，却落下一张字条。

她弯腰在楼板上拾起，不免顺便看了一眼。那字条上写道："后日下午二时，在南岸舍下，再凑合一局。参加者有男有女，欢迎吾兄再约一二友人加入。弟罗致明启。"看完了，把字条依然放在桌上，心里想道：又是这姓罗的在邀赌。这家伙的梭哈，打得是真狠，不赢回他几个钱实在不能甘心。他倒赢出甜头来了，又要在家里开赌场了。

正沉思着，范宝华笑嘻嘻地进来了。他进来之后，看到是魏太太，却猛然地把笑容收起来了，他似乎没有料想到来的女宾是她，便笑着点头道："请坐请坐，想不到的贵客。"魏太太道："我有一件在范先生认为是小事，我可认为是很大的事，要和范先生商量商量。"他笑道："请说吧，只要我认为是可以帮忙的无不帮忙。"

魏太太坐着，牵牵大衣襟，又轻轻扑了衣襟上两下灰尘。然后笑道："上次在赌场上移用了范先生两万元，本来下场就该奉还的。无奈我这几天，手头上是窘迫得厉害。"范宝华不等她说完，便拦着道："那太没有关系了。随便哪天有便交还我都可以。我们也不是从今以后就不共场面了。"

魏太太道："那不然，我是在范先生手上借的钱，又不是输给范先生的钱，怎好到赌博场上去兑账？”范宝华笑道：“魏太太倒是君子得很。有些人只要是在赌博上的账，管你是借的，或者是赢的，总是赖了一鼻子灰。”说着，在旁边沙发上坐了，在衣袋里掏出烟盒子来，打开盒盖，送到她的面前。她摇摇手道：“我不吸烟。”范宝华道：“打牌的时候，你不也是吸烟的吗？”她道：“打牌的时候，我是吸烟的。那完全是提神的作用。”

范宝华道：“提到打牌，我就想起一件事。罗致明昨天来了一封信，约我明天到他家里去打牌，他太太也参加，大概有几位女宾在场。魏太太有意思去吗？”她笑道：“是吗？罗太太我们倒是很熟的，上次不是我们在她家里打牌，有人拿过一个同花顺？”范宝华笑着一拍腿道：“对的，这件事，给我们的印象太深了。你去不去呢？”魏太太低头想了一想笑道：“明天再说吧。”

范宝华道：“不然，要决定今天就决定。他约定的是两点钟，我们吃过午饭，就得动身，明天上午再说，来不及了。”魏太太又牵了两牵她的衣襟因道：“若是胡太太去的话，我也去。实不相瞒，我没有资本。有两个熟人去，周转得过来，胆子就壮些。你想，若是我有资本，今天就还范先生的钱了。”

范宝华道：“罗太太同胡太太更熟。她家有局面，她不会不去。就是这么说，明天正午一点钟过江。坐滑竿到罗家，也得一点钟。我倒欢喜到罗家去打牌。唯一的好处，就是那里并没有外人打搅。慢说赌两三个钟头，就是大战三百回合赌他两天两晚，也没有关系。”魏太太道：“这样说，范先生一定到场了？”

范宝华还没有答复这个问题，外面有人敲门，他说：“请进吧。”门推开，是个穿西装的人进来了，见这样坐着一个摩登少妇，很快地瞟了一眼，因低声笑道：“我和你通融一笔现款，二十万元，有没有？”范宝华道："这有什么问题，我开张支票就是了。"那人道："若是开支票可以算事，我就不来找你了。乡下来了个亲戚，要到银楼里去打两件金首饰，要立刻带现款上街。我就可以开张支票和你换。"范宝华道："我找找看，也许有。可是你那令亲，为什么这样性急。"说着，他轮流拉扯他的写字台。

那人叹了口气道："现在的全重庆市人，都犯了金子迷。我这位敝亲，也不知得了哪里的无线电消息，好像今日下午金子就要涨价，非在十二点钟以前把金子买到手不可。"范宝华扯着抽斗，终于是在右边第三个抽斗里将现款找到了。他拿出了两捆钞票，放在写字台上，笑道："拿去吧，整整二十万，你也是来巧了。昨天人家和我提用一笔款子，整数做别的用途去了，剩下三十多万小额票子，我没有把它用掉，就放在这里。"他口里说着，手上把抽斗关起，将钥匙锁着。锁好之后，将钥匙在手掌上掂了两掂。随便一塞就塞在西服裤子岔袋里。那钥匙是白钢的摩擦得雪亮，将几根彩色丝线穿着。魏太太看到他这玩意，心里却也奇怪。漂亮到钥匙绳子上去了，却也有点过分。

那人取着现款走了，临走的时候，他又向她瞟了一眼。她这就想着，女人是不应当向这些没家眷的地方跑，纵然是为了正事来的，人家也会向做坏事的方面猜想，于是立刻起身告辞。范宝华送到楼梯口，还叮嘱了一声，罗太太那里，一定要去。魏太太就要想着，姓范的总算讲面子，那两万元的债务，他毫不介意。将来还钱的时候，买点东西送他吧。

她想着走着，又到了中央银行门口。心想，陶伯笙这两人，大概买得了黄金了吧？想着，便又走了进去。看时，陶李二人还在队伍里面站着，去那办黄金储蓄的柜台，总还有一丈多路。陶伯笙一看到，先就摇摇头道："真不是生意经。"魏太太道："好了，你们面前只有几个人了。"

李步祥拿了帽子在左手，将右手乱抚弄着他的和尚头，将头发楂子摸得唏唆作响。他苦笑了道："几个人？这几个人就不容易熬过。现在快到十二点钟了。到了十二点，人家银行里人，可要下班吃饭。上午赶不上的话，可要下午两点钟再见。"魏太太看柜台里面挂的壁钟，可不已是十一点五十几分？再数数陶李二位前面，排班的还有十二位之多。就算一分钟有一个人办完手续，他二人也是无望。这且不说破，静看他们两人怎么样。

那队伍最前面一个储金的人，正是带着两大捆钞票的现款。在柜台里面的行员叫他等在一边，等点票子的工友，点完了票子，才可以办手续。接着他就由柜台里伸出头来向排队的人道："现在到了下班的钟点了，下午再办了。"李步祥回转头来道："陶兄，说有毛病，就有毛病，人家宣布上午不办了。"

陶伯笙还没能说话，前面那个北方人将脚一跺道："他妈的，受这份洋罪，我不干了。天不亮就起来，等到现在，还落一场空。"说着，他伸出一只脚来，又有离开队伍的趋势。这次，陶李二位，并没有劝他，他将脚伸出去之后，却又缩了回去。自己摇摇头道："终不成我这大半天算是白站了班了。五六个钟头站也站过去了，现在还站两点钟，到了下午他们办公的时候，我总挨得着吧？"

他这样自己转了圈，依然好好地站着，这么一来，前后人都忍不住笑了。他倒不以为这种行为，对他有什么讽刺。自己也摇摇头笑道："不成，我没有那勇气，敢空了手回去。再说，站班站到这般时候，就打退堂鼓，分明是把煮熟的鸭子给飞了。"说到这里，柜台里面，已叮叮当当地摇着铃，那是实在地下了班了。所有在银行柜台以外，办理其他业务的人，也都纷纷地走开，只有这些办理黄金储蓄的人，还是呆呆地一串站着，那阵头自然是靠了柜台站着，那阵尾却还拖在银行大门口附近。

陶伯笙向后面看着，笑道：“人家骑马我骑驴，我比人家我不如。回头看一看，一个推车汉。比上不足，比下有余。”魏太太站在一边，原是替他们难受，听到陶先生这种论调，这也就不由得笑起来了，因道：“陶先生既是这样看得破，这延长两小时的排队工作当然可以忍耐下去了。”

陶伯笙笑着一伸腰道：“没有问题。”因为他站得久了，也不知怎么回事，那腰就自然地微弯了下去，那个瘦小的身材，显然是有了几分疲倦的病态。这时腰子伸直来，便是精神一振。

魏太太道：“二位要不要再吃一点东西呢？”李步祥伸着手搓搓脸，笑道：“那倒怪不好意思的。”魏太太道：“那倒没什么关系。纵然不饿，站在这里，怪无聊的，找点事情做，也好混时间。”说着，她就走出银行去，给他们买了些饼干和橘子来。

他两人当然是感谢之至。可是站在队伍里的人，都有点奇怪。觉得这两位站班的同志，表现有些特别。竟有个漂亮女人在旁边伺候，这排场倒是不小。各人的眼光，都不免向魏太太身上看来。她自己也就觉得有点尴尬，于是向陶先生点了个头道：“拜托拜托，下午等候你的消息了。”说着，她自走去。

这时，银行柜台里面是没有了人，柜台外面，汇款提款存款的，也都走了个干净。把这个大厅显出了空虚。排班办理黄金储蓄的人，那是必须站在一条线上的。所以虽有百多人在这里，只是绕了两个弯曲，在广阔的大厅里，画了一条人线，丝毫不能充实这大厅的空虚。而且来办储蓄的人，很少是像陶李二位有同伴的，各人无话可说。静悄悄地在银行里摆上这条死蛇阵。因为有这些人，行警却不敢下班，只有这四位行警，在死蛇阵外，来往梭巡。大概自成立中央银行以来，这样的现象，还是现在才有的呢。

第十一回

皮包的喜剧

这两小时的延长，任何储金队员，都有些受不了。有几个人利用早上买的报纸，铺在地面上，人就盘腿坐在报上。这个作风，立刻就传染了全队。但重庆的报纸是用平常搓纸煤的草纸印刷的，丝毫没有韧性，人一动，纸就稀烂，事实上，人是坐在地上。因之有手绢的，或有包袱的，还是将手绢包袱铺地。陶李二人当然也是照办。站得久了，这么一坐下来，就觉得舒适无比。反正有两小时的休息，不必昂着头看阵头上人的动作。自然，在这两小时的长坐期间，也有点小小的移动。但他两人都因脚骨酸痛，并没有做站起来的打算。

约莫是到了下午一点半钟，前面坐的那位北方人，首先感到坐得够了，手扶了墙壁要站起来，就哎呀了几声。李步祥问道："你这位先生，丢了什么东西？"他扶着墙壁，慢慢地挣起。还依然蹲着，不肯站起来。笑着摇摇头道："什么也没有丢，丢了我全身的力气。你看这两条腿，简直是有意和我为难，我可怜它（指腿）站得久了，坐下去休息休息。不想它休息久了，又嫌不受用，于今要站起来，它发麻了，又不让我站起。不信，你老哥试试看。你那两条尊腿，也未必就听调遣的。”

李步祥是盘了腿坐着的，经他这样一提醒，也就仿佛觉得这两条腿有些不舒适，于是身子仰着，两手撑地，要把腿抽开来。他啊哈了一声道：“果然有了毛病。它觉得这样惯了，不肯伸直来了。”于是前后几个人都试验着。很少人是要站起就站起的，大家嘻嘻哈哈笑成一团。

所幸经过这个插曲不久已到两点钟。陶李前面，只有十二个人，挨着班次向上移动，三点钟的光景，终于是到了储金柜台前面。他们观察了一上午，应当办的手续都已办齐。陶伯笙先将范宝华的四百万元本票交上。那是中央银行的本票，毫无问题。然后再把魏太太的四万元现款，和她填的纸片，一块儿递上。

行员望了他一眼道：“你为什么一个人办两个户头？”陶伯笙点着头赔了笑道：“请通融一下吧。这是一位太太托办的，她排不了班，退下去了。好在是小数目。”行员道：“一个人可以办两户，也就可以办二十户，那秩序就乱了。”

陶伯笙抱了拳头，只是拱揖，旁边另一个行员，将那纸片看了看，笑道：“是她？怎么只办二两？”那一行员问道：“是你熟人？”他笑着点点头。于是这行员没说什么，将现钞交给身后的工友，说声先点四万。当然这四万元不需要多大的时间点清。

行员在柜台里面登记着，由铜栏窗户眼里，拿出一块铜牌，报告了一句道：“后天上午来。”陶伯笙想再问什么话时，那后面的人，看到他已办完手续，哪容他再站，向前一挤，就把他挤开了。陶伯笙也没有什么可留恋的，妥当地揣好了那块铜牌子，扯了站在旁边的李步祥就向外走。

出得银行门，抬头看看天上，日光早已斜照在大楼的西边墙上，就深深的嘘着一口气道：“够瞧。自出娘胎以来我没受过这份罪。我若是自己买金子也罢了，我这全是和老范买的。”李步祥笑道：“在和朋友帮忙这点上说，你的确尽了责任，我去和老范说，让他大大地谢你一番。”

陶伯笙道：“谢不谢，那倒没什么关系。不过现在我得和他去交代一声，将铜牌子给他看看。不然的话，四百万元的本票，我得负全责，那可关系重大。这时候，老范正在写字间，我们就去吧。”

于是两人说话走着，径直地走向范宝华写字间。他正是焦急着，怎么买黄金储蓄券的人到这时候还没有回信。陶李二人进门了，他立刻向前伸手握着，笑道：“辛苦辛苦。我知道这几天银行里拥挤的情形，没想到要你们站一天。吃烟吃烟。”说着，身上掏出烟盒来敬纸烟，又叫人泡茶。

陶伯笙心想，这家伙倒知趣，没有说出受罪的情形，他先行就慰劳一番。他坐了吸烟沉吟着，李步祥倒不肯埋没他的功劳，把今日站班的事形容了一遍。

随后陶伯笙将那块铜牌取出。笑道：“本来将这牌子交给你，你自己去取储蓄单子，这责任就完了。可是我还得跑一趟。魏太太也托我买了二两，我还是合并办理吧。”范宝华道：“她有钱买黄金？什么时候交给你的款子？”陶伯笙道：“就是今天上午，我们站班的时候，交给我们的四万元。”

范宝华摇摇头道：“这位太太的行为就不对了。她今天也特意到我这里来的。她在你家赌桌上借了我两万元现款，根本我有些勉强。她来和我说，没有钱还我，请宽容几天。我碍了面子，不能不答应。不想无钱还债，倒有钱买金子，这位太太好厉害。要起手段来，连我老范都要上当。”陶伯笙道：“据她说，她是临时扯来的钱。”范宝华道：“那还不是一样。可以扯四万买金子，就不能扯两万还债吗？事情当然是小事。不过想起来，令人可恼。”

陶伯笙看范宝华的样子，倒真的有些不快。便道：“既是这样，我今天看到魏太太就暗示她一下。”他道：“两万元，还不还那都没有关系。我这份不高兴，倒是应当让她明白。”

陶伯笙自然是逢迎着范老板的，当日傍晚受了姓范的一次犒劳晚餐，把整日的疲劳都忘记了，酒醉饭饱，高兴地走回家去。

到了家中，正好魏太太在这里等候消息。他一见便笑道：“东西已经买得了。不过我有点抱歉。我嘴快，我见着老范，把你买二两的事情也告诉他了。”魏太太道：“他一定是说我有钱办黄金储蓄，没有钱还债。”她是坐在陶太太屋子里谈话。陶太太坐在床沿上结毛绳。便插嘴道：“老陶实在嘴快，你没有摸清头绪，怎好就说出来呢？人家魏太太挪用的这笔款子，根本是难作数的。”

陶伯笙点了支纸烟，坐下来吸着，望了魏太太道：“这话怎么说，我更不懂了。”魏太太坐在陶太太床上，将自己的旧绸手绢，缚着床栏杆，两手拉了手绢的两角，在栏杆上拉扯着，像拉锯似的。

她低了头不看人，似乎是有点难为情。笑道：“反正是老邻居，我的家事，瞒不了你们，说出来也不要紧。今天老魏由机关里回来，皮包里面带有六万元，据他说，是公家教他采办东西的款子。我等他到厨房里去了，全数给他偷了过来。当时，他并没有发觉。我就立刻上银行找陶先生了。我一走，他就晓得钱跑了腿，打开皮包来，看到全数精光，这家伙沉不住气，气得躺在床上。我由银行里回来。我不等他开口，就把储蓄黄金的事告诉他了，并说明是黄金要涨价，要办就办。而且今天有陶先生站班登记，这个机会不可失。他才说事情虽然是一件好事。但这是公家买东西的钱，明天要把东西买回去。没有东西，就要退回公家的钱。无论数目大小，盗用公款这个名义承担不起，而且有几件小东西，今日下午，就非交卷不可。我看他急得满脸通红，坐立不安，退回了他一万元。他为了这事，到处抓钱补这个窟窿去了，直到现在，他还没有回来，想必钱还没有弄到手，若是真没有法子的话，我定的这张储蓄券，那就只好让给旁人了。你以为我自己真有钱吗？”

陶伯笙道：“原来如此，那也难怪你不能还老范的债了。你有机会，最好还是见了他把这话解释明白。他那个人，你知道，就是那顺毛驴的脾气。”魏太太听了这话，心里就有了个暗认识。范宝华在陶伯笙面前，必定有了些什么话。明日有机会见着他，还是解释一下吧。当时怕人家夫妻有什么话说，自告辞回家。

到了家里，老妈子已带了两个孩子睡觉去了。魏端本屋子里，电灯都不曾亮起。自己卧室里，电灯是亮着的，房门却是半掩的。心里暗想，自己也真是大意。家里虽没有什么值钱的东西，床上的被褥，也是一点物资，若来个溜门贼，顺手把这东西捞去了，眼见得今晚就休想睡觉。

心里想着，将门推开，却见魏先生横倒床上，人是和衣睡了。自言自语地道：“这家伙倒是坦然无事。我何必为了那六万元，和他着急半天？”走到床边，用手推他两下，他倒也不曾动。听他鼻子呼呼有声，弯腰看他一看，还嗅到一股酒气味。淡笑一声道：“怪不得他宽心，还是喝了酒回来的。没出息，着急！就会醉了睡觉，今天算让你醉了完事，明天看你怎么办？”

说着话，又推他两推，就在这时，看到被下面露出了半个皮包角。心想，看他弄了钱回来没有。于是顺手将被向上一掀，拖出那皮包来。皮包拖出来了，魏端本也一翻身坐了起来。将手按住了皮包，瞪了眼笑道：“这可不是闹着玩的，这里面的钱不能动。”

魏太太听说皮包里有钱，益发将两手抓住了皮包，两手使劲向怀里一夺。赶快跑着离开了床边。魏端本坐在床上望了她道：“你看是可以看。不过你看了之后，可不许动那钱。”魏太太听了这话，料着钱还是不少，便将两手紧紧地抱在怀里，将两手拍了两拍问道：“这里面有多少?”他笑道：“十五万，又够你花几天的了。”

魏太太将身子一扭道：“我不信。”于是把皮包放在五斗桌上，将身子横拦了魏端本的来路，以免他前来抢夺，掀开了皮包，每个夹层里，都伸手向里面掏摸一阵，掏出好几叠钞票。直把皮包全搜罗完了，这才点一点放在桌上的数目，可不就是十五万吗？于是笑嘻嘻地问道：“你这家伙，在哪里弄来了许多钱?”魏端本道：“这个你可千万动不得。这是司长私人的钱。要我代汇到贵阳去的。不信，你搜搜那皮包的夹页里面，还有司长亲笔写的汇款地点。上午那五万元公款，被你扯用了，我还没有法子填补，幸好这笔款子来了，明天上午，我先扯用一下，把公家的款子补齐。到了下午，我必须把这款子给司长汇出去。若是把这款子动用了，司长那个杂毛脾气，我承担不起，只有打碎饭碗。”

魏太太道：“我不信。假如那五万元的漏洞没有补起来，你不会自由自在地，喝了酒回来睡觉。”魏端本道：“你以为我是在外面饭馆子里喝的酒吗？我回来了，你又不在家。我叫杨嫂打了四两大曲，买了两包花生米，在隔壁屋子里自斟自酌的。为什么如此？也无非是心里烦闷不过。你必定说，皮包里带那些个钱，为什么还要烦闷。这个理由，说出来了，你也会相信的。正由于那皮包里的钱不少，可是这钱是人家的，一张钞票也……”

魏太太早是把那些钞票，缓缓地塞进了皮包。魏先生说到这里，钞票是各归了原位。她不容他把话说完，两手拿起皮包，对魏先生头上，远远地砸了过去。魏先生看到武器飞来，赶快将头一偏，那皮包就砸在他肩上，砸得他身子向后一仰，魏太太沉着脸道：“钱全在皮包里，我没有动你分文。你不开眼，你以为我也像你这样看到这样几个钱就六魂失主吗？这十来万块钱也不过人家大请一次客，什么了不得？”魏端本在床上将皮包拿起来，缓缓地扣上皮包纽扣，淡淡地笑道：“十来万块钱请一次客，好大的口气。我们部长昨日请两桌客，也不到十……”

魏太太像饿虎攫羊的样子，跑到魏先生面前，把那皮包夺了过去，向肋下夹着，带了笑瞪着眼道：“无论怎么样，这里面我要抽出两万元来。我老实告诉你，我欠人家两万元，明天非还不可。”魏先生沉住了脸，不作声，也不动，就这样呆呆地不动。

魏太太夹着那皮包，也是呆呆地站着。但她在两分钟后，忽然省悟过来，假如这些钱有一部分是丈夫的，他不会这样为难。这完全是司长的款子，大概没有什么疑问。这样的钱，拿来用了，他自然负着很大的责任。这就先向魏先生笑了一笑，把那板着的面孔先改去，然后走到床沿，挨着丈夫坐下，将皮包放在怀里，轻轻地拍着道：“我知道这里面的钱，不是你的。可是这样大批的款子，稍微挪动个两三万元，也不是办不到的事情。我是个直性子人，心里这样想着，口里就这样说出来。若是你真为难的话，我难道那样不懂事，一定把它花了？我也知道现在找一分职业不容易。若为了扯用公款，把你的饭碗打破了，我不是一样跟着受累？我就只说一句话，试试你的意思，你就吓成这个样子。拿去吧，皮包原封未动，在这里。”说着，把皮包送到魏端本怀里来。

他和夫人之间，向来是种带勉强性的结合。一个星期，也难得看到夫人一种和颜悦色的语言。太太这样无条件将皮包退还了，先有三分不过意，便也放出了笑容道：“假使是我的钱，我还有不愿意和你还债的吗？你怎么又借了两万元的债呢？”魏太太道：“你就不用问了。反正我不能骗你。假如我骗你的话，我应当说欠人三十万，二十万，决不说欠人两万。”魏端本道：“你的性格，我晓得。你不会撒谎，而且我是让你降服了的，你伸手和我要钱，根本就是下命令，只要我拿得出来，不怕我不给。你又何必撒谎呢？”魏太太伸手掏了他两下脸腮。笑道：“你也不害羞。你说这话，还有一点丈夫气吗？”

魏先生伸手握住太太的手，另一手，在她的手背上轻轻抚摩着。笑道：“佩芝，你凭良心说，我这是不是真话？我对你合理的用钱，向来没有违拗过。可是你总是那小孩子脾气，当用的要用，不当用的也要用，手里空着，立刻就向我要钱。不管我有没有，不给不行。”魏太太趁了他抚摩着手，斜靠着他的肩膀，将头枕在他肩上。因道：“你说吧。我手上空着，不要钱怎么过下去？我不和你要钱，我又向谁要钱？老实说，你若不给我钱花让我受窘，除非是有了二心。”

魏端本笑道：“又来了。怎么能说到有二心三个字上去？”魏太太鼻子哼了一声。因道：“我就猜着你这十五万元，不是司长的，是你要寄回老家去的。”她提到老家两个字，就让魏先生吓一跳。因为他的老家，虽在战区，并没有沦陷，还可以通汇兑。尤其是他家里还有一位守土夫人。魏太太对于这个问题，向来是恨得咬牙切齿，除了望战事打到魏先生老家，将那位守土夫人打死。第二个愿望也就想魏先生把老家忘个干净。因之魏先生偶不谨慎提到老家，很可能的，接上便是一场夫妻大闹，闹起来魏先生有什么好处，最后总是赔礼下台。这是她自行提到老家，魏端本料着这又来了个吵架的势子，便立刻止住了道：“太太，不要把话说远了。这个钱若不是司长的，二次敌机来了，让我被炸弹炸死。”

魏太太道：“别赌这个风凉咒了，美国飞机炸日本，炸得他已无招架之功，自己都吃不消，还哪里有力量炸重庆？我也相信这钱是你们司长的，可是你们和司长跑腿的人，无论什么事总要揩上一点油。”魏端本道：“假如是司长那里有一笔收入，经过我的手，可以揩油。假如司长有票东西由我代买，我也可以揩油。现在是司长要我代汇一笔款子出去，连汇多少，银行都在收据上写得清清楚楚，我怎么可以揩油？”

魏太太对于他这种解释，不承认，也不加以驳回，就是这样头枕在丈夫肩上半睡半不睡地坐着。魏先生还握着夫人的手呢，她的手放在先生怀里，也不移动了。魏端本唉了一声道："接连地熬了这许多夜，不是打牌，就是看戏，大概实在也是疲倦了，就说不花钱，这样地糟蹋身体，又是何苦？佩芝，佩芝，你倦了，你就睡吧。"说着轻轻地摇撼着她的身体。她口里咿唔着道："你和我把被铺好吧，我实在是倦了。把枕头和我叠高一点。"她说着，更显得睡意蒙眬，整个的身子都依靠在魏先生身上。

他两手托着太太的身体，让她平平地向床上睡下，然后站起来，将枕被整理一番，但魏太太就是这样横斜地睡在床上，阻碍了他这项工作。魏端本摇撼着她道："床铺好了，你起来脱衣服吧。"她是侧了身子，缩着腿睡在床中间的，这就把身体仰过来，两只脚垂在床沿下面。仰着脸，闭着双眼，簇拥了两丛长睫毛。魏先生觉得太太年轻貌美，而且十分天真的。自己不能多挣几个钱，让她过着舒服日子，这是让她受着委屈的。尤其是自己原来娶有太太，未免让这位夫人屈居第二位。凭良心说，这也应该好好地安慰她才是。

正这样沉吟着，见太太半抬起一只手来，放到胸前，慢慢地移到大襟上面，去摸纽扣，只摸到纽扣边，将三个手指头拨了两拨，又缓缓地落下来垂直了。魏端本望了她笑道："你看软绵绵的样子，连脱衣服的力气都没有了。喂！佩芝，脱衣服呀。"魏太太鼻子里哼了一声，却是没有动。魏端本俯下身子去，两手摇了两摇她的身体，对了她的耳朵，轻轻叫了声佩芝。魏太太依然咿唔着道："我一点力气没有，你和我脱衣服吧。"魏端本站起来对她看看，又摇了两摇头道："这简直是个小孩子了。"但是他虽这样地说了，却不愿违反了太太的命令。把房门关上，把皮包放在枕头底下。太太不是说把枕头叠高一点吗？就把皮包塞在枕头下面。魏先生到了这时，忘了太太的一切骄傲与荒谬，同情她是一个弱者了。

次日早上，还是魏端本先起床，在太太睡的枕头下面，轻轻地抽出皮包来，却见皮包外面，散乱着几十张钞票，由枕头下散乱到被里，散乱到太太的烫发下面，散乱到太太的床角上。他倒是吃一惊，怎么钞票都散乱出许多来了。立刻把皮包打开来，将全数钞票点数了一番，还好，共差两万元。这倒是自己同意了太太的要求的。她并没有过分地拿去。于是将床上散乱的票子，一齐归理起来，理成两叠，给太太塞在枕头下面。

太太睡得很熟，也就不必去惊动她，将皮包放在桌上，到隔壁屋子里去洗漱口喝茶吃烧饼，准备把这件事情做完，就去和司长汇款了。就在这时，一个勤务匆匆地跑了进来，见着他道："魏先生，司长要到青木关去一趟，叫你同去。他的汽车就在马路口上等着。他说托你汇的款子，不必汇了，明天再说吧。"

魏端本听说司长在马路口上等着，这可不敢怠慢，手里拿了个烧饼啃着，走到卧室里去，打算叫醒太太，太太已是睁着眼躺在枕头上了。她已经听到勤务的话了，因道："司长等着你，你就走吧，你还耽误什么？"魏端本道："我交代你一句话。这皮包你和我好好看着，我的太太，那钱可不能再动。"魏太太皱了眉道："你不放心，干脆把皮包拿去。"他还想说什么。勤务又在那隔壁屋子里，连叫了几声魏先生。他向太太点点头，扭身就出去了。

第十二回

起了酸素作用

魏先生留下这么一笔款子在家里，倒让魏太太为了难。这是他和司长汇出去的款子，必须好好保存，而且还不便把款子放在箱子里，让自己出去。因为钥匙是自己带着的。把钥匙带出去了，他回来就拿不到款子。这没有什么办法，只有在家里守着这个皮包了。她想到昨日买了二两金子，又在魏先生手上，先后拿得三万法币，这二十四小时以内，生活是过得很舒服的。今天在家里看看小说，买点儿好菜，用一顿好午饭吃，这享受也不坏。

她主意拿定了，起床，洗过脸，漱过口，且不忙用胭脂化妆，先叫杨嫂抱着小的男孩子渝儿去买下江面馆的小笼包子。大女孩子娟娟就让她送到屋子里来自己带着。这孩子的衣服又是弄得乱七八糟，穿一件中国红花布长夹袄，却罩在西式童装上，那小孩的头发，又是两天不曾梳理，干燥蓬乱，散了满头。早上起来，小孩子就要吃，又没有好的吃，左手拿了半截冷油条，右手拿了一片切的红苕（即薯）。眼眵鼻涕壳子，全已在小脸上。

魏太太将她的衣服扯了一扯，瞪着眼道："要命鬼，睁开眼睛，就只晓得要吃。两天没有管你，又不像人了。"小娟娟看到妈妈骂她，把油条和红苕都丢了。两只手在衣服上慢慢擦着，转了两个小眼珠望着妈妈。魏太太咬着牙笑了，摇摇头道："我的天，你那手上的油，全擦在衣服上了，真是要命。"小娟娟呆了，两手伸开了十指，也不知道怎么是好。

魏太太原是要给孩子两巴掌，看到她这种怪可怜的样子，叹了口气，在桌子抽屉里，抓了一把字纸，就和娟娟来擦那只油手。把小手上的油都擦干净了，魏太太手上捏的那把纸团，翘起了一个大纸角，纸角楷书字写得端端正正。她心里一惊，这不要是孩子爸爸的公事吧？立刻把捏成纸团的字纸，清理出来一看，不由得连叫几声糟了。这其中除了有两件公事而外，还有一张机关里和一家公司写的合同。一切都已誊写清楚就差了签字盖章。这正是魏端本要拿去给公司负责人盖章的。这时，满合同全是大一块小一块的油迹。而且还折出了许多皱纹，她把这些字纸拿在手上看了看，丝毫没有主意。只得向抽屉一塞，把抽屉关上，来个眼不见为净。原来是想和娟娟洗个脸，换换衣服的，心想，今天魏端本回来，少不得一场吵闹。

娟娟见妈不睬她了，又见原来拿的那片红苕，还在地上，这就弯腰去捡了起来。魏太太抢上前，把那红苕片夺过去丢了，捏着拳头，在娟娟背上，连捶了三四下，骂道："你还馋啦，几辈子没有吃过东西。"娟娟让妈妈监督着，早就憋不住要哭。这可一触即发，哇哇地放声大哭。魏太太道："你还哭，都是为你，我惹下祸事了。"

正说着，杨嫂左手抱着孩子，右手捧了一只碗进来，便道："大小姐，不要哭了，吃包子。"魏太太道："你就只知道给她吃，你看孩子脏成什么样子了。短衣服套着长衣服，中不中西不西，让人看见了笑话。”杨嫂道：“我要做饭，要洗衣服，还要上街买东西，两个娃儿，跟一个，抱一个，我朗个忙得过来？”说着，把那只碗便放在桌上，揭起盖在碗上的那个碟子，露出热气腾腾的一碗小包子。

魏太太早晨起床之后，最感到肠胃空虚，立刻将两个指头钳了只包子送到嘴里咀嚼着。娟娟虽不大声哭了，鼻子还是窸窸窣窣地响，杨嫂抱在手上的小男孩，指着包子碗，连叫我要吃，我要吃。魏太太就抓了一把小包子，放在原来盖碗的碟子里，将碟子交给杨嫂道：“拿去吧，给他两个人吃。吃过之后，无论如何，给他们洗把脸，换换衣服。你带不过两个孩子，我们分开办理，你洗一个，我带一个。”

杨嫂很知道这女主人的脾气，看见孩子，就嫌孩子脏，不看见孩子，她也决不会想起的，端了那碟包子，带了两个孩子走了。魏太太叫杨嫂拿筷子来，她也没有听见。魏太太且先用指头钳了包子吃，直把整碗的包子一口气吃尽，她没有将筷子拿来，魏太太也就不问了。

起床后的那盆洗脸水，浸着手巾，还放在五屉桌上。她起身洗了把手，在镜子里看到脸子黄黄的，才想起忘了化妆一件大事。魏太太的人生哲学，是得马虎处且马虎。只有一件事是例外，每天一次化妆，到了下午要出去，照照镜子胭脂粉已脱落大半了，这就必须重新化妆一次。所以她这时吃饱了早点，就立刻要办理这件事。将脸子装扮得匀了，头发也梳理得清楚，这上午就可说没有了事。

平常有这个悠闲的时候，少不得到街上去转两个圈子，买点儿零碎食物。今天为了皮包里十来万块钱，心里倒有点不自在似的，要出门非得买点东西不可，而钱又是不能动的。有钱不能用，也就懒于上街了。床头边堆了十来本新旧小说。这就掏起一本来，横躺在床上翻弄着，随手一翻，就是一段描写恋爱热烈的场面，翻过之后，就继续地向下看去。

杨嫂可就在床头打搅了。她道："今天还没有买菜，上午吃啥子？"魏太太看着书，鼻子里随便哼了一声，杨嫂又道："上午吃啥菜？"魏太太不耐烦了，将横躺在床上的脚一顿道："哎呀！人家一看书就细乱。啰！在我这衣服袋里掏三千块钱去买，把晚上的都办了。"说着，将手摸摸小衣襟。

这位杨嫂，很知道女主人的脾气，见她脸朝着书页，又已看入了神，是不必多问话的。就弯着腰在魏太太衣袋里摸出一把钞票。点清了三千元留下，其余的依然给她塞回衣袋里去。因道："太太，我去买菜，只能带一个娃儿喀。留下哪一个？"魏太太依然是眼睛对着书页，答道："你把娟娟带去，她会走路的。把小渝儿鞋子脱了，放在床上玩。请你费点神，把娟娟换一件衣服。脸盆手巾在这桌上，拿去给她擦把脸。上街，也别弄得小孩子像叫化子一样。行不行？"她说是说了，但没有监督杨嫂去执行，两只眼睛，依然是对了小说书上注视着。

她看了几页书，觉得有小孩子在脚边爬动。抬起头来看时，小渝儿并没有脱鞋子，还拿了带泥腿的板凳，在枕头边当马骑呢。魏太太说了句真糟糕，她也没有起身。因为这段小说，正说到男女两主角已有恋爱九分成熟的机会，她急于要看这个结果是不是很圆满的，就分不开身来了。

约莫是半小时，有人在门外问道："魏太太在家吗？"她听出了这声音是胡太太，立刻答应道："我在家呢。"她同时想到小渝儿没有脱鞋，还带了一只小马在床上，这就把人和马，一齐抱下床来。胡太太是熟人，也就走进屋子来了。

魏太太一看自己床单子上皱得像咸菜团似的，那大大小小的黑泥脚印，更是不必说。便笑道："你看看我们家里弄成什么样子了，和你那精致的小洋房一打比，那真是天差地远。"胡太太笑道："这也是你的好处，一切事情不烦心，总是保持了你的青春年少。我是柴米油盐什么事都要管。这还罢了，我们那位胡先生，还只是不满意，总说我花钱太多。今天上午，又大大地吵了一场。”说着把手上的那个皮包放在桌上，不用主人相请，两手按住膝盖，坐在桌边那张独不被东西占领的椅子长长地叹了口气。

魏太太看她满脸的脂粉，却掩不住怒容，她说是和丈夫生了气，那必是真的。胡太太本是张长圆脸，但因为长得很胖，两腮下面的肉，向外鼓了起来，几乎把脸变成四方的了。这时带了怒容，只觉两块腮肉，更向下沉着。她两只青果型的眼睛，本是单眼皮，今天两条眉毛不曾画，眉角短了许多，而眼睛四周，还带了一圈儿微微的红晕。这和平常那洋娃娃似的欢喜面孔，可差得多了。便一面收拾着床铺和屋子，一面问道：“我知道，你胡先生的经济，全部交给你管，你还有什么带不过去的?”

胡太太摇了两摇头，又叹了口气道：“他把全部的经济交给我，不把他那颗心交给我，那有什么用呢?”她说着，把桌上的皮包取过来，打开皮包，取出一盒子烟来。她本来和魏太太一样，不打牌是不吸纸烟的。魏太太看到她这时拿着烟盒，赶快取过一盒火柴递上。可是这东西，她今天也预备得有，嘴角上衔着纸烟，立刻又在皮包里取出火柴盒来擦着火柴，将烟点着了。女人平常不大吸烟，忽然自动地吸起烟来，那必是心里极不安定的时候，魏太太自己就是这样，料着胡太太必是这样。这就向她笑道：“你这话必定有所谓而发吧?”她说这话时，已把另一张椅子上的衣服袜子之类，很快地收拾干净，将那椅子移得和胡太太相并了，然后坐下。

胡太太右手按了手皮包，放在膝盖上。左手两个指头夹了烟卷，放在红嘴唇里吸着，一支箭似的，喷出一口烟来，先淡笑了一笑，接着又叹上一口气。因道："你看我们这位胡先生，这样大的年纪，又是这抗战年头，他竟是糊涂透顶，还要在外面和那些当暗娼的女人胡混。花钱我不在乎，一个有身份的人这样胡闹，不但是有辱人格，若沾染了一身毛病，那不是个大笑话?"她说着话，又喷出一口烟。

魏太太道："我倒是听到人说，重庆有暗娼，晚上在较场口一带拉人。那个地方，你们胡先生也肯去，那怪不得你生气。"胡太太却不由得笑了，因摇摇头道："倒不是那一类的暗娼。我说的是一种下流女人，冒充学生，冒充职业妇女，朝三暮四，在外面交男朋友。"

魏太太听了这话，心里就明白了，胡先生是在外面交女朋友，并不是嫖暗娼。因道："你得有充分的证据吗?"胡太太道："那一点假不了。没有充分的证据，我何至于气得这个样子?啰！我这里就有一封信。"说着，她手是颤巍巍地伸到怀里去摸索着，在怀里摸出一封粉红色的洋信封，交给魏太太。

她接过来时，觉着那封信还是温暖的，分明是揣在胡太太贴肉小衣口袋里的。见那信封上，是钢笔写的字。因望了她笑道："我可以看吗?"说着，把这信封掂了两掂。胡太太道："我正是要你看。"

魏太太抽出里面一张洋信纸来，上面还有钢笔写的字，笔画虽很纯熟，可是笔力很弱，当然是位女人的手笔，信上这样写："敬：昨晚由电影院回寓，在窄小破旧的楼上，孤独地对了一盏电灯，我加倍地感到寂寞。窗子外正飞过几点雨，那没有玻璃的窗户，糊着薄纸，漏了不少窟窿。在那窟窿里送进一阵阵的寒风，那是格外的凄凉，回想到你我在一起的时候，你给予我的温暖，徒然让我增加感触，我不由得掉下几点泪。我是个薄命的女人，二十多岁，让我丧失了他，成了一只孤雁。家乡在沦陷区，正成了既无叔伯，终鲜兄弟的那个悲惨境遇。白天，有那吃不饱肚的工作，让我鬼混一天，到了晚上，我一个少年孀妇，向哪里去？幸遇到了你，随时给予我许多帮助，我是感激的。可是我有点不知足，这只能解决物质上我眼前一些困难，我在社会上，依然是孤独，凄凉，悲惨的呀。自然，你会想到这一点的，你是常到这小楼上来温暖我。可是，第一，我怕呀，人言可畏呀。第二，这始终还是片刻的温暖而已。你既然同情我，爱我，你就得救我到底。我今天在你当面，几次想把我的心事说出来，怯懦的我又忍住了。回寓之后，形单影只，风凄雨苦，受到这份凄凉，我不能再忍了，我不能不说了。我伸出了待救的手，你快救我呀。你有约会，不必写信，还是打电话吧，快得多呀。最后，我告诉你，我永久是属于你的，你能救我，我也只要你救，快回音吧！芳上。”

魏太太把信看过，依然塞进信封里，交回给胡太太，因道：“这是个什么样的女人，照信上说的，是个有工作的寡妇。信倒写得相当流利。”胡太太将那信捏在手上，还是颤巍巍地塞到长衣怀里去。因道：“这女人是老胡的旧部下，他根本混蛋，上司可以和女职员做这下流的事吗？谁还敢出来当女职员呢。不过这个贱女人原也不是好东西，到处找男人。她丈夫大概就是为了她胡闹气死的。你看看这信，她说她永远是老胡的，她愿意做老胡一个外室。这是鬼话。老胡是个什么美男子？已是四十多岁的人了。他有什么地位？一个简任职公务员而已。她就是想骗老胡几个钱，我真气死了。太欺侮人。”说着嗓子一哽，落下两行泪。但她也不示弱，立刻将手绢擦干眼泪。她又取出纸烟来吸。

魏太太笑道：“既然你知道这是个骗局，你就不必生气了。你是怎样发现这封信的呢？”胡太太道：“我早就知道有这件事了。我质问老胡，他总是绝口否认，还说我吃飞醋。有一次，他和这下流女人同去看话剧，让我知道了，我要到戏馆子里去截他，不幸走漏了风声，让他们逃走了。因此，我也更进一步，随时随地，找他们的漏洞。他们通信地点是在机关里，机关里我不能去，他们觉得是保险的，可是我也有我的办法，告诉我那个大女孩子，常常假装到机关里去玩，教她暗下留意她爸爸私人来往的信件。只要像是女人笔迹的信封，就偷了拿回来给我看。总共只试验三次，就把这封信抄到了。”

魏太太笑道：“你大小姐今年多大?”胡太太笑道：“十四岁了，她什么不晓得?她先偷得那桌子抽屉的钥匙，藏在身上。那钥匙本有两把，老胡掉了一把，他并不介意，照常地锁。他就没想到别人会开。”

魏太太笑道：“我还要问，你大小姐有什么法子在她爸爸当面去开抽屉的锁呢?”胡太太听到这里，脸上有了得意之色。眉毛扬起来笑道：“这孩子就是这样得人疼爱。她陪着她爸爸下了班了，重新由大门外走了回去，对勤务说，丢了手绢在办公室里。人家当然让她去找。自然，她不能每次都说丢了手绢，她总可借了别的缘故，一人再回办公室去。这次找到了赃物，她就是由找手绢找出来的。你想，我看到这封信就是大肚子弥陀佛我也忍耐不下去吧。信是昨日下午得着的。偏是昨晚上他到一点钟才回家来。这还不是温暖那个下贱女人去了吗?昨晚夜深了我不便和他交涉。今早起来，我把这里的话质问他，他还咬口不认。我掏出信来，当面念给他听。”

魏太太抢着问道：“那就没有可抵赖的了。”胡太太鼻子里哼了一声道：“就是这样令人可恨，他若承认了，我只要他和那下流女人断绝关系，我也不咎既往，和平解决。你猜怎么样?他比我还强硬，他说这是我捏造的信，伸过手来，要把信抢了去。我真急了，扯着他的衣服，要和他讲理。他一掌把我推开，帽子也不戴，就跑出门去了。他料着我不敢到机关里去找他，先避开我。其实，我怕什么?哪里也敢去。打破了他的饭碗，那是活该。我有办法，我不依靠他当个穷公务员来养活我，等他回来再办交涉不迟。隔壁赵先生和他同事，负责把他找回来答复我一个解决办法。我也只好饶了他这一上午，反正他飞不了。可是我一个人坐在家里，越想越闷，越闷越气，邻居们叫我出来走走。我想那也好。对于这种丈夫，犯不上为他气坏了身体，我是得乐且乐。”

正说到这里，杨嫂送着娟娟进来了。她身上的衣服，虽然还是短的套着长的，可是小脸蛋已经洗干净了，便是头上的头发，也梳清楚了。胡太太拉着她的小手，拖到怀里，摸了她的童发道：“孩子你的命运好，得着一个疼你的爸爸。”魏太太道：“她爸爸疼她，那也是一句话罢了，为什么家里不多雇一个人专带孩子，两个孩子全弄得这样拖一片挂一片。”

杨嫂听了这个话风，流弹有射到自己头上的可能，便抱起小渝儿要走。魏太太笑着叹口气道：“唉！提到小孩子脏，你就赶快要走。这不怨你，我怪你也没用。胡太太在这里吃饭，快去预备，两个孩子都留在这里吧。”胡太太道：“不，我请你出去吃顿小馆。”

魏太太道：“你还和我客气什么。我的家境，你知道，我也不会有什么盛大的招待。不过在我这里吃饭，我们可以多谈一点。”胡太太今天的情绪，需要的就是谈。便道：“那也好。”说着，点了两点头。这样，两位太太就更是亲密地向下谈。

最后，胡太太为了集思广益起见，也就向魏太太请教，要怎样才能够得着胜利。魏太太笑道：“你问我这些，那我的见解，比你就差得远了。不过隔壁陶太太倒是御夫有术的人，她随便老陶几日几夜不归，她向来不问一声到哪里去了。她说，做太太的，千万不和先生吵，越吵感情越坏，这话当然有理。可是我这个脾气，就不容易办到。火气上来了，无论是谁，我也不能退让。”

胡太太又在手皮包里，取出纸烟来吸着，右手靠了椅子背，微弯过来，夹着口里的纸烟。偏着头细细地沉思，喷出一口烟来，然后摇摇头道："陶太太的话，要附带条件，看对什么人说话。男人十有八九是欺软怕硬。做太太的越退让，他就越向头上爬。对先生退让一点，那也罢了。反正是夫妻，可是他一到另有了女人，两个人一帮，你退让，他先把那女人弄进门，你再退让，那个女人趁风而上，就夺了我们的位置。你三退让，干脆，姨太太当家，把正太太打入冷宫，这社会上宠妾灭妻的事就多着呢。抗战八年来，许多男人离开了家庭，谁都在外面停妻再娶。分明是轧姘头讨小老婆，社会上还起了一个好听的名词，说是什么抗战夫人。那好了，在家里的太太，倒反是不抗战的，将来胜利了，你说在那寒窑受苦的王宝钏一流人物，也当退让吗?"

魏太太听了这话，立刻心里拴上了几个疙瘩，一阵红晕飞上脸腮。但她这个抗战夫人的身份，是很少人知道的，胡太太并非老友，更不知道。她强自镇定着，故意放出笑容道："可是平心说，那些抗战夫人是无罪的，她们根本是受骗。那个署名芳字的女人，她和胡先生来往，不能算是抗战夫人。你不就在重庆一同抗战吗?"

胡太太哼的一声道："我马上就要那个贱女人好看，她还想达到那个目的吗？可是我要照陶太太那个说法，退让一下，那她有什么不向这条路上走的呢？所以我决不能有一毫妥协的意思，就算我现时在沦陷区，老胡讨个小老婆，我也要不能饶恕的。什么抗战不抗战，男子有第二个女人，总是小老婆。"胡太太是自己发牢骚。可是魏太太听了，就字字刺在心上了。

第十三回

物伤其类

胡太太自发着她自己的牢骚，自说着她伤心的故事，她决不想到这些话，对于魏太太会有什么刺激的。她看到魏太太默然的样子，便道：“老魏，你对于我这番话有什么感触吗?”魏太太摇着头，干脆答复两个字，“没有”。可是她说完这两个字之后，自己也感觉不妥，又立刻更正着笑道：“感触自然也是有的。可是那不过是听评书掉泪，替古人担忧罢了。”

胡太太脸上的泪痕，还不曾完全消失，这就笑道：“不要替我担忧，我不会失败的。除非他姓胡的不想活着，若是他还想做人，他没有什么法子可以逃出我的天罗地网。”魏太太点点头道：“我也相信你是有办法的。不过你也有一点失策。你让你大小姐和你当间谍，你成功了，胡先生失败了，他想起这事，败在大小姐手上，他能够不恨在心吗?这可在他父女之间，添上一道裂痕。”

胡太太将头一摆道：“那没关系。我的孩子，得由我一手教养成功，不靠他们那个无用的爸爸。说起这件事，我倒是赞成隔壁陶太太的。你看陶伯笙忙得乌烟瘴气，孩子们教养的事，他一点也不办。倒是陶太太上心，肯悄悄地拿出金镯子来押款，接济小孩子。现在买金子闹得昏天黑地的日子，这倒不是一件易事。小孩子还是靠母教，于今做父亲的人，几个会顾虑到儿女身上？你叫杨嫂去看看她，她在家里做什么？也把她找来谈谈吧？”

魏太太道：“好的，你稍坐一会，我去请陶太太一趟，若是找得着人的话，就在我家摸八圈吧。”胡太太笑道：“我无所谓，反正我取的是攻势，今天解决也好，明天解决也好，我不怕老胡会逃出我的手掌心。”

魏太太带了笑容，走到陶家，见陶太太屋子里坐着一位青年女客，装束是相当的摩登，只是脸子黄黄的，略带了些脂粉痕，似乎是在脸上擦过眼泪的。因为她眼圈儿上还是红红的。魏太太说了句有客，将身子缩回来。陶太太道：“你只管进来吧。这是我们同乡张太太。”

魏太太走了进去，那张太太站起来点着头，勉强带了三分笑容。陶太太道：“看你匆匆地走来，好像有什么事找我的样子，对吗？”魏太太道：“胡太太在闹家务，现时在我家里，我要你陪她去谈谈。你家里有客，只好算了。”说着转身正待要走。那位张太太已把椅子背上的大衣提起，搭在手臂上。她向陶太太点个头道：“我的话说到这里为止，诸事拜托了。陶先生回来了，务必请他到我那里去一趟。我在重庆，没有靠得住的人可托。你是我亲同乡，你们不能见死不救呀。”说着，眼圈儿又是一红，最后那句话，她是哽咽住了，差点儿要哭了出来。

陶太太向前握了她的手道：“你放心吧。我们尽力和你帮忙。事已至此，着急也是无用。张先生一定会想出一个解决的办法来的。”那张太太无精打采的，向二人点点头，轻轻说句再见，就走了。

魏太太道：“我看这样子，又是闹家务的事吧？”陶太太道：“谁说不是？唉！这年头这样的事就多了。”魏太太摇摇头道：“这抗战生活，把人的脾气都逼出来了。夫妻之间，总是闹别扭。”陶太太道：“他们夫妻两个，倒是很和气的。”

魏太太道：“既是很和气的，怎么还会闹家务？”陶太太道：“唉！她是一位抗战夫人。前两天，那位在家乡的沦陷夫人，追到重庆来了。人家总还算好，不肯冒昧地找上门来，怕有什么错误，先住在旅馆里，把张先生由机关里找了去。张先生也是不善于处理，没有把人家安顿得好。不知是哪位缺德的朋友，和她出了一条妙计，写了一段启事在报上登着。这启事丝毫没有攻击张先生和抗战夫人的意思。只是说她在沦陷区六年，受尽了苦，现在已带了两个孩子平安到了重庆，和外子张某人聚首，等着把家安顿了，当和外子张某人，分别拜访亲友。这么一来，我们这位同乡的何小姐，可就撕破了面子了。她向来打着正牌儿张太太的旗号在社会上交际，而且常常还奔走妇女运动。于今又搬出一个张太太来，还有两个孩子为证。你看，这幕揭开，凡是张先生的友好，谁人不知？这位何小姐气就大了，要张先生也登报启事，否认有这么一个沦陷夫人。张先生怎么敢呢？而且何小姐也根本知道人家有原配在故乡的。原以为一个在沦陷区，一个在自由区，目前总不会碰头。将来抗战结束了，她和张先生远走他方，躲开那位沦陷夫人。不想人家来得更快，现在就来了，而且在报上正式宣布身份。她根本装着不知道有一位抗战夫人，连事实都抹煞了，这让何小姐真不知道用什么手法来招架。”

魏太太听到抗战夫人这个名词，心里已是不快活，再经她报告那位沦陷夫人站的脚跟之稳，用的手腕之辣，可让她联想到将来命运的恶劣。陶太太见她呆呆地站在屋子中间，便道：“走吧，不是胡太太在等着我吗？”魏太太道：“你看到胡太太，不要提刚才这位张太太的事。”陶太太道：“她和张先生认识吗？”魏太太道：“她家不正也在闹这同样的事吗？她的胡先生也在外面谈爱情呢。”

陶太太道："原来她是为这个事闹家务。女人的心是太软了。像我们这位同乡何小姐，明知道张先生有太太有孩子，被张先生用一点手腕，就嫁了他了。胡先生家里发生了问题，又不知道是哪一位心软的女人上了当。"魏太太道："你倒是同情抗战夫人的。"陶太太道："女人反正是站在吃亏的一方面，沦陷夫人也好，抗战夫人也好，都是可以同情的。"魏太太昂起头来，长长地叹了一口气。

陶太太听她这样叹气，又看她脸色红红的，她忽然猛省，陶伯笙曾说过，她和魏端本是在逃难期间结合的，并没有正式结婚。两个人的家庭，向来不告诉人，谁也觉得里面大有原因。现在看到她对于抗战夫人的消息，这样地感着不安，也就猜着必有相当关联。越说得多，是让她心里越难受。便掉转话风道："胡太太在你家等着，想必是找牌脚，可惜老陶出去得早一点。要不然，你两个人现成，再凑一角就成了。走，我看胡太太去。"说着，她倒是在前面走。

魏太太的心里，说不出来有一种什么不痛快之处，带着沉重的脚步，跟着陶太太走回家来。胡太太正皱着眉坐了吸烟呢，因道："你们谈起什么古今大事了，怎么谈这样的久？老魏，你皱了眉头干什么？"魏太太走进门就被人家这样地盘问着。也不曾加以考虑，便答道："陶太太家里来一位女朋友，也在闹家务，我倒听了和她怪难受的。"胡太太道："免不了又是丈夫在外面作怪。"

魏太太答复出来了，被她这一问，觉得与胡太太的家务正相反，那位张太太的立场，是和胡太太相对立的，说出来了，她未必同情，便笑道："反正就是这么回事。说出来了，不过是添你的烦恼而已。"胡太太鼻子里哼上了一声，摆一摆头道："我才犯不上烦恼呢。我成竹在胸，非把那个下流女人驱逐出境不可。"

她坐了说着，两个手指夹住烟卷，将桌沿撑住在手肘拐，说完之后，把烟卷放到嘴里吸上一口，喷出一口烟来。她虽是对了女友说话，可是她板住脸子，好像她指的那女人就在当面，她要使出一点威风来，陶太太笑道：“怎么回事，我还摸不清楚哩。”

胡太太将旁边的椅子拍了两拍，笑道：“你看我气糊涂了，你进了门，我都没有站起身来让座。这里坐下吧，让我慢慢地告诉你。你对于先生，是个有办法的人，我特意请你来领教呢。”陶太太坐下了，她也不须人家再问，又把她对魏太太所说的故事，重新叙述了一遍。她说话之间，至少十句一声下流女人。她说：“下流女人，实在也没有人格，哪里找不到男人，却要找人家有太太的人，就算成功了，也不过是姨太太。做女人的人，为什么甘心做姨太太？”

魏太太听了这些话，真有些刺耳，可又不便从中加以辩白，只好笑道：“你们谈吧，我帮着杨嫂做饭去。”说着，她就走了。一小时后，魏太太把饭菜做好了，请两位太太到隔壁屋子里去吃饭。胡太太还是在骂着下流女人和姨太太。魏太太心里想着，这是个醉鬼，越胡越乱，也就不敢多说引逗话了。

饭后，胡太太自动地要请两位听夜戏，而且自告奋勇，这时就去买票。两位太太看出她有负气找娱乐的意味，自也不便违拂。胡太太走了，陶太太道：“这位太太，大概是气昏了，颇有些前言不符后语，她说饶了胡先生一上午，下午再和他办交涉。可是看她这样子，不到夜深，她不打算回去，那是怎么回事？”魏太太道：“谁又知道呢？我们听她的报告，那都是片面之词呀。我听人说，她和胡先生，也不是原配，她左一句姨太太右一句姨太太，我疑心她或者是骂着自己。”陶太太抿嘴笑着，微微点了两点头。

魏太太心中大喜，笑问道：“你认识她在我先，你知道她是和胡先生怎么结合的吗？”陶太太笑道：“反正她不是胡先生的原配太太……”

她这句话不曾说完，他们家刘嫂匆匆地跑了来道："太太，快回去吧，那位张太太和张先生一路来了。"陶太太说句回头见，就走了。

魏太太独坐在屋里，想着今日的事，又回想着，原是随便猜着说胡太太不是原配，并无证据，不过因为她和胡先生的年龄，差到十岁，又一个是广东人，一个是山西人，觉得有些不自然而已，不想她真不是原配。那么，她为什么说人家姨太太？于今像我这样同命运的女人，大概不少。她想着想着，又想到那位张太太，倒是怪可同情的，想到这里，再也忍耐不住，就把那装了钱的皮包锁在箱子里，放心到陶家来听新闻。

这时陶伯笙那屋子里，张太太和一个穿西服的人，坐着和陶太太谈话。魏太太刚走到门口，那张太太首先站起来，点着头道："请到屋里坐坐吧。"魏太太走进去了。

陶太太简单介绍着，却没有说明她和张太太有何等的关系。张先生却认为是陶太太的好友，被请来做调人的。便向她点了个头道："魏太太，这件事的发生是出于我意料的。我本人敢起誓，决无恶意。事已至此，我有什么办法，只要我担负得起的，我无不照办。"他说了这么一个囫囵方案，魏太太完全莫名其妙，只微笑笑。

张太太倒是看出了她不懂，她是愿意多有些人助威的，也就含混地愿意把魏太太拉为调人。她挺着腰子在椅子上坐着，将她的一张瓜子脸儿绷得紧紧的。她有一双清秀明亮的眼睛，叠着双眼皮，但当她绷着脸子的时候，她眼皮垂了下来，是充分地显示着内心的烦闷与愤怒。她身穿翠蓝布罩衫，是八成新的，但胸面前隐隐地画上许多痕迹，可猜着那全是泪痕。她肋下纽袢上掖着一条花绸手绢，拖得长长的。这也可见到她是不时地扯下手绢来擦眼泪的。

魏太太正端详了她，她却感到了魏太太的注意。因道："魏太太，你想我们年轻妇女，都要的是个面子。四五年以来，相识的人，谁不知道我嫁了姓张的，谁不叫我一声张太太。现在报上这样大登启事，把我认为什么人？难道我姓何的，是姓张的姘头？”

张先生坐在里面椅子上，算是在她身后，看不到她的脸子。当她说的时候，他也是低了头，只管用两手轮流去摸西服领子。他大概是四十上下年纪了。头顶上有三分之一的地方，已经谢顶，黄头皮子，光着发亮。后脑虽也蓄着分发，但已稀薄得很了。他鼻子上架了一副大框眼镜，长圆的脸子，上半部反映着酒糟色，下半部一大圈黑胡楂子，由下巴长到两耳边。这个人并不算什么美男子，试看张太太那细高条儿，清秀的面孔，穿上清淡的衣服，实在可爱，为什么嫁这么一个中年以上的人做抗战夫人呢？她顷刻之间在双方观察下，发生了这点感想。

那张先生却不肯接受姘头这句话。便站起来道：“你何必这样糟蹋自己？无论怎么着，我们也是眷属关系吧？”张太太也站起来，将手指着他道：“二位听听，他现在改口了，不说我是太太，说我是眷属。我早请教过了律师，眷属？你就说我是姨太太。你姓张的有什么了不起，叫我做姨太太。你的心变得真快呀。你害苦了我了。我一辈子没脸见人。你要知道，我是受过教育的人啦。我真冤屈死了。”她越说越伤心，早是流着泪，说到最后一句，可就哇的一声哭了起来了。

张先生红着脸道：“这不像话，这是人家陶太太家里，怎么可以在人家家里哭？”张太太扯下纽袢上的手绢，擦着眼泪道：“人家谁像你铁打心肠，都是同情我的。”那张先生本来理屈，见抗战夫人一哭，更没有了法子，拿起放在几上的帽子，就有要走的样子。

张太太伸开手来，将门拦着，瞪了眼道：“你没有把条件谈好，你不能走。”张先生道：“你并不和我谈判，你和我闹，我有什么法子呢？”陶太太也站起来，带笑拦着道：“张先生，你宽坐一会，让我们来劝解劝解吧。凭良心说，何小姐是受着一点委屈的。怎么着，你们也共过这几年的患难，总要大家想个委曲求全的办法。”

张先生听说，便把拿起来了的帽子复又放下，向陶太太深深地点了两点头，表示着对她的话，是非常之赞同。笑道：“谁不是这样的说呢？报上这段启事，事先我是决不知道。既然登出来了，那是无可挽回的事。”张太太道：“怎么无可挽回？你不会登一段更正的启事吗？”

张先生并不答复她的话，却向陶太太道：“你看她这样地说话，教我怎么做得到，这本来是事实，我若登启事，岂不是自己给人家把柄，拿出犯罪的证据吗？”张太太掉转脸来，向他一顿脚道：“你太偏心了，你怕事，你怕犯罪，就不该和我结婚。你非登启事更正不可。你若不登启事，我就到法院里去告你重婚，你欺骗我逃难的女子。”

张先生红着脸坐下了，将那呢帽拿在手上盘弄，低头不作声。张太太道：“你装聋作哑，那不成！我的亲戚朋友现在都晓得你原来有老婆的了，我现在成了什么人，你必得在报上给我挽回这个面子。你你你……”越说越急，接连地说了几个你字，还交代不出下文来。

张先生道：“你不要逼我，我办不到的事，你逼死我也是枉然。我曾对你说了，大家委曲求全一点，那启事你只当没有看到就是了。”说时还是低了头弄帽子。张太太也急了，站在椅子边，将那椅靠拿着，来回地摇撼了几下，摇得椅子脚碰地，叮当有声。她瞪了眼道：“你这是什么话？我只当没有看到？就算我当没有看到，我那些亲戚朋友，也肯当没有看到吗？人家现在都说我是你姓张的姨太太，我不能受这个侮辱。”

陶太太向前，将她拉着在床沿上坐下，这和张先生就相隔得远了，中间还有一张四方桌子呢。陶太太也挨了她坐下，笑道：“这是你自己多心，谁敢说你是姨太太呢？你和张先生在重庆住了这多年，谁不知道你是张太太？你和张先生结婚的时候，你是一个人，他也是一个人，怎么会是姨太太？谁说这话，给他两个耳光。”

魏太太坐在靠房门的一张方凳上，听了这话，让她太兴奋了，突然站起来，鼓着掌，高喊了两个字：“对了！”张先生坐在桌子那边，这算有了说话的机会了。便道：“我也是这样说。我觉得彼此不相犯，各过各的日子，名称上并不会发生问题，反正生活费，我决计负担。”

张太太道：“好漂亮话！你这个造孽的公务员，每月有多少钱让你负担这个生活那个生活？”陶太太笑道：“我的太太，你别起急，有话慢慢地商量。若是像你这样，张先生一开口，你就驳他个体无完肤，这话怎么说得拢？这几年来你们很和睦的，决不能因为出了这么一个岔，就决裂了。张先生的意思，完全还是将就着你，向妥协的路上走。”

张太太坐在床沿上，两脚一顿道：“他将就着我吗？这一个星期，每日他都是回家来打个转身就走了，好像凳子上有钉子，会扎了他的屁股。我原来也还忍让着，随他去打这个圆场，他反正是硬不起腰杆子来的人，开一只眼闭一只眼，暂且不必把这事揭开来闹。可是自这启事登出来之后，他索性两天不露面。这分明是他有意甩开我，甩开我就甩开我，只要他三天之内，不在报上登出启事来，我就告他骗婚重婚。”

陶太太插一句话，问道：“你那启事，要怎样的登法呢？”张太太道：“我要他说明某年某月某日，和我在重庆结婚。他不登也可以，我来登，只要他在原稿上盖个章签个字。”陶太太微笑了笑，却没作声。

张先生觉得做调人的也不赞同了，自己更有理。便道：“陶太太你看，这不是让我作茧自缚吗？”张太太道：“怎么人家可以登启事，我就不能登启事？”张先生苦笑道：“你要这样说，我有什么法子？你能说登这样的启事，不要一点根据吗？你这样办，不见得于你有利的。你拿不出根据来，你也是作茧自缚。”张太太道：“好，你居然说出这样的话来。你这狼心狗肺的东西。”张先生红了脸道：“你骂得这样狠毒，我怎么会是狼心狗肺?”张太太道：“我怎么会拿不出根据来？你说你说。”说着，挺胸站了起来。

张先生再无法忍受了，一拍桌子，站起来道：“我说，我说。我和你没有正式结婚，我家里有太太，你根本知道，你有什么证据告我重婚。我们不过是和奸而已。”他说着，拿起帽子，夺门而出。走出房门的时候，和魏太太挨身而过，几乎把魏太太撞倒，张太太连叫你别走，但是他哪里听见，他头也不回地去远了。

张太太侧身向床上一倒，放声大哭。陶太太和魏太太都向前极力地劝解着，她方才坐起来，擦着眼泪道：“你看这个姓张的，是多么狠的心。他说和我没有正式结婚倒也罢了。他竟是说和我通奸，幸而你两位全是知道我的。若在别地方这样说了，我还有脸做人吗?”说着，又流下泪来。

陶太太道：“你不要光说眼前，你也当记一记这几年来他待你的好处。”张太太道：“那全是骗我的。他曾说了，抗战结束，改名换姓，带我远走高飞，永不回老家。现在抗战还没有结束呢，他家里女人来了，就翻了脸了。大后方像我这样受骗的女人就多了，我一定要和姓张的闹到底，就算是抗战夫人吧，也让人家知道抗战夫人决不是好惹的。”

魏太太眼看这幕戏，又听了许多刺耳之言，心里也不亚于张太太那分难受，只是呆住了听陶张两人一劝一诉，还是杨嫂来叫，胡太太买戏票子来了，方才懒洋洋地回家去。

第十四回

一场惨败

胡太太说是买戏票子来了，魏太太相信是真的有戏可看。回家见着她的面，就笑道："你买了几张票？也许要去的，不止我和陶太太。"胡太太先是眯着眼睛一笑，然后抓住她的手笑道："不听戏了，我们过南岸去唆它半天。"

魏太太道："不错，罗致明家里有个局面，你怎么知道的？"胡太太道："也许无巧不成书。我去买戏票顺便到商场里去买两条应用的手帕，就遇到了朱四奶奶。她说，她答应了罗太太的约会今天到南岸去赌一场，叫我务必参加。"

魏太太道："朱四奶奶？这是重庆市上一个有名的人物。常听到人说，她坐了小汽车到郊外去赶赌场。人家可是大手笔，我们这小局面，她也愿意参加吗？"胡太太笑道："我就是这样子问过她的。她说，谁也想在赌场上赢钱，大小有什么关系，无非是消遣而已。我想，这个人我们有联络的必要，你也去一个好不好？"

魏太太笑道："我怎么攀交得上呢？你是知道的，那种大场面我没有资本参加。”胡太太道：“罗家邀的角，还不是我们这批熟人？我想，也不会是什么大赌。”

魏太太站起沉吟了一会子看看床头边那两口箱子。她联想到那小箱子里还有魏先生留在家里的十五万元。虽然这里只有两万元属于自己的，但暂时带着去充充赌本，壮壮面子，并没有关系。反正自己立定主意，限定那两万元去输，输过了额就不赌，这十三万元还可以带回来。胡太太看她出神的样子，便笑道：“那没有关系，你若资本不够，我可以补充你两万元。”

魏太太道：“钱我倒是有。不过……”她说时，站在屋子中间，提起一只脚来，将脚尖在地面上颠动着。胡太太道：“有钱就好办，你还考虑什么？走走，我们就动身。”

魏太太道：“你还是一个人去吧。”她说时，脸上带了几分笑意。胡太太道：“不要考虑了。魏先生回来了，你就是说我邀你出去的。”魏太太道：“他管不着我。”胡太太道：“既是这么着，我们就走吧。”说着，抓住魏太太的袖子，扯了几下。

魏太太笑道：“我就是这样走吗？也得洗把脸吧？”胡太太听她这样一说，分明是她答应走了。便笑道：“我也得洗把脸，不能哭丧着脸到人家去。”魏太太借着这个缘故，就叫杨嫂打水。她洗过脸，化过妆，把箱子里装的十几万元钞票，都盛在手皮包里。

胡太太看到她收钞票，便笑道：“哦！原来你资本这样充足，装什么窘，还说攀交不上呢。”魏太太笑道：“这不是我的钱。”胡太太道：“先生的钱，还不就是太太的钱吗？走吧。”说时，拉了魏太太的袖子就往外面拉出去。

到了大门外，魏太太自不会有什么考虑，一小时又半以后，经过渡轮和滑竿的载运，就到了罗致明家了。罗家倒是一幢瓦盖的小洋房，三明一暗的，还有一间小客厅呢。客厅里男男女女，已坐着五六位，范宝华也在座。其中一位女客，穿着浅灰哔叽袍子，手指上戴了一枚亮晶晶的钻石戒指，那可以知道就是朱四奶奶了。罗致明夫妇，看到又来了两位女宾，这个大赌的局面就算告成，格外忙着起劲。

胡太太表示她和朱四奶奶很熟，已是抢先给魏太太介绍。这位朱四奶奶虽然装束摩登，脸子并不漂亮，额头向前突出，眼睛向里凹下，小嘴唇上，顶了个蒜瓣鼻子。尽管她皮肤雪白细嫩，并不能给予人一个爱好的印象。也许她自己有这样一点自知之明，对于青年妇女而又长得漂亮的，是十分地欢喜。立刻走向前和魏太太拉着手笑道："我怎么称呼呢？还是太太相称？还是小姐相称呢？你这样年轻，应该是小姐相称为宜呢。"胡太太笑道："她姓田，你就叫她田小姐吧。"

朱四奶奶将身子一扭，笑着来个表演话剧的姿势，点了头道："哦！田小姐，田小姐我们好像是在哪里见过，也许是哪个舞厅吧。"魏太太笑道："我不会跳舞。"朱四奶奶偏着头想了一想，因道："反正我们是在哪里见过吧。"说着，她果然就像彼此交情很深似的，于是拉着魏太太的手，同在旁边一张藤制的长椅子上坐下。

罗致明点点人数，已有八位之多，便站在屋子中间，向四处点着八方头，笑道："现在就入场吗？一切都预备好了。"胡太太笑道："忙什么？我们来了，茶还没有喝下去一杯呢。"罗致明道："这有点原因，因为四奶奶在今天九点钟以前必须回到重庆，同时范先生他也要早点回去。"四奶奶笑道："可别以我的行动为转移呀。我不过是临时参战。我希望我走了，各位还继续地向下打。"

这位主妇罗太太打扮成个干净利落的样子，穿件白色沿边的黑绸袍子，两只手洗得白净净的，手里捧着一面洋瓷托盘，里面堆叠着大小成捆的钞票。只看她长圆的瓜子脸上，两只溜转的眼睛，一笑酒窝儿一掀，眼珠随了一动，表示着她精明强干的样子。魏太太笑道：“哎呀！罗太太预备的资本不少。”她道：“全是些小额票子，有什么了不起。因为有好几位提议，今天我们打小一点，却又不妨热闹一点，所以我们多预备一些钞票。”她们这样问答着。男女客人，都已起身。

罗家的赌场就在这小客厅隔壁，似乎是向来就有准备的。四方的一间小屋子，正中摆了一张小圆桌，圆桌上厚厚的铺着棕毯。两方有玻璃窗的地方，在玻璃上都挡上了一层白的薄绸，围着桌子的木椅子全都垫了细软的东西。在重庆的抗战生活，中产之家，根本没有细软的座位。桌椅也不少是竹制品，更谈不上什么桌毯和椅垫了。今天罗家这份排场，显着有些特别，大家随便地坐下，罗致明就拿了两盒崭新的扑克牌，放在桌毯中心。罗太太像做主人的样子，坐在圆桌面下方。魏太太胡太太朱四奶奶一顺儿向上坐着，都在桌子的左边，此外便是男客。除一个范宝华之外，是赵经理朱经理吴科长。这位吴科长，是客人中最豪华的一位，三十多岁，穿一套真正来自英国皇家公司的西装。灰色细呢上略略反出一道紫光。他像奶奶似的手指上戴了一枚亮晶晶的钻石戒指，富贵之气逼人。

魏太太心里，立刻发生了个感想，在这桌上，恐怕要算自己的身份最穷，今天和这些人赌钱必须稳扎稳打。这些人的钱，都是发国难财来的，赢他们几文，那是天理良心。赢不到也不要紧，千万可别财赶大伴，让他们赢了去。他们赢了我的钱，还不够他们打发小费的呢。这样想着，自己就没有作声，悄悄地坐在主妇旁边。

罗太太道：“我们要扳坐吗?”说时，她拿了一副扑克牌在手上盘弄着。她眼望了大家带着三分微笑。朱四奶奶道：“我们打小牌，无非是消遣而已。谁也不必把这个过分地认真。现在我们男女分座，各占一边，这就很好。各位，不会疑心我们娘子军勾结一致吗?”她说着话，把嘴唇里两排雪白的牙齿笑着露出，眼珠向大家一睃。这几位男客同声笑着说不敢不敢。吴科长便道：“男女分座，这样就好，我们尊重四奶奶的高见。”这样说着，又让魏太太心里想着，人家都说朱四奶奶交际很广，是个文明过分的人。现在看来，在赌场上还要讲过男女分座，也不是相传的那些谣言了，于是对四奶奶又添加了几分好感。

主妇这时已向大家征求得同意，起码一千元进牌。五万元一底，而且好几人声明着，这只是大家在一处玩玩，不必打大的。魏太太心中估计，这已和自己平常小赌，大了一半，可能输个十万八万的，非打得稳不可。在这桌上，只有一小半人的性格是熟的，在最先的半小时内，只可做个观场的性质，千万得忍住了，不可松手。

她这样地想着，在二十分钟内，已把这些男宾的态度看出来了，那位吴科长完全是个大资本家的作风，无论有牌无牌，总得跟进，除非牌过于恶劣，不肯将牌扔下。至于手上有牌，只要是个对子，他就肯出到一万两万的来打击人。倘能抓着好牌，赢他的钱那是很容易的。宋经理是个稳扎稳打的人，还看不出他的路数。赵经理却喜投机。女客方面，只有朱四奶奶是生手，看到赌钱倒是游戏出之。

有了这样的看法，魏太太也就开始下注子和人比个高下了。接着这半小时就赢了七八万，其中两次，都是赢着吴科长的。最后一次，他仅仅只有一个对子，就出着两万元，魏太太却是三个九，她为了谨慎起见，并不在吴科长出钱之后，予以反击。当她摊出牌来之后，朱四奶奶笑道：“魏太太，你为什么不唆？”她道：“吴科长桌上亮出来的四张牌六七九十。假如他手上暗张是个八，我可碰了钉子了。”朱四奶奶摇着头道：“吴科长面前，大概有八九万元，他若是个顺子，他肯和你客气？他就唆了。”魏太太笑道：“我还是稳扎稳打吧。”她这样说着，这件事自然也就算揭了过去。可是在牌桌上的战友，也就认识她是一种什么战术。

又是牌转两周，吴科长牌面子上有两张八，暗张是个A。他已经把面前八九万元，输得只剩三万上下了。他起到最后那张八，并没有考虑，把面前的钞票向桌中心推着，叫了一声唆。魏太太面前明张，是一张K，一张九，暗张也是个九。根据吴科长的作风，料着不会是三个头。她自己是准赢了他的。不过后面还有两张牌没有来。知道他还会取得什么。面前已是将赢得十几万元的钞票，这很够了。等这一小时过去，将这大批现钞纳进皮包，只把些零钞应付局面，今天就算没有白来。她想着是对的，把牌扔了。下家是胡太太，倒是跟进散牌的人，将一张明牌向她面前一丢，可不就是一张九吗？魏太太两脚在地上齐齐一顿，嗐了一声。结果，吴科长还是两张八和一个A，并没有进得好牌。胡太太却以一对十赢了他的钱。

朱四奶奶将手拍了魏太太的肩膀道："你也太把稳了。这桌上你的牌风很好，你这样打，不但是错过机会，而且会把手打闭了的。"魏太太笑道："我这个作风也许是不对。但是冒险的时候就少得多了。"她嘴里是这样的说了可是心里却未尝不后悔。她转一个念头，趁着今天的牌风很好，在座的全是财神，捞他们几个国难财有何不可。

正在这样想着，那位吴科长已是在口袋里一掏，掏出一叠五元一张的美钞，向面前一放，还用带着钻石戒指的手，在钞票上拍了两拍，笑道："美钞怎样的算法？"罗太太笑道："我们可没有美钞奉陪。吴科长先换了法币去用，好不好？用什么价钱换出来，你再用什么价钱收回去。"

吴科长在身上掏出一只扁平的赛银盒子和一只打火机。从容地打开盒子取了纸烟衔着，将打火机亮着火，吸着纸烟。同时，把开了盖的纸烟盒子托在手上，向满桌的男女赌友敬着纸烟，表示着他那份悠闲。魏太太倒是接受了他一支烟，自擦了火柴吸着；觉得那烟吸到口里香喷喷的，甜津津的，这决不是重庆市上的土制烟。心里立刻也就想着，这小子绝对有钱，赢他几张美钞，在他是毫无所谓的。

她心里有个这么一个念头，机会不久也就来了。有一副牌，吴科长面前摊开了四张红桃子同花，牌点子是四六八Q。他却掷出了四张美钞。共计二十元。他微笑道："就算四万吧。"魏太太看看，这除了他是同花，配合那张暗牌，最大不过是一对Q，实在不足为惧，照着他那专用大注子吓人的脾气，就可以赢他这注美钞，自己正有一对老K呢。她轮着班次，却在朱四奶奶的下手，而朱四奶奶面前摆了一对明张十，她却说声唆了，把面前一堆钞票推出去，约莫是六七万元。

魏太太见已有一个人捉机，就没有作声。而吴科长并不退让，问道："四奶奶，你那是多少钱？"四奶奶笑道："你还要看我的牌吗？"吴科长笑道："至多我再出十元美金，我当然要看。"四奶奶笑道："那也好，我们来个君子协定，我也出三十元美金。免得点这一堆法币。各位同意不同意？"大家要看看他两人赌美金的热闹，并不嫌破坏法规，都说可以可以。

四奶奶果然打开怀里手皮包，取出三张十元美金，向桌心里一扔，把原来的法币收回。吴科长更不示弱，又取了两张五元美钞，加到注上。四奶奶把桌上那张暗牌翻过来，猛然地向桌毯上一掷，笑道："三个十，我认定你是同花，碰了这个钉子了。"吴科长也不亮牌，将明暗牌收成一叠，抓了牌角，当了扇子摇，向四奶奶挥着道："你真有三个十！你拿钱。"四奶奶点着头，笑着说声对不起，将美钞和其他的法币赌注，两手扫着，一齐归拢到桌前。将自己三十元美钞提出，拿着向大家照照，笑道："这算是奥赛的，原来代表我面前法币梭哈的，我收回了。"说着，她将三十元美金收回了皮包。

魏太太看着，心想，吴科长果然只是拿一对投机的。若不是四奶奶有三个十，自己可赢得那三十元美金了。这时，桌上有了两家在拿美金来赌，也正是都戴了钻石戒指的。现在不但是可注意吴科长，也可注意四奶奶，她已是十万以上的赢家了。

由此时起，她就和朱吴二人很碰过两回，每次也赢个万儿八千的。有次朱四奶奶明张一对四，一个A，出三万元。魏太太明暗九十两对，照样出钱。范宝华明张只是两个老K，却唆了。看那数目，不到五万，朱四奶奶已跟进，魏太太有两对，势成骑虎，也不能牺牲那四万元，也只好跟进。第五张牌摊出的结果，范宝华是三个老K，他赢了。

不久吴科长以一对七的明张，和范宝华的一对九明张比上，又是各出三万元。魏太太是老K明暗张各一，一张J，一张A，自然跟进，到了第五张，明张又有了一对A。这样的两大对，有什么不下注？把桌前的五六万元全唆。她见范吴二位始终还是明张七九各一对，他们的牌决不会大于自己。因为他们的暗张，若是七或九，各配成三个头的话，早就该唆了，至少也出了大注了。尤其是吴科长，没有什么牌也下大注，他若有三张七，决忍不住而只出三万元。那么这牌赢定了。

可是事实不然，范宝华在吴科长上手出了注看牌。吴科长把起手的一张暗牌翻过来亮一亮，就是一张七。笑道：“这很显然，范先生以明张一对九，敢看魏太太明张一对A和一个老K，一个J，必是三个九，我派司了。”范宝华笑道：“可不就是三个九？”说着，把那张暗牌翻过去，笑问道：“魏太太，你是三个爱斯吗？”她见范宝华肯出钱，心里先在碰跳，及至那张九翻出来，她的脸就红了。将四张明牌和那张暗牌和在一处，向大牌堆里一塞，鼻子里哼了一声摇摇头道：“又碰钉子。”说毕，回转头来向胡太太道：“你看，这牌面取得多么好看。那个爱斯，竟是催命符呢。”胡太太道：“那难怪你，这样好的牌，我也是会唆的。

你没有打错。”

魏太太虽输了钱，倒也得些精神上的鼓励，更不示弱。最先拿出来的五万元法币，已是输光了。于是把皮包打开又取出五万元来。她原来的打算是稳扎稳打，在屡次失败之下，觉得稳打是不容易把钱赢回来的，于是得着机会，投了两次机。恰是这两回又碰到了赵经理范宝华有牌，全被人家捉住了。五万元不曾战得十个回合，又已输光。

魏太太心里明白，这个祸事惹得不小。那带来的十五万元，有十三万元是丈夫和司长汇款的款子，决移动不得。于今既是用了一半，回得家去，反正是无法交代。索性把最后的五万元也拿出一拼。再也不想赢人家的美金了。只要赢回原来的十万元就行。赢不了十万，赢回八万也好。否则丝毫补救的办法没有，只有回家和魏端本大吵一顿了，就是拼了大吵，自己实在也是短情短理，不把这笔赌本捞回来，那实在是无面目见丈夫的。一不做，二不休，不赌毫无办法，而且牌并没有终场，自己表示输不起了下场，对于今天新认识的朱四奶奶，是个失面子的事。

她一面心里想着，一面打牌。两牌没有好牌，派司以后，也没有动声色。只是感觉到面孔和耳朵全在发烧。这其间在桌旁边茶几上取了纸烟碟子里的一支纸烟吸着，又叫旁边伺候的老妈子，斟了一杯热茶来喝。混到了发第四牌的时候，起手明暗张得了一对A，这决没有不进牌之理，于是打开怀里的皮包，取出剩余的五万元，放在面前，提出三千元进牌。

这一牌，全桌没有进得好牌的，八个人，五个人派司，只有两个人和魏太太赌，就凭了两张A赢得七八千元。这虽是小胜，倒给予了她一点转机，自己并也想着，对于最后这批资本，必须好好处理，又恢复到稳扎稳打的战术。这五万元，果然是经赌，直赌到第三个小时，方才输光。最后一牌，还是为碰钉子输的。她突然由座位上站起来，两手扶了桌沿，摇摇头道："不行。我的赌风，十分地恶劣，我要休息一下了。"说着她离开了赌场，走到隔壁小客室里，在沙发式的藤椅子上坐下。那只手提皮包她原是始终抱在怀里的。

这时，趁着客室里无人，打开来看了一看。里面空空的，原来成卷的钞票，全没有了。其实她不必看，也知道皮包里是空了的，但必须这样看一下才能证实不是做一个噩梦。她无精打采地，两手缓缓将手皮包合上，依然听到皮包合口的两个连环白铜纽咔嚓一响，这是像平常关着大批钞票的响声一样。

她将皮包放在怀里搂着，人靠住椅子背坐了，右手按住皮包，左手抬起来，慢慢地抚摸着自己的头发。她由耳根的发烧，感觉到心里也在发烧。她想着想着，将左手连连地拍着空皮包，将牙齿紧紧地咬了下嘴唇皮，微微地摇着头。心想自己分明知道这十五万元是分文不能移动的钱，而且也决定了今天不出门，偏偏遇到胡太太拉到这地方来。越是怕输，越是输得惨。这款子在明日上午，魏端本一定要和司长汇出去的，回家去，告诉把钱输光了，不会逼得他投河吗？今天真不该来。她想着，两脚同时在地面上一顿。

恰好在这个时候，胡太太也来了，她走到她身边，弯了腰低声问道："怎么样？你不来了？"魏太太摇了两摇头道："不能来了，我整整输了十五万元。连回去的轿子钱都没有了。真惨！"说着，微微地一笑。胡太太知道这一笑，是含着有两行眼泪在内的。她来，是自己拉来的，不能不负点道义上的责任，也就怔怔地站着，交代不出话来。

第十五回

铸成大错

魏太太是常常赌钱的人，输赢十万元上下，也很平常。自然，由民国三十三年，到民国三十四年，这一阶段里，十万元还不是小公务员家庭的小开支。但魏太太赢了，是狂花两天，家庭并没有补益。输了呢，欠朋友一部分，家里拉一部分亏空，也每次搪塞过去。只有这次不同，现花花地拿出十五万元钞票来输光了，而这钞票，又是与魏先生饭碗有关的款子。回家去魏端本要这笔钱，把什么交给他？纵然可以和他横吵，若是连累他在上司面前失去信用，可能会被免职，那就了不得了。何况魏太太今日只是一时心动，要见识见识这位交际明星朱四奶奶。这回来赌输，那是冤枉的。因此她在扫兴之下，特别地懊悔。胡太太站在她面前，在无可安慰之下，默默地相对着。

魏太太觉得两腮发烧，两手肘拐，撑了怀里的皮包，然后十指向上，分叉着，托了自己的下巴和脸腮。眼光向当面的平地望着。忽然一抬眼皮，看到胡太太站在面前，便用低微的声音问道："你怎么也下场了？"胡太太道："我看你在做什么呢，特意来看看你的。"

魏太太将头抬起来了，两手环抱在胸前，微笑道："你以为我心里很是懊丧吗？"胡太太道："赌钱原是有输有赢的，不过你今天并没有兴致来赌的。"魏太太没说什么，只是微微地笑着。胡太太笑道："他们还打算继续半小时，你若是愿意再来的话，我可以和你充两万元本钱，你的意思怎么样？也许可以弄回几万元来。"

魏太太静静地想着，又伸起两只手来，分叉着托住了两腮。两只眼睛，又呆看了面前那块平地。胡太太道："你还有什么考虑的？输了，我们就尽这两万元输，输光了也就算了。赢了，也许可以把本钱捞回几个来，你的意思如何？"魏太太突然站起来，拿着皮包，将手一拍，笑道："好吧。我再花掉这两万元。"胡太太就打开皮包提出两万元交给魏太太，于是两个人故意带着笑容，走入赌场。

女太太的行动，在场的男宾，自不便过问。魏太太坐下来，先小赌了两牌，也赢了几个钱，后来手上拿到K十两对，觉得是个赢钱的机会，把桌前的钞票，向桌子中心一推，说声唆了。可是这又碰了个钉子，范宝华拿了三个五，笑嘻嘻地说了声三五牌香烟，把魏太太的钱全数扫收了。魏太太向胡太太苦笑了一笑，因道："你看，又完了。这回可该停止了。"说着，站了起来道："我告退了。我今天手气太闭。"

范宝华看到她这次输得太多，倒是很同情的。便笑道："大概还有十来分钟你何不打完？我这里分一笔款子去充赌本，好不好？"魏太太已离开座位了，点着头道："谢谢，我皮包里还有钱呢！算了，不赌了。"说着，坐到旁边椅子上去静静地等着。

十几分钟后，扑克牌散场了。朱四奶奶首先发言道："我要走了。哪位和我一路过江去？"魏太太道："我陪四奶奶走。罗太太，有滑竿吗？"主妇正收拾着桌子呢，便笑道："忙什么的？在我这里吃了晚饭走。"魏太太道："不，我回去还有事。两个孩子也盼望着我呢。"

范宝华胡太太都随着说要走。主人知道，赌友对于头家的招待，那是不会客气的。这四位既是要走，就不强留，雇了四乘滑竿。将一男三女，送到江边。

过了江，胡太太四奶奶都找着代步，赶快地回家。魏太太和范先生迟到一步，恰好轮渡码头上的轿子都没有了。魏太太走上江边码头，已爬了二百多层石坡，站着只是喘气。她一路没有作声，只是随了人走，好像彼此都不认识似的。

这时范宝华道："魏太太回家吗？我给你找车子去。今天这码头上竟会没有了轿子，也没有了车子。"魏太太道："没有关系，我在街上还要买点东西，回头赶公共汽车吧。"说时，向范宝华看看。见他夹着一个大皮包，因笑道："范先生今日满载而归。"他道："没有赢什么，不过六七万元。"魏太太心里有这么一句话想说出来，范先生，我想和你借十二万元可以吗？可是这话到了舌尖上要说出来，却又忍回去了，默然地跟着走了一截路。

这里到范宝华的写字间不远。他随便地客气着道："魏太太，到我号上去休息一下吗？"魏太太道："对了，这里到你写字间不远。好的，我到你那里去借个电话打一下。"范宝华也没猜着她有什么意思，引着她向自己写字间里走。

这已是晚上九点钟了。这楼下的贸易公司，职员早已下了班。柜台里面只有两盏垂下来的小电灯亮着。上楼梯的地方，倒是大电灯通亮，还有人上下。范宝华一面上楼梯一面伸手到裤子插袋里去掏钥匙。口里一面笑道："我那个看门的听差，恐怕早已溜开了。"接着，走到他写字间门口，果然是门关闭上了。他掏出一把大钥匙，将门锁开着，推了门。将门框上的电门子扭着了电灯，笑道："魏太太，请到里面稍坐片刻，我去找开水去。"说着，扭身就走。当他走的时候，脚下当的一声响。魏太太只管说着不要客气，他也没有听见。

她低头看那发响的所在，是几根五色丝线，拴着几把白铜钥匙。魏太太想起来了，前天到这里来，看到范先生用这把钥匙，开那装着钞票的抽斗，这正是他的，于是将钥匙代为拾起，走进屋子去。屋子里空洞洞的，连写字台上的文具，都已收拾起来，只有一盏未亮的台灯，独立在桌子角上。魏太太愿意屋子里亮些，把台灯代扭着了，且架腿坐在旁边沙发上。

但等了好几分钟范宝华并不见来。心里也就想着，他来了，怎样开口向他借钱呢？看他那样子，倒是表示同情的，在赌桌上就答应借赌本给我，现在正式和他借钱，他应该不会推诿。今天不借一笔钱，回家休想过太平日子。只是自己要借的是十五万，至少是十二万元，他不嫌多么？照说，他那桌子抽斗里，就放有一二十万现钞，他是毫无困难可以拿出来的。他是个发国难财的商人，这全是不义之财。

想到这里就不免对了那写字台的各个抽斗望着。手上拿了开抽斗的钥匙呢，她托着钥匙在手心上掂了两掂。偏头听听门外那条过道，并没有脚步声。于是站起身来，扶着门探头向外看看，那走道上空洞洞的，只有屋顶上那不大亮的灯光，照着走廊里黄昏昏的。魏太太咳嗽了两声，也没有人理会。她心里一动，钥匙会落在我手上，这是个好机会呀。但立刻觉得有些害怕，莫名其妙地，随手把这房门关上了。

关上门之后，对那桌子抽斗注视一下。咬着牙齿，微微点了两点头。看看手心，那开抽斗的钥匙，还在手上呢，突然的身子一耸，跑了过去，在抽斗锁眼里，伸进钥匙，把锁簧打开了。她打开抽斗来，一点没有错误，正是范宝华放现钞的所在。那里面大一捆小一捆的钞票，全是比得齐齐地叠着。她挑了两捆票额大，捆子小的在手，赶快揣进怀里，然后再把抽斗锁着。钥匙捏在手心里，抢到沙发边，缓缓地坐下，远远的离开了这写字台。可是听听门外的走道，依然没有脚步声。在衣服里面，觉得这颗心怦怦地乱跳，似乎外面这件花绸袍子，都被这心房所冲动。

坐了一会，起身将房门打开，探头向外看看，走道上还是没人。她手扶了门，出了一会神，心想，这姓范的怎么回事？把我引进他屋子里，他竟是一去无踪影了。他莫非不存什么好心？至少也是太没有礼貌。一不做二不休，那抽斗里还有几捆钞票，我都给它拿过来。

这回透着胆子大些了，二次关上了门，再去把抽斗打开，里面共是大小三捆钞票，把两捆大的，先塞在桌子下的字纸篓里，那捆小的，揣到身上短大衣插袋里，立刻关上抽斗，并不加锁。钥匙由锁眼里拔出来，也放进衣袋里。她回到沙发椅子上坐着，觉得手和脚有些抖颤，靠了沙发背坐着，微闭了一下眼睛，但还没有一分钟，她又跳起来了。先打开放在沙发上的手提包，然后将桌下字纸篓提出，将那两大捆钞票，向皮包里塞着。无奈皮包口小，钞票捆子大，塞不进去。她急忙中，将牙齿把捆钞票的绳子咬着，头一阵乱摆，绳子咬断，于是把两捆钞票抖散了，乱塞进皮包里去，那断绳子随手一扔，扔在沙发角上。钞票虽是塞到皮包里去了，可是票子超过了皮包的容量，关着口子，竟是合不拢来，她将皮包扁放在桌上，两手按着，使劲一合，才算关上。

她低头看看地下，还有几张零碎票子，弯着腰把票子拾起，乱塞在大衣袋里。将皮包搂在怀里，坐在沙发上凝神一下，凝神之间，她首先觉得全身都在发抖，其次是看到搂着的这个皮包，鼓起了大肚瓤子，可以分外引人注意。到最后她看到房门是关的，台灯是亮的，立刻站起来，将房门洞开着，又把台灯扭熄了。二次坐下，又凝神在屋子四周看着，检查检查自己有什么漏洞没有，两三分钟之后，她觉得一切照常，并没有什么痕迹，于是牵了牵大衣衣襟，将皮包夹在肋下，静等着范宝华回来。可是奇怪得很，他始终没有回来。

魏太太突然两脚一顿，站了起来，自言自语地道："走吧，我还等什么？"于是拉开房门人向外倒退出去，顺手将房门带上。她回转身来，正要离去的时候，范宝华由走廊那头来了。后面跟着一个听差，将个茶托子，托着一把瓷咖啡壶，和几个杯碟。

他老远地一鞠躬道："魏太太，真是对不起，遇到了这三层楼上几位同寓的，一定拉着喝咖啡，我简直分不开身来。现在也要了半壶来请魏太太。"她见了老范，说不出心里是种什么滋味，只觉得周身像筛糠似的抖着。咬紧了牙齿，深深地向主人回敬着点了个头。笑道："对不起，天色太晚了。我……"她极力地只挣扎着说出两句话来，到了第三句我家孩子等着的时候，她就说不出来了。

范宝华看到，这二层楼上，一点声音没有，而且天花板上的电灯，也并不怎样的亮，再看看魏太太脸腮上通红，眼光有些发呆，自己忽然省悟过来，这究竟不是赌博场上，有那些男女同座，这个年轻漂亮的少妇，怎好让位孤单的男子留在房里喝咖啡。便点了头笑道："那我也不强留了。"

魏太太紧紧地夹住了肋下那个皮包，又向主人一鞠躬。范宝华道："我去和你雇一辆车吧。"她走了一截路，又回转身来鞠了个躬，口里道着谢谢，脚步并不肯停止，皮鞋走着楼板咚咚地响，一直就走下楼了。她到了大街上，这颗心还是乱蹦乱跳，自己只觉得六神无主。

看到路旁有人力车子，也不讲价钱了，径直地坐了上去，告诉车夫拉到什么地方，脚顿了车踏板，连催着说走。同时，就在大衣袋里，掏出几张钞票来。那车夫见这位太太这样走得要紧，正站在车子边，想要个高价。见她掏出了几张钞票，便问道："太太，你把好多吗？都是上坡路。"魏太太把那钞票塞在车夫手上，又继续地在大衣袋里掏出两张来塞过去，因道："你去看吧，反正不少。"车夫看那钞票，全是二十元的关金。心想，这是个有神经病的，占点便宜算了，不要找麻烦。他倒是顺了魏太太的心，很快地，把她拉到了家门口。

魏太太跳下车来，又在衣袋里掏出几张钞票，扔在脚踏板上，手一指道："车钱在这里，收了去。"说完，她扭身就要走进家去，可是她突然地发生了一点恐慌，这样子走回家去，好像有点不妥，回转身来，又向街上走。

她这回走着，并没有什么目的。偶然地选择了个方向，却走进一爿纸烟店，及至靠近人家的柜台，才感觉到在平常，自己是不吸烟的。既然进来了，倒不便空手走出去，就掏出钱来，买了两盒上等纸烟，买过烟之后，神志略微安定了一点，看到街对面糕饼店里电灯通亮，这就走了进去，站在货架子边注视着。走过来一个店伙问道："要买点什么呢？"魏太太望了架子上摆着的两层罐头，悬起一只站着的皮鞋尖，连连地颠动着，做个沉吟的样子，应声答道："什么都可以。"店伙望了她的脸色道："什么都可以？是说这些罐头吗？"魏太太连连的摇着头道："不，我要买点糖果给孩子吃。"店伙道："啰！糖果在那边玻璃罐子里。"他说着还用手指了一指。

魏太太随了他的手看去，见店堂中一架玻璃柜子上摆了两列玻璃罐子，约莫有十六七具，于是靠了柜子站着，望了那些糖罐子，自言自语地道："买哪一种呢？"店伙随着走过来，对她微笑了一笑。她倒是醒悟过来了，便指着前面的几只罐子道："什锦的和我称半斤吧。"那店伙依着她的话将糖果称过包扎上了，交给了她。她拿了就走。店伙道："这位太太，你还没有给钱呢。"说着他抢行了一步，站在魏太太面前。

她哦了一声道："对不起，我心里有一点事。多少钱？"店伙道："二千四百元。"魏太太道："倒是不贵。"于是在大衣袋里一摸，掏出一大把钞票，放在玻璃柜上，然后一张一张地清理着，清出二十四张关金，将手一推道："拿去。"说毕，把其余的票子一把抓着，向大衣袋里一塞。店伙笑道："多了多了。你这是二拾元关金，六张就够了。"魏太太哦呀了一声道："你看我当了五元一张的关金用了。费心费心。"于是提出六张关金付了账，将其余的再揣上，慢慢地走出这家店门，站在屋檐下，静止了约莫三五分钟，心里这就想着，怎么回事？我一点知觉都没有了吗？自己必得镇定一点，回家去若还是这样神魂颠倒的，那必会让魏端本看出马脚来的，于是扶了一扶大衣的领，把肋下的皮包夹紧了一点，放从容了步子，向家里走了去。

到了门口，首先将手掌试了一试自己的脸腮，倒还不是先前那样烧热着的，这就更从容一点地走着。遇到店伙，还多余地笑着和人家一点头。穿过那杂货店，到了后进吊楼第一间屋子门口时，看到屋子里电灯亮着呢，知道是丈夫回来了，这就先笑道："端本，你早回来啦。我是两点多快到三点才出去的。"说着，将门一推，向里看时，并没有人。再回到自己卧室里，门是敞开着的。两个小孩，在床上翻筋斗玩，杨嫂靠了桌子角斜坐着，手里托了一把西瓜子，在嗑着消遣呢。

魏太太问道："先生还没有回来吗?"杨嫂道："还没有回来。"她笑道："谢天谢地，我又干了一身汗。"说着将皮包放在桌上，接着来脱大衣，但大衣只脱到一半的程度，她忽然想到周身口袋里全是钞票，这让杨嫂看到了，那又是不妥。这一转念，又把大衣重新穿起，因道："你到灶房里去，给我烧点水来吧。小孩子你也带去，我这里有糖给他们吃。"

说到糖，四周一看，并没有糖果纸包。站着偏头想了一想，因道："杨嫂，你没有看到我带了一个纸包回来吗?"杨嫂道："你是空着手回来的。"魏太太道："真是笑话。我买了半天的糖果，结果是空着两手回来的。大概是在柜台子边数钱的时候，只管清理票子，我把糖果包子倒反是留在铺子里了。这好办，你带两个孩子去买些吃的，我老远地跑回来心里慌得很，让我静静地坐一会，不是心慌，不过是走乱了。啰！你这里拿钱去。”说着，又在大衣袋里掏了票子交给杨嫂。

杨嫂有她的经验，知道这是女主人赢了钱的结果。给两个孩子穿上鞋子，立刻带了他们去买糖吃。魏太太始终是穿了夹大衣站在屋子里，这才将房门关上，先把揣在身上的那三捆钞票拿出来，托在手上看看，这都是五百元一张，或关金二十元的，匆匆地点了一点，每捆五万，已是十五万元了，先把这个送到箱子里去关上，然后打开皮包，将那些乱票子，全倒在床上。

看时这里有百元的，二百元的，四百元的，也有五十元的。先把四百元的清理出来，有两万多，且把它捆好，放在抽斗里。再看零票子，还有一大堆，继续地清理下去，恐怕需要一小时，那时候丈夫就回来了。于是在抽斗里找出个旧枕头套子，把钞票当了枕头瓤子，全给它塞了进去，随着掀开床头被褥，塞在褥子底下。看看床上并没有零碎票子了，这才站起身，要把大衣脱下来。想到大衣袋里还有钱时，伸手掏着，那钞票是咸菜似的，成团地结在一处。她也不看钞票了，身子斜靠了床头栏杆坐着，将一只手抚摸了自己的脸腮，她说不出来是怎么的疲倦，身子软瘫了，偏着头对了屋子正中悬的电灯出神。

房门一推，魏端本走了进来了，他两手抄着大衣领子，要扒着脱下来，看到太太穿了大衣，靠了床栏杆坐着，咦了一声。魏太太随着这声咦，站了起来。魏端本两手插在大衣袋里问道：“什么？这样夜深，你还打算出去？”魏太太抢上前两步，靠了丈夫站住，握了丈夫的手道：“你这时候才回来。我早就盼望着你了。”

魏端本握了她的手，觉得她的十个指头阴凉。于是望了她的脸色道："怎么回事？你脸上发灰，你打摆子（川谚疟疾之谓）吗？"魏太太道："我也不知道，只觉全身发麻冷，所以我把大衣穿起来了。"

魏端本道："果然是打摆子，你看，你周身在发抖。你为什么不睡觉？"魏太太道："我等你回来呀。你今天跑了一天，你那钱……"

魏端本道："你若是用了一部分的话，就算用了吧，我另外去想法子。"魏太太露着白牙齿，向他做了一个不自然的微笑，发灰的脸上，皮肤牵动了一下。因摇摇头道："我怎么敢用？十五万元，原封没动，都在箱子里。"

魏端本道："那好极了。你就躺下吧。"说着，两手微搂了她的身体，要向床上送去。她摇摇头道："我不要睡，我也睡不着。"魏端本道："你不睡，你看身子只管抖，病势来得很凶呢。"魏太太道："我我我是在发抖抖吗？"她说到这句话，身子倒退了几步，向床沿上坐下去。

魏端本扶着她道："你不要胡闹，有了病，就应当躺下去，勉强挣扎着，那是无用的。不但是无用，可能的，你的病，反是为了这分挣扎加重起来。你躺下吧。"说着，就来扯开叠着的被子。魏太太推了他的手道："端本，你不要管我，我睡不着。我没有什么病，我心里有事。"魏端本突然地站着离开了她，望了她的脸道："你心里有事？你把我那十五万元全输了？"魏太太两手同摇着道："没有没有，一百个没有。不信，你打开箱子来看看，你的钱全在那里。"

魏端本虽是听她这样说了，可是看她两只眼珠发直，好像哭出来，尤其是说话的时候，嘴唇皮只管颤动着，实在是一种恐惧焦虑的样子。她说钱在箱子里没有动，那不能相信。好在两只旧箱子，一叠的放在床头边两屉小桌上，并不难寻找，于是走过去，掀开面上那只未曾按上搭扣的小箱子。他这一掀开盖，他更觉着奇怪，三叠橡皮筋捆着的钞票，齐齐地放在衣服面上。虽交钱给太太的时候，票子是没有捆着的，但票子的堆头却差不多，钱果然是不曾动，那么，她为什么一提到款子，就觉慌得那个样子？手扶了箱子盖，望着太太道："你不但是有病，你果然心里有事。你怎么了？你说。可别闷在心里，弄出什么祸事来呀！"这句祸事，正在魏太太惊慌的心上刺上了一刀，她哇哇地大哭起来，歪倒在床上了。

第十六回

杯酒论黄金

魏端本站在屋子中间，看到她这情形，倒是呆了。站着有四五分钟之久，这才笑道："这是哪里说起，什么也不为，你竟是好好地哭起来了。"魏太太哭了一阵子，在肋下抽出手绢来揉擦着眼睛，手扶了床栏杆，慢慢地坐了起来，又斜靠了栏杆半躺着。垂了头，眼圈儿红红的，一声不言语。

魏端本道："你真是怪了。什么也不为，你无端地就是这样伤心。你若是受了人家的委屈的话，你告诉我，我可以和你做主。"魏太太道："我没有受什么人的委屈。我也不要你做什么主。我心里有点事，想着就难过。你暂时不必问，将来你会知道的。总而言之一句话，赌钱不是好事，以后你不干涉我，我也不赌了。"

魏端本道："看你这样子，钱都在，并没有输钱，决不是为钱的事。"说着，两手一拍道，"我明白了，必定是在赌博场上，和人冲突起来了。我也就是为了这一点，不愿你赌钱。其实输几个钱，没有关系，那损失是补得起来的。可是在赌场上和人失了和气，那就能够为这点小事，把多年的友谊丧失了。不要伤心了，和人争吵几句，无论是谁有理谁无理，无非赌博技术上的出入。或者一小笔款子的赔赚，这不是偷，不是抢，与人格无关。”魏太太听到这里，她就站起来，乱摇着手道：“不要说了，不要说了，请你不要提到我这件事。”

魏端本看她这样着急，也猜想到是欠下了赌博钱没有给。若是只管追问，可能把这个责任引到自己身上来。便含着笑道：“好吧，我不问了，你也不必难过了。还不算十分晚，我们一路出去消夜吧。”魏太太将手托了头，微微地摆了两下。魏先生原是一句敷衍收场的话，太太不说什么，也就不再提了。自己到隔壁屋子里去收拾收拾文件，拿了一支烟吸着，正出神想着太太这一番的委屈伤心，自何而来呢。太太手上托着一把热手巾，连擦着脸，走进屋子来，笑道：“大概你今天得了司长的奖赏，很高兴，约我去吃消夜。这是难得的事，不能扫你的兴致，我陪你去吧。”

魏端本看她的眼圈，虽然是红红的，可是脸上的泪痕，已经擦抹干净了。便站起来道：“不管是不是得着奖赏，反正吃顿消夜的钱，那还毫无问题。我们这就走吧。”魏太太向他做个媚笑，左手托了手巾把，右手将掌心在脸腮上连连地扑了几下。因道：“我还得去抹点儿粉。”魏先生笑道：“好的好的，我等你十分钟。”魏太太道：“你等着，我很快地就会来。”她说着，走到门边手扶了门框子，回转头来，向魏先生又笑了一笑。

魏先生虽觉得太太这些姿态，都是故意做出来的，可是她究竟是用心良苦，也就随了笑道：“无论多少时候，我都是恭候台光的。难得你捧我这个场。”魏太太见丈夫这样高兴，倒在心里发生了惭愧，觉得丈夫心里空空洞洞，比自己是高明得多了。她匆匆地化妆完毕，就把箱子锁了，房门也锁了，然后和魏先生一路出门来消夜。

因为在重庆大街上开店的商家，一半是下江人。所以在街市上的灯光下，颇有些具体而微的上海景象。像消夜店之类，要做看戏跳舞男女的生意，直到十二点钟以后，兀自电灯通亮，宾客满堂。

魏端本也是要为太太消愁解闷，挽了太太一只手膀子，走过两条大街，直奔民族路。这里有挂着三六九招牌的两家点心店，是相当有名的，魏先生笑问道："我随着你的意思，你愿意到哪一家呢？"魏太太笑道："依着我的意思，还是向那冷静一点的铺子里去好。你看这两家三六九，店里电灯雪亮，像白天一样。"

魏先生道："你这是什么意思？"他站住脚，对太太脸上望着。她又是在嗓子眼里格格一笑。头一扭道："遇见了熟人不大好。可是，也没有什么不大好。"魏端本道："这是怎么个说法？"魏太太道："我们一向都说穷公务员，现在夫妻双双到点心店来消夜，人家不会疑心我们有了钱了吗？"魏端本哈哈地笑道："你把穷公务员骂苦了。不发财就不能吃三六九吗？"在他的一阵狂笑中，就挽了她的手赶快向前走。魏太太是来不及再有什么考虑，就随他走进了点心店。

这家铺子，是长方形的，在店堂的柜台以后，一路摆了两列火车间的座位。这两列座位，全坐满了人。夫妇俩顺着向里走，店伙向前招待着，连说楼上有座，把他们引到楼上。魏太太刚是踏遍了楼梯，站在楼口上就怔了一怔。正面一副座头上，两个人迎面站了起来，一个是陶伯笙，一个是范宝华。

但魏端本是紧随她身后也站在楼口，魏太太回头看了看，便又向范陶二人点了个头，笑道："二位也到这样远的地方来消夜。"陶伯笙知道魏端本不认识范宝华的，这就带了笑容给他们介绍着。魏太太就觉自己也认识范宝华，在丈夫面前是不大好交代的，便道："范经理是常到陶先生家里去的，经营了很多的商业。"魏端本一看就明白，这必然是太太的赌友，追问着也不见光彩，就笑着点头道："久仰久仰。"

陶伯笙将座头的椅子移了一下，因道："一处坐好吗？都不是外人。"魏太太想起两小时以前在范先生写字间里的事，她的心房，又在乱跳。她的眼光，早在初见他的一刹那，把他的脸色很迅速地观察过了。觉得他一切自然，并没有什么特别之处。她也就立刻猜想着，姓范的必定不晓得落了钥匙，也就根本不知道抽斗被人打开了。不过在自己脸腮上又似乎是红潮涌起。这种脸色是不能让老范看见的，他看到就要疑心了。于是点着头道："不必客气，各便吧。"

她说着，首先离开了这副座头，向楼后面走。魏端本倒还是和范陶两人周旋了几句，方才走过来。两人挑了靠墙角的一副座头，魏太太还是挑了一个背朝老范的座位坐着。魏端本是敷衍太太到底，问她吃这样吃那样。魏太太今天却是有些反常，三六九的东西，往常是样样的都爱吃，今天却什么都不想吃，只要了一碗馄饨。

魏端本和她要了一碟炸春卷，勉强地要她吃，她将筷子夹着，在馄饨汤里浸浸，送到嘴里，用四个门牙，轻轻地咬着春卷头，缓缓地咀嚼，算是吃下去了一枚。放下筷子来，比得齐齐地，手撑在桌子上，托了脸，只是摇摇头。魏端本笑道："怎么着，你心里还拴着一个疙瘩啦？"他端着面碗，手扶定了筷子，向太太脸上望着。魏太太道："算了吧。我们回去吧。我身上疲倦得很。"

魏端本又向太太脸上看看，只好把面吃完了，掏出钱来要会点心账，那时，陶伯笙范宝华两个人面前，摆着四个酒菜碟子正在带笑对酌。看到他们要走，便一同地站了起来，陶伯笙道："我本来要约魏先生喝两盅，你和太太一路我就不勉强了。你请吧。你的账，范先生已经代会了。"魏先生哦了一声道："那怎么敢当？"范宝华摇摇手道："不必客气。这个地方，我非常之熟。魏先生要付账也付不了的。这回不算，改日我再来专约。”

魏端本还要谦逊，茶房走过去，向魏端本一点头，笑道：“范经理早已把钱存柜了。”魏端本手上拿着会账的钞票，倒是十分地踌躇。魏太太穿上夹大衣，两手不住地抄着衣襟，眼光向范宝华射去，见他满面是笑容，心里却不住地暗叫着惭愧，也只有笑着向人家点头。

陶伯笙走了过来，握着魏端本的手，摇撼了几下，悄悄地笑着道：“没关系，你就叨扰着他吧。他这次金子，足足地挣下了四五百万。这算是金子屎金子尿里剩下的喜酒。”范宝华在那边站着，虽没有听到他说什么话，可是在他的笑容上，已看出来了他是什么报告。便点着头道：“魏先生，你听他的报告没有错，让我们交个朋友，就不必客气了。”

魏太太看了他这番报告，就越发地表示着好感。因道：“好吧。我们就叨扰了吧，下次我们再回请。”魏端本虽是有几分不愿意，太太已经说出来了，也就只好走过来和范宝华握手道谢而去。魏太太却是由心里反映到脸上来，必须和人家充分地道歉，在惭愧的羞态上，放出了几分笑容，站着向范宝华深深一鞠躬，临走还补了句改日再见。

他夫妇俩走了。陶范两人继续对酌。范宝华端着杯子抿了酒，头偏了右，向一边摆着，做个许可的样子，因道：“这位魏先生仪态也还过得去，他在机关里干的什么职务？”陶伯笙道：“总务科里当名小职员罢了。”

范宝华道：“太太喜欢赌钱而且十赌九输，他供给得起吗？”陶伯笙道：“当然是供给不起，可是太太长得相当漂亮，他不能不勉力报效。这位太太，还是好个面子，走出来，穿的戴的，总希望不落人后，把这位魏先生真压迫死了。”

范宝华道：“他太太常在外面赌一身亏空，他不说话吗？”陶伯笙唉了一声道：“他还敢说太太，只求太太不说他就够了。只要是有点事不顺心，太太就哭着闹着和他要离婚。我虽是常和魏太太同桌赌钱，我看到她输空了手和丈夫要钱的时候，我就对魏先生十分同情，也就警戒着自己，再不和她赌了，可是到了场面上，我又不好意思拒绝她。有时实在因缺少角色，欢迎她凑一角。凭良心说，我倒是愿她赢一点，免得她回家，除了这位小公务员的负担而外，又得增加他精神上的压迫。”

范宝华放下酒杯，手拍了桌沿道：“女人若是漂亮一点，就有这么些个彩头。男人到了这种关键下，只有自抬身价，你瞧不起我，我还瞧不起你呢。你看我对付袁三怎么样？你要走，你就走。没有袁三，我姓范的照样做生意，照样过日子快活。”陶伯笙眯了眼向他笑道：“还照样的发财。”

范宝华笑道：“老陶，不是我批评你不值钱，你这个人是鼠目寸光，像我做这点黄货，挣个几百万元，算得了什么。你没有看到人家大金砖往家里搬。”说着，他左手端了杯子，抿上一口酒。右手拿了筷子夹了碟子里一块白切鸡向嘴里一塞，摇了头咀嚼着，似乎他对于那金砖落在别人手上，很有些不平。陶伯笙道：“要金砖，你还不容易吗？你再搜罗一批款子到农村去买批期货，有钱，难道他们还不卖给你？”

说到买金子，这就引起了老范莫大的兴趣，自把小酒壶拿过，向酒杯子里满满地斟上一杯，端起来先喝了大半杯。然后放下杯子，两手按了桌沿，身子向前伸着，以便对面人把话听得更清楚些。他低声道：“说到买期货，这事可要大费手脚，我们究竟消息欠灵通一点。人家出一万五的价钱，买的十一月份的期货，都到了手了。硬碰硬的现货，无论拿到哪里去卖，每两净赚两万多。一块金砖，捞他八九百万。三个多月工夫，买期货的人，真是发财通了天。现在不行了，银行里人，比我们鬼得多。期货是照样的卖，他老对你说印度金子没到，把大批的款子给你冻结了，不退款，又不交货，这金子的损失，那真是可观。有人真拿几千万去买期货的。去年十二月份的期货，现在还没有消息。一个月损失金子几百万，就是金子到了手，可能已赚不到钱，若是再拖两个月就蚀本了，所以这件事应当考虑。”陶伯笙道：“这样一说，做黄金储蓄也靠不住了，到期人家不兑现，那怎么办呢？”

范宝华端着杯子喝了一口酒，颈脖子一伸，将酒咽了下去，然后把头摇成了半个小圈。笑道：“不然，然而不然。你要知道，黄金储蓄，是国家对人民一种信用借款，像发公债一样，到期不给人金子，等于发公债不还本付息。这回上了当，以后谁还信任政府？至于买黄金期货，那就不然了。你和国家银行，做的是一种买卖。虽然定了那月交货，人家说声货没有到，在现时交通困难情形之下，飞机要飞过驼峰，才把金子运来。迟到两三个月，实在不能说是丧失信用。不过就是这样，国家银行对于人家定购的期货，迟早也总是要交的。做买卖也要顾全信用。尤其是国家，银行做的买卖，更要顾全信用。这就看你是不是有那丰厚的资本，冻结了大批款子不在乎？而且还有一层，黄金储蓄券拿到商业银行里去抵押，票额小，人家容易消化，期限也有明确的规定。人家算得出来，什么时候可以兑现。黄金期货正相反，一张定单，可能是二百两，也可能是二千两，小商业银行，谁能几千万的借给人？另外还有一层，买期货也容易让人注意。不是有钱的人，怎能论百两的买金子。黄金储蓄名字就好听，总叫储蓄吧？储蓄可是美德，而且一两就可储蓄，人家也不会说你是发了财。”

他一大串的说法，陶伯笙是听他说得头头是道，手扶了杯子，望了他出神，等他说完了，才端起杯子来，喝了口酒。然后放下杯子，向他伸了一大拇指道：“老兄对于运用资本上，实在有办法，佩服之至。定单是拿到手了，你还有什么办法没有？”

范宝华头一昂，张了口道：“当然，我得运用它。老兄，四百万元，在今天不是小数目，我不能让它冻结半年，就以大一分算，一个月是四十万元的子金。不算复利，四六也就二百四十万，那还吃得消吗？老兄，今天来请你吃这顿消夜，我是不怀好意的，还得请你和我帮忙。老李我是今晚上找不到他，不然，我也会找了他一路来谈谈。”陶伯笙拍了胸道：“姓陶的没有什么能耐，论起跑腿，我是比什么人都能卖力。你说，要我们怎样跑腿？”

范宝华提起酒壶来，向陶伯笙杯子里斟着酒。笑道：“先喝，回头我告诉你我的新办法。”陶伯笙端起酒杯来，一饮而尽。

老范再将酒给他满上，于是收回壶来，自己斟着。他放下壶，提起面前一只筷子，横了过来比着，笑道：“这二百两定单，我们还有点失策，该分开来做四个户头，或者做两个户头就好了，因为票额小，运用起来灵便一些，不过既然成了定局，也不去管它了。今天下午，我已和两家商业银行接过头，把这定单押出去。”说着，他将那筷子放下，做个押出去的样子，塞到碟子沿底下。接着笑道：“在电话里，还没有把详细数目说清。大概一家答应我押四百万，那是照了金字票额说的。这我就不干，有两百两金子，我怕换不到四百万元。一家答应我押五百万，利息没有什么分别，都是十二分，无论是五百或六百万，我把这笔款子拿回来。”

说着，他把面前另一只筷子又横了提着。送到陶伯笙面前，笑道：“那我就拜托你了。趁着国家银行还没有提高黄金官价，再去储蓄一批黄金，至少要超过二百两。”说着，他伸平了手掌，翻上一下。笑道：“这样翻他一个身，我就有四百两了。若是时间来得及，我再押一次，再储蓄一次，那就是说，我用四百万元的本钱，买进六七百两黄金。现在的黄金市价四万多一两，说话就要涨过五万。五七三千五百万，半年之后，我还掉银行一千六百万的本息，再除掉原来的四百万本钱，怎么着，我也捞它一千五百万。这是说金价这样平稳的话。凭着现在的通货膨胀，五万的市价，怎么又稳得住？也许运气好，可能赚它二三千万。”陶伯笙道：“有人估计，半年后，黄金会涨到十万大关。”

范宝华笑道：“老实不客气，那我就要赚他三千万了。”陶伯笙也忘了姓范的还有四百两黄金是幻想中的事，好像他这就储蓄了六百两黄金，而金价已到了十万。他陶醉了，猛然站起，伸着手出来，范宝华也猛然地站起，将他手握住，摇撼了几下。笑道：“诸事还得你和老李帮忙。假如一切都是顺利进行的话，将来我们回到南京，找一个好门面，开他一爿百货店。以后规规矩矩的作生意，下半辈子也许可以过了。”两人很神气地握着手说了一会，然后坐下。

陶伯笙道：“朋友，彼此帮忙，朋友也愿意朋友发财。”说着，笑了一笑，因道：“别的事罢了。将来胜利了，也许要和你借点回家的川资。”范宝华将手一拍胸道：“没有问题。你若不放心，我先付你一笔款子，你拿去放比期。老兄不过要附带一个条件，你可不能拿这个去梭哈。”

陶伯笙道：“你可别看我喜欢赌。遇到做正事的时候，我可丝毫不乱，而且干得还非常地起劲。”范宝华道：“这个我也知道，不过胜利究竟哪一天能够实现，现在还很难说。现在报上，登着要德国和日本无条件投降，这不很难吗？我们不要管这些，还是照着大后方的生意经去做，再说天下哪里不是一样穿衣吃饭，就是胜利了，只要有办法挣钱，我们又何必忙着回去？”

陶伯笙道：“你太太在老家，你也不忙着去看看吗？”范宝华道：“你真呆。到了胜利了，那个时候，交通工具便利，不会把太太接来吗？只要有钱，何愁没有太太？我现在全副精神，都在这六百两问题上。这事办到，什么也都办到了。”说着，他把筷子收回，拨弄着碟子里的卤菜，手扶了酒杯子，偏着头在沉吟着。

陶伯笙举了一举杯子，笑道："喝！老兄。只要你有本钱，一切跑腿的事，都交给我承办，你就不必发愁了。"范宝华端着酒杯子喝了一口酒，笑道："我另想起一件事。今天魏太太和我南岸赌钱，输了一二十万。这件事，你知道吗？"

陶伯笙道："晚上我没在家里见着她，不知道。大概又向你借了钱了。我可以代你和她要。"范宝华道："倒没有和我借钱。不过回来的时候，她和我同船过江，还到我写字间里去坐了一会。她好像是想和我借钱，没有好意思开口，一到公司二楼，我就让人家拉上三层楼喝咖啡，把她一人丢在写字间里，我回房来，她就走了。原来我是很抱歉，想着她回家让丈夫查出账来了，一定是难堪的。该多少借给她几文。不过刚才看到他夫妻双双出来消夜，大概没有问题了。"

陶伯笙一拍桌沿道："怪不得，她向来是很少和丈夫出来同玩的。今天必是交不出账来，敷衍敷衍先生。她的家境并不好，她这样好赌，实在是不对。一个人不要有了嗜好，有了嗜好，那是误事的。"范宝华缓缓地喝酒吃菜，脸上沉吟着，好久没有说话。

陶伯笙道："酒够了，吃碗面，我们散手吧。明天早起，你赶快到银行里去办款子。昨天一号，金价没有涨。也许这个月十五号要涨，你还打算翻两个身的话，也就没有什么时候了。"范宝华点头说是，停了酒，要了两碗面来吃着。放下碗，快要走了，他拿着茶房打来的手巾擦着脸，带了笑道："老陶，你看魏太太和袁三比起来，哪个好？"这句话，问在意外，陶伯笙倒笑着答复不出来。

第十七回

两位银行经理

范宝华是个市井人物，口里说话，向来是没有约束的。他忽然把魏太太和袁三小姐对比起来，倒让陶伯笙受了窘，这应该用什么话去答复呢？可是转念一想，他这个人是什么话都说得出口的，也不必认为有什么意思，他笑道："这不能相提并论了。袁小姐是个交际人物，魏太太是摩登太太。"范宝华一摇头道："不对，我说的是哪个长得好看，而且哪个性情好？"

陶伯笙笑道："大概是魏太太的本质长得好些，袁小姐化妆在行些。"老范笑嘻嘻地将两只手互相搓着，随着将肩膀扛了两下，却有句话想要说出来。陶伯笙道："在饭馆子里别说笑话了。你已有三分酒意。早点儿回家睡觉，明天早起，好跑银行。"范宝华将手拍了他两下肩膀，笑道："言之有理，有了钱，什么事都能称心如意。"他说着话，带了三分酒意，便回寓所去睡觉。

范老板还是和袁三小姐租下的一所上海式弄堂洋楼。他住在面临天井的一间楼房上。玻璃窗户，掩上了翠蓝色的绸幔，让屋子里阴沉沉的，睡得是很香甜的。他一觉醒来，在床上翻了个身，见蓝绸帷幔缝里，透进一丝丝的银色阳光。他立刻推着被坐了起来。他家那个伺候袁三的吴嫂，还依然留职未去，在他床面前便柜上放着一叠报纸。他首先一件事是取过报来看。看报的首先一件事，就是查看黄金行市。今天的黄金新闻，却是格外地刺人视线，版面上题着初号大字，乃是金价破五万大关。他突然由床沿上向下一跳，口里喊着道："糟了糟了。昨天下午，怎么没有听到这段消息呢？"

那吴嫂在门外听到，抢了进来问道："啥子事？我哪里都没有去嗒。"这位吴嫂，二十多岁，虽是黑黑的皮肤，倒是五官端正。身穿一件没有皱纹的阴丹士林罩衫，窄窄的长袖子。头上一把黑发，脑后剪着半月形，鬓边还压住了一朵红色碧桃花。衣服底下，还露着肉色川丝袜子和紫色皮鞋呢。重庆型的老妈子，大致和这差不多，但一色新制，却不如吴嫂。尤其是她右手无名指上，戴上了金戒指，确实不多见。范宝华除了用过男厨子，挑水和烧饭，其他的琐碎事务都交给了吴嫂。所以他有一点动作，吴嫂就应声而至。

他趿着拖鞋，手上还拿着报纸呢，吴嫂站着面前，笑了问道："香烟没得了？我去买，要不要得？"说着，在床头衣架上，将他一件毛巾布睡衣取过来，两手提着衣领，要向他身上披去。他摇摇手道："赶快给我预备茶水，我穿好衣服，要到银行里去。"说着，自提了衣架上的衬衫，向短汗衫上加着。

吴嫂且不去预备茶水，站在一边，斜了眼珠望着他。笑道："你又打算去买金子。这回买得了金子，你要分一点金子边把我嗒。"范宝华笑道："好的，只要我金子买到手，我一定再送你一只金戒指。"吴嫂将嘴一噘道："你一买金子几百两，送我一只小戒指？"范宝华哈哈大笑着仰起头来。吴嫂也不知道是什么意思，只是站定了斜着眼望了他。范宝华笑道："去吧，去和我打洗脸水吧。穿的是衣服，吃的是白米饭，要金子有什么用?"吴嫂道："有了金子，怕扯不到布做衣服？怕买不到米烧饭？中央银行排队买金子的，比买平价布的多得多，别个都是疯子?"

老范穿好了衬衫，伸手拍拍她的肩膀，笑道："你明白这个，那就很好。你也不能无功受禄。你多多给我留心，看到有漂亮姑娘给我介绍一个，我一高兴，不但是送你金首饰，我可以把整条金子送你。"吴嫂站着发笑，还想说什么，范宝华道："我老实告诉你，金子今天又涨价了。我赶快去买一批进来。你不要耽误我的工夫。"说着，连连将手挥了两下。吴嫂听了这话，便只好走开了。

范宝华一面穿上西服，一面看报，匆匆地漱洗完了，将买得的黄金储蓄券收在皮包里，夹了皮包，戴上帽子，立刻就上街向万利银行里来。这家银行就是他说的愿意借他五百万的一家。这是久做来往的银行了。他用不着客气，就夹了皮包径直地奔向经理室，站在门外，叫了一声何经理。那何经理伸头一看，看到了是他，立刻起身相迎，笑道："我一猜你今天就会来，果然不错。"说着，把他引进了经理室，随手将门关上，拉着他的手，同在沙发上坐下。

他眼光可射住了范先生的皮包，笑道："你是不是要做黄金储蓄抵押?"范宝华笑道："今天什么行市?"何经理拿着一听纸烟，向他面前送着，笑道："来支烟提提神吧。今天五万四了。你挣多了。"说着，哈哈大笑。

范宝华口里衔着纸烟，将皮包打开，取出了那张储蓄单交给何经理，笑道："照着今日的市价，这该值一千零八十万了，照着我们的交情，你不能抵押六百万给我吗?"何经理自是透顶的内行，他将定单的日期看了一看，放在他的写字台上，将算盘角来压着，也取了一支烟点着，架了腿和他坐在一张沙发上，笑道："若照你这样的算法，你不是赚国家的钱，你是赚我们的钱了。你要知道，这定单上面，虽写明了是黄金二百两，可是这金子也许已经到了加尔各答，也许还在美国，直到六个月后，那才是你的金子呀，那才值一千零八十万呀。”

范宝华道：“六个月后，还只值一千零八十万吗？管他呢，反正我也不卖给你。老兄，你要知道，我四百万买来的黄金储蓄单，押你六百万元，好像我就先赚了你贵银行二百万。可是你不想想，并非白借吗？我得按月付给你的子金啦。你放我大一分的话，六个月是三百六十万子金，这还是不算复利的话。若算复利……”

何经理突然站起来，轻轻地拍了他两下肩膀，笑道：“不要算这些缠夹不清的账了。银行里的钱，都这样的做黄金定单押款，他不会直接向国家银行做黄金储蓄？你有你的算盘，银行有银行的算盘，所以借出去的款子，必须比定单原价矮一点才会合算，你说不卖给银行，银行一般地也不想买你的储蓄单，这定单不过是信用的一种保障。我们是老朋友，不能照平常来往算，我可以和你做这个数目。”说着，他伸出右手的巴掌，勾去了大拇指和食指。范宝华突然站起来，望了他道：“何经理，你这还是看在朋友的交情上说话吗？昨日我和你打电话，你答应了我五百万，怎么现在变为了三百万呢？”

何经理且不答复他这个问题，走回他办公室的写字台边，将桌面上的东西，一样样地向前推移着，拿起了那张定单看了看，依然放下，将算盘角压着，然后坐到写字椅子上去，将背靠了椅子背，仰了脸望着范宝华道：“范先生，你没有知道这两天银根很紧的吗？重庆市上的钞票，都为了黄金吸收着回笼了。你若不信，不妨到别家银行里去打听打听。倒茶来！”他说到这里，突然地将话锋回转，将眼望了经理室的门外，改着叫茶房倒茶。

范宝华常向商业银行跑，这些银行家的作风，有什么不明白的？市面上只有银行吃来往户头，哪有户头吃银行之理？他偷眼看那何经理穿着一件阴丹士林长衫，光着个和尚头，虽是白胖的长圆面孔，脸色始终是沉着的。在他高鼻子尖上，仿佛发生一点浮光，只有这上面，透露出他是个有计划的人。

他招呼了茶房倒茶，正好桌子上的电话铃响。他拿起了听筒，也没有互通姓名，就知道了对方是谁，因道："日拆四元，大行大市，我也没有办法。老兄，我劝你少买点期货吧。大批的头寸，至少冻结三四个月。哦！不是买金子。不管了，我给你八百到一千万，支票我立刻开出，准赶得上今日中午的交换。好，回头见。"说着，他放下了电话听筒两手左右一扬，将肩膀扛了一下，笑道："你看，这是真的吧？我们同业来往，日拆就是四元，放你十分利息，能说不是交情吗？"

茶房已是给宾主倒了茶了。何经理将右手的食指，钩住了茶杯的把子，端了起来，看了看茶的颜色，又放到茶碟子里去。看看放在桌上的那张储蓄单，他微笑了一笑，没有作声。范宝华道："时间是要紧的，我不能和你尽麻烦，就是电话里那个数目如何？"

何经理端着茶杯喝了口茶，微笑了一笑，没有作声。这就有个穿西服的人走了进来了。那人三十来岁，嘴上养了一撮小胡子，分发梳得乌亮，小口袋上，露出一截金表链子，手上捧了几张表单送到屋子里来。范宝华起身笑道："金襄理忙得很。"金襄理道："天天都是这样，无所谓忙，也无所谓不忙。范先生定了多少两？"他指着桌上那张定单道："都在这里了，我要向贵行抵押点款子，你们贵经理，就只肯出三百万元。"金襄理笑道："这个戏法，人人会变，定了一批，押借一批款子，再翻一批，本套本，已经可以了，老兄还想在这上面翻个身吗？"他说着话，把表单送到经理面前去。

于是何经理在看表单，襄理闲着站在一边等回话，取出了一支纸烟来抽。范宝华没有了说话的机会，只好搭讪着也吸烟。这时，桌上电话铃又响了。金襄理代接着电话。他道：“哦，五万八了，回头再来个电话吧。”何经理看着表单，对他昂了一下头，问了两个字：“金价？”金襄理道：“扒进的多，还是继续地看涨。”

这个消息让范宝华听了，精神一振，呆站着望了金何二人。等何经理放下了表单，这就向他拱了一拱手道：“帮帮忙吧，金子这样涨，说不定中央银行又有什么玩意，就是照常地肯做黄金储蓄，恐怕也会挤破了脑袋了。”何经理笑道：“我说的话当然算话。”说着，向金襄理望着，低声问道：“今天上午的头寸怎么样？”范宝华一见，就知道这是一种做作。虽然不便说什么，眉头先皱了起来。那金襄理却含了笑道：“连刚才经理答应的一千万，今日上午，将有二千八百万付出去了。恐怕不怎么足？”

何经理取过烟听子来，近一步向范宝华面前进着烟。笑道：“这样吧，你少用几天吧。我照同业往来……”范宝华正由烟听子里取出一支烟来，要向口边放去，这就吃一惊的样子，猛然地将烟支放回烟听子里，翻了眼望着道：“何经理说是拆息四元？那是要我十二分了？”

何经理道：“今天头寸紧一点，我得在别的地方调给你，所以我劝你少用几天。我们给人家的拆息，不也是四元吗？”范宝华道：“既然还要你们到别处去调头寸给我，那就太周折了。”他说着话，脸色也沉下来了，自行把那张黄金储蓄单取了回来，打开皮包来收着。向金何二人点了个头道：“再见吧，我再去另想办法好了。”

金何二人见他立刻变了态度，也不好说什么，正不知道用什么话来应付这个僵局，范宝华红着脸走出去了，二人对着只苦笑了一笑。他们这个作风，也原非只对付姓范的一个人，可是范宝华凭了和这万利银行做了两三年来往，自觉用二百两黄金储蓄单押借五百万元并非过分。不想谈过之后，五百万元变到三百万元，由利息大一分，又变到拆息每日四元，实际上是十二分到十三分，最后，他们索性说是由别处调头寸来应付，日期还要改短。一步逼着一步，那简直是说不借了。他一头怒火走出了万利银行，并没有什么考虑，径直地就来找第二家熟人千益银行。

这家银行，规模比较大，远在抗战以前就有了声誉。抗战之后，重庆分行，事实上变成了总行，像这一类的小游击商人，根本是谈不到共来往的。可是他们的营业主任莫子齐是范宝华的好友，曾共同做了几回百货生意。这批生意就有这里朱经理如夫人的股款在内。因为这位如夫人，和莫主任颇有点亲戚的关系，如夫人做生意，向来是托莫主任转手的，根据了这条内线，如夫人曾和朱经理说过，不要忘记了范老板的好处，若是范老板在银行里做点小数目的透支，应该答应人家。朱经理虽是瞧不起那小生意，可是这如夫人说的话，却相当有理，因之范宝华在千益银行开个户头，来往上颇给予了他不少的便利。不过在范老板却有层拘束，他不能直接和朱经理办交涉，每次来了，都是和莫子齐谈判。他对陶伯笙说另一家银行答应借四百万，那也就是莫子齐代为答应的。

这时他一口气跑到千益银行，就在柜台外面，高抬着手，向里面招了两招。这莫主任正在营业部靠里的一张写字台上看传票盖图章，抬头看到他，也招了两招。范宝华绕着柜台，走到营业部后的小客室里去。莫子齐推着屏门走了进来，笑道："我猜你早该来了，金子五万八了。"范宝华左手夹了皮包，右手伸出来和他握着笑道："拜托拜托，请多帮忙。"

莫子齐在身上掏着纸烟盒，向范先生敬着烟，脸上带了微笑，且不说话。范宝华拉了拉他的手，一同在沙发上坐下，笑道："怎么样？电话里约好的数目，没有问题吗？"一提到了正式借钱，莫子齐的笑容就收起来了，因道："在电话里，我没有答应你的数目呀，那是你一厢情愿这样说的。"正好茶房将玻璃杯子送着敬客的茶，放在沙发前的茶几上。莫子齐就掉过脸来，对茶房望着，把脸色沉下去。手指了玻璃杯子道："你怎么用不开的水泡茶，茶叶都漂在水面上了。"茶房弯着腰把两杯茶拿走了。这位莫主任的脸色，兀自不曾回复来过。

范宝华点了一支烟，沉默着吸了几下纸烟，只莫子齐兀自不曾开口，便先放出了笑容道："怎么样？能放我多少款子。"莫主任道："这事我不能做主答复，恐怕没有多大的数目。这些日子，我们的业务紧缩，不大放款。"他说着，将嘴角上的烟卷取下，大指和食指夹着，无名指只管在烟支上弹着，将烟灰弹到茶几上的烟灰碟子里去。眼光也呆望在烟支上，那脸色是不用提了，更是没有了一点笑容。

范宝华道："老兄你何必对我这样冷淡啦。在重庆市上混着，谁也有找谁帮忙的时候呀。过去我们总也有点交情吧？"莫子齐这才回转脸来笑道："我在行里的地位，你还有什么不知道的？你坐一会，我去和经理商量商量。"为了表示亲切起见，他还在范宝华肩上轻轻拍了两下，才行走去。

范宝华坐在沙发上，只是掏出纸烟盒子和打火机来，用吸纸烟的动作来消磨时间。莫主任去的时间不算久，老范只吸完了这支烟，他就回到小客室里来了。笑着点头道："朱经理说请你去谈谈。"范宝华拿了皮包，就随了他走到经理室来。

这千益银行究竟是规模宏大的，经理室也讲究得多，一张紫漆宽大的写字台，在屋子中间摆着。朱经理坐在绿绒的写字转椅上，背靠了椅子背，半昂着头，口衔了一支雪茄，身子微微地颠动着。看到了范宝华走进屋子来，他站起来也不离开位子，伸出手来，将手指尖和他握了一握，然后指着桌子边一把椅子让他坐下。他坐下来之后，不免先说两句应酬话。因道："朱经理公忙，我又来打搅。"主人将写字台上放的一些文件，向玻璃板角上移了一移，半斜了身子向客人望着，随把椅子转过，背还是向后靠着，表示了他那份舒适的样子。然后笑答道："干银行经理不一天到晚就是看账目打电话会客盖图章几件事吗？"

这时，茶房进房来，敬过了一遍茶烟，宾主默然了一会。范宝华先向主人放出三分笑容，然后和缓了声音问道："刚才莫主任和朱经理提到放款的事吗？"朱经理将眉毛微皱了一皱，然后笑道："哎呀！这两个星期让国家银行办理黄金储蓄，法币回笼，银根弄得奇紧。我们为了做稳些，只好把放款紧缩了。"

范宝华道："我不是办理平常借款，就拿黄金储蓄券作押。这是十分硬的抵押品。"他说着，将皮包在怀里打开来，就取出了那张黄金储蓄单递给了朱经理，笑道："请看，这还有什么靠不住的吗？"朱经理拿着这定单，很随便地看了看，点点头笑道："最近做的。范先生的意思，是想调到了头寸，再到中央银行去办理一笔黄金储蓄？这种办法，做的人就多了。"说着，随便将这张定单放在玻璃板上。

范宝华道："可以拿这个押点款子吗？"朱经理微笑道："要作储蓄押款的话，恐怕哪家商业银行，都要挤破大门，这也只好在交情上谈点通融办法罢了。"范宝华听他所说，已有通融的意思，便笑道："朱经理多帮忙吧。能放我们多少款子呢？"朱经理道："范先生的事，我们不放也要放，就是一百万吧。"

范宝华不由得将身子向上一升，瞪了眼道："这四百万元的黄金储蓄单，只押一百万了？照市价，二百两金子，值一千多万了。"朱经理微笑道："不错的，值一千多万。可是范先生没想到这是六个月后有兑现的定单，不是条子。六个月是否能兑现，这固然是问题，就算我们信任政府吧。谁又能说六个月后的金价如何？银行里若大做黄金储蓄定单的押款，他不会直接去做黄金储蓄吗?”

范宝华笑着摇摇头：“这话不能那样说。直接黄金储蓄，只是几厘息，定单押款，不是可以收到大一分的子金吗?”他这样说着，以为把朱经理的嘴堵住了。朱经理却哈哈一笑道：“大一分？那还不行吧？这几天的放款，我们至少是十二分，范先生你的作风我知道，乃是把押得的钱再去买黄金储蓄，这个办法不大妥当。就算六个月后的金价，还保持现在的市价，你把利息和复利算起来，兑现之后，并不赚钱。我劝你不要做。”他说话时，脸上始终带了三分淡笑。

范宝华道：“不能多借一点吗?”朱经理摇摇头道：“不行！这几天我们的头寸，相当地紧。”范宝华看了他这副冷淡的样子，口风又是那样的紧，料着毫无办法。这就把那张定单收回，站起来点了头道：“若是这样的算法，这款子我的确不必借了。”朱经理也站起来和他握了一握手，笑道：“的确可以考量。”说着话，算是送客的样子，只走了半步，移出写字台的桌子角，这就不动了。

范宝华满肚子不高兴，禁不住也把脸色沉了下来。到了外面小客室里，莫子齐又到营业部办公去了，也不去惊动他。他将皮包打开，把定单放进去，夹了就向外走出了银行门口，回头对这四层楼的行址，看了一眼，心里想道：“你们也太势利了。我看看你们会发财靠了天吗?”他在心里十分不愉快的情绪中，在千益银行门口，未免呆站了五六分钟。最后他却一口气奔向中国银行。

第十八回

再接再厉

范宝华这一口气地奔波着，直走到中国银行来。中国银行是出立黄金储蓄券的次一据点。在他的理想中，是比中央银行的生意，应该轻松一些的。及至到了中国银行门口一看，早见人阵拖了一条长蛇，由门口吐了出来，沿着那大楼的墙根，拖过了几十家铺面。

老范点了点头，带了几分微笑看着他们。夹着一只皮包，走进了大门，这却让他感到新奇，和中央银行定黄金的人，又是另外一个局面。那买黄金人摆下的阵线，是进大门口之后，并不是绕了圈子走向柜台，而是拉了一根曲线，走上楼梯。在楼梯上，人排了双行，一排人脸朝上，一排人脸朝下，分明是个来回线。

范宝华要看这条线是怎么拖长的，也就顺着路线走上楼去。上了二层楼，阵线还径直地向前，又踏上了三层楼，到了三层楼，人阵在楼廊的四方栏杆边，绕了个圈子，然后再把阵头向楼下走。这些做黄金储蓄的人，似乎有了丰富的经验，有带温水瓶的，有带干粮袋的。下到了二层楼，这是来得相当早的人了。已把跑警报时候带的防空凳子（注：防空凳是以四根小木根，交叉地支着。棍子两头有横档。上端蒙厚布。支起来，有一尺见方的平面。折起来，可以收在旅行袋里。）放在楼板上，端正地坐着。老范想着，他们倒是会废物利用。

下了二层楼，这更是长蛇阵的阵头。这些人必然是半夜里就到中国银行门口来等着，才能够站到这个地方来。为了买黄金，这些人真够吃苦的，不用说，是熬了一个整夜了。他这样地想着，对阵头上的人看了一看，倒觉得是自己过虑，人家脚下，都放着一个小铺盖卷儿，这正是春深的日子，四川的气候，又特别暖和，有一条小褥子，就可以睡得很舒服，这个办法，倒是很对的，干脆就在中国银行屋檐下睡着，比一大早的摸到这里来总自在些。

为了赞许这些人的计划，脸上就带了三分微笑，旁边黄金长蛇阵中有人叫道：“范先生，你没有排上队吗？”范宝华向他看时，有个穿灰布长衫的小胡子，白胖的长脸，鼻子上带些酒糟晕，秃着一个和尚头，脚下放了个长圆的蓝布铺盖卷儿。他怔了一怔，不知他是谁。他笑道：“范先生，你不认识我吗？我和李步祥住在一块的。”范宝华想起了他是那个堆栈里的陈伙计。便笑道：“哦！陈先生，不错嘛，排班排到这个地方，你一定买得上。”

陈伙计叹了一口气，摇摇头笑道：“人为财死。实不相瞒，昨晚上八点多钟，吃过晚饭我就来了。我以为我总是很早的，哪晓得在我前面就有四五十个人。我带了铺盖卷，就在银行左隔壁一家杂货铺屋檐下，摊开了小褥子，靠了人家的铺门半坐半睡，熬到天亮。今天早上，雾气很大，变成了毛毛雨，洒得我满身透湿。”说着，手牵了两下灰布长衫，笑道：“这原来都是湿的，现时在我身上都阴干了。”范宝华笑道：“你真是老内行，还知道带了铺盖卷来。”

陈伙计笑道：“又一个实不相瞒，我排班定黄金储蓄单，今天已是第四次了。”范宝华笑道：“你真有办法，买得多少两了？”陈伙计笑道：“我自己哪有这多钱？全是给人家买的。”说着，手抓了老范的手，将嘴伸到他耳朵边，向他低声道：“范先生，你难道不知道吗？金子本来在一号就要涨价的，因为走漏了消息，有人大大地玩花样，因此又延期了，可是黑市和官价相差得太多，国家银行不能不调整。只要有钱有机会，我们就当抢进，弄一文是一文，弄一两是一两。”

范宝华笑道：“你是哪里得来的这些消息？”陈伙计笑道：“这消息谁不知道？”说着，将嘴对摆阵势的人一努，接着道：“他们的消息多着呢。”范宝华对这人阵看着，见那些人的脸上，全是含着笑容的，两道眉毛不住闪动，心里这就想着，消息传得这样普遍，就是官价不会提高，黑市也会提高的。于是在楼下转了个圈子，就二次再跑到万利银行来。

他在路上走的时候，就有了一肚子的话，预备见到了何经理，自行转圜。不料走进经理室的门，这哑谜就让人揭破了。他由写字椅子上站起来，两手按了桌沿站定，睁了眼望着他，然后笑道：“我猜你一定要回来的。老兄，我告诉你一个惊人的消息。金价黑市一度接近六万大关。”

范宝华夹着肋下那个皮包，站着呆了一呆。因道：“你怎么知道我会再来呢？”何经理笑道：“金子这样波动，不是商业银行买进，还会是些小户头弄起来的不成？这样，当然银根紧起来，而老兄这样拿黄金储蓄单去押款的人，决不止十个八个。大家都晓得这样掉花枪，难道做银行的人，他就不晓得掉这个花枪吗？他有那些头寸押你的定单，他们自己不会去直接做黄金储蓄吗？除了我们三分买卖，七分交情，谁肯拿给人家押储蓄单？因此，我就料着老兄到别家银行去做押款，决计不能如意成功，来支烟吧。”他说到这里，突然把话一转，转到应酬上去。把桌子上的赛银纸烟盒托住，走出位子送到范宝华面前来。

范宝华夹着那个皮包，还怔怔地站着，在听何经理的话呢，见他把纸烟盒送过来，这才先取了一支烟在手，然后把皮包放下来，将那支烟在写字台上连连顿了几下。然后在身上掏出打火机来，缓缓地动作着，斜靠了何经理的写字台，把纸烟点着，他很带劲地将打火机盖子盖着，向上一抛，然后伸手接住。另一只手，两个指头夹住纸烟放到嘴唇里，抿着吸了一口，一支箭似的喷了出来。接着摇了两摇头道："我算失败了。"

何经理坐在写字椅子上，望了他微笑道："范先生你没有什么失败呀。你拿两万元买一两金子，现在是六万元的黑市，你赚多了。你还要押款再做一笔呢，你打算盘打到我们头上来了。嘻嘻！"他说到这里，露着门牙耸着嘴上的一撮胡楂子笑了起来，笑的声音，虽然不大，只凭他眼角上复射出一丛鱼尾纹来，就知道笑声里藏有许多文章。便问道："何经理原来答应我的四百万，大概也有点变化了吧？"

何经理伸着手，将写字台上的墨水瓶，钢笔插，墨盒子，毛笔架子，陆续地移了一移，又耸着嘴唇上的胡楂子嘿嘿地笑了一下。他只向客人望着，并不说什么。范宝华捏了拳头将他写字台一捶，沉了脸色道："我看破了。何经理，你若是借四百万元给我，我出十二分的利息。虽是利息重一点，我先借来用两个月再说，等我把头寸调齐了……"

何经理点点头笑道："对的，你还是早还了银行的好。子金是那样的重，若是等了储蓄券满期兑了金子还款，六个月的复利算起来，也就够五万多一两的了。"说着，一打桌上的叫人铃，听差进来了。何经理一挥手道："把刘主任请来。"听差出去，刘主任进来了。

他是个穿西服的浮滑少年，只看他那头发梳得油光滑亮，就可以知道他五脏里面，缺少诚实两个字。何经理沉重着脸色问他道："我们上午还可以调动多少头寸?”这刘主任尖削的白皮脸子上，发出几分不自然的微笑，弯着腰做个报告的样子道：“上午没有什么头寸可以调动的了。”何经理道：“想法子给范先生调动三百万吧。我已经答应人家了。”刘主任在他那不带框的金丝眼镜里，很快地扫了范宝华一眼，然后出去了。

老范道：“何先生，你不是答应四百万吗?”何经理道：“就是三百万我也很费张罗呢。”范宝华坐在写字台对面椅子上，两手抱在怀里沉着脸子，呆望了他的皮鞋尖，心里想说句不借了，可是转念想到三百万元还可以储蓄一百五十两黄金，这个机会不可牺牲。有什么条件还是屈服了吧。他这样地想着，那两块绷紧了的脸腮，却又慢慢地轻松下来。向何经理笑道：“人为财死，我一切屈服了。你就把表格拿出来，让我先填写吧。老实说，我还希望得着你的支票，下午好去托人排班定货。”

何经理见他已接受了一切条件，便笑道：“范兄，我们买卖是买卖，交情是交情。这三百万元，你若是决定做黄金储蓄的话，我可以帮你一点小忙，我和你代办，明天下午手续办全，后天下午，你到我手上来拿一百五十两的黄金定单。”范宝华望了他道：“这话是真?”何经理道：“我和人家代办的就多了。”范宝华道：“既是可以代办，上次为什么不给我代办呢?”何经理想了一想，笑道：“上次是我们替人家办得太多了。”范宝华拱拱手道：“贵行若能和我代办，那我省事多了。感激之至。”

正说到这里，那位刘主任已送了三张精致的表格，放到沙发椅子面前的茶几上。他拿过来看看，丝毫不加考虑，在身上拿出自来水笔，就在上面去填写。何经理向他一摆手。笑道：“我们老朋友，不须这些手续。你把那二百两的黄金储蓄单拿来，我们开一张收条给你就是。到期，你拿收条来取回定单，什么痕迹都没有，岂不甚好?”范宝华道：

“那押款的本息，怎么写法呢？”何经理道：“你不必问，反正我有办法就是了。”

范宝华到了这时，一切也就听银行家的摆弄。打开皮包，将那张黄金定单，送到经理的写字台上。何经理看了一看，并没有错误，便站起来笑道：“你等一等，我亲自去催他们把手续办好。”说着，拿了那黄金定单走了。范宝华自也有他的计划，明知他是出去说什么话了，也不理会。

约莫是六七分钟，何经理回来了，笑着点点头道：“正在办，马上就送来，再来一支烟吧。”他又送着烟盒子，敬了一遍烟。闲谈了几句，那位刘主任进来了，手拿着两张单据送呈给何经理。他看过了，盖过了章，先递一张支票给范宝华，笑道：“这是三百万元。你若是交给我们代办的话，我们再开张收据给你。啰！这是那黄金储蓄单的收据。”说着，又递一张单子过来。

范宝华接着看时，上写：兹收到范记名下黄金储蓄单一纸，计黄金二百两。抵押国币三百三十六万元。一月到期，无息还款取件。逾期另换收据。否则按日折算。另行写的是年月日。范宝华看完了，笑道：“这几个字的条件，未免太苛刻一点。这样算，第二个月，我这张定单就快押死了。”何经理笑道：“我们对外，都是这样写，老兄也不能例外，反正你也不能老押着，背上那重大的子金。”范宝华将巴掌在沙发上拍了一下，点着头道：“好，一切依从你便了。”说着，把那三百万元支票，交回给何经理。他倒是把手续办得清楚，立刻写了一张收到三百万元的收据。

范宝华奔忙了一上午，算告了一个段落。先回到写字间里去看看，以便料理一点生意上的事。到了屋子里，见陶伯笙李步祥同坐在屋子里等着。便笑道：“幸而是二位同来，若是一个人可惹着重大的嫌疑了。”

他说着，将皮包放到写字台抽屉里。人坐到写字椅上，两只脚抬起来，架在写字台上。叹了一口气道："这些钱鬼子做事，真让人哭笑不得，气死我了。"陶伯笙问时，他把今日跑两家银行的经过说了一遍。

陶伯笙微笑道："这枪花很简单。万利银行算是用一百五十两黄金，换了你二百两黄金。"范宝华道："可不就是这样？反正我把三百五十两黄金拿到手，将来期满兑现，决不止七百三十六万元。"李步祥坐在写字台边的小椅子上，笑道："这一阵子，走到哪里，也是听到人谈黄金。不要又谈这个了。我插句问一问吧。范先生刚才说我们会惹重大的嫌疑，这话怎么讲？"

范宝华放下写字台上的两只脚将桌子抽屉打开来，伸手在里面拍了两下。因道："我这里放了一抽屉的钞票，前两天被窃了。席卷一空，一张都没有了。"陶伯笙道："是吗？你这屋子是相当谨慎的。"他说着，对屋子周围看了一看。范宝华道："这个贼是居心害我，先把我的钥匙偷去了，再混进我的屋子来开抽屉。这个人我倒猜了个四五成，只是我一点根据没有，不敢说出来。我姓范的也不是好惹的，将来不犯到我的手上便罢，若是犯到了我手上，我叫他吃不了，兜着走。"说着，他冷笑了一声。

陶李二人对望了一下，没说什么。范宝华笑道："你二位可别多心，我不能那样不知好歹，会疑心我的朋友。充其量不过是二三十万元，我们谁没有见过？"陶伯笙一缩颈脖子，伸了一伸舌头，笑道："今天幸而我是邀着李老板同来的。这个我倒有点奇怪。我看见过的，你那开抽屉的钥匙，都揣在身上口袋里的，谁有那本领，在你身上把钥匙掏了去？"

范宝华道："我也就是这样想。钱是小事，二三十万元，我还不在乎。不过这个梁上君子，有本领在我口袋里把钥匙掏了去，又知道我这抽屉里有钱，这是个奇迹。为了好奇，我自己免不了当一次福尔摩斯，要把这案子查出来。”陶伯笙道：“在你丢钱的前一两天，和什么人在一处混过？”

范宝华摇摇手道：“这事不能再向下说了，再向下说，我自己就不好破案了。”李步祥听了，不住地用手摸着下巴颏，眯了眼睛微笑。

范宝华道：“你笑什么？你知道这小偷是谁？”李步祥道：“我说的不是你丢钱的事，我觉得你要做福尔摩斯，有点儿自负。你若是那样会猜破人家的心事，怎么万利银行给你储蓄黄金一百五十两，你倒把二百两黄金单据，就换给了人家呢？而且每个月还出人家十二分利息呢。你一个月到期，把那张黄金储蓄单取了出来，还不过是损三十六万元的子金。你若是拖延得久了，那就是把二百两黄金，变成一百五十两黄金了。人家做生意，本上翻本，利上加利，可是到了你这里储蓄黄金，好像就不是这个情形。”他一面说着，一面摸着脸。好像说出来有点尴尬，又好像很是有理由，慢慢吞吞地把这话说完。

范宝华坐在写字台边，手里盘弄着赛银的纸烟盒子，静静地把话听了下去，等着李步祥把话说完，他还继续地将纸烟盒子盘弄着，低头沉思着约莫是四五分钟。然后伸手一拍桌子道：“我不能失败，我得继续的干。老陶，你得帮我一点忙。”陶伯笙望了他道：“我帮你的忙？我有什么法子呢？我也只能和你站站班而已。”

范宝华摇了两摇头道：“我不要你排班。不过我还得借重你两条腿，希望多和我跑跑路。”说时，手里盘弄着纸烟盒，又低头沉思了几分钟，将手一拍桌子，昂了头道：“我告诉你吧。我还有一批钢铁零件和几桶洋钉子，始终舍不得卖掉，现在可以出手了。你想法子给我卖了它，好不好？”说着，他打开皮包在里面翻出了一张单子，向写字台上一放，因道：“你拿去看看，就是这些东西，我希望能换笔现钱。拿到了钱我就再定它一票黄金，把那三百万元也给还了。”陶伯笙将纸单拿到手上仔细看了一看，点着头道：“这很可以换一笔钱，不过兜揽着抢卖出去……”

范宝华又拍了一下桌子道：“我就是要抢卖出去。喂！李步祥，你想不想发个小财？你若想发小财，你也帮着我跑跑腿。照行市论，大概卖八百万，我把利息看轻一点，就是七百多万，我也卖了。我有买进他一千两金子的雄心。”说着，他竖起右手，伸出了食指，笔直地指着屋顶，而且把指头摇撼了几下。他又道：“换句话说。我最多只望有八百万到手，假如超出了八百万的话，那就是你二位的了。希望你们二位努力。”说着，将手指点了他两人几下。

李步祥笑着将胖脸上的肌肉颤动了几下，望了老范道：“不开玩笑？”范宝华道：“我要开玩笑，也不能拿老朋友开玩笑呀。做投机生意，当然是六亲不认，可是到了邀伴合伙，这就不能不给人家一点好处。”李步祥伸手摸摸秃头，向陶伯笙道：“老陶，这不失是个发小财机会。假如卖出了八百万，二一添作五，我们拿了钱……”范宝华不等他说完，接着道：“每人再做几两黄金储蓄。”

陶伯笙站了起来，拍着李步祥的肩膀道：“老李，事不宜迟。我们这就去跑。”李步祥站了起来，向范宝华道：“我们有了消息，就回你的信，可是你一出了写字间，满重庆乱跑，我们到哪里去找你？”范宝华道：“你也不要太乐观了。上千万元的买卖，哪里一跑就成功？”李步祥道：“那不管，反正我们拼命地去跑。无论如何，今天晚上到你家里去回信。”说着，带了满脸的笑容，挽着陶伯笙的手走了。

范宝华对于这两人的出马，并没有寄予多大的希望，自己还是照样地出去兜揽，到了晚上九点钟，才夹了皮包回家。推开大门，就看到楼下客室里，灯火通明，听到吴嫂笑道：“范先生不在家，我就能做主。

他这个家，没得我，硬是不行，啥子事我都摸得很对头。”

进去看时，见正中桌子上摆了酒菜，陶李两人对坐着在对酌，吴嫂坐在旁边椅子上，看了他们发笑。范宝华站在当门笑道：“好哇！我不在家，你们就吃上我了。”吴嫂走过来，接着他的皮包，笑道：“陶先生说，和你把事情办妥了。你要八百万，硬是卖到了八百万。二天，你又可以买四百两金子了。”范宝华一高兴，伸着两个指头，一掏她的脸腮，笑道：“你都晓得这多。”吴嫂笑道：“听也听懂了吗，你们一天到晚都谈金子谈美钞，别个长了耳朵，不管事吗？”

范宝华看了陶李两人满脸笑意，料着事情是圆满成功。取了帽子脱下大衣，都交给了吴嫂，搓着手坐下来陪客，心里先按不住一份高兴。因道：“哪里来的这个好主顾？”陶伯笙道：“这也是踏破铁鞋无觅处，得来全不费功夫。我回家去遇到隔壁邻居魏端本闲谈起我为什么忙。他说，那遇到太撞巧了。他们机关里，正需要买大批洋钉，钢板钢条虽不是必需的，也可以收买。他引着我两人见了他司长，看过了单子，我要价一千万，他开口就还了个八折，议定看货商定价钱。而且怕生意做不成，先付了五十万元定钱。看那样子，他们以为是个便宜。准可以卖出八百万。啰！这是那五十万元支票。”说着，在西服小口袋里，掏出一张支票交给了范宝华。

他放下了碗筷，将手重重一拍桌子，拍得筷子跳起来。他笑道：“我再接再厉，托万利银行再和我买四百两。这些钱鬼子，见我拿黄金储蓄券押款，他以为我没有了钱再三地刁难我，这回做一点颜色他看看。还有那千益银行的朱经理，架子大得要命，我也让他知道我的路数。哈哈！老陶老李来！干他一杯。”说着，他拿起桌上的酒壶，斟满了一杯，对着二人干了。欲知后事如何，请看本书次卷“一夕殷勤”。

二 一夕殷勤

第一回

成就了一笔生意

范宝华这杯酒，是干得没有错误的。第二日上午八时，由陶伯笙出面做东，请在广东馆子里吃早点。除范李陶三位，还有魏端本和他的科长孟希礼。他二人是最后到的，魏端本介绍着一一和孟科长相见。他穿了一套西康草绿色呢的中山服，胸襟前挂了机关的证章，头上的茶色呢帽，边沿是熨烫得很平，向外伸张着，肋下夹个大皮包，里面鼓鼓的。

一切仪表都表示他是个十足重庆上等公务员的架子。因为穷公务员的衣服，全是旧的，不能平直，而腰杆子也微弯了直不起来。脚下十之六七，没有皮鞋，就是有皮鞋，也破旧得不成样子，只把些黑鞋油像拓面糊似的，在皮鞋帮子上搽抹着，这虽是表面光亮一点了，可是那破皮鞋的补丁，却是遮盖不住的，而且鞋子也走了样了。这位孟科长可不是这样的人，穿的皮鞋，不但是既乌且亮，就是鞋子也紧绷绷的，没有走一些样。

范宝华一见他这样子，就知道对付这位科长，不能太简单，于是敬茶敬烟张罗一阵。那孟科长虽也相当地敷衍，可是坐在小圆桌的上方，却是绷紧了面孔，规规矩矩地说话。陶伯笙先将生意经的帽子谈了一谈，说范先生有货，谈到孟科长的机关愿意收买，然后再说自己和范先生魏先生都是朋友，愿促其成。

那孟科长默然地吸着一支纸烟，静静地听着，先且什么话都不说，等陶伯笙介绍了一番之后，才淡淡地笑了一笑，接着点点头道："的确，钢铁材料，我们是想收买一点的，不过我们总也得看看货。"陶伯笙道："那是一定。不过这些东西，都是不好随身带着样品的。吃过点心，不知孟科长有工夫没有？若是有工夫的话，我们想请孟科长去看看货。"

孟希礼两个指头夹了烟卷，斜放在嘴角上抿着，另一只手，插在他裤子岔袋里，身子向后仰着，靠了椅子背。他微昂着头，大有旁若无人之概，那两只带有英气的眼珠，在挂在脸上的大框眼镜里面闪动。陶伯笙一看这情形，就有点不妙。难道他们牺牲那五十万元定钱不成？再不然，那五十万元支票，就是一张空头，那倒是大大地上了他的当了。他心里这样地想着，也就接不上话来。

魏端本坐在其间，对于自己科长这副做工，却认为有些蛇脚。昨日得了消息，和司长一报告，他就叫抢着买。现在开始接洽了，为什么搭起架子来？且不谈白白把几十万回扣牺牲了，东西没有买成功，怎么去交代公事呢？他立刻转了好几个念头，这就向范宝华带了笑问道："我们机关里买货，和商家互相来往不同，接洽的人，都有他的责任的。你们货在什么地方？"范宝华道："货就在城里，起运都很方便。实不相瞒，我是等了一笔现款用，不能不脱手。其实无论什么货，放在家里是不会吃亏的。"

孟希礼喷出一口烟来，微笑着道："那必然是买金子。"范宝华道："也可以说是替国家把法币回笼。我是做黄金储蓄。我这样做，还是一功两德，我的物资是卖给国家了。我的法币，可也为国家做了黄金储蓄了。”

孟科长微笑道：“难道范先生就一点好处都没有吗？我是天天都看见的，那些在四行两局排班做黄金储蓄的人，一站就是二十四小时，他们真是为了国家吗？”魏端本道：“范先生做几百两黄金储蓄的人，何必到银行里去排班？他给银行里一个电话，银行就给他代办了。不必银行，就是银楼，也给他代办了。”

孟科长点点头道：“好的，范先生有熟银楼，将来我们打首饰，请代为介绍一下，让他们少算两个工钱。”陶伯笙道：“那太不成问题了。兄弟就可以介绍，那太不成问题了。”说着，自己拍了两拍胸脯。那位孟科长又是一阵淡笑，不置可否。

范宝华是个老游击商人，这种对手，岂止会过一个？当时一面客气着，请孟魏两人吃点心。一面向陶伯笙使了一个眼色。然后站了起来道：“兄弟去买一点好纸烟来吧。老陶老李，请你代我陪客十来分钟。”说着，就走了。陶伯笙虽不明白他是什么用意，反正在他这一丢眼色之下，那是决不能放着机关里这两位出钱人走的，格外是殷勤招待。

果然不到二十分钟，他就买了两包美国烟回来了。就拍着陶伯笙肩膀，引到一边空位上去说了几句话，顺便塞了个纸包到他手上。陶伯笙笑着点点头，让范宝华归座，却向孟希礼点了两点头，笑道：“孟科长，你请到这边来，兄弟和你谈两句话。”他对这事，倒是欢迎的，并没有说什么就走了过来。

陶伯笙先敬了他一支纸烟。划了火柴梗，给他点着了，然后两人抱了方桌子角坐下谈话。陶伯笙笑道：“公事公办，孟科长要看货才说定交易，这个我们是十分谅解的。不过……”孟希礼觉得这是硬转弯的话，颇有点不入耳，将头一摆道：“陶先生，你不要以为我们付了五十万元支票的定钱，我们就得无条件成交，我们可是一个电话，可以叫银行止兑的呀。支票是明天的日期，你们还没有考虑到吧？”他说着，脸上表示淡淡的神气，喷出一口烟。接着道：“我看，这买卖有点做不成。”

陶伯笙先是怔了一怔。最后他一转念，不要信他，果然他不愿成交，他就不来赴这个约会了。因笑道：“这件事，总希望孟科长帮忙，办理成功，至于应当怎样地开写收据，只要孟科长交代得过去，我们一定照办。”孟科长听了这话，脸上略微泛出了一点笑意，点点头道：“那自然不能相瞒。现在的公务员，都是十分清苦的，谁也不能不在薪水以外，找一点补贴。你们打算怎样开收据，加一成，还是加二成？”说到这里，他嘴角向上翘着，笑意是更深了。

陶伯笙道：“我不是说了吗？只要孟科长公事交代得过去，无论加几成，我们都肯写。”孟科长摆了两摆头，微笑道：“现在的长官，比我们小职员精灵得多了，休说加二成，加一成也不容易，而况经手的人，也不止兄弟一人。”

陶伯笙在三言两语之间，就很知道他的意思了，便悄悄地将口袋里那个纸包掏出来，捏在手上，向孟科长中山服的衣袋里一塞，低声笑道：“范先生说，他在熟银楼里买了一只最新式样的镯子，分量是一两四钱，没有再重的了，因为现在的首饰都取的是精巧一路。这点东西，不成敬意，请孟科长带回去，转送给太太。”孟科长哎呀了一声，身子向上一升，像有点惊讶的样子。

陶伯笙两手将孟希礼按住，轻轻地道：“不要客气，不要客气，收下就是。”孟科长的衣袋里，放下去了一两多金子，决没有不感觉之理，那重量由他触觉上反映到脸上来，笑容已是无法忍住，直伸到两条眉峰尖上。陶伯笙依然按住他的身体，点着头笑道：“请坐请坐。我们还是谈谈生意经吧。”孟希礼笑道：“那没有问题，我们的支票已经开出去了，还有什么变化吗？你和我们魏先生是老邻居，一切都好商量。”

陶伯笙见大事已经成就，将孟科长约回到原来的座位上坐着。范宝华敬上一支烟来，孟希礼起了身微弯了腰接着，笑道：“不要客气，不要客气，我们一见如故，随便谈话，不要受什么拘束。喂！端本，我们吃了点心，不必回去了，就径直地陪着范先生去看货。东西是早晚市价不同，人家既然将货脱手，我们早点成交，让人家好调动头寸去办正事。”范宝华听了这口风，心下就想着，这小子在几分钟之内，口风就完全不同，没有什么不能对付的了，于是也放下满脸的笑容，和孟魏二人周旋着。

二十分钟之后，索性价格回扣全做定了。议定了是货价八百四十万，收据开九百六十万。在座的人，算是个个都有了收入，无不起劲。吃过点心，大家一路去看货，自然有什么不好的地方，孟科长也不加挑剔。上午回到机关里去，就给司长做了一个报告。并在报告后签呈了意见，说是这些货物，比市价要便宜百分之三十，机会不可错过。

司长看过了报告，把孟科长叫到自己单独的办公室里问话。孟希礼又道：“这价钱还可以抹掉他一点。我们尽管开九百六十万的支票，也可以要回他九百六十万的收据。我尽量去交涉，也许可以收回几十万现款。”司长微笑了一笑，并没有作声。孟希礼正着颜色道：“那么请司长向部长上个签呈……”司长摇摇头道：“不用，部长已给我全权办理了。下午你就去进行吧。我通知会计科立刻和你开支票。”孟希礼带着三分的微笑，向司长鞠了个躬，退出去了。

这日下午，孟魏二人亲自出动，把范宝华抛出的三桶洋钉和一些钢铁材料，抬进了机关，然后再找着陶李二人到范宝华写字间里交款。他们为了拿回扣的便利，在银行里换了一张八百万元的支票，另取得一百六十万现款。这一百六十万的现款，是陶伯笙二十五万，李步祥十五万，孟希礼带回一百万与司长俵分，给了魏端本二十万。

魏先生对这种分赃办法，虽是不满，可是权操在司长科长手上，若是不服，可能影响到自己的饭碗，默然地将二十万元钞票，揣进大皮包，五分高兴，五分不高兴，走回家去。到了家里，径直地走入卧室，将皮包向桌子上一放，叹了一口气道："为谁辛苦为谁忙？"说着把头上帽子取下，向床上一扔。在衣口袋里拿出纸烟盒来，取了一支，在桌上慢慢地顿着。

魏太太是知道他今天出去，有油水可捞的，再看到放在桌上的皮包，肚瓤子鼓了起来，分明是里面有货。这就立刻找到了火柴盒，擦了一支火柴，站到他面前，给他点上烟，向他瞟了一眼，然后微笑道："难道你会一点都没有捞着吗？"魏端本喷着一口烟道："若是一点也捞不到，下次还想我们和司长科长跑腿吗？我们共总是得一百二十万回扣。我拿了个零头，司长和科长坐捞一百万。这个不算，范宝华还送了老孟一只金镯子。"说着，坐了下去，手一拍桌子道："当小公务员的该死！"

魏太太笑道："你不要发牢骚。这二十万元，我不分润你的，你到拍卖行里去买套西服穿吧。我新近认识了朱四奶奶，有机会托她另给你找一个好差事。"魏端本听了这话，突然站起来，望了她的脸道："朱四奶奶？你认得她？你在什么地方认识她的？你居然认识她？"

魏太太被他注视着，又一连串地问着，倒不知道他是什么意思。笑问道："这有什么稀奇吗？她也并不是院长部长，见不着的大人物。"魏端本道："重庆市上有三位女杰，一位是李八奶奶，一位是田专员，还有一位就是朱四奶奶了。她们是三教九流，什么人都可以拉得上交情。可是在她一处的人，只有被她利用的，没有人家利用她之理。那是位危险人物，你和她拉交情，我有点害怕。你在什么地方见着她的？”

魏太太笑道：“什么事这样大惊小怪？我在罗太太家里会着她的。她也是很平凡的一位年轻女太太，对人很和气的，有什么危险？”魏端本道：“唯其是小姐太太们看不出她危险，那就是太危险了。你是在跳舞会场上遇到她的？怎么早不对我说？”他说着话时，眼睛瞪了多大，取下嘴里吸的烟支，用手指夹着只管向地面弹灰，另一只手扶住了桌沿，好像要使出很大的力气。

魏太太不免将身子向后退了半步，很气馁的样子，在嗓子眼里，轻轻地格格了两声，笑道：“这有什么可惊异的吗？”说着，她右手扶了桌沿，左手抚摩了鬓发，接着道：“我几时会跳舞？而且罗太太家里，也没有舞厅。实对你说了吧，我们在一处，打过一场小牌。我也是久闻大名，如雷贯耳，她肯加入我们那个团体打小牌，我还奇怪着呢。”

魏先生听了这个报告，像是心里拴着的石头落下了一块。又把纸烟送到嘴里吸了。撑住桌沿的那只手也提了起来，半环在胸前。因道：“那倒罢了。你要知道，朱四奶奶肯加入小赌场，那还是她的厉害之处。大赌博场上的人，朱四奶奶能得的巨额支票，钻石戒指，及类似这样东西的，诱惑不到人家。只有小赌场上的太太小姐们还需要这个。她也就可以拿这个收罗人才。她哪里是去赌钱，她是一只猎狗，出来巡猎。像你这样的人，正是她这猎狗的好猎物。”

魏太太听到这里，自然有几分明白，但还是装成不知道。因笑道：“她也是个女人，怕什么的？”魏端本道：“正因为大家存了这么一种思想，以为她是个女人不必怕她，那就被她猎着了。”魏太太笑道：“你不必担心害怕，我成了个老太婆了，没有人要我。你既然怕人家猎了我去，我自此以后，不和朱四奶奶见面就是了。”魏先生笑道：“我说句劝你的话，你又会觉得不入耳了。我说赌博场上，不光是输赢几个钱的事，小则丧失和气，大则人命关天，全可以发生。”

魏太太笑道：“原来你怕我又输掉你这二十万元。”说着，伸手拍了两下皮包。接着道：“我决不动用你一文。你不是一宣布有二十万元，我也就宣布不用你一文吗？”魏端本道：“既然这样，我索性和你订个条约。这二十万元，我们都不用，趁着现在黄金还没有加价，我们去储蓄二两黄金。你上次储蓄二两黄金，还费了那么大的事。这次我们痛痛快快地，就储蓄十两。此外还有一个让你满意的地方，就是这定单开你田佩芝的名字。”说着，打开皮包，将那二十万元钞票取出，双手交给太太。钱递过去了，他可正了颜色望着她道：“我站在夫妻一条心上，完全信任你。你就再托隔壁老陶，和你去定十两黄金。可千万别拿去赌输了。胜利是一天近似一天了。我们知道在重庆还能住多久，不能不预备一点川资。你若是不信我的话，把二十万元……”

魏太太不等他说完，将二十万元钞票，捧着向桌上一抛，板了脸子道：“钱在这里，我分文未动。你全数拿了回去吧。”说毕，环抱了两手，坐在方凳上绷着脸子，很是带了三分怒气。魏端本笑着鞠了半个躬。因笑道：“啰！说来了，你就来了。你不要误会我的意思。我完全对你是一番好意，希望你手上能把握着十两金子。”

魏太太道：“十两金子，什么稀奇？你一辈子都是豆大的眼光。”魏端本道：“诚然十两金子，在这个金子潮中算不了什么。可是二两金子，你不还是很上劲地在储蓄吗？”

魏太太道：“那是我……那是我……”她交代不出个所以然来，扑哧一声地笑了。魏端本笑道：“不要多说了，多说着又引起彼此的误会。钱交给你了。我忙了一天，晚饭还没有下肚，该出去加点油了。”他这样说着，倒十分地表示大方，拿着帽子戴起就出去了。

魏太太坐在桌子旁边，不免对那二十万元钞票，呆呆地望了一阵。

最后她站起身来，情不自禁地把那几小捆钞票拿了过来，点了两点数目，就在这时，杨嫂进来了，站在房门口，将身子缩了一缩，笑道："朗个多钞票！"

魏太太道："有什么了不得？二十万元罢了。照市价，三两多金子。"杨嫂看看主人，并不需要自己避嫌疑，这才缓缓地走到屋子里，挨了桌子站定，笑道："现在无论啥子事都谈金子，我们在重庆朗个多年，金子屎也没得一滴滴。改天太太跟我打一场牌吗，邀个几千块钱头子，我也搞个金箍子戴戴嘛！"

魏太太笑道："这倒也并不是难事，可是我们家里乱七八糟。人家公馆里的茅房，也比我们的卧室好些，我怎能够邀人到我们家来打牌？你希望我哪天大赢一场吧。我赢了，干脆，我就送你一只戒指得了。"杨嫂听说，把她那黄胖的脸子，笑得肥肉向下一沉，两只眼角，同时放射出许多鱼尾纹来。将手抚摸着她的鸭屁股短发，简直有点不知手足所措的样子。

魏太太也是小孩子脾气，看到她这样的欢喜，索性把话来撩拨她两句，因将嘴向她身上那件蓝布大衫努了一下，笑道："你这件大褂子也该换了，只要我赢钱，我再送你一件。"杨嫂笑道："那还是啥子话说？我做梦都会笑醒来嗒。"她高兴得不仅是摸鸭屁股头发了，在屋子里找事做，将桌子上东西清理清理，又将床上被褥牵扯得整齐，心里是不住的在想法子，这要怎样的才能够讨得太太的欢喜哩？她忽然想起一件事来，便笑道："太太你要买金子，托那个姓范的吗？他说，魏先生魏太太都是很讲交情的，他只请了一回客，你们就介绍他做成了一笔大生意，改天他一定要送礼谢谢。"

魏太太道："是的，他请我们吃过一顿消夜。先生和他介绍这笔生意，那也不过是机会碰上的罢了。一个大东，就拉八百万的大生意，天下哪有这样便宜的事？但是你在哪里听到他说这话？”杨嫂道：“还不是在隔壁陶家碰到他。他还问魏先生魏太太喜欢些啥子。看那样子，硬是要送礼喀。你不是还欠他两万元吗？你试试，你送还他，他一定不要喀。”

魏太太道：“不是你提起，我倒忘记了。果然的，我明天把这两万元送还人家。等我把钱用完了，我又还不起人家了。明天你提醒我一声，别让我忘了。”杨嫂觉得居然在主妇面前做出一些成绩，心中自是高兴，她更考虑得周到，在魏端本面前，并不再提。

次日早上，魏端本吃过早点办公去了。她就向主妇笑道：“昨晚上你叫我提醒一声的事，记得吗？”魏太太笑道：“我根本就忘了。”杨嫂道：“你把钱送去还他吧。他赚了千打千万，这两万元，他好意思收你的吗？”魏太太听了，觉得她这种见解，颇为不错，把那二十万元钞票都带在身上，披上大衣，夹了皮包，就向范宝华写字间里来。

他那房门，倒是洞开着，伸头一张望，就看到老范两脚架在写字台上，人仰在椅子上，两手捧了报在看。他似乎已听到女人的皮鞋跟响，放下报来，抬头一望，立刻将报摔在地板上跳了起来笑道：“欢迎欢迎！”魏太太手扶着门，笑问道：“我不打搅你办公吗？”范宝华笑道：“我办什么公？守株待兔，无非是等生意人接头。”魏太太笑道：“那么，我是一只小白兔。”她说着话走了进来。

范宝华笑道：“没有的话，没有的话，我说的是生意人，请坐请坐。”魏太太倒并不坐下，将皮包放在写字台上，打开来，取出两叠钞票，送到老范面前，笑道：“真对不起，你那两万元，我直……”范宝华不等她说完，将钞票拿着，依然塞到她手上去，笑道：“这点款子，何足挂齿？这次一票生意，魏先生对我的忙就帮大了。老刘，快倒茶来！”说着，昂了头向外叫人。

魏太太摇着手道："你不用招待，我有事，马上要走。"范宝华伸着五个指头，向她一照，笑道："请你等五分钟吧，我有一个好消息告诉你。"魏太太听说有好消息，而又只要等五分钟，自然也就等下来了。

第二回

安排下钓饵

魏太太和范宝华，虽不能说是好朋友，可是共同赌博的时候很多，也就很熟了。范宝华请她等五分钟，这交情自然是有，便在写字台对面沙发上坐下，笑道："范先生有什么事见教吗？"范宝华道："今天下午，朱四奶奶家里有一个聚会，你知道不知道？"

魏太太已得了丈夫的明示，朱四奶奶是不可接近的人物，听了这话，未免在脸上微微泛起一阵红晕，因笑道："我和她也就是上次在罗太太家里共过一回场面。我们谈不上交情，她不会通知我的。"范宝华道："朱四奶奶广结广交，什么人去，她都欢迎。"

魏太太道："我是个不会应酬的人，无缘无故地到人家家里去，那也乏味得很。"说到这里，男佣工进屋来倒茶。范宝华按下对客谈话，就向那男佣工道："我托贾先生预备的那批款子，你和我取了来。"男佣工点着头去了。

范宝华又向魏太太道："我忘记交代一句话，朱四奶奶公馆里，今天下午这个约会，全是女客，不招待男宾。据说是她找到一位好苏州厨子，许多小姐太太们，要试试这苏州厨子的手艺，她就约了日子，分期招待，今天已是第三批了。招待之前，少不得来点娱乐，大概是两小时梭哈。魏太太何妨去瞧瞧。”魏太太笑着摇摇头。

范宝华笑道：“你拘谨什么？罗太太她就老早地过江来了。”魏太太道：“你怎么知道的？”范宝华笑道：“她已经在我这里拿了十五万元做赌本去了。不然，我怎么会知道这件事的呢？”魏太太笑道：“我和罗太太怎能打比？第一，她皮包里方便。第二，她和朱四奶奶认识。”范宝华道：“你说的这两件事，都不成问题。第一，她皮包内并不比你有钱。这个我能作证明。她要是有钱，还会到我这里来借赌本吗？第二，她和朱四奶奶认识，难道你和朱四奶奶不认识吗？”

魏太太正想对这事加以辩驳，那个男佣工，却捧了个大纸包进来，放在写字台上。范宝华从从容容地将报纸包打开，里面却是大一捆小一捆的钞票。若每小捆以一万计，这当然是三四十万元，甚至还多。范宝华将这些钞票，略微看了一看，把写字台的抽屉打开，将钞票一捆一捆地向里送，送完了顺便将抽屉关上。在正中抽屉里摸出一把钥匙，向空中一抛，然后又接上。却向男佣工笑道：“幸而我有两把钥匙。不然的话，你把那钥匙落了，现在教我怎办？”说着，将装钞票的抽屉锁上，钥匙依然揣到西服裤岔袋里去。

魏太太听到范先生提起丢钥匙的话，心房就是一阵跳动。联想着自己的脸腮，恐怕也会发红，这就把自己手提皮包开开，低着头，清理皮包的东西。范宝华锁好了抽屉，这就向她笑道：“魏太太，我和你建议，今天可以去参加朱四奶奶的聚会。我知道，在那里打牌的，都不是名手。你这一阵子，很少赢钱。今天倒是可以出马，捞它一笔回来。好在有罗太太在场，你有一个顾问，是不是我说的这情形，你可以向她打听一下。若是果然不错，她总也可以做你这个参谋的。据罗太太说，胡太太昨天就在朱四奶奶家里玩过一场的。不过是三个半小时，足足地赢了四十万，据说，参加的是百分之百的外行小姐。”

魏太太笑道：“范先生说得那样容易，好像到朱四奶奶家里去，就有钱捡着似的。”范宝华道：“这话并非我凭空捏造，你如不信，可去问问胡太太。”魏太太笑道：“好吧，若是朱四奶奶约到我家头上来的话，我也不妨去碰碰运气。这两万元，是范先生借给我的钱，我已是拖延了日子了。不必客气，请收下吧。”说着，将那两小叠钞票，还是摆到写字台上。

范宝华站着，笑了向她微微一鞠躬，因道：“不错，是你暂时移用的一点款子，在昨日以前，你还我这笔钱，我不必假客气，我就收下了。到了今天，这两万元的小款，我还要斤斤较量，我这人就太不识好歹。老实说，现在做成一批八百万元的生意，那是很要花销一笔用费的。这次我要实得八百万元，分文不短，就得了八百万元。事先，我仅仅是请孟科长和魏先生吃了一顿早点另送了孟科长太太一只金镯子，我的花销，实在太小了。这两万元，也不过是打两枚金戒指，算不了什么。我干折了，怎么样？改天我再请魏先生魏太太吃饭。”说着，又抱着拳头，奉了几个小揖。

魏太太看他满脸是笑意，这不但是抽屉里钞票公案，他丝毫不见疑，而且很有感谢之意。家里杨嫂说的话，倒完全是合了拍的。便两手按了手皮包在写字台上，站着望了他笑道：“这倒让我为了难了，我放下不好，收回去也不好。”范宝华笑道：“我的话已完全说明白了，还用得着我解释吗？你要放下也可以，那我得另添一笔钱，再去买东西送你。你原是好意，这样一来，是让我更多的花钱了。”魏太太向他笑了一笑，也就把那两叠钞票，再收回到皮包里去。范宝华笑道：“魏太太，你若是大获全胜的话，可别忘了是我的建议。”魏太太觉得也无其他的话可说，点了个头，说声多谢，也就告辞了。

不过范宝华最后这句话，可给予了她的印象很深，仿佛这一到朱四奶奶家里去，就可以捡上一大笔。自己在马路上走着，自己想着心事，假使能够赢他个二三十万元，把皮包里的钞票，再翻上一个身，未尝不是一件好事。心里这么一动，这个走路的方向，不知不觉地就走向胡太太家里去。

到她家还有几户人家，迎头就遇到了罗太太。她一把将魏太太拉着，笑道："你到哪里去？"魏太太笑道："你今天不是有一个很好的聚会吗？怎么到这里来了？"罗太太笑道："果然有个聚会，你怎么知道的？"魏太太笑道："有人约会你，难道说我消息都得不着吗？"罗太太笑道："朱四奶奶也通知了你吗？那好极了，我们一块儿去吧。"说时，挽了魏太太的手就走。

魏太太笑道："人家又没有约我，我自己走了去算个什么？"罗太太道："没关系。朱四奶奶广结广交，也不在乎你这个人。你就和她一面不识，她也欢迎你去的。你既和她认识，一定她是双倍的欢迎。"她一面说着，一面拉了魏太太的手走，魏太太也就情不自禁地跟了她走。

这朱四奶奶的家，虽也在重庆市区，可是她家的环境，却是在嘉陵江岸边一个山林区，终年是绿色围绕着。为了对空袭的掩护，朱四奶奶住的这座洋楼，用深灰色粉刷着墙壁，将芽黄色的楼廊，掩藏在里面。这芽黄色的楼廊，里面又是碧绿色的窗棂和门户，颜色是非常的调和美丽。魏罗两位太太坐了轿子顺着一条石板下坡路，向朱公馆走来，隔了一片树林子，在绿树的树梢上就可以看到那精致的楼房。罗太太一指，笑道："这就是朱四奶奶家里。"魏太太就出乎意外地说了一声这样好。

到了那门口，一道短围墙，围了一方小花圃。一棵胭脂千叶桃花和一棵白色的簇拥的开着。半遮掩了东部走廊。西部却是十几棵芭蕉，绿叶阴阴的，遮住半边屋子。在重庆住着吊楼的太太，过的是鸡窠生活。到胡太太家里去，看到她那小巧的平式洋房，已觉是天上人间，于今见到这花团锦簇的公馆，便立刻想到，有这样住好洋房的女朋友，为什么不结交呢？慢说可以求朱四奶奶做点帮助，就是偶然来坐坐，精神也痛快一阵吧？

这样想时，轿子已在门口停下。那朱四奶奶很朴素地穿了件蓝布罩衫，正伏在楼栏杆上向下望着，立刻招招手笑道："欢迎欢迎。"魏太太向楼上点着头道："在路上遇到罗太太，说是到府上来，我就跟着来拜访，不嫌来得冒昧一点吗？"朱四奶奶道："哟！怎么说这样客气的话？接都接不到的。"她说着，扭转身就迎下楼来。她欢迎魏太太的程度，远在欢迎罗太太之上，已首先跑向前来，握着魏太太的手，笑道："我原是想到请你来的，可是我们交情太浅了，我冒昧地请你来，恐怕碰你的钉子。"魏太太连说言重。

朱四奶奶着实周旋了一阵，这才去和罗太太说话，一手拉着二位，同走进屋子去。她后面就跟着两个穿蓝罩衫，系着白围襟的老妈子。她们首先走到楼下客厅，里面有重庆最缺少的绒面沙发，紫檀架子的穿衣镜，以及寸来厚的地毯，其余重庆可以搜罗得到的陈设，自是应有尽有。在客厅的一边，上有北平式的雕花木隔扇，在这正中，垂着极长极宽的红绸帐幔，在那帐幔中间，露着一条缝，可以看到那里面地板光滑如油，是一座舞厅。

朱四奶奶只是让两位站了一站，笑道："都在楼上，还是上楼去坐吧。"于是又引着两位女客上楼。到了楼上，又是陈设华丽的一座客厅，但那布置，却专门是给予客人一种便利与舒适。沿了四周的墙，布置着紫漆皮面沙发。每两张沙发，间隔着一张茶几，上面陈设着糖果花生仁等干果碟子。正中一张圆桌，铺着白绸绣花的桌毯，有两只彩花大瓷盘，摆着堆山似的水果。墙上嵌着各式的大小花瓷盘与瓷瓶，全供着各色鲜花。那鲜花正象征着在座的女宾，全是二三十岁的摩登女子，花绸的衣服，与脂粉涂满着的脸，花色花香，和人身上的香气，在这屋子里融合到一处。

朱四奶奶一一地介绍着，其中有三位小姐，四位太太，看她们的情形，都也是大家眷属，魏端本原来所顾虑到的那些问题，完全是神经过敏。魏太太这也就放下那颗不安的心，和太太小姐们在一处谈话。

朱四奶奶待客，不但是殷勤，而且是周到。刚坐下，就问是要喝咖啡，或是可可。客人点定了，将饮料送上来，又是一道下茶的巧克力糖。喝完了这道饮料，四奶奶就问是打扑克呢，还是打麻将呢。女宾都说人多，还是梭哈好，于是主人将客人引进另一间屋子里。这屋子里设着一张铺好了花桌毯的圆桌，而且围了桌子的，全是弹簧椅子。

在重庆打牌，实在也是很少遇到这种场合的。魏太太看了看这排场，根本也就不必谦逊，随同着女客们一同坐下。朱四奶奶本人，却不加入，只是督率着佣人，进出地招待。魏太太虽是听了范宝华的话，这是个赢钱的机会，可是毕竟不敢大意，上场还是抱了个稳扎稳打的战术，并不下大注。在半小时之后，也就把这些女赌友的情形看出来了。除了两位年长些的太太，比较精明一点，其余全是胡来。就是稳扎稳打，也赢了四五万元。自己皮包里，本就有二十万元。在她自己的赌博史上，这是赌本充足的一次。兵精粮足，大可放手做去，因此一转念之下，作风就变了。

小小地赢了两三次，便值朱公馆开饭，停了手了。她们家的饭厅，设在楼下。那里的桌椅，全是漆着乳白色的，两旁的玻璃橱，里面成叠地放着精致的碗碟瓶罐，不是玻璃的，就是细瓷的，早是光彩夺目。魏太太这又想着，人家这样有钱，还会干什么下流的事吗？丈夫实在是诬蔑人家了。

坐下来之后，每位女宾的面前，都是象牙筷子，赛银的酒杯，此外是全套的细瓷器具。重庆餐馆里的擦杯筷方纸，早改用土纸六七年了，而朱四奶奶家里，却用的是印有花纹的白粉笺。这样，她又推想到吃的菜，不会不好。果然，那第一道菜，一尺二直径的大彩花瓷盘里，什锦拼盘，就觉得有几样不识的菜。

其中一位赵太太，两手交叉着环放在桌上，对盘子注意了一下，笑道："那长条儿的，是龙须菜吗？"朱四奶奶微笑道："这是没有代用品的。"赵太太道："那么，那切着白片儿的，是鲍鱼？"朱四奶奶道："对的。我得着也不多，留着以供同好。"赵太太道："这太好了。我至少有七八年没有吃过这东西了。重庆市上，就是那些部长家里，也未必办得出这种拼盘出来吧？往后的正菜，应该都是七八年再相逢的珍品吧？"朱四奶奶微笑道："这无非是些罐头罢了，鱼翅鱼皮可没有。我叫厨子预备了两样海味，一样是虾子烧海参，一样是白扒鱿鱼。这在重庆市上也很普遍了。"她说时，脸上带着几分得意的微笑。

魏太太一看这情形，越觉得朱四奶奶场面伟大，在这种场合，就少说话以免露怯。再说，自己这身衣服，不但和同席的太太小姐比不上，就是人家穿的皮鞋，拿的手绢，也无不比自己高明得多，更不用说人家戴着佩着的珠宝钻石了。可是她这样的自惭形秽，朱四奶奶却对她特别客气，不住地把话兜揽，而且斟满了一杯酒向她高举道："欢迎这位新朋友。"魏太太虽不知道人家为什么特别垂青，但是决不能那样不识抬举，也就陪着干了一杯，也就为了主人这样殷勤，不能不在主人家里陪着客人尽欢，继续地喝了几杯。

饭后，继续地打梭哈。魏太太有了几分酒意，又倚恃着皮包里有二十四五万元，便放开胆子赌下去，要足足地赢一笔钱。不想饭后的牌风，与饭前绝对不同，越来大注子拼，越是输钱。两小时赌下来，除了将皮包里的现钞输光，而且还要向罗太太移款来赌。

那主人朱四奶奶真是慷慨结交，看到魏太太输多了，自动地拿了十万元钞票，送到她面前笑道：“我们合伙吧。你打下去，这后半截的本钱，由我来担任了。”魏太太正觉得一万五千的和罗太太临时移动，实在受着拘束，有了这大批的接济，很可以壮胆。便笑道：“合伙不大好，岂不是我站在泥塘里的人，拖四奶奶下水？”四奶奶她站在桌子边，在几上的碟子里取了一块巧克力糖，从容地剥了纸向嘴里放着。微笑道：“这几个钱，也太值不得挂齿了。你打下去就是，怎么算都好，没关系。”看她那意思，竟是站在同情的立场上，送了十万元来赌。心里自是十分感激，但为了表示自己的身份起见，就点点头道：“好的，回头再说。”于是拿了这十万元又赌下去。

赌到六点多钟约定的时间，已经届满。魏太太是前后共输二十九万五千元。最先赢的五万元，算是钓鱼的钓饵，把自己的钱全给钓去了。终算在朱四奶奶这里，绷得个面子，不便要求继续地赌，而且自己已负了十万元的债，根本没有了赌本。看到其他女宾嘻嘻哈哈道谢告辞。

朱四奶奶握着她的手，送到大门口，笑着表示很亲热的样子。因道：“真是对不起，让魏太太损失了这样多的钱。”魏太太笑道：“没有什么，赌钱不总有个输赢吗？还有四奶奶那十万元。”四奶奶不等她说完，就含笑拦着道：“那太不成问题了。我不是说合伙的吗？不要再提了。我这里，大概三五天总有一个小局面。魏太太若高兴消遣，尽管来。下次，我好好地和你做参谋，也许可以捞本。”说着，握了她的手，摇撼了一阵。

魏太太在女主人的温暖下，也就带了笑，告辞出去。是罗太太同她来的，还是罗太太陪着她一路走去。

魏太太夹了她那空空如洗的手提皮包，将那件薄呢大衣，歪斜地披在身上。她还是上午出来时候化的妆，在朱四奶奶家里鏖战了五六小时，胭脂褪了色，粉也退落了，她的皮肤虽是细白的，这时却也显出了黄黄的颜色，她那双眼睛，原是明亮的，现在不免垂下了眼毛，发着枯涩，走路的步子，也不整齐，高一步低一步，透着不自然。但她保持缄默，却是什么话也不说。

罗太太随了她后面，很走着一截路，才低声问道：“魏太太，你输了多少?”她打了一个淡哈哈，笑道：“惨了，连上午赢的在内，下午共输三十五万。你保了本吗?”罗太太道：“还不错，赢了几千块钱。我今天输不得，是借得范先生的赌本。这钱不能放在手上，我赶紧送还他去吧。”魏太太道：“他最近做了一笔生意，赚了八九百万，十来万元，他太不在乎。”罗太太道：“他倒是不会催我还钱。不过这钱放在我手上，说不定再赌一场，若是输了的话，自己又负了一笔债。”魏太太道：“这话不对。你今天若是输了，不已经负上一笔债了吗?”罗太太笑道：“我猜着今天是可以大赢一笔的。这几位牌角，的确本领不高明。可是我们两人的手气都不好，这也就是时也命也了。”魏太太轻轻地叹了口气，也没说什么，到了大街上各自回家。

魏太太到了家，两个小孩子，就把她包围了。娟娟大一点，能说出她的要求，便扯着母亲的后衣襟。叫道：“妈，你有那样多钞票，买了些什么回来给我吃?”小渝儿更是乱扯着她的大衣摆，叫道：“我要吃糖，我要吃糖!”魏太太看到这两个孩子的要求，心里倒向下一落，将手上的皮包，向桌上一丢，将手摸了小渝儿的头道：“妈妈没有上街，没有给你们买吃的。”

杨嫂站在房门口，先对女主人的脸色看了一看，因问道："啥子都没有买，两个娃儿，望了好大一天咯。"魏太太道："你没有给他们买一点吃的吗？"杨嫂道："买了两个烧饼给他们吃。他们等你买好的来吃咯。"魏太太软绵绵地在床沿上坐下，微微地叹了口气。

杨嫂道："大概是又输了吧？"魏太太道："这一阵子，也不知道是怎么回事，赌一回输一回。"杨嫂好失惊的样子，瞪了眼望着她道："郎个说？二十多万，这半天工夫，你都输光了。十两金子都送把人家，硬是作孽。"魏太太红了脸，站起来道："没有没有，哪会输这样多，也不过输了一两万块钱，先生回来你不要对他说。"杨嫂道："我想，你也不能郎个大意。先生费好大的事哟，赚来了二十万，你连一包花生米子也没有吃，就都输了，别个赚来的钱，不心痛吗？先生赚的钱，还不就是你的钱。"

魏太太突然站立起来，将桌上的皮包拿了过来，夹在肋下，板了脸道："不要说了，不要说了。我出去，给他们买东西来吃就是了。"说着，就向外走。刚走到大门口，就遇到魏端本夹了皮包，下班回来。他老远地带了笑容道："佩芝，不要走了，我们一路出去看一场电影。紧张了两三天，该轻松一晚上了。"

魏太太站在屋檐下，踌躇了一会子，她的触觉很敏锐的，摸到手里的皮包，里面是空空的，分量是轻飘飘的。不免对丈夫很快地看了一眼。魏端本道："你又要去梭哈吗？今天是本钱充足得很。"说着，他已走近了两步，低声笑道："你可别忘了预备买十两金子。"魏太太道："我去和小孩子买点糖来，钱在家里收着呢。"魏端本笑道："我想你今天也许不会赌，难道真的不为自己生活打算吗，你快去快回，我等着你回来一路去看电影。"魏太太不能再说什么，低着头走了。

第三回

入了陷笼

魏太太对于这一场赌，不但觉得输得太冤，而且对于那二十万元现钞，什么事情没办，也非常地懊悔。丈夫是一团高兴，要庆祝这二十万元的意外收获，哪里知道已经把它输得精光？这话怎么去交代？上次输了丈夫一大笔公款，是自己做了一回亏心事，把范宝华的一笔钱偷来补充了，幸是没人知道，把那场大祸隐瞒过去，现在却到哪里去再找这样大批的钞票？

她心里这样想着，两只脚不听她指挥，还是向上次找到钞票的所在走去，她心里是这样地想着，今天上午，又看到老范将大批的钞票塞进那个抽屉，开那抽屉的钥匙，还藏在内衣袋里呢。她走着，将手伸到衣服里面去，就摸索了几回。果然，那小衣的口袋里，一串钥匙依然存在。

她转了个念头了，管他呢，再去偷他一次。姓范的这家伙，发的是国难财。他虽不是偷来的钱，囤积居奇，简直是抢来的钱，应该是比偷来的钱还要不义，对于这种人，无所用其客气。如此想着，脚步就加快了走。她最后的想法，教她不必有何考虑，径直地走向范宝华的写字间来。

这写字间，是在一所洋房的二层楼，虽是来得相当的熟了，可是到了这洋房的大门口，她自己不知道是什么缘由，却踌躇起来。在大街上望了那立体式的四层楼洋房，步子就缓下来了。她心想这么大模大样地走了进去，人家不会疑心这个陌生的女人，到这里来干什么？若是真有人问起来，这是教人无法答复的。

慢慢地走去，渐渐地畏怯起来，到了这洋房大门口，不由得站着停了一停。她这么一停，路旁乘机待发的叫化子，就有一大一小，迎了上前，站在身子前后，放出可怜的样子，发出哼声哀求着道："太太，行好吧。赏两张票子我们花吧。明里去，暗中来。"魏太太听了这话，心中一动，不免向他们看了一眼。问道："什么叫暗中来？"大叫花子道："太太，你是正人君子吗，正大光明吗，老天爷暗中保佑你吗。"魏太太倒不想这个叫化子还能说出这么一套话。于是，在身上掏出一张小票子扔给了他们转身就走了。

她这一阵发脾气，放开了脚步走，就抢过了洋房的大门。心里同时想着，这么一所大楼，必定有后门，既是要避人看见，那就是找着后门进去为妙。她这么想着，就注意到这洋楼的周围，是否有横巷。果然，在去这楼房不到十家铺面的所在，发现了一条横巷子，由这巷子穿过去更有一条小横街。她看准了方向，在这条小横街上向回走。她估计着还有十来家门户，就站住脚打量着形势。这里却是一爿极小的裁缝铺，由那裁缝铺上，向前看去，似乎半空里有一幢洋楼的影子。因为天色已经漆黑了，街上电灯反射到空中的光芒，不怎么的强烈，那些房屋的影子，也不怎么的清楚。

她正在出着神，这裁缝店，敞着店门窗户，在做衣服的案板上，悬下一盏洋铁圆片儿罩住的电灯泡。在那灯光直照的案板边，对坐着两个裁缝，正低头做衣服。其中一人，偶然抬头，在强烈的电光下，看到窗户外一个女人影子，呆呆地站着，倒吓了一跳。随着站起来问道："找哪个?"这本来也是一句普通的问话，可是魏太太正出了神，被人家突然一问，好像自己什么漏洞被人捉住了似的，也不答话，转身就走。

她不走人家也不去怎样的疑心，她走得这样地快，更是给予人家一种疑心。那裁缝放下针线，飞奔了出来，看昏黄的灯光下，刚走过去个女子，不知窗户外站的，是不是她，倒不敢冒昧，同时，也怕是主顾，只有站在店门口屋檐下，再问了一句找哪个。魏太太也省悟过来了，便回头看了看道："什么事大惊小怪，送衣服你们做。"她虽然是解释着，可是并没有停住脚，依然继续地走去。

径自走着，不觉又走上了大街。她忽然转了个念头，丈夫等着去同看电影呢。怎能够尽管在街上兜圈子？但特意到这里来了，这洋楼的大门也不进去，那是太放弃机会了。范宝华这写字间，又不是没有来过的，进去看看，有什么要紧？万一又得着上次那样的机会，在他抽屉里再拿走几十万元，不但今晚向先生交账这一关平安地可以过去，也许可以多捞它几十万元。

想着，将脚在地面上一顿，表示了前往的决心，于是抄了一抄大衣领子，径直地走进那洋楼。楼下那个贸易公司，自然是早已下班了。顺着柜台外的盘梯走向二层楼，也并不曾遇到一个人。站在楼梯口上凝神了一会，觉得心房有点跳动，将手在胸脯上按了一按，自己叮嘱了自己道："怕什么？这并没有什么犯法的事。"同时看看这楼上的夹道，除了一路几盏电灯亮着，并没有人影子。远远地看那范宝华的写字间，房门就是微掩着的。虽然是心房有点跳动，却又不免暗喜一阵。心想，活该，这还是有个很好机会。若是他和那个听差，全不在屋子里，房门必是暗锁了的，纵然有开抽屉的钥匙，这房门打不开，那也是枉然的。于是故意放重了步子，走着夹道的楼板一阵乱响。到那房门口站定，用手敲着门道："范先生在这里吗?"

连敲了几遍，又连喊了几声，里面并没有人答应。于是手扶了门轻轻向里推着，伸进头去看看。虽然屋梁上悬下来的那盏电灯是亮的，可是写字台上的桌灯，却没有光亮，屋子里空空的，主人不在，工人也不在。魏太太心里狂喜。想着：天下果然有这样的巧事，让人打着如意算盘。这一下子，又可把老范放在抽屉里的钞票，给他席卷一空。于是立刻踅身进去，随手将门掩上。第二个动作，立刻奔向写字台，弯身去开那有钞票的抽屉。

果然，拉了一拉抽屉环扣，不能动，还是锁着的。这个抽屉是旁边的第二格，上次就是在这里有了很大的收获。今天上午在这屋里，也是亲眼看到范宝华将几十万元送了进去，然后锁着的。于是将手皮包放在桌上，伸手到怀里去，在小衣口袋里把钥匙掏出。但钥匙拿在手上，却又不去开锁，再回到房门口，打开房门来，伸头向夹道看看。

见整条的夹道，还是光亮的电灯照着，空无所有。于是缩身回去，将门关上，关了不算，还把门上的插闩横插着。关了门之后，看到屋子四周是白漆粉刷，屋顶上悬下来的电灯，照见全屋子雪亮。同时，也就照见她孤零的影子，倒在楼板上。这昼夜不离的影子，谁也不会留意的，这时她回头看了看影子，好像心里有点动荡，也就联想到后墙玻璃窗子是对了洋楼外的。自己在屋子里走动，那就很可能，让楼下的人会看到楼上的人影。这屋子的电灯开关就在门角落里。她顺手一转电门子，屋子里漆黑了。这给予她一种很大的便利，不但不用得去四周探望，而且那怦怦乱跳的心房，也停止不跳了。

过了两分钟，这屋子也就有了亮了。这亮不是本屋子里发生的，乃是后墙的玻璃窗户，放进来的邻屋灯光。在那稀微的灯光下，可以看到屋子里的桌椅陈设。她偏头听听屋子外面，并没有什么响声，这就放大了胆，走到写字台边，摸着那第二个抽屉，伸着钥匙，向锁眼里插了去。她这时发现着自己有点恐慌，那钥匙只管在抽屉板上碰着，怎样也对不准锁眼，原来她这两只手，又在发抖。

她于是蹲下身子去，左手摸着锁眼，右手把钥匙插进去，她听到锁眼嘎咤一响，锁是开了。她便拉着抽屉的搭扣，向外拉出来。抽屉是活动了，只拉出来二三寸，却拉不动。伸手到里面去掏摸着，正是里面放着钞票太多了，抽屉拉不出来。但她的行为到了这时，一切是刻不容缓，也决不能罢休。于是手拉了抽屉搭扣，使劲向外一拉。这抽屉哗啦一声响，由里面直跳了出来，魏太太虽然不大十分看见，但已觉得抽屉里面的票子，有不少已蹦到了楼板上。她赶快地摸索着，全捡起来放到桌子角上。

不想越怕有声音，越是有声音，将钞票捆放下的时候，恰好是将原放的一只空茶杯子碰倒了，当的一声，在写字台上滚着。幸是有文具挡住，还不曾落下地去。

她那颗心，本就是跳着的，这响声一起，就教她的心房跳得更厉害，而且周身的肌肉，也都随着在跳动。但她知道这是紧要关头，决不能耽误片刻，一面摸索着，一面打开皮包，将钞票向里面塞。皮包塞满了，在抽屉里摸着整捆的钞票，向大衣袋里揣着。大衣上两个大口袋塞得包鼓鼓的，已不能再揣了，伸手向地面的抽屉里摸索时，还有两捆钞票。她心想，哪有这样多的钞票，黑屋子里胡乱地揣着，不要把纸卷儿都收起来了吧？借着玻璃窗子外放进来的光，还可以看到写字台上的桌灯。她摸着拉链，将电灯亮着，先看拉开的抽屉，里面果然还有两捆钞票。再在大衣袋里掏出成捆的东西来看，还是钞票。她心里想着：今天这笔收获，比上次的还要多，怕不有四五十万。这真可以说是发个小财。

她一喜之下，将抽屉里两捆钞票，也勉强的塞在大衣袋里。这也来不及去上好那抽屉了。将装满了钞票的皮包夹在肋下，随手熄了电灯，打开房门，就向外走。她开这门的时候，表示着镇定，还是缓缓地将门拉着。自己心里也就想着：这总算人不知鬼不觉，又捞了……门拉得大半开了，却有个男子的人影，端端正正在房门口挡住。

她吓得身子向里一缩，那人可随着进来了。他第一个动作是随手掩上了门，第二个动作，却把电门子开了，亮着屋顶悬挂的那盏大电灯。魏太太看清楚了，那正是这屋子和钞票的主人范宝华。他口角上衔着一支香烟，两手插在西服裤岔袋里，将背靠了房门，不住地微笑。他的眼光，先注视着那涨得像猪肚子似的皮包。再看撑出身外的魏太太大衣袋。

魏太太的脸都红破了，呆了两只眼睛向他望着，一步步向后退，退得靠住了写字台。她两行眼泪，要在眼睛里流出来但没有流出，那眼泪水只在眼眶荡漾着。范宝华看了她这份为难的样子，倒并不见逼，将两只肩膀，扛了两下，脸上还是放出笑容，口角上的烟卷从容地冒着一缕轻烟。

魏太太看这样子，绝对跑不出去，便抖颤了声音，先叫了句范先生。他依然微笑着点点头，看去并无恶意。她于是鞠了个躬道："范先生，我真对不起你，这事做得太不够朋友了，不过我也实在是出于不得已。"她一面说着，一面颤抖，那大衣袋里塞不下的一捆钞票，在写字台角上一挤，挤出大半截，更由于她过分地颤抖，那捆钞票，就落在了地板上。魏太太弯腰捡了，放在写字台上，望了范宝华道："范先生，你的钱我分文未动，你都收了回去。你放我走吧。我将来报你的大恩大德。”她说着，她要哭，她又不敢，只是周身发抖，肋下的皮包，也夹不住了，又落在地板上。范宝华将右手取出了嘴里的纸烟，指着皮包道：“捡起来，有话慢慢说。”

魏太太眼望了他，半蹲着身子，伸手把那皮包拉起。然后打开皮包来，将钞票捆掏出，要放在桌上，范宝华把纸烟扔到痰盂里去，摇着手道：“不忙拿出来。我问你，你是不是在朱四奶奶家里赌输了，又到我这里来打主意去塞你的漏洞？”

魏太太手里捧了皮包，低着头道：“是的。我是听你的话，想去赢一笔钱，不想是大大的输了。”范宝华两手插在裤子袋里，走过来两步，问道：“你输了多少？”她道：“输了二十万。”他哈哈笑道：“怪不得你又要耍我一手。你把你丈夫昨天弄得的一笔钱整个送掉，他白落一个贪污的名声了，赌实在不是一件好事。你不赌钱，这么一个漂亮的青年太太，何至于来做贼呢？”

魏太太听到做贼两个字，一阵心酸，那眼泪再也忍不住，双双地由脸腮上直挂下来。范宝华笑道：“这是没有办法的事。这钱让你拿出这幢洋房，那钱就是你的了。钞票上我并没有做什么记号，我不敢说你那天衣袋里皮包里的钱是我的。现在人赃俱获，你没什么可以狡辩的，你得承认偷了我的钱。”

魏太太流着泪道：“我承认，请你别再说了，你说我做贼，比拿刀子割我的肉还要难受。钱我都还你，请你在我身上搜查吧，除了皮包里我原来几千元而外，此外全是你的。你都拿回去吧。”范宝华摇摇头道：“事情不那样简单。这次你偷我的钱，算是还了，上次那三十来万呢？我捉了你这次，当然我可以把你以往所做的案子清查出来。”

魏太太道：“没有没有，我就是这一次。”范宝华将手由裤子袋里抽出来，环抱在胸前，斜伸了一只腿站着瞪了眼道：“事到于今，你还要强辩。老实告诉你，我今天当你的面，把许多钞票放到抽屉里去，我就是勾引你上钩的。不是这样引你，破不了上次的案子。在你那天晚上由我这里走出去以后，我打开抽屉来，钞票不见了，我猜着就是你。也是你做贼外行，你在我抽屉里扔下了一条手绢。你就明明白白告诉我，偷了我的钱了。”

魏太太听说，收住了眼泪，望着他道：“那么，你叫我到朱四奶奶家去赌钱，你是有意让我去输钱的?”范宝华道：“有那么一点。但是我没有料到你一定会输。我是想着，你不输的话，今天虽不会来偷我的钱，但是你有了我的钥匙，一定常来光顾的。我知道我的钥匙，是在赌场上让你偷去了。不料下午罗太太来还我的钱，说你输得一塌糊涂，我就猜着你一定会来。我告诉你，我没有走远，就在对门一间屋子里，静守着你呢。我那个听差，在楼下小门房里，布下了第一道监视哨，你这架轰炸机，第一次经过这大门口的时候，他就放了警报。你进了大门以后，他就悄悄地来通知了我。你……”

魏太太听着这话，恍然大悟。她就伏在沙发上呜呜地哭起来。范宝华颠着那条伸出来的腿，扑哧一声笑了。因道：“不要哭，哭也不能挽回你的错误。你也是贼星并不高照，我今天撒下钓鱼钩子，今天你偏偏地大输之下，上了我的钓钩。”

魏太太坐了起来，将大衣袋里，皮包里的钞票，陆续拿出，也都放在沙发上，脸上流着眼泪，一面埋怨着道：“好吧，算我上了你的钩，你去叫警察吧。”范宝华在衣袋里掏出赛银扁平烟盒子来，将盖打开，伸到魏太太面前，笑道：“定一定神，魏太太来一支烟吧。”说时，满面露着笑容。她将身子一扭，板着脸道：“你太残忍一点，你像那老猫捉着耗子一样，先不吃它，拿爪子拨弄拨弄，放到一边，让它死不去，活不得。”

范宝华哈哈笑了。自取着一支烟卷，放到嘴里，把烟盒放到袋里去，将打火机掏出来，打着了火，举得高高的，将烟支点着，他喷着烟，将打火机盖了，向空中一抛，然后接住，放到衣袋里去，站在她面前道："我太残忍？你以为我失去几十万元，让你走了，那才是不残忍？"魏太太掏出手绢来擦着眼泪道："今天的钱，全在这里，你收回去就是。上次的钱，我也不必否认，是我拿了，将来让我陆续还你吧。"范宝华道："还我？你出了我这房门，我有什么凭据说你偷了我的钱？你反咬我一口，我还得赔偿你名誉上的损失呢。"魏太太道："那么我写张字据给你。"范宝华笑道："你肯写做贼偷了我两回？"

魏太太哇的一声又哭了，颤着声音道："你老说这个怕听的名词，我是知识妇女，我受不了。"说毕又伏在沙发上哭了。范宝华两手又插到裤子袋里，绕了写字台踱着步子，自言自语道："既然做了这不名誉的事，还想顾全名誉，便宜都让你一人占了。"魏太太突然站起来道："你不必拿我开玩笑，你去叫警察吧，快刀杀人，死也无怨。"范宝华已绕到写字台那一角，隔了写字台，用手指着她道："你两次叫我报警察了。我真叫了警察，你拿什么脸面去见你的丈夫，去见你的亲戚朋友？以后，你还能在重庆社会上露面？"

魏太太听了这话，擦着泪痕，默然地站着，突然向门边一扑，手拉门转钮就想开门。不知道这门是几时上了暗锁，已是开不开了。范宝华笑道："耗子已经关在铁丝笼子里，除了我自动地放了你出去，你跑不了的。我这门外，埋藏了伏兵，不会让你逃走掉的。"

魏太太手扶了门钮，将身子倒在门上，呜咽着道："你把我关在屋子里，打算怎么办？报警又不报警，放又不放我。"范宝华道："你坐下，我慢慢地和你谈条件。谈好了条件，我自然放你走。我把你关在这里，有什么用，你能在天花板下面变出钱来还我吗？"

魏太太又扭了两下门钮，果然是不能动，这就坐在沙发上，望了他道："有什么条件，你就说吧。"范宝华益发将桌灯亮起，把抽屉关好，然后坐在写字台椅上，身子靠了椅子背，望着她笑道："条件吗？那很优厚的。我先表示，我同情于你，先说关于你那一方面的，当然上次和今天这次的事我一笔勾销，决不提起。第二，今天你输了二十五万元，对丈夫是无法交账，我可以再送你二十万元，让你去补偿那个大窟窿。第三，我对着电灯起誓，对于你这两次到我写字间里来的事情，我绝对保守秘密，如漏出一个字，我会让雷火打死。"

魏太太听到他说出这样好的条件，就把眼泪收了。同时，脸上也就现出了轻松的颜色，因点点头道："那我太感谢你了。只要范先生肯顾全我的颜面，不和我计较，我就当改过自新，感激不尽。我怎么还好意思要你送我那样多的钱呢？"范宝华微笑道："我想你是很需要这二十多万元的吧？假如你不需要这二十多万元，今晚上何必又来冒这个险？我想，你今晚上没有二十万元现钞交给你们魏先生的话，恐怕有一场很大的是非吧？"

魏太太两手盘弄着大衣的纽扣，低了头摇摇头道："那有什么法子呢？"范宝华道："你能免掉这场是非，那不更好吗？"魏太太道："当然是好。可是我做了这样对不住你的事，你不见怪我，已是仁至义尽了，我怎好再接受你的巨款？"

范宝华且不答她的话，又擦了一支烟吸着，两眼直射到她的脸上，约莫有四五分钟。魏太太也只是低头盘弄大衣纽扣，又偷眼看看那关着的门，默然不语。

范宝华望了她道："我想你不但今天需要款子，以后需要款子的日子还多着吧？你在我手上犯了案，你的前途，就把握在我手心里。我刚才说了许多条件，都是有利于你的，天下哪有这样对付小偷的？当然我有点贪图。我索性告诉你，以后我可以多多给你花钱。只要你依允我一件事，你也知道我买金子发了一点小财，这话不会是空头支票。在这屋子里，现在有两条路任你选择。你还是和我决裂，让我去喊警察呢，还是接受优厚的条件，和我做好朋友呢？干脆，不光是二十五万，今天你所拿的钞票，都让你拿走。这对你不是很优厚吗？现在限你五分钟，答复我的话。否则我们就决裂了。”魏太太听了，心里乱跳，只是低了头盘弄大衣纽扣。

第四回

心　病

魏太太田佩芝是个有虚荣心的女人，是个贪享受而得不着的女人，是个抗战夫人，是个高中不曾毕业的学生，是个不满意丈夫的少妇，是个好赌不择场合的女角。这一些身份，影响到她的意志上，那是极不安定的。现在被一个国难商人，当场捉到了她偷钱，她若不屈服，就得以一个被捕小偷的身份，押到警察局去，而屈服了，是有许多优厚条件可以获得的。范宝华叫她选择一条路走，她把握着现实，她肯上警察局吗？范宝华写字间的房门，始终不肯在她答复以前打开，她也没有那胆量，在楼窗户里跳出去。

在一小时的紧张交涉状态下，她得到了自由，坐在沙发上，靠了椅子背，手理着耳朵边的乱发，向同坐的屋子主人道："现在可以放我回去了。我家里那一位还等了我去看电影呢。"范宝华握了她另一只手，笑道："当然放你走。不过我明天请你吃午饭的话，你还没有答应我。"魏太太道："你何必这样急！我现在心里乱得很，不能预料明天上午是不是能起得来。"

范宝华摸摸她胸口，又拍拍她肩膀，笑道："不要怕，没关系。你以往在外面赌钱，不也是常常深夜回去吗？上午你不能来，就是吃晚饭吧。我家里的老妈子，下江菜做得很好，不是我特约朋友，没有人到我家里去找我的。"魏太太已站了起来。穿起搭在沙发靠上的大衣。范宝华就把桌上的票子清理一下，挑着票额大，捆数小的，塞进她的大衣袋里。还笑着问道："你那皮包里还放得下吗？"魏太太看看写字台上，只有三四捆小数钞票了，便笑道："行了行了，我上了你这样一个大当，就为的是这点钱吗？只要你说的话算话，我心里就安慰些。"

范宝华握了她的手道："我绝对算话。你明天中午来，中午我把镯子交给你，晚上来，我晚上交给你。不过我得声明，现在最重的金镯子，只有一两四五钱，再重可得定做。"魏太太道："太重了也不好看，当然是一两多的。你要明白，我并非贪图你什么。自认识你以来，根本你待我不错，我很把你当个朋友，不想这点好意倒反是害了我自己，结果是让你下了毒手，我上了金钓钩。"

范宝华笑道："不要说这话了。我也用心良苦呀。话又说回来了，唯其是我这样做法，才是真爱你啊。"魏太太瞅了他一眼道："真爱我？往后看吧。希望你不过河拆桥就好。放我走吧。"

范宝华对她脸上看看，笑道："你那口红不大好，明天我买两支法国货送你。又香又红。"魏太太道："有话明天再说吧。我该走了。"范宝华道："你明天是上午来呢，还是下午来呢？我好预备菜。"魏太太道："还是上午吧。晚上，我们那一位回家了。"

范宝华又纠缠了一会，这才左手握了她的手，右手掏出裤袋里的钥匙开着房门。魏太太赶快抽开了他的手，走出房门去。范宝华在后面跟着。到了楼梯门，遇到了同寓的几个人上楼，魏太太立刻端正了面孔，回转身来向主人一鞠躬道："范先生不必客气，请回吧。"说毕，很快地走下楼去。

她走出了这洋楼，好像自己失落了一件什么东西似的，站着凝神想了一想，可又没有失落什么。正好有辆干净的人力车，慢慢儿地在面前经过，她叫了一声车子，便走过去。车夫还扶着车把，不曾放下，她告诉了他地点，立刻塞了三千元在他手上。车夫很知足，放下车把，让她坐上，并无二句话，拉着她走了。

她坐在车上，好像是生了一场大病，向后倒在车座上。头垂在胸前，两手插在大衣袋里，觉得有无数的念头，在脑中穿梭来去，自己也不知还要跟着哪个念头想下去才对。忽然一抬头，却见灯火通明，街上行人如织，这正是重庆最热闹的市中心区精神堡垒。街两旁的店铺，敞开了大门，正应付着热闹的夜市。她想起是为什么出门来的了，踢着车踏板道："到了到了。"车夫道："到了？还走不到一半的路呢。"魏太太道："你别管，让我下来就是。"车夫自是乐得这样做，于是就放下车把了。

魏太太下了车子，先到糖果店里买了几千元糖果点心，又到茶叶店里买了两瓶茶叶，最后还到酱肉店里买了两大包卤菜，手上实在是不能提拿了，又二次雇了车子回家。

自己原是一路地自想着，必须极力镇定，可是到了家门口，那心房就跳得衣服的胸襟都有些震动，两片脸腮，也不知受着什么刺激，只管发起热来。她在那冷酒店门口，站着定了一定神，然后把买的东西，连抱带提，向屋子里送了去。魏端本那间一当几用的屋子里，电灯还亮着哩。她伸头看看，见丈夫正端坐在方桌子边低头写字，桌子上正还放着一叠信封和信纸呢。

魏太太在门外就笑道："真是对不起，回来得太晚了，看电影是来不及了，明天我再奉请吧。"魏端本看了一看，笑道："我就知道，你出去了，未必马上就能回来。”魏太太先把大小纸包，都放在桌上，然后在衣袋里掏出一盒重庆最有名的华福牌纸烟，放到他面前，笑道：“太辛苦了，慰劳慰劳你。”魏端本笑道：“买这样好的烟慰劳我？”魏太太笑道：“偶然一次也算不了什么，只要我以后少赌几场，买烟的钱要得了多少？”魏端本望了她笑道：“你居然肯说这话，难得难得。”魏太太笑道：“我也不是小孩子，这样极浅近的道理也不懂得吗？”说着，将一包糖果打开，挑了一粒糖果塞到丈夫的嘴里。

魏端本在她走近的时候，就看清楚了，大衣口袋包鼓鼓的，有一捆钞票角露出来，因笑道：“怪不得你这样高兴，你弄了一笔外来财喜了。”魏太太回到屋子里，对丈夫一阵敷衍，本来就觉得精神安定多了。听了这句话，不觉脸上又是一阵红潮涌起来。望了他道：“我有什么外来财喜呢？偷来的，打野鸡来的？”

魏端本笑道：“言重言重！平常一句笑话，你又着急了。”他索性放下了笔，对太太望着。魏太太脸上略带了三分怒色，因道：“看你说话，不管言语轻重。也不管人家受得了受不了。”魏端本笑道：“我看你很高兴，衣袋钱又塞满了。我猜你是赢了一笔。”魏太太道：“我出去不多大一会儿，这就能赢上一大笔钱吗？”魏端本伸手到她大衣袋里一掏，就掏出一捆钞票来。笑道：“这不是钱？不是大批的钱？”说着，又在大衣袋里再掏一下，掏出来又是一捆。

魏太太道：“钱是不少，根本是你的。你那二十万元，让人家借去了。说了只借一天，我就瞒着你，竟自做主借给他了。到了晚上，还没有送还，我急得了不得，就把款子自行取回来。”魏端本道：“二十万元，没有这样大的堆头呀。你看，你大衣两个口袋，都让钞票胀满了。”魏太太道：“也许多一点，这还是你的钱，不过在我手上经过一次，又借出去，在人家手上经过一次，最后还是回来了。你要调查这些款子的来源，干脆，我就全告诉你吧。”魏先生看太太这神气，又有了几分不高兴。这就立刻笑道：“你就是这样不分好歹，把好意来问你话，你也啰唆一阵。”

魏太太是向来不受先生指摘的，听了这话，脸色不免沉下来，单独地拿了皮包，走回卧室去。她首先的一件事，自然是把大衣袋里的钞票送到箱子里去，其次，把皮包里的钞票，也腾挪出一部分来。这事作完了，她脱了大衣，坐到床沿上有点儿发呆。丈夫交来的二十万元，自己算是理直气壮地交代了事。可是在另一方面，给予丈夫的损失，那就更大了。她有了这样一点感想，就联系着把魏端本相待的情形仔细地分析了一下。觉得他的弱点，究竟不多，转而论到他的优点，可以说生命财产，可全为了太太而牺牲的。

想了一阵，自己复又走到隔壁屋子里去。这时魏端本还继续地在桌子上写信，魏太太悄悄地走到桌子边站住，见魏先生始终在写信，也不去惊动他。约莫是四五分钟，她才带了笑容，从从容容地低声问道：“端本，你要吃点什么东西吗？”他道：“你去休息吧，我不想吃什么。”魏太太将买的那包卤菜打开放在桌子角上。

魏端本耸着鼻子嗅了两下，抬起眼皮，看到了这包卤菜，微笑道：“买了这样多的好菜？”魏太太笑道：“我想着，你这次给那姓范的拉成生意，得了二十万的佣金，虽然为数不多，究竟是一笔意外的财喜。你应该享受享受。”魏端本听了她的话，又看卤菜，不觉食欲大动，这就将两个指头，钳了一块叉烧肉，送到嘴里去咀嚼着，点了两点头。魏太太笑道：“不错吗？我们根本就住在冷酒店后面，喝酒是非常方便，我去打四两酒吧。”魏先生还要拦着，夫人可是转身出去了。

过了一会，她左手端了一茶杯白酒，右手拿了一双筷子，同放到桌子上。恰好是魏先生的信已写完了，便接过筷子夹了一点卤菜吃，笑道："为什么只拿一双筷子来？"魏太太道："我不饿，你喝吧。我陪着你吧。"说着搬了个方凳子在横头坐下。

魏端本喝着酒吃菜，向太太笑道："我在这里又吃又喝，你坐在旁边干瞧着，这不大平等吧？"魏太太笑道："这有什么平等不平等，又不是你不许我吃，是我自己不肯吃。再说，你天天去办公，我可出去赌钱，这又是什么待遇呢？"

魏端本手扶了酒杯子，偏了脸向太太望着，见她右手拐撑在桌沿上，手掌向上，托住了自己的脸腮，而脸腮上却是红红的，尤其是那两只眼睛的上眼皮，滞涩得失去正常的态度，只管要向下垂下来。便笑问道："怎么着，我刚喝酒，你那方面就醉了吗，你为什么脸腮上这样的红？你看，连耳朵根子都红了。"说着，放下筷子，将手摸了摸她的脸腮。果然，脸腮热热的像发烧似的。

魏太太皱了两皱眉头道："我恐怕是受了感冒了，身上只管发麻冷。"魏先生道："那么，你就去睡觉吧。"她依然将手托了脸腮，望了丈夫道："你还在工作呢，我就去睡觉，似乎不大妥吧？"魏先生笑道："你一和我客气起来，就太客气了。"她笑道："我只要不赌钱，心里未尝不是清清楚楚的，从今以后我决计戒赌了。我们夫妻感情是很好的，总是因为我困在赌场上，没有工夫管理家务，以致你不满意，为了赌博丧失家庭乐趣，那太不合算。"

魏端本不觉放下杯筷，肃然起敬地站起来。因望了她笑道："佩芝，你有了这样感想，那太好了，那是我终身的幸福。"说着两手一拍。说完了，还是对她脸上注视着，一方面沉吟着道："佩芝，你怎么突然变好了，新受了什么刺激吗？"魏太太这才抬起头来，连连地摇着道："没有没有，我是看到你辛苦过分，未免受着感动。"魏端本道："这自然也很可能。不过我工作辛苦，也不是自今日开始呀。"魏太太沉着脸道："那就太难了。我和你表示同情，你倒又疑心起来了。"

魏端本拱拱拳头道："不，不，我因对于你这一说，有些喜出望外。你去休息吧。"说着，便伸着两手来搀扶她。她也顺着这势子站起来，反过左手臂，钩住了丈夫的颈脖子。将头向后仰着，靠在丈夫肩上，斜了眼望着他道："你还工作到什么时候才休息呢？"他拍着太太的肩膀道："你安静着去休息吧。喝完了这点儿酒，我就来陪你。"魏太太将头在他的肩膀上轻轻撞了两下，笑道："可别喝醉了。"说毕，离开丈夫，立刻走回卧室去。

她虽是没有看到自己的脸色，也觉得是一定很红的，把屉桌上的镜子支起来，对着镜子照照，果然是像吃醉了酒似的。镜子里这位少妇，长圆的脸，一对双眼皮的大眼睛，皮肤是细嫩而紧张，不带丝毫皱纹。在那清秀的眉峰上，似乎带着三分书卷气。假如不是抗战，她就进大学了。以这样的青春少妇，会干那不可告人的丑事，这真是让人所猜不到的事情。

魏太太这样想时，镜子里那个少妇，就像侦探似的，狠命地盯人一眼。她不敢看镜子了，缩回身子来，坐在床沿上。手摸着脸，不住地出神。这心房虽是不跳荡了，却像两三餐没有吃饭，空虚得非凡。脑筋同时受着影响，仿佛这条身子摇撼着要倒，让人支持不住。这也就来不及脱衣裳了，向床上一倒，扯着整叠好了的棉被，就向身上盖着。

她睡是睡下去了，眼睛并不曾闭住。仰面望着床顶上的天花板，觉得石灰糊刷的平面东西，竟会幻变出来许多花纹。有些像画的山水，有些像动物，有些简直像个半身人影。看到了这些影子，便联想到一小时前在范宝华写字间里的事。偷钱时间的那一分下流，让人家捉到了那一分惶恐，屈服时间的那一分难堪……她不敢向下想了，闭着眼睛翻了一个身。耳边听到皮鞋脚步响，知道是魏端本走进屋子来了。更睡得丝毫不动，只是将眼睛紧闭着。

魏端本的脚步，响到了床面前，却听到他低声道：“我这位太太，真是病了。她并不是一个糊涂人，只要让她有个考虑的时间，她是什么都明白的。”在说话的时间，魏太太觉得棉被已经牵扯了一番，两只脚露在被子外的，现在也盖上了。但魏先生的脚步并没有离开的声音，分明是他站在床面前看着出神。

约莫有三四分钟，她的手被丈夫牵起来，随后，手背上被魏端本牵着，嘴唇在上面亲了一下。然后他低声笑道：“睡得这样香，大概是身体不大好。她是天真烂漫的人，藏不住心事，不是真病了，她也不会睡倒。”在赞叹一番之下，然后走了。

魏太太虽是闭了眼躺着，这些话可是句句听得清楚。心房随着每句话一阵跳荡，自己也就想着，我不是糊涂人？我天真烂漫，藏不住心事？哎呀！这真是天晓得！反过来说，自己才是既藏有心事，而又极糊涂的人。她越是这样想，越是不敢睡着，翻一翻身，她是和衣睡的又盖上了一床被子，真觉得周身发热。自己正也打算起来脱衣，把被子掀起一角，正待起身，却听得隔壁的陶太太笑道：“怎么屋子里静静的，我看到魏太太回来的呀。”魏太太便答道：“我在家啦。请进来吧。”

陶太太手指缝夹了一支纸烟，慢慢走进屋子来。因问道：“怎么着？魏太太睡了，那我打搅你了。”魏太太将被子揭开，笑道：“你看，我还没有脱衣服呢，我虽然是个出名的随便太太，可也不能随便到这步田地。我不大舒服，我就先躺下了。”

陶太太坐在床沿上，因道：“那么你就照常躺下吧。我来没有事，找你来摆摆龙门阵。”说着将手指缝里夹的纸烟，送到嘴唇里吸上了一口，只看她手扶了纸烟，深怕纸烟落下来，就是初学吸烟的样子，魏太太便笑道：“你怎么学起吸烟来了？”她道：“家里来了财神爷，他带有好烟，叫什么三五牌，每人敬一支，我也得了一支尝尝。”魏太太道：“什么财神爷？是金子商人，还是美钞商人？”陶太太道：“不就是做金子的商人吗？这人你也很熟，就是范宝华。”

魏太太听了这名字，立刻肌肉一阵闪动。摇摇头道：“我也不大熟，只是共过两场赌博而已。那个人浮里浮气的，我不爱和他说话。”说着，把盖的被子，掀着堆在床的一头，将身子斜靠在被堆上，抬起手来，将拳头捶着额角，皱了眉头子道：“好好的又受了感冒。”陶太太道：“你还是少出去听夜戏，戏馆子里很热，出了戏园子门，夜风吹到身上，没有不着凉的。”

魏太太闭着眼睛，养了一会神，又望着陶太太道：“你家里有客，怎么倒反而出来了呢？”陶太太道：“他们做秘密谈话，我一个女人家参加做什么？”魏太太听了这话，立刻心里又乱跳一阵，红着脸腮，呆了一呆。陶太太也误会了，笑道：“老陶为人倒是规矩，并不和他谈袁三小姐那类的事。我是说他们又想做成一笔买卖。”魏太太道：“像老范这样发国难财的人，除了和他做生意，在他手上分几个不义之财，实在也是语言无味，面目可憎，你躲开他，那是对的。”

陶太太笑道：“你说他语言无味，面目可憎吗？人家可坐在屋里发财，今天他又托银行和他定了五百两黄金储蓄券。半年之后他把黄金拿到了手，就是四五千万的富翁。买十两八两黄金储蓄千难万难，少不得到银行里去排班两三天；到了一买几百两，那事情简单极了，给商业银行一张支票，坐在经理室里，抽两支烟，喝一杯茶，交代经理几句话，他就一切会和你办好，现在黑市的金价，是五万上下。五百两金子，你看他赚了多少钱吧。”魏太太道：“六个月后，赚一两千万。”

陶太太道：“不用半年，老陶说，现在市面上，就有人收买黄金储蓄券，每两三四万不等，越是到期快的，越值钱。还有一层，黄金官价快要提高，也许是提高到五万元，也许是提高到四万元。只要有这一天，黄金储蓄券本身就翻了个对倍了。到了兑现的日子，那就更值钱了。据说，老范明天可以把黄金储蓄定单拿到了。拿到之后，他要大请一次客。”魏太太道：“他明天要大请一次客？是上午还是下午？”

陶太太道：“他说了请客，倒还没有约定时间。我看他也是高兴得过分，特意找着老陶来说。”魏太太还想问什么，魏端本可走进屋子来了。她见了丈夫，立刻在脸上布起一层愁云，两道眉峰也紧紧皱起。魏端本见她斜靠在堆叠的棉被上，因问道：“你的病，好一点了吗？”魏太太好像是答话的力气也没有，只微微睁着两眼，摇了几摇头。

陶太太看到人家丈夫进屋子问病来了，也不便久坐下去，向魏太太说了句好好休息吧，自告辞而去，在房门外还听到魏太太的叹气声，仿佛她的病，是立刻加重了。

陶太太走回家里，陶伯笙和范宝华两人，还正是谈在高兴的头上。两人对坐在方桌子边，桌上几个碟子，全装满了酱鸡卤肉之类。面前各放了一只玻璃杯子，装满了隔壁冷酒店里打来的好酒。范宝华正端了玻璃杯子，抿着一口酒，这就笑问她道：“你在隔壁来吗？”

陶太太在旁边椅子上坐下，笑着点点头道：“我就知道范先生的意思，你让我去看魏先生在家没有，其实是想问问魏太太有梭哈的机会没有。她病了，大概明天是不会赌钱的。”范宝华笑道：“她生了病？下午还是好好的。她是心病。”

陶太太道：“她是心病，范先生怎么晓得？”老范顿了一顿，端着杯子抿了两口酒，又伸出筷子去，夹了几下菜吃。这才笑道：“我怎么晓得？赌场上的消息，我比商场上的消息还要灵通。今天六点钟的时候，罗太太还我的赌本。她说魏太太今天在朱四奶奶家里输了二十多万。你看，这不会发生一场心病吗？”

陶伯笙道：“真的吗？魏先生昨日一笔生意，算是白忙了。”范宝华只管端了玻璃杯子喝酒，又不住地晃着头微笑。

第五回

两个跑腿的

陶伯笙夫妇，对于范宝华，并没有什么笃厚的交情，原来是赌友，最近才合作了两次生意。所以有些过深的话，是不便和他谈起的。这晚上是范宝华自动来访谈，又自动地掏出钱来打的酒买的肉，他们夫妇，对此并无特别感觉，也只认为老范前来拉拢交情而已。

范宝华屡次提到魏太太，他们夫妇也没有怎样注意。这时，范宝华为了魏太太的事，不住地发着微笑，陶太太也有点奇怪。她联想到刚才魏太太对于他不好的批评，大概是范先生有什么事得罪了她，所以彼此在背后都有些不满的表示。

陶太太知道范先生是个经济上能做帮助的人，不能得罪，而魏太太是这样的紧邻，也不便将人家瞧不起她的表示传过去，这些可生出是非来的话，最好是牵扯开去。因此，陶太太坐在一旁，顷刻之间，就转了几遍念头，于是故意向范宝华望了一眼，笑道："范先生今天真是高兴，必然是在金子生意上，又想到了好办法。"

范宝华笑道："这样说，我简直昼夜都在做金子的梦。老实说，我也只想翻到一千两就放手了。虽然说金子是千稳万稳的东西，但做生意的人，究竟不能像猜宝一样，专押孤丁。我想把这五百两拿到手在银行里再兜转一下，买他二三百两，那就够了。”陶伯笙坐在他对面，脖子一伸，笑道：“那还有什么不可以够的呢？一千两黄金，就是五六千万法币。只要安分守己，躺在家里吃利息都吃不完。”

范宝华笑道：“挣钱不花那我们拼命去挣钱干什么？当然，安分守己这句话不能算坏，可是也要看怎样的安分守己。若是家里堆金堆银，自己还是穿粗布衣服喝稀饭，那就不去卖力气挣钱也罢。”说着端起杯子来，对陶伯笙举了一举，眼光可在杯子望过去，笑道：“老陶，喝吧。我赚的钱，够喝酒的。将来我还有事求你呢？”陶伯笙也端了杯子笑道：“你多多让我跑腿吧。跑一回腿，啃一回金条的边。”他使劲在酒杯沿上抿了一下，好像这就是啃金子了。

范宝华喝着酒，放下杯子，用筷子拨了碟子的莱，摇摇头道：“不是这个事，你跑一回，我给你一回好处，怕你不跑。我所要请求你的……”说到这里，他夹了一块油鸡，放到嘴里去咀嚼，就没有把话接着向下说。陶伯笙手扶了杯子，仰了脸望着他道：“随便吧，买房子，买地皮，买木器家具，只要你范老板开口我无不唯力是视。”

范宝华偏着脸，斜着酒眼笑道：“我要活的，我不要死的。我要动产，我不要不动产。我要分利的，我不要生利的。你猜吧，我要的是什么？”老陶依然手扶了玻璃杯子，偏头想了一想，笑道：“那是什么玩意呢？”

范宝华笑道：“说到这里，你还不明白，那也就太难了。干脆，我对你说了吧，我要你给我做个媒，你看我那个家，什么都是齐全的，就缺少一位太太。”陶伯笙一昂头道：“哦！原来是这件事。你路上女朋友有的是，还需要我给你介绍吗？”

范宝华端着杯子碰了脸，待喝不喝地想了一想，因微笑道："我自己当然能找得着人，可是你知道我吃过小袁一个大亏，一回蛇咬了脚，二次见到烂绳子我都害怕的。所以我希望朋友能给我找着一位我控制得住的新夫人。"陶太太坐在旁边插嘴道："这就难说了。人家介绍人，只能介绍到彼此认识，至于是不是可以合作，介绍人就没有把握。要说控制得住控制不住，那更不是介绍人所能决定的。"

范宝华点点头道："大嫂子，这话说的是。我的意思，也不是说以后的事。只要你给我介绍这么一个人，是我认为中意的，那我就有法控制了。这种人，也许我已经有了。只是找人打打边鼓而已。"说着，端起酒杯子来抿口酒，不住地微笑。陶伯笙夫妇听他说的话，颠三倒四，前后很不相合，也不知道他是什么用意，也只是相视微笑着，没有加以可否。

范宝华继续着又抿了两口酒，默然着有三四分钟，似乎有点省悟，这就笑道："我大概有点儿酒意，三杯下肚，无所不谈，我把我到这里的原意都忘记了，让我想想看，我有什么事。"说着，放下杯筷，将手扶着额头，将手指头轻轻地在额角上拍着。他忽然手一拍桌子，笑道："哦！我想起来了。明天我恐怕要在外面跑一天。你和老李若有什么事和我商量的话，不必去找我，我家里那位吴嫂有点傻里傻气，恐怕是招待不周。"陶伯笙笑道："她很好哇，我初次到你家里去，我看到她那样穿得干干净净的。我真疑心你又娶了一位太太了。"

范宝华哈哈大笑道："骂人骂人，你骂苦了我了。"说着，也就站起身来，向陶太太点点头道："把我的帽子拿来吧。"陶太太见他说走就走，来意不明，去意也不明。因起身道："范先生，我们家有很好的普洱茶，熬一壶你喝喝再走吧。"范宝华摇摇头笑道："我一肚子心事，我得回家去静静地休息一下了。"陶伯笙看他那神气，倒也是有些醉意，便在墙钉子上取下了帽子，双手交给他，笑道："我给你去叫好一部车子吧。"范宝华接过帽子在头上盖了一下，却又立刻取下来，笑着摇摇帽子道："不用，你以为我真醉了？醉是醉了，醉的不是酒。哈哈，改天再会吧。我心里有点乱。"说着，戴了帽子走了。陶伯笙跟着后面，送到马路上，他走了几步，突然回身走过来，站在面前，低声笑道："我告诉你一件事。"陶伯笙也低声道："什么事？"范宝华站着默然了一会，笑道："没事没事。"一扭身子又走了。

陶伯笙真也有点莫名其妙，手摸着头走回屋子去。陶太太已把桌子收拾干净，舀了一盆热水放在桌上，因向他道："洗把脸吧。这范先生今天晚上来到我家，是什么意思，是光为了同你喝酒吗？"陶先生洗着脸道："谁知道，吃了个醉脸油嘴，手巾也不擦一把，就言语颠三倒四地走了。"

陶太太靠了椅子背站着望着他道："他好好地支使我到隔壁去，让我看魏太太在做什么，我也有点奇怪。我猜着，他或有什么事要和你商量，不愿我听到，我就果然地走了。到了魏家，我看到魏太太也是一种很不自在的样子，她说是病了。这我又有一点奇怪，仿佛范先生就知道她会是这个样子让我去看的。"陶伯笙笑道："这叫想入非非，他叫你去探听魏太太的举动不成？魏太太有什么举动，和他姓范的又有什么相干？"

陶太太道："那么，他和你喝酒，有什么话不能对我说吗？"陶伯笙已是洗完了脸，燃了一支纸烟在椅子上坐着，偏头想了一想，因道："他无非是东拉西扯，随便闲谈，并没有说一件什么具体的事。不过，他倒问过魏太太两次。"

陶太太点着头道："我明白了。必然是魏太太借了范先生的钱，又输光了。魏太太手气那样不好，赌一回输一回，真可以停手了。范先生往常就是三万二万的借给她赌，我就觉得那样不好。魏太太过日子，向来就是紧紧的，哪有钱还赌博账呢？”

陶伯笙靠了椅子背，昂着头极力地吸着纸烟，一会儿工夫，把这支烟吸过去一半。点着头道：“我想起来了。老范在喝酒的时间，倒是问过魏太太赌钱的。”陶太太道：“问什么呢？”陶伯笙道：“他问魏太太往常输了钱，拿什么抵空子？又问她整晚在外面赌钱，她丈夫不加干涉吗？当时，我倒没有怎样介意，现在看起来，必然是他想和魏太太再邀上一场赌吧？这大小是一场是非，我们不要再去提到吧。”陶太太点点头。夫妻两人的看法，差不多相同，便约好了，不谈魏太太的事。

到了次日早上，陶氏夫妇正在外面屋子里喝茶吃烧饼。魏太太穿着花绸旗袍，肋下大襟还有两个纽扣没有扣着呢；衣摆飘飘然，她光脚趿了一双拖鞋，走了进来。似乎也感到蓬在颈脖子上的头发，刺得人怪不舒服，两手向后脑上不住抄着，把头发抄拢起来。

陶太太望她笑道：“刚起来吗？吃烧饼，吃烧饼。”说着，指了桌上的烧饼。魏太太叹口气道：“一晚上都没有睡。”陶太太道：“哟！不提起我倒忘记了。你的病好了？怎么一起来就出来了？”魏太太皱着眉头道：“我也莫名其妙，我像有病，我又像没有病。”说着，看到桌上的茶壶茶杯，就自动地提起茶壶来，斟了一杯茶。她端起茶杯来，在嘴唇皮上碰了一下，并没有喝茶，却又把茶杯放下。眼望了桌上的烧饼，把身子颠了两颠，笑道：“你们太俭省了。陶先生正做着金子交易呢。对本对利的生意，还怕没有钱吃点心吗？”

陶太太笑道：“你弄错了吧，我们是和人家跑腿，对本对利，是人家的事。”魏太太搭讪着端起那茶杯在嘴唇皮上又碰了一下，依然放下。对陶氏夫妇二人看了一眼，笑道：“据你这么说，你们都是和那范宝华做的吗？他买了多少金子？”

陶伯笙道："那不用提了，人家整千两的买着，现在值多少法币呀！"魏太太手扶着杯子，要喝不喝的将杯子端着放在嘴边，抬了头向屋子四周望着，好像在打量这屋子的形势，口里随便的问道："范先生昨天在这里谈到了我吧？我还欠他一点赌博账。"

陶伯笙乱摇头道："没有没有。他现在是有钱的大老板，三五万元根本不放在他眼里。"魏太太道："哦！他没有提到我。那也罢。"说到这里，算是端起茶杯子来真正地喝了一口茶。忽然笑道："我还没有穿袜子呢，脚下怪凉的。"她低头向脚下看了一看，转身就走了。

陶太太望着她出了外面店门，这就笑向陶先生道："什么意思？她下床就跑到这里来，问这么一句不相干的话。"陶伯笙道："焉知不就是我们所猜的，她怕范先生向她要钱？"

陶太太道："以后别让魏太太参加你们的赌局了。她先生是一个小公务员，像她这样的输法，魏先生可输不起。"陶伯笙道："自今天起，我要考虑这问题了。这事丢开谈正经的吧，我们手上还有那三十多万现钞，赶快送到银行里去存比期吧；老范给我介绍万利银行，比期可以做到十分的息。把钱拿来，我这就走。"

陶太太道："十分利？那也不过九千块钱，够你赌十分钟的？"陶伯笙笑道："不是那话。我是个穷命，假如那些现款在手上，很可能的我又得去赌上一场，而且八成准输，送到银行里去存上，我就死心了。"

陶太太笑道："你这倒是实话，要不然，我这钱拿去买点金首饰，我就不拿给你了。"陶伯笙虽是穿了西装，却还抱了拳头，和她拱拱手。笑道："感谢之至。"说着，把床头边那只随身法宝的皮包拿了过来，放在桌上，打开将里面的信纸信封名片，以及几份公司的发起章程，拿出来清理了一番。

陶太太在里面屋子里，把钞票拿出来，放在桌上，笑道："那皮包跟着你姓陶的也是倒霉，只装些信纸信封和字纸。”陶伯笙将钞票送到皮包里，将皮包拍了两下，笑道：“现在让它吃饱半小时吧。”

陶太太道：“论起你的学问知识，和社会上这份人缘，不见得你不如范宝华，何以他那样发财，你不过是和他跑跑腿？”陶伯笙已是把皮包夹在肋下，预备要走了，这就站着叹口气道：“惭愧惭愧！”说毕，扛了两下肩膀带了三分的牢骚，向街上走去。

他是向来不坐车子的，顺着马路旁边的人行道便走，心里也就在想着，好容易把握了三十万元现钞，巴巴地送到银行里去存比期。这在人家范大老板，也就是几天的拆息。他实在是有钱，论本领，真不如我，就是这次买金子，卖五金，不都是我和他出一大半力气吗？下次他要我和他跑腿，我就不必客气了。

正是这样地想着，忽然有人叫了一声，回头看时，乃是另一和范宝华跑腿的李步祥。他提着一只大白布包袱，斜抬起半边肩膀走路，他没有戴帽，额角上兀自冒着汗珠子，他在旧青呢中山服口袋里，掏出了大块手绢，另一只手只在额角上擦汗。

陶伯笙道：“老李，你提一大包什么东西，到哪里去？”李步祥站在路边上，将包袱放在人家店铺屋檐下，继续地擦着汗道：“人无利益，谁肯早起？这是些百货，有衬衫，有跳舞袜子，有手绢，也有化妆品，去赶场。”

陶伯笙对那大包袱看看，又对他全部油汗的胖脸上看看。摇摇头道：“你也太打算盘了。带这么些个东西，你也不叫乘车子？”李步祥道：“我一走十八家，怎么叫车子呢？”伯笙道：“你不是到百货市场上去出卖吗？怎么会是一走十八家呢？”李步祥笑道：“若不是这样，怎么叫是跑腿的呢？我自己已经没有什么货。这是几位朋友，大家凑起来的一包东西。现在算是凑足了，赶到市场。恐怕时间又晚了。那也不管他，卖不了还有明天。老兄，你路上有买百货的没有？我照市价打个八折批发。我今天等一批现款用。”

陶伯笙笑道：“你说话前后太矛盾了。你不是说今日卖不了还有明天吗？”李步祥笑道：“能卖掉它，我就趁此弄点花样，固然是好。卖不掉它，我瞪眼望着机会失掉就是了。我还能为了这事自杀不成？”陶伯笙道：“弄点花样？什么花样？”李步祥左右前后各看了一看，将陶伯笙的袖子拉了一拉，把他拉近了半步，随着将脑袋伸了过去，脸上腮肉，笑着一颤动，对他低声道：“我得了一个秘密消息，不是明天，就是后天，黄金官价就要提高为四万一两。趁早弄一点现钱，不用说作黄金储蓄，就是买几两现货在手上，不小小地赚他个对本对利吗？”

陶伯笙道：“你是说黄金黑市价，也会涨过一倍？”李步祥道：“不管怎样，比现在的市价总要贵多了。”陶伯笙笑道：“你是哪里听来的马路消息？多少阔人都在捉摸这个消息捉摸不到。你一个百货跑腿的人，会事先知道了吗？”李步祥依然是将灰色手绢擦着额头上的汗珠，喘了一口气，然后笑道：“这话也难说。”

陶伯笙道：“怪不得你跑得这样满头大汗了。你是打算抢购金子的。发财吧，朋友。”说着他伸手拍了两拍他的肩膀。李步祥被陶先生奚落了几句，想把自己得来消息的来源告诉他，同时，又想到说话的人不大高明，踌躇了一会，微笑了一笑，提起包袱来道：“信不信由你，再会吧。”说着，提起包袱就跑了。

陶伯笙看着他那匆忙的样子，虽不见得有什么可信之处，但这位李老板，也是生意眼，若一点消息没有，他何必跑得这样起劲？陶先生为了这点影响，心里也有些动荡，便就顺了大街走着，当经过银楼的时候，就向门里张望，果然，每家银楼的生意，都有点异乎平常，柜台外面，全是顾客成排站着。看看牌子上写的金价，是五万八千元，他禁不住吓了一声，自言自语地道："简直要冲破六万大关了。"他走到第四家银楼的时候，见范宝华拿着一个扁纸包儿，向西服怀里揣着，这就笑道："怎么样，你也打铁趁热，来买点首饰？"

陶伯笙摇摇头道："我不够那资格。老兄倒是细大不捐，整千两地储蓄，这又另外买小件首饰。"说着话，两人走上了马路。范宝华握住他一只手笑道："我们老伙计，你要买首饰就进去买吧，瞒着我干什么。"

陶伯笙笑道："我叫多管闲事，并非打首饰。"说着，低了声音道："老李告诉我一个消息，说是明后天黄金官价就要提高。劝我抢买点现金，他那马路消息，我不大相信。我走过银楼，都进去看看。果然，今天银楼的生意，比平常好得多。"范宝华笑道："那真是叫多管闲事。你看着人家金镯子金表链向怀里揣，你觉得这是你眼睛一种受用吗？"

陶伯笙道："那么，范先生到这里来，决不是解眼馋。"范宝华眉毛扬着，笑道："买一只镯子送女朋友。老陶，你看，这个日子送金镯子给女人，是不是打进她的心坎里去了？我要回家等女朋友去了，你可别追了来。"

陶伯笙道："昨晚上，你不就是叮嘱了一遍吗？我现在到万利银行去，老兄可不可以陪着我去一趟，我想做一点比期。"范宝华道："你去吧，准可做到十分息。这几天他们正在抓头寸。"说毕，他一扭身就走了。

陶伯笙站着出了一会神，自言自语地道："这家伙神里神经，什么事情？"说毕，自向万利银行来。这已快到十一点钟了。银行的营业柜上，正在交易热闹的时候。陶伯笙看行员正忙着，恐怕不能从容商量利息。就把预备着的范宝华名片取了出来，找着银行里传达，把名片交给他道："我姓陶，是范先生叫我来向何经理接洽事情的。"传达拿了名片去了，他在柜台外站着，心想何经理未必肯见。那传达出来，向他连连招着手道："何经理请进去，正等着你呢。"

陶伯笙心里想：这是个奇迹，他会等着我？于是夹了皮包，抖一抖西服领襟，走进会客室去，还不曾坐下，何经理就出来了。首先问道："范先生自己怎么不来呢？"陶伯笙这才递过自己的名片去，何经理对于这名片，并没有注意，只看了一眼，就再问一句道："范先生自己怎么不来呢？"

陶伯笙道："刚才我和他分手的，他回家去了。"何经理道："储蓄定单，我已经和他拿到了。这个不成问题。现在是十点三刻，上午在中央银行交款，还来得及。陶先生你什么话也不用说，赶快去把他找来，我有要紧的话和他说。"陶伯笙道："是不是黄金官价，明天就要提高？"何经理手指上夹着一支纸烟，他送到嘴里吸了一口，微笑了一笑，因道："不用问，赶快请范先生来就是。我们不是谈什么生意经，我是站在一个朋友的立场我应当帮他这么一个忙。我再声明一句，这是争取时间的一件事，请你告诉范先生千万不可大意。"

陶伯笙站着定了一定神，向他微笑道："我有三十万现款打算存比期。"何经理不等他说完，一挥手道："小事小事。若是给范先生马上找来了，月息二十分都肯出，没有问题，没有问题。快去吧。又是五分钟了。"

陶伯笙笑问道："何经理说的是黄金官价要提高？"他微笑了一笑，仍然不说明，但点头道："反正是有要紧的事吧！快去快去！"说着，将手又连挥了两下。陶伯笙看那情形，是相当的紧张，点了个头，转身就走。他为了抢时间，在人行便道上，加快了步子走。他心里想着，我这三十万，不存比期了，加入范宝华的大批股子，也买他几两，心里在打算发财，就没有想到范宝华叮嘱他的话，径直地就向范家走去。

在重庆，上海弄堂式的房子，是极为少数的，在战时，不是特殊阶级住不到这时代化的建筑，因之范宝华所住的弄堂，很是整洁，除了停着一辆汽车，两辆人力包车，并没有杂乱的东西。陶伯笙一走进弄堂口，就看到一位摩登少妇，站在范宝华门口敲门。这就联想到范宝华叮嘱的话，不要到他家去，又联想到他说，要送一只金镯子给女朋友，这事一联串起来，就可以知道这摩登少妇敲门，是怎么一回事了。但他心里这样想，脚步并没有止住，这更进一步地看着，不由他心里一动，这是魏太太呀。他立刻止住了脚，不敢动。

正自踌躇着，却见李步祥跑得像鸭踩水似的，走过来。陶伯笙回身过去，伸手挡了他的跑，问道："哪里去？"李步祥站住了脚，脸上红红的，还是在旧中山服口袋里，掏出灰色手绢来擦额角上的汗，他喘着气笑道："我丢了生意都不做，特意来给老范报信。"

陶伯笙道："还是那件事，黄金官价要提高。"李步祥道："这消息的确有些来源，我们只可信其有，不可信其无，反正抢买一点金子在手上，迟早都不吃亏。"

陶伯笙点点头道："消息大概有点真，刚才我到万利银行，那何经理就叫我来催老范的，他更说得紧张，说是一分钟都不能耽误。"李步祥拉着他的手道："那我们就去见他报告吧。"

陶伯笙摇摇头道："慢来慢来。他昨天就叮嘱过了，叫我们不要去找他。刚才在马路上遇到，他又叮嘱了一遍。"李步祥道："那为什么？"

陶伯笙道："大概是在家里招待女朋友。"李步祥哧着笑了一声道："瞎扯淡！老范和女朋友在一处玩，向来不避人的。我们这两位跑腿的，在这紧要关头，不和他帮忙，那还谈什么合作？而且我们和他跑腿，不为的是找机会吗？有了机会，自己也弄点好处，怎能放过？真的，一分钟也不能放过去。走走！"说着，拉了陶伯笙的手向前。他笑道："考虑考虑吧，我亲眼看到一位摩登少妇敲门进去。"说时，他将身子向后退。李步祥道："是不是我们认得的？"陶伯笙笑道："熟极了的人，是魏太太。"李步祥哈哈大笑道："更是瞎扯淡，她是老范的赌友，算赌账来了。避什么嫌疑。"说着，他不拉陶伯笙了，径直地走向范家门口去敲门。

第六回

巨商的手法

在重庆这地方，和江南一样，很少有关闭大门的习惯。李步祥并不想到范家大门是关闭的，走向前，两手将门推了一下，那门就开了。他在门外伸头向里一看，就见隔了天井的那间正屋，算是上海客堂间的屋子里，那套藤制沙发式的椅子上，范宝华和魏太太围了矮茶几角坐着。他突然地走进来，范先生哦了一声。魏太太显着惊慌的样子，红着脸站了起来。

李步祥实在没有想到这有什么秘密，并不曾加以拘束，还是继续地向里面走，范宝华先也是脸红着，后来就把脸沉下来了，瞪了眼问道："你没有看到老陶吗？"李步祥站在屋子门口顿了一顿。笑道："他在弄堂里站着呢。"范宝华道："他没有告诉你今天不要来找我呀？"李步祥笑道："他倒是拦着我不要进来的。可是有了好消息，片刻不能耽搁，我不能不来！"范宝华依然将眼睛瞪了他道："有什么要紧的事，片刻不能耽搁？"李步祥伸手乱摸着光和尚头，只是微笑。

陶伯笙知道李步祥是个不会说话的人，立刻跟着走进大门里来，代答道："老范，你的发财机会又来了。刚才我遇到何经理，他说，他那定单，已经代领下了。他说，你快点去，每一分钟都有关系。我问他是不是黄金官价要提高……"不曾把话说完，李步祥立刻代答道："的确是黄金官价要提高。"

陶伯笙一面说着，一面走进屋子来。看到魏太太就点了个头笑道："还赌博债来了，我不是和你说了吗，范先生不在乎这个，你何必急急地要来？"魏太太红着脸，呆坐在藤椅上，本来找不着话说。陶伯笙这样提醒了几句，这倒让她明白了。这就站起来笑道："我也知道。可是欠人家的钱，总得还人家吧？不能存那个人家不要就不还的心事吧？"

那范宝华听到陶李二人这个报告，就把魏太太的事放在一边，望陶伯笙道："怎么不真？他简直话都不容我多说一句，就催着我快快地来请你去。"范宝华道："何经理倒不是开玩笑的人，他来请我去，一定有要紧的事。"于是回转身来向魏太太笑道："我得到银行里去一趟，可不可以在我家宽坐一下，我叫吴嫂陪着你。"魏太太也站起来了，将搭在椅子背上的大衣提起，搭在手臂上。笑道："范先生不肯收下款子，让我有什么法子呢？只好改日再说了。"

范宝华将手连连地招着，同时还点点头，笑道："不忙不忙，请稍坐一会。我上楼去拿帽子。"说着，跑得楼梯咚咚作响。一会儿，左手夹住皮包，右手拿了帽子，又回到客堂里来。将帽子向陶李二人挥着道："走，走，我们一路走。"陶李二人看他那样匆忙的样子，又因魏太太站着，要走不走的样子，情形很是尴尬，也不愿多耽搁，早是在主人前面，走出了天井。

范宝华跑出了大门几步，却又转身走了回去。见魏太太已到了天井里，便横伸了二手，将去路拦着。低声笑道："我还有东西没有交给你呢，无论如何，你得在家里等着我。"说时，在怀里摸出那个扁纸包，对魏太太晃了一次，笑嘻嘻地站着点了个头，料着不会走开，也就放心走了。他走出弄堂口，见陶李二人，都夹了皮包，站在路旁边等着，便笑道：“为我的事，有劳二位跑路，不知道还有什么别的没有？”李步祥道：“我们还有什么见教的，不过我们愿说两句知已话。”

陶伯笙见他说到这里，不住地站在旁边向他使眼色。李步祥伸手摸着和尚头道：“你不用打招呼，我知道。老范交女朋友，他有他的手段，我们用不着管。我说的还是教老范不要错过这个机会，能够抢购多少，就抢购多少，一两金子，总可以赚个对本对利，这不比做什么生意都好得多吗？有了钱交女朋友，那没有问题，交哪种女朋友，都没有什么困难。”陶伯笙道：“你这不是废话？人家做几百两金子，还怕不明白这个？老范，快走吧。那何经理说了，一分钟都是可宝贵的。我们明天早上，在广东酒家见吧。等候你的好消息了。”说毕，拉了李步祥，就向街的另一端走去。

范宝华望着他们后影时，陶伯笙还回转身来，抬起手向他摆了两摆，那意思好像表示着决不乱说。范宝华倒是发财的事要紧，顾不了许多，也就夹着皮包，赶快地奔向万利银行。他一路来，都是不住地看着手表的。他到万利银行，还是十一点半钟。径直地走向经理室，见何经理坐在写字台边，这就脱下帽子，向他深深地点了个头，笑道：“多谢多谢，我得着消息，立刻就来了。有什么好消息？”

何经理对房门看了一看，见是关着的，便指了写字台旁边的椅子，让他坐下。笑道：“我帮助你再发一注财吧。这消息可十分的严密。大概明后天，黄金官价就要提高。说不定就是明天。你能不能再调一笔头寸来，我和你再买三百两。”范宝华的帽子，还戴在头上，皮包还夹在肋下呢。在旁边听着何经理的话，简直出了神，笑了一笑道：“当然是好事，我哪里调头寸去，这样急？”

何经理打开抽屉，取出自用的一听三五牌纸烟，放在写字台的角上，笑道："不忙，我们慢慢地谈吧。先来一支烟。"说着，在烟筒子里取出一支烟，交到范宝华手上，又掏出口袋里的打火机，给客人点着烟。范宝华心里立刻想到，何经理为什么这样客气？平常来商量款项，只有看他的颜色的，今天有点反常了，这必定有什么花样暗藏在里面，这倒要留神一二。于是将皮包和帽子，都放在旁边沙发上，依然坐到写字台旁边来。在他这些动作中，故意显着迟缓，然后微偏了头喷出两口烟，笑道："怎么能够不忙？假如是明天黄金价提高，今天上午交款，已经是来不及了。下午交出支票，中央银行今天晚上才交换，明天上午才可以通知黄金储蓄部收账，恰好，黄金已经是涨价了。我们这不算是白忙。"

何经理笑道："阁下既然很明白，为什么不早点来呢？若是今天上午交出支票去，黄金储蓄处今天下午就可以收账，开下定单。"范宝华将脚在地面顿了两顿道："唉！晓得黄金提价的消息，会在这时候出来，我昨晚上就不必睡觉了。"

何经理笑道："今天早上你为什么不来呢？你不是该来拿定单的吗？过去的话也不提了，我问你一句，是不是还想买几百两？"范宝华道："当然想买，你有什么办法吗？有办法的话，我愿花费一笔额外的钱。"

何经理也取了一支烟吸，然后微笑了一笑。他架了腿坐着，颠动了几下身子。然后笑道："办法是有的，你在今天下午或者明天上午，把头寸调了来交给我，我就可以把黄金定单交给你。"范宝华道："那很简单啦。我不有三四百两定单在你这里吗？我再抵押给你们就是了。"

何经理噗嗤的一声笑了。因道："你也太瞧不起我们在银行当经理的了。你有黄金定单在我这里，我要放款给你，我还得请人去找你，我们是头寸太多，怕他会冻结了吗？这样做银行，那也太无用了。我们与其押人家的黄金定单，何不自己去储蓄黄金呢？”说到这里，他沉吟了一下，缓着声音道：“这两天我们正紧缩放款。”他说着吸了一口烟。

范宝华听了这话，就知道万利银行所有的款子，都调去做黄金储蓄了，或者是买金子了。于是也沉默着吸了纸烟暂不答话，心里可又在想着，他找我来既然不是叫我把黄金定单押给他，可是他叫我在今明天调大批头寸给他，那是什么意思，莫非他们银行闹空了，拉款子来过难关吧？那么，我那四百两黄金定单放在他银行里那不会有问题吗？这就笑着向何经理道：“人心也当知足，那四百两黄金定单，还没有到手呢，我又要想再来一份了。”

何经理含着微笑，也没有说什么，口里含着烟卷，把写字台抽屉打开，取出三张黄金定单，送到范宝华面前，笑道：“早就放着在这里了。你验过吧。一张二百两，二张一百两。”范宝华说着谢谢，将定单看过了，并没有错误，便折叠着，放在西装口袋里，同时取出万利银行的收据，双手奉还。

何经理笑道：“范先生没有错吧？办得很快吧？实话告诉你，到今天为止，我们经手定的黄金储蓄，已超过五千两了，可是这都是和朋友办的，我们自己一两未做。我们自己的业务，在办理生产事业，马上就动手，为战后建国事业上，建立一点基础，也可以说为自己的业务，建立一个牢固的基础。买卖黄金，纵然可以赚少数的钱，究竟不是远大的计划。”范宝华听他这篇堂堂正正的言论，再看他沉着的脸色，倒好像是在经济座谈会上演讲。心里也就想着这话是真的吗？于是又取了一支烟吸着，喷出一口烟来，手指夹了烟支，向烟灰碟子里弹着灰，却偏了头望着他道：“难道你们就一两都不做吗？你们拿到定单是这样容易，不做是太可惜了。你们纵然嫌利息太小，不够刺激，就是定来了，转让给别人，就说白帮忙吧，这也对来往户拉下了不少的交情，将来在业务上，也不是没有帮助的呀。”

何经理将烟支夹着，也是伸到桌子角上烟碟子里去，也是不住地将中指向烟支上弹着灰。先是将视线射在烟支上，然后望了范宝华笑道：“难道听到了什么消息，知道我们的作风吗？那么，你的消息也很灵通呀。”范宝华摇摇头道：“我没有听到什么消息。怎么样？何经理肯这样办？”

何经理吸了一口烟，笑道：“你是老朋友，我不妨告诉你。在今日上午听到黄金要提高官价的消息，我们分散了四十个户头，定了一千两。这两千万元，在十一点钟以前，我们就交出去了。这些黄金，我们并不自私地留下，朋友愿做黄金储蓄的，在今日下午四点钟以前，把款子交给我们，只要赶得上今日晚上中央银行的交换，我们就照法币二万元一两，分黄金储蓄单给他。不论官价提高多少，我们都是这样办。”范宝华望了他道：“这话是真的？”

何经理笑道：“我何必向你撒谎？你若是能调动一千万的话，后天我就交五百两黄金定单给你。”范宝华笑道：“一千万，哪里有这么容易？”何经理笑道：“你手上有五金材料和百货的话，现在抛出去，绝对是时候了。胜利是越来越近了。六个月后，也许就收复了武汉广州。海口一打通，什么货不能来？”范宝华道：“这个我怎么不明白？可是我手上并没有什么货了。”

何经理笑道：“端着猪头，我还怕找不出庙门来吗？随便你吧。”范宝华静静地吸了两口烟，笑道：“好的，我努力去办着试试看。下午四点钟以前，我一定到贵行来一趟。大概四五百万，也许可以搜罗得到。”何经理笑道：“那随便你，两万元一两金子，照算。这可是今日的行市，明日可难说。现在十二点钟了，我们上午要下班了。”范宝华明白他说钟点的意思，还有什么可考虑的，立刻轻轻一捶桌子，站起来道：“我努力去办吧。还有三个半钟头，多少总要弄点成绩来。”说毕，夹了皮包，戴了帽子，和何经理一握手，匆匆地就走出了银行。

在大街上随处可以看到女人，也就联想到了家里还有一位魏太太在等着。发财虽是要紧，可是女朋友的交情，也不能忘了。他没有敢停留，径直地就走回家来。他想着，曾拿出那只金镯对魏太太小表现了一下，料着她会在这里等着的。因之一推大门，口里就连连地道着歉道："对不住，让你等久了。"说着话抢进了堂屋，却是空空的，并没有人。自己先咦了一声，便接着大声叫了一句吴嫂。

那吴嫂在蓝布大褂外，系了一条白布围襟，她将白布围襟的底摆掀了起来，互相擦着自己的手，由屋后面厨房里走出来。把脸色沉着，一点不带笑容，问道："吼啥子？我又不逃走。"范宝华见她那胖胖的长方脸上，将雪花膏抹得白白的，在两片脸腮上，微微地有了一些红晕，似乎也擦了一点胭脂了。她那黑头发梳得滑光亮，将一条绿色小丝辫，在额头上层扎了半个圈子，一直扎到脑后，在左边耳鬓上，还扭了个小蝴蝶结儿。虽然是终年在家里看见的佣人，可是今天看见她，就觉得格外漂亮。因之吴嫂虽把话来冲了两句，可生不出气来，便笑道："你不知道，今天下午，我有几百万元的生意要做，赶快拿饭来吃吧。"

吴嫂笑道："我晓得。陶先生李先生来说过喀，金子要涨价，你今天抢买几百两，对不对头（即是不是之谓）？"范宝华连连的点头笑道："对头对头。我买成了，送你一只金戒指。"吴嫂头一扭道："我不要。送别个是金镯子，送我就只有金箍子。你送别个金镯子有啥用？你叫我忙了大半天，做饭别个吃。把脑壳都忙昏了，才把饭烧好，别个偏是不吃就走了。"范宝华道："魏太太走了，没关系，她还要来的。"吴嫂道："该歪哟（不正当之惊叹词）！"说着一扭身子走了。范宝华也就只好哈哈大笑。

吴嫂虽然心里很有点不以为然，可是听说范先生今天要买几百两金子，是个发财的机会，范先生发大财，少不得要沾些财运，就把做好了的菜饭，搬了来让范宝华吃。老范听说魏太太不吃饭就走了，在吴嫂那种尴尬面孔下，又不便多问，他忽然又一个转念，这个女人，是自己抓住了辫子梢的，根本跑不了。而且她很需要款子，不怕她不来。现在还是弄钱买金子要紧，再发一注财，耗费百分之几，她姓魏的女人，什么话不肯听。

他想定了，匆匆地吃过午饭，在箱子里寻找出一些单据，夹了皮包就向外跑。走到弄堂口上，吴嫂在后面一路叫着先生，追了出来；范宝华站住脚，回头看时，见她远远地将手举着一条白绸手绢，她走到面前，笑道："忙啥子吗？帕子也没有带。"说着，把手绢塞到他西服口袋里。她周围看了看，并没有人，低声笑道："你是去买金子吧？给我买二两，要不要得？"范宝华笑道："你也犯上了黄金迷。"吴嫂笑道："都是有耳朵眼睛的人吗！自己不懂啥子，看人家发财，也看红了眼睛吗！"范宝华站着对她望望，眼珠一转，笑道："只要你听我的话，办事办得我顺心，我就买二两金子送你。"说着，伸手摸了吴嫂一下脸腮，赶快转身就走。吴嫂在身后，轻轻说了一声该歪哟！

范宝华哈哈大笑，走上了大街。他第一个目的地，是兴华五金行。这是一所三层楼的铺面，楼下四方的大小玻璃货柜里，都陈列着白光或金光闪烁的五金零件。他推开玻璃门走进，对穿着西装的店伙笑着点了一个头，问道："杨经理在家吗？我有好消息告诉他。"那店伙对他也有几分认识，他既说了有消息来报告，便答应了经理在楼上。

范宝华夹了皮包向楼上走。这楼上显然表示了一副国难富商的排场。一列玻璃隔扇门，其中两扇花玻璃门，在门上有黑漆字圈着金边，标明经理室。范宝华心想：两个月来，姓杨的越发是发财了。便在门外边，敲了两敲门。里面说声进来。他推门进去，见杨经理穿着笔挺无皱的花呢西服，坐在写字桌边的紫皮转椅上。挺了个大肚子，露出西服里雪白的绸衬衫。手上夹了半截雪茄，塞在外翻的嘴唇皮里。在那夹雪茄的手指上，就露出一枚很大的铂金嵌钻石的戒指。五六十岁的人了，半白的头发梳理得油淋淋的。那扇面形的胖脸，修刮得没有一根胡楂子。只看这些，他就气概非凡了。

范宝华也见过不少银行家，可是像杨经理这样搭架子的，也还不多。这屋子那头，另外两张写字台，都有穿了漂亮西服的人在办公。范宝华一进门，杨经理就站起来，向他点点头道："范先生好久不见。这两天生意不错呵！成交了整千万。请坐请坐。"说时，指了写字台边的椅子。

范宝华取下了帽子和皮包同放在旁边的茶几上，然后坐下。笑道："杨经理的消息，真是灵通。"杨经理将他肥胖的身体，向椅背上靠了去，口衔了雪茄，微昂起头来笑了一笑。然后取出雪茄来在烟灰碟子上敲着，望了他道："慢说五金和建筑材料，这些东西，在市面上有大批成交瞒不了我，就是百货，布匹，纸烟，大概我肚子里也有一本账的。"说到这里，有工友进来敬茶敬烟。

范宝华借了这吸烟喝茶的机会，心里转了两个念头，心想：这家伙老奸巨猾，在他面前是不能要什么手腕的，便望了他笑道："老前辈，我是无事不登三宝殿。我还有一点存货，想换两个钱用，你愿意收下吗？我这里有单子。"说着拿过皮包来，在里面取出一张货单子，双手捧着，送到杨经理面前。他左手指头缝里，依然夹了半支雪茄，右手却托了那单子很注意地看着。看完了，放在桌上，将五个指头轮流地敲打桌沿，望了他问道："你为什么把东西卖了？铅丝，皮线，洋钉，以及那些五金零件，就是现在海口打开了，马上也运不进来。放着那里，不会吃亏的。"

范宝华道："我怎么不知道？无奈我急于要调一笔头寸，不能不卖掉它。"杨经理笑道："你刚得了整千万的头寸，没有几天，现在又要大批的钱，我想着你是买金子吧？这是好生意。"范宝华笑道："我囤着这些东西，也不见得就不是好东西呀。我实在是要调一批头寸还债。"杨经理衔着雪茄喷了一口烟，笑道："我们谈的是买卖，我可不是查账员，这个我管不着。"说着，又拿起那单子来看了看，沉吟着道："这些东西，我们也不急于要收买。阁下打算卖多少钱？"说着，仰在椅子背上，昂头吸了两口烟。目光并不望他。

这时，在那边桌上，一个穿西装的中年汉子，捧了一叠表格过来，站在杨范两人之间，将表格送到杨经理面前。向他使了个眼色。那表格上有一张字条，自来水笔写了几行字，乃是皮线铅丝极为缺货。杨经理将手摆了一摆道："现在我们正在谈买卖呢，回头再仔细地看。"那人拿着表格走了。

范宝华道："照那单子上的东西，照市价估价，应该值七百万，我自动地打个九折吧。"杨经理微笑着摇了两摇头，然后又对他脸上注视了一下，笑道："老弟台，你不要把我当做机关的司长科长呀。你这些东西，我买来了是全部囤着，尤其是皮线铅丝之类，我们存货很多。这样的价钞，你向别处张罗张罗吧。"说着，他将写字台上的文具，向前各移了一下，表示着毫无心事谈生意。范宝华望了他道："怎么着？连价也不还吗？"那杨经理又吸上两口雪茄，微摇了两下头，态度是淡漠之至了。

第七回

大家都疯魔了

关于杨经理的商业情形，范宝华是知道得很清楚的，只要是五金材料，人家肯卖给他，他是来者不拒的，而且自己所囤的东西，他也曾间接托人接洽过两次。原料着今日移樽就教，又自愿打个九折，他必然是慨然接受。现在他却表示着并不需要，甚至连价钱，都不屑于过问一声，难道他的五金材料，收得太充足了？或者他也没有头寸？关于前者，那不会，他就是囤五金材料发的大财，现在开着大门做生意呢，焉有不收五金之理？关于后者，那更不会，他的钱是太多了。千儿八百万的，在他简直不算是开支。

在杨经理犹疑没有答复之下，在身上取出纸烟盒与打火机来，缓缓地吸着烟。他表面上表示着从容，心里却是加十倍的速度在思索，怎样可以做成这笔买卖，他知道到万利银行交款的时间，只有两三小时了。两三分钟的犹豫，他就直率地向杨经理道："实不相瞒，今天我抱着十二分的希望来拜访的。我只猜到在价钱上应当退让一点，才可以成交，不想杨经理干脆地不要。我在今日下午，非把东西变出钱来不可，到了四点钟，银行已经关门，那我就得大失信用。只好拼了两条腿，赶快去跑吧。”他在脸上表示出无可奈何的样子，慢吞吞站了起来，先把放在旁边的皮包提起，夹在肋下，然后将帽子拿在手上，向杨经理点了个头。

到了此时，杨经理方才站起来，笑着点点头道：“何必这样忙，好久不见，见了摆摆龙门阵吧。”范宝华道：“老前辈，你应当知道我心里是怎样地着急，四点钟我得给人家钱，现在已是一点钟了。”杨经理道：“得给人家多少钱？”范宝华道：“不少，总得七八百万。”说着，将帽子盖在头上，就有个要走的样子。杨经理手指夹了雪茄，连连向他招了几招，笑道：“不忙不忙，我们还可以谈谈。你这是怎么了？以为我不足与谈吗？坐着坐着。”说毕，他又赘上了这么坐着坐着四个字。范宝华看他这个样子，是大可转圜，便又伸手把帽子摘下来，站在椅子边。

杨经理将手对椅子指了一下，笑道：“你先坐着谈谈。假如价钱合得拢的话，我未尝不可以把你这批货留下来。”范宝华听了这话，就知道这老家伙是一种欲擒故纵的手腕。自己刚才做的这个姿态，那完全是对了。因之皮包依然夹在肋下，站着笑道：“老前辈，我在你面前，决不能耍花枪。我今天非七八百万，不能过去，满以为在这里可以凑合六百万，其余一二百万，再想办法。不料你老人家利利落落的，来个不接受，这让我丝毫希望都没有。我还在这里干耗着干什么呢？”

杨经理将两个指头捏住了半截雪茄，在烟灰碟子上轻轻地敲着，微笑道：“你的意思，以为我故意爱睬不睬，是有意按下你的行市。再明白说一点，是杀价，吓吓！”他轻描淡写地在嗓子眼里笑了一声。范宝华对这老家伙脸上一看，见他在沉着的脸上，泛出一种奸猾的笑容，依然是不即不离，心里着实有点生气，于是又将帽子盖在头上，扭转身子去。而且这一动作，跟着上来，是非常地迅速，他已手扶了经理室的玻璃门，有着拉门出去的样子。

杨经理皱着眉苦笑了一笑，乱招着手道：“不忙走，不忙走，我们慢慢地商量。”范宝华笑道：“老前辈，你可别拿我开玩笑啊，你若愿意买的话，你就出个价钱，不愿意……”杨经理笑道：“小伙子，你不要性急呀，我不收买五金材料，我是干什么的？坐下谈十分钟，误不了你的事。”范宝华抬起手臂来，看了看手表，点着头道：“好吧，就再谈五分钟吧。”说着，在写字台边椅子上坐了，将皮包和帽子，全放在怀里，笑道：“我恭敬不如从命，我没话说，就听杨经理吩咐一句话。”

那张货单子，还在杨经理手上呢，他现在算放下了雪茄，两手拿了货单子，很沉静地从头至尾，看上了一遍。点点头道：“照你这单子上开的货价，倒是和市价所高有限，再打一个九折，那也就平行了。这些货拿到手，我也不知道什么时候可以卖出去，至少，我得打上一个月的子金。废话少说，货，我要了，价钱照你单子上开的，打个八折。我的答复，没有超过十分钟的工夫吧？”说着，拿起放在烟灰碟子上的小半截雪茄。他也不管雪茄头上是否点着的，就向嘴角里一塞。然后将背靠在转椅的椅背上，半昂着那冬瓜式，紫棠色面孔，对范宝华望着。范宝华道：“我开的价是不是超过市价，我不必申辩。世上也没有在关夫子庙前要大刀的人。”

杨经理觉得他这话倒是中肯之言，不免将下巴颏点了两点。范宝华道：“老前辈，你若是承认我的话不错，我也不必多说，我就听你一个一口价。”他说着，又把那怀里的帽子，提了起来，眼望了杨经理，而且手里转动着帽子沿做出那个不耐烦的样子。

杨经理笑道：“虽然如此，老兄的作风，也还不错。”说着，把他的冬瓜头，转着小圈子，摇了几摇。笑道：“好吧，就是八五折吧。你不是等着钱用吗？我马上就开支票给你。”范宝华道：“就开支票给我？货样既没有带来，凭据也没有开上一纸，老前辈相信得过我？”

杨经理笑道：“你难道接了我的支票，收据都不给我一张？有收据我就有办法。吓吓，老弟台！”他最后两句话，带着一种得意的笑声，在轻视的态度中，又叫了一句老弟台。范宝华还不曾接着向下说，就看到他伸手到西服的里口袋内，掏出一本支票簿来，向客人点了一点头，微笑道：“买卖论分毫，等我先算一算。”

于是拿过桌子边的算盘，拨得算盘子劈啪作响，然后指着算盘向客人道：“照你开的货单和你定的价钱，打八五折，是五百二十五万八千四百五十二元八角二分。零的除了，凑你一个整数。”于是将算盘末几位，自千元以下，一阵扒动，把子都给除了，在万位上加了一个子。然后笑问道：“老弟台如何如何？我就照这个数目开支票。”说着，在写字台抽屉里取出一支雪茄，咬掉雪茄的烟头，向桌子角下的痰盂里吐了去，然后把嘴角衔住了这支长雪茄。他竟自有那个能耐，抵得那雪茄像有弹簧的东西上下乱动，接着把打火机在口袋里掏出来，打了火点着烟。那本支票簿摆在他面前玻璃板上，却是原封未动。

范宝华正想说话，有个工友，将红漆圆托盘，送着一只小蓝瓷花碗，放到玻璃板下。碗里还放着一柄白铜茶匙，原来是一碗莲子粥。杨经理问道：“还有没有？给客人来一碗。”工友提着托盘沿，垂手站立了，低声答道：“每天就是这一碗。”范宝华笑着摇手道：“不必客气，我是刚吃了饭出门的。”杨经理笑道：“在这里，不算外人，煮两个糖心蛋吃好不好？”范宝华道：“实在是吃了午饭出来的，不必费事。”

杨经理口里谦逊着，已是把那碗莲子粥移近了面前，不过他嘴角上那支雪茄烟并未取下。他扶起碗里的小茶匙，将粥里的莲子，两个一双的留着，堆到碗里的一边。最后，他放下茶匙，取下了雪茄，放到烟灰碟子里，这才翻了眼向那工友道：“你去告诉厨子老朱，他是越来越不像话了。三十二粒莲子的定额，这碗里只有二十粒。他落下三分之一还有余哩。去吧。”说着手一挥，叫工友走了。

范宝华看到，心想道：“好哇！我这里和你做几百万的大买卖，你倒去计算稀饭里的莲子。”便笑道：“杨经理，我实在没有工夫，依你这价钱，我又得吃三四十万元的亏，但是谁让我等着要钱用呢？好吧，我一切都依照着你的办法办了。”这老家伙微微一笑，点了几点头，才慢慢儿地将小茶匙，舀着莲子粥呷着。他呷粥的时候，只是把嘴唇皮抿着，斯文一脉地，将嘴舌吮吸着啧啧有声。范宝华坐在旁边侧目相视。

他吃完了，将碗推开，然后掀开支票簿，将手按了一按，向老范笑道：“我就照着我们定的价写了。”范宝华道：“随便了。还是那句话，谁让我等着要钱用呢？”杨经理抽出笔筒子里的毛笔，在支票上写下了五百二十六万元。将笔放下了，在抽屉里拿出图章盒子来，在手心里掂了几掂，望着范宝华道：“你可以写一张收据了。”范宝华心里想着：反正我收你的钱，我卖货给你，写收据就写收据，难道还让画一把刀给你吗？于是就把桌上的信纸取过一张，用毛笔写了收据。

杨经理看着把数目写过了，便道：“老兄，不忙，你得添上两句，说是另有货单一纸存照，将来将货交清，取回收条。”范宝华觉得这是正理，就依了他的话填写着。但是杨经理伏在桌上望了他的字据，口里连说着字写小一点，小一点，还有话往上填呢。范宝华道：“还要往上添吗？”杨经理道：“当然要把言语交代清楚。你再加上两句此项货物，若逾期三日不交，则款项须照每天四元拆息计算。”范宝华放下笔来，望了主人一望，微笑道：“条件订得这样地苛刻？”杨经理笑道：“字面上好像是苛刻，其实不成问题。你想，你拿了钱去，过了三天之久，还能不给我货吗？你说，你打算几天之后，才交给我货品呢？”范宝华低头想了一想，说句也好，就提起笔来，再写上这样两句。

杨经理手指夹着雪茄吸了两下，笑道："干脆，我全告诉你，再赘上这么两句：此项货物，并未交看样品，如货物确系次等，或是锈蚀损坏情况，当酌量扣款。"范宝华将笔放下，伸直了腰向他望着道："老前辈，这就太难了。蒙你的情，看得起我，信任我不会撒谎，就这样成交了。我姓范的，不能马上离开重庆，我能够随便这样欺骗你，不想在市面上混吗？"

杨经理皱了眉头，笑上一笑。因道："话虽如此，可是总得有一点保证。老弟台，做生意谈生意，我不是没有看货样付的款吗？你就这样加上一句吧。负责保证货品足够水准，否则任凭退货。"范宝华对壁钟一看，已是两点十分了。这老家伙开了支票老不盖章，便叹了口气笑道："谁让我等着要钱用呢，一切条件，我都接受了。反正我自信货色决差不了，写吧。"于是提起笔来，加上了这两句，笔还是拿在手上，昂了头望着他道："还要写些什么呢？"杨经理笑道："没有什么了，你带了图章来了没有？"范宝华笑道："预备借钱，岂有不带图章之理？"说着，在西服袋里，将图章拿出来，在收据上盖好。杨经理看得清楚，也就把放在桌上的支票盖了图章。

两人将支票和收据，隔了桌子角交换了，就在这时，铃叮叮，来了电话。杨经理把桌机的听筒拿起，首先就问："有什么好消息？"接着，他面色紧张了一下，接着又哦了一声道："这话是真的。那么，请你赶快来一趟，我们当面谈谈。好的好的。"说着，把电话听筒放了下来，向范宝华道："哈哈！老弟台，我上了你一个当了。你要扯款买金子，就说买金子吧，为什么在我面前弄这些花枪呢？"范宝华的脸色不由得闪动了一下，笑道："杨经理，谁多我这份事？特意打个电话向你报告。"

杨老头儿又打了个哈哈，笑道："老弟台，我的消息，虽没有你得的快，可是也不会完全不知道。我已经得了的确的消息，官价从明日起，就要提高。你不是赶着找一笔头寸去买几百两金子吗？这么一来，慢说日拆四元，就是日拆八元，你也不在乎。今天买到金子，明天你就翻了一个身。老弟台你不够朋友，有这样好的消息，为什么不告诉我？我也可以找点赚钱的机会。你怕告诉了我，我自己拿钱买金子，就没有钱借给你吗？”范宝华已把支票拿到手了，料着他也不会反悔，便红着脸笑道：“消息我是得到了的，可是不知道是不是真的。我自己弄钱做他一票，弄得不对不要紧，我若鼓动杨经理去买金子，明日官价并不提高，把杨经理的款子冻结了，我可负着很大的责任。”

杨经理摆摆手道：“好了好了，不说了，算老弟台这回斗赢了我。”范宝华也正是感到没趣，站起身来，正待要走，却听到玻璃门外，有一阵很乱的脚步声，接着连连地敲了几下玻璃门。杨经理还不曾说请进，已是有一个人推门而进，他穿了一身灰色西服，头上没有戴帽子，汗珠子在额头上只管向外冒着，脸红红的喘着气，望了杨经理道：“是你老叫我来的吗？”杨经理点点头道：“是我叫你来的。你怎么得着黄金加价消息的？”那人道：“是……”说到这里走近了写字台一步，低了头下去，对着杨经理的耳朵，轻轻地说了几句。

杨经理的脸色，随了他的报告，时而紧张，时而微笑，最后，他将手轻轻地在桌沿上拍了一下，脸一扬道：“我做他一千两。你有办法找得着路子吗？”范宝华看着这样子，他们是有点刺激了，在这里将妨碍人家的秘密，便揣好了支票，戴上帽子，夹了皮包，站起来向杨经理道：“我这就到万利银行去，听说他们有买金子的路子，假如他们还可以分让若干的话，我给杨经理一个信。”

这杨老头坐在他经理位子上，始终没有离开，听了这句话，突然站起身来，由位子上追了出来，连连地向客人招着手道：“范兄范兄，不要走，我还有话对你说。”范宝华道：“三天之内交货，准没有错。”杨经理伸手拍了他两下肩膀，笑道："老弟台，真的？我就这样计较？你是个君子人，不会错。三天之内交货，就是一星期之内交货，又待何妨？你说的万利银行这条路线怎么样？真可以想点办法吗？"说时，他的眼角上，复射出许多鱼尾纹，那剃光了胡楂子的八字嘴角，也向上翘起，微露着嘴里的几粒金牙。范宝华笑道："我听到说万利银行有一千两可以匀出。他们那经理的意思只要今天下午四点钟以前，把款交给他，他就可以把黄金定单让出来。"

杨经理将夹着雪茄的右手腾出三个指头来。搔搔自己的头发，因踌躇着道："有？有这样好的事？银行界人物，见了黄金不要，而且买了来，分让给别人？哦，哦，是了，他要赚我们几文黑市。"范宝华道："不，只要是今天下午四点钟以前，把款子交给他，他还是照二万一两让出来。"

杨经理刚是把手放下，要将雪茄送到嘴里去吸，听了这话，又把手抬上去，只是在额角上搔着头发。在他搔了十几下之后，忽然笑道："我明白了。必是今天交换差着头寸，要抓进一笔款子。"说着，又摇摇头道："还是不对。今天抓一笔头寸，明天照现款还给人家就是了。岂能把那已经提高了官价的黄金给人？分一千两黄金储蓄定单给人，可能就损失一千万。天下有这样经营银行业务的人？"他正是这样沉吟考虑着，先来的那个人，却向他笑道："杨经理，不要管人家的事，还是来谈我们自己的吧。"

范宝华倒没有理会到杨经理有什么话在接洽，只是他说的那几句话，却把他提醒了，那万利银行的何经理，为什么不发那整千万元的财，而愿让给别人？这里面必然大有缘故。这却急于要去见他，问个究竟。不等杨经理再说什么，点个头就奔上了大街。

只转一个弯，顶头就碰到了陶伯笙坐在人力车上。他口里连连喊着停住停住，车子刚停下，他就向下一跳。三步两步跑到范宝华面前伸手将他的手臂拉着，笑道："范兄，我又得着两个报告，先前那消息，完全证实。你有办法没有？若是做不到黄金储蓄的话，就是买点现货，也是极其合算的事。"

范宝华连连将他的衣服扯了几下，瞪着眼轻轻地喝道："你这是怎么回事，难道你疯了？在街上这样谈生意经。"陶伯笙回想过来了，笑道："我实在是兴奋过甚，到处找你，找到了你，我多少有点办法了。"说着，挽了范宝华一只手臂，开着步子就向前走，后面有人叫道："朗个的？不把车钱就跳（跳读如条）了。"陶伯笙哈哈笑了起来。回转身会了车钱。

范宝华笑道："你的消息果然是真的话，我算大大的有笔收入。我可以帮你一点忙，现在没有了说话的机会，快先上万利去吧。"两个人说着话，走了小半截街，却见李步祥同着一个穿蓝布大褂的人，由横街上穿了出来，迈着很快的步子走路，像是要寻找什么。

范宝华叫了声老李，他突然站住。看到了范陶两位，飞步跑过来。这就老远的抬一只手，一路的招着。到了面前，喘着气笑道："我到处找你，你到哪里去了？"他站定了脚，看看陶伯笙笑道："你跟上了大老板，有点办法吗？"说着，走近一步，把脸伸到陶伯笙肩膀上来，将手掩了半边嘴，对了他的耳朵，轻轻地道："你买了一点现货没有？银楼帮，似乎也得了消息，吃过午饭以后，银楼对付客人，只卖钱把重的金戒指，你要其余的东西，他们一律宣告无货。"

陶伯笙道："真的？"李步祥指着后面跟上来的那个人道："这是我们同寓的陈伙计。我们已经碰了不少钉子了。可是我们绝对将就，你卖金戒指，我就买金戒指。你卖一钱，我就买一钱。"那陈伙计翘起两撇八字须，笑嘻嘻地站在路头上，看到范陶两人，抱着拳头拱拱手。

范宝华想起来了，这位仁兄，是带了铺盖卷到中国银行排班买金子的，便点头笑道："陈老板跑得这样起劲，有点成绩吗?"陈伙计一听他带下江口音，便在袖笼子里抽出一条手绢，擦着额头上的汗，因笑道："既然银楼里向格人才是一副尴尬面孔，伊拉勿是做生意，是像煞债主上门勿肯还债。阿拉勿要去哉!"范陶两人都哈哈大笑。

陶伯笙笑道："你管他什么面孔，只要他卖你就买，你明天就赚他个对本对利。"李步祥笑道："你鬼，他还鬼呢。他们到了现在，对付顾客，干脆，就说没有货。我们想着无路，还是来找范先生。"说着，就近一步，低了声音向他道："有法子买现货没有？范先生买大批的，我们凑点钱，买点金子边。"

范宝华抬起手表看了看，因道："转弯就是一个茶馆，你们在茶馆里泡一碗沱茶喝，等我好消息吧。"说着，扯腿就走，只走了二十家铺面，却见魏太太穿了件花绸夹袍子，肋下夹着皮包，半高跟皮鞋，走得人行路水泥地面咯咯作响。她正是扬着眼皮朝前走，到了面前，看到范宝华，似乎吃了一惊，吓的一声笑着站住。

老范也嘻嘻地笑了，因道："为什么不吃饭就走了?"魏太太撩着眼皮，向他笑了一笑道："我怕你赶不回来。金价果然要提高了，你今天买了多少?"范宝华道："还正在跑呢。"魏太太站着呆着脸沉默了一会，撩着眼皮向他一笑道："你猜我在街上跑什么？我也是想买点现货呀。你……你上午说的……"说着，又嘻嘻向范宝华一笑。

第八回

如愿以偿

在今日上午，范宝华掏出怀里那个扁包，向魏太太晃了一晃，他是很有意思的，料着在今日全市为金子疯狂的时候，现在有金首饰要送她，她不能不来。这时魏太太问起上午说的事，他就料着是指金首饰而言。因笑道：“我当然记得。幸而我是昨天买的，若挨到今天下午，出最大的价钱，恐怕也买不到一钱金子。”魏太太把头低着，撩起眼皮向范宝华看了一看，抿了嘴笑道：“你……哼……恐怕骗我的吧？”说着，又微微地一笑。

范宝华在她几次微笑之后，心里也就想着：人家闹着什么，把这东西给人家算了。他正待伸手到怀里去探取那个扁纸包的时候，见魏太太扭转身去看车子，大有要走的样子，他立刻把要抬起来的手，又垂了下来了。笑道：“这时在大街上，我来不及详细地和你说什么。你七八点钟到我家里来找我吧。我还有要紧的事到万利银行去一趟，来不及多说了。你可别失信。”说着，伸手握着她的手，轻轻摇撼了两下，接着对她微微一笑，立刻转身就走了。

魏太太虽然感到他的态度有些轻薄，可是想到他的怀里还收藏着一只金镯子呢。这个时候，一只镯子，可能就值七八万，无论如何，不能把这机会错过了。她站在人行道上，望了范宝华去的背影，只是出神。这位范先生在她当面虽是觉得情意甚浓，可是一背转身去，黄金涨价的问题就冲进了脑子，拔开大步，就奔向万利银行。当他走到银行里经理室门口时，茶房正由屋子里出来，点了个头笑道："范先生，经理正在客厅里会客呢。"他听说向客厅去，却见烟雾缭绕，人手一支香烟，座为之满。何经理正和一位穿西服的大肚胖子，同坐在一张长藤椅上，头靠了头，嘀嘀咕咕说话。

范宝华叫了一声何经理，他猛然地一抬头，立刻满脸堆下了笑容，站起身来向前相迎，握了他的手道："老兄真是言而有信，不到三点钟就来了。我们到里面去谈谈吧。"说时，拉了他的手，就同向经理室里来。

他不曾坐下，先就皱了两下眉头，然后接着笑道："你看客厅里坐了那么些个人，全是为黄金涨价而来的，守什么秘密，这消息已是满城风雨了。怎么样？你有了什么新花样？"说着，在身上掏出一只赛银的扁烟盒子，按着弹簧绷开了盖子，托着盒子到他面前，笑道："来一支烟，我们慢慢地谈谈吧。"

主客各取过一支烟，何经理揣起烟盒子，再掏出打火机来，打着了火，先给客人点烟，然后自己点烟，拉了客人的手，同在长沙发上坐下，拍了范宝华的肩膀道："我姓何的交朋友，实心实意，不会冤人吧？"范宝华笑道："的确是实心实意，不过我想着贵行虽不在乎千把两黄金的买卖，但是黄金官价一提高，你们让出去了，就是整千万元的损失，这……这……"他不把话说完，左手两个指头，夹了嘴角上的烟卷，右手伸到额顶上去，只管搔着头发。何经理吸着一口烟，喷了出来。笑道："范先生，你想了这大半天，算是把这问题想明白过来了吗？这些问题，暂时不能谈，不过我可负责说一句，假使你这时有款子交给我，我准可以在明天下午，照你给钱的数目，付给你黄金储蓄定单，决计一钱不少。你若放心不下，你就不必做，这问题是非常的简单。"范宝华笑道："我若是疑心你，我今天下午就不来了。我打算买进三百两，你可以答应我的要求吗？"说着，就把带来的皮包打开，由夹缝里取出一张支票，对着何经理扬了一扬，因笑道："六百万还差一点零头，我可以找补现款。"

何经理道："差点零款没有关系，你就不找现，我私人和你补上也可以。"范宝华听了，脸上又表现了惊异的样子。他的话还不曾说出来，何经理已十分明了他的意思，便笑道："当然，你所谓零头，不过三五万的小数目。若是差远了，我有黄金储蓄单，还怕变不出钱来，反而向你贴现吗？"范宝华直到这时，还摸不清他这个作风，是什么用意。好在是求官不到秀才在，纵然万利银行失信，不交出三百两黄金储蓄单，给他的六百万元，作为存款，他们也须原数退回，于是不再考虑，立刻把得来的那张支票，交给何经理。笑道："贵行我的户头上，还有百十万元，难道我有给不付，真让何经理代我垫上零头不成？何况零头是七十四万呢？"说着，在身上掏出了支票簿，就在经理桌上，把支票填上了。

何经理口衔了支纸烟，微斜地偏了头，看他这些动作。他将支票接过去之后，便将另一只手拍了两拍范宝华的肩膀，因笑道："老兄，明天等我的消息吧。"正说到这里，他桌上的电话机，铃叮叮地响了起来。何经理接了电话之后，手拿着耳机，不觉得身子向上跳了两跳，笑道："加到百分之七十五，那可了不得，你是大大地发了财了，是是是，我尽量去办。好，回头我给你电话，没有错。五爷的事，我们无不尽力而为。好好，回头见。”他放下了话筒，遏止不住他满脸的笑容，转身就要向外走。他这时算是看清楚了，屋子里还站着一个人呢。便伸着手向他握了一握，笑道：“消息很好。”

范宝华道：“是黄金官价提高百分之七十五？”何经理笑道：“你不用多问，明天早上，你就明白了。哈哈！”说着，他正要向外走，忽然又转过身来，向范宝华笑道：“我实在太乱，把事情都忘了。你的送款簿子带来了没有？应当先完成手续，给你入账。”范宝华觉得他这话是对的，这就在皮包里取出送款簿子来交给他。何经理按着铃，把茶房叫进来，将身上的支票掏出，连同送款簿，一并交给他道：“送到前面营业部给范先生入账，免得他们下了班来不及。”说毕，回头向范宝华笑道：“你坐一会儿，我还要到客厅里去应酬一番。”说完了，他也不问客人是否同意，径自走了。

范宝华在经理室坐着吸了一支纸烟，茶房把送款簿子送回。他翻着看看那六百万元，已经写上簿子，便揣起来了。坐在沙发上又吸了一支烟，何经理并没有回来，他静静地想到了魏太太会按时而来，也不再等何经理回到经理室，夹了皮包就向回家的路上走。走了大半条街，身后有人笑着叫道：“范先生，还走啦，让我们老等在茶馆里吗？”

范宝华呵哟了一声笑道：“我倒真是把你们忘了。你不知道，我急得很。”说话的是陶伯笙，迎上前低声笑道：“我刚才特意到这街上银楼去打听行市，牌价并没有变动，可是比上午做得还紧，你就是要打一只金戒指他也不卖了。这种情形无疑的，明天牌价挂出，必定有个很大的波动。你说急得很，怎么样？还没有抓够头寸吗？”

范宝华左手夹了大皮包，右手是插在西服袋里的。这时抽出右手来举着，中指擦着大拇指，在空中啪地一声弹了一下响。笑道：“实不相瞒，我已经买得三百两了。今天跑了大半天，总算没有白跑。”陶伯笙道："那我们也不无微劳呀。请你到茶馆里去稍坐片时，大家谈上一谈，好不好？"

范宝华抬起手臂来，看了一看手表。笑道："我今天还有一点事。你们的事，我当然记在心里，我金子定单到手，每位分五两。"说着，扭身就要走。陶伯笙觉得这是一个发财机会，伸手把他衣袖拉住，笑道："那不行。你今天大半天没有白跑，总也不好意思让我和老李白跑。你得……"

范宝华道："我的事情，还没有完全办了。明天早上八点钟，我请你在广东馆子里吃早点。准时到达不误。"他说着，扭身很快地跑走。走远了，抬起一只手来，招了两招，笑道："八点钟不到，你就找到我家里去。"说到最后一句话，两人已是相距得很远了。

他一口气奔到家里，心里也正自打算着，要怎样去问吴嫂的话，魏太太是否来过了。可是走进弄堂口，就看到吴嫂站在大门洞子里，抬起一只手来，扶着大门，偏了头向弄堂口外望着。范宝华走了过来，见她沉着个脸子，不笑，也不说话，便笑问道："怎么不在家里做事，跑到大门口来站着？"吴嫂冷着脸子道："家里有啥子事吗！别个是摩登太太吗，我朗个配和别个说话吗？我也不说话，呆坐在家里，还是看戏，还是发神经吗！"凭她这一篇话，就知道是魏太太来了。

范宝华就轻轻拍了她两下肩膀笑道："我给你二两金子储蓄单子，你保留着，半年后，你可以发个小财。"吴嫂一扭身子抬起手来将他的手拨开，沉着脸道："我不要。"范宝华笑道："为什么这样撒娇，井水不犯河水，我来个客也不要紧呀。进去进去。"吴嫂手叉了大门，自己不动，也不让主人走进去。

范宝华见她这样子，就把脸沉住了。因道："你听话不听话？你不听话，我就不喜欢你了。"说着，手将大腿一拍。主人一生气，吴嫂也就气馁下去了。她把脸子和平着，带了微笑道："不是做饭消夜吗？我已经大致都做好了。我做啥子事的吗？我自然做饭你吃。不过，你说的话要算话。你说送我的东西，一定要送把我咯。"说着，向主人一笑，自进屋子去了。

范宝华走进大门，在院子里就叫道："对不起，对不起，让你等久了。"随着话走进屋子来，却看到魏太太手臂上搭着短大衣，手里提着皮包，径自向外走。范宝华笑道："怎么着，你又要走吗？"魏太太靠了屋子门站定，悬起一只脚来，颤动了几下微笑道："我知道你这几天很忙，为财忙。我犯不上和你聊天耽误你的正经事。"

范宝华笑道："无论有什么重大的事，也不会比请你吃饭的事更重要。请坐请坐！"说着，横伸了两手，拦着她的去路，一面不住地点头，把她向客堂里让。她站在堂屋门口，缓缓地转着身，缓缓移动了脚，走到堂屋里去。先且不坐下，把大衣放在沙发椅子背上搭着。手握了皮包，将皮包一只角，按住堂屋中心的圆桌子，将身子轻轻闪动了一下，笑道："你有什么话，对我说就是了吗！范老板，人心不都是一样，你想发大财，我们就想发小财，趁着黄金加价的牌子还没有挂出来，今天晚上我去想点办法。"

范宝华点了两点头道："这是当然。但不知你打算弄多少两？"魏太太将嘴一撇，微笑道："范大老板，你也是明知故问吧？像我们这穷人，能买多少？也不过一两二两罢了。"范宝华笑道："你要多的数目，我不敢吹什么牛。若是仅仅只要一两二两的，我现在就给你预备得有。东西现放在楼上，你到楼上来拿吧。"魏太太依然站在那桌子边，向他瞅了一眼道："你又骗我，你那个扁纸包儿，不是揣在怀里吗？"

范宝华笑道："上午我在怀里掏出来给你看看的，那才是骗你的呢，上楼来吧。"说着，顺手一掏，把她的皮包抢在手上，再把搭在沙发靠上的短衣，也提了过来，便向她做了个鬼脸，舌头一伸，眼睛一睒。然后扭转身向楼梯口奔了去。魏太太叫道："喂！开什么玩笑，把我的大衣皮包拿来。"一面说着，也一面追了上去。

那吴嫂在堂屋后面厨房里作菜，听到楼梯板咚咚地响着，手提了锅铲子追了出来。望了楼口，嘴也一撇，冷笑着自言自语的道："该歪哟！青天白日，就是这样扮灯（犹言捣乱也）。啥样子吗！"站着呆了四五分钟，也就只好回到厨房里去。

一小时后，吴嫂的饭菜都已做好，陆续地把碗碟筷子送到堂屋里圆桌上，但是主人招待着客，还在楼上不曾下来。吴嫂便站在楼梯脚下，昂着头大声叫道："先生，饭好了，消夜（重庆三餐，分为过早，吃上午，消夜）。"范宝华在楼上答应着一个好字，却没有说是否下来。

吴嫂还有学的一碗下江菜，萝卜丝煮鲫鱼，还不曾做得，依然回到厨房里去工作。这碗鲫鱼汤做好了，二次送到堂屋里来，却是空空的，主客都没有列席，又大声叫道："先生消夜吧，菜都冷了。"这才听到范宝华带了笑声走下来。魏太太随在后面，走到堂屋里，左手拿了皮包夹着短大衣，右手理着鬓发，向桌上看看，又向吴嫂看看，笑道："做上许多菜！多谢多谢！"吴嫂站在旁边，冷冷地勉强一笑，并未回话。

范宝华拖着椅子，请女宾上首坐着，自己旁坐相陪。吴嫂道："先生，我到厨房里去烧开水吧？"范宝华点头说声要得。吴嫂果然在厨房里守着开水，直等他们吃过了饭方才出来。

这时，魏太太坐在堂屋靠墙的藤椅上，手上拿着粉红色的绸手绢，正在擦她的嘴唇，范宝华道："吴嫂，你给魏太太打个手巾把子来。"吴嫂道："屋里没得堂客用的手巾，是不是拿先生的手巾？"魏太太把那条粉红手绢向打开的皮包里一塞，站起来笑道："不必客气了。过天再来打搅，那时候，你再和我预备好手巾吧。"她说着话，左手在右手无名指上，脱下一枚金戒指，向吴嫂笑道：“我和你们范先生合伙买金子，赚了一点钱。不成意思，你拿去戴着玩吧。”吴嫂哟了一声，笑着身子一战抖，望了她道：“那朗个要得？魏太太戴在手上的东西，朗个可以把我？”

魏太太把左手五指伸出来，露出无名指和中指上，各戴了一枚金戒指。笑道：“我昨天上午买了几枚戒指，到今天下午，已经赚多了。你收着吧，小意思。”说着，近前一步，把这枚金戒指塞在吴嫂手上。吴嫂料着这位大宾是会有些赏赐的，却没有想到她会送这种最时髦最可人心的礼品。人家既是塞到手心里来了，那也只好捏着，这就向她笑道：“你自已留着戴吧。这样贵重的物品，怎样好送人？”魏太太知道金戒指已在她手心里了，连她的手一把捏住，笑道：“不要客气，小意思，小意思，我要走了。”说着，一扭身就走开了。

范宝华跟在后面，口里连说多谢，一直送到大门外弄堂里来。他看到身边无人，就笑道：“明天我请你吃晚饭，好吗？六点多钟，我在家里等你。”魏太太瞅了他一眼，笑道：“我不来，又是请我吃晚饭。”范宝华笑道：“那么，改为吃午饭吧。”魏太太笑道：“请我吃午饭？哼！”说时，对范宝华站着呆看了两三分钟，然后一扭身子道：“再说吧。”她嗤地一声笑着，就开快了步子走了。范宝华在后面却是哈哈大笑。

魏太太也不管他笑什么，在街头上叫了辆人力车子，就坐着回家去。老远的，就看到丈夫魏端本站在冷酒店屋檐下，向街两头张望着。她脸上一阵发热，立刻跳下车来，向丈夫面前奔了去。魏先生在灯光下看到了她，皱了眉头道：“你到哪里去了，我正等着你吃饭呢。”

魏太太道：“我到百货公司去转了两个圈子，打算买点东西，可是价钱不大合适，我全没有买成。”正说到这里，那个拉车子来的人力车夫，追到后面来叫道：“小姐，朗个的？把车钱交把我们吗！”魏太太笑道："啊！我急于回家看我的孩子，下车忘了给车钱了。给你给你。"说着，就打开皮包来，取了一张五百元的钞票塞到他手上。

车夫拿了那张钞票，抖上两抖，因道："至少也要你一千元，朗个把五百？"魏端本道："不是由百货公司来吗？这有多少路，为什么要这样多的钱？"车夫道："朗个是百货公司，我是由上海里拉来的？"魏端本道："上海里？那是阔商人的住宅区。"他说着这话，由车夫脸上，看到自己太太脸上来。

魏太太只当是不曾听到，发着车夫的脾气道："乱扯些什么？拿去拿去！"说着，将皮包顺手塞到魏先生手上，左手提着短大衣，右手在大衣袋里摸索了一阵，摸出五张百元钞票，交给了车夫。魏先生接过太太的皮包。觉得里面沉甸甸的，有点异乎平常，便将那微张了嘴的皮包打开，见里面黄澄澄的有一只带链子的镯子。不由得吓了一声道："这是哪儿来的？"她红了脸道："你说的是那只黄的？"魏端本道："可不就是那只黄的。"魏太太道："到家里再说吧。"她说时，颇想伸手把皮包取了回去。可是想到这皮包里并没有什么秘密，望了一眼，也就算了。

她首先向家里走去。魏先生跟在后面，笑道："你比我还有办法。我忙了两天，还没有找到一点线索，你出去两三小时，可就找到现货回来了。"魏太太见丈夫追着问这件事，便不在外间屋子停留，直接走到卧室里来。魏端本放下皮包，索性伸手在里面掏摸了一阵。接连地摸出了好几叠钞票，这就又惊讶着咦了两声。

魏太太道："这事情很平淡，实告诉你，我是赌钱赢来的。"魏端本将那只金镯子拿起，举了一举，笑道："赢得到这个东西？"魏太太道："你是少所见而多所怪。我又老实告诉你。我自赌钱以来，这金镯子也不知道输掉多少了，偶然赢这么一回，也不算稀奇。我就决定了，自这回起，我不再赌了。赢了这批现款，赶快就去买了一只镯子。我就是好赌，也不能把金镯子卖了去输掉了吧？”魏先生将那镯子翻来覆去地在手上看了几遍，笑道：“赢得到这样好的玩意，那我也不必去当这穷公务员，尽仗着太太赌钱吧。”

魏太太将大衣向床上一丢，坐在桌子边，沉着脸道：“你爱信不信。难道我为非作歹，偷来的不成？”魏先生笑道：“怎么回事？我一开口，你就把话冲我。”魏太太道：“本来是吗。我花你的钱，你可以不高兴，可是我和你挣钱回来，你不当对我不满呀。”她说是这样地说了，可是她心里随着这挣钱两个字，立刻跳了好几跳。自觉得和丈夫言语顶撞，那是不对，于是向他笑了一笑。

魏端本道：“算是不错，你挣了钱回来了，我去买点卤菜来你下饭吧。”她笑道：“我又偏了。你还等着我吃晚饭吗！”魏端本被她这句话问起，透着兴奋，这就两手插在裤袋里，绕了屋子中间那方桌子走路。先摇摇头，然后笑道：“以前人家说，眼睛是黑的，银子是白的，相见之下，没有不动心的。现在银子不看见，金子可看得见。黑眼睛见了黄金子，这问题就更不简单了，只要有金子，良心不要了，人格也不要了。”

魏太太听到丈夫提出这番议论，正是中了心病，可是他并没有指明是谁，也没有指明说的是哪一件事，这倒不好从中插嘴，看到桌上放着茶壶茶杯，她就提起茶壶来，向杯子里慢慢斟着茶，两只眼睛的视线，也就都射在茶杯子上。但是魏先生本人，对这个事，并没有加以注意，他依然两手插裤子岔袋内，继续地绕了桌子走着。他道：“我自问还不是全不要人格的人，至少当衡量衡量，是不是为了一点金子，值得大大地牺牲。金子自然是可爱，可是金子的分量，少得可怜的话，那还是保留人格为妙。为了这个问题，我简直自己解决不了，你以为如何呢！”他说到最后，索性逼问太太一句，教太太是不能不答复了。

第九回

一夕殷勤

人格比黄金哪一样贵重？这是有知识者，人人所能知道的事情，实在用不着问的。不过魏太太被问着，她就得答复。她笑道：“遇到这种事，你比我知道得多，你还用得着问吗？”魏端本两只手还是插在裤袋里，他绕了屋子中间那张桌子，只是低了头走着。摇摇头道：“你说的话，以为我会挑选人格这条路上走吗？我不那样傻，人格能卖多少钱一斤？这生活的鞭子，时刻地在后面鞭打着，没有钞票这日子怎么过？要钱，钱由哪里来？靠薪水吗？靠办公费吗？靠天上掉下馅儿饼来吗？既然如此，只要是挣得到钱，我们什么事都可做，也就什么问题都没有顾忌。”他口里说着，两只脚只管在屋子里绕了桌子走着。偶然也就站定了脚，出神两三分钟，接着便是叹口气。

魏太太向他周身上下看着，见他虽有愁容，却没有怒色，看那情形，还不是在太太身上发生了问题？便向他身上看看，因道：“你这样坐立不定，还有什么解决不了的事情吗？你就说出来我们大家商量商量吧。”魏端本向屋子外张望了一下，手撑着了桌子，弯住腰，低声问她道："现在不是大家都在买金子吗？我们做小公务员的也不会例外。我们司长科长和我私下商量，也想作一点金子储蓄。"

魏太太笑道："我以为你有什么了不得的困难，原来是买金子。这件事太好办了，拿了款到中央银行黄金储蓄部柜上去定货，问题就解决了。"魏端本笑道："若仅仅是这样的简单，那何必你说，我就老早办理了。问题是这买金子的钱，究竟出在哪里？"

魏太太笑道："这不叫废话？没有钱买金子，结果，是金子买不到手，做了一场梦。"魏端本还是绕了屋中间桌子走，两手插在裤袋里，微微地扛了两只肩膀，不住地摇着头。魏太太的眼光，随了魏先生的身子转，等到魏先生直转了个圈子，走到自己身边，她一手将魏先生挽住，笑道："你心里到底在想什么？你给我说明白。你这样走下去，你就要疯了，我看，你心里头好像是藏着有什么吧？"魏先生站住了脚，两手撑在桌沿上，回头看看屋子外面，然后低声笑道："我们科长和司长在买黄金储蓄上想了一个不小的新花样，也拉我在内。我若答应他们冲锋陷阵，大概可以得一点甜头，可是要负相当的责任。万一事情发作了，我得顶这口黑锅，若是不答应，自然有人照办，眼望那个甜头，是让人家得去的了。"

魏太太道："我说有了什么大不了的事，急得你像热石上蚂蚁一样，原来不过是这么一件事。这有什么可考量的，赶快去办吧。我得来的消息，是明天一早就要宣布，黄金官价，改到三万五，今天晚上不办，明天就是财政部长，也没有什么法子可想了。"魏端本拖了张方凳子，挨了太太坐了，拍着她的肩膀，笑道："怎么着？你的消息很灵通，你也知道黄金官价要升为三万五了。大概这事情已闹得满城风雨了。"

魏太太道："反正做机投生意的人，天天琢磨这件事，总不会把这机会错过去了。你到底是怎么回事?”魏端本看到桌上放了茶壶茶杯，这就拿起壶来，向杯子里斟着茶，端起来，咕嘟大喝了一口。

魏太太伸手抢着按住杯子道：“这茶凉了，我给你找开水去吧。”他又端起来喝了一口，笑着摇了摇头道：“用不着。我心里头热得很，喝点凉茶下去，心里痛快些。”说着，嗄了一声，放下杯子来。因道：“我老实告诉你吧，坏事已经做了，舞弊也已经舞了，不过我做完了之后，回得家来，有点后悔。正如那失身的女人，当时理智控制不住自己的感情，把身体让人家糟蹋了，回来之后呢，觉得这究竟是个污点，心里非常地难过，你虽是我的太太，我都不好意思告诉你。”

魏太太红着脸道：“你这叫也没的难为情了。说话没有一点顾忌，乱打乱喻。”魏端本道：“的确是如此。我把这经过的情形告诉你吧，是今日下午三点多钟，司长接了一个电话，知道黄金明天要涨价了，这就把科长叫到他办公室里去，做了一段秘密谈话。科长出来了，把我引到接待室里，掩上了房门，笑着对我说：‘我们公务员的生活，实在是太清苦了。有了机会，我们得想点办法，以便补贴补贴生活。’我听到他这个话头，我就知道他要利用我一下，反正他上司也不能白利用我，一定得给我一点好处。于是向他笑着说：‘科长有什么指示呢?只要能找到生活补贴，我是好乐于接受呀。’他笑了一笑，说了声：‘黄金官价，明天要提高了，而且提高很多是百分之七十五。今天买一两黄金，明天就赚一万五千元。假使能买到一二百两，那就赚得多了。我们设法找一点款子，买它一批，大家分润分润，发个小财，你看好不好?’我说：‘那当然是好。可是买一百两黄金储蓄的话，要二百万元现款。我们这穷公务员，哪里去找这笔款子呢?’提到这里，那位科长就笑了。他说：‘戏法人人会变，各有巧妙不同。要挪用二三百万元款子，并没有问题。我这里就现成。’说着，他在怀里抽出两张支票给我看，一张是一百万元，一张是一百六十万元。这支票上，司长科长，都已经盖了章。但是还欠一点手续，我还没有盖章。你不要看我在机关上地位低，开支票，还得我盖上一个图章。当然，机关里用这个例子，无非是防止人家舞弊。其实，毫无用处。这么一来，小弊受了牵制，也许不肯舞。等到有此必要，大家勾通一气，就大大地舞他一回弊，以便弄一笔钱，大家好分，像我今天这件事，就是个例子了。”

魏太太听到这里，心里放下了一块石头，完全了解，丈夫坐立不安，完全说的是自己的事，因扬起双眉笑道：“那么，你们科长，要你盖章了。你这个老实人，当然是遵命办理了。”魏端本道：“他不先加说明，糊里糊涂的拿出支票来叫我盖章，也许我真的遵命办理了。不过他这样说了，我倒不能不反问他一声。我就说：‘这样多的数目，拿出去买什么东西呢？给上峰上过签呈呢？’他笑说：‘若上签呈，我还找你干什么？’司长和银行界很有点拉拢，银行方面，答应特别通融，四点钟以后，也给我们把支票换成银行的本票，然后将本票入账，给我们定一百三十两黄金。两三天后，黄金定单就可以到手，到了手之后，我们拿去卖，三万五千元一两，不赚一文，将原单子让给人，你怕没有人要？’我听他这样说，那就完全明白了。我笑说：‘原来是司长科长有意提拔我，那我为什么不赞成？图章我这里现成。’说着，在怀里掏出图章来，手托了给他看。科长笑说：‘魏科员倒是痛快，我们得了钱，一定是三一三十一，大家分用。’他这样说着，顺手一掏，就把那图章拿过去了。到了这时，我只有瞪眼望了人家，还能把那图章抢了过来吗？科长拿了图章向我笑着点了个头，开着招待室的门走了。我在招待室里呆站了一会，也就只好回到办公室里去，直到下班的时候，科长才把图章交还给我。在办公室里，我也不便向科长再说什么，只好接过图章微微一笑。自然在我那笑的时候，我的脸色并不十分安定。科长也许很明白了我的意思，走出机关的时候，和我同在街上走着，他就悄悄地向我说：‘那一百三十两黄金的本钱，挪的是公家的款子，在一星期之内，应当归还公家。剩余的钱，司长大概分三分之二，人家不是负着很大的责任吗？还有三分之一，我们两个人对分了吧。照责任说，我是负担重得多，你愿意多分我一点更好，那是情义。你若要平分，我也无所不可。我不过还有一句话，还得对你交代明白，这事情是我们合伙作了，你在司长当面可别提起。有什么事，我们私下谈得了。’”

魏太太道：“这样的说，那他们是个骗局啊！你怎样地对他说？”魏端本坐不住了，又站了起来，两手插在裤子袋里，还是绕了屋子中间的桌子走路，摇了两摇头道：“这就是我不能满意的一点了。一百三十两金子，可能赚二百来万，司长分一百二十万，我和科长分八十万，科长还要我少分一点，连四十万都分不到。作弊是大家合伙的，钱可要我分的最少。我越想越气，打算把这事，给揭发了，可是揭发不得。揭发之后，我首先得丢纱帽。以后哪个机关还敢用我这和上司捣蛋的职员？我和司长科长为难不是和自己的饭碗为难吗？”

魏太太笑道：“你真是活宝。你自己盖了章，自己答应同人合伙买金子，自己点了头愿意少分肥，为什么到了家里来这样后悔？就是后悔，也不算晚，明天你可以向司长提出抗议。”魏端本道：“那岂不是自己砸碎自己的饭碗吗？”

魏太太将头一偏道：“你这叫做废话！你怕事就干脆别说，还绕了这桌子转圈子干什么？”魏端本笑道：“这一点，我自己也莫名其妙。大概有两点是我心里有些搁放不下。第一，我只知道他们拿了支票到银行去做黄金储蓄，却不知道他们弄的是些什么花样；第二，做这么一笔大买卖，我只分那么一点钱，我有点不服气。这正像那青年女子，让拆白党骗了，太得不偿失了。”

魏太太皱了眉道："你怎么老说这个比喻？"魏端本手扶了太太的肩膀，向她笑道："我知道你是个好强的女人。不过你之好强，有些过分。自己作个正经女人，尊重自己的人格，那也就行了，还要替社会上一切的女人好强。天下的年轻女人全都像你这样好强，那么，做丈夫的人，就太可放心了。"

魏太太突然地站了起来，本来有意闪开了他。可是她起身离开半步之后，复又走着靠近来，然后握了他的手笑道："你好好地这样恭维我一顿干什么？我有什么可以效劳的，你尽管说，我一定尽力而为。"魏端本原是让她握着一只手的，看到太太表示着这样亲切，就以另一只手，反握了她的手，轻轻地摇撼了两下，笑道："你不要多心，我并没有什么事需要你帮忙的，不过我今天为了所作的事，得不偿失，心里非常地懊悔，这种事，除了回来对你商量，又没有其他的人可以说。其实，事情已经做了，纵使懊悔于事也无补。"

魏太太听他的话音，依然是颠三倒四。笑道："不要说了，我看你是饿疯了，直到现在为止，你还没有吃饭，我去和你做晚饭吃吧。"说着，又摇撼他的手几下，然后轻身到厨房里去了。魏端本单独地坐在屋子里，围了桌子，又绕了两个圈子，然后向床上一倒，将两只脚垂在床沿下，来回地摇撼着，两只手向后环抱着，枕了自己的头。他眼望了楼板，只管出神，回转眼珠来，他看到了一叠被上，放着太太的手皮包，顺手将皮包掏来打开，只一颠动，那只金镯子就滚了出来。他拿着镯子在手上颠动了几下，觉得那分量是够重的。看看镯子里面，印铸有制造银楼的招牌。花纹字迹的缝里，没有一点灰痕，当然是新制的。他想着，太太赢了钱，赶快就去买只金镯子，这办法是对的，只是她在什么地方，赢得了这一笔巨款呢？何况皮包里还很有几叠现钞。

他想到了现钞，就伸手到皮包里去，掏出钞票来再看验一次。在钞票堆里，夹有一张字条，是钢笔写的，上写："我已按时而来，久候不至，所许之物，何时交我？想你不能失信吧？知留白。即日下午五时。"这字条没有上下款，但笔迹认得出来，这是太太写的字，而且那纸条，是很好的蓝格白报纸上裁下来的，正是自己那日记本子上的。太太写这字条给什么人？人家许给她什么东西呢？写了这个字条，又为什么还放在手皮包里，没有给人呢？

魏先生把这张字条翻来覆去地看了若干遍，心里也正是翻来覆去地猜这些事的缘由。他想着，也许手皮包里，还有其他线索可寻，再将皮包拿过来，重新检查一遍。躺着还觉费事，坐了起来，将皮包抱在怀里，又把零碎东西一样样的看过，甚至粉扑儿包子，胭脂膏儿盒子，都打开来看看，但是这些东西，完全平常，并没什么痕迹。一转念，无故地检验太太的皮包，太太发作了，其罪非小，赶快把这些东西都收回到皮包里去。

正就在这时，魏太太走进屋子来向他笑嘻嘻地道："你吃点什么呢？"她说话时，眼睛向床上瞟了来，见那床单上放着一张字条，立刻哟了一声，把那字条抢在手上。魏端本看了他太太，还不曾说什么。魏太太把抽屉里的火柴，取出来擦了一根，立刻把字条烧了，带了笑道："不相干，这是和朋友开玩笑的。"魏端本原想问太太，这字条是怎么回事，现在字条烧成了纸灰，死无对证，也就无须再说什么了。

倒是太太毫不把这事放在心上，笑嘻嘻地走近了床边，向先生道："我给你煮点儿面条子吃吗，还是炒碗鸡蛋饭？"魏先生看到太太赔了笑容，就情不自禁地软化了，因道："我肚子里简直不觉得饿，你随便弄点什么我吃，都可以，要不然，省事一点，就到门口去买两个干烧饼我来啃吧？"

魏太太听说，伸手替他抚摸了头发。俯着身子对他笑道："你找本书看看，我好好地和你煮上一碗面。先让你吃个整饱，把心里这份儿难受先给它洗刷洗刷。”一面说着，一面将手去清理他的头上乱发。魏先生实在难得到太太这种殷勤与温存。当时被太太抚摩着，好像到按摩室里受着电烫似的，周身非常地舒适。

魏太太将她丈夫的头发抚摸了一会，见丈夫已把那张纸条的事忘记过去了，又伸手轻轻地拍了他的肩膀道：“一会儿工夫我就把面煮好了。”魏端本道：“我什么都吃，只要是你煮的。”说着，站了起来，两手连拍了几下。

魏太太看到这情形，什么痕迹都没有了，这就高高兴兴地向厨房里做饭去。在半个小时内她把面煮了来了，一只黑漆木托盘，托着两个小碟子，一碟是皮蛋和肉松，一碟是叉烧肉和香肠，另外两碗宽条子面，煮得清清楚楚的，在面堆上，铺着两撮咸菜肉丝浇头。便笑道：“这是为我赚了几文脏钱，犒劳犒劳我吗？”

魏太太笑道：“又发牢骚了，我老实告诉你，我没有这样好的巧手。我这是在斜对面面馆叫了来的。我不愿那伙计走进我们的卧室，我让他送到厨房里去，然后把家里的黑漆托盘转送到屋子里来。趁热吃吧。”说着，在衣袋里掏出两张方片白纸，把筷子擦抹干净了，然后两手捧着架在面碗沿上。魏端本对于太太这番招待，虽感到异乎寻常，但是太太盛情，不能不知好歹，反而表示怀疑，因之一切不加考虑，就痛痛快快地先吃完一碗面。

魏太太是空手坐在桌子横头，横过手肘拐来，斜靠了桌子沿坐着，直望了丈夫吃东西。魏先生把那碗面吃完了，她立刻将那碗残汤移开，而把这碗整面，立刻送到他面前去。魏先生笑道：“你何必这样客气，我一切忍受，不要惦记那张支票上的图章了。明天早上起来听行市吧，你那金镯子要下蛋了。”他说着，向太太瞟上一眼。太太的面孔，在电灯下就飞出左右两片红晕。魏先生看到太太这样子，那金镯子是不能提起了。这也就随着微微一笑，不再说话。

魏太太带着两三分尴尬的情形，默然地坐在桌子横头，看到先生把面吃完，立刻拿了黑漆托盘来，把碗碟收了过去。随着送洗脸水送热茶，进出了无数次。魏先生心里，本来想试探试探太太的口气，可是怕自己啰里啰唆，又把太太得罪了。因笑道："天天办公回来，若都有这样的享受，那真可以教人心满意足了。"

魏太太这时拿了一把长毛刷子，掸床单上的灰尘，弯了腰，一面刷灰，一面答道："这在战前，也太算不了什么了吧？我想，只要我们好好地合作，战后过今天晚上这份生活，那也太没有问题吧？"说着，把叠的被展开来，牵扯得四平八稳，又把两个枕头在床的一端摆齐了，回转身来，向丈夫做了个媚笑，因道："什么心事也不用想，睡吧。明天早上起来看报，看黄金加价的喜讯吧。"魏端本也是这样想着，管他今天做的事是黑是白，做了也是做了，明天黄金官价宣布出来，若是真变为三万五一两，那也就算中了个小小的头彩了。想到这里，心平气和自也安然去睡觉。

不过魏先生究竟是有心事的人，一觉醒来，见太太黑发蓬松，满枕都披散乌云，苹果脸儿紧偎在枕头窝里，紧闭了双眼，鼻子里呼噜呼噜地发出了鼻呼声，那她是身体困乏，睡得很甜呢。魏先生睁眼向吊楼的窗户上看了看，见窗纸完全变成了白色，重庆清晨的窗户有这样的白色，乃是时间已十分不早了。他一个翻身爬了起来，匆匆地披了一件灰布长衫，赶快开门就向外走。

这时，冷酒店里还没有上座，店老板正两手捧了一张土纸的日报，坐在板凳上看，立刻放下报望了他道："黄金官价涨到三万五了。魏先生，你买了金子没得？说是要涨价，硬是涨价喀。咧个老子，昨日子要是买到十两黄金储蓄的话，困了一觉，今天就赚到十五六万，这路生意不做，还做哪路生意?”魏端本睡眼蒙眬地站在老板面前。老板就将报纸递到他手上，笑道：“硬是涨到三万五一两。你看报吗?”

魏端本也没有说什么，双手将报纸接过，捧着展开一看，果然，第二版新闻里面，就有出号字作的题目，大书“黄金三万五千元一两，购买期货与黄金储蓄，即照新定价格办理。官方宣布此事时，虽业已深夜，但外间早日已有风闻，尤其昨日传言甚炽，故黄金黑市，即开始波动，预料今日更有剧烈之上升”。魏端本把这条简短的新闻，反复地看了几遍，脸上泛出了笑容，摇摇头自言自语的道：“真是朝里无人莫作官，怎么他们所猜的，就和官方宣布的丝毫不差呢?老板，你这张报，借给我送把太太去看看。”说着，正待转身要走，陶伯笙却在屋檐下叫了声魏先生。

抬头看时，陶先生已是西服穿得整齐，将他那个随身法宝大皮包夹在肋下。魏端本点个头道：“这样早就出门?”他站在屋檐下笑道：“吃早点去。今天有人发了财，要他大大请客了。你猜是谁?就是那卖一批五金材料的范先生。他把卖得的八百万元，滚了两滚，定了七百两黄金储蓄，你看，这赚的钱还得了哇！越是有钱的人，生意越好做呵。”魏端本笑着点点头道：“这么一来，我太太也发了个小财哩！”陶伯笙听说，倒为之愕然，站在冷酒店屋檐下呆了一呆。

第十回

乐不可支

陶伯笙也是一位在社会上来往钻动的人，尤其是这七年抗战的时候，社会上的人心，变得完全自私。只要是便于自私的，可以六亲不认。他夹着一个大皮包，终日在这种自私自利的人群里跑，什么人物行动，他看不出来？魏太太这两天在范家穿房入户，已不是一位赌友所应有的态度。再看看范宝华的言行举止，也就很不寻常，在这两方面一对照，这就大可明了了。这时听到魏端本说太太发了一个小财，觉得这语病就大了。照说，听了这话，应当反问人家一句，而且人家特意把话提了出来，也有引人反问的意味。不反问，也显着有意装聋卖哑了。他脑筋里接连地转了几个念头，他已很明白当如何答复这个问题，这就笑道："今天早上的日报，一定是很好的销路，谁不愿意听到黄金涨价的消息呀。"

魏端本笑道："那也不见得吧？没有买金子的人，他要知道这涨价的消息干什么？老实说，我看到这消息，心里就十分地不痛快。眼睁睁地看到人家平地发财，我丝毫捞不着，有点不服气。尤其是这抗战期间，我们当公务员的，千辛万苦，为国家撑着大后方这个政治机构，虽没有到前方去冲锋陷阵，可是躲在防空洞里，还不免抱着公事皮包，也算尽其力之所能为了。商人……”他一口气地说下来，说到商人这两个字，觉得这问题已转到了陶伯笙本人身上，大清早的怎好对人嘲骂？立刻转了话锋笑道：“其实这也是不可理解的事，我既讨厌黄金涨价的消息，为什么我还巴巴地爬起来就拿报看呢？这就叫过屠门而大嚼，虽不得肉，聊以快意了。老兄衣冠整齐，似乎已经早起来了，也是过屠门吗？”

陶伯笙笑道：“我的确要大嚼一顿，倒不是过屠门。”魏端本倒无意问他什么大嚼，手里捧了那张报纸，自向屋子里走，口里自言自语地道：“像陶伯笙这样的小游击商人听说黄金涨了价，都兴奋之至，别个大商人就不用说了。怪不得他一早起来就有一顿大嚼。”

魏太太睡在床上，当他们在冷酒店里说着黄金价目的时候，她就醒了。睁眼见丈夫捧了报纸进来，这就突然地坐了起来，笑道：“黄金果然涨到三万五了吗？”魏端本笑道：“一点不错。你看这事，我应当怎么办？”他右手将报递给太太，左手在头上连连的乱搔一阵。

魏太太找着那段新闻，匆匆地看了一遍，披衣下床，向魏先生微笑着道：“你这个书呆子，还在这里发什么痴，你应该快点去见你那贵科长，看他表示着什么态度。趁着他还在高兴的时候，你要和他谈什么条件，也许他乐于接受。这就叫打铁趁热，你懂是不懂？”说着，伸手轻轻地拍了他两下肩膀。

魏端本想着也是，看了报上的消息，是买了金子的人，谁也得高兴一下。在科长高兴的时候，话是好说的，于是匆忙着打水洗了一把脸。太太发财找机会的心，似乎比他还要热烈；他在这里洗脸，她却在旁边送香皂，送牙膏，不断地伺候着。

魏先生还没有把脸洗完，魏太太就端了一盏新泡的茶送过来。她还怕茶太热了，魏先生喝着烫口，另将一只空杯子，把茶倒来倒去，两个杯子来回的冲倒了十几次，将茶斟得温热了，递给丈夫。笑道："喝吧。喝了就走，我还等着你的好消息哩。"说着又把那顶半旧的呢帽子交给他。魏端本戴起帽子，太太又将皮包塞到手上。魏端本虽感到太太有些催促的意思，反正那也是青年女子发财心急吧。他说了声等好消息吧，就转身向外了。

但在他将出房门的时候，回头看了一看，却见太太抬起手臂来看过手表，又把手表送到耳边听听。现着有什么时间性的事要办一样，心里不免带上一些奇怪的意味出门而去。魏太太并不觉丈夫有什么惊异之处，洗脸水盆放在五屜柜上，水还没有倒去呢，就支起桌上的镜子来，多多地在脸上抹着香皂，然后低头伸到脸盆去洗脸。这和平常将把湿毛巾随便抹了抹嘴唇和眼睛大为相反。她左手按住了盆沿，右手托住带水的手巾，在脸上抹了十几下。自己也料着洗得够干净，将手巾拧干，把脸上水渍擦干，手巾捏成一团，向桌上一扔。立刻把她制服男子时的武器，如雪花膏、粉扑、胭脂、唇膏等等，全数由抽屜内取出来，放在镜子边。

尽管心里是恨不得一步就踏出大门去的，但是这化妆的功夫，却不肯草草，先在脸上抹匀了雪花膏，再将粉扑子满脸轻轻抹上香粉，尤其是鼻子两边，这是粉不容易扑匀的所在，她对着镜子从容地按上了几遍。在镜子里看得粉是扑匀了，这才将胭脂盒里铜钱大的小胭脂扑儿，在腮脸上转着圈儿，慢慢地去涂画着。她有两支口红，一支深红的，一支淡红的，她对面前这两支口红，踌躇着选择了很久，最后选择了那深红的，在嘴唇上仔细地而又浓厚地涂抹着。涂抹完了，还用右手的中指，在嘴唇上轻轻地画匀。每一下都正对了镜子工作，让嘴唇和脸的赤白界限非常的清楚，最后一次，是画眉毛了，在抽屉里找出先生工作用的铅笔，在眉毛上来回的画了十几道，将眉梢画得长长的。

一切都化妆完毕，对镜子再看看，这还感到怕有不周全之处，把桌上那个湿手巾团儿拿起，将中指卷着一点儿手巾边缘，把眼睛的双眼皮细细地抹去粉渍。这样，双眼皮就格外地分明了。脸上的工作完了，才去把生发油瓶子取过来，很不惜牺牲的，在左手心里倒下了满掌的油。然后放下瓶子，两手心分盛着油，向烫的头发上涂抹着，其次是弯腰对了镜子，取过梳子，把头发从头到尾梳理。尤其是烫发的尾梢，这是表现美丽的所在，左手梳着，右手托着，让它每个乌云卷儿非常地蓬松而又不乱。这个修理头面的工作，她总耗费了三十分钟，然而她还觉得是过于匆忙的。

把五屉柜上那些征服男子的重武器，全部送回到抽屉，以后她还拿起桌上的镜子照过两次，她感到时间是不许可再拖延了。立刻把挂在墙上的那件花绸长夹袍穿上。这是她不无遗憾的事，无论到哪里去做客，就是这件衣服，见过三面的人，就要让自己的容光减色了，但这没有办法，就是有钱临时去做也来不及。她踌躇了一会，夹上大衣和皮包，又照了一下镜子。皮鞋今天先换上的，因为自己有这个毛病，常常是因匆促地出门，忘记了换皮鞋，有时走出门很多路，复又回来换上皮鞋，这次有意纠正这个错误，所以先把皮鞋穿上了。

这时走出了门，正要雇人力车，可是低头看到自己这双皮鞋，却是灰土蒙着的，还走回了屋子去，要整理一下。急忙中又找不到擦皮鞋的东西，就把桌上那湿手巾团拿起，将紫色皮子洗干净了，也就放出了一阵红光，她这算满意了，带三分高兴，七分焦急，雇人力车子，就奔向她的目的地而去。她坐在车上，还两次抬起手腕上的表来看了看时刻，距心里头的八点钟仅仅只过十分钟，觉着是没有多大问题，这就取出手皮包里的小粉镜对着脸上照了两次。

车子到了目的地门口，就是大广东馆子。她付出车钱，赶快地走进食堂，但到了食堂门口，就把脚步放缓了。她眼光很快的，向满茶座横扫了一遍。早就看到范宝华和陶李二位坐在茶座上大吃大喝。只看范的脸上那收不住的笑容，就知道他心里是太高兴了，但她虽是看到，却不向他们座位上走去。故意地远远绕开正中若干座位，走向食堂的角落里去。

范宝华看到，突然由座位上站起来，手里拿着筷子，连连地招了几下手笑道："请这边坐。"魏太太向他点了两点头，依然在座位上坐下。范宝华见她不肯过来，也就只有自行坐下了，但他那双眼睛，却直向这边探望着。约莫有十分钟，见她那位子上还只是一个人，便笑道："老陶，你过去看看，她若是自用早点，就请她过来坐吧。你是她老邻居，一请就会来的。"说着，又伸手将陶伯笙推了两下。

陶伯笙对于这事，自然是感到有些不大方便，可是今天的范老板，非比等闲，已是拥有七百两黄金的家翁了，便带着笑容走向魏太太座位上去。果然不辱使命，人家就让他邀着同走过来了。范宝华见她走来，便已起身相迎。她到了座位前，并不坐下，扶了椅靠站定，因笑道："让我做个小东吧。"

范宝华道："谁作东都没有关系，请坐下吧，魏太太不等什么人吗？"她笑道："我今天起早出来买点东西，路过门口，顺便来吃些早点。"陶伯笙道："那就更不客气了，我都愿意替范先生代邀你这位贵客。"

范宝华三个指头夹住了纸烟，抿着嘴吸了一口，然后喷着烟笑道："你那下面几句话，我替你说了吧，范先生买金子发了财了。哈哈！"魏太太还是不肯坐下，向他脸上瞟了一眼，见他眉飞色舞，喷出来的烟，像一支箭似的，向面前直射出去，便是这烟，好像都带了一股子劲。因笑道："可不是吗！一夜之间，一两金子就赚一万五千元，千把两金子这要赚多少钱?"

范宝华站起来连连地点了头笑道："请坐请坐！要吃点什么?"说着，将桌子外的椅子，向外轻轻拖开了几寸路，笑道："只管坐下来吃，反正我不请客也不行。"魏太太带了几分踌躇的样子，缓缓地坐了下来。陶伯笙就斟了一杯茶，送到她面前来放着。魏太太欠了一欠身子，因笑道："陶先生也是这样客气。"陶伯笙笑道："你别瞧不起我，我也打算请客。因为我多少也赚了一点钱吧?"他说着，抿了一支烟在嘴里划着火柴，将烟点上。当他划火柴的动作时，手指像上足了发条的机件，摆动得非常的有力。魏太太抿了嘴笑着，没有作声。

范宝华笑道："真的，老陶也弄了几两，小有赚头。就是他……"说着，伸手拍了两拍李步祥的肩膀，笑道："他也不会放过这个很好的机会呀。"李步祥今天的确也在高兴之中，他右手举了筷子，夹着一个大鸡肉包子，左手端了一杯热菜，一面喝着茶，一面吃点心，那脸上的笑容，不住的将肌肉挤得颤动，自是十分地高兴，便向他微微地点着头道："那么，李老板也可以请客。"李步祥正将那大鸡肉包子满口的含着，没有了说话的机会，翻着大眼望了她，只是笑。魏太太在应酬过了陶李二人几句话之后，没有话说，将桌子角上放的两份日报拿起来看着。

范先生再三地请她吃点心，她只提起筷子，夹了一块荸荠糕，将四个门牙，一丝丝地咬着咽下。吃完了那块荸荠糕，放下筷子，又拿起报来看着。陶伯笙偷眼看看范先生的颜色，透着十分的踌躇，便立刻站起来道："今天上午，我还应当出去忙上一阵。老李，怎么样？我们一路走走吧。"李步祥口里还在咀嚼着东西，拿了一张擦筷子的纸片，抹了几下嘴，两手按住了桌沿，缓缓地站了起来，笑道：“走？好，我们就走。”魏太太并不作声，向两个瞟了一眼。

范宝华道：“你们要去发财，我也不能拦着。请吧。”他说时，并不起身，抬起手来，向他们连挥了两挥。李步祥并没有理会到陶伯笙叫他走是什么意思，现在范宝华也叫他走，他就料着这里面必定有什么缘故，也就把挂在柱子上的帽子摘下，向大家点了个头，笑道：“我走了，我走了！”他说着话，只是倒退着向外走。他没有理会到身后的椅子，给绊住了腿，人向旁边一歪，几乎倒了下去。幸是旁边有一根柱子，伸手一撑，把身子撑住了。魏太太看到，只是抿嘴笑着，立刻掏出手帕来捂住嘴。

范宝华笑道：“走好一点，别犯了脑充血。赚几个钱，吃一点，穿一点，享受享受，别拿去吃药。”李步祥红着那张胖脸，微微地笑着，手捧着帽子连连地作了几个揖，也就抢着走开了。陶伯笙向二人也是笑着一点头，然后走去。魏太太对李步祥那些笨重举动，倒没什么介意，看到陶伯笙走去的一笑，心里却是一动。他们走了，她端起一杯茶来，慢慢地抿着。

范宝华在她对面望着，见她今天满面红光，低声笑道：“你大概知道我发了个小财了。”魏太太道：“怎么是小财？是大大的一注财喜吧。”范宝华道：“我也情愿发笔大财。发了大财，我当然也要……也要……也要帮你一个大忙。”他说到最后一句，声音就非常的低微。魏太太倒不去追问他下面是一句什么话，却伸了手向他道：“给我一支烟吸吸吧。”

范宝华托着烟盒子送到她面前去，让她取过一支，然后取回烟盒子去，掏打火机，将火焰打出来了，送到她面前来，给她将烟点上。笑道：“我和你说句实话，的确，这次我可以赚到一千多万。我若是好好地运用一下，不但现在日子好过，就是将来国家胜利了，回到江苏去安家立业，也没有什么问题了。”魏太太手肘拐撑了桌子沿，两手指夹了纸烟，放到嘴唇里抿着，慢慢地向外喷着，乌眼珠一转，向他微笑着道：“你的确是有办法，这年头是有钱人的世界，不，自古以来，就是有钱的人有办法了。”

范宝华对于她这样感慨而又像钦佩的话，突然而来，实在有些莫名其妙。因笑道：“我们找个地方去玩玩好吗？我为了这票生意，足足紧张了三天三夜，现在事情算是大功告成。我得好好地休息一下了。我有很多的话，想对你说说，你能和我一路走吗？”魏太太对他脸上张望了一下，微笑道：“我们有什么问题需要商量的吗？还要特地找个地方谈谈！”

范宝华取一支烟卷吸着，烟卷抿在嘴唇里，他按着了打火机，正待点火，却又把打火机盖上，同时，烟卷也取了下来，横放在桌上。他的手臂，和这烟卷，取了一个姿势，两手横抱着，平放了在桌沿上，身子半伏在手臂上，两只眼睛的光线，差不多对起来，全射在面前两碟点上。似乎呆定着在想个什么问题。这样想了四五分钟，然后向她笑道：“我们有许多地方很对劲。假如你愿和我长期合作的话，我愿把我将来的计划，详细地和你谈一谈。”魏太太淡淡地一笑，她并没有说话，但她的眼珠向范先生一转，似乎在这个动作里面，表示了一点轻视的意味。

范宝华笑道：“田小姐，你以为我这是信口胡诌的话？”魏太太提起茶壶来，向杯子里斟着茶，似乎她心里，笑得有些乐不可支，手里那茶壶，被她斟得有些颤动。放下茶壶，端起茶杯，靠了嘴唇，慢慢儿地呷着，她的视线，由茶杯沿上射过来，射到范先生脸上。在他的脸上，似乎隐隐地刻下了两行字：我有金子七百两，我有法币两千多万。在民国三十四年春间，对于一位拥有两千多万资财的人，那还是不可不加以尊重的。便放下杯子来向他笑道：“我不是说了吗？有钱的人，总是有办法的，你现在是个财翁了，要做什么计划的话，那还不是要什么有什么，怎么会是胡诌？不过你那有钱的人的复员计划，说给我们这没有钱的人听着，那不是让我增加为难吗？我不愿和你谈。”

范宝华虽听了她拒绝的话，可是看她的脸色，还是笑嘻嘻的，便说：“日久见人心，那就将来再谈吧。不过我告诉你一个好消息，今天罗家有个热闹场面，我已经被邀参加，你也去一个，好不好？”魏太太道：“赌钱的人，听到了有场面，不会拒绝参加的。不过你们今天这个场面，是庆功宴，我姓魏的有什么资格参加呢？”

范宝华道：“倒不一定是庆功，不过一部分人确是有点高兴。你要去参加，那没有什么关系，我和你垫一批资本。”她微笑着望了他道：“你和我垫资本？垫多少？我赢了，当然可以还你，我若是输了呢？”

范宝华笑道：“我们的事，那还不好说吗？我决不骗你，先付现，以为凭证。”说着，在西服口袋里，各处搜罗了一阵，搜出大小八叠钞票，除了留下两小叠外，其余一把捏着，都放到魏太太面前，笑道：“你看这作风如何？”魏太太真也没得话说了，嘻嘻地一笑。

范宝华道：“罗家大概预备了一顿午饭，我们是上午去，黄昏以前回到重庆来。”魏太太道：“那不行，家里的事，一点没有安排，这个时候，就要过江，那又得牺牲一天的整工夫。”范宝华笑道：“这是推诿之词吧？以往你出来赌钱，还不是赌到半夜里回家，那个时候，你怎么不说是牺牲一整天的工夫呢？”魏太太向他望着，笑了一笑。

范宝华道：“你也没得可说的了。那么，我们马上就过江去吧。”说着，掏出钱来，竟自会账。他原来放在魏太太面前的那六叠钞票，却像没有其事，竟自站起来向柱子上去取下帽子来，向头上戴着。魏太太却依然坐着不动，还是提起茶壶来，向杯子里斟上一杯茶，笑着把肩膀颤动了几下。

范宝华走着离开了座位几步，就半偏了身子，两手环抱在胸前，斜伸了一只脚，对她看着。魏太太慢条斯理地站了起来，好像是很不经意的样子，把桌上放的那几叠钞票拿着，又很不经意地拿在手上。

范宝华笑道："你收起来吧。这是第一批，我也希望你只要这第一批。万一不够，我还可以给你补充起来。"魏太太笑道："你怎么打坏我的彩头，我要挂印封金了。"她借着这封金的一个名词，立刻打开皮包来，把几叠钞票向里面塞着，然后慢慢地走出座位来。

范宝华看到她走来了，就站着不动，让她在前面走。等她走过去了，然后在后面紧紧地跟着。走出了馆子大门口，魏太太站在路边，两头望了一望。

范宝华道："今天我们两人合作，也许可以大获胜利，而且今天在场的几位战将，我把他们的脾气，也摸得很熟。趁着这两天的运气还不错，我们来一回锦上添花，好不好？"魏太太抿了嘴微笑，对他看看。范宝华道："的确的，今天这场赌，我们一定可以捞他一笔，别回家了，我给你雇车吧。"她又在街两头张望了一下，因道："别雇车了，我先走，在南岸码头上等你。"

范宝华喜欢得肩膀扛起了两下，眯住了双眼向她笑问道："你说这话是真的？"魏太太将嘴一撇，低声道："我现在不是让你控制住了。我要撒谎，也不敢向你撒谎呀！"她虽是低着声音的，可是她的语尾，非常地沉着，好像很有气。说毕，她扭身就走了。

范宝华站着没动，看了她的去路，确是走向船码头，这就自言自语地道："我控制你？黄金控制你。有黄金，不怕你不跟我走，黄金黄金，我有黄金！"

第十一回

极度兴奋以后

二十分钟后，范宝华也追到了轮渡的趸船上。魏太太手捧一张报纸，正坐在休息的长凳上看着呢。范宝华因她不抬头，就挨着她在长板凳上坐下。魏太太还是看着报的，头并不动，只转了乌眼珠向他瞟上一眼。不过虽是瞟上一眼，可是她的面孔上，却推出一种不可遏止的笑意。范宝华低声笑道："我们过了江，再看情形，也许今天不回来。"魏太太对这个探问，并没有加以考虑，放下报来，回答了他三个字："那不成。"范宝华碰了她这个钉子，却不敢多说，只是微笑。

这是上午九点多钟，到了下午九点多钟，他们依然是由这趸船，踏上码头。去时，彼此兴奋的情形还带了两三分的羞涩。回来的时候，这羞涩的情形就没有了，两人觉得很热，而且彼此也觉得很有钱，看到江岸边停放着登码头的轿子，也不问价钱，各人找着一乘，就坐上去了。上了码头之后，魏太太的路线还有二三百级坡子要爬，她依然是在轿子里。范先生已是人力车路，就下了轿子了。因站在马路上叫道："不要忘记，明天等你吃晚饭。"魏太太在轿子上答应着去了。

范宝华一头高兴地回家，吴嫂在楼下堂屋里迎着笑道："今天又是一整天，早上七点多钟出去，晚上九点多回来。你还要买金子？"范宝华道："除了买金子，难道我就没有别的事吗？"他一面说着，一面上楼，到了房间里，横着向床上一倒，叹了一口气道："真累！"

吴嫂早是随着跟进来了，在床沿下弯下腰去，在床底下摸出一双拖鞋来，放在他脚下，然后给他解着鞋带子，把那双皮鞋给脱下来。将拖鞋套在他脚尖上，在他腿上轻轻拍了两下，笑道："伺候主人是我的事。主人发了财，就没得我的事了。"范宝华笑道："我替你说了，二两金子，二两金子！"吴嫂道："我也不是一定是啥金子银子，只要有点良心就要得咯。"范宝华道："我良心怎么样了？"

吴嫂已站起来了，退后两步，靠了桌子角站定，将衣袋里带了针线的一只袜底子低头缝着。因道："你看吗？都是女人吗。有的女人，你那样子招待，有的女人，还要伺候你。"范宝华哈哈一笑地坐了起来，因道："不必吃那飞醋，虽然现在我认识了一位田小姐，她是我的朋友，我们过往的时间是受着限制的。你是替我看守老营的人，到底还是在一处的时候多。"

吴嫂道："朗个是田小姐，她不是魏太太吗？"范宝华道："还是叫她田小姐的好。"吴嫂把脸沉了下来道："管她啥子小姐，我不招闲（如沪语阿拉勿关），我过两天就要回去，你格外（另外也）请人吧。"范宝华笑道："你要回去，你不要金子了吗？"吴嫂嘴一撇道："好稀奇！二两金子吗！哼！好稀奇。"说时，她还将头点上了两点，表示了那轻视的样子。

这个动作，可让范先生不大高兴，便也沉下了脸色道："你这是什么话，你是我雇的佣人，无论什么关系，佣人总是佣人，主人总是主人，你做佣人的，还能干涉到我做主人的交女朋友不成？你要回去，你就回去吧。我姓范的就是不受人家的挟制。我花这样大的工价，你怕我雇不到老妈子?”吴嫂什么话也不能说，立刻两行眼泪，成对儿地串珠儿似的由脸腮上滚了下来。范宝华走到桌子边，将手一拍桌子道：“你尽管走，你明天就和我走。岂有此理。”说着，趿了拖鞋下楼去了。

吴嫂依然呆站在桌子角边。她低头想着，又抬起头来对这楼房四周全看了一看，她心里随了这眼光想着：这样好的屋子，可以由一个女佣人随便地处置。看了床后叠的七八口皮箱，心里又想着，这些箱子，虽是主人的，可是钥匙却在自己身上，爱开哪个箱子，就开哪个箱子。这岂是平常一个老妈子所能得到的权利?至于待遇，那更不用说，吃是和主人一样，甚至主人不在家，把预备给主人吃的先给吃了，而主人反是吃剩的。穿的衣服呢?重庆当老妈子，尽管多是年轻的，但也未必能穿绸着缎。最摩登的女仆装束，是浅蓝的阴丹士林大褂，与杏黄皮鞋。这样的大褂，新旧有四件，而皮鞋也有两双。工薪呢，初来的时候，是几十元一月，随了物价增涨，已经将明码涨到一万，这在重庆根本还是骇人听闻的事，而且主人也没有限制过这个数目，随时可以多拿。尤其是最近答应的给二两金子，这种恩惠，又是哪里可以找得到的呢?辞工不干，还是另外去找主人呢?还是回家呢?另找主人，决找不到这样一位有家庭没有太太的主人。回家?除了每天吃红苕稀饭而外，还要陪伴着那位黄泥巴腿的丈夫，看惯了这些西装革履的人物，再去和这路人物周旋，那滋味还是人能忍受的吗?

她越想她就越感到胆怯，不论怎么样也不能是自动辞工的了。辞工是不能辞工，但是刚才一番做作，却把主人得罪了。手上拿了那只袜底子，绽上了针线，却是移动不得。这样呆站着，总有十来分钟，她终于是想明白了。这就把袜底子揣在身上。溜到厨房里去，舀了一盆水洗过脸，然后提着一壶开水，向客堂里走来。

范先生是架了腿坐在仿沙发的藤椅上。口里衔了一支纸烟，两手环抱在胸前，脸子板着一点笑容都没有。吴嫂忍住胸口那份气岔，和悦了脸色，向他道："先生，要不要泡茶？"范宝华道："你随便吧。"吴嫂手提了壶，呆站着有三四分钟，然后用很和缓的声音问道："先生，你还生我的气吗？我们是可怜的人吗！"说到这里，她的声音也就哽了，两包眼泪水在眼睛里转着，大有滚出来的意味。

范宝华觉得对她这种人示威，也没有多大的意思，这就笑着向她一挥手道："去吧去吧。算了，我也犯不上和你一般见识。"吴嫂一手提着壶，一手揉着眼睛走向厨房里去了。范宝华依然坐着在抽烟，却淡笑了一笑，自言自语地道："对于这种不识抬举的东西，决不能不给她一点下马威。"就在这时，李步祥由天井里走进来，向客堂门缝里伸了一伸头，这又立刻把头缩了回去。

范宝华一偏头看到他的影子，重声问道："老李，什么事这样鬼鬼祟祟的。"他走了进来，兀自东张西望，同时，捏了手绢擦着头上的汗。然后向范宝华笑道："我走进大门就看到你闷坐在这里生气，而且你又在骂人不识抬举。"范宝华笑道："难道你是不识抬举的人？为什么我说这话你要疑心？"李步祥坐在他对面椅子上，一面擦汗，一面笑道："也许我有这么一点。你猜怎么着，今天一天，我坐立不安。我到你家里来过两次你都不在家。"

范宝华道："你有什么要紧的事，要和我商量吗？"李步祥抬起手来搔搔头发道："你的金子是定到三百两了，可是黄金定单，还在万利银行呢。这黄金能说是你已拿到手了吗？你没有拿到手，你答应给我的五两，那也是一场空吧？"范宝华道："那要什么紧，我给他的钱，他已经入账。"李步祥道："银行里收人家的款子，哪有不入账之理？他给你写的是三百两黄金呢？还是六百万法币？"范宝华道："银行里还没有黄金存户吧?”李步祥道:“那么,他们应当开一张收据,写明收到法币六百万元,代为存储黄金三百两。你现在分明是在往来户上存下一笔钱,你开支票,他兑给你现钞就是了,他为什么要给你黄金?若给你黄金的话,一两金子,他就现赔一万五,三百两金子,赔上四百五十万。他开银行,有那赔钱的瘾吗?”

范宝华吸着纸烟,沉默地听他说话。他两个指头夹了烟支放在嘴唇里,越听是越失去了吸烟的知觉。李步祥说完了,他偏着头想了一想,因道:“那不会吧?何经理是极熟的朋友,那不至于吧?”李步祥道:“我是今天下午和老陶坐土茶馆,前前后后一讨论,把你的事就想出头绪来了。那万利银行的经理,他有那闲工夫,和别人买金子,让人家赚钱,他倒是白瞪着两眼,天下有这样的事吗?开银行的人,一分利息,也会在账上写得清清楚楚,我不相信他肯把这样一笔大买卖,拱手让人。”

范宝华将手指头向烟碟子里弹着烟灰,因道:“哟!你越说越来劲,还抖起文来了。你说不出这样文雅的话,这一定是老陶说我把这笔财喜拱手让人。”李步祥咧开了厚嘴唇的大嘴,嘻嘻地笑着。

范宝华背了两手在屋子里踱来踱去。然后顿一顿脚道:“这事果然有点漏洞。我是财迷心窍,听说有利可图,就只想到赚钱,可没有想到蚀本。”李步祥道:“蚀本是不会蚀本,老陶说,一定是万利银行想买进大批黄金,一时抓不到头寸,就在熟人里面乱抓。你想,他明知道这二日黄金就要涨价,他凭什么不大大地买进一笔,就是他没有意思想做这投机生意,你在这个时候,几百万的在他银行存着,他为什么不暂时移动一下。你相信你存进去的几百万,他会冻结在银行里吗?你又相信他做了黄金储蓄,不自己揣起来,会全部让给别人吗?”

范宝华道:“你和老陶所疑心的,那一点不会错,不过何经理斩钉截铁地和我说着，他不应该失信。纵然他有意坑我，一位堂堂银行的经理，骗我们这小商人的钱，见了面把什么话来对我说?”李步祥笑道：“我们想来想去，也就只有这样想着，明天你不妨向何经理去要定单，看他怎么说。你可不能垮，你要垮了，我们的希望那就算完了。”

范宝华是点了一支纸烟夹在手指上的。他把两只手背在身后，在屋子里踱来踱去。听了这话，把手回到前面，把那截纸烟头子突然地向身边的痰盂里一扔，又把脚一顿，唉了一声道：“不要说了，说得我心里慌乱得很。”李步祥看他的颜色，十分不好，说了声再见，一点头就走了。

范宝华满腹都是心事，也不和他打招呼，兀自架腿坐在椅子上吸烟。那吴嫂不知就里，倒以为主人还是发着她的气，格外地殷勤招待。在平常，范宝华到了晚上十二点钟总要出去，到消夜店里去吃顿消夜。今天晚上也不吃消夜了，老早地就上楼去安歇。他这晚上，在床上倒做了好几个梦，天不亮他就醒了。

他睁着眼睛躺在床上，到了七点多钟，再也不能忍耐了，立刻披衣下床，就走出了门去。他为了要得着些市场上的消息，就在大梁子百货市场的旁边，找了家馆子吃早点。这座位上自有不少的百货商人看到了他占着一副座头，都向他打个招呼，说声范老板买金子发了财。范宝华正是心里十分不自在，人家越说他买金子发财，他心里越不受用。怀着一肚子闷气，端了一杯茶，慢慢地呷着，还另把一只手托了头，只管对着桌上几碟点心出神。肩膀上轻轻地让人拍了一下。接着一股子脂粉香味，送到鼻子里来。

他回头看时，是个意外的遇合，乃是袁三小姐。便站起来笑道：“早哇！这时候就出来了。”她也不等人让，自行在横头坐下，两手抱了膝盖，偏了头向范宝华笑道：“我是特意找你来的，你怕我找你吗?”他坐下笑道："我为什么怕你呢？至少，我们现在还是朋友呀。"

袁三先叫着茶房要了一杯牛乳，又要了一份杯筷，然后向他道："既然还是朋友，我就不必客气了。老范，人家都说你在前日，抢买了大批黄金，你真有手段，这又发了整千万的大财吧？"范宝华提着茶壶，向她杯子里斟着茶，笑道："黄金储蓄是做了一点，可是我为这件事，还大大地为难呢！"于是就把万利银行办手续的经过全告诉了她。然后向她笑道："我越想越不是路数，恐怕是上了人家的当。"

袁小姐笑道，哼一声，眼珠向他瞟着道："假如现在我们还没有拆伙，我和你出点主意，就不会让你这样办。我用钱是松一点，但是我也不会白花人家的。不过站在朋友的立场上，我还可以帮你一点忙。索性告诉你，我今天起这个早，就是特意来找你的。"范宝华道："我这件事，很少有人知道哇，莫不是老李告诉你的？"

这时，大玻璃杯子，盛着牛乳送来了。她用小茶匙舀着牛乳慢慢地向嘴里送着。因微笑道："你小看了袁三了。我路上有两个熟人，也是在万利做来往的。那何经理是用对付你的手腕，一般地对付他们，说是可以和他们抢做一批黄金储蓄，把人家的头寸，大批地抓到手上足足地做上一批黄金储蓄，那可是他的了。"范宝华道："你怎么知道万利银行会这样干？"

袁三笑道："已经有人上了当，明白过来了。人家比你做的还十分周到呢。万利收到他款子的时候，还开了一张临时收据，言明收到国币若干，按官价代为储蓄黄金，一将定单取得，即当如数交付。收据是这样子说的，照字面说，并没有什么毛病，可是昨天那储蓄黄金的人，和银行里碰头时，他们就露出欺骗的口风了。第一就是这次黄金加价，外面透露了风声，财政部对于黄金加价先一日的储户，一概不承认，定单大概是拿不到了。若一定要储蓄，只有按三万五千元折合。老范，你这次可上了人的当，那样的一张代存黄金储蓄的收据都没有，你凭着什么向人家要黄金定单？”

他本来是满肚子不自在。听了这些话，脸色变了好几次，这就斟满了一杯茶，端起来一饮而尽，接着一摆头道：“不谈了，算我白忙了三四天。”这时，正有一阵报贩子的叫唤声音，由大门外传了进来。范宝华起身出去，买了一份，两手捧着一面走，一面看，走回了座位。将报放在桌上，用手拍了报纸道：“完了完了，就是万利银行承认，我做了黄金储蓄，我也没法子取得定单。”

袁三取过报来看时，见要闻栏内，大衣纽扣那么大的字标题：“黄金加价泄漏消息”大题外，另有一行小些的字标题，乃是某种人舞弊政府将予彻查。再细看内容，也就是外传的消息，黄金加价头一天定的黄金储蓄，一律作废。袁三将报看完，带着微笑，依然放下。望了他道：“老范，我们总还算是朋友，你能不能相信我的话，让我帮你一点忙？”范宝华道：“事到于今，还能有什么法子挽回这个局面吗？”

袁三道：“你存在万利银行的那笔款子，他虽不能给你黄金定单，可是他还能不退回你的现钞吗？你有现钞，怕买不到黄金？”范宝华不由得笑了，很自在地取了一支烟衔在嘴里，划了火柴点着，吸着烟喷出一口烟来。因道：“这一层你还怕我不知道？可是再拿现钞去买黄金，就是三万五千元一两了。”

袁三笑道：“你虽是个游击商人，若论到投机倒把，我也不会比你外行。若是叫你去买三万五千元一两的黄金，我也就叫多此一举了。”范宝华将手指着报上的新闻道：“你看黄金黑市，跟着官价一跳，已跳到了七万二。还有比三万五更低的金子可买吗？”

袁三笑道：“你买金子，钻的是官马大路，你是找大便宜的，像人家走小路捡小便宜的事，你就漆黑了。昨天的黄金，不是加价了吗？就有前两天定的黄金储蓄，昨天才拿到定单的。照着票面，两万立刻变成了三万五，他赚多了。若是到六个月，拿到值七八万元一两的现金，那就赚得更多，可是那究竟是六个月以后的事呀。算盘各有不同，他宁可现在换一笔现金去做别的生意，所以很有些拿到二万一两定单的人，愿以三万一两的价格出卖。在他是几天之间，就赚了百分之五十，利息实在不小。你呢，少出五千元一两，还可以做到黄金储蓄，这比完全落空，总好得多吧？你若愿意出三万元一两，我路上还有人愿出让三四百两。你的意思怎么样？”她说着这话时，将一只右手拐撑在桌沿上，将手掌托了下巴，左手扶了茶杯，要端不端地，两只眼睛，可就望了范宝华的脸。

范宝华道：“照说，这是一件便宜买卖。不过我明明买到了二万一两的黄金，忽然变着多出百分之五十，我不服这口气。”袁三听说，手拿了桌上的皮包，就突然地站了起来。因笑道：“我话只说到这里，信不信由你。扰了你一杯牛乳，我谢谢了。”说着扭身走去。

她走到了餐厅门口回头看来，见他还是呆呆地坐在座头上的，却又回转身，走到桌子边，笑道：“老范，我们交好一场，我不忍你完全失败，我还给你一个最后的机会。假如你认为我说的话不错，在三天之内去找我，那还来得及。三天以后，那就怕人家脱手了。”她说着将皮包夹在肋下，腾出手来，在范宝华肩膀上轻轻拍了两下。她向来是浓抹着脂粉的，当她俯着身子这样的轻轻地拍着的时候，就有那么一阵很浓的香气，向老范鼻子里袭了来。他昂起头来，正想回复她两句话，可是她已很快地走了。尤其是她走的时候，身子一掀，发生了一阵香风。这次她走去，可是真正地走了，并不曾回头。

范宝华望了她的去影，心里想着：这家伙起个早到茶馆子里来找我，就为着是和我计划做笔生意吗？她有那样的好意，还特意起个早，来照顾我姓范的发财吗？他自己接连地向自己设下了几个疑问，也没有智力来解决。但他竟不信李步祥和袁三怀疑的话，完全靠得住。他单独地喝着茶，看看报，熬到了九点钟，是银行营业的时候了，再不犹豫，就径直地冲上万利银行。

到了经理室门口，正好有位茶房由里面出来，他点了头笑道："范先生会经理吗？"范宝华道："他上班了吗？"茶房道："昨日上成都了。"范宝华道："前两天没有说过呀。那么，我会会你们副理刘先生吧。"茶房道："刘副理还没有上班。"范宝华道："你们经理室里总有负责的人吧？"茶房道："金襄理的屋子里。"范宝华明知道襄理在银行里是没有什么权的，可是到了副理不在家，那只有找襄理了，于是就叫茶房先进去通知一声。

那位金襄理还是穿了那身笔挺的西服，迎到屋子外来，先伸了手和他握着，然后请到经理室里去坐。范宝华心里憋着一肚子问题，哪里忍得住，不曾坐下来，就先问道："何经理怎么突然到成都去了？"金襄理很随便地答道："老早就要去的了，我们在那里筹备分行。"说毕，在桌上烟筒子里取来一支烟敬客。范宝华接着烟，也装作很自在的样子，笑问道："何经理经手，还替朋友代定着大批的黄金储蓄呢。"金襄理取过火柴盒，取了一支火柴擦着了火，站在面前，伸手给他点烟，笑道："那没有关系，反正有账可查。"这句很合理的话，老范听着，人是掉在冷水盆里了。

第十二回

一张支票

根据李步祥和袁三的揣测，万利银行代定黄金储蓄的事，分明是骗局。本来范宝华还不信他们的话是真的，现在听说何经理突然到成都去了，天下事竟有这么巧，那分明是故意的了。站在经理室里，倒足足地发呆了四五分钟。金襄理依然还是不在乎的样子，自己点了一支烟吸着。因道：“范先生也定得有黄金储蓄吗？”他道：“我正为此事而来，曾托何经理代做黄金储蓄三百两。”金襄理像是很吃惊的样子，将头一偏，眼睛一瞪道：“三百两？这个数目不小哇。我还不曾听到说有这件事，让我来查查账看。”

范宝华摇摇头道：“你们账上是没有这笔账的。我给的六百万元，你们收在往来户头上了。”金襄理将两个指头，把嘴里抿着的纸烟，取了出来，向地面上弹着灰，将肩膀扛了两扛。笑道：“这非等何经理回来，这问题就解决不了。这事我完全不接头。”

范宝华到了这时，算是揭破了那哑谜，立刻一腔怒火向上把脸涨红了。连摇了几下头道：“不然，不然！这事情虽然金襄理未曾当面，你想，我们银行里的往来户，还能讹诈银行吗？这是何经理当着我的面，恳恳切切和我说的，让我交款子给他，他可以和我在中央银行定到黄金。”金襄理不等他说完，立刻抢着道：“也许那是事实，不过那是何经理私人接洽的事，与银行无关。这事除了范先生直接和何经理接洽，恐怕等不着什么结果。不过范先生的钱若是已经存入往来户的话，那就不问范先生是不是存了黄金，我们只是根据了账目说话，范先生要提款，那没有问题。”

范宝华笑着打了个哈哈，因道：“我也不是三岁二岁的孩子，在银行里存了钱，我还不知道开支票提款吗？有款提不出来，那成了什么局面？”金襄理笑道：“请坐吧，范先生。这件事我们慢慢地谈吧，反正有账算不烂。”范宝华站着呆了一会笑道：“诚然，我的款子是存在往来户上，我就认他这是活期存款吧。”说着，又淡笑了一笑，向金襄理点了两点头，立刻就走出万利银行了。

他先到写字间里坐了两小时，和同寓的商人，把这事请教过了，都说，这事没有什么可补救的。你钱是存在往来户上，能向人家要金子吗？他前前后后地想着，这分明是那个姓何的骗人，李步祥这种老实人都看破了，自己还有什么可说的。又回想到袁三说的话，也完全符合。人家都说自己做了一批金子发了大财，于今落了个大笑话，未免太丢人了。袁三说，只要肯出三万一两，还可以买到人家两万储蓄的定单，虽是每两多花一万元，究竟比新官价少五千元，还是个便宜。

他坐在写字台边，很沉思了一会子，最后他伸手一拍桌子道：“一不做，二不休，我非再买足三百两不可。去！去找袁三！”他自言自语地完了，也没有其他考虑，立刻起身去寻袁三。

这是上午十点钟，袁三小姐上午不出来，这时可能还在睡早觉，既出来了，她就非到晚上不回去。范宝华午饭前去了一趟，袁小姐不在家，下午五点钟再去一趟，她依然不在家。可是由袁小姐寓所里出来，却有个意外的奇遇，魏太太却正是坐着人力车子，在这门口下车，出得门来，正好和她顶头相遇，要躲避也无从躲避。只好咦了一声，迎上前道："巧遇巧遇！"

魏太太看到他，也是透出几分尴尬的样子，笑道："我们还不能算是不期而遇吧？"范宝华道："你是来找袁三的？我今天来找她两次了，她不在家。"魏太太道："什么袁三袁四？我并不认得她。这里二层楼上有我一家亲戚，我是来访他们的。"范宝华看她的面色，并不正常，她所说的话，分明完全是胡诌的。当时也不愿说破，含笑闪在一边，让她走进门去。他也不走远，就闪在大门外墙根下站着。

果然是不到十分钟，魏太太就出来了。他又迎上前笑道："快到了我约会你的时候了。"魏太太道："谢谢吧。你这个主人翁一点能耐没有，驾驭不了老妈子。我看她，对我非常的不欢迎，我不愿到你公馆里去看老妈子的脸色。"范宝华笑道："那是你多心，没有的话，没有的话。你不愿到我家里去，我们先到咖啡馆里去坐坐。"她望着他微笑道："就是你我两个人？"

范宝华哦了一声算明白了，因道："我有许多生意上的事要和你畅谈一下，也就是我来找袁三的缘故。在咖啡座上，也许不大好谈，你到我写字间里去罢。"魏太太道："你的黄金储蓄定单，已经拿到了？"她问到这句话时，两道眉峰扬了起来。范宝华道："我正要把这件事告诉你。我兴奋得很，我要把我的新计划，对你说一说。"提到金子，提到了关于金子的新计划，魏太太就不觉得软化了。笑道："充其量你不过是把写字间锁起来，把我当一名囚犯，我已经经历过了的，也算不了一回什么事。"

范宝华笑道："你知道这样说，这事就好办了。要不要叫车子呢？"

魏太太并不答话，挺了个胸脯子，就在前面走着。范宝华带了三分笑容，跟在她后面走。她倒是很爽直的，径直地就走到写字间的大楼上来。这已是电灯大亮的时候，范宝华用的那个男工，将写字间锁着，径自下班了。魏太太走到门边，用手扶了门上黄铜钮子，将它转了几转，门不能开。她就靠了门窗，悬起一只脚来，将皮鞋尖在楼板上连连地颠动了，微斜了眼睛，望着后面来的范宝华。他到了面前，低声笑道："你那里不还有我几把钥匙吗？"魏太太红着脸道："你再提这话，以后……"

范宝华乱摇着两手，不让她把话说了下去。他笑嘻嘻地将门打开，让她走进房去。魏太太首先扭着门角落里的电门子，将电灯放亮，但立刻她又十分后悔，人家的写字间，自己是怎么摸得这样熟练呢！电灯亮了，而写字间的布置，多半是没有什么移动，她看了这些，回想到今日又到了这个吃亏的地方，虽然是过去了的事，可是那天的事情，样样都在眼前，不由得这颗心房，怦怦地乱跳。红着脸，手扶了写字台，只是呆呆地站着。

范宝华随手掩了房门，笑道："田小姐，坐下吧。"魏太太将手抚着胸口，皱了眉道："老范，我看还是另找个地方去谈谈吧，我在这地方有些心惊肉跳。"范宝华走向前，在她肩上轻轻拍了一下，笑道："不要回想前事，只要你能够和我合作，这个写字间，就是你我发祥之地，将来我们若有长期合作的希望，这写字间还大大地可以纪念一下呢。"说着，他握了魏太太的手，同在长的藤椅子上坐下。

她的脸色沉着了一下，但忽然又带上了笑容，摇着头道："不要谈得那样远吧。我觉得这物价指日高升的时候，什么打算，没有比巩固了经济基础更要紧的。你做的黄金储蓄，把定单拿到了没有？"范宝华叹口气道："唉！我受了人家的骗。好在本钱并没有损失，我当然要再接再厉地干下去。”

说到这里，他颇勾起了心事，于是坐到写字台边去，先亮上了台灯。随着抬起两只脚来，放在桌子上，然后吸着纸烟，把储蓄黄金落空的事告诉了她。又笑道：“你在袁三门口，看到我出来，必然大为奇怪，以为我们又和好了。我和她合作不了，你放心。”魏太太笑着一摆头道：“笑话！我有什么放心不放心？”

范宝华道：“这也不去管它，我今天特地去找她两次，是由于她今天早上在茶馆里找着我，说是有人愿把最近取得的黄金储蓄单出让。当然是两万元一两定着的。现在他愿意少官价五千元，三万一两求现。我想了一想，两万一两，既是落空，能只出三万元买到定单，还是一桩便宜，所以我急于找她把这事弄定妥。”魏太太笑道：“你们又合作经商。看她每天打扮得花蝴蝶子似的，倒不忘记赚钱。”

范宝华笑道：“这样说，你们天天见面。”魏太太道：“也不过在朱四奶奶那里会过她两次。”范宝华道：“你倒是常去朱家。”她笑道：“常去又怎么样？其实，我也不过去过两三回。”范宝华道：“那么，你在她面前问我来着？”魏太太顿了一顿，笑道：“我也不能那样幼稚吧？”范宝华道：“我想你也不会。不过你今天既是特意去找她，应该是有什么事去和她商量吧？”魏太太将头微偏着想了一想，微笑道：“反正总有点事去找她，女人的事，你怎么会知道。”

范宝华由桌子上抽回脚来，站起来一跳，因道：“我心里本来是一团乱草，不知道怎么是好。你一和我说话，就引起了我的兴趣，什么也不想了。你可以多耽搁一会吗？我开个单子，叫馆子里送些酒菜来，我们就在这里吃晚饭。”魏太太对于这个约会，倒不怎样的拒绝，将手皮包放在怀里，两手不住地抚弄着。她眼光望了皮包道：“你以为我家里穷得开不了伙食，天天到你这里混一餐晚饭吃。”

范宝华笑道："言重言重。"魏太太道："什么言重呀！你就是这样每天招待我一顿晚饭，让我提心吊胆地跑了来找你，以前，我不过是实逼至此，不能不向你投降。可是这几日，你可以看得出来，我已经因你的缘故，把对家庭的观念动摇了。士为知己者死，只要你永远是这样地对待我，我是愿为你牺牲的。你以为我去找袁三，是对你有什么不利之处吗？那就猜到反面去了。我正和她交朋友，打算在她口里探听出来，你喜欢吃什么，你喜欢女人穿什么衣服。你也认得我这样久了。你看我总是穿了这一件花绸夹袍子，我也应当做两件衣服。以后少不得和你同出去的时候，大家都是个面子。我总不能老是这一套。"

范宝华笑道："有你这话，我死了都闭眼睛。衣服，那不成问题，你要做什么料子的。我还有两家绸缎店的熟人，我可以奉送你几件，就是裁缝工，我也可以奉送。因为那两家绸缎店，全都代人做衣服的。"魏太太道："你那意思，以为我可以和你一路到绸缎店里去？你范先生要什么紧，无拘无束，爱做什么就做什么？可是你没有替我想想，我是什么身份？我哪回到你这里来，不是手心里捏着一把冷汗。我是回去，我心里也扑通扑通要跳个很久。"

范宝华道："那好办，我给钱你自己去买吧。支票也可以吗？"魏太太想了一想，因道："也可以，你不写抬头就是了。"范宝华笑道："穿衣服是未来的事，吃饭问题，可就在目前。我来开个菜单子去叫菜。"说着，坐下去。在身上抽出自来水笔，取过一张纸放在面前，将手按着，偏了头望着她道："你想吃些什么？"魏太太道："你打算真到馆子里去叫菜吗？那大可不必。我知道你们这大楼里就有座大厨房。你就向这厨房里招呼一声，他们有什么就做什么来吃。以后这地方，我不免常来，每次都向馆子里叫菜来吃，既是很浪费，而且端来了也都冷了。"

范宝华点着头笑道："我依你，我依你。只是不恭敬一点。"魏太太半抬了头向他瞟上一眼，因微笑道："你还约我长期合作呢，怎么说这样的话？"范宝华笑嘻嘻地站起来，点着头道："我亲自到厨房里去叫菜。不忙，我这人容易忘事，先把支票开给你吧。"说着，又坐了下去。立刻在身上掏出支票簿子来，开了一张二十万元的支票，盖上图章交给魏太太道："你看这数目够了吗？"魏太太接过支票来，先笑了一笑，然后望了他道："这有什么够不够的，你就给我十万，我也够了，不过少做两件衣服而已。"

范宝华笑道："我又要自夸一句了。我做金子赚的钱，送你四季衣服的资本，那是太不成问题了。你看中了什么衣料，尽管去买，钱不够，随时到我这里来。"她听到他这样慷慨地答应着，实在不能不感谢，可是口里又不愿说出感谢的字样，将右手抬起来，中指压住大拇指，啪的一声，向他一弹，而且还笑着一点头。

范宝华也是很高兴，笑嘻嘻地亲自跑到厨房里去，点了四菜一汤，让他们送了来，两人饱啖一顿，饭后，又叫厨房熬了一壶咖啡来喝。魏太太谈得起劲，也就不以家事为念，直到十一点多钟，方才回家去。

魏先生的公事，今天是忙一点，疲倦归来，早已昏然入睡了。魏太太本想叫醒他的，转念一想，他睡着了也好。这样，他就不晓得太太是几时回来的了。次日早上，却是魏端本先醒，因为他做了一个梦，梦到和司长科长定的那批黄金，却把储蓄单子兑到现金，手里捧一块金砖，正不知道收藏在什么地方是好，耳朵里却听到很多人叫着，捉那偷金砖的人。自己扯起腿来跑，身后的叫喊声，却是越来越大，急得出了一身汗。睁开眼来看，吊楼上的玻璃窗户，现出一片白，那喊叫声在街上兀自叫着没歇。仔细听去，原来是下早操的国民兵，正在街上开步跑，叫着一二三四呢。自己在枕上又闭着眼想了一想，若是真得了一块金砖，那就什么问题都解决了。可是这金砖怎能够得到它呢？金砖不必去想，还是和司长科长做的这批黄金储蓄，赶快去把它弄到手吧。这事在机关里，偷偷摸摸的总不大好去和科长谈判。今天可以起个早，先到科长家里去把他拦着。

主意想定了，一骨碌就爬了起来。自己打了水到屋子里来漱口洗脸。太太在床上是睡得很熟，水的响声，把她惊醒了。睁眼看了一下，依然闭着。一个翻身向里闭了眼睛道：“怎么起床得这样的早？”魏先生道：“我要到科长家里去谈谈，你睡你的吧。”他虽是这样答应了，太太却没有出声，又睡着了。

魏端本看了太太，见她身穿的粉红布小背心，歪斜在身上，那胸襟小口袋里露出一块纸头，好像是支票。魏先生对于近几日太太用钱的不受拘束，很是有点诧异，而且她手头松动，并未向自己要钱。原是想问她两句，既怕得罪了她，而且那些话也想象得出来，必然说是赢来的，那也就不必多此一问了。这时看到这支票头子，颇引起了好奇心，这就悄悄地走到床边，伸出两个指头，将支票夹住，抽了出来。他看那全张时，正是二十万元的一张支票。下面的图章，虽是篆字，仔细地看着，也看得出来，乃是“范宝华印”四字。上次和他成交几百万买卖，接过他的字据，不也是这颗图章吗？他为什么给太太这么多钱？而且就是昨日的支票。自然他和她是常在一处赌钱的。原来只知道他们赌钱是三五万的输赢，照这支票看起来，已是几十万的输赢了，那还得了。他怔怔地将支票看了好几分钟，最后，他摇了两摇头，依然把那支票悄悄地送回到太太衣袋里去。

她昨晚上回来的时候，人是相当的疲倦，随便地把这支票向小背心的小口袋里塞了去，并没有什么顾虑。一觉醒来，她听到街上的市声，很是嘈杂，料着时间已是不早。立刻坐了起来，在枕头褥子下面，掏出手表来一看，时间乃是十点。再将小背心的衣襟牵扯了几下，掏出小口袋里的支票看了一看，并不见得有什么不对之处，依然把支票折叠着塞在小口袋内。披衣下床，赶紧地拿着脸盆要向厨房里去。

杨嫂手上抱着小渝儿，牵着小娟娟，正向屋子里走。在房门口遇个正着。杨嫂道："太太，让我去打水吧，我把娃儿放在这里就是。"魏太太道："你带着他们吧，我要赶到银行里去提笔款子。"小娟娟牵着她的衣襟道："妈妈你带我一路去吧。"魏太太拨开了她的手道："不要闹！"娟娟噘了小嘴道："妈妈，你天天都出去，天天都不带我，你老是不带我了吗？"小孩子这样几句不相干的话，倒让她这口气向下一挫，心里随着一动，便牵过女儿来，将脸盆交给杨嫂。

杨嫂将小渝儿放在地上，摸了他的头发道："在这里耍一下儿，不要吵。你妈妈今天买肉买鸡蛋转来，烧好菜你吃。"娟娟又噘了嘴道："我们好久没有吃肉了。"魏太太道："哪有那么馋？又有几天没吃肉哩？"她是这样地说了，牵着两个孩子到床沿上坐着，倒说不出来心里有一种什么滋味。两只手轮流地在小孩子头上脸上摸摸，因道："今天我带你们出去就是，你们不要闹。"两个孩子，听说妈妈带去出门，高兴得了不得，在母亲左右，继续地蹦蹦跳跳。娟娟牵着妈妈的衣襟，轻轻跳了两下，将小食指伸着，点了弟弟道："不要闹，闹了妈妈就不带你上街了。"

魏太太被这两个小孩子包围了，倒不忍申斥他们，只有默然地微笑。杨嫂打着洗脸水来了，她在五屉桌上支起了镜子开始化妆。这两个孩子，为了妈妈的一句话，也就变更了以往的态度，只是紧傍了母亲，分站在左右。魏太太伸伸腿弯弯腰，都受着孩子们的牵制。她瞪着眼睛，向孩子们看了看，见他们挨挨蹭蹭地站在身边，那四只小眼珠又向人注视着，这就不忍发什么脾气了。她想着：出门反正是坐车，就带着两个孩子也不累人，而况到银行里兑款或到绸缎店去买衣料，都不是拥挤的所在，这虽带着两个孩子，那也是不要紧的。她这样地设想了，也就由孩子跟着。

等着自己在脸上抹胭脂粉的时候，对了镜子看看，忽然心里一个转念，在自己化妆之后，人是年轻得多，而也漂亮得多，若是带两个很脏的孩子到银行绸缎店去，人家知道怎么回事？有一位年轻的太太，带着这样脏的孩子的吗？她这样地想着，对两个孩子，又看上了两眼，越看是孩子越脏，不由得摇了两摇头。因叫着杨嫂进来，向她皱了眉道：“你看，孩子是这样的脏，能见人吗？”

杨嫂抿了嘴笑着，对两个孩子看看。魏太太道：“你笑什么？”杨嫂道：“我就晓得你不能带这两个娃儿出去咯，你看他们好脏哟！妈妈穿得那样漂亮，小娃儿满身穿着烂筋筋，郎个见人吗？”魏太太的心，本已动摇了，听了这话，越是对两个孩子不感到兴趣，这就向杨嫂丢了个眼色，又在衣袋里掏出两张钞票来，交给她道：“你带他们去买东西吃吧。”

杨嫂道：“来，两个娃儿都来。”娟娟道：“你骗我，我不去。你把我骗走了，我妈妈就好偷走了。我要和我妈妈一路去看电影。”她说着这话，牵了她妈妈的衣襟，就连扭了几下。

魏太太把脸色沉下来，瞪了眼道：“这孩子是贱骨头，给不得三分颜色，给了三分颜色就要和我添麻烦。有钱给你去买东西吃，你还有什么话说？给我滚。”说着把手将孩子推着。小娟娟满心想和妈妈上街，碰了这么个钉子，哇的一声哭了。

杨嫂一手牵着一个孩子，就向门外拉，口里叫道：“随我来，买好家伙你吃，像那天一样你妈妈赢了钱回来，我们打牙祭，吃回锅肉，要不要得？”魏太太站在五屉桌边对了镜子化妆，虽是怜惜这两个孩子哭闹着走开，可是想到这青春少妇，拖上这么两个孩子，无论到什么地方去，也给自己减色，这就继续地化妆，不管他们了。

这究竟因为是花钱买东西，与凭着支票向银行取款，化妆还用不着那水磨工夫，在十来分钟之后，她已化妆完毕，换了那件旧花呢绸夹袍，肋下夹了手皮包，就匆匆地走上街去。可是只走了二三十爿店面，就顶头遇到了丈夫，所幸他走的是马路那边，正隔着一条大街。她见前面正是候汽车的乘客长蛇阵，她低头快走几步，就掩藏在长蛇阵的后面了。

第十三回

谦恭下士

魏端本在马路那边走着，他却是早看到了他太太了，但是他没有那个勇气，敢在马路上将太太拦住。遥见太太在人缝里一钻，就没有了，这就心房里连连地跳了几下。自己站在人家店铺屋檐下，出了一会神，最后，他说了句自宽自解的话："随她去。"说完了这句话之后，也就悄悄地走回家去。杨嫂带着两个孩子出去买吃的，这时还没有回来，魏端本由前屋转到后屋，每间房子的屋门，都是洞开着的，魏先生站在卧室中间，手扶了桌子沿，向屋子周围上下看了一遍。因又自言自语地道："这成个什么人家？若是这个样子，就算每日有二十万元的支票拿到手，那有什么用？相反的这个不成样子的家，那是毁得更快了。"

他说话的时候，杨嫂伸进头来，向屋子里张望了一下，见屋子里就是主人一个，不由得笑了。魏端本道："你笑什么？"杨嫂左右手牵着两个孩子，走将进来，笑道："我听到先生说话，我以为屋子里有客，没有敢进来。"魏端本道："唉！我一肚子苦水，对哪个说？"杨嫂看到先生靠了桌子站定，把头垂下来，两只手不住在口袋里掏摸着。他掏摸出一只空的纸烟盒子，看了一看，无精打采地向地面上一丢。杨嫂看到主人这样子，倒给予他一个很大的同情。便道："先生要不要买香烟?"魏端本两手插在裤子袋里摇了两摇头。杨嫂道："你在家里还有啥子事，要上班了吧?"

魏端本低了头，细想了几分钟，这就问她道："你知太太昨天在哪里赌钱?"杨嫂道："我不晓得。太太昨天出去赌钱？我没有听到说。"她说着这话时，脸上带了几分笑容。魏端本道："我并不是干涉你太太赌钱，而且我也干涉不了。我所要问的，你太太身上很有钱，她和谁合伙做生意，赚了这么些个钱呢?"杨嫂笑道："太太同人合伙做生意？没听到说过咯。"魏端本道："她这样一早就出去，没有告诉你是到银行里去吗?"杨嫂道："她说是买啥子家私去了。她一下子就会转来，你不用问，还是去上班吧，公事要紧。"魏端本站着出了一会神，叹了一口气道："我实在也管不了许多，往后再说吧，不错，公事要紧，上班去。"说着戴着帽子，夹起皮包，就向外面走。

他走出房门以外，却听到小渝儿叫了声爸爸。这句爸爸，本来也很平常，可是在这时听到，觉得这两个字格外刺耳动心，这就回转身来，走进屋子问道："孩子，有什么话，爸爸要办公去了。"小渝儿穿了一套灰布衣裤，罩着一件小红毛绳背心。原是红色的毛绳，可是灰尘、油渍、糖疤、鼻涕、口水，在毛绳上互相渲染着，说不出来是一种什么颜色了。他那圆圆的小脸上，左右横拖了几道脏痕。圆头顶上，直起一撮焦黄的头发。他原是傍了杨嫂站着。看到父亲特意进来相问，他挨挨蹭蹭地向她身后躲，将一个小食指，送到嘴里咬着。他只在麻虎子脸上转动了一双小眼珠，却答复不出什么话来。

魏先生点点头道："我知道，你想吃糖，我下班回来，给你带着。"小娟娟牵着杨嫂的手，也是慢吞吞地向后退，还是那样，一件工人裙子，外面还是罩着一件夹袍子，纽扣是七颠八倒，衣服歪扯在身上。听到父亲说下班可以带糖回来吃，这就转动了两只小眼珠子，只管向父亲望着。

魏先生道："那没有问题，我一定带回来，你在家里好好地跟着杨嫂玩。"娟娟道："妈妈呢？"她问这话时，两只小眼注视了父亲，做一个深切的盼望。魏先生心里，本就把太太行踪问题，高高地悬在心上，经娟娟这么一问，心里立刻跳上了两跳。眼睛也有了两行眼泪，要由眼角上抢着流出来。但是他不愿孩子看到这情形，立刻扭转身走了。他心里想着：只当是自己没有再结婚，也就没有这两个孩子，放开两只脚，赶快地就走向机关里去。

他们这机关，在新市区的旷野地方，马路绕着半边山坡，前后只有几棵零落的树，并无人家，老远地看到上司刘科长垂了头两手插在裤岔袋里，肋下夹着那个扁扁的大皮包，无精打采地走着。魏端本看到，这就连连地大声叫着科长。刘科长听了这种狂叫，也就站住脚，回头向这里看来。他见是魏科员追了来，索性回转身来迎了他走近几步，点着头道："我正想找着你商量呢。在这里遇着了你，那是更好，我们可以走着慢慢地谈。"

魏端本走到了面前，笑道："这倒是不谋而合。我今天早上，就到府上去找科长的，因为科长不在家，扑了一个空。科长倒是有事要和我说，那就好极了。"刘科长伸手扯了他的衣袖将他扯到路边停住，然后对他周身上下看望了一眼，因微笑道："你有什么事要找我，我很明白。可是你也太不知道实际情形了。我们做的那黄金储蓄，不但兑不到现，发不到财，且……"说到这里，他在身前身后看望了几下，然后向他低声笑道："我们犯了法了，你知道吗？"

魏端本笑道："这个我知道，罪名是假公济私。当我们动了这个念头的时候，我们就犯了这个嫌疑了。”刘科长连连地摇头道：“你说到这一点，未免太把事情看轻了。现在政府因新闻界的攻击，要调查泄漏黄金价格的人。同时，也要清查第一天拿钱去买黄金的人。”魏端本道：“那也没有什么了不得，拼了我们把那定单牺牲掉了也就是了。”刘科长摇摇头道：“事情不能那样简单，就算我们把定单牺牲了，这现款几百万，已经送到银行里去了，也没有法子抽回。挪移的这批钱，我们怎么向公家去填补呢?”

魏端本道：“难道我们这件事已经发作了?”刘科长道：“假如我们弥缝得快，事情是没有人知道。大家算做了个发财的梦，那是千幸万幸。再迟几天，财政部实行到银行里去查账，那就躲避不了。”魏端本踌躇着望了他道：“事情有这样的严重?”刘科长微笑道：“难道你也不看看报。你不要痴心妄想，还打算弄一笔钱，就怕像四川人的话，脱不到手。你一大早去找我，就是要听好消息吗？准备吃官司吧，老弟台。”说着，他打了一个哈哈。他交代完了，立刻就顺了路向前走着。

魏端本要追着向下问，无奈刘科长是一语不发，低了头放宽了步子走着。他一颗火热的心，让冷水浇过了，呆呆地出了一会神，也就只好顺了路向前走着。可是到了机关里，越是感到情形不妙，见到熟同事，和人家点个头向人笑着，人家虽也勉强地回着一笑，可是那两只眼睛里的视线，已不免在身上扫射了一遍。见到了不相识的同事，自照往例，交叉过去。然而人家却和往日不同，有的突然地站住，向头上看到脚上，有的走过去了，却和同行的人窃窃私议，若是回头看他一下，准和人家的眼光碰住。这倒不由得大吃一惊，心想：难道我身上出了什么问题吗？他越是心里不安，越看到人家的目光射到身上，全像绣针扎入似的。

他心里怦怦地跳着，赶快就跑进办公室里去。他的办公室，也是国难式的房子，靠了山岗，建筑了一排薄瓦盖顶，竹片夹壁的平房。屋子里面，正也和其他重庆靠崖的房子一样，半段在崖上挖出的平地，铺的是三合土。在悬崖上支起来的，是半边吊楼。魏先生这办公室里，有七八张三屉或五屉桌子，每座有人。他的这张桌子，是安放在靠窗户的楼板上的。由室门进去，破皮鞋踏着三合土，啪嗒有声，已是很多人注意。及至走上了楼板的那一段，踏脚下去咯吱咯吱作响。他想着：这是格外地会惊动人的，就大跨着步子，轻轻地放下。楼板自然是不大响了，可是这走路的样子，很是难看。在他的身后，立刻发生了一片嘻嘻的笑声。

魏端本虽然越发的感到受窘，可是他极力地将神志安定着，慢慢地坐了下去。又很从容地打开抽屉来，捡出几件公事，在桌上翻看着。战时机关的工作，虽然比平时机关的工作情绪不同，但其实只有录事小科员之流，是没有闲暇的。那些比较高级的公务员，就没有什么了不得的事，除了轮流地看报，也隔了桌子互相谈话。

魏端本的常识，在这间屋子里同人之中，是考第一的，所以谈起话来，总有他的一份。今天他却守着缄默。在他椅子后面，两个公务员，正是桌子对桌子的坐着。他们在轻轻地谈着："黄金官价升高到三万五，黑市决不后人，已经打破了六万的大关，眼见就要靠近七万，成了官价的对倍，追的比走的还快，买着黄金储蓄的人，真是发了财。可是，也许吃不了，兜着走。"说着，嗤笑了一声。

魏端本听了这笑声，仿佛就在耳朵眼里扎上了一针。他不敢回头望着，耳朵根上就像火烧了似的，一阵热潮，自脊梁上烘托出来。随了这热潮，那汁水觉得由每个毛孔里涌了出来。两只眼睛虽然对着每件公事，可是公事上写的什么字，他并没有看到。自己下了极大的决心，聚精会神，将公事上的字句仔细看着，算是每句的文字都看得懂了，可是上下文的意义却无法通串起来。心里也就奇怪着：怎么回事，今天的这颗心，总不能安定下去。

正自纳闷着，一个听差却悄悄地走到身边来，轻声地报告着道："司长请魏先生去有话说。"魏端本答应着站起来，向全屋子扫了一眼，立刻看到各位同事的眼光，都向他身上直射了来。心想：不要看他们，越看他们越有事。于是将脸色正定了一下，将中山服又牵着衣襟扯了几扯。就跟着听差，一同走向司长室里来。

这位司长的位置，自不同于科长，他在国难房子以外的小洋楼下，独占了一间屋子，写字台边，放了一张藤制围椅，他口衔了一支纸烟，昂起头来，靠在椅子背上，眼望了那纸烟头上的青烟绕着圈子向半空里缓缓的上升，只是出神。魏端本走进屋子来，向司长点了个头，司长像没有看到似的，还是在望着纸烟头上冒的烟。他总站有四五分钟，那司长才低下头来看到了他，就笑着站了起来，接着又摇摇头道："我有点精神恍惚，你在我面前站着很久，我知道你来了，可是我要和你说话，却是知觉恢复不过来。"说到这里，他将手向魏端本身后指了一指。

他看时，乃是房门不曾关上，还留着一条缝呢。他于是反手将房门掩上。司长看到房门掩合了缝，又沉着脸色坐了下来，向魏端本点了两点头道："你知道黄金风潮起来了吗？"他答了两个字不知。司长望了他一下，因道："我有一件事要和你商量一下。这次我们储蓄八十两金子，虽是说做生意，可是我也是为了大家太苦，在这取不伤廉的情形下，把公家款子挪用一百六十万，在这个把星期内，我另外想法子，把公家款子调回来，公家的一百六十万，还他一百六十万，对公家丝毫没有损失。可是我们就赚了一百二十万了。有这一百二十万元法币，我们拿来分分，做两件衣服穿，岂不甚好？可是我这番好意，完全弄错了。谁知捉住这个机会，想发横财者大有人在。有买五六百两的，有买一二千两的，弄得风潮太大了，监察院要清查这件事。我现在已想了个法子，在别的地方已借来一百六十万元，把那款子补齐了。可是这里面有点问题，我们开给银行的那张支票，是你我和刘科长三人盖章共同开出的，这是个麻烦。”说着说着，他抬起手来乱搔了一阵头发。

魏端本听到这里，知道这黄金梦果然成了一场空。可是听司长的口气，后半段还有严重问题，便微笑道：“能够还，还会发生什么严重后果吗？国家奖励人民储蓄黄金，我们顺了国家的奖励政策进行，还有什么错误吗！”司长淡笑了一笑道：“将来到法庭受审，你和审判官也讲的是这一套理论吗？”魏端本望了他道：“还要到法庭去吗？”

司长又在衣袋里取出一支烟卷来，慢慢地擦了火柴，慢慢地将烟卷点着，他吸着喷出一口烟来，笑道：“那很难说。”他说这话时，态度是淡然的，脸色可是沉了下去。魏端本站着呆了一呆，望了司长道：“还要到法庭去受审？这责任完全由魏端本来负吗？”他说着这话，也把脸色沉了下去。

司长看到他的颜色变了，便也挫下去了半截的官架子，于是离开座位，向前走近了两步，向他脸上望着，低声笑道：“魏兄，你不要着急，你首先得明白，我这回做黄金储蓄，完全是一番好意。至于发生变化，这完全是出乎意料。自然，有什么责任问题发生，我得挺起肩膀来扛着。不过有一点要求你谅解，我混到了一个司长，也是不容易，我有了办法，自然老同事都有办法，无论如何，我得先巩固我的地位。所以有什么小问题发生，不需要我出马的话，我就不出马。我恳切地说两句，希望你和我合作，我心里十分明白，决不能让你吃亏。我总得有福同享，有祸同当。”

魏端本见司长虽表示了很和蔼的态度，可是说话吞吞吐吐，很有把责任向人身上推来的意味，心里立刻起了两个波浪，想着，好哇，买金子赚钱，我只能分小股，若是犯了案的话，责任就让我小职员来完全负担。便道：“自然！司长不会让我吃亏，可是天下事总是这样，对于下属无论怎样客气，反正不能让下属享的权利义务，和自己相提并论。”

司长听了这话，脸色动了一下，取出口里的纸烟，向地面上弹了两弹灰，扛着肩膀，笑了一笑，因道：“好吧，下了班的时候，你可以到我家里去谈谈。我也不预备什么菜，请你和刘科长到我家里便饭。”魏端本道：“那倒是不敢当的。”司长笑道：“你回去吃饭，不也是要吃？我们一面吃饭，一面谈话，也不会耽误什么时候。”魏端本怔怔地站了一会。因道：“好，回头我再去对刘科长商量。”司长又将纸烟送到嘴里吸了两口烟，点点头道：“那也好。现在没有什么公事，你去吧。”

魏端本听了命令转身向外走着，刚是走出房门，司长又道：“端本，你回来，我还有话和你说。”魏端本应声回来，司长随在写字台上取过一件公事，交给他道：“你拿着去看看吧。”魏端本接过公事一看，见后面已有司长批着“拟如拟”三个行书字，分明已是看过了的文字，这应该上呈部次长，不会发回给科长，怎么交到自己手上来呢？但他立刻也明白了，那是免得空手走回公事房去引起同事的注意。于是向司长做了个会心的微笑，点个头拿着公事就走了。

走进公事房，故意将公事捧得高高的，眼光射在公事上，放了沉重而迂缓的步子走向公事桌去。好像这件司长交下的公事很重要似的，全副精神都在上面。明知道全屋子同事的眼光都已笼罩在自己身上，只当是不知道，缓缓地走到座位上去，将公事放在面前，两只眼睛，全都射在公事的文字上。

约莫是呆呆坐了两小时，刘科长就站在办公室门口，向里面招了两招手。魏端本立刻起身迎上前去，刘科长大声道：“我们那件公事，须一同去见次长。你把那件公事带着吧。”魏端本心想：哪有什么公事要去同见次长？随便就把桌上司长交下的那公事带着。随了刘科长同走出屋子来。刘科长并不踌躇，带了魏先生径直地就向机关大门外走。

魏先生看看后面，并没有人，就抢着走向前两步，低声问道："司长约我们吃午饭，我们去吗？"刘科长道："我们当然去。老实一句话，我们的前途，还是依仗了他，眼看全盘胜利就要到来。将来回到了南京，政府要慰勉司长八年抗战的功勋，不给他个独立机关，也要给他一个次长做做。他若有了办法了，能把我们忘了吗？我们大家在轰炸之下，跟着吃苦，总算熬了出来了。一百步走了九十多步，难道最后几步，我们还能够牺牲吗？无论如何，现在他遇到了难关，我们应当去帮他一个大忙。"

魏端本道："你说的帮忙，是指着这回做黄金储蓄失败了，让我们去顶这个官司来打吗？"刘科长沉默地走了一截路。魏端本缓缓地跟着后面走，也没说什么，只是轻轻地咳嗽了两声。刘科长在前面走着，不时地回头向他看了来。魏端本虽看到他脸上有无限的企求的意思，但他只装作不知道，还是默然地跟了刘科长走。

司长的公馆，去机关不远，是一幢被炸毁补修着半部分的洋楼，他家住在半面朝街的楼上。那楼窗正是向外敞开着，伸出半截人身来。刘科长站定，老远地就向楼窗上深深地点了个头。并回头向魏端本道："司长等着我们呢。"魏端本口里哼着，那个哦字却没有说出来。

事有出于意料的，司长是非常地客气，已走出大门，放出满面的笑容，迎上前来。刘魏二人走向前，他伸着手次第地握过，笑道："你二位大概好久没有到过我这里来过吧？"魏端本道："不，上个星期，我还到公馆里来过的。"

司长道："哦是的。什么公馆？也不过聊高一筹的难民区。你看这个花圃……"说着，他站在那倒了半边砖墙，用木板支的门楼框下，用手向里面一指。那花圃里面的草地，长些长长短短的乱草，也有几盆花，胡乱摆在草地上，有一半草将盆子遮掩了。倒是破桌子凳子，和旧竹席，在院子里乱七八糟的放着，占了大半边地方。司长站在楼廊下，又向两人笑道："这屋子原来也应该是富贵人家的住宅，不过毁坏之后，楼上下又住了六七家，这也和大杂院差不多，现在当一个司长和战前当一个司长，那是大大的不同了。"说着就闪在一边，伸手向楼上指着，让客人上楼。

魏端本站在路口楼梯边，向主人点了两点头。司长也点着头道："这倒无须客气，你们究竟是客，刘科长引路罢。"刘先生倒是能和司长合拍，先就在前面引路。司长家里，其实倒是还有些排场，对着楼梯，还有一个客厅，敞着门等客呢。里面也有一套仿沙发的藤制椅子，围了小茶桌。那上面除了摆着茶烟而外，还有两个玻璃碟子，摆着糖果和花生仁。司长很客气地向二人点着头。笑道："请坐请坐！"说着，将纸烟盒子拿起来，首先向魏端本敬着一支烟，然后取过火柴盒子，擦了一支火柴，向魏端本面前送着。

魏先生向司长回公事，向来是立正式的，就是到司长公馆里来接洽事情，也是司长架腿坐着吸纸烟，自己站着回话，自己虽然把眼光向司长看着，司长却是眼睛半朝了天，不对人望着。今天司长这样谦恭下士，那更是出人意料。心里一动，情不自禁地，就挺立着低声答道："司长有什么命令，我自然唯力以赴。司长提拔我的地方就多了。"司长听了这话，耸着肩膀笑了一笑。他那内心，自是说你完全入套了。

第十四回

忍耐心情

魏端本在司长背后，那是很不满意他的，尤其是这次做黄金储蓄，他竟要分三分之二的利益，心里头是十分不高兴。可是在司长当面，不知什么缘故，锐气就挫下去了一半。这时是那样的客气，他把气挫下去之后，索性软化了，就把司长要说的话先说了。司长笑着向他点了个头道：“我们究竟是老同事，有什么问题，总可以商量。倒茶来。”说着话，突然回过头去向门外吩咐着。

他们家的漂亮女仆，穿着阴丹士林的大褂，长黑的头发，用双股儿头绳，圈着额顶，扎了个脑箍，在左边发角上，还挽了个小蝴蝶结儿呢。她手上将个搪瓷茶盘，托着三只玻璃杯子进来。这杯子里飘着大片儿的茶叶，这正是大重庆最名贵的茶叶安徽六安瓜片。她将三杯茶放在小茶桌上，分敬着宾客。司长让着两位属员坐下。算是二人守着分寸，让正面的椅子给司长坐了。他笑道：“这茶很好，还是过年的时候，朋友送我的，我没有舍得喝掉。来，喝这杯茶，我们就吃饭。”说着，他就端起茶杯子向客人举了一举。举着杯子的时候，脸上笑嘻嘻的，脸色那分儿好看，可以说自和司长共事以来，所没有的现象，也就随着谈笑，喝完了那杯茶。

喝完之后，就由司长引到隔壁屋子里去吃饭。这屋子是司长的书房，除了写字台，还有一张小方桌。这桌上已陈设下了四碗菜，三方摆了三副杯筷。只看那菜是红烧鸡，干烧鲫鱼，红烧牛肉，青菜烧狮子头，这既可解馋，又是下江口味，早就咽下了两批口水。

司长站在桌子边，且不坐下，向二客问道：“喝点什么酒？我家里有点儿茅台，来一杯，好吗？”刘科长笑着一点头：“我们还是免了酒吧。下午还要办公呢。”司长笑道：“我知道魏兄是能喝两盅的。不喝白的，就喝点黄的吧。我家里还有两瓶，每人三杯吧，有道是三杯通大道。哈哈！”他说着，就拿了三只小茶杯，分放在三方。那位干净伶俐的女仆，也就提了一瓶未开封的渝酒进来。

司长让客人坐下，横头相陪。一面斟酒，一面笑道：“黄酒本来是绍兴特产，但重庆有几家酒厂仿造得很好，和绍兴并无逊色，这就叫做渝酒了。在四川军人当政的时候，什么都上税，而且是找了法子加税，有一位四川经济学大家，现在是次长了。他脑筋一转，用玻璃瓶子装着卖。征税机关，就把来当洋酒征税，税款几乎超出了酒款的双倍。这位次长大怒，自写呈文，向各财政机关控诉。他的名句是‘不问瓶之玻不玻，但问酒之洋不洋’。各机关首脑人物看了，哈哈大笑，结果以国产上税了事。直到于今，这位次长，还不忘记他的得意之笔。这也可见幽默文章，很能发生效力。来，不问酒的黄不黄，但问量之大不大。”说着，举起杯子来。

魏端本真没有看到过上司这样地和蔼近人，而且谈笑风生。这也就暂时忘了自己的身份，随着主人谈笑。不知不觉之间，就喝过了三四杯酒。还是刘科长带了三分谨慎性，笑道：“我们不必喝了，司长下午还有事，我们不要太耽误时间了。”魏端本虽然是吃喝得很适意，可是科长这样说了，也就不敢贪杯。随着两位上司吃过了午饭，又同到客厅里去。

这时，那漂亮的女仆，又将一把锑壶，提了进来。老远地就看到壶嘴子里冒着热气，由那气里面，嗅到茶的香气，就知道这又熬了另一种茶来款客了。司长看到，亲自动手在旁边小桌上取过三套茶杯来，放在小桌上。因笑道：“来，这是云南普洱茶，大家来一杯助助消化。”女仆向杯子里冲着，果然，有更浓厚的香气冲人鼻端。司长更是客气，捧起碟子，先送一杯给魏先生，其次再给刘科长。

魏端本虽觉得司长是越来越谦恭，也无非是想圆满那场黄金公案。好在他是部长手上的红人，官官相护，这件事总可弥缝过去，自己无非守口如瓶，竭力隐瞒这件事，也不会有什么了不起的大事。这么一想，心里也宽解了。喝完了这杯普洱茶，刘科长告辞，并向司长道谢。

司长笑道：“这算不了什么，至多一年，我们可以全数回到南京。那个时候，我们虽不能天天这样吃一顿，三五天享受这样一次，那是太没有问题的，那时，我可以常常作东。”刘科长凑了趣笑道：“那个时候，司长一定是高升了，应酬加多，公事也加多，恐怕没有工夫和老部下周旋了。”

司长点点头笑道：“八年的抗战，政府也许会给我一点酬劳，可是，你们也是一样呀。难道我升级，你们就不升级？若是你们不升级，单单让我一个人向上爬，我也一定和你们据理力争。老实一句话，谈到公务员抗战，越是下级公务员吃的苦越多。高级公务员，不过责任负得重些而已。若是赏不及上级公务员，失望的人还少，赏不及下级公务员，失望的人就太多了。”刘科长道：“若是政府里的要人都和司长这样的想法，那我们当部属的，还有什么话说？真是肝脑涂地，死而无怨。”

司长听了这话，两眉扬着，嘻嘻地一笑。魏端本听了这话，心里想着：刘科长的话，分明是勾引起司长的话，要叫部属卖力气，司长大概要开腔了。也就默然地站着，听是什么下文。可是司长什么托付的话也没说。在他的西服口袋里，掏出了挂表来看上一看，笑道："该上班了。到了办公室里，可不必说受了我的招待。同人听到，他们会说我待遇不公的。"

刘魏二人同答应了是，鞠躬而出，司长还是客气，下楼直送到门洞子下方才站住，魏端本随了刘科长走着，心里可就想着，这事可有点怪了。司长巴巴地请到家里吃饭，一味地谦逊，一味地许愿，这是什么道理？难道要我自告奋勇？我也在他当面表示了，要我做什么，我可以效力，可是他只一笑了之，这个作风，倒让人猜不透。我且不说，大概他是要托刘科长转告我的，我就听他的吧。反正要负什么责任的话，姓刘的也不比姓魏的轻松。姓刘的不着急，我姓魏的还着什么急吗？他这样主意拿定了，索性默然地跟着刘科长后面走，可是刘科长似乎对他这个决定，也有所感似的，始终地默然在前引导，并不作声。

魏端本自怀了一肚子郑重的心情，回到机关里办公室去。他料着同事们对他的眼光，还是注视着的。他除了看着桌上的公事，就是拿一份报看看。恰好这天没有什么重要事情发生，他下了班，立刻回家，比平常到家的时候，约莫是提前了两小时。他那间吃饭而又当书房的小屋子里，满地洒着瓜子壳花生皮，还有包糖果的小纸片。杨嫂带了两个孩子趴在桌子上，围了桌面上的糖果花生，吃着笑着。杨嫂自己，也是当仁不让，手剥着花生，口里教着小孩子唱川戏。

魏端本伸头看了一看，笑道："你们吃得很高兴。"杨嫂站起来笑道："都是太太买回来的。"魏端本道："太太回来了？"他也不等杨嫂回话，立刻走回自己屋子里去。但是太太并不在屋子里，桌上放了许多大小的纸包，床上有几个纸包透了开来，有三件衣料，花红叶绿地展开着铺在床上。

他牵起来抖着看看，全是顶好的丝织品，他反复地看了几看，心里随着发生问题，心想，这些东西，大概都是那张支票，换来的了。她这张支票，自然不会是借来的，要说是赢来的，也可考虑，什么样子的场面，一赢就是二十万呢？就是赢二十万，也不会是赢姓范的一个人的，他站着出了一会神，把衣料向床上一抛，随着叹了口气。

杨嫂这时进房来了，问道："先生，是不是就消夜？"魏端本道："中饭我吃得太饱，这时我吃不下去，等太太回来，一路吃吧。"杨嫂道："你不要等她，各人消各人的夜吗，太太割了肉回来，我已经把菜头和你炖上汤。还留了一些瘦肉，预备切丁了，炒榨菜末，要得？"她说着话，抬起一只粗黑胳臂，撑住了门框，半昂了头向主人望着。

魏端本道："你今天也高兴，对我算是殷勤招待。你希望我怎样帮助你吗？可是不幸得很，我做的一批生意，不但没有成功，而且还惹下了个不小的乱子。"说着，摇了两摇头，随着叹上一口气。接着在身上掏出纸烟盒子来，先抽出一支烟来，将烟盒子向桌上一扔，啪的一声响。杨嫂立刻找着火柴盒子来，擦了一支火柴，走近来和他点烟。

魏先生向她摇摇手，把烟支又放在桌上。杨嫂这虽算碰了主人一个钉子，但是她并不生气，垂了手站在面前向他笑道："先生啥子事生闷气？太太不是打牌去了。"魏端本不大在意的，又把那支纸烟拿起来了。杨嫂的火柴盒子，还在手上呢。这时可又擦了一支火柴送过来。

魏先生也没有怎样的留意，将烟支抿在嘴里，瘪着腮把烟吸着了。喷出一口烟来，两指夹了烟支，横空画了个圈圈，问道："她不是去打牌，你怎么又知道呢？"他说着时，望了她脸上的表情。她抿嘴微笑着，也把眼光望了主人，可没有说话。

魏端本道："怎么你笑而不言？这里面有什么问题吗！"杨嫂道："有啥子问题哟！我是这样按（猜也）她咯。"魏端本道："就算你是这样的猜吧。你必定也有些根据。你怎么就猜她不是去赌钱呢？"杨嫂道："平常去打牌的话，她不会说啥子时候转来。今天她出去，说是十一点多钟，一定回来。好像去看戏，又像是去看电影。"

魏端本将手向她挥了两挥，因道："好吧，你就去做饭吧。管她呢。"他吸着烟，在屋子里绕了桌子，背着两手走。他发现了那五屉桌上，太太化妆的镜子，还是支架着的，镜子左边，一盒胭脂膏敞着盖，镜子右边，扔了个粉扑儿，满桌面还带着粉屑呢。最上层那个放化妆品的抽屉，也是露出两寸宽的缝，露出里面所陈列的东西乱七八糟。他淡笑着自言自语地道："看这样子，恐怕是走得很匆忙，连化妆的善后都没有办到呢。"

说着，再看床面前，只有一只绣花帮子便鞋。再找另一只便鞋，却在屋子正中方桌子下。他又笑道："好！连换鞋子全来不及了。"说着，将桌上那些大小纸包，扒开个窟窿看看，除了还有一件绸衣料而外，丝袜子，细纱汗衫，花绸手绢，蒙头纱。这些东西，虽不常买，可是照着物价常识判断，已接近了二十万元的阶段。那么，就是那张支票上的款子，她已经完全花光了。

他坐在桌子边，缓缓的看着这些东西，缓缓的计算这些物价，心里是老大的不愿意，可又想不出个什么办法来解决这个问题。坐坐走走，又抽两支纸烟。杨嫂站在房门口笑道："先生消夜了。消过夜，出去耍一下，不要在家里闷出病来。"

魏端本也不说什么，悄悄地跟着她到外面屋子来吃饭。两个小孩子知道晚饭有肉吃，老早由凳子上爬到桌子沿上，各拿了一双筷子，在菜头炖肉的汤碗里乱捞。满桌面全是淋漓的汁水。

魏端本站在桌子边，皱着双眉，先咳了一声，两个小孩子，全是半截身子都伏在桌面上的，听了这声咳，两只手四只筷子，还都交叉着放在碗里，各偏了头转着两只眼珠望了父亲。魏端本点点头道："你们吃吧，我也不管你们了。"小娟娟看到父亲脸上，并无怒色，便由碗里夹了一块瘦肉，送到嘴里去咀嚼。而且向父亲表示着好感，因道："爸爸，你不要买糖了，妈妈买了很多回来了。"

杨嫂正捧了两碗饭进来，便笑道："这个娃儿，好记性，她还记得上午先生说买糖回来。改天先生说话要留心喀。"魏端本道："是的，我上午说了这话才出门的。也罢，有个好母亲给他们买糖吃。"说着又叹了口气，也不再说什么，坐下去吃饭。

杨嫂看到主人总是这样自己抱怨自己，也就很为他同情，就站在桌子角边，看护着小孩子吃饭。魏端本勉强地吃了一碗饭，将勺子舀了小半碗汤，端着晃荡了两下，然后捧着碗把汤喝下去，放下碗来，立刻起身向后面屋子里去。那五屉桌上还放着一盆冷水呢，乃是太太化妆剩下来的香汤。他就在抽屉角上，把太太挂着的那条湿手巾取过来，弯了腰对着洗脸盆洗过一把冷水脸。

杨嫂走了进来，先缩着脖子一笑，然后向主人道："先生遇事倒肯马虎。"魏端本坐在椅子上擦了支火柴点着烟抽。因道："在抗战前，我是个做事最认真的人，现在是马虎得多了。第一是你太太嫁我以后，相当的委屈。因为我家乡还有一位太太还没有离婚呢。第二是你太太是相当的漂亮，老实说，像我这样一个穷公务员，要娶这样一位漂亮太太，那还是不可能的事。第三，又有这两个孩子了。一切看在孩子的面上，我就忍耐了吧。不但是对家里如此，对在公家服务，我也是这样的。唉！忍耐了吧。"

他说完了这篇解释的话，就开始将抖乱在床上的几件绸料，缓缓地折叠好了，依然将纸包着。然后将五屉桌的抽屉，清理出一层，把床上的纸包和桌上的纸包，合并到一处，都送到那清理过的抽屉里去。床上都理清楚了，也没个刷床刷子，只好在床栏杆上，取下一件旧短衣，将床单子胡乱撣了一阵，然后展开被褥来就脱衣就寝。

照往例，太太不在家，杨嫂是带着两个孩子睡的。可是她于这晚，有个例外，她将睡着了的小渝儿，两手托着抱了进来，放在主人脚头，然后站在床面前笑道："今晚上睡得朗个早？"魏端本道："我躺在床上休息休息吧。"杨嫂将床栏杆的衣服，一件件地取到手上翻着看看，不知道她是要清理着去洗，还是想拿去补钉，魏先生且看她要做什么并不出声。

杨嫂将床栏杆上的旧衣服，都一一翻弄遍了，她手上并没有拿衣服，依然全都搭在床栏杆上。她又站了两三分钟的时候，然后向主人微笑道："先生，二天你多把一点钱太太用吗！"魏端本道："今天说过钱不够用吗？她这样的买东西，那是永远不够用的。"杨嫂笑道："今天她剪衣料，买家私，都是你把的钱吗？"她说着这话，故意走到桌子边去，斟了一杯凉茶喝，躲开主人的直接视线。

魏端本道："我没有给她钱，大概是赢来的吧？赢来的钱，花得最不心痛。"杨嫂道："恐怕不是赢的吧？"魏先生一个翻身坐起来，睁了眼望着她道："不是赢来的钱，她哪里还有大批收入呢？"杨嫂倒并不感到什么困难，从容地答道："太太说，她是借来的钱咯。今天才借成二十万元，那不算啥子，她硬要借到一二百万，才幺得倒台，借钱不要利钱吗？现在没有大一分，到哪里也借不到钱，借起二百万块钱，一个月把几十万块利钱，省了那份钱，作啥子不好？"

魏端本道："你太太说了要借这么多钱，那是什么意思？"杨嫂笑道："女人家要钱作啥子？还不是打首饰做衣服？"魏端本道："就算你说的是对吧。这个星期以来，你太太是新衣服有了，金镯子也有了，以一个摩登少妇的出门标准装饰而论，至多是差一个新皮包和一双新皮鞋，就是这两样东西，要去借钱一二百万来办吗？"杨嫂笑道："要买的家私还多吗！你不是女人家，朗个晓得女人家的事？"

魏端本坐着呆了一呆，因道："这就是你劝我多给钱太太去花的理由？"杨嫂笑道："你有钱把太太花，免得她到外面去借，那不是好得多？"魏端本对于杨嫂这些话，在理解与不理解之间，将放在枕头旁边的纸烟与火柴盒，全摸了出来，又点着烟吸。他的纸烟瘾原来是很平常的，可是到了今天，一支跟着一支，就是这样地抽着。杨嫂看到他很沉默地吸着烟，站在床头边出了一会神，然后向主人道："先生，休息吧，不要吃朗个多的烟。"说着，她含了笑走出去了。魏端本吸过一支烟，又跟着吸一支烟，接连地将两支烟吸过，把烟头扔在痰盂子里，火吸着水嗤的一声。他叹了口气，身子向下一溜，在枕头上仰着躺下了。

在昏沉沉地想着心事的时候不知不觉地睡了过去。耳边似乎有点响声，睁眼看时，太太已经回来了。

她悄悄地站在电灯下面，将那抽屉里的衣料，一件件地取了出来，正悬在胸面前低了头去看衣料的光彩，同时，并用脚去踢着料子的下端。魏端本看了着，然后闭上眼睛。魏太太似乎还不知道先生醒过来了，她继续地将衣料在胸面前比着。衣料比完了，又翻着丝袜子花绸手绢，一样样地去看。在她的脸上，好几次泛出了笑容。

魏先生偷眼看着，见那桌上，放着一双半高跟的玫瑰紫新皮鞋，又放着一只很大的乌漆皮包，心里暗暗叫了一声："好的，原来所猜，缺少着的两样东西，现在都有了。"在他惊异之下，在床上不免有点展动，魏太太看到了，走向床面前来笑道："你睡着一觉醒了。我带了一样新鲜东西回来给你尝尝。”说着，在衣服口袋里摸索一阵，摸出一小盒口香糖来，塞到丈夫手上，笑道：“这是真正的美国货。”魏端本勉强地笑道：“谢谢，难为你倒还想得起我。”

魏太太站在床面前，向着他看了一看，将上排牙齿，咬了下嘴唇，又把上眼皮撩着，簇起长眼毛来约有三四分钟没有说话。魏先生倒是并不介意，把糖纸包打开，抽了一片口香糖，送到嘴里去咀嚼着。魏太太道：“你这话是什么意思？”魏先生嚼着糖道：“没有什么意思。”魏太太一撒手，掉转身去道：“你别不知道好歹。我给你留下晚饭吃，又给你孩子买东西吃，我还给你带了一包好香烟，在口袋里没有拿出来呢，先就送你一包口香糖，难道我这还有什么恶意吗？”说着，她走回桌子边去，将买的那些东西，陆续地送到抽屉里去。

魏先生道：“我这话也不坏呀，我是说你在外面的交际这样忙，你还忘不了我。”魏太太鼻子里哼了一声，冷笑着道：“不错，我的交际是忙一点。现在社会上，先生本事不行，太太外面交际，想另外打开一条出路，这样的事很多。这应该做丈夫的人引为荣幸，你难道还不满吗？时代不同了，女人有女人的交际自由，你说什么俏皮话？”

魏端本道：“难道你在外面的行踪，我绝对不能过问吗？”说着这话，一掀被子，他可坐起来了。魏太太也坐着桌子边沉下脸来，将手一拍桌沿道：“你不配过问。你心里放明白一点。”

魏端本脸色气得发紫，瞪了眼向她望着，问道：“我怎么不配过问？太太在外面弄了来历不明的首饰，来历不明的支票，做丈夫的还不配过问吗？”魏太太又将桌子拍了一下道：“你是我什么丈夫？我们根本没有结婚。”这句话实在太严重了，魏先生不能再忍下去，他一跳下床，这冲突就尖锐化了。

第十五回

破家之始

魏太太对于丈夫这个姿势，是不能忍受的。也就将桌子一拍，起了个猛烈的反击，迎向前去，瞪了眼道："你怎么样？你要打我？"魏端本捏了拳头，咬了牙齿，很想对着她脑袋上打过一拳去。可是他心里想到，这一拳是不可打过去的，若把这拳打过去了，可能的反响，就是太太出走，眼前站着这样一个年轻美貌的小姐，固然是舍不得抛弃了，而且太太走了，孩子是不会带走的，扔下这处处需人携带的两个小孩，又教谁来携带呢？在一转念之下，他的心凉了半截。不但是那个拳头举不起来，而且脸上的颜色，也和平了许多。他身子向后退了一步，望了她道："我要打你？这个样子，是你要打我呀。"

魏太太将脚一顿道："你要放明白一点，这样的结合，这样的家庭，我早就厌倦了。你对我的行为，有什么看不顺眼吗？这问题很简单，不等明天，我今天晚上就走。"魏端本不想心里所揣想的那句话，人家竟是先说了。因道："你的气焰，为什么这样高涨？牙齿还有和舌头相碰的时候，夫妻口角，这也是很寻常的事。你怎么一提起来，就要谈脱离关系?”他说着这话时，已是转过身去，将枕头下的纸烟火柴盒拿到手上，绕了桌子，和太太取了一个几何上的对角位置站住，第一步战略防御，已是布置齐备，太太已不能动手开打了。

魏太太虽然气壮，却不理直，她对先生那个猛扑，乃是神经战术。当魏先生战略撤退的时候，她已是完全胜利了。这就隔了桌子瞪了眼睛问道：“你已睡了觉的人，特意爬了起来，和我争吵，这是什么意思?你有账和我算，还等不到明日天亮吗?”

魏先生实在没有了质问太太的勇气，心里跟着一转念头，太太向来是在外面赌钱，赌到夜深才回来的。她虽常常是大输小赢，而例外一次大赢，也没有什么稀奇，又何必多疑?这样想着，原来那一股子怒气，就冰消瓦解了。因在脸上勉强放出三分笑意道：“你那脾气，实在教人不能忍受。我在外面回来晚了，你可以再三地盘问，我还得赔笑和你解释。怎么你回来晚了，我就不能问呢?”

魏太太脖子一歪，偏着脸道：“你问什么?明知我是赌钱回来。无论我是输是赢，只要我不花你的钱，你就不能过问。你要过问，我们就脱离关系。我就是这点嗜好，决不容别人干涉。”她越说就越是声音大，脸色也是红红的。

魏先生拿了火柴与纸烟在手上，就是这样拿了，并没有一次动作，直等太太把这阵威风发过去了，这才擦了火柴，将纸烟点着。坐在那边一张方凳子上，从容地吸着烟。他把一只手臂微弯了过去，搭在桌子上，左腿架在右腿上不住的颤动着。他虽燃着了一支烟，他并不吸，他将另一只手两个指头夹了纸烟，只管用食指打着烟支向地面上去弹灰，低了头，双目只管注视那颤动着的脚尖，默然不发一语。

魏太太先是站着的，随后也就在桌子对角下的方凳子上坐着。她的旧手皮包还放在桌上，她打开皮包来，取出一包口香糖，剥了一片，将两个指头，钳着糖片的下端，将糖片的上端，送到嘴唇里，慢慢地唆着。

她不说话，魏先生也不说话。彼此默然了一阵，魏先生终于是吸烟了，将那支烟抽了两下，这就向太太道："你可知道我现时正在一个极大的难关上。"魏太太道："那活该。"说着沉下了脸色，将头一偏。魏端本淡笑道："活该？倘若是我渡不过这难关而坐牢呢？"魏太太道："你做官贪污，坐了牢，是你自作自受，那有什么话说？"

魏端本将手上剩的半截纸烟头子丢在地下，然后将脚践踏着，站起来点点头道："好！我去坐牢，你另打算吧。"说着，他钻上床去，牵着被子盖了。魏太太道："哼！你坐牢我另作打算。你就不坐牢，我另作打算，大概也没有什么人能够奈何我吧？"魏端本原来是脸朝外的，听了这话，一个翻身向里睡着。

魏太太对于他这个态度，并不怎样介意，自坐在那里吃口香糖，吃完了两片口香糖，又在皮包里取出一盒纸烟来，抽了一支，衔在嘴里，擦了火柴，慢慢地吸着。把这支纸烟吸完了，冷笑了一声，然后站起来，自言自语地道："我怕什么？哼！"说着，坐在椅子上，两只脚互相搓动着，把两只皮鞋搓挪得脱下了。光着两只袜子在地板上踏着，低了头在桌子下和床底下探望着，找那两只便鞋。好容易把鞋子找着了，两只袜底子，全踩得湿黏黏的。她坐在床沿上，把两只长统丝袜子倒扒了下来。扒下来之后，随手一抛，就抛到了魏先生那头去。

魏先生哎哟了一声，一个翻身坐了起来，问道："什么东西，打在我脸上。"说着，他也随手将袜子掏在手上看着。正是那袜底上践踏了一块黏痰，那黏痰就打在脸上。他皱着眉毛，赶快跳下床来，就去拿湿毛巾擦脸。魏太太坐在床沿上，倒是嘻嘻地笑了。魏先生在这一晚上，只看到太太的怒容，却不看见太太的笑容。现在太太在红嘴唇里，露出了两排雪白的牙齿，向人透出一番可喜的姿态。望了她道："侮辱了我，你就向我好笑。"

魏太太笑道："向你笑还不好吗？你愿意我向你哭？"魏端本道："好吧，我随你舞弄吧。"他二次又上床睡了。在魏太太的意思，以为有了这一个可笑的小插曲，丈夫就这样算了。现在魏先生还是在生气之中，她也不去再将就，自带着小渝儿睡了。

她爱睡早觉，那是个习惯，次日魏先生起来时，她正是睡得十分的香甜，她那只旧皮包就扔在桌子角上。魏先生悄悄地将皮包打开来一看，里面是被大小钞票，塞得满满的。单看里面的两叠关金票子，约莫就是三四万。他立刻想到，太太买的那些衣料和化妆品，已是超过二十万元。现在皮包里又有这多的现款，难道还是赢的？正踌躇着对了这皮包出神，太太在床上打了个翻身。心里想着，反正是不能问，越知道得多了，倒越是一种烦恼，也就转身走开，自去料理漱口洗脸等事。把衣服整理得清楚了，买了几个热烧饼，自泡了一壶沱茶，坐在外面屋子里吃这顿最简单的早餐。他是坐在方凳子上，将一只脚搭在另一张方凳子上的。左手端了茶杯，右手拿了烧饼，喝一口沱茶，啃一口烧饼，却也其乐陶陶。

忽然一阵沉重的脚步声，有人很急迫地问道："魏先生在家吗？"他听得出来，这是刘科长的声音，立刻迎出门来道："在家里呢，刘科长。"他一面说着，一面向来宾脸上注意，已经看出他脸色苍白，手里拿了帽子，而那身草绿色的制服，却是歪斜地披在身上。他怔了一怔道："有什么消息吗？"刘科长两手一扬，摇了头道："完了，完了，屋子里说话吧。"魏端本的心房，立刻乱跳一阵，引了客进屋子。

刘科长回头看了看门外，两手捧着呢帽子撅了几下，低声道："我想不到事情演变得这样严重。司长是被撤职查办了。"魏端本道："那么，我、我、我们呢?”刘科长道：“给我一支烟吧，我不晓得有什么结果。”说着，伸出手来，向主人要烟。

魏端本给了他一支烟，又递给他一盒火柴。他左手拿帽子，右手拿烟，火柴盒子递过去了，他却把原来两只手上的东西都放下。左手拿火柴盒，右手拿火柴棍，在盒子边上擦了一支火柴之后，要向嘴边去点烟，这才想起来没有衔着烟呢。他伸手去拿，烟支被帽子盖着，他本是揭开帽子找烟的，这又拿了帽子在手上当扇子摇，不吸烟了。魏端本道：“科长，你镇定一点，坐下来，我们慢慢地谈。”

刘科长这才坐下，因苦笑了一笑道：“老魏，我们逃走吧。我们今天若是去办公，就休想回来了，立刻要被看管，而看管之后，是一个什么结果，现时还无从揣测，说不定我们就有性命之忧。”魏端本道：“逃走?我走得了，我的太太和孩子怎么走得了?刘科长，你也有太太，虽然没有孩子，可是你把太太丢下了，难道看管我们的人，找不着我们，还找不着我们的太太吗?”

刘科长这才把桌上的那支烟拿起衔在嘴里，擦了一支火柴，将烟点上。他两个指头夹纸烟，低着头慢慢地吸烟，另一只手伸出五个指头，在桌沿上轮流地敲打着。

魏端本道：“刘科长，这件事我糊里糊涂，不大明白呀。”刘科长道：“不但你不大明白，我也不大明白。司长和银行里打电话接好了头，就开了一张单子，是黄金储户的户头，另外就是那两张支票了。我一齐交到银行里去，人家给了一张法币一百六十万元，储蓄黄金八十两的收据，并无其他交涉。我又知道这里是些什么关节呢?”

魏端本道：“司长在银行里作来往，无论是公是私，我跑的不是一次。这次让科长去，不让我去，我以为科长很知道内情呢。”他吸着烟喷出一口来，先摆了两摆头，然后又叹口气道：“我也冤得很啰。我是财迷心窍，以为这样办理黄金储蓄，除了早得消息，捡点便宜，并不犯法。这日到银行去，是下午三点三刻，银行并没有下班，我找着业务主任，把支票和单子交给他。他带了三分的笑意，点了头说：‘和司长已经通过电话了，照办照办。’我是和他在小客厅里见面的，那里另外还有两批客在座，我心里怀着鬼胎，自也不便多问。那业务主任一会儿取了一张收据来交给我，又对我笑着握了两握手。那个时候，银行已下班，大门关着，我由银行侧门走出来的。我在机关里，不敢把收据露出来，直送到司长公馆里去。司长见了收据笑逐颜开，向我点着头，低声说，‘这件事办得神不知鬼不觉。只要三天之后，黄金储蓄定单到手立刻将它卖了，补还了公家那笔款子，大家闹一套西服穿吧。’我所知道的，我所听到的就是这些。前昨两天，同事们忽然议论纷纷起来，说是有人挪用了公款买黄金，我料着不会是说我们，只装不知。可是我们这位司长大人沉不住气，首先就慌乱起来。我看那意思，恐怕已是碰了上峰两个大钉子了。昨天他请我们吃饭，你不是很想知道有什么意思吗？老实说，我也是丈二和尚，摸不着头脑。到了昨天晚上，我才听到人说，我们在银行里做的这八十两黄金，已经让上峰知道了。他为了卸除责任起见，不等人家检举，要自己动手。我听了这个消息，一夜都没有睡着，起了个大早，就到司长公馆里去。我以为他未必起来了，哪知道他蓬着一头头发穿了身短裤褂，趿了双拖鞋，倒背着两手，在楼下空地里踱来踱去，手里还夹着大半支纸烟呢。我一见就知道这事不妙。站着问了声司长早。他沉着脸道：‘什么司长，我全完了，撤职查办了。事到于今，我想你和魏端本分担一点干系的希望，已经没有了。你们自为之计吧。’我听了这话，不但是掉在冷水盆里，同时我也感觉到毫无计划。让我自为之计，我怎么自为之计呢？我呆了，说不出话来，只是站着望了他。他立刻又更正了他的话。走近两步，站在我面前，向我低声说：‘假如你和魏端本能给我担当一下，说是并没有征求司长的同意，你们擅自办理的，那我就轻松得多了。’”

魏端本立刻接着道：“我们擅自办理的？支票上我们三个人的印鉴，是哪里来的？那好，我们除了挪用公款，还有假造文书，盗窃关防的两行大罪，好！那简直让我们去挨枪毙。”刘科长道：“你不用急，当然我同样地想到了这层，我也和他说了。他最后给我们两条路让我们自择，一条路是逃跑。一条路是我们打官司的时候，总要多帮他一点忙。我也是毫无主意，特意来找你商量商量。”

魏端本听说，只是坐着吸纸烟，还不曾想到一个对策，却听到外面冷酒铺里的人答道：“那吊楼上住的，就是魏家，你去找他吗？”魏先生走到房门口伸头向外看去，却来了三个人。一个是穿中山服的，相当面熟，两个是穿司法警察黑制服的，料着也躲避不了。便道：“我叫魏端本。有什么事找我吗？”

那个穿中山服的，揭起头上的帽子，向他点了个头笑道：“魏先生，这可是不幸的事情。我奉命而来，请你原谅。我们是同事，我在第四科。”说着，他就走进屋子来了。他又接着叫了一声道：“刘科长也在这里。我们也正要请你同走。”刘科长站起来，嘴唇皮有些抖颤，望了三人道：“这样快？法院里就来传我们了。有传票吗？”一个司法警察，在身上掏出两张传票，向刘魏二人各递过一张。

刘科长看了一看，点头道：“也好，快刀杀人，死也无怨。老魏，走吧，还有什么话说？”魏端本道：“走就走，不过我要揣点零用钱在身上。同时，我也得向太太去告辞一下，怎知道能回来不能回来呢？”说着就向隔壁卧室里走去。他猜着太太是位喜欢睡早觉的人，这时一定没有起来，可是走进屋子的时候，却大为失望，原来床上只有一床抖乱着的被子，连大人带小孩全不见了。

他站在屋子里连叫了两声杨嫂，杨嫂却在前面冷酒店里答应着进来，在房门外伸着头向里张望了一下。笑着问道："啥子事？"魏端本道："太太呢？"杨嫂笑道："太太出去了。"魏端本道："好快，我起来的时候，她还没有醒，等我起来，她又不知道到哪里去了。"杨嫂道："没有到啥子地方去，拿着衣料找裁缝裁衣服去了。"魏端本道："裁好了衣服就会回来吗？"杨嫂摇摇头道："说不定。有啥子事对我说吗？"魏端本道："一大早起来，她会到哪里去？奇怪！"杨嫂笑道："你怕她不会上馆子吃早点？"

魏端本叹口气道："事情演变到这样子，我就是和她告辞，大概也得不着她的同情的。好吧，我就对你说吧。杨嫂，我告诉你，我吃官司了。外面屋子两名警察，是法院里派来的。虽然是传票，也许就不放我回来，两个孩子，托你多多照管。孩子呢？带来让我见见。"杨嫂望了他道："真话？"他道："我发了疯，把这种话来吓你。你只告诉太太是买金子的事，她就明白了。你把孩子带来吧。"杨嫂看他脸色红中带着灰色，眼神起麻木了，料着不是假话，立刻在厨房里将两个孩子找了来。

魏端本蹲在地上，两手搂着两个孩子的腰，也顾不得孩子脸上的鼻涕口水脏渍，轮次地在孩子脸上接了两个吻。他站了起来，摸着小渝儿的头道："在家里好好的跟杨嫂过，不要闹，等你爸爸回来。"说毕，又抱拳向杨嫂拱了两拱手道："诸事拜托，你就当这两个孩子是你自己的儿女吧。"说毕，一掉头就走到外面屋子里去了。

杨嫂始终不明白这是怎么一件事，只有呆站在屋子里看着。见魏端本并没有停留，肋下夹住那个常用皮包，同刘科长随同来的三个人，鱼贯地走了。她料着主人一定是出了事。可是大小是个官，比乡下保甲长大得多。从来只看到保甲长抓人，哪里看到过保甲长反被人抓的呢？难道做官的人，也会让法院里抓了去吗？她这样地纳闷想着，倒是在屋子里没有出去。虽然主人吃官司与自己无关，主人没有面子，佣工的自然也不大体面。因之可能避免冷酒店伙友视线的话，就偏了头过去，免得人家问话。

她心里搁着这个哑谜，料着太太回来了，一定知道这是什么案子发作了的。可是事情奇怪得很，太太拿着衣料去，找裁缝以后，一直就没有回来过。去吃官司的主人，直到电灯发亮，也并无消息，太太对于这个家，根本没有在念中，先生吃官司，太太未必知道，也许在打牌，也许在看电影，当然，还在高兴头上呢。这么一想，她觉是不舒服。不是带着两个孩子在家里发闷，就带了两个孩子到冷酒店屋檐下去望一下。这样来回地奔走着，到了孩子争吵着要吃晚饭了，她才轻轻地拍着小渝儿肩膀道："你小娃儿晓得啥子？老子打官司去了，娘又赌又耍，昏天黑地，我都看得不过意，硬是作孽！"

她是在屋下站了，这样叽咕着的。正好隔壁陶伯笙口衔了一支烟卷，也背了手望街。不经意地听到她的言语，便插嘴问道："打官司，谁打官司？"杨嫂道："朗个的？陶先生，还不晓得？今天一大早，来了两个警察兵，还有一个官长，把我们先生带走了，到现在，硬是没有一点消息。太太也是一早出去，晓得啥子事忙啊，没有回来打个照面。"

陶伯笙走近了一步，望了她问道："你怎么知道是打官司？"杨嫂道："先生亲自对我说的，还叫我好好照应这两个娃儿。我看那样子，恨不得都要哭出来咯。"

陶伯笙道："你可知道这事的详细情形？"杨嫂摇摇头道："说不上。不过，我看他那个情形，好像是很难过咯。陶先生，你和我打听打听吗，我都替我们先生着急咯。"陶伯笙看看她那情形，料着句句是真的，就随同着杨嫂一路到屋子里去查看了一遍，前前后后，又问了些话，还是摸不着头绪，便走回家去，问自己太太。陶太太回答着，三天没有看到他夫妻两个了。陶伯笙更是得不着一点消息，倒不免坐在屋子里吸上一支烟，替魏端本夫妻设想了一番。

约莫是二十分钟后，李步祥笑嘻嘻地走进屋子来，手里拿了呢帽子当扇子摇，因道："老陶，金子，今日的金价破了七万大关了。"陶伯笙道："破七万大关？破十万大关，你我还不是白瞪眼。"李步祥坐在对面椅子上望了他的脸，问道："你有什么心事？在这里呆想？"陶伯笙道："不相干，我想隔壁魏家的事。"

李步祥走近，将头伸过来，把手掩了半边嘴，向陶伯笙低声道："喂！老陶，这件事有些不妙。我看隔壁这位，总是和老范在一处，不是在他写字间里谈天，就是在馆子里吃饭，我碰到好几回了。刚才我在电影院门口经过，看到他们挽了手膀子由里面出来。"陶伯笙叹了口气摇摇头道："让男子们伤心。"

李步祥道："都怪那位男的不好，女人成天成夜在外面赌钱，为什么也不管管呢？"他说着，回头向外面看看，笑道："那位女的，长得也太美了，当穷公务员的人怎能够不宠爱一点？"陶伯笙道："我还不是为的这个叹气呢。"因把魏端本吃官司的消息，说了一遍。

李步祥道："既然如此，大家都是朋友，去给魏太太报个信吧。"陶伯笙道："到哪里去报信？若是在老范那里的话，我们根本就不便去。"李步祥道："我看到他们由电影院出来，走向斜对门一家广东馆子里去了，马上就去，一顿饭大概还没有吃完。"

陶太太在门外就插言道："伯笙，你假装了去吃小馆子，碰碰他们看吧。我刚才到魏家去了一次，那个小渝儿有点发烧，已经睡下了。魏太太实在也当回来看看。我们做邻居的，在这时候，怎能够坐视呢？"陶伯笙想了一想，说声也是，就约同李步祥一路出门，去找魏太太。

第十六回

胜利之夜

二十分钟后，陶李二人，走进了一家广东馆子。他们为了避嫌起见，故意装出一种找座位的样子，向各方面张望着。范魏二人并不在座，倒是牌友罗太太和两位女宾，在靠墙的一副座头上，正在吃喝着。罗太太正是一位广结广交的妇人，并不回避谁人，就在座位上抬起一只手高过头顶，向他连连招了几下。

陶伯笙笑道："罗太太今天没有过江去？又留在城里了。"在他们赌友中说出这种话来，自然话里有话，罗太太便微笑着点了两点头。陶伯笙走近两步，到了她面前站住，低声笑问道："今天晚上是哪里的局面？"罗太太道："朱四奶奶那里请吃消夜，我是不能去。你们的邻居去了。"陶伯笙唉了一声道："她还糊里糊涂去作乐呢。"罗太太看他脸上的颜色，有点儿变动，而这声叹息，又表示着很深的惋惜似的，便道："你这是什么意思？"

陶伯笙回头看了邻座并没有熟人，又看罗太太的女友，也没有熟人，这才低声道："魏先生挪用公款，做金子生意，这个案子，已经犯了，今天一大早，就让法院传了去，到现在没有回来。同时，他家里的小男孩子也病了。罗太太若是见着她的话，最好让她早点回去。家里有了这样不幸的事，她也应当想点办法。”罗太太道：“刚才我们看见她的，怎么她一字不提？”陶伯笙道：“大概她还不知道吧？我们是她的老邻居，在这种紧要关头，我不能不想法子给她送个信吧？”

罗太太道：“既然这样我告一次奋勇，和你去跑一趟吧。好在我今天也不回南岸去。”陶伯笙抱着拳头道：“你多少算行了点好事了。”他看看这座位上全是女客，也无法再站着说下去，就告辞了。罗太太家里，常常邀头聚赌，因之多少带些江湖侠气和赌友们尽些义务。这时听了陶伯笙说的消息，和魏太太很表同情，会过饭东，别了三位女宾，在马路上坐人力车子，下坡换轿子，利用了人家健康的大腿，二十分钟就赶到了朱四奶奶公馆。

老远的在大门口，就看到洋楼上的玻璃窗户，电光映得里外雪亮。她在楼下叫开了门，由朱四奶奶的心腹老妈子引上了楼。隔了小客厅的门，就听到一阵窸窸窣窣的小响声。久赌扑克的人，都有这个经验，这是洗扑克牌和颠动码子的声音，那正是在鏖战中了。朱公馆是个男女无界限的交际场合。男宾进来，还有在楼下客厅里先应酬一番的，至于女宾，根本就不受什么限制，无论日夜，都可以穿堂入户。罗太太常来此地，自然更无顾忌，她伸手拉开了小客室的门，见男女七位三女四男，正围了圆桌子赌梭哈。朱四奶奶并没有入场，在桌子外围来往梭巡着，似乎在当招待。她进来了，好几个人笑着说欢迎欢迎，加入加入。魏太太就是其中的一个。

罗太太看她脸上笑嘻嘻的，似乎又是赢了钱，正在高兴头上呢。看看场面上这些个人，且有男宾，那话当然不便和她说，便站在门口，向她招招手道：“老魏，来！我和你有两句话说。”魏太太两手正捧了几张扑克牌，像把折扇似的展开，对了脸上排着。听了这话，眼光由牌上射了过来，对罗太太望着，脸上带着三分微笑。罗太太点点头道：“你来，我有话和你说。”魏太太将面前几个子码，先向台中心一丢，说了一声加二万元。然后对罗太太道：“看完了这牌我就来。”罗太太知道她又赌在紧要关头上，不便催她，只好在门边站了等着。

魏太太看了她那种静等的样子，直等这牌输赢决定，把人家子码收下了，才离开了座位，迎着罗太太笑道：“你还有什么特别紧要的事和我商量呢，必定说在你家里，又定下一个局面。”罗太太携着她的手，把她拉到外面客厅角落里，面对面地站了，低声道：“你是什么时候离开家里的？”魏太太道：“我是一早就离开家里了。你问这话，有什么意思吗？”罗太太道：“那就难怪了，你家里出了一点问题，大概你还不知道吧？”魏太太听说，将脸色沉下来道：“魏端本管不着我的事。”

她刚是分辩了这句，里面屋子，就有人叫道：“魏太太，我们散牌了。你还不来入座？”魏太太说声来了，转身就要走。罗太太伸手一把将她拉住。连连地道：“你不要走，你不要走，我的话没有说完呢。”魏太太道：“有什么话，你快说吧。我的个性是坚强的。”

罗太太笑道：“你说的是具体错误，你们先生在今日早上，让法院传去，一直到晚上，还没有回来。你家里无人作主，你……”魏太太这倒吃了一惊，瞪了眼向她望着道：“你怎么知道的呢？”罗太太道：“我在饭馆子里吃饭，陶伯笙找着我说的，好像他就是有心找你的。”魏太太立刻问道：“还有其他的人在一路吗？”罗太太道：“他后面跟着一个胖子，并没有和我搭话。”魏太太道：“陶伯笙和你说了这事的详情吗？”罗太太因把陶伯笙告诉的消息，转述一遍。

话还不曾说完呢，那边牌桌上又在叫道：“魏太太，快来吧。有十分钟了。”魏太太偏着头叫道：“四奶奶，你和我起一牌吧。我家里有点事，要和罗太太商量商量。”说毕，依然望了罗太太道：“你看我这事应当怎么办?”罗太太道：“这事很简单，你得放下牌来，回去看看。今天是晚了，你打听不出什么所以然来，明天你就一早该向法院里去问问。你那孩子，也有点不大舒服，你也应当回去看看。两个主人都不在家，老妈子是会落得偷懒的。”

魏太太听了这个报告，深深地将眉峰皱着，两条眉峰，几乎是凑成了一条线。她手上拿了一方手帕，只管像扭湿手巾似的，不住地拧着，望了罗太太连说了几声糟糕。

罗太太道：“你是赢了呢，还是输了呢?”她道：“输赢都没有关系，我大概赢了五六万元，这太不算什么，我不要就是了。不过今晚上这个局面，是我发起着要来的。朱四奶奶很赏面子，五方八处打电话把人邀请了来的。我若首先打退堂鼓，未免对不住朱四奶奶，而且同桌的朋友，也一定不高兴。”

罗太太道：“那么，我顶替你这一脚吧，天有不测风云，谁也难免突然发生问题，我可以和大家解释解释。”魏太太两手，还是互相地拧着那条手绢，微仰着脸向人望着。罗太太道：“你不要考虑，事情就是这样办，你所赢的钱，转进我的财下，就算我用了你的现款好了。”魏太太道：“好吧，我去和朱四奶奶商量。”说着，她走回屋子去。

朱四奶奶在她的座位前，正堆了好几叠子码，她招招手道：“我给你惹下了个麻烦了，接连两把，将全桌都杀败了，我赢了将近三十万。你自己来吧。我再要打替工，桌上人要提起反抗了。来来来，你看这牌，应当怎么处理?”魏太太看时，她面前放了四张牌，一暗三明。三张明牌，是一对八，一张K，赶快走到朱四奶奶身后，手按着暗牌，扳起牌头来，将头伸进朱四奶奶怀里，对牌头上注视着，事情是那样令人称心，还是一张八。她故意镇定了脸色，因淡淡地道：“牌是你取的，还是由你作主吧。”

这时，桌上已有三家还在出钱进牌。最后一家三张明牌，是一对A，一张J，牌面子是非常好看。她丝毫没有考虑，在码子下面，取出一张五万元的支票，向桌心一掷。魏太太早已在别人派斯的牌堆里扫了一眼，已有一张A存在着。心想，她很少有三个A的可能。纵然是AJ双对，也不含糊。便笑道：“怎么样？四奶奶，花五万元买一张牌看看吧？”四奶奶自是会意，笑道：“反正你是赢多了，就出五万元吧。”于是数了五万元的码子，放到桌子中心去。

庄家接着散牌，进牌的前两家都没有牌，出支票的这家，进了一张八。朱四奶奶进的最后一张，却又是个K。摆在桌子上的就是K八两对，这气派就大了。应该是朱四奶奶说话了，她考虑到出了钱，别家会疑心是钓鱼，出多了钱，人家就说是牌太大了，而不肯看牌，她取了个不卑不亢的态度，随手取了几个码子，向桌中心一丢，因道：“就是三万元吧。”说着回头对魏太太回头看了一眼。

那个有对A的人，将自己的暗张握在掌心里，看了一看，那也是一张A。他看过之后，又看朱四奶奶面前的两对牌。他将牌放下，在他的西服袋内，摸出了纸烟盒与打火机，取出一支烟，打着了火把烟点着，然后啪的一声，把盒子盖着。他这烟盒子是赛银的，电灯光下照着，反映出一道光射人的眼睛，而且关拢盒子盖的时候，其声音相当的清脆。在这声色并茂的情形下，可想到他态度的坚决。他把烟盒子放在面前，用手拍了两拍，口角里衔了那支烟卷，把头微偏了，把面前堆的两叠子码，用手指向外拨着，把两叠子码都打倒了，口里说句唆了！

魏太太望了他微笑道：“陈先生，你唆了是不大合算的。”那位陈先生看着她的面色，也就微微地一笑。魏太太问道：“这是多少，清清数目吧。”朱四奶奶将桌面上的子码扒开着数了，增加的是七万元，于是数了七万元子码，总共放到桌子中心比着。朱四奶奶笑道："请你摊开牌来吧。"她说这话时，其余两家，不敢相比，都把牌扔了。

那陈先生到了这时，也就无可推诿了，把那张暗A翻了过来，笑道："三个顶大的草帽子，还不该唆吗？"朱四奶奶向他撩着眼皮一笑，微微地摆着头道："那可不行，我们三个之外，还带着两个呢。"说着，把那张暗八翻了过来，向桌子中心一丢。那位陈先生也摇摇头道："倒霉倒霉，拿三个爱斯，偏偏地会碰着钉子。可是四奶奶，你又何必呢？"朱四奶奶将子码全部收到面前，笑道："不来了，不来了，赢得太多了。"说着话，站了起来，扯着魏太太的手道："你坐下来吧，我总算是大功告成。"说话时她身子一挤挤了开去，两手推着，让魏太太坐了下来。

罗太太原是跟进来的，以为等魏太太把话交代完了，就可以接她的下手，现在见魏太太大赢之下，眉飞色舞，已把前五分钟得到的家庭惨变消息，丢在九霄云外了。她站在魏太太对面，离赌桌还有两三尺路。朱四奶奶是已经离开座位的了，这就抢步走向前来，伸手将她抓住，笑道："你怎么回事？这赌桌上有毒虫咬你吗？简直不敢站着靠近。"罗太太道："并不是我不敢靠近，因为我家里有点事。"主人不等她说完，立刻接着道："家里有事，你就不该来。"她口里说着，亲自搬了一把软垫的椅子，放在赌客的空当中。还将手拍了两下椅子。

罗太太望着她这分做作笑了一笑。因道："你自己不上桌子，倒只管拉了别人来。"朱四奶奶道："今天不巧得很，我家里有两个老妈子请假，楼上楼下，只剩一个老妈子了。我不能不在这屋子里招待各位。"罗太太看看场面上的赌局是非常的热闹，便笑道："我今天不来，我是和魏太太传口信的，所以我根本就没有带着赌本。"朱四奶奶道："没有赌本，要什么紧，我这里给你垫上就是。先拿十万给你，够不够？"罗太太道："我不来吧？看看就行了。"说时，她移着脚步，靠近了赌桌两尺。朱四奶奶道："哎呀！不要考虑了，坐下来吧。"说着，两手推了她，让她坐下。她也就不知不觉的坐了下来。

恰好是魏太太作庄散牌，她竟不要罗太太说话，挨次的散牌，到了罗太太面前，也就飞过一张明牌来。牌是非常的凑趣，正是一张A。她笑道："好！开门见喜。"罗太太手接着牌，将右手一个中指，点住了扑克牌的中心，让牌在桌子中心转动着。她默然地并未说话，还在微笑，而第二张是暗张，又散过来了。她虽然还没有决定，是不是赌下去，可是这张暗牌来了，她实在忍不住不看。她将右手三个指头按住了牌的中心，将食指和拇指，掀起牌的上半截来，低了头靠住桌沿，眼光平射过去。她心里不由得暗暗叫了一声实在是太巧了，又是一张A。打梭哈起手拿了个顶头大对子，这是赢钱的张本，于是将明张盖住了暗张，拢着牌靠近了怀里。

魏太太道："你拿爱斯的人，先说话呀。"罗太太笑道："我还没有筹码呢。"魏太太便在面前整堆的子码中，数了十来个送过去，因道："这是三万，先开张吧。"罗太太有了好牌，又有了筹码，她已忘记了家里有什么事，今晚上必须渡江回家，至于魏太太的丈夫被法院逮捕去了，这与她无干，自是安心把梭哈打下去。

这晚上，魏太太的牌风甚利，虽有小输，却总是大赢。每做一次小结束，总赢个十万八万的。因为在场有男客也有女客，赌过了晚上十二点钟以后，大家既不能散场回家，朱公馆又没有可以下榻的地方，只有继续地赌了下去。赌到天亮，大家的精神已不能支持，就同意散场。魏太太把账结束一下，连筹码带现款，共赢了四十多万。朱四奶奶招待着男女来宾，吃过了早点，雇着轿子，分别地送回家去。

魏太太高兴地赌了一宿，并没有想到家里什么事情。坐了轿子向回家的路上走着，她才想到丈夫已是被法院里传去了，而男孩子又生了病。转念一想，丈夫和自己的感情，已经是格格不入，而且他又是家里有原配太太的人，瞻望前途，并不能有一点好的希望。这种丈夫，就是失掉了，又有什么关系？至于孩子，这正是自己的累赘，假如没有这两个孩子，早就和魏端本离开了。自己总还是去争自己的前途，若惦记着这个穷家，那只有眼看着这黑暗的前途，糊里糊涂地沉醉下去。管他呢，自己做自己的事，自己寻求自己的快乐。这么想着，心里就空洞得多了。

轿子快到家了，她忽然生了一个新意念：这么一大早，由外面坐了轿子回来，知道的说是赌了一宿回来了。不知道的，却说整晚在外干着什么呢，尤其是自己家里发生着这样重大变化的时候。这个念头她想着了，立刻就叫轿夫把轿子停了下来。她打开皮包，取出了几张钞票，给轿夫做酒钱。然后闪到街上店铺的屋檐下，慢慢儿地走着，像是出来买东西的样子。

于是走到一家糕饼店里去，大包小裹，买了十几样东西，分两只手提着。她那皮包里面满盛着支票和钞票，她却没有忘记。将皮包的带子挂在肩上，把皮包紧紧夹在肋下，她沉静着脸色，放缓了步子，低了头走回家去。前面那间屋子，倒是虚掩了门的，料着屋子里没人，自己的卧室里却听到杨嫂在骂孩子，她道："你有娘老子生，没有娘老子管，还有啥子稀奇，睁开眼就跟我扯皮，我才不招闲喀，晓得你的娘，扮啥子灯啰！"

魏太太听了这些话，真是句句刺耳。在那门外的甬道里呆站了一会，听到杨嫂只是絮絮叨叨地骂下去，若冲进屋子去，一定是彼此要红着脸冲突起来的，便高声叫着杨嫂，而且叫着的时候，还是向后倒退了几步，以表示站着很远，并没有听到她的言语。杨嫂应着声走了出来，望了她先皱着眉道："太太，你朗个这时候才走回来？叫人真焦心啰。"

魏太太道："让人家拖着不让走，我真是没有办法。"说着，把手上的纸包交给了杨嫂，走进房去。却看到男小子渝儿静静地躺在床上，身上还盖着一条被子，只露了一截童发在外面。便问道："孩子怎么了？"杨嫂道："昨天就不舒服了，都没有消夜，现在好些，困着了，昨晚上烧了一夜咯。"

魏太太将两手撑在床上，将头沉下去，靠着孩子的额头，亲了一下。果然，孩子还有点发热，而且鼻息呼咤有声，是喘气很短促的表现。因向杨嫂道："大概是吃坏了，让他饿着，好好地睡一天吧。"杨嫂站在一边，怔怔地看了她的脸色。因道："小娃儿点把伤风咳嗽倒是不要紧。先生在昨日早上让警察兵带到法院里去了，你晓不晓得？直到现在，还没有转来，也应当打听打听才好。"

魏太太放下皮包，脱着身上的大衣，一面向衣钩上挂着，一面很不在意地答道："我知道了，那有什么法子呢？"说着，打了个呵欠，因道："我得好好地先睡一觉。"杨嫂见她的态度，竟是这样淡，心里倒不免暗吃一惊，可是她立刻也回味过来了，淡淡一笑。

魏太太正是一回头看到了。脸色动了一动，因道："一大早上，法院里人，恐怕还没有上班。我稍微睡几小时，打起精神来，我是应当去看看。"说着，把放在桌上的皮包，打开来，取出一万元钞票来，轻轻向桌子角上丢着。因笑道："拿去吧，拿去买两双袜子穿吧。"杨嫂看到千元一张的钞票，厚厚一叠。这个日子千元一张的钞票，还是稀少之物，估量着这叠钞票，就可以买一件阴丹大褂的料子，岂止买两双袜子呢？这样地想明白了，立刻就嘻嘻地笑了。

魏太太道："拿去吧，笑什么，难道我还有什么假意吗？"杨嫂说声谢谢，把钞票在桌子角上摸了过去。笑问道："太太赢了好多钱？"魏太太眉毛扬了起来，笑道："昨晚上的确赢得不少，四十万。魏先生半年的薪水，也没有这多钱。老实告诉你，我是不靠丈夫也能生活的。”杨嫂想着，你有什么本事，你不就是赌钱吗？一个人会赌钱，就可以不靠丈夫生活吗？然而她还对了太太笑道：“那是当然吗！你是最能干的太太吗！一赢就是四五十万，硬是要得！”

魏太太笑道：“这话又不对了，难道我一个青年女人，还去靠赌吃饭？不过这是一种交际场上的应酬。在应酬场上，认识许多朋友，我随便就可以找个适当的工作。”杨嫂笑道：“太太，你也找事做的话，顶好是到银行里搞个行员做。在银行里做事，硬是发财喀。”

魏太太坐在床沿上，把皮包里的钞票，都倒在床上，然后把大小票子分开，一叠叠地清理着。杨嫂看魏太太在清理着胜利品，悄悄地避嫌走开了。魏太太也没有加以注意。

魏太太把票子清理完了，抬起头来，却看见女儿小娟娟挨挨蹭蹭地，沿着床栏杆走了进来。她蓬着满头的干燥头发，眼睛睫毛上，糊了一抹焦黄的眼眵，她那上嘴唇上，永远是挂着两行鼻涕的，今天也是依然。今天天气暖和些，她那件夹袄脱去了，只穿那件带裤子的西服，原来是红花布的，这已变成了淡灰色的了。她将个食指送到嘴里衔着，瞪了小眼睛，望了母亲走了来。

魏太太叹了口气道：“小冤家，你怎么就弄得这样脏哟！回头我给杨嫂五万块钱，带了你去理回发，买套新衣服穿，不要弄成这小牢犯的样子。”魏太太说出了小牢犯这个名词，她才联想到娟娟的父亲，现在正是牢犯。心里到底有点荡漾，她发呆在想心事了。

第十七回

弃旧迎新

这时，隔壁的陶太太，由外面走了来。她口里还叫着杨嫂道：“你家小少爷，好了一些吗？我这里有几粒丸药，还是北平带来的。这东西来之不易，你……”她说到这个你字，已是走进屋子来，忽然看到魏太太呆呆地坐在床上，倒是怔了一怔，身子向后倒缩了去。

魏太太已是惊醒着站起来了，便笑着点头道：“孩子不大舒服，倒要你费神。请坐请坐。”陶太太笑着进来，不免就向她脸上注意着。见她两个颧骨上，红红地显出了两块晕印，这是熬夜的象征，同时也就觉得她两只眼睛眶子，都有些凹了下去。可是床沿上放着敞开口的皮包，床中心一叠一叠地散堆着钞票，这又象征着一夜豪赌，她是大胜而归了，便立刻偏过头去，把带来的两粒丸药放在桌子上。因问道：“孩子的病好些了吗？”

魏太太道：“那倒没有什么了不得，不过是有点小感冒。最让我担心的，是孩子的父亲。你看这不是人在家中坐，祸从天上来？好端端地让法院把他带去了。”陶太太向她看时，虽然两道眉毛深深地皱着，可是那两道眉毛皱得并不自然。这样，陶太太料着她的话并不是怎样的真实的，因之，也就不想多问。随便答道："我听到老陶说了，大概也没有什么要紧。你休息休息吧，我走了。"

魏太太倒是伸手将她扯住，因道："坐坐吧。我心里乱得很，最好你和我谈谈。"陶太太道："你不要睡一会子吗？"魏太太道："我并没有熬夜，赌过了十二点钟不能回来，我也就不打算回来了。现在精神恢复过来了，我不要睡了。"

陶太太也是有话问她，就随便地在椅子上坐下，因道："我们老陶，是输了还是赢了呢？"魏太太道："我并没有和陶先生在一处赌，昨晚上他也在外面有聚会吗？"陶太太道："他到现在还没有回来，我也不知道他是赢是输。家里还有许多事呢，他不回来，真让人着急。"说着，将两道眉毛都皱了起来了。魏太太点着头道："真的，他没有同我在一处赌。我是在朱公馆赌的。"陶太太望了她道："朱公馆？是那个有名的朱四奶奶家里？"说着，她脸上带了几分笑容。魏太太看到她这情形，也就很明白她这微笑的意思了。因摇摇头道："有些人看到她交际很广阔，故意用话糟蹋她，其实她为人是很正派的。"

陶太太在丈夫口里，老早就知道朱四奶奶这个人了。后来陶伯笙的朋友，都是把朱四奶奶当作个话题，这朱四奶奶为人，更是不待细说。这就静默地坐了一会，没有把话说下去。她静默了，魏太太也静默了，彼此无言相对了一阵，魏太太又接连地打了两个呵欠。陶太太笑道："你还是休息休息吧，一夜不宿，十夜不足。"魏太太打了半个呵欠，因为她对于呵欠刚发出来，就忍回去了。因张了嘴笑道："我没有熬夜，不过起来得早一点。"说着，将身子歪了靠住床栏杆。这样，陶太太觉得实在是不必打搅人家了。说声回头见，起身便走。

魏太太站起来送时，人家已经走出房门去了，那也就不跟着再送。

她觉得眼睛皮已枯涩得睁不开来，而脑子也有些昏沉沉的。赶快地把床上摆的那些钞票理起来，放到箱子里去锁着，再也撑持不住了，倒在小孩子脚头，侧着就睡了。

约莫是半小时以后，那杨嫂感激着太太给了她一万元的奖金，特意地煮了三个糖心鸡蛋，送进屋子来给她当早点。不想她侧身而睡，已是鼾声呼呼地在响着。走到床面前轻轻地叫了声太太，哪里还有一点反应？她放下碗在桌上，正待给太太牵上被，可是就看见她脚上还穿着皮鞋。大概她睡的时候，也是觉着脚上有皮鞋的，所以两条腿弯曲着向后，把皮鞋伸到床沿外来。杨嫂轻轻地说了声硬是作孽，说着，她就弯下腰来，给太太把皮鞋脱下。睡着了的人，似乎也了解那双鞋子是被人脱下了，两只皮鞋都脱光了的时候，双脚缩着，就向里一个大翻身。杨嫂跟随女主人有日子了，知道她的脾气，熬夜回来，必然是一场足睡。这就由她去睡，不再惊动她了。

魏太太赢了钱，心里是泰然的，不像输家熬夜，睡着了，还会在梦里后悔。她这一场好睡，睡到太阳落山，才翻身起床。她坐起来之后，揉揉眼睛，首先就没有看到脚头睡的小渝儿，因叫杨嫂进来，问道：“小渝儿呢？”杨嫂笑道：“他好了，在灶房里耍。太太，你硬是有福气，小娃儿一点也不带累人。他睡到十二点钟，一翻身起来，烧也退了，病也好了。你要是打牌的话，今晚上你还是放心去打牌。”

魏太太看她脸上那份不自然的笑意，也就明白了几分。因道：“你那意思，以为我只晓得赌钱，连魏先生打官司的事，我一点都不放在心上吗？这样大的事，那不是随随便便可了的，着急并没有用处。我遇到了这样困难的事，我自己不打起精神来，着实地奔走几天，是找不到头绪的。你不要看我今天睡了这么一天，我是培养精神。你打盆水来我洗过脸，我马上出去。哦！我想起来了。昨天一大早拿去的衣料，现在应该做起来了吧？你给我拿一件来，我要穿了出去，就是那大巷子口上王裁缝店里。”杨嫂道：“昨日拿去的衣服，今天就拿来，哪里朗个快？”魏太太道：“包有这样快。我昨天和王裁缝约好了，加倍给他的工钱，他说昨日晚上一定交一件衣服给我。现在又是一整天了，共是三十六小时了，难道还不能交给我一件衣服吗？”

杨嫂曾记得太太在裁缝店里，就换过一件新衣服回来，她说是要拿新衣服，那大概是不能等的，这也就不敢耽搁，给她先舀了一盆热水来，立刻走去。果然她的看法是对的，不到十五分钟，杨嫂就夹着一个小白包袱回来了。

魏太太正在洗脸完毕，擦好了粉，将胭脂膏的小扑子，在脸腮上涂抹着红晕。在镜子里面看到杨嫂把包袱夹在肋下，这就扭转身来，连连地跳了脚道：“糟了糟了，新衣服你这样地夹在肋下，那会全是皱纹了。”说着就立刻跳过来，在杨嫂肋下把包袱夺了过去。杨嫂看到她那猛烈的样子，倒是怔了一怔。心里可也就想着：为什么这样留心这新衣服的皱纹，把这分儿心思用到你吃官司的丈夫身上去，好不好？

魏太太把那白布包袱在床上展开，将里面包的那件粉红白花的绸夹袍子在床上牵直了，用手轻轻抚摸了一番。很好，居然没有什么皱纹。她这就微微地笑道：“半年以来，这算第一次穿新衣。”说着她把身上这件衣服，很快地脱了下来，向床下一丢。然后把这件新衣穿上，远远地离了五屉桌站着，以便向那支起的小镜子可以看到全身。

她果然看到镜子里一片鲜艳的红影。她用手牵牵衣襟，又折摸领圈。然后将背对了镜子，回转头来，看后身的影子。看完了，再用手扯着腰身的两旁。测量着这衣服是不是比腰身肥了出来。这位裁缝司务，却是能迎合魏太太的心理，这衣服的上腰和下腰，正合了她的身体大小，露出了她的曲线美。她高兴之下，情不自禁地说了句四川话：“要得。”立刻在桌屉里把新皮包取了出来，将昨晚上赢的款子，取了十万整数，放在里面，再换上新丝袜子新皮鞋。

身上都理好了，第二次照照镜子，觉得两鬓头发，还是不理想的那样蓬松，于是右手拿牙梳拢着头发，左手心将鬓角向上托着，自己穿的是新衣，又用的是新化妆品，觉得比平常是漂亮多了。这就没有什么工作了，夹了新皮包，就向外面走。

可是走出房门她又回来了。她想起了一件事，在拍卖行里买的一瓶香水放在抽屉里，还不曾用过呢。这个时候，正好拿来洒上一洒。这样想着，她又转身走回屋子，将香水瓶拿出来，拔开塞子，将瓶眼对衣襟上洒了几遍。年轻人嗅觉是敏锐的，这就有一阵浓烈的香气，向鼻子里猛袭了来，心里高兴着，脸上也就发出遏止不住的笑容。她这次出门，并不像以往那样鲁莽，把那香水瓶盖好，从容地送到抽屉里去。把抽屉关好了，还向五屉桌上仔细审查了一下，方才走出去。

她现在是口袋里很饱，出门必须坐车子，当她站在屋檐下正要开口叫人力车子的时候，让她想起了一件事，难道就不到法院里去打听打听吗？魏端本总不至于判死罪，迟早是要见面的。见了面的时候，那时，他说两日都没有到法院去打听，那可是失当的事。虽然现在天色不早，总得去看看，反正扑空也没有关系，只多花几个车钱。

她这样想着，还是不曾开口叫车子，那卖晚报的孩子，肋下夹了一叠报，手上挥着一张报，脚下跑着，口里喊道：“看晚报，看晚报，黄金案的消息。”魏太太心里一动，拦着卖报孩子，就买了一张。展开报来看着，正是大字标题，“黄金犯被捕”。她看那新闻时，也正是自己丈夫的事。新闻写着，法院将该犯一度传讯，已押看守所。犯人要求取保，未蒙允许。

魏太太看了报之后，觉得实在是严重，纵然夫妻感情淡薄，总觉得魏端本也很可怜。他若不是为了有家室的负担，也许不去做贪污的事。她只管看了报，就忘记走开。身后有人问道："魏太太，报上的消息怎么样。"她回头看时，正是邻居陶伯笙。便皱了眉道："真是倒霉，重庆市上，做黄金买卖的人，无千无万，偏偏就是我们有罪。"

陶伯笙摇摇头道："不，牵连的人多了，被捕的这是第三起，昨天晚报上，今天日报上都登了整大段的新闻。"魏太太道："我有两天没有看报，哪里知道？我现在想到看守所去看看。"陶伯笙抬头望了一下天，因笑道："这个时候，到看守所去，不可能吧？电灯都快来火了。"魏太太道："果然是天黑了，不过天上有雾。"她说完了觉着自己的话是有些不符事实的，便转过话来问道："陶先生，昨晚上也有场局面吗？"陶伯笙笑道："不要提起，几乎输得认不到还家，搞了一夜，始终是爬不起来。天亮以后，又继续了三小时，算是搞回来了三分之二。我在朋友那里睡了一天，也是刚刚回家，太太埋怨死了。"说着，他举起手来，摇摆了几下，扭身就走了。

魏太太看看天色，格外的昏沉，电灯杆上，已是一串串的，在街两旁发现了亮球。她想着，任何机关，这时下了班。看守所这样严谨的地方，当然是不能让犯人见人。反正案子也不是一天有着落，明天一大早去看他吧。她这就没有了考虑，雇着车子，直奔范宝华的写字间。

可是在最热闹的半路上，就遇到他了，他也是夹了那只大皮包，在马路边上慢慢地迎头走来。远远看到，他就招着手大声叫着："佩芝佩芝！哪里去？"魏太太叫住了车子，等他走近了，笑道："这时候，你说我哪里去呢？"范宝华笑道："下车下车，我们就到附近馆子里去吃顿痛快的夜饭。"

魏太太依了他付着车钱下车，她和他走了一截路，低声微笑道："你疯了吗？在大街上这样叫着我的名字大声说话。"范宝华道："你还怕什么？你们那位已经坐了监牢了，你是无拘无束的人，还怕在大街有人叫吗？”魏太太笑道：“你说痛快地吃顿晚饭，就为的是这个？你这人也太过分了，姓魏的虽然和我合作有点勉强，可是与你无冤无仇，他坐监牢，你为什么痛快？”范宝华挽了她一只手臂，又将肩膀轻轻碰了她一下，笑道：“你还护着他呢。我说的痛快，也不过是自己的生意做得顺手，今天晚上，要高兴高兴。”说着，挽了她的手更紧一点。

魏太太倒也听其自然，随了他走进一家江苏馆子去。范宝华挑了一间小单间放下门帘陪了魏太太坐着。茶房送上一块玻璃菜牌子来，交到范宝华手上。他接着菜牌子，向茶房笑道：“你有点外行。你当先交给我太太看。出外吃馆子，有个不由太太作主的吗？”魏太太听了这话，脸上立刻通红一阵，可是她只能向范先生微微地瞪着眼睛，却不能说什么。

可是那位茶房却信以为真，把菜牌子接过来，双手递到魏太太手上，半鞠着躬笑道：“范太太什么时候到重庆来的？以后常常照顾我们。范太太是由下江来的吗？”茶房越说越让她难为情，两手捧着菜牌子呆看了，作声不得。范宝华倒是笑嘻嘻的，斜衔了一支烟卷对她望着。

魏太太心里明白，这个便宜，只有让他占了去，说穿了那更是不像话了。这就把菜牌子递回给范宝华道：“我什么都可以。我只要个干烧鲫鱼，其余的都由你作主吧。吃了饭我还有事呢，不要耽误我的工夫。”说着，她又向他瞪了一眼。他这就很明白她的意思了，笑嘻嘻掏出西装口袋里的自来水笔，和日记本子，在日记本子上写了几样菜撕下一页交给茶房拿去。

魏太太等茶房去了，就沉着脸道：“不作兴这样子，你公开地占我的便宜。”范宝华并没有对她这抗议加以介意，又把纸烟盒子打开，隔了桌面送过来，笑道：“吸一支烟吧，你实际上是我的了，对于这个虚名，你还计较什么？”

她真的取了一支烟衔着，他擦了火柴，又伸过来，给她将烟点着。她吸了一口烟，喷出烟来，将手指夹了烟支，向他指点着道：“还有那样便宜的事吗？你当了人这样乱说，让朋友们全知道了，我怎么交代得过去？下次不可。这且不管了，你说生意做得很顺手，是什么事？”范宝华道：“黄金储蓄券，我已买到手了。有三万的，有两万七八的，还有两万五的。正好遇到几位定黄金储蓄的人，等着钱用，赚点利钱，就让出来了。我居然凑足了三百两。我就不等半年兑现，这东西在我手上两个月，我怕不赚个对本对利。”

魏太太道：“好容易定到黄金储券，那些人为什么又要卖出来呢？”范宝华隔了桌面，向她注视着，笑道：“你应该明白呀。你们老魏就做的是这生意。他们只想短期里挪用公款一下，买他百十两金子，等黄金储蓄券到手，占点儿便宜就卖了。于是把公款归还公家，就分用那些盈余。像这种人，他怎么不知道金券放在手上越久就越赚钱？可是公家的款子可不能老放在私人腰里。你说是不是？”魏太太点点头道：“是的，只是你们有钱的人，抓住了那些穷人的弱点，就可以在他们头上发财了。”

范宝华对于她这个讽刺，并不介意，只是向她身上面对了她望着。她将手上夹的纸烟，隔桌子伸了过来，笑道：“你老望着我干什么？我要拿香烟烧你。”范宝华笑道：“我不是开玩笑。像你这样青春貌美，穿上好衣服，实在是如花似玉。这样的人才，教她住在那种猪窠样的房子里，未免不称。我对你这身世很可惜，我也就应当想个办法来挽救你。”

魏太太默然地坐着听他的话，最后向他问道：“你怎么挽救我？”范宝华道：“那很简单，你和老魏脱离关系，嫁给我。”魏太太将纸烟放在烟灰碟子里，提起桌上的茶壶，斟了一杯茶，慢慢的喝着。然后微笑道："你吃了袁三一次大亏，你还想上当？"范宝华道："那是你太瞧不起自己了。你不是她那种人，你不会丢开我，我觉得我们的脾气很合适。"魏太太道："你这时候，提出这话，那是乘人于危，人家不是在吃官司吗？"他道："我正因为老魏吃了官司，我才和你说这话。不要说什么大罪，就是判个三年两年，你这日子，也不好过。我今天看到晚报以后，我就这样想了，这是给你下的一颗定心丸啦。"

魏太太还要说什么，茶房已经送进酒菜来了。她笑道："你今天特别高兴，还要喝酒？"说着，她望了那把装花雕的瓷壶微笑。范宝华指着放在旁边椅子上的大皮包笑道："我为它庆祝。"这样，她心里就暗想着，这家伙今天眉飞色舞，大概是弄了不少钱。趁这机会就分他两张黄金储蓄券过来，于是心里暗计划着，要等一个更好的机会，向他开口。

饭吃到半顿时，范宝华侧耳听着隔壁人说话，忽然呀了一声道："洪五爷也在这里吃饭。"魏太太道："哪个洪五爷？"范宝华道："人家是个大企业家，手上有工厂，也有银行。朱四奶奶那里，他偶然也去，你没有会到过他吗？"魏太太道："我就只到过朱公馆两回，哪会会到过什么人？"范宝华倒不去辩解这个问题。停了杯筷只去听间壁的洪五爷说话。听了四五分钟，点头道："是他是他。我得去看看。"说着，他就起身走了。

她听到隔壁屋子里一阵寒暄，后来说话的声音就小一点。接着隔开这屋子的木壁子，有些细微的摩擦声，似乎有人在那壁缝里张望，随后又嘻嘻地笑了。魏太太这时颇觉得不安。但既不能干涉人家窥探，也不便走开，倒是装作大方，自在地吃饭。可是范宝华带着笑容进来了，他道："田小姐，洪五爷要见见你。"她道："不必吧，我……"这个我字下的话没有说出，门帘子一掀，走进来一个穿着笔挺西服的人。

他是个方圆的脸，两颧上兀自泛着红光。高鼻子上架着一副金丝脚光边眼镜，两只眼珠，在镜子下面，滴溜溜地转着现出一种精明的样子。鼻子下面，养出两撇短短的小胡子。在西装小口袋里，垂出两三寸金表链子，格外衬得西装漂亮挺括。他手里握了一支烟斗，露出无名指上蚕豆大的一粒钻石戒指。

魏太太一见，就知道这派头比范宝华大得多。记得有一次到朱四奶奶家去，在门口遇到她很客气地送一位客出来，就是此公。为了表示大方起见，自己就站了起来。范宝华站在旁边介绍着，这是洪五爷，这是田小姐。

洪五爷对魏太太点了个头道："我们在哪里见过一面吧？不过没有经人介绍，不敢冒昧攀交。"魏太太笑道："洪先生说话太客气，请坐吧。"他倒是不谦逊，带了笑容，就在侧面椅子上坐下，范宝华也坐下了。因笑道："五爷，就在我们这里喝两杯，好不好？"他笑道："那倒无所谓，那边桌上，也全是熟人，我可以随时参加，随时退席。不过你要我在这里参加，我就得作东。"范宝华笑道："那是小事，我随时都可以叨扰五爷。"他听了这话，倒把脸色沉重下来了，微摇了头道："我不请你，我请的是田小姐。"说着，立刻放下笑容来，向魏太太道："田小姐，你可以赏光吗？"她笑着说不敢当。

洪五爷倒不研究这问题是否告一段落，叫了茶房拿杯筷来，正式加入了这边座位吃饭。魏太太偷眼看范宝华对这位姓洪的，十分地恭敬，也就料着他说这是一位大企业家，那并不错。自己是个住吊楼的人，知道企业家是什么型的呢？范宝华都恭敬他，认得这种人，那还有什么吃亏的吗？

第十八回

挤兑

这位洪五爷，以不速之客的资格，加入了他们男女成对的聚会，开始魏太太是有些尴尬的，但在聚谈了十几分钟之后，也就不怎么在意了。洪五爷倒是很知趣的，虽然在这桌上谈笑风生，他并不问魏太太的家庭。而范宝华三句话不离本行，却只是向洪五爷谈生意经。说到生意上，洪五爷的口气很大，提到什么事，就是论千万，胜利前一年，千万元还是个吓人的数目。魏太太冷眼看到他的颜色，说到千万两个字，总是脱口而出，脸上没有一点改样。她心里虽然想着，这总有些夸张。可是范宝华对于他每句话，都听得够味，尤其是数目字，老范听得入神，洪五爷一说出来，他就垂下了上眼皮，静静的听他报告数目字。等到有个说话的机会，他就笑问道："五爷，我有一事不明，要请教请教。"

洪五爷手握了烟斗头子，将烟斗嘴子倒过来，指着他笑道："你说的是哪门生意，只要是重庆市上有货的，我一定报告得出行市来。"范宝华道："倒不是货价。我问的是那位万利银行的何经理。他骗取了许多朋友的头寸，做了一笔大大的黄金储蓄，这个报上披露黄金案的名单，怎么没有他在内？”洪五爷笑道：“我知道，你是上当里面的一个。他们是干什么的，做这种事，还有不把手脚搞得干干净净的吗？他不但是做黄金储蓄，而且还买了大批的期货。他若是买的十月份期货，这几天正是交货的时候，万利银行，真是一本万利了。你打算和他找点油水吗？”范宝华笑道：“我也没有那样不懂事。我们凭什么，可以去向银行经理找油水。”

洪五爷将烟斗嘴子，送到嘴里吸了两口，笑着点点下巴颏道：“只要你愿意找，我可以帮你个忙，给他开个小小的玩笑。”范宝华道：“那好极了。这回我上他们当的事，五爷当然知道。我也不想找什么油水，我只要出口气就行了。”洪五爷道：“若是你只图出口气，我决可办到。我现在开张八百万元的抬头支票给你，你明天拿去提现。他看到这支票，一定会足足地敷衍你一顿。”范宝华望了他有些不解，问道：“五爷给我八百万元的支票，我提到了现又交给你吗？”

洪五爷哈哈一笑道：“假如这八百万元之多的支票，你到了银行里就可以取现，那万利银行的何育仁，也就不到处向大额存户磕头作揖了。今天下午，他还特意托人向我打招呼，在这两三天之内，千万不要提存呢。再说，我们交情上，谈得到银钱共来往。可是无缘无故我开张八百万元支票给你，这说是我钱烧得难受吗？”范宝华道：“我也正是这样想。五爷把支票给我，无论兑现不兑现，我应当写一张收据给五爷，因为这数目实在太大了。”

洪五爷点点头道：“那倒也随你的便。”说着，他在西装怀里，摸出了自来水笔和支票簿子，写了一张抬头八百万元的支票。随后又摸出了图章盒子，在支票上盖了章。笑嘻嘻地递了过来，因道：“过去十来天，我们这位何经理太痛快了。现在我们开点小噱头让他受点窘，这是天理良心。”范宝华将支票接过来看了一看，然后也拿出日记本子来，用自来水笔写了一张收据，也摸出图章盒子来，在上面盖了章，两手捧了拳头抱着支票作揖，笑道：“多谢多谢。”

洪五爷笑道：“你多谢什么？我又不白送你八百万元。”魏太太见他碰了这样的大钉子，以为他一定有什么反应。可是他面不改色的，把支票折叠着，塞到西服小口袋里放着。似乎是怕支票落了，还用手在小口袋上按了一按。

魏太太这时倒无话可说，慢慢地将筷子头夹了菜，送到嘴里，用四个门牙咬着，而且是慢慢地咀嚼下去。洪五爷似乎看到她无聊，却偏过头向她笑道：“田小姐平常怎样消遣？”她道：“谈不到消遣，于今生活程度多高，过日子还要发生问题呢。”

洪五爷笑道：“客气客气！不过话又说回来了，重庆这个半岛，拥挤着一百多万人口，简直让人透不出气来，听个戏，没有好角，瞧个电影，是老片子。那个公园，山坡子上种几棵树，那简直也就是个公园的名儿罢了。只有邀个三朋四友，来他个八圈，其余是没有什么可消遣的。”范宝华笑道：“田小姐就喜欢这一类消遣。不过十三张是有点落伍了。她喜欢的是五张纸壳的玩具。”魏太太将筷子头对他一挥，嘴里还嗤了一声。在她的笑脸上眼珠很快地转动着，向他似怒似喜地看着。

这五爷看了这份动作，那就很可以了解，他们是什么关系了。因笑道：“这没有关系呀。打个小牌，找点家庭娱乐，这是很普通的事。田小姐打多大的牌？”魏太太笑道：“我们还能说打多大的？不过是找点事消遣消遣。”洪五爷向范宝华笑道：“我并不想在赌博上赢钱，倒是不论输赢，有兴致就来，兴致完了就算了。怎么样？哪天我们来凑个局面。”范宝华笑道：“五爷的命令，那有什么话说，我哪天都可以奉陪。”

洪五爷将眼睛转了半个圈，由范宝华脸上，看到魏太太脸上。微笑道：“怎么样？田小姐可以赏光吗？”魏太太正捧了饭碗吃饭，将筷子扒着饭，只是低头微笑。洪五爷道：“真的，我不说假话，就是这个礼拜六吧。定好了地点我让老范约你。可以吧？”说到个“吧”字，他老声音非常的响亮。

魏太太到了这时，不能不答应，便笑道：“我恐怕不能确定，因为我家里在这两天正有点问题。”范宝华手上拿了筷子竖起来，对着他摇了几下，笑道：“不要听她的，她没有什么事。一个当小姐的人，家里有事，和她有什么相干呢？”

洪五爷听他这样说，就知道这确是一位小姐。便道：“果然的，小姐在家里是没有什么事。田小姐说是有事，那是推诿之词。不过我和老范倒是好友，而且老范还推我作老前辈呢。老范可以邀得动你，我也就可以邀得动你。”范宝华笑道：“没有问题。”他这句话没有交代完，隔壁屋子里，却是娇滴滴地有人叫了声五爷。他对于这种声音的叫唤，似乎没有丝毫抵抗的能力，立刻起身就走向隔壁的雅座里去了。

魏太太低声问道：“这个姓洪的，怎么回事？他有神经病吗？平白无事，开一张八百万元的支票给你，让你到银行里去兑现。”范宝华笑道：“慢说是八百万元，就是一千六百万元，他要给人开玩笑，他也照样地开。你若是有这好奇心的话，我明天九点钟就到万利银行去，你不妨到我家里去等着我的消息。”

魏太太道：“明天上午，我应该……”她下面的这句话，是交代明日要到法院里去，可是她突然想到老说丈夫坐牢，那徒然是引起人家的讪笑。因之将应该两个字拖得很长，而没有说下去。范宝华笑道：“应该什么？应该去做衣服了，应该去买皮鞋了，可是这一些你已经都有了哇！”魏太太道：“已经都有了？就不能再置吗？”

范宝华道：“不管你应该做什么吧，希望你明天上午到我家里来。假如我明天在万利银行那里能出到一口气，我就大大地请你吃上一顿。”魏太太将手上的筷子，点了桌上的菜盘子，笑道：“这不是在吃着吗？”范宝华笑道：“你愿意干折，我就干折了吧。”魏太太向他啐了一口道：“你就说得我那样爱钱？”

就在这个时候，那洪五爷恰好是进来了。这个动作，和这句言语，显然是不大高明的。她情不自禁的，将脸上抹的脂胭晕，加深了一层红色。洪五爷倒是不受拘束，依然在原来的座位上坐下。

这是一张小四方桌子。范田二人，是抱了桌子角坐的。洪五爷坐在魏太太下手，他很亲切地，偏过头对了魏太太的脸上望着。笑道：“老范少读几年书，做生意尽管精明，可是说出话来，不怎样的细致，可以不必理他。”魏太太对于这个，倒不好说什么，也只是偏过头去一笑，那范宝华对于洪五爷这番亲近，似乎是很高兴，只是嘻嘻地笑。大家在很高兴的时候，把这顿饭吃过去了。

这当然已是夜色很深，魏太太根本没有法子去打听魏端本的官司。她到了十二点钟回家，倒是杨嫂迎着她，首先就问先生的官司要不要紧。魏太太淡淡地说：“还打听不出头绪来呢。”杨嫂不便问了，她也不向下说。不过她心里却在揣想着那洪五爷的八百万元。她想着天下没有把这样多的钱给人开玩笑的，不知道他和老范弄着什么鬼玩意。也许这笔钱就是给老范的。他一笔就收入八百万元，为什么不分她几个钱用呢？她有了这个想法，倒是大半夜没有睡，次日早上起来，就直奔范宝华家。

在巷子口上，就遇到了老范，他肋上夹着一只大皮包，匆匆出门。他已经坐上人力车子了，没有多说话，口里叫了声等着我，手拍了一下肋下的皮包，车子就拉走了。范宝华虽知道皮包里一张八百万元的支票，并不是可以兑到现金的。可是他有个想法，万利银行兑不到现款的话，不怕何经理不出来敷衍，那时就可以和他算黄金储蓄的旧账了。这样想着很高兴地奔到了万利银行。

这时，何经理和两个心腹高级职员，正在后楼的办公室里，掩上门，轻轻地说着话。那正中的桌子上，正摆着十块黄澄澄的金砖。何育仁经理站在桌子旁边，将手抚摸着那砚盘大的金块子，脸上带了不可遏止的笑容，两道眉峰，只管向上挑起。那金块子放在桌子中心，是三三四，做三行摆着，每块金砖，有一寸宽的隔离。这桌子正是墨绿色的，黄的东西放在上面，非常好看，而且也十分显目。金焕然襄理，和石泰安副理，各背了两手在身后，并排在桌子的另一方，对了金砖看着。

何经理向他们看了一下，笑道："我们费尽九牛二虎之力，才把这东西弄到手。照着现在的黑市计算，五六千万元可赚，不过我们所有的款子都冻结了。我们得想法调齐头寸，应付每天的筹码。"石泰安是张长方的脸，在大框眼镜下，挺着个鹰钩鼻子，倒是个精明的样子。他穿了件战前的蓄藏之物，乃是件长长的深灰哔叽夹袍子。这上面不但没有一点脏迹，而且没有一条皱纹。只看这些那就知道这个人是不肯做事马虎的人。他对于经理这种看法，似乎有点出入，因笑道："经理所见到的，恐怕还不能是全盛计划。现在重庆市面上的法币，为了黄金吸收不断，大部分回了笼，这半个月来，一直是银根紧着。家家商业银行，恐怕都有点头寸不够，调头寸的话，恐怕不十分顺手。我们不如抛出几百两金子去……"

何育仁不等他把话说完，就将头摇得像安上了弹簧似的。淡笑着道："唉！这哪是办法？我不是说了吗？我们费了九牛二虎之力，才买到这批期货，今日等来明日等，等到昨日才把这批金子弄回来，直到现在，还不过十几小时，怎么就说抛售出去的话？"那位金焕然襄理，倒是和何经理一鼻孔出气的，他将手由西服底襟下面，插到裤岔袋里，两只皮鞋尖点在楼板上，将身子颠了几颠，笑道："有了这金子在手上，我们还怕什么？万一周转不过来，把金子押在人家手上，押也押他几千万。再说，我们现在抛售，也得不着顶好的价钱。我们为什么不再囤积他一些日子？”

石泰安笑道：“当然金价是不会大跌，只有大涨的。不过我们冻结这多头寸，业务上恐怕要受到影响。”何经理站着想了一想，因道：“我在同业方面，昨天调动了两千万，今天上午的交换没有问题。下午我再调动一点头寸就是。不知道我们行里，今天还有多少现钞？”石泰安笑道：“经理一到行里，就要看金砖，还没有看账目呢。我已经查了一查，现钞不过三四百万元。我觉得应当预备一点。”

何经理对于这个问题还没有答复。门外却有人叫道：“经理请出来说句话吧。”何育仁开门走出来，见业务主任刘以存，手上拿了张支票，站在客厅中间，脸上现出很尴尬的样子。便问道：“有什么要紧的事？”刘主任将那张支票递上，却没有说话，何经理看时，是洪雪记开给范宝华的支票，数目写得清清楚楚，是八百万元，下面盖的印鉴，固然也是笔画鲜明，而且翻过支票背面来看，也盖有鲜红的印鉴。他看完了，问道：“这是洪五爷开的支票。昨天我还托人和他商量过了，请他在这几天之内，不要提现，怎么今天又开了这么一张巨额支票？而且是开给范宝华的，这位仁兄，和我们也有点别扭。”

刘以存看经理这样子，就没有打算付现。因道：“这个姓范的和经理也是熟人，可以和他商量一下吗？”他拿着支票在手上，皱了眉头望着，因道：“那有什么法子呢！请他到我经理室里谈谈吧。”刘以存答应着下楼去了，何育仁又走回屋子里，再看了看桌上的金砖，就叫金石二人，把它送进仓库，然后才下楼去。

他到了经理室里，见范宝华已不是往日那样子，架了腿坐在沙发上嘴角里斜衔了一支烟卷，态度非常自得。何经理抢向前，老远伸着手，老范只好站起来和他相握了。何经理握着他的手道："上次办黄金储蓄的事，实在对不起，我不曾和行里交代就到成都去了。好在你并没有什么损失，下次老兄有什么事要我帮忙，我一定努力以赴补偿那次的过失。"范宝华笑道："言重言重，我不过略微多出些钱，那些黄金单子我还买到了。"

何育仁点着头道："是的！把资金都冻结在黄金储蓄上，那也是很不合算的事。"说话时他另一只手还把支票捏着呢。这就举起来看了一看，因笑道："我兄又做了一笔什么好生意，洪五爷开了这样一张巨额支票给你。"范宝华道："哪里是什么生意，我和他借的钱，还是照日拆算息呢。我欠了许多零零碎碎的债，这是化零为整，借这一票大的，把人家那些鸡零狗碎的账还了。"

何育仁见他说是借的钱，先抽了口气。这张支票，人家等着履行债务，而且还是亲自来取，怎好说是不兑现给人家？因把支票放在桌上，先敬客人一遍纸烟，又伸了脖子，向外面喊着倒茶来。然后拉着客人的手，同在一张沙发上坐了。他昂着头想了一想，笑道："我们是好朋友，无事不可相告。我们做黄金做得太多了。资金都冻结在这上面。这两天很缺乏筹码。"

范宝华听着，心里好笑。洪五爷真是看得透穿，就知道万利兑不出现来。姓何的这家伙非常可恶，一定要挤他一挤。因笑道："何经理太客气了。谁不知道你们万利的头寸是最充足的。"何育仁道："我不说笑话，的确，这两天我们相当紧。钱我们有的是，不过是冻结了。我们商量一下，你这笔款子迟两天再拿，好不好？"

范宝华道："五爷的存款不足，退票吗？"何育仁连连地摇头道："不是不是！五爷的支票，无论存款足不足，我们也不敢退票。求老兄帮帮忙，这票子请你迟一天再兑现。"说着抱了拳头连连地拱揖。

范宝华皱了眉头只管吸烟。两手环抱在怀里，向自己架起来的腿望着，好像是很为难的样子。何育仁道："耽误老兄用途的话，我们也不能让老兄吃亏。照日子我们认拆息。"

范宝华笑道："何经理还不相信我的话吗？我是借债还债。若有钱放债，我何不学你们的样，也去买金子？请你和我凑凑吧，现在没有，我就迟两小时来拿也可以。只要上午可以拿到款子，我就多走两次路，那倒无所谓。"何育仁见他丝毫没有放松的口风，这倒很感到棘手。自己也吸了一支烟，这就向范宝华说："那也好，你在什么地方，在十一点半钟的时候，我给你一个电话。支票奉还。"说着，捡起桌上那张支票，双手捧着，向他拱了两个揖，口里连道抱歉抱歉。

范宝华将支票拿着笑道："我倒无所谓，拿不到钱，我请洪五爷另开一张别家银行的吧，不过洪五爷他遇到了退票的事，重庆人的话，恐怕他不了然。"何育仁道："那是自然，我立刻和他打电话。范兄，这件事还请你保守着秘密。改日请你吃饭。"范宝华慢慢地打开皮包，将支票接了放进去，笑道："我看不必等你的电话了。我在咖啡馆里坐一两小时再来吧。"何经理笑道："虽然八百万元，现在是个不小的数目，可是无论如何，一家银行也不会让八百万元挤倒，我就不为老兄这笔款子，也要调头寸来应付这一上午的筹码，我准有电话给你。"

范宝华想了也是，在现在的情形，每家商业银行，总应该着一两千万元的筹码预备着。若是逼得太狠了，到了十二点钟，他可以付出八百万元时，这时候算是白作了个恶人。这就笑道："好吧，我等你的电话吧。"何育仁见他答应了不提现，身上算是干了一身汗，立刻笑嘻嘻地和范宝华握着手道："老兄帮忙我感谢不尽。希望这件事包涵一二。不足为外人道也。"范宝华点头道："那是自然，我们又不是外人。"这句话说得何经理非常高兴，随在他身后送到大门口为止。

他回到经理室，营业科刘主任就跟进来了。低声问道："那张支票压下来了吗？"何育仁叹了口气道："压是压下来了，听他的口风，还是非要钱不可。我看他意思，有点故意为难，他说十二点钟以前，还要到我行里来一趟呢。"

刘主任手上捏着一张纸条，上面写了几行阿拉伯字码，先把那张纸条递过去，然后，伸了个指头，将那字码一行行地指着，口里报告着道："我们开出的支票是这多，收到人家的支票是这多，库存是这多，今天上午短的头寸，大概是这多。"

何育仁随了他的指头看着，看到了现金库存只有三百六十万元。便道："现在已是十点多钟了。若是没有大额支票开来，这事情就过去了。至于中央银行交换的数目，我昨天就估计了，上午还不会短少头寸。下午？"他说到这里，低头沉吟了一下子，因道："我得出去跑跑，在同业方面想点法子，大概需要五千万到六千万，原因是这一个星期以来，每天都让存户提存去了几百万，而吸收的存款，还不到十分之二呢。"

正说到这里，一个穿西服的职员，匆匆地走了进来，直了眼睛，向刘主任望着道："又来了两张支票，一张是一百二十万，一张是八十万，整整是二百万。"刘主任抬头看看墙壁上的挂钟，还是十点三十五分，他怔怔的不敢答复这个问题，只有向何经理望着。那钟摆在那里响着，听得很是清楚。吱咯吱咯地响着，好像是说严重严重！欲知何经理怎样度此难关？请看本书续集"此间乐"。

纸醉金迷

张恨水 著

下

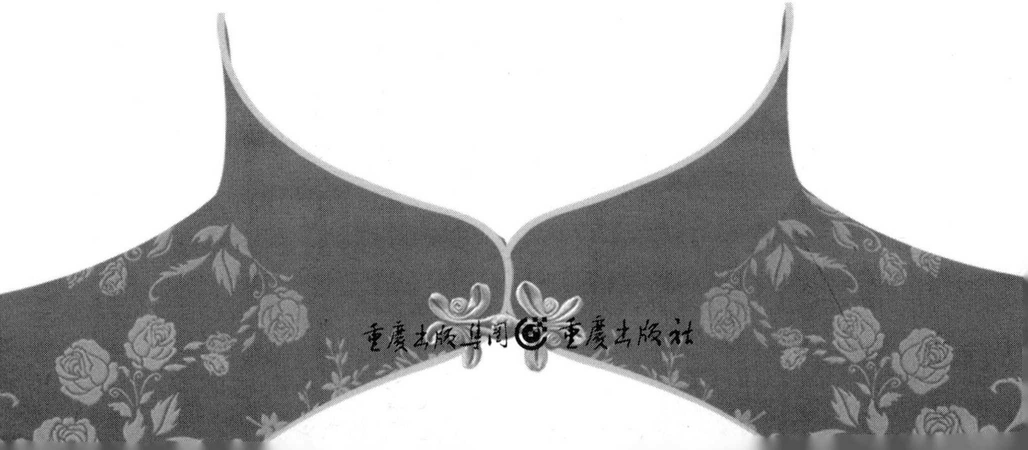

重庆出版集团 重庆出版社

三　此间乐

第一回

忙乱了一整天

何经理对于刘主任的报告，怔怔地听着，心里立刻转了几个念头，这种环境，应当怎样去应付？先看了看墙上的挂钟，然后又看了看手腕上的手表，站在桌子旁边，斜靠着，提起一只脚来，连连的颠动了几下。于是坐在沙发椅子上，架起腿来，擦了火柴吸纸烟。将头靠住了沙发椅靠，只是昂起头来，向空中喷着烟。

刘以存站在屋子中间，要问经理的话，是有点不敢。不问的话，自己背着的那份职务，又当怎样挨过去？站在屋子里，向身后看看，又向墙上的挂钟看看。那钟摆咯吱咯吱响着，打破这屋子里的沉寂，何育仁突然站了起来，将手一挥道："把支票兑给他吧。混一截，过一截。好在上午只有一点多钟，再混一下，就把上午混过去了。"

刘以存看看他那样子，大有破甑不顾之意，门市上那两位拿支票兑现的人，事实上也不能久等。于是点了个头，就拿着支票出去了。何育仁坐在沙发上，只管昂了头吸纸烟，吸完了一支，又重新点上一支，吸得没有个休歇。

石泰安由外面走了进来，远远地看到他那样子，就知道他是满腹的心事，随便地在旁边沙发上坐下，搭讪着吸了纸烟，从容地道："大概这上午没有什么问题了吧？经理是不是要出去在同业那里兜个圈子？行里的事，交给我得了。我私人手上还可以拉扯二三百万元现钞。万一……"

何经理突然地跳了起来，因向他笑道："你既然有二三百万元现钞，为什么不早对我说？有这个数目，我们这一上午，足可以过去了。你在行里坐镇吧，我出去兜个圈子去。"说着，他立刻就拿起衣架上的帽子向头上戴着。石泰安道："还没有叫老王预备车子呢。"他将手按了一按头上的帽子，说声不用，就走了出去了。当然，他也就忘记了范宝华那个电话的约会。

到了十一点多钟，范宝华又来了。他这回是理直气壮，更不用得在柜上打什么招呼，径直地就走到经理室里来。他见是副理坐在这里，并不坐下，首先就笑道："这算完了，何经理并不在行里。"石泰安立刻走向前和他握着手，因道："范先生说的是那张支票的话吗？你拿着支票，随时可到银行里兑现，管什么经理在家不在家呢。不过在这情形之下，我们讲的是交情，你老哥也极讲交情，所以二次到行里来，就不到前面营业部去兑现了，而先到这里来看何经理。先吸一支烟吧。何经理正是出去抓头寸去了，也许一会儿工夫他就回来了。"说着，他笑嘻嘻地敬着纸烟，口里还是连连地说请坐请坐。

范宝华倒是坦然地吸着烟，架了腿坐在沙发上。喷着烟微笑道："若说顾全交情，我是真能顾全交情的，上次拼命凑出几百万元，交给何经理替我作黄金储蓄，不想他老先生给我要一个金蝉脱壳，他向成都一溜，其实也许是去游了一趟南北温泉。等到我来拿黄金储蓄券的时候，贵行的人全不接头……"石泰安不等他说完，立刻由座位上站起来，向他抱着拳头，连连地拱了两个揖，笑道："这件事真是抱歉之至。何经理他少交代一句，阁下的款子，存在敝行，我们没有去办理。下次……"

范宝华将头枕在沙发靠背上，连连地摇摆了几下，而口里还喷着烟呢。石副理哈哈笑道："这糟糕，范先生竟是不信任我们。不要那样，我们还得合作，就在敝行吃了午饭去吧，我去吩咐一声。"说着，他表示着请客的诚意，走出经理室去了。范宝华正是要说着，何必还须副理亲自去吩咐？然而容不得他说出这句话，石泰安已是出经理室走远了。他这番殷勤招待，倒不是偶然，出去了约莫是十来分钟，他方走回来。

进门的时候，他强笑了一笑，那笑的姿态，极不自然，将两个嘴角极力的向上翘着，范宝华看看他两道眉峰还连接到一处，心里也就暗想着：大概前面营业部又来了几张巨额支票吧？正是这样想着，却听到屋子外面一阵铜铃响过。因问道："这是……"石泰安对于这铃声，竟是感到极大的兴趣，立刻两眉舒张，笑嘻嘻地说出来三个字："下班了！"

范宝华将西服小口袋里的挂表取出来看看，还只有十一点四十五分。因把挂表握在手掌心里，掂了几掂，看着笑道："你贵行什么时候下班？"石泰安微笑道："当然都是十二点。"范宝华道："还差十几分钟呀。不过你们既下了班了，当然我也只有下午再说。赏饭吃恕不叨扰，我想下午一点到四点，那照样是不好对付的，你也得出去抓抓头寸呀！"他说着，倒并不怕人听到，哈哈大笑地走出去了。

石泰安对于他这个态度，心里实在难受，可是一想到人家手上握有一张八百万元的支票，这就先胆软了一半，可能到了下午一点钟银行开门，他又来了，于是坐在经理室里，也没有敢出去。趁着这营业休息的空当，就调齐了账目，仔细地盘查一遍。

费了半小时的工夫，整个账目是看出来了，除了冻结的资金，亏数二亿二千万。今天上午开出去给同业的支票，和同业开来的支票，两面核对起来也短得很多，今日上午的情形，那还是未知数呢。他坐在写字椅子上，口衔了纸烟，对着面前那一大堆表册，未免发愁。

正是出着神呢，桌机的电话铃响，茶房正进来加开水，接过电话机的听筒，说了两句话，便向石副理报告道，中央交换科请石副理说话。他一听到交换科这个名称心房立刻乱跳了一阵，便接过电话听筒来，先向话机点了个头，笑道："我是石泰安呀。哦！张科长。是的，何经理出去了。短多少寸头？两千多万。是是，这是我们一时疏忽，上午请张科长维持维持，下午我们补上……停止交换？那太严重了，何至于到这个阶段？……是是，务必请张科长维持维持。两千多万，并没有多大的困难，可是我们的账目是平衡的。"

他说着话时，身子随了颤动着，头向下弯曲，在用最大的努力，以便将这账目平衡的四个字，送到对方的耳朵里去。接着，他又说："请放心，下午我们就把头寸调齐了，无论如何，这一点忙，是要……"他右手拿着听筒，左手在桌子上拍了一下，因道："不能那样办。"但是他这种拍着，那是无用的，那边已经是把电话挂上了。

石泰安将听筒很重地向话机上一放，嘎咤地响着。于是坐在写字椅子上，两手环抱在胸前，只管对桌面前摆的账目发呆，茶房进屋子来催请他去吃饭有三遍之多，他才是慢慢地走去。在饭厅桌上，几位同席的高级职员，脸上都带了一分沉重的颜色，不像平常吃饭有说有笑。石副理是首先一个放筷子，向坐在旁边的金襄理，点了个头道："吃过饭我们谈谈罢。经理出去了两小时了，还没有电话回来。"说着，他就在怀里摸出手表来看了一看，因惨笑着道："还有十五分钟，该开门了。"

金襄理到了这时，也不是看桌上金砖那样的笑容满面，垂了眼皮，不敢抬眼看桌上同事的脸色。那刘以存坐在襄、副理侧面，捧着饭碗，只管将筷子挑剔饭里的稗子。他们银行职员吃的饭，当然是上等白米，这里面是不会有谷子稗子的。他低了头向碗里看着，筷子头只是在白饭里拨来拨去。

石副理倒并没有离开座，向他问道："以存的意思是怎么样?"他还是捧着碗筷作个挑稗子的姿势，因道："我在同业方面打过几回电话，探问消息。看那样子，各家都是很紧的。不知道经理现时在什么地方，最好和他取得联络。"石泰安道："我出去一趟罢。"说着，他看了在座人的脸色，就叹了口气道："照着我的作风，我是要稳扎稳打的，可是何经理一定看上了黄金，我也挽回不了这场大局。"

在桌上吃饭的人，大家已是把筷子碗放下来了，各个把手放在怀里，静静地望了桌上的残汤剩汁。石泰安突然地站了起来，向金焕然道："我看，我还是出去打听打听消息吧？焕然，你就在行里顶一下子罢。"这句话可把金襄理急了，立刻站了起来，两手乱摇着道："不行不行，我顶不了，我顶不了！"石泰安站着怔了一怔。金焕然道："我看，还是我出去罢。经理在什么地方，我知道，我把他找了回来，让他来顶罢。"

石泰安站在原来坐的地方，站着有五分钟之久，说不出话来。金焕然笑道："我自认是不如石副理有手法，这三关还是请大将来把守罢。"说着，他也不征求对方的同意，立刻就走开了。

石副理也看着金焕然是不能在行里顶住的，只是怔怔地看着他走了。刘以存倒觉得今天这情形之下，全露出了资本家的原形，这很和银行丢面子，便笑向他道："没有多大问题。我们各方面活动，总还可以调到两三千万的现钞，应付小额支票兑现，那还有什么问题。数目大的，我们和他打官腔，照着财政部的定规，开支票给他。"石泰安哈哈一笑，向他望着，又点了两点头，因道："这个办法，我都不会想到，我还当副理呢。你得想想，你开了本票出去，人家立刻向别家银行一送，今天晚上，本票全到了交换科，查出了我们的本票，全是空头，我们明天早上还开门不开门？若是要开门，明天中央银行宣布停止交换，信用全失，那就预备挤兑和倒闭罢。”

刘以存道：“这一层我当然是顾虑到了的，但是我们在这一下午的奔波，三五千万的头寸，总可以调得到。”石泰安对于他这个解释，倒没有加以可否，无精打采地，走回经理室去。

时间实在是过得太快，他在写字椅子上坐下，抬头一看那墙上挂的大钟，已是一点十五分了。虽不知道大门是否已经敞开，可是过了十五分钟，还不开门营业的话，这问题就太严重了。此话当然不便去问茶房，只有拿出纸烟盒来，继续地取着烟来吸。

约莫是半小时，桌机上电话铃响了。拿起听筒一听，却是何育仁的声音，不由得发了惊奇的声音道：“是经理？现时在哪里呢？哦！头寸都已经调齐了，那好极了！什么？两点钟以前，还不行？那么，可以放手开本票出去，好吧。”他听到何经理所定的最后一个决策，还是开本票暂救目前。便坐下去自言自语的道：“既是负责人都如此办理，落得和他放手去做。”于是也就安坐在经理室里苦挨钟点。

果然，一切的路子，都是照着刘以存的想头进行的，马上他就拿了三张本票进来，请副理代经理盖章。他接过来看时，有五十万的，有八十万的，有一百二十万的。就在他看数目字的时候，刘以存站在桌子旁边，向他低声道：“经理来了电话，说是我们可以放手开本票。”石泰安很从容地道：“我也接到电话了，就是这样办吧。”他说着，就拿起图章在本票上连串地盖着。

就自这时起，直到两点半钟止，已开出去三十多张本票，共达四千多万元。石泰安也存了个破甑不顾的念头，前面营业柜上送来本票，他只看看数目，就盖个章，立刻发了出去。何经理虽然没有电话回来，他也不问。

到了下午三点一刻了，何经理左手拿着帽子，右手捏了一条大手绢，只管在额头上擦汗，而擦汗的时候，还同时摇着头。石泰安虽知道他很窘，但居然忙着回来了，一定有点办法，可是他只管摇着头，又多少有些问题。便迎上前笑道："行里截至现在为止，还算风平浪静，都让本票抵挡过去了。不过……"

何育仁将手上的帽子遥远地向衣挂钩上一丢，然后苦笑道："不过晚上交换的这一关不好过。但那不要紧，我已经和几家同业接好了头，今天下午，准让五六千万头寸给我们。大概一会儿工夫就有电话来。"他说是这样的说了，坐到经理位子上，身上仰着靠椅子背上，昂了头望着天花板。他也不看人，淡淡地问道："我们开出去了多少本票？"石泰安道："四千多万。"他又问："上午交换，我们差多少头寸？"他答："不到两千多万，就算是两千万吧！"

何育仁向楼板仰望着，口里念念有词，五百万，八百万，一千二百万，只管念着数目字，最后他突然地高声道："不要紧，只差一千多万。"他说完了，立刻坐正过来，手里拿了桌机听筒，拨着自动号码，电机转着吱嘎吱嘎地响。他对了话筒说："喂！我育仁呀。蔼如兄，你答应我的三千万，怎么样？喂喂！老兄，这个不能开玩笑的。只分一半也好，可是请你务必把我们的本票保留一天，好好！一切不成问题，照办。"说毕，将电话听筒按上两下，自动号码，又是嘎吱地响起。他手握电话听筒，口里总是这一套，二千万，三千万，本票请留一天，不要送去交换，明天我拿美钞抵账。这个不能开玩笑的。

电话一直打了七八次。打到最后一次的时候，他已是斜靠在桌子上，抬起一只手来，只管握了手绢，不停地擦额头上的汗。放下了电话听筒之后，看到桌面上放着一玻璃杯现成的茶，他端起来就咕嘟几声，一口饮尽，放下杯子来，向石副理苦笑道：“好家伙，我嗓子都叫哑了，没有问题了。”他表示着这是松了一口气，将衣袋里的纸烟盒子取出，拿了一支烟，三个指头夹着，在纸烟盒的盖子上，慢慢地顿着。

石副理也在旁边取烟抽，按着了自己的打火机，伸过来，给何经理点着烟，因笑道：“天天这样的抓头寸过难关，那当然不是办法，今天晚上，到经理公馆里去，大家计划计划吧。”何育仁喷着一口烟出来，连连地摇了两下头道：“没有问题了。不过轻松一下，我也不反对。打个电话回去，叫厨子作两样菜，我们来他四两茅台。”

石泰安还没有答复这个问题呢，那刘以存主任，竟是面色苍白地走了进来，手上拿了两张支票，站在桌子边苦笑了一笑，然后将支票放在经理面前。何育仁看时，是同业的两张支票，一张是大德银行的支票，是一千五百万元，一张是利仁银行的支票，二千万元。他看了支票的数目，两眼发直，然后将手在桌子上一拍道：“太不够交情了。现在三点半钟了，只有三十分钟的工夫，让我们到哪里去抓三千多万的头寸？”

石泰安伸头看着，摇摇头道：“这确乎是有点落井下石。本票是开不得了。下午开出去四千多万本票，有三分之二，是交给同业的，希望他们今天不送去交换。根据经理电话的交涉，已经是没有问题了。纵然有一部分送去交换，头寸短得有限，我们还可以去讲点人情。若是再开三千多万出去，那数目就太多了。打两个电话商量商量罢。”

何育仁摇摇头道：“不行！大德和利仁，也短少头寸很多。”说着，他口衔了烟卷，两手背在身后，站起来，只管在屋子里踱来踱去。他每走一步，踏得楼板响，正和墙上挂的钟摆响相应和。他听到钟摆声，猛然抬头一看，却看到钟的长针已到了八点，到银行停止营业时间，只有二十分钟了。站定了脚，出了一会神，忽然嘴角翘着，微微一笑。

石泰安也正是把两只眼睛都射在经理身上的，便问道："经理有什么解围的法子吗?"他笑道："中国人到了问题不能解决的时候，唯一的办法就是拖。今天我也解得这个妙诀了。不管怎样，我们已拖到了三点三刻。他们不讲交情，我们也不讲交情，我们给他来个印鉴不清，退票！他再开支票来，已是我们下班之后了。"

石泰安道："那不大好吧?"说着，仰了脸，望着何经理。他倒不问太好不太好，走到写字台边，伸了食指在支票的印鉴上捺着，轻轻向上向下一揉，把那印鉴的字纹就揉擦得模糊了。因把这两张支票拿着，交给刘以存道："把这支票退给来人，请他们再开一张，这印鉴全不清楚呢。"刘以存拿着支票，虽然脸上也带一些笑容，然而那笑容却不正常，向何经理看了一眼就走了。

何育仁并不管那支票退出去以后的情形如何。但是抬头看到墙上的挂钟，已是三点五十分。不觉噗嗤一声笑了。自言自语地道："不怕你鬼，喝了老娘的洗脚水。哈哈。"在他哈哈笑声之后，经理室外铃子响起，今天业务，宣告终止，全万利银行的人，已不怕有人提现了。不过何育仁虽感到暂时的轻松，但明日后日的头寸怎样周转，还是要事先想法子的。这就依了石泰安的建议，邀集了行里的干部人员在新市区自己公馆晚餐。动身之前，向公馆里去了个电话，教厨子预备几样菜，并且预备好一瓶好茅台酒。

六点钟以前，全部人员到了何公馆。因为他是一个有办法的银行经理。虽然重庆的房子是十分困难的，他还拥有一座小洋房。在小客厅里大家架了大腿，仰靠在椅子背上。何经理换了一个作风，口里衔了一支土制雪茄，两手捧了一张晚报，很从容地向下看。金襄理坐在侧面也拿了一张晚报看，他忽然一拍大腿道："德国完了，以后联合国围剿日本，日本也没有多久的生命了。"

石泰安闲闲地昂了头吸烟，因道：“我们三句不离本行，还是谈自己的事吧。胜利快来了，我们现在第一步工作就要作个决定，这总行是设在南京呢，还是设在上海呢？其次，我们得考虑一下，汉口的分行是先成立呢，还是和上海总行一路开幕呢？”何育仁放下了手上的报纸，取出嘴里衔的雪茄，在茶几上的烟灰碟子里弹了一弹灰。向在座的人，都看了一眼，然后笑道：“我们还不要希望得那样远。那几家收着我们本票的同业，若都说话不算数，全向中央银行一送，那今天晚上，还大大的有番交涉呢？”

石泰安道：“经理亲自去和各家同业面洽的，我想他们总不好意思吧？为了慎重起见，回头我们不妨去打几个电话。”何育仁对这个建议，只微笑了一笑。恰好听差来请吃饭，大家就起身向饭厅里去。

那饭厅中间的圆桌子上，蒙了雪白的桌布，正中间已搬下了三大件菜。一样是尺二口径的大瓷盘，里面摆着什锦冷荤。两只大仰口碗，一碗是红烧鸡腿，一碗是红烧青鱼中段。小高脚玻璃杯子，里面虽然盛满了酒，而依然还是里外透明。这正表示了这贵州茅台酒是十分的纯洁。大家在椅子上坐下来，还不曾动筷子，就让这好酒的香味熏得胃口大开了。大家饮酒谈话，好菜又是陆续地来，已把今天忙头寸的痛苦与疲劳，忘了个干净。

七点半钟以后，何经理吩咐家人熬了一壶美军带来的咖啡，大家坐在客厅沙发上面消化肠胃里那些鸡鱼肉。听差走了进来，走近了主人身边，很和缓地报告着道：“交换科来了电话。”这报告声音虽低，何育仁听着，就像响了个大雷呢！

第二回

交换的难关

任何商业银行经理，对于交换科长的电话，是不会欢迎的。何育仁听说是交换科来的电话，心里先有三分胆怯。但是纵然胆怯，究竟短了多少头寸，还是不可知的事，当然要知道清楚。于是到小书房里，将电话听筒拿起来，只喂了一声，立刻向着电话机，行了个半鞠躬礼。因道："是是是，张科长……哦，头寸不够。我今天下午，在同业方面，已经把头寸调齐了的。没想到他们不顾全信用……当然，万利银行自行负责……哦，十点钟前，要交出一亿二千万，会有这样多吗？……是是，我尽力去张罗。十点半钟，我到行里来，一切请多多维持。万利本身还在其次，影响到市面上的金融那关系就大了……好罢，一切面谈吧。"

何育仁放下了电话机，回到小客厅里来，脸色带点儿苍白，这神气就非常难看，那夹着雪茄烟的手指，兀自有些抖颤。石泰安心里想着：我说的话你不听，看你现在怎样对付？那金焕然襄理，却是忍不住，他已由座位上站起来，迎着问道："是不是告诉我们多少头寸？"何育仁坐下来，叹了口气道："不短头寸，打电话到我们家里来干什么？我没想到会短少到一亿二千万。"

金焕然道："一亿二千万？决不会有那样多。"石泰安坐在一旁点点头道："我想数目是不会太少的。昨天我们本来就短少着的头寸，因为数目还小，和交换科商量商量，就带过来了。今天上午，我们就短少着两千多万到三千万，下午大概是六千万，那么加上旧欠的，那的确是去一亿不远了。"何育仁皱了眉道："现在说着这些话有什么用？事不宜迟，我们分头去跑跑，十点钟以前，我们在行里碰一次头。"说着，就昂了头向窗子外叫道："叫老王预备车子吧。"大家一看经理这情形，是真的发了急，也都随着站了起来。

石泰安道："经理要我去走那几个地方，我立刻就去。不过卖大面子的地方，最好还是经理自己去。"何育仁站着想了一想，因道："我们还是分途办理吧。"于是在身上摸出自来水笔和两张名片，在名片后面写着他们要找的人，和要找的头寸，写完了，各人给了一张，然后摇着头道："不见得有多大的希望。不过尽力而为就是了，回头行里见吧。"他口里说着，人就向外走。出了大门，坐上人力包车，就直奔他所要找头寸的地方去。他第一个目的地，是赵二爷家里。

这赵二爷是重庆市上一位银行大亨，不但是对川帮有来往，对下江帮也有来往。银行界的人，为了他对内外帮都走得通，平常就不断地请教，到了有什么困难发生；若去向他求援，他斟酌轻重，或者是出钱，或者是出力，倒向不推诿。不过他有一个极大的毛病，私人言行，绝不检点，生平只有他给钉子人家碰，他却不碰人家的钉子，而且又喜欢过夜生活，白天三点钟以前，照例是不起床，三点钟以后，他坐着汽车，爱上哪里就上哪里。而且他家里的电话，只有他随便打出，你若向他家里打电话，探听他的行踪，照例是无结果，倒是你亲自向他公馆里去拜访，只要他在家，却不挡驾。因之在金融界请求赵二爷的人，只有冒夜活动，何育仁这银行，原来也曾请赵二爷当董事的，他答应有事可以帮忙，却没有就这个董事的职。这时他成了遇到了磨难的孙行者，非求救于观世音不可。因之抱着万一的希望，首先就到赵公馆来。

他到了大门口，首先看到门框上那个白瓷灯球亮着，其次是电灯光下，放着一辆油漆光亮的流线型汽车，那正是赵二爷的车子，证明了他并没有出去。立刻由包车上跳下来向前去敲门。他们家里的勤务迎了出来。在电灯光下带笑地点了头道："何经理这时候才来？"

何育仁先怔了一怔，这家伙怎么知道我会来？便点着头笑道："来早了怕二爷不在家。"勤务道："二爷现时正在会客室。"何育仁道："那么，请你去替我回一声，我在外面小客厅里等着吧。"勤务笑道："不，二爷说了，请何经理到小书房里去坐着。"何育仁听了，心里是又惊又喜，惊的是万利银行短头寸，已闹得满城风雨了。喜的是赵二爷猜到了自己一定来求救而且肯相救。若不是肯相救，怎么会预定了在小书房里见面呢？于是随在勤务后面，踱到小书房里去。

赵二爷的书房，倒是和他那大才的盛名相称。屋子里只有一架玻璃书橱，上下层分装着中西书籍，此外一套沙发，一套写字桌椅。桌子角上乱堆了一叠中英文杂志。桌面玻璃板放了两份晚报，一本精装的杜牧之的《樊川文集》，那书还是卷了半册放着的。提起来一看，正是《九日齐山登高》那首七律所在。"尘世难逢开口笑，菊花须插满头归"两句诗旁边，还用墨笔圈着一行圈呢。他心里想着，这位仁兄，还有这些闲情逸致，于是放下书，随手拿了份晚报，坐在沙发上等候主人。

可是今天的晚报，全已看过了的，将消息温习一遍，也没有多大意思。翻过报纸的后幅，就把副刊草草看了一遍，但耳朵里可听到赵二爷在对过客厅里说话。赵二爷说的是一口土腔，非常容易听出来的。这时，他正笑着说："啥子叫秩序？这话很难说。你说十二点钟吃上午，七点钟消夜那是秩序？我要两点吃上午，九点吃消夜，那难道就不是秩序。一个国民，只要当兵纳税，尽了他的义务，我有钱，天天吃油大，没得钱，天天喝吹吹儿稀饭，别个管不着。"

何育仁一听，这位先生又开了他的话匣子了。自己是时间很有关系的，却没有工夫听这分议论，于是在书房门外探视了几回。看到勤务过去，就向他招招手。因道："请你去和二爷再说一声罢。我有点急事，要和二爷谈谈，大概有十来分钟就够了。"勤务似乎也很知道他着急，深深点了个头，就到客厅里去了。这算是催动了这位大爷。

他口衔了纸烟，笑嘻嘻地走进来。他身穿咖啡色毛呢长夹袍，左手垂了长袖子，右手将袖口卷起，卷出里面一小截白绸袖子来。他是个矮小的个子，新理的发，头上分发，理得薄薄的，清瘦的尖面孔上，略有点短须。在这些上面，可以看出他是既精明而又随便。

他笑着进门，伸手和客人握了一握，笑道："我想，你该来找我了。不要心焦，坐下来慢慢地谈。"说着，让在沙发上坐下。何育仁虽被他揭破了哑谜，但究竟不便开口就说求救的话。因道："二爷恭喜，已留尊须了。"他笑道："这是我偶然高兴，这还是'草色遥看近却无'。若是有女朋友不喜欢这家私，我立刻就取消它。怎么样，今天头寸差多少？"他说着，立刻把话锋转了过来，逼问何育仁一句。他皱了眉道："正是为了这事向二爷请救兵，刚才接了交换科的电话，他说短一亿二千万。虽然由我算来，不会差这些个。可是他说出来这个数目，怎么着也得预备一亿。不然的话，他们宣布停止交换，那我们算完了。"

赵二爷听了毫不动心的样子。将茶桌上的纸烟听子，向客人面前移了一移，笑道："吸烟吧。慢慢地谈。"何育仁擦火吸着烟，沉静了两分钟，见赵二爷又换了一支新烟，架腿仰靠了沙发上坐着，昂了头向外叫道："熬一壶咖啡来喝。"他将身子偏着，头伸向前凑了一凑，把皱的眉头舒转着笑道："二爷，你得救我一把。"他笑道："不就是一亿二千万吗？不生关系，我已经和张科长通过两次电话，他决计等你们一夜，好在也不是万利一家渡难关。"

何育仁道："我也知道今天这一关，有好几家不好过。还有哪几家严重？"赵二爷笑道："廖子经刚才由我这里去，你今天整了他一下子。"这廖子经是利仁银行的经理，今日下午开了两千万元的支票来掉换本票，万利银行曾以手指头按捺，坏了人家的印鉴，将人家的支票退回。赵二爷说"整"了他一下子，当然就指的这件事了。

何育仁不免红了脸，苦笑了一笑，一时找不出一句答复的话来。但两分钟后他究竟想出个办法来了，笑道："这件事是有点对不住廖兄。也是事有凑巧，我出去找头寸去了，不在行里，其实支票上，纵然有点印鉴模糊，打个电话，接头一下就是了，何必那样认真退票。"

赵二爷哈哈笑了一声道："老兄，这个花枪，我们吃银行饭的人，哪个不晓得。两千万在别家无所谓，你这一锤，打在害三期肺病的人的身上，硬是要人好看。是把利仁的票子退回去，在上午也不要紧，下午退了回去，四点钟以后，你叫他哪里去找头寸？这个作风要不得，二天不可以。"说着，头枕在沙发椅靠上，乱摇了一阵。

何育仁虽不愿意赵二爷这样直率的指责，可是回想到是来请救兵的，那只好受着人家的气。因道："过了今明天这一关，我当亲自去向子经兄道歉。现在是没有多大时间了。二爷看怎么样，能帮着我多大的忙呢。"赵二爷口衔着烟卷，微微的摇上两下头，笑道："要说找现款，我今晚上是找不到的。刚才廖子经来了，我也是让他空着两手走去。不过你有了这个难过的难关，我也不能坐视，我绝对有办法，让你闯过关去。你不妨先到交换科去一趟，看那张科长是怎样的态度。"

何育仁笑道："那何用去看呢，我早已料到了。那是四个字的考语，停止交换。"赵二爷笑道："你并没有和我闹什么退票，我当然犯不上和你开啥子玩笑。我要你去一趟，一定有我要你去的道理。我是个夜游神，你到交换科去，若是没有结果，你不妨来个'夜深还自点灯来'。我是'吕端大事不糊涂'，平常你有啥事约我，作兴话从我左耳朵进来，就从右耳朵出去。不过事关别个银行的存亡关头，那我决不会误事。"

何育仁对于赵二爷的话，虽然是将信将疑，可是他约了个机会，总还没把路子完全堵死。只得站起来告辞道："我已经没有了时间，这事不能容我久做商量。"赵二爷原是坐在沙发上静静地靠了椅子背在听话的，他口里衔的那支卷烟，已烧得有半寸多长，兀自未曾落下。这时，他站起身来，烟灰落下来，在衣襟上打了几个旋转。他笑道："我晓得你没有时间商量，可是你这件事总还要商量，你可以到交换科去证明我的话，有人正等着你的商量呢。"说着，他首先起身向门外走，大有送客的样子，何育仁觉得这已无可留恋，只好向外走着。

赵二爷送客，是不出正屋屋檐的，何育仁到了屋檐外，复又转回身来，向二爷点着头道："话说多了，那是讨厌的。不过我最后还得重复一句，二爷必须挽救我一把。"赵二爷笑道："'山重水复疑无路，烟消日出不见人'。这两句诗集得怎么样？二天过了关，我们来饮酒谈诗吗。"何育仁犯了急惊风，偏偏遇到这位慢郎中，这让他只是啼笑皆非。心里虽是十分不满意，但依然伸出手来向赵二爷握着。

赵二爷握着他的手时，觉察到他的手臂有些抖战。这就摇撼着他的手道："不用焦心，天下没得啥子解决不了的问题。我负责你明天照样交换。"何育仁虽知道重庆市面上说负责两个字，是极普通的口头语，可是在赵二爷嘴里说出来，那也不会太普通。于是再点了两下头，告辞而去。

他第二个目的地，是秦三爷家里，可是他由马路上经过的时候，就看到秦三爷的汽车，停放在一家酒馆子门口。重庆是没有长久时间的夜市的，这个时候，他的汽车还停在这里，可想到又是有了什么盛会。这也用不着他想什么主意，就径直先回自己银行里去。

他银行里虽然也住了几位职员，可是每到晚上，就没有什么灯火，楼上下寂然。今天的情形不同，各屋子里灯火通明，好像是赶造决算的夜里。他首先看到客厅的玻璃窗户上，电灯映着几个人影摇摇。料行中同事全坐在那里等消息。

拉开活扇门，首先感到的，是电灯下面，烟雾沉沉。各沙发上，端坐着自己的干部，每人口衔一支烟，吞云吐雾，默然相向，并没有什么人作声。何经理走了进来，大家像遇到了救星一样，不约而同地，轻轻啊了一声，全站了起来。

何育仁站在屋子中间，向副理、襄理、主任全看了一眼，接着问道：“有点路数没有？”石泰安将口里衔的烟支取下来，向身旁的痰盂子里弹了几弹灰，身上是有气无力的样子，头连了颈脖子全歪倒在一边，望了何经理道：“今天银根奇紧，丝毫都想不到法子。”

何育仁淡淡一笑道：“我也料着你们，不会想到什么法子。”金焕然襄理，还是穿了那套笔挺的西服。小口袋外面，垂出一截黄澄澄的金表链子，电灯光照着，就觉得他那细白的柿子型脸上，泛出一层轻微的汗光，似乎这小伙子，一切乐观，今天也有些减低成分了，他在修刮得精光的嘴唇上，泛出一片笑容，这就对何经理道：“今天下午，我们退回去两张支票的事，同业都知道了。见面，人家就问这件事。这样一来，我们若和人家找头寸，那就更显得我们退票是真的了。”

何育仁道：“既然如此，多话也不用说了，我马上到交换科去罢。丑媳妇总是要见公婆的。”他说毕最后这句话，人已是走出去了。他的确有死了再找头寸的心，径直地就奔交换科。进了银行大厦的门，首先让他有个人家有先见之明的印象。就是由电梯上走到三层楼，那个交换科特设的传达先生，端坐在电灯下的小桌上，摊了几张报纸在那里看。

何育仁递上名片去，他接过一看，就先向来宾笑了一笑。然后站起来道："会张科长的？他正等着呢。"何育仁看了这位传达先生的笑容，好像是他脸上带了刀子，有那锋利的刀刃，针刺着来宾的眼光，他镇静地想了一想，笑道："我们原来是通过电话的。"传达是很信他的话，并不要去先通知，说了个请字，先行抢了两步，走进交换科长的办公室去，然后出来点点头，再说个请字。

何育仁走了进去，见写字台设在屋子中间，电灯照得雪亮。张科长坐在写字椅子上，面前摆下了许多表册，他右手旁放着一只带格子的小立柜，里面直放着黑漆布书壳的表册簿，可想到他是不住地在这里翻着账目的。桌子角上，有只精致的皮包也敞开着搭扣，未曾关上，又可想到那里面的法宝，他是不断地应用着。这里客人进了门，那张科长还坐在写字椅子上，直等客人靠近了写字台里，他才由位子上站了起来，伸出手来，隔了桌面，向何育仁握了一握，然后指着旁边的椅子说声请坐。客人没有坐下，主人就先行坐下了，何育仁在他写字台侧面的沙发椅子上坐下。

张科长面前摆的表册簿子翻了几页，对着上面查看了一遍，然后将手在表册簿子上轻轻拍了两下，望了何育仁淡笑着道："贵行今天交换的结果，共差头寸多少，何先生知道吗？"何育仁对别个可以撒谎，对交换科长是不能撒谎的，因为自己给人家的支票，人家给自己的支票，都在这里归了总，两下一比，长短多少，交换科长心目里是雪亮的。便向张科长苦笑了一笑道："大概是八九千万，我今天……"

张科长向他一摆手道："这些闲文不用提，在明天早上八点钟以前，你必须把所短的头寸补起来。”何育仁道：“张科长的意思，明日银行开门以前，短的头寸，必须交齐，若是不交齐，就停止交换了。”

张科长倒是没有答复他这句话，只淡淡地对他笑了一笑。然后把面前放的一听纸烟，送到写字台桌子角上，因道：“请吸一支烟罢。我今天为了几家同业的事务，不打算回去，就睡在行里了。你有法可设的话，我长夜在这里恭候。”何育仁欠了一欠身子，笑道：“那真是不敢当。”顺势他就取了一支纸烟在手，擦着火柴吸了。他也只是仅仅吸了一口烟，立刻把烟支取了出来，三个指头夹着，不住向茶几上的烟灰碟子里弹着灰。他一只手按住了膝盖，微昂了头向张科长望着。

张科长坦然无事地自吸着烟。他靠了写字椅子的靠背，不断地喷着烟发出微笑来。何育仁坐在他对面，看他穿的那套浅灰法兰绒西服，没有一点脏迹，没有一点皱纹，显然是从加尔各答做来的东西。他虽是个长方脸，可是由电光照着他肌肉饱满，皮肤上有红光反映，只在他两道浓眉尖上，就表示着他是权威很大。他那双有锋芒的眼睛，虽是掩藏在水晶片下，兀自有着英气射人。这就不能等着他把停止交换那四个字叫了出来了。因道：“赵二爷说，有个电话给张科长。”他点点头道：“有的，无非是叫我们放款给你们。这个当然办不到，谁也不敢违抗财政部的命令。不过赵二爷又给你们想了个第二条路，说是你们手上有东西拿出来抵账，这个我可以通融办理。你想想看，手上有什么可抵上一亿现款的，你送到我们这里来吧。”

何育仁听了这话，这家伙明知故问，不就是想我把金块子押给他吗？他默然又吸着几口烟。张科长不等他开口，又微笑着催了一句道：“你想想看，还有什么可以拿出来抵账的吗？”何育仁道：“我私人有点金子，可以卖给你们吗？”张科长道：“可以的。官价是三万五。你有三千两金子的话，这问题就解决了。虽然商业银行是不许买金子的，好在你是卖出，我们也不过问来源。”

何育仁道：“晚上可没有法子搬运那些金块。”张科长笑道：“我不是说了吗？我今晚上是不回家的。只要你明早八点钟以前，将金块子送到。你们九点钟开门，照常营业，一点没有错误。”何育仁道：“假如……”张科长笑着摇摇手道：“何经理这是你自己的事，你自己要努力呀，还有什么假如可言呢？假如今晚上的交换，不能结账，明天你们就停止交换，这后果是极为明显的。我们管什么的，不能负这个责任。”

何育仁听这位科长的话，竟是越来越严重，而且那脸色也非常之难看，因起来道：“好吧，就是那样办，明天七点半钟，我把金子送了来。”张科长道：“我决计在这里等候。”何育仁究竟是不敢得罪他，还走向前和他握着手。

这回算是张科长特别客气，走出位子来，送到科长室门口，最后还点着头说了声：再会。何育仁苦笑着向他点了个头，转身就走。偏是冤家路窄，就在电梯口上，遇到了那位被退票的利仁银行经理廖子经。彼此对望着，站着呆了一呆。

第三回

戏剧性的演出

那位廖子经经理，在今日上午，就以利仁银行差着两千来万的头寸，感到十分困窘，下午不但没有补上，而且欠的更多。他因为万利银行欠利仁两千万，就在当日下午开支票挖回。不想万利给他来个退票。他银行里当然也有些黄金和美钞，但所差还只三四千万，不肯抛出这些硬货，因之就坐着汽车，连夜到处抓头寸。这时抓得有点头绪了，所差不过千万，因此他就到交换科来要向张科长先通知一声。预备万一那一千万元还抓不到时，请张科长予以通融，继续交换。

他心里还兀自想着，倘若不是万利银行将两千万元支票退票，今天晚上交换，所短有限，稍微在同业方面转动一下，也就够了。就是不够，凭着这几个钟头的奔走，已经跑得多出一千万元来，现在跑了几小时还不够，那就是吃了万利银行的亏。心里想着，不料就在交换科的鬼门关上，遇到了万利主持人何育仁。呆了几分钟之后，他便笑道："何兄，你好？"何育仁觉得这句话，并不是平常问好的意思，也就向他笑道："今天晚上彼此都忙，明天我到贵行去登门道歉。再会再会。"说着，两手举了帽子连拱了几个揖就跨上电梯走了。

他自知廖子经是不会满意的，见了张科长之后，少不得再说几句坏话。那么这所短的一亿头寸，恐怕张科长是一百万也不肯让。低着头坐上人力车，到了自己银行里，那经理室和客厅里的电灯，还是照得通亮，这可见银行同人，还能同舟共济，正在等着自己的消息呢。他走进小客厅，向大家点了个头，然后坐下，因摇摇头道："大事完了，大事完了！"石泰安、金焕然都是抱着一番乐观的希望期待着何经理回来的，以为何经理的面子，不同等闲，他亲自到了交换科，交换科的张科长总可以给他一点面子。这时他什么话没说，接连就是几个完了，这让同事感到惊愕，大家都面面相觑，说不出话来。

何育仁道："也没有什么了不得，我们把那十块金子，明天八点钟以前，全数送到交换科，把头寸就补齐了。"金焕然靠了茶几站着，两手向后，撑住了茶几的边沿，呆呆地望了何育仁。石泰安却是两手环抱在胸前，在客厅中间来回地走着。其余几个同事，却是各占着一把椅子坐了，依然面面相觑。

石泰安住了脚，向何育仁道："这样办，那是说我们照着三万五的官价，卖给国家银行。"何育仁淡淡地笑道："自然是如此，难道他还照黑市七八万一两买我们的？"金焕然道："那我们两三个月以来，岂不是白忙一场？"石泰安先笑了一笑，然后又摇上两摇头，但他仍然是走着步子的。他从从容容地道："若果然是白忙一场，那是大大地便宜了我们了。我们在各方面吸收着头寸，买了金子的期货，这金子就背得可以。整亿的现钱被冻结着，让我们周转不灵，这两天闹得没有办法应付每日人家提现，不都是为了这几块金子吗？我们原只想等了金价看高，将它变卖了，除了解除冻结的款子，我们还可以盈余几千万元。若是照这样办，把七万多一两的金子，作三万五一两去弥补短的头寸，那我们是赔得太多了。”

何育仁坐在沙发上，把脑袋垂下来，无精打采地摇了两摇头，叹口气道：“姓张的，手段太辣，他半天工夫都不肯通融。假如他允许我们明天十二点以前补齐头寸的话，我这可以卖掉几块金子。现在是七万五六的行市，我们只要七万一两，你怕银楼业不会抢着要。我们只要卖七块，至多卖八块，这问题就解决了。现在把十块全搬了去，恐怕还有点儿不够。人家是把我们这本账看揭了底，要抄我们的家。”

金焕然道：“我们把金子抵了账，虽然照常交换，可是还短人家一屁股带两胯，这便如何是好？”何育仁只把鼻子哼了一声，淡笑着没有作声。石泰安道：“我们现在有两个办法。第一个办法，就是我们自认倒霉，把十块金砖，一齐拿去抵账。第二个办法，就是我们满不理会，停止交换就停止交换，我们把金子卖了，总还够还债有余。”

何育仁道：“我们还要不要万利银行这块招牌？我们还吃不吃银行这碗饭？停止交换以后，跟着同业的交往，完全断绝，存户挤兑，谁还向你银行做来往？恐怕非关门不可了。”金焕然道：“那我们只有认背了。”何育仁将手连摇了两下，叹口气道：“不要提这件事了，说了心里更是难过。大家去睡觉，明天一大早起来，用车子送金砖。”说着，将手在大腿上重重拍了一下，站起身来就向经理室去了。

这行里也给何经理预备了一间卧室，那是提防万一的事，他在行里过夜的。所以他忙了一天，倒不是没有地方安歇。安歇是安歇了，他睡在床上，一夜未曾睡着。次日七点钟就起来了，督率着干部人员，将十块金砖，由仓库里提出五块一包，用厚布包裹了，就用副理的自备人力包车，分别装载，拖向大银行交换科去。这十块黄砖，关系何育仁的生命，他可不敢大意，除亲自押解外，还有三个职员随同车前车后照料。到了大银行门口，那个通交换科的侧门，已是开着的了。他再把金砖送到交换科科长办公室，那位张科长言而有信，破例八点钟以前上班，也在等候着了。何育仁将两个包袱搬到屋子里桌上，一块块地由包袱里取出金砖来，面色沉重，然后才走向前两步，和张科长握着手。他脸上发出一种极不自然的笑意，点了头道：“我一切遵命办理了。”

张科长对那些金砖，一块块地瞟上一眼，他是经验丰富的人，自知道这金子值多少钱，点了点头道：“我只要公事上交代得过去没有不可通融的。可是我总要算和朋友尽力了，我在这屋子里熬了一夜了。你的事情告一段落，坐下来吸支烟吧。”说着，他在身上取出赛银烟盒子和打火机向客人敬着烟。

何育仁在他口里，听到说告一段落，就知道没有问题了，因道：“我们所短的头寸，有这些金子可以补齐了吧？”张科长道：“这笔细账，我们自得详细地计算一下。我估计着，也许富余一点，也许短少一点，那都没有关系。”何育仁道：“那么，张科长给我一张收条，我就回行去转告他们去了。”张科长笑道：“那是自然，你给我这些东西，我还有不给收条的道理吗？”说着，就把科中职员叫来，点清了金块的重量，然后开了一张收条，张科长亲自加盖图章，递给何育仁，好像一切手续，都是预备好了的。

何育仁接过那张收条，看了一看收条上的数目与金块子上的分量相称，这就折叠好了，揣在口袋里，然后向张科长强笑地点了个头，就转身出去了。

他到了银行里，见所有职员，都已提早到了，静等着开门，那自然是好意的。但看他们脸上那分紧张的情形，分明他们还有一分万一的企图。以为银行今天若是开不了门，他们就得向银行负责人，索要生活费，所以何育仁一进了门，大家都向他注视着。但他态度极其自然，含着笑，走到经理室去，口里还一连地说着没有问题，没有问题。在他这四个字的解释里，大家心里，放下了一块石头。

到了九点钟，也就照常开门营业。开门营业不到十五分钟，那位将八百万元支票来提现的范宝华，他又来了。他还是那样自大，并不要什么人通知，径直地就走进了经理室。何育仁一见到了他，这就先行头痛了。因为停止交换这层大难关，虽然已经过去，可是行里库空如洗。有人来兑现，还是无法应付。这就走向前来，笑嘻嘻地和他握着手，点了头道："你是这样的忙，这么一大早，你就出门了。"

范宝华坐在沙发椅子上，架起腿来，自取着火柴与纸烟盒，擦着火柴，自行吸烟。微微地笑道："我虽然起得早，也没有何经理起得早。你不是七点钟，就上国家银行了吗?"何育仁道："是的，但是我们这一个难关，完全渡过去了，没有什么事了。老实说，做银行业的人，偶然松手一点，把资金冻结一部分，那是很平常的事，也只要应付得宜，解冻也毫无困难。"他说着话，也很从容地在经理位子上坐下。

范宝华笑道："那是当然。只要存户都像我姓范的这样好通融，天下没有什么解决不了的事。"何育仁这就向他连连地点了几下头道："昨天的事，那实在是多承爱护。现在你那个难关，大概是渡过去了。"范宝华倒不要这层体面，将头连连地摇撼了几下道："没有过去，没有过去。现在我就差着二三百万元的急用。我这里有张支票，希望不要给我本票。"说着，在烟盒子盖里层，松紧带子夹住的缝里，抽出一张折叠着的支票，交到经理桌上。接着笑道："我若把这支票交到柜上，你们柜上的职员，少不得也拿了支票到经理室来请示，总打算开本票。干脆，我就单刀直入到你这里来，向你请教了。"何育仁听说，微微笑了一笑。范宝华笑道："这次，无论如何，请帮忙。你若不帮忙，我今天过不去，这顿中饭，恐怕就要揩贵行的油了。"

何育仁接着那支票，先看了一看填的数目，然后向范宝华脸上瞟了一眼，见他满脸的肌肉颤动，全是那不正常的笑意，这就点了头道："好的，好的。你坐一会，我到前面营业部去看看。"说着，他站起身来就向外面走着，范宝华也立刻走向前将他衣袖拉扯着，笑道："何经理，你可不能开一张本票给我。我拿你贵行的本票在手上，和拿了自己的支票在手上，那有什么分别。二百六十万一张本票，那是买不到的东西呀。"

何育仁本不难答应他一句话，全给现钱，可是想到昨日下午，最后两小时，已把所有的现钞，搜括一空。今天还是刚刚开门，哪里就能找到这样一大笔头寸？于是站住了脚望着他出神了一会，然后笑道："老兄，何必那样……"这下面"见逼"两个字，他不好意思说出来，把样字拖长了，不肯向下说。范宝华笑道："我觉得我已很肯帮忙了。我一个跑街的小商人，有多大的能力呢。"

何育仁看他那样子，是丝毫无通融之余地，便笑道："请你等着罢，我绝对让你满意。"他笑嘻嘻地走了。范宝华对于这事，倒是淡然处之，就架腿坐在沙发上，缓缓地吸烟。约莫是十分钟，何育仁走进来了，他手上拿着一捆钞票，又夹了一张本票，弯了腰全放在茶桌上。范宝华先看那本票，就写的是二百万，因摇着头微笑道："难道一百万现钞，你们都不肯给我。"

何育仁道："本票也是一样。难道万利银行的本票都不能交换不成？哪家商业银行，也不能无限制地付出现钞。根本国家银行，就不肯多给我们现钞啊！你不相信我们，把这本票存入国家银行，下午你再开支票，也不过耽误你几小时而已。"范宝华自知道他开出了本票，就得负责，只是含笑吸烟。这时，他耳朵静下来了，就听到外面营业部哄哄的一片人声。再看何育仁的颜色，也极不自然。他想着在万利银行的存款，已没有多少，不必和他难堪了，将钞票本票收进了皮包，就告辞而出。

到了营业部一看，沿着柜台外，全站的是人。有的在数着钞票，有的在伸着支票或存款折子，向柜台里面递。柜台里面那些办事职员，脸上都现着紧张之色。几个职员站在柜台里边，正和柜台外的来人，分别说话。这不用细想，乃是银行开始挤兑的现象，万利银行的黄金时代，到这里要告一个段落了。

范宝华怀着一肚子的高兴，坐了人力车子，立刻转回家去。在半路上，就看到魏太太穿件蓝布大褂，夹了个旧皮包，在人行路上低了头缓缓地走。这就跳下车来，将她拦着，笑道："来得正好，我们一路吃早点去。"魏太太站住了脚，抬起头来，倒让他为之一惊。今天，她没有涂一点胭脂粉，皮肤黄黄的。两只眼眶子也像陷落下去很多。不过她的睫毛显得更长，倒另有一种楚楚可怜的样子。她在长睫毛里，将眼珠一转，向范宝华摇了摇头，并没有说什么。

范宝华道："你有什么心事吗？"魏太太只轻轻地叹了口气，依然还是不说什么。范宝华忽然想起，人家的丈夫还关在看守所里吃官司呢，便笑道："不要难过，做黄金的人，吃亏的多了，有家放手去做的银行，昨天还几乎关了门呢。你到我家里去吃午饭，我给你一点兴奋剂。"魏太太将眉毛皱了一皱，苦笑道："人家心里正在难过呢，你还拿我开玩笑。"

范宝华道："我决不是拿你开玩笑，我除了在万利银行拿回一笔款子而外，洪五爷还答应让给我两颗钻石。"魏太太听到钻石两个字，好像是饥饿的猴子，有人拿着几个水果在面前堆着，立刻心里就跳上了几跳，不等他把话说完，就带了三分笑意问道："钻石？多大的？你越来越阔了，金子玩过了，又来玩钻石。"

范宝华笑道："我哪谈得上玩钻石？也不知道洪五爷怎么突然高兴

起来，说是我有这么一个好友为什么不送点珍贵东西给人家呢？我笑着说我送不起，这话当然也是实情。你猜他怎么说，你会出乎意外。他说，假如能证明你是送那朋友的话，他和我合伙送。”魏太太道：“送你哪个朋友?”范宝华笑道：“你猜猜吧，我这位朋友是谁呢？我希望你不要错过机会，你要来。”魏太太笑道：“你可不要骗我。”范宝华道：“我骗你一回有什么用处，第二次有真话对你说你也不相信的了。”魏太太低头想了一想，因道：“好吧。我十二点多钟来吧。我现在有点事要去办，不能多说话了。”说毕，她还向范宝华微微一笑，然后走去。

她心里本来是搁着一个丈夫受难的影子，急于要到看守所去看看，可是听了老范这番报告以后，脑子里又印了一个钻石戒指的影子，她匆匆地向看守所跑了去。到了门口，平常的一座一字土库墙门，只是门口挂着一块看守所的直立牌子，牌子下面，站着一个扶的警卫，这就给人一种精神上的威胁，老远的就把走路的步子放缓了。到了警卫面前，就缓缓地向前两步，先放了一阵笑容，然后低声道：“我要进去探望一个人。”警卫道：“探望犯人吗？你先到传达处去说罢。”说着，将手向门里一指。

魏太太到了传达处，向那里人说明了来意，由他引着进了一重院落，在登记处填了一页表格，那坐在办公桌上的办事员，是个年纪大的人，架起老花眼镜，将她填的表格看了一看，然后低下头，把视线由眼镜沿上射出来，向魏太太脸上身上看了来。这个姿态，最不庄重，她对这个看法，虽然很不愿意，可是也不便说什么。那老办事员将她打量了三四次，然后写了个字条，盖上图章，放在桌子角上，向她面前一推，再低了头，在眼镜沿上斜向了她望着，因道：“拿了这个去等着，回头有人叫你。”

魏太太进得门来，脑筋里先就有三分严肃的意味，存在心头上。这时看了小办事员都很有点威风，她想着俗传人情似铁，官法如炉的八个字，那是一点不假。那小办事员看人的姿态，虽然相当滑稽，但是他脸上没有一点笑容，也就不说什么，拿过那张条子走了出来。这办公室外，是一带走廊，一列放了三四条长板凳。她走出来，有一位警士指着凳子道："你就在这里坐着等吧。"

魏太太是生平第一次到看守所，又知道司法机关，一举一动，都是要讲着法律的，人家叫怎么做，自己就怎么做，她在板凳上坐着，左右两边看看，见左边坐着两个女人，都是穿着八成旧的衣服，面色黄黄的蓬了满后脑的头发。这样，她当然不愿意去和她们说话。右边有个老头子，也是小生意人的模样。她觉得这些人若是探监的，恐怕所探的犯人，也不会怎样的高明，还是少开腔吧。默然地坐了约半小时，便夹着皮包站起来散步，沿着走廊走了两个来回，见来往的警士，对自己都看了一下，心里想着：大概是乱走不得吧？于是又坐了下来。自己已经移过去两尺路，大概已不是一两小时了。她微微地站起来，看到警察还在身边走来走去，她又坐下去了。

过了十来分钟，过来一个警察，大声叫着田佩芝。她站起来，那警士向她点了两点头。她看到这里的人，脸上全是不带笑容的，她见人点头，也就跟着他走去。那警察引着她走，先穿过一间四面是墙壁的屋子，然后遇到一个木栅栏门，门边就站有一位警察。引路的警察，报告了一声看魏端本的，那守门的警察，就伸着手把填写的探视犯人单子，接过去看了一看，然后才开着栅栏门，将魏太太放进去。她走进去之后，那栅栏门立刻也就关起来。她回头看了一下，倒不免心里连跳了几下。虽明知道自己并不会关在看守所里的，但是这栅栏门一关闭起来，她心里就不免怦怦乱跳几下。但是她极力镇静着，镇静得将走路的步子都有了规定的尺寸。

她经过了一条屋外的小巷子，到达一个小天井，这里的房屋，虽都是矮小的，但静悄悄的一点声音没有，好像是到了一幢大庙里。那护送的警士，就在屋檐下叫了声魏端本。随着这声叫，东边墙角下的小屋，在木壁上推开了尺来见方的一扇木板窗户，魏先生由里面伸出来。

魏太太一见，心里一阵酸痛，眼圈儿先红了。原来两天不见，他那西式分发，像干茅草似的堆在头上，眼眶儿下落，脸腮尖削，长了满脸的短胡楂子。颈脖子下面，那灰色制服的领子，沿领圈有一道漆黑的脏迹。她走近了窗户边，翻着眼睛望了他，还不曾开口呢，魏端本就硬着嗓音道："你，你今天才来？我时时刻刻都在望你呀？"

魏太太再也忍不住那两行眼泪了，呼哧呼哧地发着声，将手托着一条花绸手绢，只管擦着眼泪，半低了头靠着墙壁站定，她只有五个字说出来："这怎么办呢？"魏端本道："我完全是冤枉，不但黄金，连黄金储蓄券的样子，我也没有看见过。昨天已经过了一堂，检察官很好，知道我没有得着一点好处，我完全是为司长牺牲。我没钱请律师辩护，听天由命吧。"说毕，长长地叹了一口气。魏太太迟到今天才来探望，本来预备了许多话来解释的，现在却是一句话说不出来，只有呆呆站着擦着眼泪。

第四回

钻石戒指

女子的眼泪，自然是容易流出来的，可是她若丝毫没有刺激，这眼泪也不会无故流出来。魏端本现在这副情形下，让太太看到了，自己也就先有三分惭愧，太太只是哭，这把他埋怨太太探访迟了的一分委屈，也就都丢得干净了。两手扶着窗户台，呆了一阵子，两行眼泪，也就随着两眉同皱的当儿，共同地在脸腮上挂着。尤其是那泪珠落到一片黑胡楂子上，再加上这些纵横的泪痕，那脸子是格外地难看了。

魏太太擦干了眼泪，向前走了两步，这就向魏先生道："并不是我故意迟到今日，才来探视你。实在是我在外面打听消息，总想找出一点救你的办法来。不想一混就是几天。"魏端本心里本想说，不是打牌去了？可是他没有出口，只是望着太太，微微地叹了一口气。

魏太太道："你不用发愁，我只要有一分力量，就当凭着一分力量去挽救你。你能告诉我怎样救你吗？"魏端本道："这事情你去问我们司长，他就知道，反正他不挽救我出来，他也是脱不了身的。"

魏太太到了这时，对先生没有一点反抗，他怎么说就怎样答应。魏端本叫她照应家务，照应孩子。他说一句，魏太太就应一句。说了一小时的话，魏太太答应了三十六句你放心，和四十八句我负责。最后魏端本伸出手来和她握了一握。

魏太太对于魏先生平常办事不顺心的那番厌恶，这时一齐丢到九霄云外去了。这就黯然点了两点头。她的眼泪水，在眼睛眶子里就要流出来了。可是她想到这眼泪水流出来，一定是增加丈夫的痛苦，因之极力地将眼泪挽留住，深深地点了个头道："你……"

她顺着要保重的两字说出来时，她觉得嗓子眼是哽了，说了出来，一定会带着哭音，因之把话突然停止了。掉过头去，马上就走，但是走了三四步，究竟不肯硬了心肠离开，就回头看上一次。她见魏端本直了两只眼睛的眼神，只是向自己这里看了来，这就不敢多看了，立刻回转头去又走。这次算走远点，走了五六步，才回过头来。但当她回过头来，魏先生还是那样呆望，她当然是不忍多看，硬着心肠，就这样地出了院子。

她心里似乎是将绳索拴了一个疙瘩，非用剪刀不能剪开，又像胸里有几块火炭，非用冷水不能泼息，但是她没有剪子和冷水来应用，只有默想着赶快设法，把丈夫营救出来吧。除了丈夫，谁还是自己的亲人呢？她怀了这分义愤，很快地走出看守所。

她心里也略微有些初步计划，觉着要找个营救丈夫的路线，只有先问问陶伯笙，再问问参与秘密的司长。若是这两个人肯说出营救办法来，第二步再找得力的人。她打定了主意，很快地回家。她还不曾走到自己家里呢，就看到陶先生住的杂货店门口，站了一群人，而且是有男有女。其中一个女的给予自己的印象很深，那就是上次闹抗战夫人问题的何小姐。

何小姐穿了件半新旧的蓝布长衫，脸子黄黄的，头上虽然是烫发，恐怕是多时未曾梳理蓬乱着垂到后肩上。陶氏夫妻和两个穿西装服的男子将她包围了说话。

魏太太走向前去，只和她点了个头，还未曾开口，那何小姐倒是表示很亲切的样子，带着几分愁容道："魏太太，你看我们做女人的是多么不幸呀。人家需要我们，就让我给他洗衣烧饭，看守破家。人家不需要我了，一脚踢开，丝毫情义都没有了。没有情义，也就罢了，而且还要说我不是正式结婚的，没有法律根据。"陶太太挤向前来，咦了一声道："我的小姐，你怎么在街上说这种话？有理总是可以讲得通的，到屋子里去。我们慢慢说，好不好？"何小姐冷笑道："屋子里说，就屋子里说。走吧。"他们男男女女，一窝蜂地走进杂货铺子里去了。

魏太太站在屋檐下出了一回神，觉得这虽是可以参考的事，但是自己丈夫在看守所里，正需要加紧挽救呢，哪里有工夫管人家闲事，正是这样地出着神呢，一位穿西服的男子，陪着一位穿制服的男子，匆匆地走到这门口来。那穿制服的男子，站住了脚，就不肯向里走。穿西服的道："张兄，我劝你不要犹豫，还是去见她把话说明吧。只要她肯低头，你夫人那里我们做朋友的好说。反正只要你居心公正，何小姐也不能提出太苛刻的要求。"

张先生听了他朋友的说话，脸色板得极其难看。他说："老实讲，原来我是偏袒着姓何的，可是她提出来的条件，教我无法接受。我内人千里迢迢地冒着极大的危险，带了两个孩子来投奔我，她并没有什么错处。叫我不理她，这在人情上说不过去。何况我有太太她是知道的，根本我没有欺骗她。现在她要否认我有太太，把重婚罪加到我头上，那简直是要挟。我是个穷光蛋，在社会上也没有丝毫位置，她爱怎么着，就怎么着。反正我和她没有正式结婚，法律上并没有什么根据。哼！她就要到法院里去告我，也告我不着。"

魏太太听了这最后的一句话，不觉怒火突发，心想，这个人怎么这样厉害！抗战夫人，就是这样不值钱！原来的太太，口口声声内人和太太，抗战夫人，变成了姓何的。这抗战夫人完全是和人家填空的，这未免是太冤枉了。回到家里坐在椅子上呆想了一阵，觉得自己的身世完全是和何小姐一样。抗战胜利，是一天接近一天了，可能是一年到两年之间，大家就要回到南京。那个时候，和魏端本争吵呢，还是和魏端本那位沦陷夫人争吵呢？自己一般是和何小姐一样，是没有法律根据的。想着想着，她的脸皮子红了起来，将一只手托了自己的脸腮，沉沉地想着。

就在这时，有个人在外面大声叫了问道："这是魏先生家里吗？"魏太太听那声音，却是相当陌生，而且还夹杂着一点南方口音，并非熟人。她先问了声哪位，自己就迎了出来，看得是一位三十多岁的中年人，头上没戴帽子，头发梳得溜光，身上一套灰哔叽西服，却是穿得挺括的。他看见她，先点了头道："是魏太太吗？"她也点着头。问声贵姓？他道："我姓张，是……"他将声音低了一低，然后接着道："我和魏兄同事。"

魏太太将他引到外间房子坐了，先皱了眉道："张先生，你看我们这种情形，不是太冤枉了吗？"张先生对魏太太看了一看，见她穿得非常朴素，又是满脸愁容，也有三分同情她，便点点头道："有确是冤枉，我也特为此事而来。司长说，这件事，是非常对不住魏兄，也对不住刘科长。不过这件事是大家有祸同当的。魏刘二人一天不恢复自由，他的事情就一天不了。关于那笔公款的事情，司长已经完全归还了。只要机关里向法院去封公事，证明公家并没有损失，大不了是手续错误，受些行政处分。大概有个三五天，机关方面，一定会把魏先生保出来。至于魏太太的生活，司长想到了一定是有问题的。现在兄弟带了一点小款子来，请魏太太先收着。”说着，他在西服袋里，掏出一张十万元的支票，双手送到魏太太的面前。

魏太太对于这么一个数目的款子，那是老实不看在眼里了。她随手放在桌上，淡淡地笑道：“这倒是承着司长关心。不过我的困难，还不在暂时的生活。人关起来了，根本生活就要断绝。而且……”张先生不等她说完，站起来连连摇着手道：“不会那样严重。你放心得了。一半天我再来奉访，有什么好消息，我就来告诉你。”魏太太道：“假如请律师的话，我可负担不起。”张先生连说用不着，就走出去了。

魏太太本来也觉得营救魏先生是一部廿四史无从说起。现在有了可以保释的消息，她倒是心上一块石头落地。先把那张支票，放在手提皮包里。然后又坐着想了一想，当她正沉思的时候，那手表里面的针摆声吱咯吱咯响着，向耳朵里送来。她随了这响声，向手表一看，已是十一点三刻了，这让她想起范宝华的约会，约定十二点半钟可以到他家里去拿钻石戒指。这戒指既说的是洪五爷和范宝华共同送的。也说洪五爷也参加这个约会。这样有钱的阔人，为什么不和他认识。

她这样想着，立刻起身到厨房里去打盆水来，站在梳妆台面前洗脸，把妇女的轻重武器，如三花牌香粉、唇膏、美国雪花膏、蔻丹、胭脂膏之类，一件一件地罗列到桌上，然后对了镜子，按部就班地，在脸上施用起来。

她得了范宝华那笔资助，已经是做了不少新衣服，脸子上脂粉抹匀之后，她就打开衣箱来，挑了一件极鲜艳的衣服穿着，此外是连皮包皮鞋，一齐换了新的。自然，这也就是范宝华的钱所做的。她并没有感到将人家送的穿着，又送给人家去看，那是表现出了人家的恩惠，相反的，她以为这种表现，正是表示自己不埋没人家的好感。因之她收拾停当之后，立刻坐了人力车子，就奔向范宝华家来。

她为了她要守约有信用，走到范家门口，就把手表抬起来看看。时间是凑合得那样好，不过是十二点二十五分，与原来约定的时间还差着五分呢。她进门来，正好范老板隔了玻璃窗子向外面探望。在两小时以前，他看她还是面皮黄黄的，穿了件蓝布大褂。现在她可是桃花一样的面孔。她身上穿件紫色蓝花织锦缎的长衣。这在重庆，还是一等的新鲜材料，真是光彩夺目。

他心里一阵高兴，马上由屋子里笑着迎了出来，走到她面前低声道："洪五爷早就来了，他还怕你失信，我说，你向来不失信的。"魏太太这就站住了脚，半扭转身子，做个要向外走的样子。范宝华伸手一把将她袖子扯住，问道："你这是什么意思？"魏太太道："我不愿意见生人。"范宝华道："怎么会是生人呢？我们不是同在一处，吃过一顿饭吗？"魏太太将一个涂了蔻丹的红指甲食指，伸在下巴颏上抵着，垂着眼皮，沉思了几秒钟，于是低声笑道："我倒是不怕见生人。不过我有个条件，你在姓洪的当面，不能胡乱说，又占我的便宜。"范宝华笑道："我占便宜，也不要在口头上呀。进去吧进去吧。"说着，他大声报告，田小姐来了。

魏太太为了钻石戒指而来，没有见到钻石戒指，她怎样肯回去？主人既是大声报告了，她也就随了这报告向里面走。洪五爷见范宝华迎了出来，他也是隔了玻璃窗户偷着看的，这时，魏太太已经向里走了，也就站起来迎接。客人是刚进客厅门，他就笑着先弯下腰了。连说田小姐来了，欢迎欢迎。

魏太太虽觉得这欢迎两个字很是有些刺耳，可是她愿认识洪五爷之处，却把这些微不快，冲淡下去了。这就笑向洪五爷道："我什么也不懂得，有什么可欢迎的呢？"洪五爷笑道："天下的英雄名士美人，都是山川灵秀之气所钟，得见一面，三生有幸，怎么不可欢迎呢，请坐请坐！”他说着话，还是真表示着客气，将沙发椅子连连拍了几下，那正是表示他十分的诚恳，给田小姐掸灰。

魏太太含着笑，在沙发上坐下，洪五爷立刻拿出烟盒与打火机，向她敬着烟。她笑着将手摆了几摆，说声谢谢。她那细嫩雪白的手，十个指甲，都染着红红的，伸出来真是好看。虽然她的手腕上，还戴着一只金镯子，恰是十个指头都光光的，并没有任何种类的戒指。这时两个男子，斜坐在魏太太对面，隔了一张小茶桌，他们除看到她全身艳装之外，而不断的浓厚香气，兀自向人鼻子里送了来。

洪五爷这就向她笑道：“田小姐，你是不是和重庆其他小姐们一样，喜欢走走拍卖行？”她笑道：“那恰恰相反，我最怕走拍卖行。”洪五爷望了她道：“那是什么原因？在重庆要想买而又买不到的东西，只有到拍卖行里去可以买到。你为什么怕去得？”她笑道：“原因就在这里。买不到的东西，谁都看了眼热。可是没有钱买，那可怎么办呢？想买的东西没有钱买，多看一眼，不是心里多馋一下吗？”

洪五爷笑道：“原来如此。我想，小姐们最喜欢的东西，无非是化妆品衣料首饰等类。我现在倒在拍卖行里找了两样小姐们所心爱的东西，不知道田小姐意见如何？”说着，他在西服口袋里掏摸了一阵，摸出两个小锦装盒子来，那盒子也都不过是一寸见方。他首先打开一只盒子盖来，露出里面绿色的细绒里子，盒子心里，一只金托子的钻石戒指，正正当当地摆在中间。那钻石亮晶晶的，光芒射人眼睛，足有老豌豆那么大。

魏太太看到时，心里先是一动，暗地里说，真有这东西送给我？她随了这目光所至，不由得微笑了一笑。洪五爷趁着她这一笑，把盒子交到她手上，笑道：“你看这东西真不真？”魏太太笑道：“你五爷看的东西，那还假得了吗？”洪五爷受了她这句恭维，心中大为痛快，虽明知道是敷衍语，可是只要她肯敷衍，那就是友谊的开始。这就起着身子，向她点了头道："田小姐这话太客气。要赏鉴珠宝玉器，那还是漂亮小姐的事。"

魏太太将那小锦装盒子捧在手上，对着眼光细细看了一番，对洪五爷爱理不理的，用迂缓而很低微的声音答道："这也关乎人之漂亮不漂亮吗？"洪五爷大声笑道："那是当然啦。只有漂亮小姐，她才配用珠宝首饰。也只有配用珠宝首饰的人，她才能分辨出珠宝真假。田小姐，你再看看这个。"说着，他又把那只锦装盒子递过来。这盒子的里子，是深紫色细绒的，早是鲜艳夺目。在这紫绒正中间，凹进去一个小洞，嵌着一只戒指金托子，正中顶住一粒钻石，那面积比先看的还要大。虽够不上比一粒蚕豆，却不是一粒豌豆。只稍稍地将盒子移动着，那钻石上的光彩，却在眼光前一闪。情不自禁地笑道："这粒钻石更好。"说着，又点了两点头。

洪五爷道："这粒大的呢，和卖主还没有讲好价钱，也许明后天可以成交，我先请田小姐品鉴。既是田小姐赞不绝口，我就决定把它买下来罢，至于那个小的，我已经和老范合资买下来了。小意思，奉送给田小姐。"魏太太虽明知道这钻石戒指拿出来了，姓洪的一定会相送，但彼此交情太浅了，一定要经过姓范的手，辗转送过来。不想他单刀直入，一点没有隐蔽，就把礼品送过来。凭着什么，受人家这份重礼呢？何况还在范宝华当面？这就向他二人笑道："那我怎么敢当呢？"洪五爷笑道："又有什么不敢当呢？朋友送礼，这也是很平常的事。"

魏太太将那个较小的锦装盒子捧在手上掂了两掂，眼望了范宝华微笑："这不大好吧？"范宝华道："不必客气，五爷的面子，那是不可却的。"魏太太只管将那小盒子在手上转动地看着，对那粒钻石，颇有点儿出神，因道："我可穷得很，拿什么东西还礼呢？"洪五爷架了腿坐着，将烟斗装上了一斗烟丝，擦了火柴，将烟嘴子塞到嘴里吸着，然后喷出一口烟来笑道："田小姐若是要还我们礼物的话，什么都可以，哪怕给我们一张白纸，我们都很感谢。"

魏太太将肩膀扛着，微闪了两闪，笑道："送一张白纸就很好，那太容易，就是那么办。"洪五爷笑道："白纸上带点图画，行不行？"魏太太笑道："我不但不会画，连字也不会写。"洪五爷道："若是田小姐有现成的相片，送我一张，那人情就太大了。"

范宝华没想到洪五爷交浅言深，居然向人家索取相片，很快地在这男女两人脸上看了一下。姓洪的丝毫没有什么感觉，架了腿自吸他的烟斗。魏太太的脸色，却闪动了一下。可是她被那两粒钻石戒指征服了。她除了已得着一粒钻石而外，还有一粒钻石，她有很大的希望，她虽然觉得洪五爷的话，说得太莽撞，可是前三分钟才接受下人家几十万元的贵重礼物，还不曾想到感谢的办法呢，没法子可驳人家。她抬头看那姓洪的坐在那里舒适而又自然，似乎他没有想到那是越礼的话。文明一点，人家要一张相片，也不见得就是失态。她顷刻之间，脑筋里转动了几遍。最后就向善意方面揣想，那些电影明星名伶，不问男女不都也是向人送相片吗？还有那些伟人，不都也是把相片送人，当了最诚恳的礼物吗？越想是越对。她心里想，口里虽有好几分钟没有答复洪五爷的话，但是她脸上，始终是笑着的。

洪五爷复又紧迫了一句道："田小姐不肯赏光吗？"她听了这赏光两个字，似乎是双关的。一方面说是不肯送相片，一方面也可以说是不收受那钻石戒指，那可有些愚蠢，这就立刻笑道："相片倒是有几张，都照得不好。"洪五爷笑道："凭着田小姐这分人才，无论照出怎样的相来，也是数一数二的美女图。我们很希望你不要妄自菲薄呀。哈哈！"他一声长笑，昂着头在椅子靠背上躺了下去。

魏太太两只手各拿了一只锦装小盒子，只管注视地玩弄着，正在出神呢，范宝华得意的佣人吴嫂，正送着一玻璃杯子清茶出来了。她将茶杯放在魏太太面前，也就看到了那盒钻石戒指，哟着笑了一声道："金刚钻！田小姐买的？怕不要好几十万吧？"

洪五爷见她胖胖的脸，抹过了一层白粉，半长头发，梳得一根不乱，在后脑勺挽了个半月形，身上穿的那件半新蓝布大褂，没有一点皱纹，便向她笑道："老范用的这吴嫂，真是不错，你是几辈子修的。不但干干净净，而且也见多识广。她并没有把钻石认错为玻璃块子。"吴嫂站在魏太太椅子后，向客人笑道："没有戴过，听也听见说过吗！于今的重庆，不像往日，啥子家私没得吗！"

洪五爷点点头道："此话诚然。不过下江究竟有下江风味，不能整个儿搬到重庆来。将来抗战胜利，范先生要回下江，你和他管理家管惯了，他没有了你，那是很不方便的。你能不能也到下江去呢？而且他又没有太太，到下江去安家，没有你帮着也不行。"吴嫂听了这话，将她大眼睛上的眼皮下垂着，脸上泛出了一阵红晕。笑道："我郎个配？"

五爷道："你老板不许你出川吗？"吴嫂一摆头道："别个管不到我，哪里我也敢去。一个男子养不活女人，还配管女人吗？我就愿像田小姐一样，要自由。田小姐，你说对不对头？"魏太太很觉得她的话有些不伦不类，可是又不便说什么。只是点头微笑。洪五爷本也就猜着魏太太是哪路人物。经吴嫂这样一说，就更猜她是一朵自由之花了。

第五回

心神不定

范宝华自袁小姐脱离之后，一切太太的职务，都由吴嫂代拆代行。虽然他还紧紧地把握了主人的身份，没有让吴嫂向主人看齐，可是范家再来一位和袁小姐相等的，她就会把整个儿所得的权利被取消。现在眼面前的田小姐，就有着这样候补的资格。因之她看到了田小姐，心里就平添了一种不痛快。虽然魏太太给她许多好处，可是这些小仁小惠，掩盖不了她全盘的损失。这时，她见洪五爷过分地看得起田小姐，很有点川人所谓的不了然，这就在言语上故意透露一点田小姐的身份。可是这个计划，她失败了，姓洪的正是不需要这位小姐身份过于严肃。他对田小姐脸上看看，又对吴嫂脸上看看，觉得她们的脸上都红红的有些不正常，便笑道：“自由都是好事呀！人若没有自由，那像一只鸟关在笼子里似的，有什么意思。”

吴嫂站在椅子背后，脸上微微的笑着，不住地抬起手来抚摸着头发。她那嘴唇皮颤动着，似乎有话要说。范宝华恐怕她说出更不好的话来，便向她笑道：“菜做得怎样了？别让洪五爷老等着呀，恐怕洪五爷肚子饿了吧？”说着将眼望了她，连连地向她点了几点头。吴嫂抬起手来，又摸了几下头发，还站着出神不肯走去。

洪五爷也就会悟了范宝华的意思，这就向吴嫂点着头道：“对的，我的确肚子饿了，你请快点做饭来给我吃罢。我不会忘记你的好处。当然我不会送金刚钻，可是比这公道一点的东西，我还是可以送你。”吴嫂听了这话，身子闪了一闪，嗤的一声笑了。范宝华笑道：“五爷说话是有信用的。你不是很欣慕人家穿黑拷绸衫子吗？我给你代要求一下。今天这顿午饭的菜，若是五爷吃得合口的话，就由五爷送你一件拷绸长衫料子。工钱小事，那就由我代送了。”

吴嫂对这拷绸长衫，非常的感到兴趣，姓范的这样说了，姓洪的又这样说着，她觉得这个希望是不会空虚的，又向在座的人嘻嘻一笑，范宝华笑道：“得啦，就请你去做饭吧。”吴嫂在脸上掩不住内心的欢喜，笑着眉毛眼睛全活动起来，扭着身子就走，走到进里屋的门，还用手扶着门框，回转头来看了一看。

魏太太对于吴嫂的行为本来有一种锐敏的觉性，现在见她一味地在说话和动作上，表现了酸意，脸上镇定着，且不说什么，心里可在暗笑，你那种身份，和你那分人才，也可以和我谈自由吗？心里有了这么一点暗影，就对于吴嫂更有点放不下去。这就望了范宝华道：“你家里上上下下，粗粗细细，全是吴嫂一个人，我一到这里来，你就留我吃饭，把人家累一个够，我心里真有点过意不去。”

洪五爷笑道：“田小姐，你这叫爱过意不去了，老范花钱雇工，就为的是这些粗粗细细要人做。若说有客来要她多做几样菜，那是我们给她的面子，也是给老范的面子，要不然的话，重庆市面上，大小馆子有的是，我们稀罕到老范这里来吃这顿吗？”范宝华被洪五爷抢白了一顿，他并不生气，反是笑嘻嘻的。因点头道：“的确如此，我以为洪五爷肯到我这里来吃顿便饭，我的面子就大了，怎么样也不可以让这荣誉失掉。”

洪五爷手握了烟斗，将烟斗嘴子，向范宝华指着，因道：“你这家伙，就得我制服你。田小姐，你不知道，老范他少不了我，过去每做一票生意，都得我大帮忙。我为人是这样，无论什么事要祸福同当。朋友缺少资本的时候，要大家拿钱，大家就得拿出来，若是生意蚀了本，那不用说，赔本大家赔，反过来，赚了钱呢，那也不能独享，得拿出来大家分着用。今天我就替你敲了老范一个竹杠，让他和我合资送你一枚钻戒。其实他不应当让我提议，也不应当让我分担资本。你要知道，他这次赚钱可赚多了。分几个钱出来，买点东西，送朋友，那有什么要紧?”

魏太太觉得这些话，很让姓范的难堪。自己反正是得着了人家的礼物了，还有什么可说的呢，因笑道：“谁给我的礼物，我就感谢谁，你二位送这样贵重的礼品给我，我只有感谢，什么我也不能说。”她这样说着，分明是给范宝华解围的，可是范宝华竟不揽这分人情，他笑道：“五爷说的是实话，我是太忙，没有想到送礼这些应酬事件。你若是要道谢的话，还是道谢五爷吧。”说着，抱了拳头连连的向洪五爷拱着几下手。

魏太太抿了嘴笑着，只是看看手上的两盒钻石戒指，洪五爷笑道：“田小姐对那个大些的钻石戒指，似乎很感到兴趣。今天下午，或者明天上午，我可以见到卖主，只要他肯卖，我一定不惜重价买下来。”她听到洪五爷这口风，分明是送礼送定了，为着表示大方一些，便笑道：“那我也显得太得寸进尺了。”说着，将那装着大粒钻石的，递到洪五爷手上，然后把手皮包打开，将那小钻石放进去。同时，笑向洪范两人道：“那我就拜领了。”

洪五爷笑道：“不成敬意。不要说这些客气话，多说客气话，那就显得友谊生疏了。”她心里想着，统共才见过两面，难道不算生疏，还要算亲密吗？可是她口里却不敢否认洪五爷的话，点点头道：“好，我就不说客气话。其实我根本不会说话，说出来不对，倒不如不说了。”

洪五爷笑道：“不要说这些客套话了。说多了客气话，耽误了正当时间。我们谈些有趣味的问题罢。”说着，他将身子向椅子背上靠着，将架起的那只腿，不住的颠动，然后将烟斗嘴子放在嘴里吸着，眼睛斜望了魏太太只是发笑，笑得她红了脸怪不好意思的，便站起来，抬着手臂只看手表。范宝华恐怕她走了，因也站起来笑道：“再宽坐一会，饭就要好了。”

魏太太虽然有点不好意思，但是看到洪五爷手上，还拿着那个钻石戒指的小盒子，这就觉得无论如何，不能得罪人家。因笑道：“我当然不会走。连五爷都说吴嫂的菜做得好呢，我也到厨房里去帮着点，洗好筷子，灶里塞把火，这个我总也会吧？”说着，她真的走向厨房里去了。

洪五爷靠了椅子背坐着，半歪了身子，向魏太太的去路望着，笑道：“这个人儿很不错，你是怎样认识的？”范宝华道：“是赌场上认识的。这位小姐，特别的好赌。”洪五爷道：“我看她也是这样。”说着微微一笑。他们所交换的情报，也只能说到这里，那位下厨房的魏太太可又走了出来了。不过这样一来，洪五爷已抓住了魏太太的弱点，他就故意地谈些赌经。

魏太太事先是没有怎样的理会，后来洪五爷谈得多了，她也就情不自禁的，向洪五爷笑道：“五爷的手法，一定是高妙得很吧？”他笑道：“你怎么知道我的手法高妙呢？”魏太太道：“那有什么不知道的，打唆哈就是大资本压小资本。越是资本大的人，越可以赢钱。”洪五爷笑道：“这样说，你是说我有钱了。”魏太太笑道：“我这也不是恭维话吧？”她是架了两条腿坐着的，这时，将两只脚颠了几颠。颠的时候，将身子也摇动了。

洪五爷看她那份样子，心里就十分地欢喜了，只是嘻嘻地笑着。他似乎还有什么要说，恰好是吴嫂出来招呼吃饭，大家才算止了话锋。当然，有洪五爷在座，这顿饭菜是很好的。

饭后，吴嫂熬着一壶很好的普洱茶，请主客消化他们肠胃里的东西。洪五爷手上端着茶杯，慢慢地喝茶，却抬起头来对玻璃窗子外的天色看了一看。因笑道："今天天气很好，若是早两年，我们又该担心警报了。这样好的天气，我们应当怎样的消遣一下才好。老范，你的意下如何？"

范宝华笑道："这样好的天气，我们若是拖开桌子打它几小时的牌，那不是辜负了这样好的天气吗？我们最好是到南岸山上去游览两小时，随便找个乡下野馆子，吃它一顿晚饭。"

洪五爷点点头道："这个办法很好，吃了晚饭以后呢？"他说着，就耸动着嘴唇上的胡子，微微地笑了。范宝华笑道："文章就在这里了。晚饭后，我们找个朋友家里，我们打它两小时的唆哈，这一天就够消遣的了。"

魏太太听了这话，答应着跟了去，自然是十分不妥，知道人家游山玩水，游玩到哪里去？不答应跟了去，刚刚收了人家一枚钻石戒指，怎样就违拂了人家的意思？而况人家还有一枚更大的钻石戒指要送，还没有送出来呢。若是违拂了人家的意思，这枚戒指还肯送了来吗，她这样地沉思着，就不知道怎样去答应这个问题。坐在长的仿沙发藤椅子上，两手抱了皮包，在怀里撑着，慢慢作个要起身而不起身的样子。

洪五爷笑向她道："田小姐怎么样？能参加我们这个集团吗？"魏太太听到这话，索性就站起来了。因微笑着道："有这样有趣的集团，我是应当参加的，不过我今天上午就出来了，家里还有两个孩子，我得回去看看。”

洪五爷道：“家里没有老妈子看顾着他们吗？”她道：“虽然有老妈子，她也不能成天成晚地带着他们啦。我家里就是一个人，难道洗衣服烧饭，她都不去过问吗？”洪五爷偏着头想了一想，因道：“田小姐回去一趟，那倒也无所谓，回头我们到哪里聚会呢。”魏太太笑着摇了两摇头道：“过山过水，到南岸去赌夜钱那大可以不必了，依着我的意思，还是改个日子罢。”

洪五爷听她的话，已是不反对共同赌钱了，这就笑道：“打牌是个兴致问题，既是提起了这个兴致，那就不能间断。田小姐若是嫌过江过河晚上不大方便，那么我们今天晚上，就到朱四奶奶家里去唆哈两小时。对于朱四奶奶，也无须客气，我打个电话给她，叫她预备晚饭。”魏太太在未认识朱四奶奶以前，是随便在些小户人家赌，除了看那五张牌，实在没有什么享受。自到了朱四奶奶家赌钱以后，这才享受到高等赌钱的滋味，洪五爷一提到她，就先感到兴趣了。因笑道：“这个地方，倒是可以考量，不过朱四奶奶并没有邀请我们，我们可以随便的就去吗？做客人的，也未免太对主人有些勉强了。”

洪五爷笑道：“对别人我不能代他的勉强，朱四奶奶和我是极熟的人，就是她不在家，我跑到她家去代作主人，她也没有什么话说。这是什么缘故，那我不必细说。我们多到她家去玩几回，你自然就明白了。”他说着这话，小胡子又在上嘴唇皮子上，连连地耸动了若干次，那正是他笑得乐不可支的情态。魏太太也抿了嘴对他微笑，她微笑的时候，乌眼珠子微斜着，两道长眉，不免向两面鬓角下舒展。范宝华已很知道她是高兴了。便笑道：“你就在五点钟左右，直接到朱四奶奶家里去罢。资本一层不必介意，有五爷在座，大可帮忙。”

洪五爷笑道：“我不推诿这个责任，不过有你范老板在座，你也不能不加上一点股子吧？”范宝华笑道：“我第一句话就失言了。难道田小姐上场就输？最好是她不带资本上场就行。”魏太太道：“不管怎么着，能抽空，我就到朱四奶奶家去看一趟罢。你们不必等我。”说着，她含笑向洪五爷点了个头就出门了。

她在做小姐的时候，就羡慕着人家的钻石戒指，不但是家庭没有那样富有，没力量预备，就是父母的力量可以办到，也不许可小孩子佩戴这种东西。现在于无意中就得了这么一个，而且还有一个更好的，也有可得的希望。她高兴极了，高兴得忍不住胸中要发出来的笑意。她只是抿嘴，把笑容忍住在嘴里。但是她在路上走着，心里决忘不了这件事。

她走着走着，就将皮包打开，取出戒指盒来，把戒指取着，就在左手的无名指上。她将手横着抬起来时，日光正好由上临下，手一侧，立刻有一道晶光在眼前一晃。戴钻石的人，花了几十担米的钱，换一粒小豆子，就是为了这个乐子。魏太太想不到自己从来没有打算争取这个乐子，而这个乐子，也自然地来了。她将小锦盒子收到皮包里去，就这样开始的戴着钻石。

她立刻也就想到，戴钻戒的人，一切都须相称。幸是先得了老范一大批钱，把衣服皮鞋全制了个透新，要不然的话，还穿着旧衣旧鞋，拿着钻石戒指，今天也不好意思戴了起来吧？她这样地想着，就不免低了头对她身上的衣服看着。织锦缎子夹袍美国皮鞋，这样的衣服和身上的珠宝，的确是配合起来了。既然满身富贵，那就不宜于走路了。正好路旁有几部人力车子停着，这就挑了一部最干净的招招手叫到身边来。自然不用和车夫讲车价，坐上去，说了声地方，就让他接着走了。

她坐在车上，殊不像往日。平常是不觉得有什么特殊之处的。今日对街上来往的摩登女子看着，脸上便现出了一番嘚瑟。心里同时想着，我比你们阔得多，我戴有钻石戒指，你们能有这东西吗？尤其是看到几个戴金镯子的女子，存着一分比赛得胜的心理。金镯子算什么珍贵首饰？一定要有钻石戒指，那才算是阔人。想到这里也就不免抬起手臂来，对着手指上的戒指细细赏玩一番。赏玩过之后，又对街上走路的人看看，意思是不知他们看到自己的钻石戒指没有？

但车子快到家门口，她忽然有个新感觉，自己丈夫正在坐牢，自己穿得这样周身华丽，人家会奇怪的。尤其是手指上戴着这么一粒晶光夺目的钻石戒指，更为引起人家的疑心。于是在怀里将皮包打开，立刻取了几张钞票在手上，又脱下手上的戒指，放了进去，将皮包关上。她一想，别把这好东西丢了。再打开皮包，见钻石戒指放在两叠钞票上，一伸右手，无名指又套起来。这个动作完毕，也就到了冷酒铺门口了。

她下了车，将取出的钞票，给了车钱，匆匆地走进店后屋子去。所以如此，不是别的，她觉得这一身华丽，在这日子，是不应当让邻居们看到的。进到屋子里，见杨嫂横倒在自己的床上睡着，两个小孩子，将方凳子翻倒在地上，两个人骑在凳子腿上。地面上撒了许多花生仁的衣子，和包糖果的纸。每人各拿了个芝麻烧饼在嘴里啃，魏太太嗐了一声道：“杨嫂，你怎么也不看看孩子，让他们弄得这一身一地的脏，来了人，像什么样子呢？”

杨嫂一个翻身坐了起来，左手扶着床栏杆，右手理着鬓边的乱发，望了她笑道：“太太这一身漂亮，是去和先生想法子回来吗？”魏太太脸上犹豫了一会子，答道：“自然是，这日子我还有心到哪里去呢？赶快找把扫帚来，把这屋子里收拾收拾罢。”她的男孩子小渝儿，看到妈妈回来，立刻跨下了凳子腿，扑向母亲的身边，伸手道：“妈妈，我要吃糖。”

魏太太见他那漆黑的两只手，立刻身子向后一缩，摇了手道：“不过来，不过来，我给你钱去买糖吃就是。”她说着，将不曾放下的皮包捧着打开来，在里面取出两张钞票，交给杨嫂道：“带他去买糖果，屋子里让我来收拾吧。”杨嫂带着两个孩子，她是十分感到烦腻的，但是要她做别件事情的时候，她又愿意带孩子了。接了钱，立刻带着孩子走了。

魏太太要她走开，倒并不是敷衍孩子而买糖。她打开皮包，看到那个装钻石戒指的锦装盒子，就急于要看那粒钻石。因为在洪范两人当面，必须放大器的样子，不能仔细看。在路上坐车子的时候，也不能仔细看，以免露出初次戴钻石的样子。现在到了家里，可以仔仔细细把这宝物看看了。这东西虽然总要给人看的，可是现在露出来，会有很大的嫌疑。因之先关上了房门，然后才由皮包里取出小锦装盒来。当然，这时候她的脸上，是带一番笑容的。

可是当她将小盒子打开的时候，她不但收了笑容，而且脸色变得苍白。因为那盒里面，只有衬托钻石戒指的蓝绸里子，却没有钻石戒指。这事太奇怪了，这东西放在锦装盒子里，锦装盒子，又放在皮包里，皮包拿在手上，片刻也没有放松，这有谁的神仙妙手，会把这钻石戒指偷了去呢？她站着呆了一呆，忽然想起来了，坐车到门口的时候，曾经打开手提皮包来，给了车夫几张钞票的车钱，莫不是在门口给车钱把钻石戒指拖着带了出来了？她想到这里答复着是的是的，立刻就开了房门向前面冷酒店里奔了去。

那些酒座上，正零零落落的，坐着有几位喝酒的酒客，见这位穿红衣服的年轻太太，由这酒店后出来，已是很为注意。及至她走到酒店屋檐下，又不走上街，低了头，只管在屋檐下走来走去。这虽很让人家知道是来找东西的。但是一个漂亮年轻女人，怎么会在冷酒店屋檐下找东西呢？于是大家的眼光都跟了魏太太走来走去。

魏太太走了几个来回，偶然一抬头，明白过来了，自己这一身衣服，很是让人家注意。回家的时候，自己不还想着丈夫坐在看守所里，不要让人家邻居看到自己过分修饰吗？由这点，就想到穿衣服避免邻人注意，和戴首饰避免人的事情，她就回忆到当人力车快到冷酒店门口的时候，自己是脱了钻石戒指向皮包里一丢的，并没有放到小锦盒子里去，也许落在皮包底下了。

她立刻回到屋子里去，将皮包再打开。这里面大小额钞票，洒了香水的花绸小手绢，粉镜，几张记下买东西的字条。一样一样拿出来清理着，并没有钻石戒指。将皮包翻过来向桌上倒着，也没有钻石戒指倒出。她不由得将高跟鞋在地上顿了两顿。自言自语的道："嗐！真是命苦，生平苦想着的东西，戴在手上只十来分钟就没有了。不成问题，必是打开皮包给车夫钱的时候，把这小小的东西丢了。该死！"说到这两字，她将手在胸脯上捶了一下，表示自己该打。

于是坐在床沿上，对了桌上皮包里倒出的东西和那个空皮包只管发呆。她越想越懊悔，抬起右手来，又向自己脸上打一个耳光。这一下打着她嫩的皮肤上，有点硌人。看手时，那钻石戒指亮晶晶的，又戴在右手无名指上。她咦了一声，左手托了右手，对准了眼光看着，丝毫不错，是那钻石戒指。她这又呆了，坐着再想起来，分明戴在左手无名指上的，而且还除下来放进皮包里面去的，怎么会飞到右手指上来了呢？她呆着想了十分钟之久，算是想起来了，在打开皮包给车钱的时候，钻石戒指压在两叠钞票上面。自己觉得不妥，又戴在右手上来了，又连说该死该死。

第六回

营救丈夫的工作

魏太太在笑骂自己的时候，杨嫂正带着两个小孩子走进屋子来，听了这话，不免站在门口呆了，望了太太，不肯移动步子。魏太太笑道："我没有说你，我闹了个笑话，自己手上戴了戒指，我还到处找呢。"杨嫂听了这话，向着她手上看去，果然有个戒指，上面嵌着发亮的东西，因走近两步，向她手指上看着，问道："太太这金箍子上，嵌着啥子家私?"

魏太太平空横抬着一只手，而且把那个戴戒指的手指翘起来，向杨嫂笑道："你看看，这是什么东西?"杨嫂握住魏太太的手，低着头对钻石仔细看了一看，笑道："我晓得这是宝贝，啥子名堂，我说不上。那上面放光咯。是不是叫作啥子猫儿眼睛啰。"魏太太眉开眼笑的，表示了十分得意的样子。点着头道："我知道，你是不懂得这个的。告诉你吧，这是首饰里面最贵重的东西，叫金刚钻。"杨嫂哟了一声道："这就是金刚钻唆（唆，疑问而又承认之意）？说是朗个的手上戴了这个家私，夜里走路，硬是不用照亮。我今天开开眼，太太，你脱下来把我看看。"

魏太太也是急于要表白她这点宝物，这就轻轻地，在手指上脱下来，她还没有递过去呢，那杨嫂就同伸着两手，像捧太子登基似的，大大地弯着腰，将钻戒送到鼻子尖下去看。魏太太笑道："它不过是一块小小的宝石，你又何必这个样子慎重？"杨嫂笑道："我听说一粒金刚钻要值一所大洋楼，好值啰！我怕它分量重，会有好几斤咯。"魏太太笑道："你真是不开眼。你也不想一想，好几斤重的东西，能戴在手指头上吗？好东西不论轻重。拿过来吧。"说着，她就把戒指取了过去，戴在自己的手指上。而她在这份做作中，脸上那份笑意，却是不能形容的。

杨嫂笑道："太太，你得了这样好的家私，总不会是打牌赢来的吧？"魏太太道："打牌赢得到金刚钻，那么从今以后，我什么也不用做，就专门打牌吧。"杨嫂笑道："我一按（猜）就按到了，一定是借得啥子朱四奶奶朱五奶奶的。你是要去拜会啥子阔人，不能不借一点好首饰戴起，对不对头？"魏太太道："你真是不知高低。这样贵重的东西，有人会借给你吗？就是有人借给我，我也不肯借。你想，我若把人家的戒指丢了，我拿命去赔人家不成？"杨嫂望了主人笑道："不是赢的，也不是借的，那是朗个来的？"魏太太的脸上，有点儿发红，但她还是十分镇定，微笑道："你说是怎样来的？难道我还是偷来的抢来的不成？"

杨嫂被她抢白了两句，自然也就不敢再问，不过这钻石戒指是怎样来的，她始终也没有一个交代，倒是让杨嫂心里有些纳闷。她站着呆了一呆，看看小娟娟和小渝儿，把买来的糖果饼干放在椅子上，围住了椅子站着吃，并没有需要母亲的表示。魏太太穿得像花蝴蝶子似的，也不像是需要儿女，她心里不由得暗骂了一句："这是啥子倒霉的人家？"心里暗骂着，脸上也就泛出一层笑意。这就对主人道："太太，你还打算出去唆？"魏太太低头看了看自己身上的衣服，因道："我现在不出去。"

就是这六字，杨嫂也很知道她的意思，自不便再问。看看屋子里，满地的花生皮，自拿了扫帚簸箕来，将地面收拾着。

魏太太先是避到外面屋子里去。但是她偷眼看看前面冷酒店里的人，全不断地向里面张望，这就将房门掩上，把桌上放的两张陈报纸随便翻着看了一看。但她的眼光射在报纸上，可是那些文字，却没有一个印到脑筋里去的。静坐了五分钟，她还是回到自己屋子里去。手靠了床栏杆搭着，人斜坐在床头边，将左手盘弄着右手指上这个钻石戒指，不住地微笑。在微笑以后，她就对镜子里看看，觉得这个影子是十分美丽的。那么，不但范宝华送钱送衣料是应该，就是洪五爷送戒指，也千该万该，不过受了人家这份厚礼，说是丝毫不领人家的人情，在情理上也是说不过去的。她沉沉地想着，犹疑地在心里答复。最后她是微微地一笑。

在笑后，她不免接连打了几个呵欠，有些昏昏思睡。回头看看被褥，还是早上起床以后的样子，垫褥被单不曾牵直，被子也不曾折叠，这倒引起了很浓厚的睡意，赶快把身上的新衣新鞋换下，披了件旧蓝布长衫，纽袢也未曾扣得，学了杨嫂的样子，横倒在床上就睡下了。

她一春季，全没有今日起得这样的早，所以倒在被上，就睡得很香。不知是什么时候了。杨嫂在床面前连连地叫着。她翻身坐起来。杨嫂低声道：“一个穿洋装的人，在外面屋子里把你等到起。”魏太太将手揉着眼睛，微笑问道：“嘴上有点小胡子吗？”杨嫂道：“没得，三十来岁咯，脚底下口音（谓下江口音也）。”魏太太道：“你不认识他吗？”杨嫂道：“从来没有来过。”

魏太太赶快站起来，向五屉桌上支着的镜子照照。自己是满面睡容，胭脂粉脱落十之七八了。立刻打开抽屉，取出粉扑在脸上轻扑了一阵，又将小梳子梳了几十下乱发。桌上还放着一瓶头发香水，顺手拿起瓶子来，就在头发上洒了几下，然后转身向外走。杨嫂道：“太太，不要忙呀。你的长衫子，纽袢还没有扣起呢。”她低头一看，胁下一排纽袢，全是散着没有扣起来的。于是一面扣着纽袢，一面向外面屋子里走去。

她在门外看到，就出乎意外，想退缩也来不及，那客人已起身相迎了。这就是魏端本那位同事张先生。人家是热心来营救自己丈夫的，这是不可规避的。于是沉重着脸色，走到屋子里去向客人点着头道：“为了我们的事，一趟一趟地要你向这里跑。张先生，你太热心了。”

张先生对魏太太以这种姿态出现，也是十分诧异。老远地就看到她一路扣着纽袢。天色已到大半下午了。不会她是这个时候才起床的吧？及至走到屋子里，又首先嗅到她身上一股子香气，而且在她手指上发现一粒金刚钻的戒指。这就让张先生心里明白了。她必然是穿着一身华丽，因为有客来了，所以赶快把华丽衣服脱下，换着这件蓝布大褂。当她丈夫在坐牢的时候，她却以极奢华的装束来见丈夫同事，那自然是极不得当的举动。她像聪明，立刻就改装了。不过这种举动，依然是自欺欺人，头上的香水，手指上的钻石戒指，这是可以瞒人的吗？

他正是这样想着，魏太太含笑让了客人坐下，然后脸上带了三分愁苦的样子，皱着眉毛道：“承蒙张先生给司长带来了十万元，我们是十分感谢的才算能维持些日子的伙食，可是以后的日子，我怎样过呢？”她说毕，脸上又放出凄惨的样子，眼珠转动着，似乎是要哭。

然而她并没有眼泪，她只有把眼皮垂了下来，她望着胸前，两手盘弄着胸前一块手绢。她忽然省悟过来，把右手抬了起来，却又笑了。因道：“这也是我有些小孩子脾气。前两个月，在百货摊子上买了一只镀金戒指，嵌了这样一粒玻璃砖块子，当了金刚钻戴。人家不知道，还以为我真有钻石戒指呢。我若真有钻石，我为什么那么傻，还住着这走一步路全家都震动的屋子吗？”她口里是这样分辩着，不过她将手掌抬起来给人看的时候，却是手掌心朝着人的部分占百分之八十，而手背只占百分之二十。因之，那钻石的形态与光芒，客人并不能看到。

这位张先生也是老于世故的人，魏太太越是这样的做作，也倒越有些疑心了。他心里想着，司长又有十万元存放在我衣袋里，幸而见面不曾提到这话。人家手上戴着钻石，希罕这十万八万的救济？便笑道：“那是自然。这件事，司长时刻在心，我也时刻在心。我今天来，特意告诉你一个好消息。就是我们的头儿，已经和各方面接洽好了，自己家里愿意把这事情缩小，不再追究。这官司既是没有了原告，又没有提起公诉，那当然就不能成立了。大概还有个把礼拜，魏先生就可以取保出来。不过取保一层，司长是不能出面的，那得魏太太去办手续。若是魏太太找不到保人，那也不要紧，这件事都交给我了，我可以想法子。”

魏太太道：“那就好极了。一个女太太，到外面哪里去找保人？尤其是打官司的人，人家要负着很重大的责任，恐怕人家不愿随便承当。”张先生微笑了一笑，然后点着头道：“这自然是事实。不过魏太太也当帮我一点忙，若是有相当的亲友可以作保的话，不妨说着试试看。难道魏太太还不愿早早的把魏先生放了出来吗？”

魏太太这就把脸色沉着，因道：“那我也不能那样丧心病狂吧？”张先生勉强地打了一个哈哈，因道：“魏太太可别多心，我是随口这样打比喻的。不过话又说回来了。我在公，在私，都得和魏兄跑腿。今天我是先来报一个信，以后还有什么好消息，我还是随时来报告。”说着，站起身来就走出去了。

魏太太本来就有些神志不定，听着人家这些话越发的增加了许多心事。只在房里向客人点了个头，并没有相送。她在屋子里呆坐了一会，不免将手上那枚钻石戒指又抬起来看看。随着审查自己的手指，觉得自己这双手，雪白细嫩，又染上了通红的指甲，戴上钻石戒指，那是千该万该的，就为了丈夫是个穷公务员，戴了真的钻石，硬对人说是假。女人佩戴珍宝，不就是为了要这点面子吗？以真当假，不但没有面子，反是让人家说穷疯了，戴假首饰。遥望前途，实在是无出头之日，而况自己还是一位抗战夫人，毫无法律根据。要想端本发大财买钻石戒指给太太戴着那不是梦话吗？由手指上，她又看到左手腕上的手表。这时手表已是四点四十分，她忽然想到洪五爷五点钟在朱四奶奶处的约会。现在应该开始化妆去赴这个约会了。

她于是猛然地站起来，打算到里面屋子里去化妆。然而她就同时想到刚才送客人出门，人家的言语之间，好像是说魏太太并不望魏先生早日恢复自由，这个印象给人可不大好。于是手扶了桌子，复又坐了下来。她看看右手指上的钻石戒指，又看看左手腕上的手表，她继续地想着：若是不去赴人家的约会，那显然是过河拆桥。上午得了人家的礼物，下午就不赴人家的约会，不过得罪这位洪五爷而已，那倒也无所谓，可是在人家手上，还把握着一粒大的钻石戒指，今天晚上失信于人，那钻石他就决不会再送的了。去。她心里想着要去，口里也就情不自禁的喊出这个去字来，而且和这去字声音相合，鞋跟在地面顿上了一下。

杨嫂正是由屋子外经过，伸头问着啥事？她笑道：“没有什么，我赶耗子。刚才那位张先生不是来了吗？他说魏先生可以恢复自由，只是要多找几个保人。他去找，我也去找。当然有路子救他，不问昼夜，我都应当去努力。”杨嫂抬起那只圆而且黑的手臂，人向屋子里望着，微笑道：“太太说的是不在家里消夜？十二点钟，回不回来得到？”魏太太道：“我去求人，完全由人家作主，我知道什么时候能够回来呢？你问这话，是什么意思。”她说到这里，故意将脸色沉了下来，意思是不许杨嫂胡说。

但杨嫂却自有她的把握，她知道女主人越是出去的时候多，越需要有人看家带小孩子。这时候她要走得紧，决不肯得罪看家的。这就把扶着门框的手臂，弯曲了两下，身子还随着颠动了几下。笑道："我朗个不要问？打过十二点钟，冷酒店就关门。回来晚了，他们硬是不开门喀。我晓得你几时转来，我好等到起。"

魏太太也省悟过来了，这不像往日，自己在外面打夜牌，魏端本回来了，可以在家里驻守不出去。现在家里男女主人都出去了，一切都得依靠她的。便转了笑容道："杨嫂，我们也相处两三年了，我家的事，你摸得最是清楚。我少不了你，因之我也没有把你当外人。这次魏先生出了事，真是天上飞来的祸。我们夫妻，虽然常常吵架，可是到了这时候，我不能不四方求人去救他，也望你念他向来没有对你红过脸，请你分点神，给我看看家。今天的晚饭，我大概是来不及回家吃的了。你带着孩子，怎么能做饭吃？我这里给你一点钱，你带孩子到对门小馆子里去吃晚饭吧。"

杨嫂接着钞票笑道："今天太太一定赢钱，这就分个赢钱的吉兆。"魏太太道："你总以为我出去就是赌钱。"杨嫂笑道："不生关系吗！正事归正事，赌钱归赌钱吗！"魏太太看着手表，时间是到了，也不屑于和佣人去多多辩论，立刻回到屋子里去，换上新衣服，再重抹一回脂粉。

那位杨嫂，得了主人的钱，也就不必主人操心，老早带了两个孩子，就躲开了主人了。魏太太无须顾虑孩子的牵扯，从从容容地出门。她现在的手皮包，那是昼夜充实着的。马路上坐人力车，下山坡坐轿子，她很快地就到了朱四奶奶公馆门口。

就在这时，看到酒席馆子里箩担，前后两挑，向朱家大门口里送了去。她心里也就想着：不用提，今天一会，又是个大局了。自己预备多少资本呢？她心中有些考虑，步子未免走得慢些。当她一走进院墙栅栏门的时候，朱四奶奶便一阵风似的，笑着迎到面前来，挽了她的手笑道："怎么好几天不见面。"魏太太嗐了一声道："家里出了一点事情，至今还没有解决。四奶奶消息灵通，应该知道这事。"

她点了头道："我知道，没有关系。你早来找我，我就给你想法子了。不过现在也不算晚，你安心在我这里玩两小时，我有办法，我有办法。"魏太太当然相信，她关系方面很多，她说的有办法，倒也不见得完全是吹的。于是握了她的手，同向屋子里走，并笑道："我一切都重托你了。今天四奶奶，格外漂亮。"说着，向四奶奶看着。

她身穿一件墨绿色的单呢袍子，头发是微微的烫着，后面长头发挽了个横的爱斯髻。脸上的胭脂抹得红红的，直红到耳朵旁边去。在她的两只耳朵上挂着两个翡翠秋叶，将小珍珠一串吊着，走起路来，两片秋叶，在两边腮上，打秋千似的摇摆着。她是三十多岁的人。在这种装扮之下，她不仅是徐娘丰韵犹存，而且在她那目挑眉语之间，还有许多少年妇女所不能有的妩媚。她挽着手向她脸上看着，脸上带了不可遏止的笑容。

四奶奶笑道："田小姐为什么老向我看着？"魏太太道："我觉得每遇到四奶奶一次，就越加漂亮一次。"四奶奶左手挽了她的手，右手拍了她的肩膀，笑道："小妹妹，别开玩笑了。漂亮这个名词，那是不属于我的了，那是属于小姐们的了。"

魏太太心里原憋着一个问题，在洪五爷面前，一向是被称为田小姐，而四奶奶在往常，却又惯称为魏太太，这在洪五爷当面喊了出来，就不免戳穿纸老虎。现在她忽然改口称为田小姐，这位朱四奶奶真是老于世故，凡事都看到人家心眼里去了。在她这种愉快情形下，挽着四奶奶的手，同走进了楼下客厅。这客厅里已是男女宾客满堂，大家正说笑着，声音哄堂。自然洪范两人都已在座。她进来了，大家都起身笑着相迎。因为在座的人，全是同场赌博过的。所以介绍的俗套，完全没有，很随便地入座，也就说笑起来。

她只坐了五分钟，发现对过小客室里，也是笑语喁喁，而朱四奶奶在这边屋子坐坐，随着也就到那边去坐坐。魏太太向在座的人看看已是十一位，那边小客室里还不知道有多少人呢。因道："这不是一桌的场面吧？"朱四奶奶正是和她并肩坐在沙发上，就轻轻地拍了她的大腿笑道："今天有文场，也有武场。有些人用手，也有些人用脚。我们回头在这里跳舞。"说着，她把嘴向客厅里屋一努。

原是这里外套间的两间地板屋子。外面的屋子是沙发茶几，客厅的布置。里面一间，在落地罩的垂花格子中间，挂了紫色的帐幔，把内外隔开。但是现在是把帐幔悬起的。在帐幔外面，可以看到里面，仅仅是一张大餐桌和几把椅子，而在屋子里角，摆了四个花盆架子，显得空荡荡的，说声跳舞就把桌椅拖开，这里就变成舞场了。

魏太太对于这摩登玩意，也是早就想学习的，无奈没有人教过，也没有这机会去学，所以只有空欣慕而已。因摇摇头道："我不会这个，我还是加入文场吧。"洪五爷笑道："要热闹就痛痛快快地热闹一下，带着三分客气的态度，那是不对的。"魏太太道："不是客气，我真不会跳舞。"洪五爷道："这事情也很简单，只要你稍微留点意，一小时可以毕业，就请四奶奶当老师，立刻传授。"四奶奶操着川语道："要得吗！我还是不收学费。"说着，拐了魏太太的肩膀，将她拉起来站着。魏太太笑道："怎么说来就来？"四奶奶笑道："这既不用审查资格，又不用行拜师礼，还有什么考虑的。来，我做男的，带着你开步。"说着，右手握了魏太太的手，左手搂住魏太太的腰，颠着脚步，就向屋子中间拖着。

魏太太左闪右躲，只是向后倒退着。洪五爷笑道：“田小姐，你别只是向下坐，你移着脚步跟了四奶奶走呀。”魏太太红着脸笑道：“不行不行，大庭广众之中，怪难为情的。”朱四奶奶搂住她的腰，依然不放，因笑道：“孩子话，跳舞不在大庭广众之中，在秘密室里跳吗？”洪五爷笑道：“这有个解释。田小姐因为她不会开步，怕人看到笑话。这和教戏一样，说戏的人，也不能当了大众在台上说戏吧！那么，你就带了她到里面屋子里去跳吧，万一再难为情，可把帐幔放了下来。”朱四奶奶道：“要得要得！”不由分说，拖了魏太太就向里面屋子里去。

同时，在座的男女也都纷纷鼓掌。这次她被朱四奶奶带进去，就不再拒绝了。在座的男女说笑过去，也就过去了。只有姓洪的，对此特别感到兴趣。听到魏太太在里面说一阵笑一阵子。最后听到四奶奶笑着说：“行了行了。只要有人带着你再跳两三回那就行了。”两个人手挽着手一同笑了出来。

四奶奶一个最能干的女佣人立刻迎向前道：“楼上的场面都预备好了。”四奶奶向大家道：“加入的就请上楼吧，打个一个半小时，再开饭。不加入的，先在楼下吊嗓子，我已经预备下一把胡琴一把二胡了。”她说着，眉飞色舞的，抬起一只染了红指甲的白手，高过头去，向大家招了几招。她真有一个做司令官的派头呢。

第七回

夜深时

在客厅里这群男女，都是加入文场的。他们随了朱四奶奶这一招手，成串地向楼上走。洪五爷却是最落后的一个，他向魏太太笑着点了两个头道："请缓行一步。"她只看他满脸的笑容，已经猜到了四五成，而且在许多地方，正也要将就着姓洪的说话，他这么一打招呼，也就随着站定没有走。

洪五爷等人都走完了，笑问道："田小姐的资本，带得很充足吗？"她笑道："当然多少带一点现款，不过和你们大资本家比起来，那就差得太远。"姓洪的在他西服口袋里狂搜了一阵，轮流地取出整叠的钞票来。这个日子，重庆的钞票最大额还是一千元。他却是将那未曾折叠，也未曾动用过的整沓新钞票，接连交过三沓来，笑道："拿去作资本吧。"这钞票面印着一千元的数目，直伸着纸面，用牛皮纸条在钞面中间捆束着。这不用提，每沓一百张，就是十万元。洪五爷拿过钞票来的时候，她还没有伸手去接，洪五爷见她皮包夹在肋下，就把钞票，放在她皮包上面。

魏太太笑道："多谢你给我助威。赢了，我当然加利奉还。若是输了呢？"洪五爷笑道："不要说那种丧气的话。赌钱，你根本不要存一种输钱的思想。你若存上这个思想，就不敢放手下注子，那还能赢钱吗？打唆哈就凭的是这大无畏的精神。"他正说得起劲，朱四奶奶又重新走了来，向他笑道："怎么回事，人家都等着你们入座呢，你们有什么事商量？"

魏太太听说，不免脸上微微一红。洪五爷笑道："投资做买卖，总也得抓头寸呀。田小姐，请请！"他说着，在前面就走了。当了朱四奶奶的面，对于这三沓钞票，她就不好意思再送回去，打开皮包，默然地收纳。她本来就有二十万款子放在皮包里，再加上这三十万新法币，在打唆哈以来，要算是资本最充足的一次了。她一头高兴，立刻加入了楼上的唆哈阵线。

今天这小屋子的圆桌面上，共有九个人，却是四男五女。朱四奶奶依然是楼上楼下招待来宾，并未加入，于是在这桌上，五位女宾中，就魏太太是最有本钱的一位了。她心高气傲地放出手来赌，照着唆哈的战法，钱多的人就可以打败钱少的人。但也有例外，就是钱多的人，若是手气不好，也就会越赌越输。魏太太今天的赌风，就落在这个例外的圈子里。其中有几个机会，牌取得不错，狠狠地出了两注款子，不想强中更有强中手，两次都遇到了大牌。因之五十万现钞，不到两小时，就输了个精光。所幸洪五爷却是大赢家，看到魏太太陆续在皮包里掏出钞票来买筹码，这就把面前赢的筹码，十万五万的分拨给她。维持到吃饭的时候，她又输了十几万。她大半的高兴，却为这个意外的遭遇所打破。

当大家放下牌，起身向楼下饭厅里去的时候，她脸子红红的，眼皮都涨得有点发涩。夹了那只空皮包在胁下，缓缓地站着离开了座位。洪五爷又是落后走的，他就笑道："田小姐，今天你的手气太坏，饭后可不能再来了。”她微笑道：“今天又败得弃甲丢盔，的确是不能再来。五爷大赢家，可以继续。”说着话，同下楼梯。

洪五爷在前，因答话，未免缓行一步。等着魏太太走过来了，窄窄的楼梯不容两人并肩挤着走，他就伸手握了她的手。作个恳切招呼的样子，摇摇头道：“田小姐，你不赌，我也不赌。楼下有跳舞，回头我们可以加入那个场面。”魏太太心里想着：若要赌钱的话，只有向姓洪的姓范的再凑资本。今天姓范的也输了。不好意思和他借钱。姓洪的也表示不赌了，也不能向他借钱，而况借的将近五十万，又怎能再向人家开口呢？她为了这五十万元的债务，对于洪五爷也只有屈服，他握着手，就让他握着吧。

洪五爷只把她牵到楼梯尽头，方才放手。魏太太对他看着一跟，不免微微地笑了。当然，这让姓洪的心里荡漾了一下。他们各带了三分尴尬的心情，走进了楼下的饭厅。

这晚朱四奶奶请客，倒是个大的场面。上下两张圆桌男女混杂的，围了桌子坐着。洪五爷和魏太太后来，下桌上座仅仅空了两个相连的位子，他们谦让了一番。坐下了的，谁也不肯移动，他两人又是很尴尬地在那里坐下。

饭后，喝过一杯咖啡。朱四奶奶在人丛中还站着介绍一遍：“这是美军带来的，绝非代用品。喝完了咖啡，请大家再尽兴玩。文武场有换防的。现在声明。”洪五爷右手托着咖啡碗碟，左手举起来，他笑道：“我和田小姐加入舞场。”魏太太笑着摇摇头道：“那怎么行？前两小时刚学，现在还不会开步子呢。”洪五爷笑道：“那要什么紧，大家都是熟人，跳得不好，也没有哪个见笑。你和我跳，我再仔仔细细地教给你。”魏太太笑着，低声说了句不好，可是那声音非常之低，只是嘴唇皮动了一动，大概连她自己都不会听到吧？洪五爷虽然知道她什么用意。可是见她自己都没有勇气说出来，那也就不去介意。

这时，那面客厅里的留声机片子，已由扩大器播出很大的响声来，男女来宾带了充分的笑容，分别地去赴赌场与舞场。洪五爷接着魏太太的手，连声说道："来吧来吧。"魏太太也是怕拉扯着不成样子，只好随着他同到舞厅里来。

这时，一部分男女在客厅里坐着，一部分男女已是在对过帐幔下的厅里跳舞。那里面的桌椅，全都搬空了。光滑的地板，又洒过了一遍云母粉，更是滑溜。屋子四角，亮着四盏红色的电灯泡，光是一种醉人之色。播音扩大器挂在横梁的一角。魏太太虽不懂得音乐片子，但是那个节奏，倒是很耳熟的。这时有四对男女，穿花似的在屋子里溜。小姐们一手搭在男子肩上，一手握着男子的手，腰是被西服袖子，松松地搂抱着。看她们是态度很自然，并没有什么困难，心里先就有三分可试了。她在旁边空椅子上坐着，且是微笑地看。

一张音乐片子放完，四对男女歇下来。在座的男女噼噼啪啪鼓了一阵掌。第二次音乐片子，又播放着的时候，几个要跳舞的男女都站了起来。洪五爷站到魏太太面前也就笑嘻嘻地半鞠着躬。她还不知道这是人家邀请的意思，兀自坐着笑。坐在她旁边的一位小姐，正是刚由舞场上下来，这就向她以目示意，又连连地扯了她几下袖子。魏太太到底也是看过若干次跳舞的，这就恍然大悟，立刻站了起来。笑道："五爷，我实在还没有学会，你教着我一点。"他笑道："我也没有把你当一位毕了业的学生看待呀。"正好朱四奶奶也过来了，见她胁下还夹着皮包，便由她胁下抽了过来。笑道："小姐，你还打算带着这个上场啦。"说时，她另一只手牵了魏太太，就引到了舞厅里去。

洪五爷自是跟了过来，接着她的手在舞厅另一只角落里，单独地和魏太太慢慢地跳着。他身子拖了魏太太移着脚步，口里还陆续地教给她的动作。魏太太在一张音乐片子舞完之后，也就无所谓难为情了。接着第二张音乐片子放出，他两人又继续地向下跳，直跳过几张音乐片子，两人才到外面客厅里来休息。

这时，她有点奇怪，就是范宝华始终也没有在舞厅里出现。便向洪五爷笑道："老范也是个跳舞迷，怎么今天不加入？"洪五爷笑道："一定是大赢之下。我知道他的脾气，若是输了钱，他是到了限度为止，再不向前干。他理直气壮，那就老是向前进攻了。你不要管他，明天由他请客吧。"她也不便多问，音乐响起来，她又和洪五爷跳了几次。这么一来，她和姓洪的熟得多，也就把步伐熟得多，至少是不怯场了。

洪五爷跳了一小时，他笑道："我们到楼上去看看吧。"魏太太却想到老是和姓洪的同走，恐怕姓范的不愿意，因道："我不去了。看了我馋得很，我又不敢再赌。"姓洪的倒以为她这是实话，自向楼上去了。魏太太坐在外客厅里，且看对面舞厅里人家跳舞，借这机会，也可以学学人家的步伐。

在座还有两位女宾，五位男宾，都是刚休息下来。其中有位二十多岁的青年，长圆的脸，头发梳得像乌缎子似的，新刮的脸，雪白精光。他穿一套青呢薄西服，飘着红领带，圆围着白衬衫的领子，整齐极了。原来见到他，像很熟，在哪里见过。来到朱公馆的时候，朱四奶奶介绍着，称他宋先生。这倒疑惑了。向来熟人中，没有姓宋的。在熟人家里，也没有到过姓宋的。不过这人却是很面熟，想不起来是怎样有这个印象的。在舞厅里看到了他，越看越熟，就是不便相问人家在哪里会过。这时他也休息着没有跳舞。和他坐在并排的一位男客，就对他笑道："宋先生，今天不消遣一段？"他道："今天会唱的人太多不用我唱了。"那人道："会唱的倒是不少，不过名票就是你一个。"

魏太太在这句话里，又恍然大悟。这位宋先生叫宋玉生。是重庆唯一有名的青衣票友。每次义务戏，都少不了他登场。原来以为他是个和内行差不多的人物。现在看他的装束和举动分明是一位大少爷。朱四奶奶家里，真是包罗万象，什么人都有。她心里这样想着，就更不免向宋玉生多看了几眼。

那宋玉生原来倒未曾留意。因为一个唱戏或玩票的人，根本就是容易让人注意的。现在发觉魏太太不住的眼神照射，他想着，这或者是人家示意共同跳舞。这就走到她面前站定，向她点了个头。她这已明白了舞场上的规矩，是人家邀请合舞。心里虽明明觉得和一个陌生的人挽手搭肩，不怎样合适。可是既然开始跳舞了，就得入乡随俗。人家没有失仪的时候，那就没有拒绝人家的可能，而且对于这样一个俊秀少年，也没有勇气敢拒绝人家。因之在心里时刻变幻念头的当儿，身子已是不由自主地站了起来，还没有走向舞场，在这边客厅的沙发椅子旁边，就和人家握着手搭着肩了。

他们配合着音乐，用舞步踏进了舞场。接连地舞过两张音乐片子，方才休息下来。这样，彼此就很熟识了。宋玉生在西服袋里掏出一只景泰蓝的扁平烟卷盒子来，敞开了盒子盖，弯腰向魏太太敬着烟。她笑道："宋先生，你这个烟盒子很漂亮呀。"她说笑着，从容地在盒子里取出一支烟来。宋玉生道："这还是战前，北平朋友送我的。我爱它翠蓝色的底子，上面印着金龙。"说着话，把烟盒子收起，又在衣袋里掏出一只打火机来。这打火机的样子，也非常的别致，只有指头粗细，很像是妇女用的口红。圆筒上面有个红滚的帽盖子，掀开来，里面是着火所在。宋玉生在筒子旁边小纽扣上轻轻一按，火头就出来了。

魏太太就着火吸上了烟，因笑道："宋先生凡事都考究。这烟盒子同打火机，都很好。"宋玉生笑道："我除了唱戏，没有别的嗜好，就是玩些小玩意。跳舞我也是初学，连这次在内，共是三回。"魏太太笑道：

“那你就比我高明得多呀。”宋玉生道：“可是田小姐再跳两次，就比我跳得好了。”说着，两人在大三件的沙发上对面坐下。

魏太太见他说话非常的斯文，每句答话，都带了笑容，觉得把范洪这路人物和他相比，那就文野显然有别。断断续续谈了一阵子，倒也不想再上舞场。随后朱四奶奶来了，因笑问道：“怎么不跳?”魏太太摇摇头道：“初次搞这玩意，手硬脚硬，这很够了。”朱四奶奶道：“那么，楼上的场面，现在正空着一个缺，你去加入吧。”

魏太太抬起手腕来，看了一看手表，笑道：“已经十二点钟了，我要回去了。再晚了，就叫不开门了。”她这样说着倒不是假话，她想起了由家里出来的时候，杨嫂曾量定了今晚上回去很晚。难道真的就让她猜到了，就算回去之后，女佣人什么话不说，将来她人前说，先生吃官司，太太在外面寻快乐，那是会让亲友们说闲话的。她想得对了，这就站起身来，向朱四奶奶握着手道：“我多谢了。我也不到楼上去和他们告辞。我明天早上还有点事要办。”

朱四奶奶握着她的手，摇撼了几下。因点点头道：“好的，我不留你。我门口这段路冷静得很，夜深了，恐怕叫不到轿子。我叫男佣人送你回去。”魏太太道：“送我到大街上就可以了。”朱四奶奶笑道：“那随你的便吧。”她这个笑容，倒好像是包含着什么问题似的。

魏太太也不说什么，只是道谢。朱四奶奶招待客人是十分的周到，由他家的男工，打着火把，领导着魏太太上道，并另给了她一支手电筒，以防火把熄灭。魏太太在朱公馆里，只觉得耳听有声，眼观有色，十分热闹，忘记了门外的一切。及至走出大门来，这个市外的山路，人家和树林间杂着，眼前没有第三个人活动。宽大的石坡路，两个人走的脚步响，卜卜入耳。天色是十分的昏黑。虽然是春深了，四川的气候，半夜里还是有雾。天上的星点，都让宿雾遮盖了。在山脚下看着重庆热闹街市的电灯，一层层的，好像嵌在暗空里一样。回头看嘉陵江那岸的江北县，电灯也是在天地不分的半中间悬着。因为路远些，雾气在灯光外更浓重。那些灯泡，好像是通亮的星点。人在这种夜景里走，恍如在天空里走，四周看不到什么，只是星点。

魏太太因今天特别暖和，身上只穿了件新做的绸夹袍子，这时觉得身上有些凉飕飕的，身上凉，心里头也就感觉到了清凉。回头看看朱四奶奶公馆，已经落在坡子脚下。因为她家那屋子楼上楼下，全亮着电灯。虽然在夜雾微笼的山洼里，那每扇玻璃窗里透出来灯光，还露出洋楼的立体轮廓。想到那楼里的人，跳舞的跳舞，打唆哈的打唆哈，他们不会想到，这屋子外面的清凉世界。他们说是热闹，简直也是昏天黑地。那昏天黑地的情况，还不如这夜雾的重庆，倒也有这些星点似的电灯，给予人一点光明呢。

她这样想着，低了头沉沉地想。前面那个引路的火把，红光一闪一闪，照着脚步前的石坡，有两三丈路宽大的光亮。尺把高的小树，在石崖上悬着，几寸长的野草，在石缝里钻着。火光照到它们，显出它们在黑暗中还依然生存着。抬头看看，火把的光芒，被崖上的大树挡住。火光照在枝叶的阴面，也是一片红。那经常受日光的阳面，这时倒在黑暗里了。魏太太在高中念书的时候，国文常考八十分以上。她受有相当文学的熏陶。在这夜景里，触景生情，觉得在黑暗里的草木，若被光亮照着时，依然不伤害它欣欣向荣的本能。天总会亮的。天亮了，就可以露出它清楚的面目。人也是这样，偶然落到黑暗圈子里来了，应当努力他自己的生存，切不可为黑暗所征服。

她越走越沉思，越沉思也越沉寂。前面那个打火把的工友，未免走得远些，他就举了火把过头，人在火把光下面，向魏太太看过来。因道："小姐，你慢慢走吗，我等得起。你朗个不多要下儿?"魏太太径直地爬着坡子。有点累了，这就站定了脚道："我明天早上还有事，不能通宵地玩啦。你们家几天有这么一回场面呢？"男工道："不一定咯。有时候三五天一趟，有时候一天一趟，我们四奶奶，她就是喜欢闹热（川语言热闹，与普通话反）。我看她也是很累咯。我说，应酬比作活路还要累人。今晚上，晓得啥子时候好睡觉啊。有钱的人，硬是不会享福。"

在魏太太心里，正是有点儿良知发现的时候，男工的这遍话，让她听着是相当的入耳。这就笑道："你倒有点正义感。你们公馆里，天天有应酬，你就天天有小费可收，那还不是很好的事吗？"那男工并没有答她的话。把火把再举一举，向山脚下的坡子看去，因道："有人来了。说不定又是我们公馆里来的客，我们等他一下吧。"魏太太因一口气跑了许多路，有点气吁吁的，也就站着不动。

后面那个人不见露影，一道雪亮的手电筒白光，老远地射了上来。却放了声道："田小姐，不忙走，我来送你呀。"魏太太听得那声音了，正是姓洪的。她想答应，又不好意思大声答应，只是默默地站着。那男工答道："洪先生，我们在这里等你。夜深叫不到轿子，硬是让各位受累。"

洪五爷很快地追到了面前，喘着气笑道："还好还好，我追上了，可以巴结一趟差事。朱四奶奶公馆，样样都好，就是这出门上坡下坡，有点儿受不了。"男工笑道："怕不比跳舞有味。"洪五爷笑道："你倒懂得幽默。你回去吧，有我送田小姐，你回去做你的事啰，这个拿去喝酒。"说时，在火把光里，见他在衣袋里掏了一下，然后伸手向男工手里一塞。那男工知趣问道："要得。洪先生要不要牵藤杆（即火把）？"洪先生道："我们有手电筒，用不着。你不要火把，滚回去不成？"那男工还没有听到"不成"那两个字，认为洪先生嫌啰唆，摇晃着火把就走了。

洪五爷走向前，挽了魏太太一只手臂膀，笑道："还有几十层坡子呢，我挽着你走上去吧。"魏太太是和他跳舞过几小时以上的伴侣，这时人家要挽着，倒也不能拒绝，而且这样夜深了，很长的一截冷静山坡路，除了姓洪的，又没有第三个人同走，自己也实在不敢得罪他。因之她只是默然地让人家挟着手膀子，并没有作声。

姓洪的却不能像她那样安定，笑道："田小姐，怎么样，你心里有点不高兴吗？"她答复了三个字："没有呀。"又默然了。洪五爷笑道："我明白，必然是为了今天手气不好，心里有些懊丧，那没有关系，都算我的了。"

魏太太道："那怎么好意思呢，该你的钱，总应该还你。"洪五爷道："不但我借给你作资本那点款子不用还，就是你在皮包里拿出来的现钞，我也可以还你。刚才我上楼去，大大地赢了一笔。这并不是我还要赌，就是我想着和你去捞本了，倒是天从人愿，本钱都捞回来了。既是把本钱捞回来了，为什么不交给你呢？"

魏太太道："你事先没有告诉我呀。若是你输了呢？"洪五爷道："我不告诉你，就是这个缘故了。输了，干脆算我的，我还告诉你干什么？告诉我替你输了钱，那是和你要债了，就算不要债，那也是增加你的懊丧。我姓洪的和人服务，那总是很卖力气的。"魏太太听着，不由得笑了一阵。

说着话，不知不觉的走完这大截的山坡路，而到了平坦的马路上。魏太太站着看时，电灯照着马路空荡荡的，并没一辆人力车。便道："五爷多谢你，不必再送，我走回去了。"洪五爷道："不，我得把钱交给你。"说着把声音低了一低，又道："那枚大的钻石戒指，我已经买下来了，也得交给你。"魏太太听了这报告，简直没有了主意，静悄悄地和洪先生相对立着巷子口上，而且是街灯阴影下。

第八回

不可掩的裂痕

在这天色已到深夜一点钟的时候，街上已很少行人，他们在这巷口的地方站着，那究竟不是办法，由着洪五爷愿作强有力的护送，魏太太也就随在他身后走了。但她为了夜深，敲那冷酒店的店门，未免又引起人家的注意，并没有回去，当她回家的时候，已是早上九点钟了。

她在冷酒店门口行人路边，下了人力车，放着很从容的步子走到自己屋子里去。当她穿过那冷酒店的时候，她看到冷酒店的老板，也就是房东，她将平日所没有的态度也放出来了，对着老板笑嘻嘻地点了个头，而且还问了声店老板早。她经过前面屋子，听到杨嫂带两个孩子在屋子里说话，她也不惊动他们，自向里面卧室里去。这屋里并没有人，她倒是看着有人似的，脚步放得轻轻的走到屋子中间来。

她首先是把手皮包放在枕头下面，然后在床底下掏出便鞋来，赶快把皮鞋脱下。意思是减少那在屋子里走路的脚步声。便鞋穿上了，她就把全身的新制绸衣服脱下，穿上了蓝布大褂。然后，她拿起五屉桌上的小镜子，仔细地对脸上照了一照。打牌熬夜的人，脸上那总是透着贫血，而会发生苍白色的。但她看了镜子，腮上还有点红晕，并不见得苍白，她左手拿了镜子照着，右手抚摸着头发，口里便不成段落的，随便唱着歌曲。

杨嫂在身后，笑道："太太回来了？我一点都不晓得。"魏太太这才放下手上的镜子，向她笑道："我早就回来了。若是像你这样看家，人家把我们的家抬走了，你还不知道呢。"杨嫂道："晚上我特别小心喀，昨晚上，我硬是等到一点钟。一点钟你还不回来，我就睡觉了。"

魏太太道："哪里的话，昨天十二点钟不到，我就回来了。我老叫门不开，又怕吵了邻居，没有法子，我只好到胡太太家去挤了一夜。"杨嫂道："今天早上，我就在街上碰到胡太太的，她朗个还要问太太到哪里去了？"

魏太太脸色变动了一下，但她立刻就笑道："那是她和你开玩笑的。你以为我在外面玩？为了先生的事，我是求神拜佛，见人矮三尺，昨天受委屈大了。"说着长长地叹了一口气，然后抬起手来拍两下胸脯道："我真也算气够了。"杨嫂远远地望着她的，这就突然地跑近了两步，低了头，向她手上看看道："朗个的？太太！你手上又戴起一只金刚钻箍子？"

魏太太这才看到自己的右手，中指和无名指上，全都戴了钻石戒指。便笑道："你好尖的眼睛，我自己都没有理会，你就看到了。这只可不是我的，就是我自己那只小的，我也要收起来，你可不要对人瞎说。"杨嫂眯了眼睛向她笑着，点了两点头道："那是当然吗，太太发了财，我也不会没有好处。"魏太太道："不要说这些闲话了，你该去买午饭菜。两个孩子都交给我了。下午我要到看守所里去看看先生，上午我就在家里休息了。"说着，在枕头下面，掏出了皮包。打了开来，随手就掏了几张千元的票票塞到她手上。

这个时候，重庆的猪肉，还只卖五百元一斤，她接到了整万元的买菜钱，她就知道女主人又在施惠，这就向主人笑道："买朗个多钱的菜，你要吃些啥子？"魏太太道："随便你买吧。多了的钱就给你。"杨嫂笑道："太太又赢了钱？"魏太太觉得辩正不辩正，都不大妥当。微笑着道："你这就不必问了。反正……"说着，把手挥了两挥。杨嫂看看女主人脸上，总带着几分尴尬的情形，她想着，苦苦地问下去，那是有点儿不知趣，于是把两个孩子牵到屋子里来，她自走了。

魏太太虽坐在儿女面前，但她并没有心管着他们，斜斜地躺在床上，将叠的被子撑了腰，在床沿上吊起一只脚来，口里随便地唱京戏。她自己不知道唱的是些什么词句，也不知道是唱了多少时候，忽然有人在外面叫道："魏太太，有人找你。"这是那冷酒店里伙计的声音，她也料着来的必是熟人。由床上跳下，笑迎了出来。

那门外过人的夹道里，站住了一位穿西服的少年，相见之下，立刻脱帽一鞠躬，并叫了一声田小姐。魏太太先是有点愕然，但听他说话之后，立刻在她醉醺醺的情态中恢复了记忆力，这就是昨晚上在朱四奶奶家见面的青衣名票宋玉生。遂哟了一声道："宋先生，你怎么会找到我这鸡窝里来了？"他笑道："我是专诚来拜访。"魏太太想到自己在朱四奶奶家里跳舞，是那样一身华贵，自己家里却是住在这冷酒店后面黑暗而倒坏的小屋子里，心里便十分感到惶惑。但是自从昨晚和他一度跳舞之后，对他的印象很深，人家亲自来拜访，也可以说是肥猪拱门，怎能把人拒绝了。站着踌躇了一会子，还是将他引到外间屋子来坐。

恰好是她两天没有进这房间，早上又经杨嫂带了两个孩子在这里长时期的糟乱。桌上是茶水淋漓，地板上是橘子皮花生皮。几只方凳子，固然是放得东倒西歪，就是靠墙角一张三屉小桌，是魏端本的书房和办公厅，也弄得旧报纸和书本，遮遍了全桌面，桌面上堆不了，那些烂报纸都散落到地面上来。魏太太一连的说屋子太脏，屋子太脏，说着，在地面抓了些旧报纸在凳面子上擦了几下，笑道："请坐请坐。家里弄成这个样子，真是难为情得很。"

宋玉生倒是坦然地坐下了。笑道："那要什么紧，在重庆住家的人，都是这个样子，你不看我穿上这么一身笔挺的西装。我住的房子，也是这样的挤窄。所以人说，在重庆三个月可以找到一个职业，三年找不到一所房子。"说着，他嘻嘻地一笑。因为他这句话是断章取义的，上面还有一句，就是三天可以找到一个女人。

魏太太陪着客，可没有敢坐下，因为她没有预备好纸烟，也不知道杨嫂回来烧着开水没有，请客喝茶，也是问题。只是站着，现出那彷徨无计的样子。

宋玉生倒是很能体会主人的困难，笑着站起来了。他道："我除了特意来拜访而外，还有点小意奉上。田小姐昨天不是对我那烟盒子和打火机都很感到兴趣吗？我就奉上吧。"说着，在西服袋里把那只景泰蓝的烟盒子，和那只口红式的打火机都掏了出来，双手捧着，送到魏太太面前。

魏太太这才明白他来的用意，笑道："那太不敢当了。我看到这两样小东西好，我就这样的随便说了一声，我也不能夺人之所爱呀。"宋玉生笑道："这太不值什么的东西，除非你说这玩意瞧不上眼，不值得一送。要不然的话，我这么一点专诚前来的意思，你不好意思推辞的。"他说的话，是一口京腔，而且斯斯文文的说得非常的婉转，不用说他那番诚意，就是他这口伶俐的话，也很可以感动人。于是她两手接着烟盒子与打火机，点了头连声道谢。

宋玉生看着，这也无须候主人倒茶进烟了，就鞠躬告辞。魏太太真是满心欢喜，由屋子里直送到冷酒店门口，还连声道着多谢。这个时候，正好陶伯笙李步祥二人，由街那头走了过来，同向她打着招呼。

陶伯笙和魏端本是多时的邻居，在表面上，总得对人家的境遇，表示着关切，这就向前走着两步，问道：“魏先生的消息怎么样了？”魏太太道：“我是整日整夜地为了这件事奔走，我还到看守所里去过好几次。不过他倒是处之坦然，因为他这件事完全是冤枉。”她说着，脸上透着有点尴尬，说句不到屋子里坐坐，转身就向屋子里去了。

李步祥随在陶伯笙后面，走到他屋子里，忍不住先摇了两摇头道：“这事真难说，这事真难说。”陶伯笙道：“什么事让你这样兴奋？”李步祥道：“你不看到她送客出来吗？那客是什么人？”陶伯笙笑道：“你也太难了。魏端本也是个青年，他有青年朋友，那有什么希奇？”李步祥道：“魏端本为人，我大概也知道，他那人很顽固的，不会带着漂亮青年向家里跑的，而况这位漂亮青年，还和平常人不同，他是个青衣名票，哪个青年妇女不喜欢这种人呢？”陶伯笙笑道：“你简直说得颠三倒四，既然说是人家这行为难说，又说青年妇女都爱漂亮青年。”李步祥抬起手乱摸了几下头，笑道：“反正我觉得这事有点尴尬。”陶伯笙道：“玩票也是正当娱乐，玩票的人，就不许青年妇女和他来往吗？你可少提这些话，来支烟，我们还是谈谈我们的正经生意。”

陶伯笙掏出纸烟盒来，向客敬着烟，把他拉着坐下，只是谈生意经，把这问题就扯开了。李步祥本来对这事是无意闲谈的，见老陶极力地避免来谈，倒越是有些注意。抽着纸烟想了一想，摇了两摇头道：“现在的生意真不大好做。你看到那样东西会涨价，他偏偏瘟下来。你说那样东西是个冷门，有半个月就翻成两倍的。我有个朋友，在年底下就由贵阳运了几箱纸烟来，不料到了现在为止，纸烟就没有涨过价，这半年的利钱，赔得可以。说到金子，官价变成了三万五，应该可以不做了，可是只要你有胆量，尽可放手去做。老范这回买的几百两金子，又翻了一个身子。黑市老是七八万。他说，下个月初，官价一定要提高，准是五万到六万。有钱现在还可以做。一万五变到两万的时候，那是大家大意，把这事错过了。两万变到三万五的这一关，谁都知道，我们还大大凑上一回趣呢。可是我们全和人家跑路，自己只落个几两，赚死了也有限。我们就那样想不通，为什么不借钱做上一大笔呢？我们就是借重庆市上最高的利，也不会超过十五分去。一百万才十五万利息而已，那时一百万可以做五十两黄金储蓄。现在出让给人，三万八到四万一两，没有问题，怎么着，也是对本对利。若是再熬两个月，不用，只熬半个月，等到官价变成了五万，我们这早期的储蓄券，五万二三，人家抢着要，那就赚多了。我们虽然没有老范的那样大手笔，可是把什么东西都变卖了，百十万元总凑得出来。现在一百万，可以买到二十八两。不到两个月，怕不是一百五六十万，比做什么生意都强。”

陶伯笙道：“你那意思是要在五万元官价还没有宣布以前，又想抢进。”李步祥抬起手来搔着头皮了。他笑道：“你说怎么办吧。现在除了做黄金储蓄，就没有把握。我做了两三年的百货，自问多少有些办法。可是这几个月来，我把老底子赔下三分之一去了。前两天接到湘西朋友来信，那边百货，总比这里便宜一半。我有心赶公路跑一趟。但是等我回来了，说不定重庆的货又垮下去了。货到地头死，我岂不要跳扬子江？我想来想去，挑稳的赶，决计把我手上的存货都卖了，换到了法币，我再去换黄金。”

陶伯笙道：“这事情倒是可做。不过你还是向老范去请教请教，下个月的黄金官价，是不是真会变成五万呢？”李步祥道：“你这话可问得外行。老范也不是财政部长。他知道黄金涨不涨价呢？不过这事实是摆在眼面前的。黑市比官价高出一倍有余，谁做财政部长，也不能白瞪着眼睛，让买黄金的人赚国家这些个钱。迟早是要涨价的，他又何必等？

不过这里面有点问题，就是经济专家，也没有把握来解决。那是什么呢？就是官价涨了，黑市必然也跟着涨。这就事情越搞越糟了。可是我们做黄金储蓄的人，只要定单拿到手，可不管他这些。”

陶伯笙望了他笑道：“老李，看你不出，你还有这么一套议论。”李步祥道：“现在有三个买卖人在一处，哪个不谈买金子的事。我不用学，听也听熟了。”

陶伯笙道：“这话说得有理。不过我陪你老兄跑了两天市场，全是瞎撞，一点没有结果，今天我不奉陪，你单独的去找老范吧，不过有一层……”说着，把声音低了一低道：“关于隔壁那个人儿的事，你不要对老范说。本来我们和魏端本是好邻居，也是好朋友，我们这就感到十分尴尬，老范和那人我们不都是赌友吗？多少在老魏面前，我们是带点嫌疑，若是再加些纠纷，我们在朋友之间，可不好相处。”李步祥笑道：“我才管不着这事呢。这时候，老范大概是在家里吃饭，我就去吧。”说着，抓起放在桌上的一顶旧帽子，起身就走。

陶伯笙追到门外叫道：“若是买卖谈好了，不要忘了我一份啦。”李步祥笑着说：“自然自然。老范也不是那种人。”他说了话，看到魏太太带了两个小孩子在街上买水果，和她点着个头，没说什么就走了。

他到了范宝华家里，老范正在客厅里，桌上摆着算盘账本，对了数目字在沉吟出神。看到李步祥便道：“你这家伙，忙些什么啦。有好几天都没有见着你了。”李步祥道：“你问问府上的女管家，我每天都来问安二次，总是见不着你。我猜你这时该吃饭了，特地来看你。”说着，他伸着脖子，看看桌上的账本。

范宝华笑道：“你这家伙也不避嫌疑，我的账目，你也伸着头看。”李步祥道：“我也见识见识，你现在到底做些什么生意呢？”范宝华笑道：“你呀，学不了我。我现在又预备翻身，我打算把那几百两黄金储蓄券，再送到银行里去押一笔款子，钱到了手，再买黄金储蓄券，等到黄金官价变成五万的时候，把新的一批黄金储蓄券卖了，少卖一点吧，打个九折，一两金子，我白捞它一万。也许是半个月，也许是十天，我就又赚他几百万。老李，你学得来吗？”他说着这话，得意之至，取出一支烟卷放在嘴里。刷的一声，在火柴盒子边上把火柴擦着，拿火柴盒和拿火柴的手，都觉得是很带劲。

李步祥在他斜对面的椅子上坐着，偏了头向他望着。笑道：“老兄，你也是玩蛇的人不怕蛇咬。上次你在万利银行存款买金子，上了人家那样一个大当，还要想去银行里设法吗？”范宝华道：“哪家银行作买卖，会像万利这样呢？他们连同行都得罪了。现在万利的情形怎么样？昨天下午，我由他们银行门口经过，看到他们在柜上的营业员，像倒了十年的霉，全是瞌睡沉沉的要睡觉。这是什么缘故，不就是想发财的心事太厉害吗？”

李步祥嘻嘻地笑着，望了范宝华不作声。他道：“你今天为着什么事来了？只要是我帮得到忙的，我无有不帮忙的。你老是作这副吞吞吐吐的样子干什么？”李步祥道：“我笑的不是这件事，我要你帮忙的事情多了，我还要什么丑面子，不肯对你说。我笑是笑了，可是我不对你说。老陶再三警告我也不要我对你说。”

范宝华对他脸看了一看，笑道：“你不用说，我也明白，不就是魏太太的事吗？”李步祥摇摇头道：“不是不是！我根本没有看到她。”说着话时，他脸上红红的。

范宝华口角里衔了烟卷，靠在椅子背上两手环抱在怀里对了李步祥笑着。李步祥笑道：“其实告诉你，也没有什么关系，我看到她由家里送客出来。”

范宝华道：“这比吃饭睡觉还要平常的事。陶伯笙又何必要你瞒着哩？显然是这里面有点儿文章。她送客送的是洪老五吧？”李步祥道：“那倒不是。那个人是位名票友。”

范宝华将大腿一拍道：“我明白了，是宋玉生那小子。昨晚上在朱四奶奶家里和他只跳舞了一回，怎么就认识得这样熟？”李步祥笑道：“你猜倒是猜着了。但是那也没有什么希奇。”

范宝华道：“自然不稀奇。他们能在一起跳舞，为什么就不能往来。不过你好像就是为了这事要来报告我的。那能够是很平常的事吗？老李，我也是个老世故，难道这点儿事我都看不出来吗？”李步祥道：“其实我没有看到什么，我就只觉得奇怪，怎么会由魏太太家里，走出一位青衣名票来？何况魏先生又不在家。”

范宝华冷笑一声道：“吓吓，奇文还不在这里哩。她昨晚上由朱四奶奶家里出来，根本就没有回去，洪五送着她走的，不知道把她送到哪里去了。我怎么知道？吴嫂今早上菜市买菜，碰到他们的。算了，不要提她了，我最冤的，是前天送了她半只钻石戒指。”李步祥道：“怎么会是半只呢？”

范宝华道：“洪五要我合伙送她的。洪五要讨好她，为什么要我出这一半钱呢？好！我也不能那样傻瓜，反正羊毛出在羊身上，我得向洪五借一笔资本。我这黄金储蓄券，不要抵押了，我得和洪老五借钱。老李，你帮我一个忙，和我侦探侦探他们的路线。”李步祥笑道：“你吃什么飞醋，侦探他们的路线又怎么样？这位太太根本不认识洪五，完全是你介绍的。”

范宝华沉着脸子想了一想，点头道：“当然是我介绍的，我的用意……不说了，不说了，可是不该要我出半只钻石戒指的钱。这种女人，好赌，好吃，好穿，现在又会跳舞，我还对她有什么意思。她丈夫坐了牢，她像没事一样，打扮得花蝴蝶子似的，东游西荡，那就是个狠心人。也好，落得让洪五去上她的当。”他越说是越生气，脸子涨得红红的。

那吴嫂提了一壶开水，正走出来向桌子上茶壶里冲着茶。她不住地撩着眼皮，将大眼睛望了主人，却是抿了嘴笑。李步祥道：“你笑什么？你笑我们说田小姐吗？”

她冷笑道：“啥子小姐哟，不过是说得好听吧？我们作佣人的，不敢说啥子，她来了，先生叫我朗个招待，我就朗个招待。实说吗，招待别个，别个是不见情的。”她口里这样批评，对于生人，却又显出特别的殷勤，将新泡的茶，斟上了一杯，从从容容地送到别人面前。主人虽然嫌她多嘴。可是由于她的恭顺态度，先就忍住了那份不快。加之她两手捧出茶杯过来时，那两只手，又洗得干干净净，也觉得这佣人是不容易雇请得到的。于是接着她的茶碗，向她点了两点头，表示着接受她的劝告。

吴嫂这就更得意了，索性站在主人面前不走开，问道：“说不定要一下，她又要来咯。她来了，你撅她吗（撅为直接讥讽之意）。”范宝华哈哈笑道：“那又何至于。她这样乱搞，我倒是原谅她。她爱花，丈夫没有钱，自己也没有钱，只要搞得到钱，她就什么不管了。”

李步祥道：“人为财死，鸟为食亡，谁不是这样？”范宝华摇摇头道：“那也不尽然，她要肯像其他公务员的眷属一样过着苦日子，不赌钱，不要穿漂亮衣服，她用不着这样乱搞了。”吴嫂道：“对头！无论男女，总要有志气吗。我穷，我靠了我的力气和人家做活路，我也不会饿死。”李步祥笑着伸了个大拇指向她笑道：“那没有话说，吴嫂是好的。”

范宝华虽是这样说了，但他不肯再说什么，只是捧了那杯茶，默然地坐着。李步祥看他那脸色，也不说什么，吴嫂不知道他们是什么意思，也自走开，但是加强了她一个信念，对于魏太太是无须再客气的了。

第九回

一误再误

在这日的下午，吴嫂这个计划，就实现了。约莫是下午三点钟，魏太太穿了一身鲜艳的衣服，就来敲门。她那敲门的动作，显然是不能和普通人相同。两三下顿一顿，而且敲的也不怎么响。那个动作，分明是有点胆怯。吴嫂在开门的习惯里，她已很知道这事了。现在听到魏太太那种敲门的响声，她就抢步出来。比往日懒于去开门的情形，那是大变了。她在门里就大声问道："哪一个？范先生不在家。"

魏太太听了是吴嫂的声音，就轻声答道："吴嫂，是我呀，我给你们送吃的来了。"这声音是非常的和缓，吴嫂拉开门来，却见魏太太手上提着柳条穿的两尾大鲤鱼，她很怕这鱼涎会染脏了她的衣服，把手伸得直直的，将鱼送了出去。她笑道："吴嫂，快提进去，这鱼还是活的。拿水养着吗。"

吴嫂摇摇头道："先生不在家，我们不要，我也做不得主。"她这样说着时，脸上可不带一点笑容，黑腮帮子绷得紧紧的，很有几分生气的样子。魏太太道："这有什么做不得主的呢。两条鱼交给你，也没有教你马上就吃了它。范先生回家来，他要是不肯受，你就把鱼退还给我，也就没有你的责任了。我和范先生也不是初交，送这点东西给他，也值不得他挂齿。”她说着话时，也不免有点生气。她心里想着好像送鱼来你们吃，倒要看你们下人的颜色。于是把手上提的鱼，向大门里面石板上一丢，淡笑道：“范宝华回来了，由他去处理吧。”

吴嫂看她这样子，却不示弱，也笑道：“交朋友，你来我往，都讲的是个交情吗！……朋友若是对不住别个，别个留啥子交情。洪五爷比我们先生有钱，那是当然，就比我们先生交得到女朋友。我们先生也是不怕上当，第一个碰到啥子袁小姐哟。落个人财两空。现在买起金刚钻送人。又落到啥子好处吗？”她说着话时，将头微微偏着，眼睛是白眼珠子多，黑眼珠子少，那一脸瞧不起人的样子，是谁也知道她的用意何在。

魏太太倒没想到好意送了东西来，倒会受老妈子一顿奚落，也就板了脸道：“吴嫂，啰哩啰唆，你说哪个？我为了范先生喜欢吃鱼，买到两条新鲜的，特意送了来，这难道还是恶意。你这样不分青红皂白乱说，你忘记了自己是个老妈子。”

吴嫂道：“是老妈子朗个的？我又不做你的老妈子。老实说，我凭力气挣钱，干干净净，没得空话人说，不做不要脸的事情。”她越说声音越大，这里的左右邻居，听到那骂街的声音，早已有几个人由大门里抢出来观望。

魏太太将身子一扭道：“我不和你说，回头和你主人交涉。”说着，她就开快了步子，向街上走去。她又羞又气，自己感到收拾不了这个局面，低着头走路分不出东西南北，自己也不知道是要向哪里去。及至感到身边来往的人互相碰撞着，抬头定睛细看，才知道莫名其妙的，走到了繁华市中心区精神堡垒。

她站在一幢立体式的楼房下面，不免呆了一呆，心里想着：这应当向哪里去，还是回家？还是找个地方玩去？回家没有意思，反正两个孩子都交给了杨嫂了。不过要说是去玩的话，也不妥当，有一个人去玩的吗？事前并没有约会什么人去玩，临时抓角色，谁愿意来奉陪。现在总算有了时间，不如趁此机会，到看守所里去看看丈夫。本来在魏端本入狱以后，还只看过他一次，无论如何这是在情理上说不过去的，就是每逢到亲友问起来，魏先生的情形怎么样时，自己也老是感觉到没有话答复人家。现在到看守所里去和他碰一次头，至少在三两天以内，有人问魏端本的事，那是可以应付裕如的。她有了这么个主意，就向看守所那条大街上走去。

当她走了百十步之后，抬头一看电线杆上的电灯，已经在发亮。她忽然想着：虽然丈夫关在看守所里，而探监是什么手续，自己还毫无所知。到了这个时候法院还允许人去探看犯人吗？她迟疑着步子，正在考虑着这个问题，她忽然又想着：法院让不让进去，那是法院的事，去不去，却是自己的事，就算魏端本是个朋友吧，也可以再去看看，何况自己正闲着呢。她是这样地想，也就继续地向前走。忽然有人在面前叫了一声："田小姐。"

站住脚向前看看，乃是洪五夹了一个大皮包，挺了胸脯走过来。他第二句便问："到哪里去？"魏太太道："我上街买点东西，现在正要回家。"洪五牵着她的袖子，把她牵到人行路边一点，笑道："不要回家了，我带你去一个很好的地方吃晚饭。"她道："这样早就吃晚饭，总也要到六点钟以后再说吧。"洪五道："当然不是现在就去，现在我也有一点事。我说的也是六点钟以后的事。现在我还要到朋友那里去结束一笔账，你可不可以和我一路去？"魏太太道："你和朋友算账，我也跟了去，那算怎么回事？"洪五道："这个我当然考虑到的，但是我说去找的朋友之家，并不是普通人家，他们家根本就是门庭若市。你就不和我去，单独地也可以去的。走吧走吧。”说着，挽了她一只手就要向前拉。

魏太太扯着身体道：“那我不能去。我知道什么地方。”洪五笑道：“你想，我会到哪里去算账结账呢？无非是银行银号。银号里，谁不能去呢。”魏太太道：“能去，我为什么要去。”洪五笑道：“我给你在那里开个户头，你和他们做来往，你还不能去吗？”

魏太太听了这话，内心一阵奇痒，那笑容立刻透上了两腮。可是她不肯轻易领这个人情，却向他笑道：“你开什么玩笑。你也当知道我是不是手上拿着现款不用的人。我会有钱拿到银行里去开户头吗？”洪五道：“我又不是银行里的交际科长，我凭什么拉你到银行里去开户头？我说这话，当然用不着你出钱。”

魏太太终于忍不住笑出来了，就扶了他的手臂道：“那我们就一路去看看吧，反正我也不会忘记你这番好意。”洪五一面和她并肩走着，一面笑道：“直到现在，你应当知道你的朋友里面是谁真心待你。”魏太太走着路，将手连碰了他两下手臂。因道：“这还用得着你说吗？我把什么情分对待你，你也应当明白。”洪五笑道：“但愿你永远是这个态度，那就很好。”魏太太道：“我又怎么会不是这个态度呢？”

两人越说越得劲，也就越走越带劲，直走到一家三祥银号门口停了脚步，魏太太才猛然省悟，这事有点不对。现在已是四点多钟，银行里早已停止营业，就是银号也不会例外。这个时候，到银号里去开个什么户头？她的脸上，立刻也现出了犹豫之色。洪五见她先朝着银号的门看看，然后脸上有些失望，立刻也就明白了。笑道：“你以为银号营业，已经过了时，我说的话是冤你的吗？我果然冤你，冤你到任何地方去都可以，我何必冤你到银号里来，而况银号这种地方……”

魏太太恐怕透出自己外行，这就向他笑道：“你简直像曹操，怎么这样多心？我脸上大概有些颜色不平常吧？这是我想起了一桩心事，这心事当然是和银行银号有关的，这个你就不必问了。”洪五果然也不再问，向她点了两个头，引着她由银号的侧门进去。

这银号是所重庆式的市房，用洋装粉饰了门面的。到了里面，大部分的屋子是木板隔壁，木板上开了不少的玻璃窗户，电灯一齐亮着，隔了窗户，可以看到里面全是人影摇动。经过两间屋子时，还听到里面拨动算盘子的声音，放爆竹似的，她这就放了大半颗心，觉得银号的大门虽然关了，可是里面办业务的人那份工作紧张，还是很惊人的，也许是熟人在这时候照样的开户头。这些她就不多言，随了洪五，走到后进屋子里去。

正面好像是一间大客厅，灯火辉煌中，看到很多人在里面坐着。喧哗之声，也就达于户外。但洪五并不向那里走，引着她走进旁边一间屋子里去，这里是三张藤制仿沙发椅子，围了一张矮茶几。倒是另有一套写字桌椅，仿佛是会客而兼办公的屋子。他进来了，随着一位穿西装的汉子也进来了。他向洪五握着手笑道：“五爷这几天很有收获。”洪五笑道：“算不了什么，几百万元钞票而已，现在的几百万元，又做得了什么大事。”于是给他向魏太太介绍，这是江海流经理。介绍过之后，他立刻声明着道：“我介绍着田小姐在贵号开个户头，希望你们多结十点利息。”

江海流笑道：“请坐请坐，五爷介绍的那不成问题。今天当然是来不及了。当然是支票了，请把支票交给我，我开着临时收据，明天一早，就可以把手续办好。”他一面说话，十面忙着招待，叫人递茶敬烟。洪五先坐下来，他似乎不屑于客气，首先把皮包打开来。见江海流坐在对面椅子上，就向他笑道：“明天又是比期，我们得结一结账了。”

江海流见茶房敬的烟，放在茶几上没有用。客人似乎嫌着烟粗。这就在西服袋里掏出赛银扁烟盒子来，打开了盖，托着送到洪五面前笑着：“来一支三五吧，五爷。”洪五伸手取了一支烟，还转着看了一看。笑道：“你这烟，果然是真的。不过新货与陈货大有区别。”江海流道：“若是战前的烟，再好的牌子，也不能拿出来请客吧？”说着，收回了烟盒子，掏出打火机来，打着了火给洪五点烟。洪五伸着脖子将烟吸着了。点了两点头笑道：“不错，是真的三五牌。”他将左手两个指头夹住了纸烟，尖着嘴唇，箭一般的，喷出一口烟来。

魏太太在一边看着，见他对于这位银号经理，十分地漫不经心，这就也透着奇怪，不住地向主客双方望着。洪五向她微笑了一下，似乎表示着他的得意，然后将放在大腿上的皮包打开，在里面取出一叠像合同一样的东西，右手拿着，在左手手掌心里连连的敲打了几下，望了江海流微笑着道：“我们是不是要谈谈这合同上的问题？”

江海流看到他拿出那合同来的时候，脸色已经有点变动。这时他问出这句话来，这就在那长满了酒刺的长方脸上，由鼻孔边两道斜纹边，耸动着发出笑容来。他那两只西服的肩膀，显然是有些颤动，仿佛是有话想说而又不敢说的样子，对了洪五，只是微点了下巴颏。

洪五道：“你买了我们的货，到期我若不交货，怕不是一场官司。现在我遵守合同，按期交你们的货，你们倒老是不提，可是我们抛出货去的人，就不能说硬话了。货不是还在手上吗？自然我可以没收那百分之二十的定钱，但是那不是办法。因为我是缺少头寸，才卖货的。没有钱，这比期我怎么混得过去？我若是不卖给你们，卖给别人的话，在上个比期我的钱就到手了。我已经赔了一个比期的利息，还要我赔第二个比期的利息吗？”他口里这样说着，手上拿了那合同，还是不住地拍打着。

江海流笑道：“这话我承认是事实。不过洪先生很有办法，这一点货冻结不到你。我们也是头寸调不过来。若是头寸调得过来的话，我们也不肯牺牲那笔定钱。”洪五吓吓地冷笑了一声道：“牺牲那笔定钱？做生意的人，都是这样的牺牲，他家里有多少田产可卖？本来吗，每包纱，现在跌价两三万，一百包纱就是二三百万。打胜仗的消息，天天报上都登载着，说不定每包纱要跌下去十万，有大批的钱在手上，不会买那铁硬的金子，倒去做这跌风最猛的棉纱。不过当反过来想一想，若是每包纱涨两三万，我到期不交货，你们是不是找我的保人说话？”

江海流经理，果然是有弹性的人物，尽管洪五对他不客气，他还是脸上笑嘻嘻的。等他说完了，这就点点头道：“五爷说的话，完全是对的。但是我们并不想拿回那笔定钱，也就算是受罚了。只要我们肯牺牲那笔定钱，我们也就算履行了合同。”洪五道：“当然我不能奈你何。可是这一百包纱放到了秋季，你怕我不翻上两番。那东西也不臭不烂，我非卖掉不可吗？你们以为我们马上收回武汉，湖北的棉花，就会整船的向重庆装，没有那样容易的事；打仗不是做投机买卖，说变就变。明年秋天，也许都收复不了武汉。你们以为我一定要卖给你们吗！但是我也不能无条件罢休，我这里有二百两黄金储蓄券，在你们贵号抵押点款子用用。请你把利息看低一点，行不行？”说着，他把那张合同再放进皮包，再把里面的黄金储蓄券取出来。

魏太太在旁边侧眼看着，大概有上十张。她想，洪五说是有二百两黄金，那决不错。他无非又是套用老范那个法子，押得了钱再去买黄金。那江海流恰也知道他这个意思，便向他笑道：“五爷大概证实了，黄金官价，下个月又要提高。转一笔现钞在手上，再拿去买黄金储蓄。”洪五笑道：“既然知道了，你就替我照办吧。”

江海流向他微笑着，身子还向前凑了几寸路，作个恳切的样子，点了头道：“过了这个比期再办，好不好？”洪五笑道：“你以为我过得了比期?”正说到这里，一个茶房进来说有电话。江海流出去接电话去了，洪五悄悄地向她笑道：“你看到没有？不怕他是银号里的经理，我小小地敲他一个竹杠，他还是不能不应酬。”魏太太看他可以压倒银行家，也是很和他高兴的。向他低声道：“你真可以的。”洪五笑着点了两点头，彼此默然相视而笑。

这就听到江海流在隔壁屋子里接电话，发出了焦急的声音道：“这就不对了，颜先生……我们这样好的交情，你不能在比期的前夜给我们开玩笑。这个日子，我们差不了两千万。”说到这里，他接连地称是了一阵，仿佛是听电话那边的人训话。随后他又道：“虽然我们也做了一点黄金储蓄，那都是同事们零星凑款，大家凑趣的。你真要我们把这些储蓄券拿出来，也未尝不可以。不过颜先生对我们小号的交情就似乎有点欠缺了。哦！说到洪五爷他正在我们这里。我们的账目全都答应展期了。哦！要洪五爷说话，好好！”

听到这里，洪五自取出纸烟来吸着，头放在椅子靠背上，两眼翻着望了天。烟由口里喷出来，像是高射炮。这时，江海流走了进来，一路的拱着揖，他笑道：“五爷，颜老总来了电话，正和我们为难，请你去给我们圆转两句，我说你的账目，已经解决了。”

洪五笑道：“全都解决了？拿货款来。”说着伸出一只手向江海流招了几招。江海流还是抱了拳连连地拱着。洪五站起来笑道：“我的话不能白说，你得请我吃一顿。”江海流道：“那没有问题，我一定办到，我一定办到。”口里说着，手上还连连地拱着。在这种客气的条件下，洪五就跟着走了。

魏太太坐一旁，虽没有开言，可是她心里想着：洪五和老范，同是做投机买卖的人，那就相差得多了。老范到银行里去求人，还要吃万利银行的亏。老洪到这银号里来，只管在经理面前搭架子，这位经理，还是不住地向他说好话。这也就可以知道两个人的势力大小了。

她这样想着，就不免对那皮包注视了一下。洪五走得匆忙，他丢下皮包，起身就出门去了。这皮包恰是不曾盖起来，三折的皮面，全是敞开的，而且皮包就放在椅子上她手边。她随手在皮包夹子里掏了一下，所掏着的，是整叠的硬纸。抽出来看时，便是洪五刚才表现的那叠黄金储蓄券。当面一张，填的数目就为五十两，户头是洪万顺。洪五的名字叫清波，倒是相当雅致的，这个户头绝对是个生意买卖字号。这可见做黄金储蓄的人，随便写户头，不必和他的本名有什么关系。

她一面想着一面翻弄着那叠黄金储蓄券。这里面的数目有十两八两的，户头有赵大钱二之类的。她想着，顺便和老洪开开玩笑，把那户头普通的给抽下两张，看他知道不知道。她带着笑容，就抽出三张储蓄券来，顺手塞到衣服袋里，把其余依然送到洪五的皮包里去。

她这时几乎是五官四肢一齐动用，手里作事，耳朵却听着洪五在隔壁屋子里打电话，但听他哈哈大笑，说一切好商量好商量，似乎正在高兴头上。这又随手在皮包里摸索一阵，拿出来一大叠单据来看看，里面有本票，有收条，有支票。其中的支票，也形式不一，有划现的，有抬头的，也有随便开的。数目字都是几十万。而其间几张银行本票，至少的也是十五万，在赌场上时见着中央银行的五万元本票，大家都笑着说要把它赢了过来，当为个良好的彩头。中央银行的本票，和其他银行的本票又不同，拿到大街上去买东西，简直当现钞用。这时眼面前就摆着有十五万元，五十万元，七十万元的中央银行本票。为什么不顺手拿过来呢？心里这一反问，她又把三张本票揣到口袋里去了。

但那些支票，她拿在手上，还看了沉吟着。她想划现和抬头支票，当然不能拿。就是普通支票，也当考虑。到银行里去取现的时候，很可能会遭受到盘问的。她正是拿不定主意，就听到洪五在电话里说着再会。这也就不能再耽误了，立刻把所有的支票收条，一把抓着，向那皮包里塞了进去。

接着听到洪五在屋子外面笑着：“该请客了，一切是顺利解决。”她心里到底是有点摇撼，她就站起身来，迎到屋子门口去，手皮包也夹在胁下。看到了洪五，首先表示着一种等得不耐烦的样子，然后皱了眉道：“我还有事呢，要先走了，反正今天开户头也来不及了。”洪五笑道：“田小姐，你忙什么呢？这里江经理要请客呢。”

江海流在后面跟着来，脸上也是笑容很浓，而且这番笑意，不是先前那番苦笑，而是眉飞色舞由心里高兴出来的样子。他鞠着半个躬道：“田小姐，你倒是不必客气。我们敝号里有个江苏厨子，一部分朋友都说他的手艺可以，随便三五个人，邀着到我们这里来吃便饭的事，常常有之。刚才问过了厨子，今天正买着了一条好新鲜青鱼。”洪五走进屋子来，很不经意地收起了他的皮包在手上提着。向她笑道：“他们的便饭，可以叨扰，我说市面上的话，负责要得。”

魏太太最是爱吃点儿好菜。洪五点明了要江经理请他，而江经理请的就是在本银号里面，想必这厨子必定不错。而且认识这位银号经理，对自己也没有什么不好之处，也就笑着点点头道：“那就叨扰吧。”于是洪五在前引路，魏太太跟着，最后是江海流压阵。走了几步，江海流在后叫道：“田小姐，你丢了东西哩。”可是她回头看时，脸就通红了。

第十回

破绽中引出了线索

原来江经理所说魏太太遗落的东西，这是让人注意的玩意，乃是一张中央银行五十万元的本票。那江经理口里说着，已是在地面上将这张本票捡了起来，手里高高地举起，向她笑道："田小姐，你失落这么一张本票，大概不算什么。可是非亲眼得见，由你身上落下来，我捡着了这张东西，还是个麻烦，收起来，怕是公家的，不收起来，交给谁？"魏太太深怕他泄漏这秘密，他却偏是要说个清清楚楚。她赶快回转身来，说了声谢谢，将这张本票接了过去，立刻向身上揣着。

洪老五对于这事，倒也并没有怎样地介意。他们宾主三人，都到了楼上的时候，这位江经理真肯接受洪老五的竹杠，在餐厅里特意地预备下了一张小圆桌，桌子上除已摆下菜碟而外，还有一把精美的酒壶，放在桌子下首的主位上。魏太太对于这酒的招待，很有戒心，看到之后，就哟了一声。洪老五好像很了解她这个惊叹姿态，立刻笑道："没有关系。你不愿喝，你就不必喝吧。这是江经理待客的一点诚意。"魏太太说了声多谢，和洪老五同坐下。

吃时，除了重庆所谓杂镶的那个冷荤之外，端上来的第一碗菜，就是红烧海参。魏太太心里正惊讶着，洪五举起筷子瓷勺来，先就挑了一条海参，放到她面前小碟子里去，笑道："在战前，我们真不爱吃海参，可是这五六年来，先是海口子全封锁了，后来是滨海各省的交通，也和内地断了关系，海参鱼翅这类东西就在馆子里不见面了。后方的人，本来没有吃这个的必要，也就没有人肯费神，把这东西向里运。不过有钱的人，总是有办法，他要吃鱼翅海参的话，鱼翅没有，海参总有。"说着，他伸着筷子头，向海参菜碟子里，连连地点了几下，又笑向魏太太道："有款子只管放到三祥银号来，你看江经理是一位多么有办法的人。"

江海流笑道："这也不见得是有什么办法。有朋友当衡阳还没有失守的时候，由福建到重庆来，就带些海味送人。我们分了几十斤干货，根本没有舍得吃。现在胜利一天一天地接近，吃海参的日子也就来了，这些陈货可以不必再留，所以我们都拿出来请客。大概再请几回，也就没有了。"洪五向魏太太笑道："我说怎么样，有个地方可以吃到好菜吧？这些菜在馆子里你无论如何是吃不到的。"

正说到这里，茶房又送一盘海菜来，乃是炒鱿鱼丝。里面加着肉丝和嫩韭菜红辣椒，颜色非常的好看。她笑道："战前我就喜欢吃这样菜。虽然说是海菜，每斤也不过块儿八毛的。现在恐怕根本没有行市吧？"她含笑向江海流望着。江海流道："鱿鱼比海参普通得多，馆子里也可以吃到。田小姐爱吃这样菜，可以随时来，只要你给我打个电话，我就给你预备着。吃晚饭吃午饭都可以。"洪老五笑道："这话是真。他们哪一餐也免不了有几位客人吃便饭。今天除了我们这里一个小组织，那边大餐所里，还有一桌人。"魏太太笑道："这可见得江经理是真好客啊。"

他们说着话，很高兴地吃完了这顿饭。依着江海流的意思，还要请两人喝杯咖啡。可是魏太太心里有事，好像挺大的一块石头压在心上似的，这颗心只是要向下沉着。便笑道："江经理，我这就打扰多了。下次……"她说到下次，突然地把话忍住，哟了一声道："这话是不对的。刚吃下去，我又打算叨扰第二顿了。"说着话，她就起身告辞。

主人和洪老五都以为她是年轻小姐好面子，认为是失了言，有些难为情，所以立刻要走，也就不再去挽留她了。洪老五确是有笔账要和三祥银号算，只跟着她后面，送到银号门口，看到身后无人，悄悄地笑道："对不住，我不晓得你要先走，要不然，我老早就把账结了，和你一路看电影去。今天晚上，你还可以出来吗？我还有点东西送你。"魏太太笑道："今天晚上，我可不能出来了。"洪五抢上前一步，握着她的手，摇撼着笑道："你一定要来，哪怕再谈半小时呢，我都心满意足。上海咖啡店等你，好吗？"魏太太因他在马路上握着手，不敢让他纠缠得太久了，就点了头道："也好吧。"说着，把手摔了开来。但洪五并不肯放了这件事，又问道："几点钟？九点钟好吗？"魏太太不敢和他多说话，乱答应了一阵好好，就走开了。

她回到家里，首先是把衣兜里揣着的黄金储蓄券和本票拿出来。她是刚进卧室门的，看到这两样东西还在，她回转身来将房门掩上，站在桌子边，对了电灯把数目详细地点清着。储蓄券是七两一张，八两一张，二十五两一张，共是四十两，本票是十五万元一张，五十万元一张，七十万元一张，共一百三十五万。这个日子，四十两金子，和一百三十五万元的现款，那实在不是一件平常的事。这储蓄券是新定的，虽然要到半年后，才可以兑到黄金，可是现在照三万五一两的原价卖出去，应该没有什么困难，就算买主要贪点便宜，三万整数总可以卖得到手，那就是一百二十万了。二百多万的现款拿在手上，眼前的生活困难总算是可以解决的，何况手上还零碎积攒得有几十万块钱，两只金镯子，两只钻石戒指，这也是百万以上的价值。有三百多万元，胜利而后定是可以在南京买所房子。

她拿了几张本票和黄金储蓄券在手上看着，想得只管出神，忽然房门推着一下响，吓得她身子向后一缩，将手上拿的东西，背了在身后藏着。其实并没有事，只是杨嫂两手抱了小渝儿送进房来。因为她没有闲手推门，却伸了脚将门一踢。

魏太太道：“你为什么这样重手重脚？胆子小一点，会让你吓掉了魂。”杨嫂笑道：“往日子我还不是这样抱着娃儿进来？我早就看到太太进来，到现在，衣服还没有脱下，还要打算出去唆？”魏太太道：“这个时候了，我还到哪里去。你把孩子放下来，给我买盒子烟去。”杨嫂笑道：“太太买香烟吃，这是少见的事喀。有啥子心事吧？”魏太太的手皮包还放在桌上，就打了开来，取了两张钞票交给她。杨嫂当然不追究什么原因，将孩子放在床上，拿了钱就出去了。

魏太太将本票和黄金储蓄券，又看了一看，对那东西点了两点头，就打开了皮包，把两本票子都放了进去，且把皮包放在床头的枕头底下。自己身子靠了木架子的床栏杆坐着，手搭在栏杆上，托了自己的头，左腿架在右腿上，不住地前后摇撼。她的眼睛，望了面前一张方桌子，她回想到在三祥银号摸洪五皮包的那一幕。

她想着不知有了多少时候，杨嫂拿一包烟，走进屋子来，看到她虽坐在床沿上，穿的还是出门的衣服，架着的腿，还是着皮鞋呢。笑道：“硬是还要出去。”她站在主人身边，斜了眼睛望着。魏太太倒不管她注意，拿了烟盒子过来，取一支烟在嘴里衔着，伸了手向杨嫂道出两个字：“火柴。”她两只眼睛，还是向前直视着，尽管想心事。

杨嫂把火柴盒子递到她手上，她擦了一根火柴，把纸烟点着了，就远远地将火柴盒子向方桌上一扔。还是那个姿态，手搭在床栏杆上，身子斜靠着。不过现在手不托着头，而是将两个指头夹了纸烟。她另一只手的指头，却去揉搓着衣襟上的纽扣。杨嫂这倒看出情形了，很从容地问道："今天输了好多钱？二天不要打牌就是。钱输都输了，想也想不转来。先生在法院里还没有出来。太太这样赌钱，别个会说空话的。你是聪明人吗，啥子想不透。"魏太太喷着烟，倒扑哧一声笑道："你猜的满不是那回事。你走开吧，让我慢慢地想想看。给我带上门。"杨嫂直猜不出她是什么意思，就依了她的话出去，将房门带上。

她静静地坐着，接连地吸了四支烟。平常吸完大半支纸烟，就有些头沉沉的，没有法子把烟吸完。这时虽然吸了四支烟，也并不感到有什么醉意。她还是继续地要吸烟，取了一支烟在手，正要到方桌子上去拿火柴，却听到陶太太在房门外问道："魏太太在家里吗？"她答道："在屋子里呢，请进来。"

陶太太推门进来，见她是一身新艳的衣服，笑道："我来巧了，迟一步，你出门了。"魏太太道："不，我刚回来，请坐坐吧。"陶太太道："我不坐，我和你说句话。"说着，她走到魏太太身边，低声道："老范在我们那里，请你过去。"她说这话时，故意庄重着，脸上不带丝毫的笑容。

魏太太道："我还是刚回来，不能赌了，该休息休息。"陶太太摇了头笑道："不邀你去赌钱。范先生说，约你去有几句话说。"魏太太道："他和我有话说？有什么话说呢？我们除了赌钱，并没有什么来往。你说我睡了，有话明日再谈吧。"陶太太两手按了方桌子，眼光也射在桌子面上，似乎不愿和她的目光接触。放出那种不在意的样子道："还是你去和他谈谈吧。我夫妻都在当面，有什么要紧呢？他原来是想径自来找你的。后来一想，魏先生不在家，又是晚上，他就到我家去了。看他那样子，好像有什么急事的样子。"魏太太低头想了一想道："好吧，你先回去，我就来。”陶太太倒也不要求同走，就先去了。

魏太太将床头外的箱子打开，将皮包里的东西都放到箱子里去。手上两只钻石戒指，也脱了下来，都塞到箱子底衣裳夹层里去。然后，把身上这套鲜艳的衣服换下，穿起青花布袍子。皮鞋也脱了，穿着便鞋。她还怕这态度不够从容的，又点了一支纸烟吸着，然后走向陶家来。在陶伯笙的屋子外面，就听到范宝华说话，他道：“交朋友，各尽各的心而已。到底谁对不住谁，这是难说的。”魏太太听到这话，倒不免心中为之一动，便站住了脚不走，其后听到老范提了一位朋友的姓名，证明那是说另外的人，这就先叫了声范先生，才进屋去。

见陶伯笙夫妻同老范品字式的在三张方凳子上坐着，像是一度接近了谈话。点了个头笑道：“范先生找局面来了？”范宝华也只点了个头，并不起身，笑道：“可不是找局面来了。这里凑不起来，我们同到别个地方去凑一场，好不好？”魏太太道：“女佣人正把孩子引到我屋子里来，晚上我不出去了。”范宝华道：“那就请坐吧，我有点小事，和你商量商量。”

魏太太看他脸上，放出了勉强的笑容，立刻就想到所谈的问题，不会怎样的轻松。于是将两个手指，夹了纸烟，送到嘴里吸了一口，然后喷出烟来笑道：“若要谈生意经，我可是百分之百的外行。”说着，她自拖了一只方凳子，靠了房门坐着。范宝华道：“田小姐，你不会做生意？那也不见得吧？明天是比期，我知道你到电灯上火了，还在三祥银号。不知道你是抓头寸呢，还是银号向你要头寸。”

魏太太立刻想到，必是洪五给他说了，哪里还有第二个人会把消息告诉他，立刻心里怦怦跳了两下，但她立刻将脸色镇定着笑道：“范先生不是拿穷人开心？银号会向我这穷人商量头寸？人家那样不开眼。”范宝华道：“这个我都不管。那家银号的江经理，不是请你和洪五爷吃饭吗？洪五爷掉了一点东西，你知道这事吗？”

她听到这话，心房就跳得更厉害了，但她极力地将自己的姿态镇静，不让心里那股红潮涌到脸腮上来，笑着摇摇头道：“不知道。我们在那银号楼上吃完了晚饭，江经理还留我们喝咖啡呢。我怕家里孩子找我，放下筷子就走了。洪五爷是后来的，他掉了什么东西呢？在银号里丢得了东西吗？”范宝华道：“哦！你不知道那就算了，我不过随便问一声。”

魏太太见他收住了话锋，也落得不提。立刻掉转脸和陶太太谈话。约莫谈了十分钟，便站起来道：“孩子还等着我哄他们睡觉。我走了，再见。”她说得快，也就走得快，可是走到杂货店门外，范宝华就追上了。老远地就叫道：“田小姐，问题还没有了，忙着走什么。”他说话的声音很沉着，她只好在店家屋檐下站着。

范宝华追到她面前，回头看看，身后无人。便低声道：“你今天是不是又赌输了钱？”魏太太道：“我今天没赌钱，你问我这话，什么意思？我倒要问你，我今天好心好意，送两条新鲜鱼到你家去，你那位宠臣吴嫂，为什么给我脸子看？不让我进门，这也无所谓，我就不进去。指桑骂槐，莫名其妙说我一顿，用意何在？”

范宝华道：“吴嫂得罪了你，我向你道歉。至于我问你是不是又赌输了，这是有点缘故的。因为你一赌输了想捞回本钱，就有些不择手段。当然我说这话，是有证据的，决不能信口胡诌。”魏太太道：“我为了那件事，被你压迫得可以了，你动不动，就翻陈案，你还要怎么样呢？今天我不是还送新鲜鱼给你吃吗？我待你不坏呀。”

范宝华听了她这话，心里倒软了几分。因低声道：“佩芝，你不要误会，我来找你说话，完全是好意，不是恶意。洪老五那个人不是好惹的，而且他对你一再送礼，花钱也不少，你为什么……我不说了，你自己心里明白。”魏太太道：“我明白什么？我不解。洪老五他在你面前说我什么？”

范宝华道：“他说他在三祥银号去打电话的时候，皮包放在你身边。他丢了三张本票，三张黄金储蓄券。他当然不能指定是你拿了，不过你在三祥银号，就落了一张本票在地上。由这点线索上，他认为你是捡着他的东西的。据说，总共不过二百多万，以我的愚见，你莫如交给我，由我交给他，就说是你和他闹着好玩的。我把东西交给他了，我保证他不追问原因，大家还是好朋友，打个哈哈就算了。”

魏太太道：“和你们有钱的人在一起走路，就犯着这样大的嫌疑。你们丢了东西，就是我拿了，他唯一的证据，就是我身上落下了本票。这有什么稀奇，钞票和本票一样，谁都可以带着，不过你们拿的本票，也许数目字比我们大些而已，难道为了我身上有一张本票，就可以说是我拿了别人的本票？反正我有把柄在你手上，你来问我，我没有法子可以抬起头来，若是他姓洪的直接这样问我，我能依他吗？范先生，你又何必老拿那件事来压迫我呢？我那回事做错以后，我是多大的牺牲，你还要逼我。”说着，嗓子哽了，抬起手来擦眼泪。

范宝华听了她的话，半硬半软，在情理两方面都说得过去。这就呆呆地站在她面前，连叹了几口气。魏太太道：“你去对洪老五说，不要欺人太甚。我不过得了他一只半钻石戒指，我也不至于为了这点东西，押在他手下当奴隶。”说着，扭转身就向家里走。

范宝华追着两步，拉住她的手道：“不要忙，我还有两句话交代你。你既然是这样说了，我也不能故意和你为难。不过我有两句忠言相告，这件事我是明白的。你纵然不承认，可是你也不要和洪老五顶撞着。最好你这两天对他暂时避开一下。”

魏太太道：“那为什么？”范宝华道：“不为什么。不过我很知道洪五这个人。愿意花这笔钱，几百万他不在乎。不愿意花这笔钱，就是现在的钱，三十五十，他也非计较不可。他既然追问这件事，他就不能随便放过。你是不是对付得了他，你心里明白，也就不用别人瞎担心了。这几句话可是我站在朋友的立场上，向你作个善意的建议。回家去，你仔细地想想吧。我要走了，免得在陶家坐久了，又发生什么纠纷。”说着，他首先抬起一只手来，在空中摇摆了几下，在摇摆的当中，人渐渐地走远。

魏太太以为他特意来办交涉，一定要逼出一个结果来的。这时他劝了几句话，倒先走了。她站在屋檐下出了一会神，慢慢地走回家去。

杨嫂随在她后面，走到屋子里来，问道：“陶太太又来邀你去打牌?”魏太太坐在床沿上，摇了两摇头。杨嫂道：“朗个不是? 那个姓范的都来了。我说，这几天，你硬是不能打牌了，左右前后街上的人，见了我就问，说是你们先生吃官司，你们太太好衣服穿起，还是照常出去要，一点都不担心吗? 我说你不是要，就是和先生的官司跑路子，他们都不大信。你看吗，我们前面就是冷酒店，一天到晚，啥子人没得，你进进出出，他们都注意喀。话说出去了，究竟是不大好听。我劝你这几天不打牌，等先生出来了再说。”

魏太太望了她道：“这冷酒店里，常有人注意着我吗?”杨嫂道：“怕不是? 你的衣服穿得那样好，好打眼睛啰!”魏太太默然地坐着吸烟，却没有去再问她的话。杨嫂也摸不出来主人是什么心事，站着又劝了几句，自行走开。不过她最后的一句话，和范宝华说的相同，请她自己想想。

魏太太坐在床沿上，将手扶了头，慢慢地沉思，好在并没有什么人再打断她的思想，由她去参禅。她想得疲倦了，两只脚互相拨弄着鞋子，把鞋子拨掉了，歪身就倒了下去。但她不能立刻睡着，迷糊中，觉得自己的房门，是杨嫂出去随手带上的，并没有插闩。自己很想起来插闩，可是这条身子竟是有千斤之重，无论如何抬不起来。她想到箱子里有本票，有黄金储蓄券，尤其是有钻石戒指两枚，打开房门睡觉，这是太不稳当的事。用了一阵力气，走下床来，径直就奔向房门口。

可是她还不曾将手触到门闩呢，门一推，洪老五抢了进来。他瞪着两只眼睛，吹着小胡子，手上拿了根木棍子，足有三尺长。他两手举了棍子那头，指着魏太太喝骂道："骂你这个不要脸的东西，专门偷朋友的钱。你还算是知识分子，要人家叫你一声小姐。你简直是和小姐们丢脸。我的东西，快拿出来，要不然，我这一棍子打死你。"说时，他把那棍子放在魏太太头上，极力地向下压。她想躲闪，也无可躲闪，只有向下坐着。她急了举起两手，把头上这棍子顶开。用大了力，未免急出一身汗来，睁眼看时，这才明白，原来是一场梦。

压在头上的棍子，是小渝儿的一只小手臂。当自己一努力，身子扭动着，小渝儿的手，被惊动了缩去大半，只有个小拳头还在额角边。她闭着眼睛，定了定神，再抬起头看看房门，不果然是敞着的吗？她想着这梦里的事，并没有什么不可实现的。外面是冷酒店，谁都可以来喝酒，单单地就可以拦阻洪五爷吗？不但明天，也许今晚上他就会来。

她是自己把自己恐吓到了，赶快起床，将房门先闩上，闩上之后，再把门闩上的铁搭钮扣住。她还将两手同时摇撼了几下门，觉得实在不容易把门推开的，才放下了这颗心。可是门关好了，要赃物的不会来，若是刚才到陶家去，这门没有反锁之时，出了乱子那怎么办？她又急了，喘着气再流出第二次汗来。

第十一回

赌徒的太太

心理的变态，常常是把人的聪明给塞住了。魏太太让这个梦吓慌了，她没有想到她收藏那些赃物的时候，并不曾有人看见，这时，在枕头底下摸出了钥匙，立刻就去开床头边第三只箱子的锁。本来放钥匙放箱子，那都是些老地方，并没有什么可疑的。这时在枕头下摸出了钥匙，觉得钥匙就不是原来的那个地方，心里先有一阵乱跳，再走到箱子边，看看那箱子上的锁，却是倒锁着的。她不由得呀了一声道："这没有问题，是人把箱子打开了，然后又锁着的。"于是抢着把箱子打开，伸手到衣服里面去摸。这其间的一个紧要关头，还是记得的，两枚钻石戒指，是放在衣服口袋里的。她赶快伸手到袋里面去摸，这两枚戒指，居然还在。但摸那钞票支票本票，以及黄金储蓄券时，却不见了。

她急了，伸着手到各件衣服里面去摸索，依然还是没有，刚刚干的一身汗，这时又冒出第三次了。她开第二只箱子的时候，向来是简化手续，并不移动面上那只小箱子。掀开了第二只箱子的箱盖，就伸手到里面去抽出衣服来。这次她也不例外，还是那样的做。现在觉得不对了，她才把小箱子移开，将箱子里的衣服，一件件地拿出来，全放到床上去。直把衣服拿干净了，看到了箱子底，还不见那三种票子。

她是呆了。她坐在床沿上想了一想，这件事真是奇怪。偷东西的，为什么不把这两枚钻石戒指也偷了去呢？若说他不晓得有钻石戒指，他怎么又晓得有这么些个票子呢？她呆想了许久，叹了几口长气，无精打采地也只好把这些衣服，胡乱地塞到箱子里去，直等把衣服送进去大半了，却在一条裤脚口上，发现了许多纸票子，拿起来看时，本票支票储蓄券，一律全在。

她自嗤的一声笑了起来。放进这些东西到箱子里去的时候，自己是要找一个大口袋的。无意之中，摸着裤脚口，就把东西塞到里面去了。哪里有什么人来偷，完全是自己神经错乱。这时，算是自己明白过来了。可是精神轻松了，气力可疲劳了，大半夜里起来，这样的自扰了一阵，实在是无味之至。眼看被上还堆了十几件衣服，这也不能就睡下去。先把皮包在枕头下拿出来，将这些致富的东西，都送到皮包里去，再把皮包放到箱子里。至于这些衣服，对它看看，实在无力去对付它，两手胡乱一抱就向箱子里塞了去。虽然它们堆起来，还比箱沿高几寸，暂时也不必管了。将箱子盖使劲向下一按，很容易地盖上，就给它锁上。随着把小箱子往大箱子上压下去，算把这场纷扰结束了。

不过有了这场纷扰，她神经已是兴奋过度，在床上躺下去却睡不着了。唯其是睡不着，不免把今天今晚的事都想了一想。范宝华来势似乎不善，可是他走的时候，却有些同情，可能他先是受着洪五的气话，所以要来取赃。他后来说是躲开一点的好，那不见得是假话。你看洪五到朱四奶奶家去，她都很容忍他，确是有几分流气。避开也好，有几百万元在手上，什么事不能做，岂能白白地让他拿了回去？

她清醒半醒的，在床上躺到天亮。一骨碌爬起来，就到大门外来，向街上张望着。天气是太早了，这半岛上的宿雾，兀自未散，马路上行人稀落，倒是下乡的长途班车，叮叮当当，车轮子滚着上坡马路，不断的过去。在汽车边上，悬着木牌子，上写着渝歌专车。她忽然想到歌乐山那里，很有几位亲友，屡次想去探望，都因为怕坐长途汽车受拥挤，把事情耽误了。现在可以不必顾到汽车的拥挤，保全那些钱财要紧。

她忽然有了这个念头，就把杨嫂叫了起来，告诉要下乡去，一面就收拾东西。好在抗战的公务员家属，衣服不会超过两只箱子。她把新制的衣鞋，全归在一只箱子里，其余小孩子衣服打了两个大包袱。把隔壁陶太太请过来告诉她为了魏端本的官司，得到南岸去找几个朋友，恐怕当天不能回来，只有把两个孩子也带了去，房门是锁了，请她多照应一点。陶太太当然也相信。请她放心，愿意替她照顾这个门户。

魏太太对于丈夫，好像是二十四分的当心，立刻带了两个孩子和杨嫂雇着人力车出门去了。雇车子的时候，她说的话，是汽车站而不是轮渡码头，陶太太听着，也是奇怪，但她自己也有心事，却没有去追问她。她的行为，是和魏太太相反的，除了上街买东西，却是不大出门，在屋子里总找一点针线作。恰是这两天女工告病假走了，家事是更忙，她没有心去理会魏太太的家事。

这天下午，李步祥来了。他也是像陶伯笙一样的作风，胁下总夹着一个皮包，不过他的皮包，却比陶伯笙的要破旧得多而已。他到这里，已经是很熟的了，见陶太太拿了一只线袜子用蓝布在补脚后跟。那袜子前半截，已经是补了半截底的了。站着笑道："陶太太，你这是何苦？这袜底补了再补，穿着是不大舒服的。你只要老陶打唆哈的时候，少跟进两牌，你要买多少袜子？"陶太太站起来，扯着小桌子抽屉，又在桌面报纸堆里翻翻。

李步祥摇摇手道："你给我找香烟？不用，我只来问两句话，隔壁那位现时在家里吗?”陶太太道:“你也有事找她吗?她今天一早,带着孩子们到南岸去了,房门都上了锁。”李步祥道:“我不要找她,还是老范问她。她若在家,让我交封信给她。这封信就托你转交吧。”说着,打开皮包,取出封信,交到陶太太手上。

她见着信封上写着“田佩芝小姐展”六个字,就把信封轻轻在桌沿上敲着道:“你们男子汉,实在是多事。人家添了两个孩子的母亲,一定要把她当作一位小姐。原来她只是赌钱,现在又让你们教会了她跳舞了。生活这样高,人家家中又多事……”李步祥拱拱手道:“大嫂子,这话你不要和我说,我根本够不上谈交际。这封信我也是不愿意带的。据老范说,这里面并不谈什么爱情。有一笔银钱的交涉,而且数目也不小。本来这封信是可以让老陶带来的,老陶下不了场,只好让我先送来了。谁知道她不在家。”

陶太太摇了两摇头道:“老陶赌得把家都忘了,昨天晚上出去,到这时候还是下不了场。输了多少?”李步祥道:“我并不在场赌,不知道他输多少。其实这件事,你倒不用烦心,反正你们逃难到四川来,也没有带着金银宝贝。赢了,他就和你们安家,输了,他在外面借债,偿还不了,他老陶光杆儿一个,谁还能够把他这个人押了起来不成?”

陶太太道:“这个我怕不晓得,但这究竟不是个了局吧?就像你李老板,也不是像我们一样,两肩扛一口,并没有带钱到四川来的,可是你夹上一只皮包终日在外面跑,多少有些办法,就说买黄金吧,恐怕你不买了二三十两。每两赚两万,你也搞到了五六十万。你看我们老陶,搞了什么名堂?……就是认到一班说大话的朋友。谈起来就是几十万几百万,谁看到钱在哪里?说他那个皮包,你打开来看,你会笑掉牙。也不知道是哪家关了门的公司,有几分认股章程留下,让他在字纸篓里捡起来,放在皮包里了,此外是十几个信封,两叠信纸,还有就是在公共汽车站上买的晚报。夹了那么个东西，跑起来多不方便。”

李步祥笑道：“我倒替老陶说一句，夹皮包是个习惯。不带这东西，倒好像有许多不方便。不但信纸信封，我连换洗衣服手巾牙刷，有时候都在皮包里放着的，为的是要下乡赶场，这就是行李包了。陶老板和我不同，他有计划将来在公司里找个襄副当当。我老李命里注定了跑街，只要赚钱，大小生意都做，不发财倒也天天混得过去。”

他这种极平凡的话，陶太太倒是听得很入耳。便问道：“李老板，我倒要请教你一下，你这行买卖，我们女人也能做吗?”李步祥摇了两摇头道：“没有意思，每天一大早起来，先去跑烟市。在茶馆楼上，人挤着人，人头上伸出钞票去，又在人头上抢回几条烟来，有时嗓子叫干了，汗湿透了，就是为了这几条烟。再走向百货商场，看看百货，兜得好，可以捡点便宜，兜不着的就白混两个钟点。这是我两项本分买卖，每天必到的。此外是山货市场、棉纱市场、黄金市场，我全去钻。”

陶太太笑道：“你还跑黄金市场啦?”李步祥摇着头笑道：“那完全是叫花子站在馆子门口，看人家吃肉。可是这也有一个好处。黄金不同别的东西，它若是涨了价，就是法币贬了值，法币贬了值，东西就要涨价了。”

陶太太笑道：“什么叫法币贬了，什么叫黑市了，什么叫拆息了，以前我们哪里听过这些，现在连老妈子口里也常常说这些。这年月真是变了。我说李老板，我说真话，就是你刚才说的几个市场都得带我去跑跑，好吗?”李步祥揭下了头上的帽子来，在帽子底下，另外腾出两个指头搔着和尚头上的头发，望了她笑道：“你要去跑市场，这可是辛苦的事，而且没有得伯笙的同意，我也不敢带你出去跑。”

陶太太靠了桌子站着，低下头想了一想，点头道：“那就再说吧。希望你见着伯笙的时候，劝他今天不要再熬夜了，第一是他的身体抵抗不住。第二是家里多少总有点事情，你让我做主是不好，不做主也不好。”李步祥道：“这倒是对的，伯笙还没有我一半重。打起牌来，一支香烟接着一支香烟向下吸，真会把人都熏倒了。”

陶太太道：“拜托拜托，你劝他回来吧。”李步祥看她说到拜托两个字，眉毛皱起了多深，倒是有些心事。便道：“好的好的，我去和你传个信吧。现在还不到四点钟呢。我去找他回来吃晚饭吧。若是我空的话，我索性陪他回来，说不定还扰你一顿饭呢。”说毕，他盖着帽子走了。

陶太太听他说到要来吃饭，倒不免添了一点心事，立刻走到里面屋子里去，将屋角上的米缸盖掀起来看看。这在今日，她已是第二次看米缸里的米了。原来看这米缸里的米，就只有一餐饭的。陶太太看看竹簸箕里的剩饭，约莫有三四碗。自己带两个上学的孩子，所吃也不过五六碗，所差有限，于是买好了两把小白菜，预备加点油盐，用小白菜煮一顿汤饭吃。这时李步祥说要送陶伯笙回来，那就得预备煮新鲜饭了。米缸里现放着舀米的碗，她将碗舀着，把缸底刮得喀吱作响，舀完了，也只有两碗半米，这两碗半米，若是拿来做一顿饭，那是不够的。

她站在米缸边怔了一怔，也只好把这两碗半米都盛了起来放在一只瓦钵子里，端了这个钵子，缓步地走到厨房里去。她家这厨房，也是屋子旁边的一条夹巷。这里一路安着土灶、条板、水缸、竹子小橱。但除了水缸盛着半缸水而外，其余都是空的，也是冷冷清清的。为了怕耗子，剩的那几碗饭，是用小瓦钵子装着，大瓦钵子底下还放了两把小白菜。这样，对了所有的空瓶空碗，和那半缸清水，说不出来这厨房里是个什么滋味。

她想着出去赌钱的丈夫，无论是赢了或输了，这时口衔了半支烟卷，定是全副精神，都在几张扑克牌上。桌子面上堆着钞票，桌子周边，围坐着人，手膀子碰了手膀子，头顶的电灯，可能在白天也会亮起来。因为他们一定是在秘密的屋子里关着门窗赌起来的。屋子里烟雾缭绕，气闷得出汗，那和这冰冰冷的厨房，正好是相反的。

她想着叹了一口气，但也不能再有什么宽解之法，在桌子下面，把乱柴棍子找出来，先向灶里笼着了火，接着就淘米煮饭。这两件事是很快地就由她做完了。她搬了张方竹凳子，靠了那小条板坐着，望了那条板上的空碗，成叠地反盖着。望了那反盖的大钵子底上放着两把小白菜，此外是什么可以请客的东西都没有了。她将两手环抱在怀里，很是呆呆地同这夹道里四周的墙望着。

她对于这柴烟熏的墙壁，似乎感到很大的兴趣，看了再看，眼珠都不转动。她不知道这样出神出了多久，鼻子里突然嗅到一阵焦糊的气味，突然站起来，掀开锅盖一看，糟了，锅里的水烧干了，饭不曾煮熟，却有大半边烧成了焦黄色。赶快把灶里的柴火抽掉，那饭锅里放出来的焦味，兀自向锅盖缝里钻出来，整个小厨房，都让这焦糊味笼罩了，她也管不着这锅里的饭了，取一碗冷水，把抽放在地面上的几块柴火泼熄了，还是在那方竹凳子上坐着。

她想着在没有烧糊这锅饭以前，至少是饭可以盛得出来。现在却是连白饭都不能请人吃了，厨房里依然恢复到了冷清清的，她索性不在厨房里坐着了，到了屋子里去，把箱子里的蓄藏品，全都清理清理，点上一点。这让她大为吃惊，所有留存着的十几万元钞票，已一张没有，就是陶伯笙前几天抢购的四两黄金储蓄券，也毫无踪影。在箱子角上摸了几把，摸出几张零零碎碎的小票，不但有十元五元的，而且还有一元的。这时候的火柴，也卖到两元一盒，几百元钱，能做些什么事呢？就只好买盒纸烟待客吧？

她靠着箱子站定，又发了呆了，然而就在这时，听到陶伯笙一阵笑声，李步祥也随了他的声音附和着。他道：“你有那么些个钱输掉它，拿来做笔小资本好不好?”陶伯笙笑道:“没有关系。我姓陶的在重庆混了这么多日子,也没有饿死,输个十万八万,那太没有关系,找一个机会,我就把它捞回来了。喂!陶太太哪里去了?”当他不怎么高兴的时候,他就把自己老婆,称呼为太太的。

陶太太听了这口气,就知事情不妙,这就答应着:“我在这里呢。”她随了这话,立刻跑到前面屋子来。她见丈夫在一晚的鏖战之中,把两腮的肌肉,都刮削一半下去了,口里斜衔了大半支烟卷,人也是两手抱了西装的袖子,斜靠了桌子坐着的,不过他面色上并不带什么懊丧的样子,而且还是把眼睛斜看着人,脸上带了浅浅的笑容。他道:“我们家里有什么菜没有,留老李在这里吃饭,我想喝三两大曲,给我弄点下酒的吧。”

陶太太笑道:“那是当然,李先生为你的事,一下午到我们家来了两回了。”陶伯笙摸着桌子上的茶壶,向桌子这边推了过来,笑道:“熬夜的人,喜喝一点好的热茶,家里有没有现成的开水?我那茶叶瓶子里,还有点好龙井,你给我泡一壶来,可是热水瓶子里的水不行,你要给我找点开的开水。”

陶太太并没有说没有两个字,拿了茶壶,赶快到里面屋子里去找茶叶。小桌子上,洋铁茶叶瓶,倒是现成的,可是揭开瓶盖子来看时,只是在瓶底上,盖了一层薄薄的茶叶末。她微微地叹了口气,拿着茶壶,就直奔街对过一家纸烟店去。

这家纸烟店,也带卖些杂货,如茶叶肥皂蜡烛手巾之类。他们是家庭商店,老老板看守店面,管理账目并做点小款高利贷。少老板跑市场囤货。少老板娘应付门市。有个五十上下年纪的难民,是无家室的同乡妇人。老老板认她是亲戚,由老老板的床铺整理,至于全店的烧茶煮饭,洗衣服,扫地,完全负责。所享的权利有吃有住,并不支给工钱。

她姓刘，全家叫她刘大妈，不以佣工相待，也为了有这声尊称就不给她工钱。刘大妈又有位远房的侄子老刘，二十来岁，也是难民，老老板让他挑水挑煤挑货，有工夫，并背了个纸烟篮子跑轮船码头和长途汽车站。虽然也是不给工资，但在做小贩的盈余上，提百分之十五。哪一天不去做小贩，就不能提成，所以他每天在店里忙死累死，也得腾出工夫去跑。全家是生产者，生意就非常的好。他们全家对陶太太感情不错。因为她给他们介绍借钱的人，而且有赌博场面，陶伯笙准是在他家买洋烛纸烟。

陶太太走到他们店里来，先把手指上一枚金戒指脱下来，放在柜台上，然后笑道："郑老板，我又来麻烦你了。朋友托我向你借一万块钱，把这个戒指作抵押。"那位老老板正在桌子上看账，取下鼻子上的老花眼镜，走到柜台边来。他不看戒指，先就拖着声音道："这两天钱紧得很，我们今天就有一批便宜货没钱买进。"他口里虽是这样说了，但对于这枚戒指，并不漠视，又把拿在手上的眼镜，向鼻子尖上架起，拿起那枚戒指，将眼镜对着，仔细地看了一看，而且托在手掌心里掂了几掂。

陶太太道："这是一钱八分重。"老老板摇了两摇头，他在柜台抽屉里取一把戥子，将戒指称了约莫两三分钟，将眼镜在戥星上看了个仔细。笑道："不到一钱七呢。押一万元太多了。"陶太太道："现在银楼挂牌，八万上下，一八得八，八八六十四，这也该值一万四千元。人家可不卖，郑老板，你就押一万吧。"他沉吟了一会子，点了头道："好吧。利息十二分，一月满期。利息先扣。"

陶太太看看这老家伙冬瓜形脸上，伸着几根老鼠胡子，没有丝毫笑容，料着没有多大价钱可讲，只好都答应了。老老板收下戒指，给了她八千八百元钞票。陶太太立刻在这里买了二两茶叶，一包纸烟。正好刘大妈提了一壶开水出来，给老老板泡盖碗茶。便笑道："分我们一点开水吧?”郑老板道:“恐怕不多吧?现在烧一壶开水,柴炭钱也很可观。”

陶太太便抽出一支纸烟来,隔了柜台递给他道:“老老板吸支烟。”他接过了,向刘大妈道:“茶烟不分家,你和陶太太冲这壶茶,大概人家来了客,家里来不及烧开水。陶太太刚买的茶叶,你给她泡上一壶。”

陶太太真是笑不是气不是,打开茶叶包撮着一撮茶叶向壶里放着。老老板望了道:“少放点茶叶不要紧,我们这是飞开的水,泡下去准出汁。”陶太太笑着,没说什么。

老老板将柜台上撒的茶叶,一片片的用指头钳了起来,放到柜台上玻璃茶叶瓶里去。那支被敬的纸烟他也没吸,放到柜台抽屉的零售烟支铁筒里去并案办理。陶太太看到,也不多说,端了茶壶,就向家里走。陶伯笙见她茶烟都办来了,点头笑道:“行了,去预备饭吧。”陶太太道:“快一点,吃面好吗?”陶伯笙道:“面饭倒是不拘。给我们弄两个碟子下酒。”

陶太太偷眼看他,脸上还是没有多大的笑容,而且李步祥总是客人,可不能违拂了丈夫的吩咐。她说着好好,带了她金戒指押得的八千块钱,就提小菜篮子出去了。她在经济及可口的两方面,都筹划熟了,半小时内,就把酒菜办了回来。

又是十分钟,将一壶酒两个碟子,由厨房里送到外面屋子里去。乃是一碟酱牛肉,一碟芹菜花生米拌五香豆腐干。芹菜要经开水泡,本来不能办,但是在下江面馆里买酱牛肉的时候,是借着人家煮面的开水锅浸着了回家来才切的。陶伯笙是个瘦子,就喜欢吃点香脆咸,这却合主人的意,她也可以节省几文了。丈夫陪了客饮酒,算是有了时间许她做饭了,她二次在厨房里生着火,给主客下面。忙着的时候,虽然不免看看手指上,缺少了那枚金戒指,但觉得这次差事交代过去了,心里倒也是坦然的呢。

第十二回

人血与猪血

这一餐饭，陶伯笙吃得很安适。尤其是那几两大曲他喝得醉醺醺的，大有意思。饭后又是一壶酽茶，手里捧着那杯茶，笑嘻嘻地道：“太太，酒喝得很好，茶也不坏，很是高兴，记得我们家里还有一些咖啡，熬一壶来喝，好不好？”

陶太太由厨房里出来，正给陶先生这待客的桌子上，收拾着残汤剩汁，同时心里还计划着，两个下学回来的孩子，肚子饿呢，打算把剩下来的冷饭焦饭，将白菜熬锅汤饭吃。现在陶先生喝着好茶，又要熬咖啡。厨房里就只有灶木柴火，这必须另燃着一个炉子才行。因为先前泡茶，除在对面纸烟店借过一回开水，这又在前面杂货店里借过两回开水，省掉了一炉子火。陶先生这个命令，她觉得太不明白家中的生活状况。这感到难于接受，也不愿接受，可是当了李步祥的面，又不愿违拂了他的面子，便无精打采地，用很轻微的声音，答应了个好字。

陶伯笙见她冷冷的，也就把脸色沉下来，向太太瞪了一眼。陶太太没有敢多说话，立刻回到厨房里去，生着了炉子里的火熬咖啡。两个小学生，也是饿得很。全站在土灶边哭丧着脸，把头垂了下来。大男孩子，两手插在制服裤袋里，在灶边蹭来蹭去。小男孩子将右手一个食指伸出来，只在灶面上画着圈圈。灰色的木锅盖，盖在锅口上。那锅盖缝里微微的露出几丝热气。

陶太太坐在灶边矮凳子上，板了脸道："不要在我面前这样挨挨蹭蹭，让我看了，心里烦得很。你们难道有周年半载没有吃过饭吗？"大孩子噘了嘴道："你就是会欺侮我们小孩子，爸爸喝酒吃肉，又吃牛肉汤下面。我们要吃半碗汤饭没有，你还骂我们呢。你简直欺善怕恶。"陶太太听了这话，倒忍不住扑哧一声笑了。但她并不因小孩子的话，就中止了她欺善怕恶的行为，她还是继续地去熬那壶咖啡。

她想到喝咖啡没有糖是不行的，她就对大孩子施行贿赂，笑道："我给你钱去买个咸鸭蛋，下饭吃，你去给我买二两白糖来。"说着，给了大孩子几张钞票，还在他肩上轻轻拍了两下，作了鼓励的表示。大孩子有钱买咸鸭蛋，很高兴地接着法币去了。陶太太倒是很从容地把咖啡和汤饭做好。

那大孩子倒也是掐准了这个时候回来的。左手拿着一枚压扁了的鸭蛋，右手拿着一张报纸包的白糖。那纸包上粘了好些个污泥，都破了几个口子了，白糖由里面挤了出来。孩子身上呢，却是左一块右一块，粘遍了黑泥。

陶太太赶快接过他手上的东西，叹了口气道："你实在是给你父母现眼。大概听说有咸鸭蛋吃，你就高兴得发疯了，准是摔了一跤吧？"她一面说着，一面给小孩子收拾身上。不免耽误了时间。再赶着把咖啡用杯子装好，白糖用碟子盛着，摆在木托盘里送到外面屋子里去，陶伯笙和李步祥都不见了。看看他们两人的随身法宝两只新旧皮包也都不知所去。

她把咖啡放到桌上，人站着对桌子呆了很久，自言自语地道："这不是给人开玩笑。我是把金戒指押来的钱啦。这白糖不用，可以留着，这咖啡已经熬好了，却向哪里去收藏着呢。"她这样地想着，坐在那桌子边发呆。也不知道有了多少时候，只见两个孩子，汤汁糊在嘴上湿黏黏的走了进来。便问道："你们这是怎么弄的，把饭已经吃过了吗？"男孩子道："人家早就饿了，你老不到厨房里去，人家还不自己盛着吃吗？给你还留了半锅饭呢。"

陶太太只将手挥了两下，说句你们去擦脸，她还是坐在桌子边，将一只手臂撑在桌子沿上，托住了自己的头，约莫有半小时，却听到两个妇人的声音说话进来。有人道："这时候，他不会在家，准去了。"又有人道："既然来了，我们就进去看看吧。"她听出来了，说话的是胡罗两位太太。她们径直地走进屋子来了，看到摆着两杯咖啡在桌上，一个人单独地坐着，这是什么意思呢？

陶太太直等两位客人都进了房，她才站了起来，因道："哟！二位怎么这个时候双双地光临？请坐请坐！"罗太太笑道："坐是不用坐。我们来会陶先生来了。他倒是比我们先走了吗？这倒有点奇怪。"陶太太道："我们这口子。什么事也不干，就是好坐桌子，昨天晚上出去的，直到今天吃晚饭的时候他才回来。他和朋友回来，喝了四两酒，又叫我熬咖啡他喝，等我在厨房里把咖啡熬得了，送到外面屋子里来的时候，他到哪里去了也不知道了。"胡太太听着，带着微笑，向罗太太看看，罗太太也是带了会心的微笑，向她回看了过去。

陶太太望了她们道："我说的话有什么好笑的吗？"胡太太笑道："老实告诉你昨天晚上，我们就在一处赌的，因为老范赢得太多，大家不服气，约了今晚上再战一场。"陶太太对这两位太太都看了一眼。见她们虽然在脸上都抹了胭脂粉，可是那眼睛皮下，各各的有两道隐隐的青纹，那是熬了夜的象征。但她还是不肯说破，含笑道："我们怎么能够和范先生去打比。他资本雄厚，有牌无牌，他都拿大注子压你，不服气有什么用，赌起来，不过是多送几个钱给他。昨晚上是在范先生家里了，今天晚上，是在哪里呢？"

罗太太道："原来约了到朱公馆去。打电话去问，四奶奶不在家。有些人要换地方，有些人主张去了再说。我们因为摸不着头脑，所以来问一声。偏偏陶先生已经先走了。老胡，我们就去吧。"胡太太在她那白胖的脸上，带着一点红晕。她那杏核儿大眼睛，闪动着上下的睫毛。摇了两摇头道："若是到四奶奶家里去赌，我不去。"罗太太望了她道："那为什么？"胡太太道："我上次到朱家去赌了一场，还是白天呢，回家去听了许多闲话。"罗太太道："外面说的闲话，那都是糟蹋朱四奶奶的。你们胡先生还是记住上次和你办交涉的那个岔子。他向你投降了，决不能干休，总得报复你一下。他说的话你也相信吗？"胡太太道："我当然不能相信。不过很多人对朱四奶奶的批评，都不怎样好。"罗太太将脸色沉了一下，而且把声音放高了一个调子，她道："别人瞎说，我们就能瞎信吗？我们和她也认识了两三个月了，除了她殷勤招待朋友而外，并没有见她有什么铺张。难道好结交朋友，这还有什么不对吗？别人瞎说八道，我们不能也跟着瞎说八道。去吧。"她说着，就伸手挽了胡太太一只手。胡太太倒并不怎么拒绝，就随着她走了。

陶太太无精打采地把她们送出店门口，这才明白，原来陶伯笙是到朱四奶奶家打唆哈去了。不管怎么样，那里是高一级的赌博场面，这戏法就越变越大了。她心里压着一块石头似的，走回屋子去，把那两杯咖啡泼了，把糖收起，又在桌子边坐着。还是孩子们吵着要睡觉，她才去给他们铺床。然后她想到了一件什么事，没有办完，又到厨房里去巡视一番。她嗅到锅盖缝里透出来的一阵饭菜香味，这才让她想起来了，自己还没有吃饭。掀开锅盖来看时，那锅汤饭煮得干干的，掺和在饭里的小青菜，都变成黄叶子了。她站在灶边，将碗盛着干汤饭吃了，再喝些温开水，就回房去，但她并没有睡觉，在陶伯笙没有回来的时候，她一定得守着孤单的电灯去候门。

这个守门的工夫，就凭了补袜底补衣服来消磨。她补袜子补得自己有些头昏眼花的时候，她想起了烧焦了的那几碗饭，是盛起来放在瓦钵子里的。重庆这地方，耗子像蚂蚁一样的出动，可别让耗子吃了。赶快放下针线，跑到厨房里去看时，那装饭的钵子，和上面盖着的洋铁盘子，全打落在地面。钵子成了大小若干瓦片，除了地面上还有些零碎饭粒而外，人舍不得吃的饭，都给耗子吃了，那些零碎的饭粒，还要它干什么呢。叹了口气，自走回屋子去。

这点饭喂了耗子，倒不算什么。不过自己有个计划，这些冷饭留着到明天早上，再煮一顿汤饭菜。照着现在这个情形，那就完全推翻了。陶伯笙今晚上若是赢了钱回来，这可向他要一点钱，拿去买米。若是他输了，根本就不必向他开口了。甚至他赌得高兴了，今晚上根本就不回来，连商量的人都没有，干脆，还是自己想法子吧。拿出衣袋里押金戒指的那些钞票数了一数只剩下了五千多元，全数拿去买米，也没有一市斗。此外还有油盐菜蔬呢。而且猜得是对的，过了深夜一点钟，陶伯笙还没有回来，她自觉闷得很，就打开窗户来，伸头向外面看看。

重庆春季的夜半，雾气弥漫的时候较多。这晚上却是星斗满天，在电灯所不能照的地方，那些星斗之光，照出了许多人家的屋脊。这吊楼斜对过也是吊楼，在二层楼的纸窗户格里，猛然电灯亮着，随着窗户也打了开来。在窗户里闪出半截女子的身体。

陶太太就问道："潘小姐，这时候，你还没有睡吗?"那位潘小姐索性伸出头来，笑道："我还是刚刚回来呢。今天，我是夜班。这两天，医院里忙得很，有两位看护小姐都忙病了。我明天八点钟还得去接早班。回来抢着睡几小时吧。现在为生活奔走，真是不容易。陶太太也没有睡?”她叹了一口气道：“潘小姐，就是你所说的话，生活压迫人啦。”潘小姐道：“唉！这年月，生活真过不下去。只要能换下钱来，什么事都肯干。我们医院里找人输血。只说句话，多少人应征?”

陶太太道：“我特意等你回来问呢。我的血验过了，可以合用吗?我希望明天就换到钱。”潘小姐道：“哟，陶太太，你的身体不大好，你不要干吧。”陶太太道：“我的身体不大好吗?我三年来就没有生过一次病。我的血不合用吗?”潘小姐笑道：“合倒是合用的。不过你也不至于短钱用到那种程度。”陶太太道：“合用就好了，潘小姐，我不说笑话。你明天早上，什么时候起来?我到你家里来找你。我们虽然天天见面，隔了窗户说话，你哪里知道我的苦处。唉!”说着，她长长地叹了口气。在她这口气叹过之后，又吁了一声。潘小姐看她这样子。的确是有些为难，便道：“你若是一定要输血的话，你明天早上再来找我吧。”陶太太连说好的好的，方才和潘小姐告别，关上了窗子。

她在床上躺着，睁了眼睛，望了天花板，却只管去想家里要的米，和医院里要的血。她想得迷糊地睡了一觉，被两个上学的孩子惊醒。立刻起床，披着衣服，就打开窗户看看。正好那边的窗户也是洞开着，潘小姐就在窗户边洗脸架子边洗脸。她一抬头，两手托着手巾举了一举，笑道：“陶太太，早哇!”陶太太道：“请你等一等，我就来。”说着，赶快到厨房里取了一盆冷水来，匆匆地洗过一把脸，找了一件干净蓝布大褂，就向潘小姐那边屋子走去。

潘小姐是母女两个人，共住着一间吊楼屋子的。她们都在脸上带了一分惊奇的颜色望着她。她也明白这一点，进门就先笑道：“潘太太，潘小姐，你们一定觉得我要卖血，这是一件很奇怪的事吧?实对你说，我们家里，今天没有下锅的米。我们那位先生，已是两天两夜不回家了，我不想点法子怎么办？”潘太太道：“你们陶先生在外也交际广大呀，难道会窘到这样子？”这五十上下年纪的老太太，穿着件灰布短棉袍儿，瘦削着一张皱纹脸子，倒是把半白的头发，梳得清清楚楚的，手上挽了个篮子，正待出门去买菜呢。

陶太太道：“潘太太，你这不是去买菜吗？我今天就不能去买菜。因为什么？口袋里没有钱。”潘小姐笑道：“陶太太，你是不明白医院里的情形。这输血的事，并不像有米拿出去卖，立刻可以换到钱。你登记和输血的手续，虽是做过了，一定等病人要输血的时候，才叫你去输血。输了血之后，那才可以领到钱。你今天等着米下锅，那可来不及。”

陶太太听了这话，不免脸上挂着几分失望。怔怔地望了她母女两个。潘小姐道：“不过这也碰机会。碰巧了，立刻就有病人等着输血，立刻就可以换到钱。昨天晚上，我听到医生说，有两个病人，情形相当严重，也许今天上午就要输血。若是你的血，正合这两个人用，今天就行，你不妨和我一路去试试。我这马上就走了，你随我去试试吧。”陶太太听了这话，又提起了几分兴趣，就随在潘小姐身后，同到那医院里去。

这时病人正纷纷的挂号就诊。潘小姐先让她在候诊室里等着，先到院长那里去报告。过了一会，她笑着出来道：“你来的机会太好了。我说的那两个病人，果然都要输血。现在正要通知输血的人到医院里来。你的血检验的结果，对病人都合适。今天上午就输50CC。”说着，潘小姐就带她进去见院长和主任医生。

经过了三十分钟，她把一切手续办完了，最后的一个阶段，是一位女看护，将一根细针，插到手膀的血管子里去。针的那头，是小橡皮管子接着，通到小瓶似的玻璃管里去。那玻璃管里有了大半瓶血，这是白饶让医生再拿去看看的。这事完了，潘小姐又让她在护士休息室里候着。

过了一小时，潘小姐拿了一张油印的纸单子递到她手上，笑道："这事情成了。真算你来得巧。你在这志愿书上签个字吧。"陶太太道："早登记过了，我还要签个字吗？难道……"潘小姐笑道："这是手续。"她看那字条上印好的字，是说："今愿输血救济病人，如有意外，与院方无涉。立字为据。"便淡笑道："你们医院也太慎重了。我既然要卖血，还讹人不成。签字就签字吧。"潘小姐还是笑着交代了一句手续，就引她到桌子边，交支笔请她在字条上签个字，然后引她到诊病室里去。

穿白衣服的医生，含笑向她点了个头，在眼镜里面的眼睛，很快地侦察了一下。她看那医生桌上长针、橡皮管、玻璃管一切都已预备好。她料着那个玻璃管就是盛自己的血的，看那容量，总有一小茶杯。但到了这时，她也不管，将右手的衣袖卷起，把头偏到一边去。医生和女护士走近她的身边，她全不顾地只觉得手膀经人扶着，擦过了酒精，插进去了根针。她益发地闭上了眼睛。

她也不知道是经过几多分钟，又觉得手臂上让人在揉擦着，那个插血管的银针也拔走了，便问道："完了吗？"在身边的女护士道："完了。不要紧的。"她这才回过头来，向女护士点了个头。同时，这女护士似乎表示了无限的同情，在沉重的脸色上，也和她点了几下头，而她手上拿着的玻璃管子，可装满了鲜红的液体。

医生将桌上的白纸用自来水笔，很快地写了两行蓝色字，乃是："凭条付给输血费五万元。"他将这张字条交到陶太太手上并给了一个慈祥的笑容，点头道："你到出纳股去取款吧。"陶太太情不自禁的，抖颤了声音，说着谢谢，接过字条，由潘小姐引着，取得了五万元法币。

在民国三十四年的春季，五百元的票额，还不失为大钞，五万元钞票正好是一百张。这医院里出纳员，似乎对卖血的人，也表示几分同情，他们就拿了一叠不曾拆开号码的新票子交给她，这票子印得是深蓝色的，整齐划一，捆束得紧紧的一扎，看起来美丽，拿在手上，也很结实。

陶太太把这叠钞票，掖到衣袋里去，赶快地就走出医院。抬头看看天上太阳，在薄雾里透出来，却是黄黄的。她揣摸着这个时候，应该是十一点多钟，两个上学的孩子，还有些时候到家，这就不忙着回去，先到米市上去买了两斗米，雇了人力车子，先把这米送回去。看看家里没人，再提着菜篮子出门，除了买了大篮子的菜蔬，并且买了斤半猪肉，十几块猪血。又想到小孩子昨晚上为了吃一个咸鸭蛋，而高兴得摔了跤，又买了几个咸鸭蛋带回去。

这样的花费，她觉得今天用钱是十分痛快，把衣袋里的钞票点点数目。那卖血的钱，还剩有五分之二。她心里自己安慰着自己说，虽然抽出去了那一瓶子血，可是买回来这样多的东西，那是太好了。可惜是人身上的血，太有限了，卖过了今天这回，明天不能再卖。她踌躇着这回的收入，又满意着这回的收入，可说是踌躇满志。

就在这个时候，先是两个学生回家了，随后是陶伯笙回来了。他照样地还是夹了那个旧皮包回家，并没有损失掉。不过他脸上的肌肉，一看就觉得少掉了一层。尤其是那些打皱的皮肤，一层接触了一层，把那张不带血色的脸子，更显得苍老。他口角上衔了一支纸烟，一溜歪斜地走进屋子来。陶太太看到，随着身后问道："还喝咖啡不喝，我还给你留着呢。"

陶伯笙耸动着脸上的皱纹，露了几粒微带黄的牙齿，苦笑着道："说什么俏皮话，赢也好，输也好，我并没有带什么南庄的田北庄的地到重庆来赌。我反正是把这条光杆儿身子去滚。滚赢了，楼上楼，滚输了，狗舔油。”说着，他将皮包帽子一齐向小床铺上一丢，然后身子也横在铺上。将两只皮鞋抬起来，放在方凳子上，抬起两手倒伸了个懒腰，连连打了两个呵欠。笑道：“我想喝点好茶，打盆热水来，我洗把脸。”陶太太对他脸上看看，笑着点了两点头。自转身向厨房里去了。

陶伯笙躺着了两三分钟，想着不是味儿，他也就跟到厨房里来。当他走到厨房里的时候，首先看到那条板上，青菜、豆腐、菠菜、萝卜，全都摆满了。尤其是墙钉上，挂了一刀肥瘦五花肉，这是家里平常少有的事。还有个大瓦盆子，装了许多猪血。太太正把脸盆放在土灶上，将木瓢子向脸盆里加着水。灶口里的火，生得十分的旺盛，锅里的水，煮得热气腾腾的。这个厨房是和往日不同了，便笑道：“今天不错，厨房里搞得很热闹。”陶太太道：“你不管这个家，我也可以不管吗？洗脸吧。”说着端了脸盆向卧室里走。

陶伯笙对厨房里的东西都看了一眼，回到卧室里去的时候，见屋角上的小米缸，米装得满满的，木盖子都盖不着缸口。便道：“哟！买了这些个米？家里还有钱吗？”陶太太将洗脸盆放在桌上，将肥皂盒、漱口盂，陆续地陈列着，并把手巾放在脸盆口覆着，然后环抱了两手，向后退着两步，望了丈夫道：“钱还有，可是数目太小，不够你一牌唆的。”

陶伯笙走到桌子边洗脸，一面问道：“我是说箱子里的钱，我都拿走了。家里还有钱办伙食吗？”陶太太笑道：“箱子里没有钱，我身上还有钱呢。你可以在外面混到饭吃。我和两个孩子可没有混饭吃的地方。”陶伯笙笑道：“这可是个秘密，原来你身上有钱，下次找不着赌本的时候，可要到你身上打主意。”陶太太噘了嘴笑，点点头。陶伯笙两手托了热面巾，在脸上来回地擦着笑道：“你样样都办得好，就是那盆猪血办得不大好。”陶太太道：“你把热手巾洗过脸，你也该清醒清醒。还说我猪血办得不好呢。”说着，她眼圈儿一红，两行眼泪急流了下来。

第十三回

回家后的苦闷

陶伯笙问太太的这句话，觉得是很平常，太太竟因这句话哭了起来，倒是出于意外的，因道："猪血这东西，我看是不大干净，吃到嘴里，也没有什么滋味，我说句不好，也没有多大关系，你怎么就伤心起来了？"陶太太在衣袋里掏出一方旧手绢，揉擦着眼睛，淡淡地道："我也不会吃饱了饭，把伤心来消遣。我流泪当然有我的原因，现在说也无益，将来你自然会明白。"

陶伯笙笑道："我有什么不明白的。无非是你积蓄下来的几个钱，为家用垫着花了。这有什么了不起，明后天我给你邀一场头，给你打个十万八万的头钱，这问题就解决了。"陶太太道："说来说去，你还是在赌上打主意，你脑筋里，除了赌以外，就想不到别的事情吗？"

陶伯笙望了她道："咦！怎么回事，你今天有心和我别扭吗？你可不要学隔壁魏太太的样子。她和丈夫争吵的结果，丈夫坐了牢，她自己把家丢了，躲到乡下去。你看这有什么好处？"陶太太道："我和魏太太学？你姓陶的一天也负担不起。人家金镯子钻石戒指，什么东西都有。

我只有一枚金戒指，昨天晚上，就押出去给你打酒喝了。你一天到晚夹了只破皮包，满街乱跑。你跑出了什么名堂来？你还不如李步祥，人家虽是做小生意买卖出身的，终年苦干，多少总还赚几个钱。你有什么表现？你说吧。”

陶伯笙道：“我有什么表现？在重庆住了这多年，我并没有在家里带一个钱来，这就是我的表现。”陶太太笑了一声道：“你在重庆住了这多年没有在家里带钱来，那是不错。可是马上胜利到来，大家回家，恐怕你连盘缠钱都拿不出来。你在重庆多年有什么用？你就是在重庆一百年，也不过在这重庆市上多了一个赌痞。”

陶伯笙把脸一沉道：“你骂得好厉害。好，你从今以后，不要找我这赌痞。”说着，一扭身走到外面屋子里去，提了他那个随身法宝旧皮包，就出门去了。

陶太太在气头上，对于丈夫的决绝表示，也不怎样放在心上，可是他自这日出去以后，就有三天不曾回来。陶太太卖血的几个钱，还可以维持家用。虽然陶伯笙三天没有回家，她还不至于十分焦急。这日下午，她正闷坐在外面屋子里缝针线，一面想着心事，要怎样去开辟生财之道，而不必去依靠丈夫。忽然外面有个男子声音问道：“陶先生在家吗?”她伸头向外看时，是邻居魏端本。

他是新理的发，脸上刮得光光的。头上的分发也梳得清清楚楚。只是身上穿的灰布中山服脏得不像样子，而且遍身是皱纹，这就立刻放下针线迎到门外笑道：“魏先生回来了，恭喜恭喜。”他的脸子，已经瘦得尖削了，嘴唇已包不着牙齿。惨笑了道：“我算作了一回黄金梦，现在醒了，话长，慢慢地说吧，我现在已经取保出来了，以后随传随到，大概可以无事，我太太带着两个孩子到哪里去了？”

陶太太道：“她前几天，突然告诉我，要到南岸去住几天，目的是为魏先生想法子，到南岸什么地方去了，我不知道，她把钥匙放在我这里，小孩子都很好，你放心。”

魏端本道：“我家杨嫂，也跟着她去了？”陶太太进里面屋子去取出钥匙交给了他，向他笑道：“杨嫂跟着她去是对的，不然，你那两个孩子，什么人带着呢。你回去先休息休息吧，慢慢再想别的事。我想，我们都得改换一下环境，才有出头之日。老是这样的鬼混，总想捡一次便宜生意做，发一笔大财，这好像叫花子要在大街上捡大皮包，哪有什么希望？”

魏端本走回家去，看到房门锁着，本来也就满心疑惑，现在听了她的话，更增加了自己的疑团，但是急于要看着自己家里变成了什么样子，也不去追问了，说了声回头见，赶快地走回家去。

打开锁来，先让他吃了一惊，除了满屋子里东西抛掷得满床满桌满地而外，窗子是洞开的，灰尘在各项木器上，都铺得有几分厚，正像初冬的江南原野，草皮上盖了一层霜。床上只剩了一床垫的破棉絮，破鞋好几双，和一只破网篮，都放在棉絮上。桌上放着一只铁锅，盖住了些碗盏，一把筷子，塞在锅耳子里，油盐罐子和酱醋瓶子，代替了化妆品放在五屉桌上，地面上除了碎报纸，还有几件小孩的破衣服。他站着怔了一怔。心想太太这决不是从容出门，必定是有什么急事，慌慌张张就走了，想当年在江苏老家，敌人杀来了，慌忙逃难，也不过是这种情景，这位夫人，好生事端，莫不是惹了什么是非了。

他在屋子中间呆站了一会，丝毫没有主意，后又开了外边屋子的门，这屋子的窗子是关的，里面的东西，都也是平常的布置。他到厨房里去，找到了扫帚掸子，把外面屋子收拾了一番，且坐着休息五分钟。但就是这五分钟，只觉得自己心里，是非常的空虚，出了看守所，满望回得家来，可以得着太太一番安慰，至少看到自己两个孩子，骨肉团聚之后，也可以精神振奋一下。然而……他这个转念还没有想出来，桌子下面瑟瑟有声。低头看时，两只像小猫似的耗子，由床底下溜出来。后面一只，跟着前面这只的尾子，绕了桌子四条腿，忽来忽去，闹过不歇。重庆这个地方，虽然是白天耗子就出现的，可是那指着人迹稀少的地方而言，像外边这间屋子，乃是平常吃饭写字会客的地方，向来是不断人迹的。这时有了耗子，可见已变了个环境。他立刻哀从中来，只觉一阵酸气，直透眼角，泪珠就要跟着流出来。

他又想着，关在看守所里，受着那样大的委屈，自己也不肯哭，现在恢复了自由，回到了家里，还哭些什么？于是突然地站起，带着扫帚掸子，又到里面去收拾着。两间屋子都收拾干净了，向冷酒店的厨房里，舀了一盆凉水擦抹着手脸。看看电灯来火，口也渴了，肚子也饿了，这个寂寞的家庭，实在忍耐不下去。锁了门出去，买了几个热烧饼，带到小茶馆里，打算解决一切。

重庆的茶馆，大的可以放百十个座头，小的却只有两三张桌子，甚至两三张桌子也没有，只是在屋檐下摆下几把支脚交叉的布面睡椅，夹两个矮茶几而已。作风倒都是一样，盖碗泡茶约分四种，沱茶、香片、菊花、玻璃。玻璃者，白开水也。菊花是土产，有铜子儿大一朵，香片是粗茶叶片子和棍子，也许有一两根茉莉花蒂，倒是沱茶是川西和云南的真货，冲到第二三次开水的时候，酽得带苦橄榄味。此外是任何东西不卖，这和抗战时期的公务人员生活，最是配合得来。在三十四年春天，还只卖到十元钱一碗。

魏端本打着个人的算盘，就是这样以上茶馆为宜。但电灯一来火，茶馆里就客满，可能一张灰黑色的方桌子，围着五六位茶客，而又可能是三组互不相识的。他走进一爿中等的茶馆，二三十张桌子的店堂全是人影子，在不明亮的电灯光下拥挤着。他在人丛中站着，四周观望了一下，只有靠柱子，跨了板凳，挤着坐下去。虽然这桌子三方，已经是坐了四个喝茶的人，但他们对于这新加入的同志，并不感到惊异，他们照旧各对了一碗茶谈话。

魏端本趁着茶房来掺开水之便，要了一碗沱茶。先就着热茶，一口气把几个烧饼吃了，这才轮到茶碗掺第三次开水的时候，慢慢地来欣赏沱茶的苦味。他对面坐了一位四十上下的同志，也是一套灰色中山服。不过料子好些，乃是西康出的粗哔叽。他小口袋上夹一支带套子的铅笔，还有一个薄薄的日记本。头发谢了顶，由额头到脑门子上，光滑如镜。他圆脸上红红的，隐藏了两片络腮胡子的胡楂子，他也是单独一个人，和另外三个茶客并不交言。他大口袋里还收着两份折叠了的晚报，而他面前那碗茶，掀开了盖子并不怎样的黄，似乎他在这里已消磨了很久的时间了。

魏先生料着他也是一位公务员，但何以也是一人上茶馆，却不可解，难道也有一样的境遇吗？心里如此想着，不免就多看了那人几眼。那人因他相望，索性笑着点了个头道："一个人上茶馆，无聊得很啊。"魏端本道："可不是。然而我是借了这碗沱茶，进我的晚餐，倒是省钱。重庆薪水阶级论千论万，而各种薪水阶级的生活，倒五花八门，无奇不有，大概我们是最简化的一种。"那人因他说到我们两字，有同情之意，就微微一笑。

魏端本感到无聊，在衣袋里掏摸一阵，并无所获，就站起来，四面望着。那人笑问道："你先生要买纸烟吗？买纸烟的几个小贩子今天和茶馆老板起了冲突，今天他们不来卖烟了。我这里有几支不好的烟，你先尝一支怎么样？"说着，他已自衣服口袋里，掏出一只压扁了的纸烟盒子。

魏端本坐下来，摇着手连说谢谢。那人倒不受他的谢谢，已经把一支烟递了过来，向他笑道："不必客气，茶烟不分家。我这烟起码牌子是黄河。俗言道得好，人不到黄河心不死，吸纸烟的人到了降格到黄河牌的时候，那就不能再降等了，再降等就只有戒烟了。"

魏端本觉得这个人很有点风趣，接过他的烟支，就请问他的姓名。他在口袋里拿出一叠二指宽的薄纸条，撕下一张送过来。这是抗战期间的节约名片。魏端本接了这名片，就觉得这人还有相当交际的，因为交际不广的人，根本就把名片省了。看那上面印着余进取三个字，下注了"以字行"。上款的官衔，正是一个小机关的交际科的科长。这就笑道："我一看余科长就是同志，果然不错。我没有名片，借你的铅笔，我写一写名字吧。"

余进取口袋里铅笔取出来，交给了他，他不曾考虑，就在那节约名片上，把真姓名写下来，递了过去。余进取看到，不由得哦了一声，魏端本道："余科长，你知道吗？"他沉吟着道："我在报上看到过的。也许是姓名相同吧？"魏端本这就省悟过来了，自己闹的这场黄金官司，报上必然是大登特登，今天刚出法院，还不知道社会上对自己的看法，现在人家看到自己的名字，就惊讶起来，想必这个贪污的名声，已经传布得很普遍了。便向余进取点了两点头道："一点不错，报上登的就是我。你先生看我这一身褴褛，可够得上那一份罪名？至少我个人是个黑天冤枉。"

余进取点点头道："你老兄很坦白，这年月，是非也不容易辨白，这是茶馆里，不必谈了。"他说着话时，向同桌的人看了看。另外三个人，虽然是买卖人的样子，自然，他也就感到不谈为妙。吸着烟，谈了些闲话，那三位茶客先走了。

魏端本终于忍不住胸中的块垒，便笑道："余先生，你真是忠厚长者。其实，就把我的姓名，再在报上宣扬着，我也不含糊，我根本是个无足轻重芝麻小的公务员，谁知道我？以后我也改行了。摆个纸烟摊子，比拿薪水过日子也强。话又说回来，薪水这东西，以前不叫着养廉银子吗？薪水养不了廉，教人家从何廉起？无论做什么事的，第一要义，总得把肚子吃饱，做事吃不饱肚子，他怎么不走出轨外去想法子呢？”

余进取隔了桌面，将头伸过来，低声笑道：“国家发行黄金储蓄券，又抛售黄金，分明给个甜指头人家吮吮，好让人家去踊跃办理，而法币因此回笼。这既是国家一个经济政策。公务员也好，老百姓也好，只要他不违背这个政策，买金子又不少给一元钱，为什么公务员一做黄金就算犯法呢？还有些人做黄金储蓄，好像是什么不道德的事一样，不愿人知道，这根本不通，国家办的事，你跟着后面拥护，那有什么错？难道国家还故意让人民做错事吗？”

魏端本听了将手连连的在桌子沿上拍了几下道：“痛快之至！可是像这种人就不敢说这话了。”余进取在袋里取出那两份折叠着的晚报来问道：“你今天看过晚报吗？”魏端本道：“我今天下午三点钟，才恢复了这条自己的身子，还没有恢复平常生活，也没有看报。”

余进取将报塞到他手上，指了报道：“晚报上登着，黄金官价又提高，不是五万就是六万，由两万涨到三万五，才有几天，现在又要涨价了，老百姓得了这个消息，马上买了金子，转眼就可以由一万五赚到两万五，而且是名正言顺的赚钱，他为什么不办？公务员若是有个三五万富余的钱在手上，当然也要办。你不见当老妈子的，她们都把几月的工钱凑合着买一两二两的。”

魏端本点点头道：“余先生这话，当然是开门见山的实情，可是要面子打官腔的人，他就不肯这样说，若有人肯这样想，我也就不吃这场官司了。”余进取又安慰了他几句，两个人倒说得很投机，坐了一个多钟头的茶桌方才分手。

魏端本无事可干，且回家去休息。虽然家里是冷清清的，可是家里还剩下一床旧棉絮，一床薄褥子，藤绷子床柔软无比，回想到看守所里睡硬板，那是天远地隔，就很舒适地睡到天亮。

他还没有起来，房门就推了开来，有人失声道：“呀！哪个开了锁？”他听到杨嫂的声音，一翻身由床上坐起来，问道：“太太回来了吗？”杨嫂看到主人坐在床上，她没有进入，将房门又掩上了。

魏端本隔了门道：“这个家，弄成了什么样子。我死了，你们不知道，我回来了，你们也不知道，你们对我未免太不关心了。”他说是这样地说了，门外却是寂然。心里想着：难道又是什么事得罪了太太，太太又闹别扭了。于是静坐在床上，看太太什么表示。

直等过了十来分钟，外面一点动作没有。下床打开房门来看，天气还早，连冷酒店里也是静悄悄的。里外叫了几声杨嫂，也没有人答应，倒是冷酒店里伙计扫着地，答道：“我一下铺门，杨嫂一个人就回来了，啥子没说，慌里慌张又走了。”魏端本道：“她没有提到我太太？”伙计道：“她没有和我说话，我不晓得。”魏端本追到大门口两头望望，这还是宿雾初收，太阳没出的早市，街上很少来往行人。一目了然，看不到杨嫂，也看不到家中人，这样看起来，杨嫂原是不知道主人回了家，才回来的，看到了主人，她却吓跑了，那么，自己太太，是个什么态度呢？

洗过了手脸，向隔壁陶太太家去打听，正好她不在家，只有两个孩子收拾书包，正打算上学去。因问他：“妈妈呢？”大孩子说：“爸爸好几天没有回来，妈妈找爸爸去了。”魏端本惊着这事颇有点巧合，一个不见了太太，一个不见了先生，那也不必多问了，身体是恢复了自由，手上却没有了钱用，事是由司长那里起，现在想到机关里去恢复职务，那是不可能，但司长总要想点法子来帮助。于是就径奔司长公馆里去。

他还记得司长招待的那间客室，为了不让司长拒绝接见，径直上楼，就叩那客室之门，心里已通盘筹划了一肚子的话，于今是一品老百姓，不怕什么上司不上司，为了司长想发黄金财，职业是丢了，名誉是损坏了，而太太孩子也不见了，司长若不想点办法，那只有以性命相拼。他觉得这个撒赖的手段，是可以找出一点出路的，然而，不用他叩那客室之门，根本是开的，里面空洞洞的，就剩了张桌子歪摆着，就是上次招待吃饭的那个年轻女佣人，蓬着头穿了件旧布大褂，周身的灰尘。

她手提了只网篮，满满的装着破旧的东西，要向外走。她自认得魏端本，先道："你来找司长来了？条了（逃了），坐飞机上云南了。"他怔了一怔道："真的？"她道："朗个不真？你看吗，这个家都空了。"魏端本点点头道："好！还是司长有办法。昨天下午，刘科长来了吗？"她还没有答应，却有人接言道："我今天才来，你来得比我还早。"说着话进来的，正是那刘科长。魏端本叹了口气道："好！他走了，剩下我们一对倒霉蛋。"

刘科长走进屋子各处看看，回转身来和魏端本握手，连连地摇撼了几下，惨笑着道："老弟台，不用埋怨，上当就这么一回，我们不是为了想发点黄金财弄得坐牢吗？做黄金并不犯法，只是为了我们这点老爷身份才犯法，现在我们都是老百姓，把裤子脱下来卖了，我也得做黄金，不久黄金就要提高到五万以上，打铁趁热，要动手就是现在。"说时，他不握手，又连连地拍了魏端本肩膀。他好像有了什么大觉悟一样，交代完了，立刻就转身出去。

魏端本始终不曾回答他一句，只是看看那个女佣人在里里外外，收拾着司长带不上飞机的东西。他心想：人与人之间，无所谓道义，有利就可以合作，司长走了，这位女佣人，还独自留守在这里，她为的是什么？为的就是那些破碎的东西了。那么，反想到自己的太太，连自己的家也不要，那不就是为了家里连破烂东西都没有吗？刘科长说的对，还是弄钱要紧，脱了裤子去卖，也得做黄金生意。他有了这个意思发生，重重地顿了一下脚，复走回家去。

当然，这个家里没有人，究比那有个不管家的太太还要差些，不但什么事都是自己动手，这张嘴也失去了作用，连说话的机会也没有。无可奈何，还是出门去拜会朋友，顺便也就打听打听太太和孩子的消息，但事情是很奇怪，没有任何朋友知道田佩芝消息的，这些情形，给予了他几分启示，太太是抛弃着他走了。夫妻之间，每个月都要闹几回口头离婚，田佩芝走了，也不足为怪，只是那两个孩子，却教他有些舍不得。

他跑了一天，很失望地走回家去。他发现了早上出门，走得太匆促，房门并不曾倒锁，这时到家，房门是开了。他心里想着，难道床上那床破棉絮和那条旧褥子还有人要？他抢步走进屋子去看，东西并不曾失落一样，床面前地板上，有件破棉袄，有条黄毛野狗睡在上面，屋子里还添了一样东西。那野狗见这屋子的主人来了，夹着尾巴，由桌子底下蹿到门外去了。他淡笑了一笑，自言自语地道："这叫时衰鬼弄人。"

坐在床沿上，靠了床栏杆，翻着眼向屋子四周看看，屋子里自己已经收拾过了，屋子中间的方桌子是光光的，靠墙那张五屉桌，也是光光的，床头边大小两口箱子都没有了，留下搁箱子的两个无面的方凳架子。屋子里是比有小孩有太太干净得多了，可是没有了桌上的茶杯饭碗，没有了五屉桌上大瓶小盒那些化妆品，以及那面破镜架子，这屋子里越是简单整洁，他越觉得有一种寂寞而又空虚的气氛。同时，墙角下有两个白木小凳子，那是两个孩子坐着玩的。他想到了两个孩子，好像两个小影子，在那里晃动。他心房连跳了几下，坐不下去了，赶快掩上房门倒扣了，又跑上街来。

他看到街两边的人行道上，来往地碰着走，他看到每一辆过去的公共汽车，挤得车门合不拢来，他觉得这一百二十万人口的大重庆，是人人都在忙着，可是自己却一点不忙，而且感到这条闲身子，简直没有地方去安顿，于是看看街上的动乱，他有点茫然。不知不觉地，随了两位在面前经过的人走去。

走了二三十家店面，他忽然省悟过来：我失业了，我没有事，向哪里去？把可以看的朋友，今天也都拜访完了，晚晌也不好意思去拜访第二次。他想来想去地走着，最后想着，还是去坐茶馆吧。立刻就向茶馆走。

这晚来得早一点，茶馆里的座位，比较稀松，其中有一位客人占着一张桌子的。和人并座喝茶，这是最理想的地方，他就径走拢，跨了凳子坐下。原来坐着喝茶的人，正低了头在看晚报。这时被新来的人惊动着抬起头来，正是昨日新认识的余进取先生。他呀了一声，站将起来，笑着连连的点头道："欢迎欢迎！魏先生又是一个人来喝茶？今天没有带烧饼来？"魏端本笑道："我们也许是同志吧？我吃过了晚饭，所以没有带烧饼，可是余先生没有例外，今天还带着晚报。"

他笑道："你看我只是一位起码的公务员不是？但是我对于国家大事，倒是时刻不能忘怀。我也希望能够发财，有个安适的家，可以坐在自己的书桌上，开电灯看晚报，但也许那是战后的事了。"他说毕，微微地叹了一声，两手捧起晚报来，向下看着。

魏端本听他这话音，好像他也是没有家的，本来想跟着问他的，他已是低头看报，也就自行捧了盖碗喝茶。那余先生看着报，突然将手在桌沿上重重拍了一下道："我早就猜着是这个结果。黑市和官价相差得太多了，政府绝不能永远便宜储蓄黄金的老百姓，到了一定的时期，官价一定要提高。据我的推测，三个月后，黄金的官价一定要超过十万。这个日子，有钱买进黄金，还不失为一个发财的机会。”他先是看了报纸，后来就对了魏端本说，正是希望得一声赞许之词，可是魏端本心里，就别扭着想：怎么处处都遇见谈黄金生意的人呢？

第十四回

有家不归

魏端本迷了一阵子黄金，丝毫好处没有得着，倒坐了二十多天的看守所。他对于黄金生意，虽然不能完全抛开，但他也有了点疑心，觉得这注人人所看得到的财，不是人人所能得到的，可是他的朋友，却不断地给他一种鼓励。第一是陶伯笙太太，她说要另想办法。第二是刘科长，他说以后不受什么拘束，脱了裤子去卖，也要做黄金生意。第三就是这位坐茶馆的余进取先生了。他不用人家提，自言自语地要做黄金生意。这是第二次见面，就两次听到他发表黄金官价要提高。

魏先生心里自想着，全重庆人无论男女老少，都发生了黄金病。若说这事情是不可靠的，难道这些做黄金的人都是傻子？他心里立刻发生了许多问题，所以没有答复余进取的问话。然而余先生提起了黄金，却不愿终止话锋，他望了魏端本笑道："魏先生，你觉得我的话怎么样？有考虑的价值吗？"魏端本被他直接地问着，这就不好意思不答复。因道："只要是不犯法的事，我们什么都可以做。"

余进取笑着摇摇头道："这话还是很费解释的。犯法不犯法，那都是主观的。有些事情，我们认为不犯法，偏偏是犯法的。我们认为应当犯法，而实际上是绝对无罪。再说，这个年月，谁要奉公守法，谁就倒霉。我们不必向大处远处说，就说在公共汽车上买车票吧。奉公守法的人最是吃亏，不守法的人，可以买得到票，上了车，可以找着座位。那守法的人，十回总有五回坐不上车吧？我是三天两天，就跑歌乐山的人，我原来是排班按次序买票，常常被挤掉，后来和车站上的人混熟了，偶然还送点小礼，彼此有交情了，根本不必排班，就可以买到票。有了票，当然可以先上车，也就每次有座位，这样五六十公里的长途，在人堆里挤在车上站着，你想那是什么滋味？那就是守法者的报酬。”

魏端本坐在茶馆里，不愿和他谈法律，也不愿和他谈黄金。因他提到歌乐山，便道：“那里是个大建设区了。现在街市像个样子了吧？”余进取道：“街市倒谈不上，百十来家矮屋子在公路两边夹立着，无非是些小茶馆小吃食馆。有钱的人，到处盖着别墅，可并不在街上。上等别墅不但是建筑好，由公路上引了支路，汽车可以坐到家里去。你想国难和那些超等华人有什么关系？”

魏端本道：“但不知这些阔人在乡下作些什么娱乐。他们能够游山玩水，甘守寂寞吗？”余进取道：“那有什么关系？他们有的是交通工具的便利，什么时候高兴，什么时候进城，耽误不了他们的兴致。若是不进城，乡下也有娱乐，尤其是赌钱，比城里自在得多，既不怕宪警干涉，而且环境清幽，可以聚精会神的赌。天晴还罢了，若是阴雨天，几乎家家有赌。”魏端本笑道：“到了雾季，重庆难得有晴天。”余进取笑道：“那还用说吗？就是难得有一家不赌。这倒也不必管人家，世界就是一个大赌场，不过赌的手法不同而已。你以为希特勒那不是赌？”

魏端本坐的对面，就是一根直柱。直柱上贴了张红纸条，楷书四个大字：“莫谈国事”。他对那纸条看了看，又觉得要把话扯开来，叹口气道："谈到赌，我是伤心之极。"余进取笑道："你老哥在赌上翻过大筋斗的?"他摇摇头道："我不但不赌，而且任何一门赌，我全不会。我的伤心，是为了别人赌，也不必详细说了。"说毕，昂着头长长地叹了口气。

余进取听了这话，就料定他太太是一位赌迷，这事可不便追着问人家。于是在身上掏出那黄河牌的纸烟，向魏端本敬着。他笑道："我又吸你的烟。"余进取笑道："我还是那句话，茶烟不分家，来一支，来一支。"说时，他摇撼着纸烟盒子，将烟支摇了出来。同时，另一只手在制服衣袋里掏出火柴盒子，向桌子对面扔了来。笑道："来吧，我们虽是只同坐过两次茶馆，据我看来，可以算得是同志了。"魏端本看他虽一样好财，倒还不失为个爽直人，这就含笑点着头，把那纸烟接过来吸了。

两人对坐着吸烟，约莫有四五分钟都没有说话。余进取偷眼看了看他的脸色，见他两道眉头子，还不免紧蹙到一处，这就向他带了笑问道："魏先生府上离着这里不远吧?"魏端本喷着烟叹了口气道："有家等于无家吧？太太带着孩子回娘家去了。家里的事，全归我一人做。我不回家，也就不必举火，省了多少事，所以我专门在外面打游击。"

余进取拍了桌沿，作个赞成的样子，笑道："这就很好哇。我也是太太在家乡没来，减轻了罪过不少。别个公教人员单身在重庆，多半是不甘寂寞。可是我就不怎么样，如其不然，我能够今天在重庆，明天有歌乐山吗？魏先生哪天有工夫，也到歌乐山去玩玩？我可以小小的招待。"魏端本淡淡地一笑道："你看我是个有心情游山玩水的人吗？但是，我并没有工作，我现在是个失了业，又失了灵魂的人。"

余进取越听他的话，越觉得他是有不可告人之隐，虽不便问，倒表示着无限的同情，想了一想道："老兄若是因暂时失业而感到无聊，我倒可以帮个小忙，我们那机关，现在要找几个雇员抄写大批文件，除了供膳宿而外，还给点小费。这项工作，虽不能救你的穷，可是找点事情做，也可以和你解解闷。”魏端本道：“工作地点在歌乐山吧？城里实在让我住得烦腻了，下乡去休息两个月也好。这几天我还有点事情要做，等我把这事情做完了，我就来和余先生商量。”

余进取昂头想了一想，点了下巴颏道：“我若在城里，每日晚上，准在这茶馆子里喝茶，你到这里来找我吧。”魏端本听了这话，心里比较是得着安慰，倒是很高兴地喝完了这回茶。

当天晚上他回到家里，独自在卧室里想了两小时，也就有了个决心。次日一早起来，把所有的零钱都揣在身上，这就过江向南岸走去。南岸第一个大疏建区是黄桷垭，连三年不见面的亲友都算在内，大概有十来家，他并不问路之远近，每家都去拜会了一下。他原来是有许多话要问人家，可是他见到人之后，却问不出来，只是说些许久不见，近来生活越高的闲话。可是他的话虽说不出来，在人家不谈他的太太，或者不反问他的太太好吗，这就知道他太太并没有到这里来，那也就不必去打听，以免反而露出了马脚。

这样经过了一日的拜访，并无所得，当晚在黄桷垭镇市上投宿，苦闷凄凉地睡了一晚。第二日一早起来。恐怕去拜访朋友不合宜，勉强地在茶馆里坐着喝早茶，同时，也买些粗点当早饭。这茶饭去菜市不远，眼看到提篮买菜的，倒有一半是人家的主妇，这自然还是下江作风。他就连带地想起一件事，太太的赌友住在黄桷垭的不少人里面很有几位是保持下江主妇作风的。可能她们今天也会来。那么，遇到了她们其中的一个，就可以向她打听太太的消息了。

这样想着，就对了街上来往的行人格外注意。总算皇天不负苦心人，当他注意到十五分钟以后，看到那位常邀太太赌钱的罗太太，提了一只菜篮子由茶馆门前经过，这就在茶座前站了起来，点着头叫了声罗太太。她和魏端本也相当地熟，而且也知道他已是吃过官司的人，很吃惊地呀了一声道："魏先生今天也到这里来了？太太同来的吗？"魏端本道："她前两天来过的。"说着话，他也就走出茶馆来。

罗太太道："她来过了吗？我并没有看到过她呀。我听到说她到成都去了。"魏端本无意中听了这个消息，倒像是兜胸被人打了一拳。这就呆了一呆，苦笑着没有说出什么话来。罗太太多少知道他们夫妻之间的一点情形，立刻将话扯了开来。笑道："魏先生，你知道我家的地点吗？请到我家去坐坐。"魏端本道："好的，回头我去拜访。"其实，他并不知道罗公馆在哪里。

眼望着罗太太点头走了，他回到茶座上呆想了一会，暗下喊着："这我才明白，原来田佩芝到成都去了。这也不必在南岸胡寻找些什么，还是自回重庆去作自己前途的打算。这位抗战夫人早就有高飞别枝的意思，女人的心已经变了，留恋也无济于事，只要自己发个千儿八百万的财，怕她不会回来。所可惜的是自己两个孩子，随着这个慕虚荣的青年母亲，知道他们将来会流落到什么人手上去。嗐！人穷不得。"

随了他这一声惊叹，口里不免喊出来，同时，将手在桌沿上拍了一下。凡是来坐早茶馆的人，在这乡镇上大多数是有事接洽，或赶生意做的。只有魏先生单独地起早坐茶馆无所事事，他已经令人注意。他这时伸手将桌子一拍，实在是个奇异的行动，大家全回过头来向他望着。他也觉得这些行动，自己是有些失态，便付了茶资，匆匆地走了。

他独自地走着路，心里也就不断的思忖借以解除着自己的苦闷。他忽然听到路前面有操川语的妇人声，还带了很浓重的江苏音，很像是自己太太说话。抬头看时，前面果有三个妇人走路。虽然那后影都不像自己的太太，但他不放心，直等赶上前面分别看着，果然不是自己的太太，方才罢休。

他在过渡轮的时候，买的是后舱票。他看到有个女子走向前舱，非常像自己的太太。后舱是二等票，前面有木栅栏着，后舱人是不许可向前舱去的。他隔了木栅，只管伸了头向前舱去张望着。当这轮船靠了码头的时候，前后舱分着两个舱口上岸，魏端本急于要截获自己的太太，他就抢着跑到人的前面去。跳板只有两尺多宽，两个排着走，是不能再让路的了。他急于要向前，就横侧了身子，作螃蟹式的走路。在双行队伍的人阵上，沿着边抄上了前。上岸的人看到他这个样子，都瞪了大眼向他望着。但他并不顾忌，上了岸之后，一马当先，就跑到石坡子口上站定，对于上岸的任何一个人，都极力地注意看。

在上岸的人群中，他发现了三个妇人略微有点儿像自己的太太，睁了大眼望着。可是不必走到面前，又发现自己所猜的是差之太远了。站在登岸的长石坡上，自己很是发呆了一阵。心想，自己为什么这样神经过敏。太太把坐牢的丈夫丢了，而出监的丈夫，就时刻不忘逃走的太太。

他呆站着望了那滚滚而去的一江黄水。那黄水的下游，是故乡所在，故乡那个原配的太太，每次来信，带了两个孩子，在接近战场的地方，挣扎着生命的延长，希望一个团圆的日子。无论怎么样，那个原配的太太是大可钦佩的。他这样地想着，越觉得自己的办法不对，这也就不必再去想田佩芝了。

他回想到余进取约他到歌乐山去当名小雇员，倒还是条很好的路子，当天晚上就去茶馆里去候他，偏是计划错了，他这天并不曾来。过了三天，也没有见着。自己守着那个只有家具，没有细软，没有柴米的空壳家庭，实在感到无味，而自己身上的零碎钱，也就花费得快完了。终日向亲友去借贷，也不是办法，于是自下了个决心，向歌乐山找余先生去。好在余先生那个机关，总不难找。他锁上了房门，并向冷酒店里老板重托了照应家，然后用着轻松的情绪，开着轻松的步子，向长途汽车站走去。

这个汽车站，总揽着重庆西北郊的枢纽，所有短程的公共汽车，都由这里开出去。在那车厂子里，成列的摆着客车，有的正上着客，有的却是空停在那里的。车站卖票处，正排列着轮班买票的队伍。在购票的窗户外面，人像堆叠在地面上似的，大家在头顶上伸出手来，向卖票窗里抢着送钞票。魏端本看看这情形，要向前去买票是不可能的，而且卖票处有好几个窗户眼，也不知道哪个窗户眼是卖歌乐山的票。

他被拥挤着在人堆的后面，正自踌躇着，不知向哪里去好，也就在这时，听到身后有人叫人力车子，那声音非常像自己太太说话。赶紧回头看时，也没有什么迹象。他自己也就警戒自己，为什么神经这样紧张？风吹草动都和自己太太有关系，那也徒然增加自己的烦恼，于是又向前两步挤到人堆缝里去，接着又听到有人道："柴家巷和人拍卖行。"这句话，听得清清楚楚，决计是自己太太的声音。

刚才回头看时有一辆由歌乐山开来的车子，刚刚到站才有两三个人下车。当时只注意到站上原来的人，却没有注意上下车的人，也许是太太没有下车，就在车子上叫人力车的。这样想着，立刻回转身来向车厂子外看了去，果然是自己的太太，坐在一辆人力车上。因为车站外就是一段下坡的马路，人力车顺了下坡的路走去，非常地快，只遥远地看到太太回转雪白泛红的脸子，向车站看上了一眼，车站上人多，她未必看见了丈夫。

抬起手来，向马路那边连连地招了几招，大声叫着佩芝，可是他太太就只回头看了一次，并不曾再回过头。他就想着：太太回到了重庆，总要回家，到家里去等着她吧。钥匙在自己身上，太太回去开不了门，还得把她关在房门外头呢，想时，不再犹豫了，一口气就跑回家去。

冷酒店里老板正站在屋檐下，看到他匆匆跑回来，就笑问道："魏先生不是下乡吗？"他站着喘了两口气，望了他道："我太太没有回来？"老板道："没有看见她回来。"魏端本还怕冷酒店老板的言语不可靠，还是穿过店堂，到后面去看看。果然，两间房门，还是自己锁着的原封未动。

他想着太太也许到厨房里去了，又向那个昏暗的空巷子里张望一下。这厨房里炉灶好多天没有生火，全巷子是冷冰冰的。人影子也没有，倒是有两只尺多长的耗子，在冷灶上逡巡，看到人来，抛梭似的逃走，把灶上一只破碗冲到地面，打了个粉碎。魏先生在这两只老鼠身上，证明了太太的确没有回来。他转念一想，她是把钥匙留在陶家的，也许她在陶家等着我吧？于是抱着第二次希望，又走到隔壁陶家去。

那位陶伯笙太太，提了一篮子菜，也正自向家里走。她没有等魏端本开口，先就笑道："太太是昨晚上回来的吗？怎么这样一早就出去了？"魏端本道："你在哪里看到她的，看错人了吧？"陶太太笑道："我们还说了话呢，怎么会看错了人呢？"她并不曾对魏端本的问话怎样注意，交代过也就进家去了。

魏端本站在店铺屋檐下，不由得心房连跳了几下。她回到了重庆，并不回家，也没有带孩子，向哪里去了？而且她回头一看时，见她胭脂粉涂抹得很浓，身上又穿的是花绸衣服，可说是盛装，她又是由哪里来？听到叫车子是向人和拍卖行去，她发了财了，到拍卖行里收买东西去了，彼此拆伙，也不要紧，但为了那两个孩子，总也要交代个清楚，时间不算太久，就到拍卖行去看看，无论她态度如何，总也可以水落石出。他这样想着立刻开快了步子，就向柴家巷走了去。

事情是那样的不巧，当魏先生看到人和拍卖行大门，相距还有五十步之遥，就见一个女人穿了宝蓝底子带花点子的绸衫，肩上挂了一只有宽带子的手皮包，登上一部漂亮的人力车，拉着飞跑地走了。那个女人，正是自己的太太。他高喊着佩芝佩芝，又抬起手来，向前面乱招着，可是那辆车子，是径直地去了，丝毫没有反响。

魏端本看那车子跑着，并不是回家的路，若是跟着后面跑，在繁华的大街上未免不像样子。他慢慢地移步向前，且到拍卖行里去探听着，于是放从容了步子，走进大门去。这是最大的一家拍卖行，店堂里玻璃柜子，纵横交错的排列着。重庆所谓拍卖行，根本不符，它只是一种新旧物品寄售所，店老板无须费什么本钱，可以在每项卖出去的东西上得着百分之五到十的佣金。所以由东家到店员，都是相当阔绰的。

魏端本走进店门去，首先遇到了一位穿西服的店员，年纪轻轻的，脸子雪白，头发梳得很光，鼻子上架着金丝眼镜，看起来，很像是个公子哥儿。魏端本先向他点了头，然后笑道："请问，刚才来的这位小姐，买了什么去了？"那店员翻了眼睛向他望着，见他穿了灰布制服，脸上又是全副霉气，便道："你问这事干什么？那是你家主人的小姐吗？"

魏端本听着，心想，好哇，我变成了太太的奴隶了。可是身上这一份穿着和太太那份穿着一比，也无怪人家认为有主奴之分。便笑道："确是我主人的小姐。主人嘱我来找小姐回去的。"说到这里柜台里又出来一位穿西服的人，年纪大些，态度也稳重些，就向魏端本道："你们这位小姐姓田，我们认得她的。她常常到我们这里来卖东西。前几天她在手上脱下一枚钻石戒指，在我们这里寄卖，昨天才卖出去。今天她来拿钱了。买主也是我们熟人，是永康公司的经理太太。你们公馆若要收回去的话，照原价赎回，那并没有问题。"

魏端本明白了，拍卖行老板，把自己当了奉主人来追赃的听差。笑道："那是小姐自己的东西，她卖了就卖了吧。主人有事要她回去。不知道她向哪里去了。”那年纪大的店员向年纪轻的店员问道：“田小姐不是不要支票，她说要带现钞赶回歌乐山吗？”年轻店员点了两点头。那店员道：“你要寻你们小姐，快上长途汽车站去，搭公共汽车，并没有那样便利，你赶快去，还见得着她，不过你家小姐脾气不大好，我是知道的，你仔细一点，不要跑了去碰她的钉子。”

魏端本听到这些话，虽然是胸中倒抽几口凉气，可是自己这一身穿着，十分的简陋，那是无法和人家辩论的。倒是由各方面的情形看起来，田佩芝的行为，是十分的可疑，必须赶快去找着她，好揭破这个哑谜。这样想了，开快了步子，又再跑回汽车站去。

究竟他来回地跑了两次，有点儿吃力，步伐慢慢地走缓了。到了车站，他是先奔候车的那个瓦棚子里去。这里有几张长椅子，上面坐满了人，并不见自己的太太，再跑到外面空场子来，坐着站着的人，纷纷扰扰，也看不出太太在哪里。他想着那店友的话，也未必可靠，这就背了两手，在人堆里来回地走着。

约莫是五六分钟，他被那汽车哄咚哄咚的引擎所惊动，猛然抬头，看到有辆公共汽车，上满了客，已经把车门关起来了。看那样子，车子马上就要开走。车门边挂了一块木牌子，上写五个字，开往歌乐山。他猛然想起，也许她已坐上车子去了吧？于是两只脚也不用指挥，就奔到了汽车边。这回算是巧遇，正好车窗里有个女子头伸了出来，那就是自己的太太。他大声地叫了一句道：“佩芝，你怎么不回家？又到哪里去？”

魏太太没有想到上了汽车还可以遇到丈夫，四目相视，要躲是躲不了的。红了脸道：“我……我……我到朋友那里去有点事情商量，马上就回来。”魏端本道：“有什么事呢？还比自己家里的事更重要吗？你下车吧。”魏太太没有答言，车子已经开动着走了。

魏端本站在车子外边，跟着车子跑了几步，而魏太太已是把头缩到车子里去了。他追着问道："佩芝，我们的孩子怎么样了？孩子！孩子！"

第十五回

各有一个境界

魏端本先生虽是这样地叫喊着，可是开公共汽车的司机，他并不晓得，这辆汽车，很快地就在马路上跑着消失了。他在车站上呆呆地站了一阵子，心里算是有些明白：太太老说着要离婚，这次是真的实现了。她简直不用那些离婚的手续，径自离开，就算了事。太太走了就走了，那绝对是无可挽回的，不过自己两个孩子总要把他们找回来。

他站着这样出神，那车站上往来的人，看到他在太阳光下站着，动也不动，也都站着向他看。慢慢的人围多了，他看到围了自己，是个人圈子，他忽然省悟，低着头走回家去。他说不出来心里是一种怎样的空虚，虽然家里已经搬得空空的，可是他觉着这心里头的空虚，比这还要加倍。所幸家里的破床板，还是可以留恋的。他推着那条破的薄棉絮，高高地堆着，侧着身子躺下去。也许这天起来得过早，躺下去，就昏昏沉沉地睡着了。

不知睡了多少时候，醒过来坐着，向屋子周围看看，又向开着的窗口看看，自言自语地说了句没意思，他又躺下了。这次躺下，他睡得是半醒，听得到大街上的行人来往，也听到前面冷酒店里的人在说话，可是又不怎样的清楚。几次睁开眼来，几次复又闭上。最后他睁开眼，看到屋梁上悬下来的电灯泡，已发着黄光，他就突然地一跳，又自言自语地道："居然混过了这一天，喝茶去。"

他起身向外，又觉得眼睛迷糊，人也有些昏沉沉的，这又回身转来，拿了旧脸盆，在厨房里打了一盆冷水来洗脸。虽然这是不习惯的，脸和脑子经过这冷水洗着，皮肤紧缩了一下，事后，觉得脑子清楚了许多，然后在烧饼店里买了十个烧饼将报纸包着，手里捏了，直奔茶馆。这次没有白来，老远的就看到余进取坐在一张桌子边，单独地看报喝茶。魏先生当然和他同桌坐下。余进取只是仰着脸和他点了个头，然后又低下头去看报。

魏端本是觉得太饥饿了，幺师泡了沱茶来了，他就着热茶，连续地吃他买的十个烧饼。余进取等他吃到第八个烧饼的时候，方才放下报来，这就笑道："老兄没有吃饭吧？我看你拿着许多烧饼，竟是一口气吃光了。"魏端本道："实不相瞒，我不但没有吃晚饭，午饭也没有吃，早饭我们是照例免了的。"

余进取将手上的报纸放在桌沿上，然后将手拍了两下，叹道："老兄，你的生活太苦了，这样下去，你这样维持生活，再说，你有家属的人，太太也不能永远住在亲戚家里，她肯老跟你一样，每日只吃几个烧饼度命吗？"魏端本道："那是当然。离乱夫妇，也管不了许多，大难来到各自飞跑。"说着，他连续地把那剩余的两个烧饼吃了，然后，端起盖碗来，咕嘟了两口热茶。

余进取道："我劝你还是找点小生意做吧，不要相信那些高调，说什么坚守岗位。"魏端本道："我当然不会相信这些话，而且我根本也没有岗位。"余进取道："你能那样想，那就很好。你看这报上登着这物价的行市，上去了就不肯下来，纵然有跌，也是涨一千跌五十，连一成也不够。你不要相信什么管制统制的话，譬如黄金官价现定三万五一两，官家可不肯照这行市二两三两的卖现金给你。你要买，是六个月以后兑现的黄金储蓄券，或者是连日期都没有的期货，而且那是给财神爷预备的，我们没有这分希望。我们只有做点儿小生意买卖吧，反正什么物价，也是跟了黄金转。你看今天的晚报。”说着，他将手指着晚报的社会新闻版。

魏端本看那手指的所在，一行大字题目，载着七个字：“金价破八万大关。”他心里想着，原来余先生天天看晚报上劲，他所要知道的，并不是我们的军队已反攻到了哪里，而是金价涨到了什么程度。像他这样一个天天坐小茶馆的人，有多少钱买金子，何必这样对金价注意？他是这样想着，而余先生倒是更是表现着他对金价的注意。他已把那张晚报重复地捧了起来，就在那昏黄的灯光下看。

魏端本笑道：“余先生，我倒有句话忍不住要问你了。你大半时间在乡下的，在乡下打听不到金价，我们要根据这金价做生意，那怎样进行呢？”他含笑道：“做生意的人，无论住在什么地方，消息也是灵通。就以我住的歌乐山而论，那周围住的金融家、政治家，数也数不清，在他们那里就有消息透出来。”

今天听到歌乐山这个名词，魏端本就觉得比往日更加倍的注意。这就问道：“歌乐山的阔人别墅很多，那我是知道的，好像女眷们都不在那里。”余进取道：“你这话正相反。别墅里第一要安顿的就是好看的女人。有眷属的，当然由城里疏散到乡下去。没有眷属的，他们也不会让别墅空闲着。你懂这意思吗？那里也可以凑份临时家眷啦，有钱的人何求不得？”他说着话，不免昂起头来叹了口气。

这话像是将大拳头在魏先生胸口上打了一下，他默默地喝着茶，有四五分钟没有作声。他脸上现出了很尴尬的样子，向余进取笑问道：“你几时回歌乐山去？”余进取见他脸上泛起了一些红色，以为他是不好意思。这就向他笑道：“我本来打算后天回去。不过我来往很便利，我可以陪同你明日到歌乐山去，给你把那工作弄好。抄文件这苦买卖，现在没有人肯干，你随时去都可以成功，是我先提议的，你有什么不好开口的呢？”

他根本没有了解魏端本的心事，魏先生苦笑了一笑，又摇了两摇头道：“朋友，我落到现在，还有什么顾忌，而不愿开口向人找工作吗？我心里正还有一件大事解决不了，我想找个人商量商量。这人也许在歌乐山。所以我提到下乡，我心里就自己疑惑着，是不是和那人见面呢？”余进取笑道：“大概你是要找一位阔人。”魏端本道：“那人反正比我有钱。我知道今天她就卖了一只钻石戒指。”余进取道：“是个女人？”

魏端本也没有答复他这话，自捧起盖碗来喝茶。他向旁边桌子上看去，那里正有两个短装人，抱了桌子角喝茶，其间一个不住的向这边桌子上探望。魏端本心想，什么意思？我那案子总算已经完了，他老是看着我，还有人跟我的踪吗？就在这时，一位穿粗哔叽中山服的中年汉子，走了进来，下面可是赤脚草鞋。头上戴了顶盆式呢帽子，走进了茶馆，也不取下。这就听到送开水的幺师叫着，刘保长来了。那个短装人，就仰向前道：“保长，我正等着你呢，一块儿喝茶吧。”刘保长笑道：“要得吗！罗先生多指教。洪先生倒是好久不见，听说现在更发财了。”那个姓罗的，就拉了保长到更远的一张桌子上去了。魏端本想着，这事奇怪，简直是计算着我。我可以不理他。法院已经把我取保释放了，还会再把我抓了去不成？而且我恢复自由，天天为了两顿饭发愁，根本没有什么行动可以引人注意的。这就偏过脸去和余进取谈话。余先生心里没事，也就没有注意往别张茶桌上看。看了他那份尴尬的样子，倒十分地同情他，就约了次日早晨坐八点钟第二班通车到歌乐山去。

魏端本说不来心里是一种什么滋味，像是空荡荡的，觉得什么希望都没有了。好像有千种事万种事解决不了，把五脏都完全堵塞死了。他出了茶馆，走到自己家的冷酒店门口，他又停住了脚，转着身向大街上走。他看到那个绸缎百货店窗饰里灯彩辉煌，心里就骂着：这是战时首都所应有的现象吗？走到影院门口，看到买电影票子的，也是排班站了一条龙，他心里又暗骂着：这有买黄金储蓄券那个滋味吗？看到三层楼的消夜店，水泥灶上，煮着大锅的汤团，案板上铺着千百只馄饨，玻璃窗里，放着熏腊鱼肉，仿佛那些鱼肉的香味都由窗缝子里射了出来，那穿西装的人，手膀上挽了女人，成对地向里面走。他心里想着：这大概都是做生意的人吧。这世界是你们的，你们囤积倒把，有了钱就这样的享受。我们不过挪用几个公款，照规矩去做黄金储蓄，这有什么了不得，而自己就为这个坐了牢了。天下事，就这样不平等？我要捡起一块砖头来，把这玻璃窗子给砸了。

他想到这里，咬着牙，瞪了眼睛望着。身后忽然有人叫道：“魏先生，你回来了。”他回头看时，正是邻居陶伯笙，他站在人行路上，身子摇摇晃晃的，几乎是要栽倒，虽是不曾说话，那鼻子里透出来的酒味，简直有点让人嗅到了要作呕。便答道：“我回来好几天了。老没有看到你。你们都到哪里去了？”陶伯笙两手一拍道：“不要提，赌疯了。”

他说这话时，身子前后摇荡着，几乎向魏端本身上一栽。他道：“陶兄，你喝多了，我送你回去吧。”陶伯笙摇了两摇头道：“我不回去。我不发财，我不回去。要发财，也不是什么难事。实不相瞒，我已经兜揽得了一笔生意。我陪人家到雷马屏去一道，回来之后，他们赚了钱，借一笔款子我做生意。我……”说着，他身子向前一歪，手扶了魏端本的肩膀，对他耳朵边，轻轻地道：“雷波这一带，是川边，出黑货，黑市带来脱了手，我们买黄的。”

魏端本立刻将他扶着，笑道：“老兄，你醉了。大街之上，怎么说这些话。”他站定了，笑道：“没关系，人为财死，鸟为食亡。我今天晚上有个局面，再唆哈一场，赢他一笔川资。回去我是不回去的了。我已经知道，我女人在医院里输血，换了钱买米，我男子汉大丈夫，还好意思回家去吃她的血吗？今天晚上赢了钱，明天请你吃早点。”他说着这话，抬起一只手在空中招了两招，跌跌撞撞，在人丛中就走了。走了十来步，他又复身转来，握了魏端本的手道：“我们同病相怜。我太太瞧不起我，你太太也瞧不起你，我太太若有你太太那样漂亮，那有什么话说，也走了。你太太的事，我知道一点，不十分清楚，谁让你不会做黄金生意呢？”他说了这话，伸手在魏端本肩上拍了两下，那酒气熏得人头痛。

魏端本赶快偏过头来，咳嗽了两声，回过头来时，他已走远了。魏端本听了这话，心里是格外地难过。回家的时候，正好在门口遇到陶太太，她左手上提了一只旅行袋，右手扶一根手杖。魏端本道：“你这样深夜还出门吗？”她道：“你不看我拿着手杖，我是由外面化缘回来。”他道：“化缘？这话怎么说？”她叹了口气道：“老陶反对我劝他戒赌，他有整个礼拜不回来了。我知道他无非是在几个滥赌的朋友家里停留下了，那也只得随他去吧。他不回来，我倒省了不少开支。我现在自食其力，在亲戚朋友那里，不论多少，各借了一点钱，有凑一万八千的，也有千儿八百的，装了这一袋零票碎子，从明天起，我出去摆个纸烟摊子。我倒要和他挣一口气。”

魏端本听了这话，就没有敢提陶伯笙的话。不过陶伯笙说是同病相怜，却不解何故。他呆站着望了陶太太，不能作声。陶太太倒怪不好意思的，悄悄地走了。

魏端本将陶家夫妇和自己的事对照一下，更是增加了感慨，也懊丧地走回家去。卧室门是开的，电灯也亮了，他心想：出门的时候，是带着房门的，难道又是野狗冲进去了？可是野狗也不会开电灯。因此进房之后，不免四处张望，见方桌上放了一封信，上写魏端本君开拆，那信封干净，墨汁新鲜，分明是新写的。赶快拿起信来，将信笺抽出来看，倒只有一张信纸，并无上下款。信纸上写：

你太太在外边，行同拆白，骗了友人金镯、钻石、衣料多件，又窃去友人现款三百万元之多。听说你要下乡去找她，那很好。你告诉她，偷骗之物，早早归还，还则罢了。如其不然，朋友绝不善罢甘休。阁下也必须连带受累。请将此信，带给她看，她自知写信者为谁也。

信后画了一把刀，注着日子，并无写信人具名。魏先生拿了这纸信在手上，只管周身发抖。眼看了这纸上的字都像虫子一样，只管在纸上爬动。他将信放下，人向床铺上横倒下去，全身都冒着冷汗。

他前后想了两三小时，最后，他自己喊出了个“罢”字，算是结论，而且同时将床铺捶了一下。他当然又是一晚不曾睡好。不过他迷糊着睡去，又醒来之后，却是听到一片的嘈杂市声。在大街上寄居的人，这点可告诉他是时间不早了，他跳下床来，首先到前面冷酒店里去打听了一下时间，业已八点。他匆匆地收拾了十五分钟，立刻带了一个包袱，奔上汽车站。

又是个细雨天，满街像涂了黑浆，马路两边，纸伞摆着阵势，像几条龙灯，来往乱钻。穿过两条街，在十字路口，有个惊奇的发现。陶太太靠着一家关闭着店门的屋檐，坐在阶石上，身边立着一个白木支脚的纸烟架子，其上摆满了纸烟盒。她身上穿件旧蓝布罩衫，左鼻子上架了一副黑眼镜，两手撑起一把大雨伞，然而她衣服的下半截，已完全打湿了。在那副黑眼镜上，知道她是不愿和熟人打招呼的，自也不必去惊动她了。

他又是低了头走着。有人叫道："魏先生，也是刚出门，我怕我来迟了，你会疑心我失约的。"说话的，正是余进取，他是由一家银楼出来。魏端本道："余先生买点金子?"他低声笑道："我买什么金子？我有这么一个嗜好，若是在城里的话，我总得到银楼里去看看黄金的牌价。银楼是重庆市上的新兴事业，几乎每条街上都有银楼，我随便走到哪里，都可以看看黄金的牌价。在这点上，倒让我试出了银楼业的信用，这倒是一致的，任何大小银楼，牌价倒是一样。"魏端本满腹都是愁云惨雾，听了他这话，倒禁不住笑了出来。

却喜是阴雨天，下乡人少，到了车站，很容易地买到了车票。上车之后，魏端本又发现了一个可注意的人，便是昨晚在茶馆里向保长说话的罗先生。他紧跟在后面，走上了车子，就找个座位坐了。魏端本看他一眼，他也就回看了一眼。魏端本心里想着，难道我还值得跟踪？好在自己心里是坦然的，就让他跟着吧。

他默然地和余进取坐在车子角上。但是姓余的却不能默然，一路都和他谈着物价黄金。魏端本只是随声附和，并没有发表意见。余进取也就看到了他一点意思，把话转了一个方向。因道："你的工作没有问题，不必发愁。为了安定你的心事起见，下车之后，我就带你去见何处长。本来这事无须去见这高级长官，不过他这个人倒也平民化，你和他谈过了，给他一个好印象，也许有升迁的机会。"魏端本只是道谢着。

十二点钟，车子到了歌乐山。余进取是说了就办，下车之后，将彼此带的东西，存在镇市上一家茶馆里，就带了魏端本向何处长家来。离开公路，由山谷的水田中间，顺了一条人行小路，走上一个小山丘。那山丘圆圆的，紧密着生了松槐杂树，有条石砌的坡子，在绿树里绕着山麓上升。这个日子，正是杜鹃花盛开的时候，树底下，长草丛中，还有石砌缝子里，一丛丛的杜鹃花红得像在地面上举着火把。这时细雨已经定止了，偶然有风经过摇着树枝，那上面的积水，打在石坡上作响。

魏端本道："在这个地方住家真好，这里是没有一点火药味的。"余进取笑道："我们得发财呀，发了财就可以有这种享受了，所以我脑子里昼夜都是一个经营发财的思想。这个大前提不解决，其余全是废话。有人笑我财迷，你就笑我吧。他们没有知道这无情的社会，是现实不过的，没有钱还谈什么呢。"

魏端本还想答应他这话，隔了树林子，却被风送来一阵女人的笑语声。这是快到何处长的家了，大家就停止了谈话。顺石路，穿过了树林，是个小山谷。四周约有三四亩大的平地，中间矗立着三幢小洋楼。洋楼面前，各有花圃，正有几个男女在花圃中的石板路上散步。其中有个穿中山服的汉子，余进取收着雨伞，站定了向他一鞠躬，叫着何处长。魏端本只好远远地站住了。可是，这让他大大地惊奇一下。

何处长后面，站着两个女人，手挽手地在看风景。其中一位穿蓝花绸长衫的烫发女郎，就是自己的太太。她似乎没有料到丈夫会到这里来，还在和那个挽手的女人说笑。她道："何太太，你昨晚上又大大地赢了一笔，该进城请客了。处长什么时候去呢？搭公家的车子去吧。"

魏端本料着那位太太，就是处长夫人，自己正是求处长赏饭吃而来，怎好去冲犯处长夫人的女友，就没有作声。余进取已是抢先两步走到处长面前去回话。何处长听过他介绍之后，点了两点头。余进取回头向魏端本招着手道："韩先生你过来见处长。"这是早先约好了的。魏端本这三个字为了黄金案登过报，不能再露面，他改叫着韩新仁了。

这声叫喊，惊动了魏太太回过头来，这才看清楚了是丈夫来了。她脸色立时变得苍白，全身都微微地抖颤着。何太太握了她的手道："田小姐，你怎么了？”她道：“大概感冒了，我去加件衣服吧。”说毕，脱开何太太的手，就走到洋楼里面去了。魏端本虽然心里有些颤动，但他已知道自己的太太完全变了，这相遇是意外，而她的态度却非意外，也就从从容容走到何处长面前回话去。当然，这在他两人之外，是没有人会知道当前正演着一幕悲喜剧的。

第十六回

你太残忍了

这位何处长倒的确是平民化，看到魏端本走了过去，他也伸着手，和他握了一握。然后笑道：“韩先生，我们这抄写文件，是个机械而又辛苦的工作，你肯来担任，我们欢迎。不过我们有相当的经验，往日来抄写的雇员，往往是工作个把月，就挂冠不辞而去。新旧衔接不上，我们的事情倒耽误了。我们希望韩先生能够多做些日子。”

魏端本在这个时候，简直是方寸已乱。但他有一个概念，这个地方，决不能多勾留，可是何处长和他这么一客气，他拘着面子倒是不好有什么表示了，只是连连地说了几遍是。

何处长又道：“我们办公的地方，离这里也不远，有什么不了解的地方，你可以问李科长。李科长如不在办公室里，你径直来问我也可以，余先生索性烦你一下，你引他去见一见李科长去。”余进取当然照着何处长的指示去办。

魏端本跟到办公处。见过那李科长，倒也是照样地受着优待。他那不肯在这里工作的心思，也就只得为这份优待所取消。

这个办公地点，自然是和那何处长公馆的洋楼不可同日而语。这里是靠着山麓盖的一带草房，木柱架子，连着竹片黄泥石灰糊的夹壁。因为是夹壁，所以那窗户也不能分量太重，只是两块白木板子，在直格子里来回的推拉着，不过窗外的风景，还不算坏，一片水田，夹在两条小山之中。这小山上都高高低低长有松树，这个日子，都长得绿油油的。水田里的稻子长着有两三尺高，也是在地面上铺着青毡子。稍远的地方，有两三只白色的鹭鸶在高的田埂上站着。阴阴的天气，衬托着这山林更显着苍绿。

这里李科长为了使他抄写工作不受扰乱起见，在这一带屋子最后的一间让他工作。这里有一位年老的同事，穿一件旧蓝布大褂，秃了一个和尚头。头发和他嘴上的胡子一样，是白多黑少，架了一副大框老花眼镜，始终是低头抄写。仅是进门的时候李科长和他介绍这是陈老先生，而且声明着，他是个聋子。这样事实上还等于他一人在此工作，连个说话的机会都没有。一张白木小桌子，靠窗户摆着，上面堆了文具和抄件。

魏端本和陈老先生，背对背各在窗户下抄写，抄过两页，送给李科长看了，他对于速度和字体，认为很满意，就吩咐了庶务员，给他在职员寄宿舍里找了一副床铺，并介绍他加入公共伙食团。他虽对于这个工作非常的勉强，可是人家这份温暖，却不好拒绝。

到了黄昏时候，余进取又给他在茶馆里把包裹取来，并扛了一条被子来，借给他晚上睡眠，而且悄悄地还塞了几千钞票在他手上当零用。魏先生在这多方面的人情下，他实在不能说辞谢这抄写工作的话。

当晚安宿在寄宿舍里，乃是三个人共住的一间屋子，另外两位职员，他们是老同事，在菜油灯光下，斜躺在床铺上谈天。魏端本新到此地，又满腹是心事，也只有且听他们的吧，他们由天下大事谈到生活，再由生活谈到本地风光。

一个道："老黄呀，我们不说乡下寂寞，今天孟公馆里就在开跳舞会呀。老远望见孟公馆灯火通明，那光亮由窗户里射出来，照着半边山都是光亮的。我一路回来，看到红男绿女，成双作对向那里走。"又一个道："我们何处长太太一定也加入这个跳舞会的。"那个道："一点不错。她还带了两位女友去呢，什么甜小姐咸小姐都在内。她可是和我们何处长脾胃两样。"

魏端本听到田小姐这个名称，心里就是一动，躺在床上，突然地坐了起来，向这两位同事望着。人家当然不会想到这么一位穷雇员和摩登小姐有什么关系。其中一位同事，望了他道："韩先生，你不要看这是乡下。由这向南到沙坪坝，北到青木关，前后长几十公里，断断续续，全是要人的住宅。你要听黄色新闻，可比重庆多呀。"

魏端本也只微笑了一笑，并没有答应什么话，不过这些言语送到他耳朵里，那都觉得是不怎么好受的。他勉强地镇定着自己的神志，倒下床铺去睡了。

从次日起，他且埋下头去工作，有时抽出点工夫，他就装成个散步的样子，在到何处长公馆的小路上徘徊着。他想：自己太太若还是住在何公馆，总有经过这里的时候。他这个想法，是没有错误的。在一周之后，有一下午，他在那松树林子里散步的时候，有两乘滑竿，由山头上抬了下来。滑竿上坐着两个妇人，后面那个妇人是何处长太太，前面那个妇人，正是自己太太田佩芝。

只看她身上穿花绸长衫，手里拿着亮漆皮包。坐在滑竿上跷起腿来，露着两只玫瑰紫皮鞋和肉色丝袜子，那是没有一样穿着，会让摩登女士给压倒下来的。自己身上这套灰布中山服，由看守所里出来以后，曾经把它洗刷了一回，但是没有烙铁去烫，只是用手摩摩扯扯就穿在身上的。现在又穿了若干日子，这衣服就更不像样子了。他把自己身上的穿着，和坐在滑竿上太太的衣服一比，这要是对陌生的人说，彼此是夫妇，那会有谁肯信呢？他这么一踌躇，只是望着两乘滑竿走近，说不出话来。

下坡的滑竿，走得是很快的，这山麓上小路又窄，因之魏端本站在路头上，滑竿就直冲了他来。重庆究竟还是战都，谈不到行者让路那套。在旧都北平，请人让路，是口里喊着借光您哪。在南京新都，就直率地叫着请让请让。重庆不然，叫让路是两个手法。一种恐吓性地喊着：开水来了，开水来了。一种是命令式地喊着两个字：左首！他那意思，就是叫前面的人站到左首去。初到此地的人，若不懂得这个命令而给人撞了，那不足抗议的。

当时抬着魏太太的滑竿夫，也是命令着魏先生左首。魏先生虽想和他太太说话，先让了这气势汹汹的滑竿夫再说。他立刻手扶着路边的一棵松树，闪了过去。那滑竿抬走得很快，三步两步就冲过去了。呆坐在滑竿上的魏太太，眼光直射，并无笑容，更也没有作声。接着是后面何太太的滑竿过来了。她在滑竿上，倒是向他点了个头，笑道："韩先生你出来散步，对不起。"她说着这话，滑竿也是很快地过去了。魏端本不知道这声对不起，她是指着没有下滑竿而言呢，还是说滑竿夫说话冒犯。这也只有向了点个头回礼。

滑竿是过去了，魏端本手扶了松树，不由得大大地发呆。向去路看时，魏太太坐在前面那乘滑竿上，正回头来向着何太太说话。对于刚才在路上顶头相遇的事情，似乎没有介意。他想着：何太太倒是很客气的，还叫他一声韩先生。不过她既叫韩先生，是确定自己姓韩。纵然田佩芝承认是魏太太，这也和姓韩的无干。在这里工作，把名字改了也就行了，一时大意，改了姓韩，却不料倒给了太太一个赖账的地步。看这两乘滑竿，不像是走远路的，也许她们又是赴哪家公馆的赌约去了。

他怔然地站了一会，抬起头来向天上望着，长长地叹了一口气，然后随手摘了一支松枝，低了头缓缓地走回办公室去。他看到那位聋子同事，正低了头在抄写，要叫他时，知道他并听不到，这就向他作了个手势，彼此各点了两点头，也就自伏到桌上去抄写文件。

他好在是照字抄字，并不用得去思索。抄过了两页书，将笔一丢，两手环抱在怀里向椅子背上靠着，翻了两眼向窗子外青天白云望去。呆望了一会，心里可又转了个念头，人家约了自己来抄写文件的，食住都是人家供给，岂能不和人家做点事，叹了口气，又抄写起来。

当天沉闷了一天，晚上又想了一宿，觉得向小路上去等候太太，那实在是一件傻事。看到了田佩芝，也不能带她走，至多是把她羞辱一场，而自己又有什么面子呢？于是次日早上起来，倒是更努力地去抄写。正是抄得出神时候，却听到隔壁墙啪啪地敲了两下。当时虽然抬头向外望了一眼，但是并没有人影，还是低头去抄写。只有几分钟的工夫，那夹壁又拍了几下响，只好伸着头由窗子缝里向外看了去。

这一看，不免让他大吃一惊，正是三度见面不理自己的太太。他呆着直了眼睛，说不出话来。魏太太倒还是神色自然，站在屋檐下向他招招手道：“你出来我和你说几句话。”魏端本匆遽之间也说不出别的，只答应了好吧两个字。他看看那位聋子同事，并没有什么知觉，就开了屋门跑出去。

魏太太看到他出来，首先移步走着，一方面回过头来向他道：“这里也不是谈话的地方，你和我到街上谈谈吧。”魏端本没说什么，还是答应她好吧两个字，跟着她身后，踏上穿过水田平谷中间的一条小路，这里四周是空旷的，可以看到周围很远。魏太太就站住脚了。她沉住了脸色，向丈夫道：“端本请你原谅我，我不能再和你同居下去了。”魏端本笑道：“这个我早已明白了。不是我看见你和何太太在一处，我自惭形秽，都没有和你打招呼吗？”

魏太太点了头道：“这个我非常感谢你。唯其如此，所以我特意来找你谈话。”说着，她将带着的手提皮包打开，取出一大叠钞票，拿在手上，带了笑容道：“我知道你已经失业了。可是你干这个抄写文件的工作，怎么能救你的穷？你抄着写着，也不过是混个三餐一宿，反是耽误了你进取的机会，这里有三十万元钱，我送给你作川资，我劝你去贵阳，那里是旧游之地，你或者还可以找出一点办法来。”魏端本笑道：“好哇！你要驱逐我出境。不过你还没有这个资格。”说着，昂起头来，哈哈大笑。

魏太太手上拿了那一大叠钞票，听着这话，倒是怔住了，于是板住了脸道：“姓魏的，你要明白，我们只是同居的关系，并没有婚约。谁也不能干涉谁，就算我们有婚约，你根本家里有太太，你是欺骗人的骗子。你敢在这地方露出真面目，来和我捣乱吗？你这个贪污案里的要犯，人家知道你的真名实姓，就不会同情你。”

魏端本道：“这个我都不和你计较，你爱骂我什么就骂我什么。我是让金钱引诱失足在前，你是让金钱引诱你正在失足中，喊叫出了，你我都不体面。你离开我就离开我吧，我毫不考虑这事。我已经前前后后，想了多天了。我来找你，有两件事。第一件是我两个孩子你放在哪里，你得让我带了回去。小孩子没有罪过，我不愿他们流落了。”

魏太太道：“两个孩子，我交给杨嫂了。在这街边上租了人家一间屋子，安顿了他们，这个你可以放心。”魏端本道：“为什么你不带在身边？”魏太太道：“这个你不必过问，那是我的自由，我问你第二件什么事？”

魏端本可笑道：“你不说我是要犯，是骗子吗？别人也这样地骂你，可说是无独有偶了。你不妨拿这封信去看看，这是人家偷着放在我屋子里桌上让我带来的。”说着，在衣袋里掏出那封匿名信递了过去。魏太太看他这样子，是不接受那钞票。她依然把钞票收到皮包里面去，然后腾出手来，将这信拿着看。

她看了之后，身子是禁不住地突然抖颤一下，夹在肋下的皮包，就扑通地落在地上。魏端本并不去和她拾皮包，望了她淡淡地笑道：“那何必惊慌失措呢？人家的钞票和钻石，也不能无缘无故地落在你手上，你把对付我这种态度来对付别人也就没有事了。”

魏太太将那信三把两把扯碎了，向水田里一丢，然后弯腰把皮包捡了起来。淡淡地笑道：“你这话说对了，钞票、钻石、金子，那也不能够无缘无故地到我手上来。我并不怕什么人和我算账。这件事我自有方法应付，也绝不会连累到你。”魏端本道：“我打听打听，你为什么把钻石戒指卖了？”她道：“那还有什么不明白？我赌输了。”

魏端本道：“你还是天天赌钱？”她笑道：“天天赌，而且夜夜赌。我赌钱并不吃亏，认识了许多阔人的太太。我相信我要出面找工作，比你容易得多，而且我现在衣食住行，和阔人的太太一样，就是赌的关系。”魏端本道：“既然如此，各行其是吧，不过我的孩子，你得交还给我。你若割离了我的骨肉，我也就顾不得什么体面不体面，那我就要喊叫出来了。”他说着这话时，可就把两手叉了腰，对她瞪了大眼望着。

魏太太道：“不用着急，你这个要求，并没有什么难办的，我答应你就是了。”魏端本道：“事不宜迟，你马上带我去看孩子。”魏太太道：“你何必这样急，也等我安排安排。”魏端本道：“那不行。你现在是闲云野鹤的身子，分了手我到哪里去找你。你现在就带我去。”他说着话时，两手叉腰更是着力，腰身越发挺直着。

魏太太四周观望，正是无人，她感觉到在这里和他僵持不得，这就和缓着脸色向他微笑道：“你既然对我谅解，我也可以答应你的要求的。

不必着急，我们一路走吧。”魏太太说完了，就向前面走。魏端本怕她走脱了，也是紧紧地跟着。他也是四顾无人，觉得这个女人心肠太狠，很想抓住她的衣服，向水田里一推。他咬着牙望了她的后影几回想伸出手来，可是他终于是忍住了。

慢慢地向前，已将近公路，自更不能动手，也就低了头和她同走到歌乐山的街上来。可是到了这里，魏太太的步子就走缓了，她不住地停着步子小沉吟一下，似乎是在考虑着什么。魏端本也不作声，且看她是怎样的交代。这时，迎面有三个摩登妇女走来。其中一个跑步向前，伸手抓住魏太太的手，笑道：“好极了，我们正要去找你，就在这里遇着了。我家里来了几位远客，请你去作陪。”

魏太太道：“我有点事，迟一小时就到，好不好？”那妇人笑道：“不行不行！你不去，就要答应别家的约会了。”说着，她将声音低了低道：“听说你昨天又败了。”魏太太没有答复，只点了两点头。她道：“既然如此，你应该找个翻本的机会呀！今天在场的人，就有昨天赢你钱的人，你不觉得这是应该去翻本的吗？”说着，拖了魏太太就走。

她回头看魏端本时，见他将两手环抱在怀里，斜伸了一只脚，站在路头上，脸上丝毫没表情，只是呆了眼睛看人。魏太太就向女友道：“一小时以内，我准到。我城里的亲戚来了，让我引他去看看几家亲戚。我仅仅是做个引导，一会儿就可以了事。”那妇人将嘴向魏端本一努道：“那是你们亲戚？”她道：“不是。我们亲戚在前面等着，这是亲戚家里的同乡。”那妇人道：“好吧，让你去吧，我等你吃饭。你若是不来，以后我们就不必同坐着桌子了。”说毕，撒了手，魏太太就赶快地走开。

魏端本也只有无声地冷笑着，跟了走。魏太太已不愿意走街上了，看到公路旁有小路，立刻转身走上了小路。魏端本在后面叫道：“田小姐，你可不能开玩笑，说了在街上，怎么又走到街外去了呢？”她道：

“我总得把你带到，你何必急呢。”说着她却是挑了一条和公路作平行线的小路倒走回去，终于是在歌乐山背街一爿小茶馆的后身站住了脚，魏端本正疑惑着她是什么骗局，忽然听到有小孩子叫唤爸爸的声音。

在泥田埂上，两个小孩子跑了过来。两个小孩，全打了赤脚，小娟娟的头发蓬得像只鸟窠。天气已经是很暖和了，她下身虽是单裤，上身还穿着毛绳褂子，而这毛绳褂子在袖口上，全已脱了结，褂穗子似的坠出很多线头。小渝儿呢，和尚头上的头发长成个毛栗蓬，身上反是穿了姐姐的一件带裙女童装。裙半边拖靠了脚背。他们满身全是泥点，小渝儿脸上也糊了泥。两人手上各拿了一把青草。

小渝儿好久没有看到父亲了，见了魏端本，直跑到他面前来，魏端本看见男孩子的小圆脸，又黄又黑，下巴颏也尖了，已是瘦了三分之一。他将手摸着孩子的头，叫了一声孩子，嗓子哽了，两行眼泪直流下来。小娟娟似乎受到过母亲的教训，看到母亲那一身花绸衣服，她没有敢靠近，站在父母中间，将一个小手指头送到嘴里抿着。魏端本向她招招手，流着泪连叫几个来字。孩子到了身边，他蹲在地上，一手搂着一个问道：“你们怎么在田里玩泥巴？杨嫂哪里去了？”小娟娟道：“杨嫂早走了。爸爸没有叫她来吗？”

魏端本望了魏太太道：“这是怎么回事？”魏太太道：“我们家散了，还要女佣人干什么？这两个孩子，我托一个养猪的女人养了。”魏端本道：“那也好，把孩子当猪一样的养。你只知道自己享受，你把孩子糟蹋到这样子。你太残忍了。”魏太太道：“是我残忍吗？我倒要问你，这养孩子的责任是该由父亲负担呢，还是该由母亲负担？你自己没有拿出一文钱来养活孩子，你说什么残忍不残忍的风凉话？”

魏端本道：“废话也不用多说。今天是来不及了。我今天向这何处长告辞，明天我带了孩子走，你把那个养猪的女人叫来，我们三面交代清楚。”说着，泥墙的小门里，走出一位周身破片的女人，先插言道：“小娃儿的老汉来了唉？要带起走，我巴不得。饭钱我不能退回咯。”

魏端本道：“那是当然。我这孩子不是你带着，也许都饿死了，我这里有点钱，算是谢礼。”说着，在身上掏出几张钞票，塞到她手上。点个头道：“再麻烦你一下。晚上你弄点水给我孩子洗个澡，梳梳头发，我明天早上来带他们走。若是我身上方便的话，我明天再送你一点钱。”那女人接着钱笑道：“这话我听得进，要像是这位小姐，一次丢了几个饭钱，啥子不管，我就懒得淘神。娃儿叫她妈，她又说是亲戚的娃儿。是浪个的？”魏端本苦笑着向太太道：“这也是我的风凉话吗！”她脸色一变，并不答复，扭转身就跑了。

第十七回

屡败屡战屡战屡败

魏太太在这个环境中，她除了突然的跑开，实在也没有第二个办法。她固然嫌着两个孩子累赘，她也更讨厌这穷丈夫扫了她的面子。她走开以后，魏端本和孩子们要说什么话可以不管。因为那些背后说的闲话，人家可以将信将疑的。她把这个问题抛到了脑后，放宽了心去赴她的新约会。

那个在街镇上相遇的女人，是这附近有钱的太太之一，她丈夫是个公司的经理，常常坐着飞机上昆明。有时放宽了旅程索性跑往国外。这一带说起她的丈夫刘经理，没有人不知道的。刘经理有一部小坐车，每日是上午进城，下午回家。有时刘经理在城里不回家，汽车就归她用。歌乐山到重庆六七十公里，刘太太兴致好的时候，每天迟早总有一次进城，所以她家里的起居饮食，无城乡之别，因为一切都是便利的。他家也就是为了汽车到家便利的缘故，去公路不远，有个小山窝子，在那里盖了一所洋房。城里有坐汽车来的贵宾，那是可以到她的大门里花圃中间下车的。

魏太太对于这样的人家，最感到兴趣。她走进了那刘公馆的花圃，就把刚才丈夫和儿子的事，忘个干净了。那主人刘太太，正在楼上打开了窗户，向下面探望，看看她来了，立刻伸出手来，向她连连地招了几下。笑道："快来快来，我们都等急了。"魏太太走到刘家楼上客厅里，见摩登太太已坐了六位之多。

三位新朋友，刘太太从中一一介绍着，两位是银行家太太，一位是机关里的次长太太，那身份都是很高的。不过她们看到魏太太既长得漂亮，衣服又穿得华丽，就像是个上等人，大家也就很愿意和她来往。这里所谓上等人，那是与真理上的上等人不同，这里所谓上等人，乃是能花钱，能享受的人，魏太太最近在有钱的妇女里面厮混着，也就气派不同。她和那位银行家太太都拉过手。在拉手的时候，她还剩下枚钻石戒指，自在人家眼光下出现。这样，人家也就不以她为平常之辈了。

十分钟之后，刘公馆就在餐厅里摆下很丰盛的酒席招待来宾。饭后，在客厅用咖啡待客。女主人笑说："到了乡下来，没有什么娱乐，我们只有摸几只牌，赞成不赞成呢？"其实她所问的话，是多余的，大家绝没有不赞成之理。六位来宾，加上主人刘太太和魏太太共是八位，正好一桌唆哈。

魏太太今天赌钱，还另有一个想法，就是今天给魏端本的三十万元钞票，虽然让人家碰回来了，可是自己两个孩子，就要让丈夫带走，丈夫虽然可以不管，孩子呢，多少总有点舍不得。趁着明天离开这里以前，给他们四五十万元，有这些钱，魏端本带他们到贵阳去，川资够了，就是在重庆留下，也可以做点小本生意。自己皮包里有三十万元资本，还可以一战。今天当聚精会神，对付这个战局，碰到了机会，就狠狠地下一大注。

她这样想了，也就是这样做。起初半小时，没有取得好牌，总是牺牲了，不下注进牌。这种稳健办法也就赢了个三四万元。当然！这和她的理想，相差得很远。这桌上除了今天新来的三位女宾，其余的赌友，是适用什么战术，自己完全知道。她们也许是打不倒的。至于这三位新认识的女友，可以说只有一个战术，完全是拿大资本压人。这种战术，极容易对之取胜，只要自己手上取得着大牌，就可以反击过去。

她这样看定了，也就照计而行，赢了两回，此后，她曾把面前赢得和原有的资本，和一位银行家太太唆了一牌，结果是输了。这一下，未免输起了火，只管添资本，也就只管输。战到晚上七点钟，是应了俗话，财归大伴，还是新来的三位女友赢了，魏太太除了皮包里的钞票，已完全输光，还借了主人刘太太三十万元，也都输了。

那三位贵妇人，还有其他的应酬，预先约好了的战到此时为止，不能继续，魏太太只有眼睁睁地看着人家饱载而去。偏是今日这场赌，女主人也是位大输家，据她自己宣布，输了一百万。三十四年春季，这一百万还是个不小的数目。虽然魏太太极力地表示镇静，而谈笑自若，可是她脸皮红红的，直红到耳根下去。这就向女主人道："我今天有点事，预备进城去的，实在没有预备许多资本，支票本子，也没有带在身上。"刘太太不等她说完，就摇了手拦着道："不要紧的。今天我又不要钱用，明天再给我吧。"

魏太太总以为这样声明着，她一定会客气几句的。那就借了她的口气拖延几天吧。不想和她客气之后，她倒规定了明天要还钱。便道："好的，明天我自己有工夫，就自己送来，自己没有工夫，就派人送来。"刘太太道："我欢迎你自己来，因为明天我的客人还没有走呢。老王呀，滑竿叫来了没有？"她说着话，昂头向屋子外面喊叫着。屋子外就有好几个人答应着："滑竿都来了。到何公馆的不是？"

原来这些阔人别墅的赌博，也养活不少苦力。每到散场的时候，所有参与赌博的太太小姐，都每人坐一乘滑竿回家。好在这笔钱，由头子钱里面筹出，坐着主人的滑竿，可是花着自己的钱。坐滑竿也是坐着自己分内的，所以她毫不犹豫地，就告别了主人，坐着滑竿回到何公馆来。

这时，也不过七点半钟，春末的天气，就不十分昏黑，远远地就看到何公馆玻璃窗户，向外放射着灯光。她下了滑竿，一口气奔到放灯光的那屋子里去，正是男女成圈，圈了一张桌子在打唆哈。

何太太自然也在桌子上赌，看到了魏太太就在位子上站了起来，向她招招手笑道："来来，快加入战团。"魏太太走近场面上一看，见桌子中间堆叠了钞票，有几位赌客，正把全副精神，射在面前几张牌上，已达到了钩心斗角的最高潮。

何太太牵着她的手，把她拉近了，笑道："来吧。你是一员战将，没有我们鏖战，你还是袖手旁观的。"魏太大对桌上看着，笑着摇了两摇头道："我今天可不能再来了。下午在刘太太那里，杀得弃甲丢盔，溃不成军。"

何太太笑道："唯其如此，你就应该来翻本啦。"她这样地说着，就亲自搬了一张椅子来放在身边，拍了一下椅子背，要她坐下。魏太太笑道："我是个赌鬼，还有什么临阵脱逃之理。不过我的现钱都输光了。我得去拿支票簿子。"

座中有位林老太太，是个胖子，终日笑眯眯的，唯其如此，所以她也就喜欢说笑话。这就笑道："哎呀！田小姐，晓得你资本雄厚，你又何必开支票吓人呢？"魏太太一面坐下来，一面正色道："我是真话。今天实在输苦了，皮包里没有了现钱了。"

何太太笑道："我们是小赌，大家无聊，消遣消遣而已。在我这里先拿十万去，好不好？"魏太太正是等着她这句话。便点头道："好吧。

我也应当借着别人的财运，转一转自己的手气。”她口里这样说，心里可是另一种想法。她想着：手上输得连买纸烟的钱都没有了。明天得另想办法，现在有这十万元，也许能翻本。不必多赢，只要能捞回四十万的话，把三十万元还刘太太，留十万元作川资，到重庆去一趟，也许在城里可以找出一点办法来。这么一想，她又把赌钱的精神提了起来。

可是这次的事，不但不合她的理想，而且根本相反。在她加入战团以后，就没有取得过一次好牌，每次下注进牌一次，就让人家吃一次。赌到十二点钟散场，又在何太太那里拿了二十万元输掉了。这样一来，她自是懊丧之至。纳闷着睡觉去了。

这里的主人何太太，对她感情特别好。所以好的原因，偶然而又神秘。当魏太太带着杨嫂和两个孩子到歌乐山来的时候，她在一家不怎么密切的亲戚家里住着。这人家的主人，在附近机关里，任一个中等职务，全家都有平价米吃，而住的房子，又是公家供给的，所以生活很优裕。主妇除了管理家务，每天也就是找点小赌博借资消磨岁月。魏太太住在这样的主人翁家里，当然也就情意相投，跟随在主人后面凑赌脚。

有一次游赌到何公馆来了，她被介绍为田小姐。何太太见她长得漂亮，举止豪华，就直认为是一位小姐，对她很是客气。这何太太的丈夫，虽是一位处长，可是她没有正式进过学校，认字有限，连报都不能看懂。很想请位家庭教师，补习国文，然而为了面子关系，又不便对人明说。

和魏太太打过两次唆哈之后，有一天晚上，魏太太来了，没有凑成赌局，谈话消遣。魏太太说是和丈夫不和，由贵阳到重庆来，想谋得一份职业。现在虽因娘家是个大财主，钱有得用，但自己要自食其力，不愿受娘家的钱。在职业未得着以前，到乡下来，打算住两个月，换换环境。

何太太听她这样说了，正中下怀，先就答应腾出一间房子让她在家里住下。魏太太自然是十分愿意，但两个脏的孩子，不便带了来，而亲戚家里又不便把孩子存放着。正好自己赢了两回钱，就叫杨嫂带着孩子，住到那养猪的人家去。这种地方，杨嫂当然不愿意，也不征求女主人的同意，竟自带着钱跑回重庆去了。这么一来，两个孩子，依靠着那养猪的女人，为了他们更脏，她也就更要把他们隐藏起来。每次上街，就抽着工夫，给那养猪的女人几个钱。

这里的女主人何太太，自不会猜到她有那种心肠，在一处盘桓到了一星期，彼此自相处得很好，何太太也就告诉了她自己的秘密，请她补习国文。当魏端本到这里来的时候，她已经和何太太补习功课三天了。这两天不是跳舞就是赌钱，何太太就没有念书。这晚何太太却没有输钱，而且这样的小输赢，何太太根本也不放在心上，所以下了场之后，她就走到魏太太屋子里去，打算请她教一课书。

推开房门来，魏太太是和衣横躺在床上，仰了脸望着屋顶。何太太笑道："你恶战了十几小时，大概是疲倦了吧？"她丝毫没有考虑地坐了起来，随口答道："我在这里想心事呢。"她说过之后，又立刻觉得不对，岂能把懊丧着的事对别人说了。便笑道："我没有家庭，又没有职业，老是这样鬼混着过日子，实在不是了局，在热闹场中，我总是欢天喜地的，像喝醉了酒的人一样，把什么都忘记了。可是回到自己的屋子里，形单影只，我的酒醒了，我的悲哀也就来了。"

何太太在床上坐下，握着她的手道："我非常之同情你。你这样漂亮又有学问，怎么会得不着爱情上的安慰呢？这事真是奇怪。我若是个男子又娶得了你这样一位太太。我什么事都愿意做。"魏太太微笑着，摇了两摇头道："天下事并不像人理想上那样简单。这个社会，是黄金社会，没有钱什么都不好办。"

何太太道："你府上不是很富有的吗？"她道："我已经结了婚了，怎好老用娘家的钱？我很想出点血汗，造一个自己的世界。"何太太道："现在除非有大资本做一票投机生意才可以发财呀。做太太小姐的，有这个可能的吗？"魏太太挺了胸道："可能。我现在有个机会，可以到加尔各答去一趟，若是有充足资本的话，一个月来回，准可以利市三倍。我打算明天进城去一趟，进行这件事。明天又是星期六，上午赶不到银行里，我的支票，要后天才能取得款。我有两只镯子，你给我到哪里押借一二十万用用，后天出利取回，今晚上就有办法吗？"何太太道："二十万元，现在也算不了什么，我这里也许有，你拿去用吧。这还要拿东西抵押吗？"魏太太："那好那好！我可以多睡两小时，免得明早赶第一班车子走。"说着，握住了女主人的手，摇撼了几下，表示着感谢。

何太太倒是很热心的，就在当晚取了二十万元现钞交给她，以为她有到印度去的壮举，也不打搅她了，让她好好安息了，明天好去进行正事。魏太太得了这二十万元，明日进城的花销是有了。不过算一算在这里的欠款，已经有六七十万元，若再回来，这笔欠款是必须还给人家的，这不但是体面所关，而且几十万元的欠款都不能归还人家，田小姐这尊偶像就要被打破了。

她有了这二十万元的川资，反倒是增加了她满脑子的胡思乱想，大半夜都没有睡着，醒来已是半上午了。她对人说，要赶早进城去，那本是借口胡诌的。虽然睡到半上午了，她也并不为这事而着急，但听到何处长在外面大声地说："我们这份抄写工作，实在养不住人，那位新来的韩先生，又不告而别了。这个人字写得好，国文程度又好。我倒是想过些时候提拔提拔他的。"

魏太太听了这消息，知道是魏端本已经走了，她倒是心里落下一块石头，更是从容地起身。何太太因为她说进城之后，后天不回来，大后天准回来，又给了她十几万元，托买些吃的用的。这些钱，魏太太都放到皮包里去了。她实在也是想到重庆去找一条生财之道。出了何公馆，并没有什么考虑，直奔公共汽车站。

这歌乐山的公共汽车站，就在街的中段，她缓缓地走向那里。在路边大树阴下，有个摆箩筐摊子的，将许多大的绿叶子，托着半筐子红樱桃，又将一只小木桶浸着整捆的杜鹃花。她在大太阳光下站着，看了这两样表示夏季来临的东西，不免看着出了一会神。忽然肩上有人轻轻拍了两下，笑道："怎么回事，想吃樱桃吗？四川的季节真早啊！一切都是早熟。"

魏太太回头看时，是昨日共同大输的刘太太。因道："我倒不想吃。乡下人进城带点土产吧。这里杜鹃花满山都是，城里可稀奇。我想买两把花带进城去送人。"刘太太道："你要进城去吗？"魏太太笑道："负债累累，若不进城去取点款子回来，我不敢出头了。"

刘太太笑道："那何至于。今天是星期六，下午银行不办公，后天你才可以在银行里取得款子，你现在忙着进城干什么？"魏太太道："我也有点别的事情。"刘太太抓着她的手，将头就到她耳朵边，低声道："那三位来宾，今天不走，下午我们还赌一场。输了的钱，你不想捞回来吗？今天上午有人在城里带两副新扑克牌回来了。我们来开张吧。"

魏太太皮包里有三十多万现钞，听说有赌，她就动摇了。本来进城去，也是想找点钱来还债，找钱唯一便利的法子，还是唆哈。既然眼前就有赌局，那也就不必到重庆去打主意了。便笑道："我接连大输几场，我实在没有翻本的勇气了。"刘太太极力地否认她这句话，长长地唉了一声，又将头摇摆了几下，笑道："你若存了这种心事，那做输家的人，只有永远地输下去了。走吧走吧。"抓了魏太太的手，就向她家里拖了走。魏太太笑道："我去就是了，何必这样在街上拉着。"她说着话，带了满面的笑痕，她整晚不睡着的倦容，那都算抛弃掉了。

到了刘公馆，那楼上小客厅里的圆桌上，已是围了六位女赌友坐着，正在飞散扑克牌。刘太太笑道："好哇！新扑克牌，我说来开张的，你们已是老早动起手来了。"桌上就有人笑应道："田小姐也来了，欢迎欢迎，昨日原班人马一个不动，好极好极！"

魏太太倒没有想着能受到这样盛大的欢迎，尤其那两位银行家太太，很想和她们拉拢交情，她们既然这样欢迎，也就在两位银行太太中间坐下去。同时，她想着昨天早晚两场的战术，取的是稳扎稳打主意，多少有些错误，很有两牌可以投机，都因为这个稳字把机会失去了，今天在场的又是原班人马，她们必然想着是稳扎稳打，正可以借她们猜老宝，投上两回机。

这样想过之后，她也就改变了作风。上场两个圈，投了两回机，就赢下了七八万。这样一来，不但兴趣增高，而且胆子也大了。可是半小时后，这办法不灵，接连就让人家捉住了三回。一小时后，输二十万元，两小时后，输五十万元。除了皮包里的钞票，输个精光，而且又向女主人借了二十万元。赌博场上不由人算如此！

这样惨败，给予魏太太的打击很大。赌到了六点钟，她已没有勇气再向主人借钱了。输钱她虽然已认为很平常，可是她这次揣了钱在身上，却有个新打算，凭了身上这些资本，哪条路子也塞死了。她手里拿了牌在赌，心里可不定地在计划新途径，她看到面前还有一两万钞票的时候，突然的站了起来，向主人刘太太道："这样借个三万五万赌一下，实在难受得很。我回去拿钱去吧。"主人对于她这个行动，倒不怎么地拦阻。因为她昨晚和今天所借的钱，已经六七十万。若要再留她，就得再借钱给她，实在也不愿赔垫这个大窟窿，只是微笑着点了头，并没有什么话。

魏太太在这种情形中，突然地扭转身就走。在赌场上的人，为了赌具所吸引，谁都不肯离开位次的。因之魏太太虽然告辞，并没有挽留她。她走出了刘公馆，那步子就慢慢地缓下来，而心里却一面地想自己这将向哪里去呢？难道真的向何公馆去拿钱，那里只有自己的两只箱子和一套行李，不能把这东西扛到赌场上来做赌本。若是和何太太借去，那还不是一样，更接近了断头路。

她心里虽然没有拿定主意，可是她两只脚已经拿定了主意，径直地向公共汽车站上走。这里到重庆的最后一班车，是六点半钟开，她来的恰是时候，而且这班车，乘客是比较少的，就很容易地买得了车票，就上车直奔重庆。但她到了重庆，依然是感到惶惑的，先说回家吧，那个家已由自己毁坏了。若是去找范宝华这位朋友吧，自己的行为，已很是他们所不齿。她凭了身上这点钱，竟不能去住旅馆。

第十八回

此间乐

就算有钱去住旅馆，明日的打算又怎么样？她想到旅馆，就想到了朱四奶奶家里，她家就很有几间卧室，布置得相当精致。而且也亲眼看到，有些由乡下进城的太太小姐们，不必住旅馆，就住在她家里。这时到她家里去，无论她在家不在家，找张好床铺睡，那是不成问题的。不过朱四奶奶家里，十天总有八天赌钱。这时候跑了去，她们家里正在唆哈，那作何打算？还是加入！还是袖手旁观？袖手旁观，那是不会被朱四奶奶所许可的。加入吧，就是身上作川资剩余下来的几千元了。这要拿去唆哈，那简直是笑话，不过时间上是不许她有多少考虑的。

她下了公共汽车，重庆街道已完全进入了夜市的时间，小街道上，灯火稀少，人家都关了门，这时去拜访朋友，透着不知趣，而且没吃晚饭，肚子里也相当饥荒。由于街头面馆里送出来的炸排骨香味，让她联想到朱四奶奶家里的江苏厨子，做出来的江苏菜，那是很可留恋的。于是不再考虑了，走到那下坡的路口上，雇了一乘轿子，就直奔朱公馆。她们家楼上玻璃窗子，总是那样的放出通亮的电光。这可以证明朱四奶奶在家，而且是陪了客在家里的。

她的轿子刚歇在门口，那屋子里的人，为附近的狗叫所惊动，就有人打开窗子来问是谁？魏太太道："我是田佩芝呀，四奶奶在家吗？"她这个姓名，在这里倒还是能引动人的，那窗户里又伸出一截身子来，问道："小田吗？这多日子不见你，你到哪里去了，快上楼来吧。"随了这话，她家大门已经打开了。

她走到楼上，觉得朱公馆的赌博场面，今天有点异样。乃是在小屋子里列着四方桌子，有两男两女在摸麻将牌。这四个人中有一个熟人，乃是青衣票友宋玉生。走到那房门口，心里就是一动，然后猛然地站住了。可是宋玉先已抬头看到了她，立刻手扶了桌沿，站了起来，向她连连地抱着拳头作揖笑道："田小姐，多久不见了，一向都好。"他说话总是那样斯斯文文的，而且声调很低。

这日子，他穿了翠蓝色的绸夹袍，在两只袖口外，各卷出了里面两三寸宽的白绸汗衫袖口。他雪白的脸子和乌光的头发，由这大电灯光一照耀着更是觉得他青春年少，便笑着点了个头道："今天怎么换了一个花样呢？"宋玉生道："我们不过是偶然凑合的。"他下手坐了一位三十来岁的胖太太。这就夹了一张麻将牌，敲着他扶在桌沿上的手背道："你还是打牌，还是说话？"宋玉生笑着说是是，坐下来打牌，可是他是不住地向魏太太打招呼。朱四奶奶就给她拖了个方凳子，让她在宋玉生身后坐下看牌。

主人她是在这里坐着的，就问道："今天由哪里来？是哪一阵风把你吹来了？"魏太太笑道："这个我先不答复你，反正来得很远吧。实不相瞒，我还是今日中午十二点钟吃的午饭。"朱四奶奶笑道："那说你来巧了。玉生也是没有吃晚饭，我已经叫厨子给他预备三菜一汤。你来了，加个炒鸡蛋吧。这饭马上就得。"

宋玉生回过头来道："饭已得了，就等我下庄，可是我的手气偏好，连了三庄，我还有胡的可能。田小姐，你看这牌怎样？"说着，他闪开身子，让魏太太去看桌上所竖立的牌。就在这时，对面打出一张牌，她笑道："宋先生，你胡了。"宋玉生笑道："有福气的人就是有福气的人，你不说话看一看我的牌，我就胡了。"魏太太笑道："别连庄了，让四奶奶替你打吧，我饿了。"

宋玉生站起身，向她作了一个揖，笑道："请替我打两牌吧。"四奶奶笑道："照说，我是犯不上替你打牌的。刚才我说菜怕凉，请你让我替你打。你说赢钱要紧。这时魏太太一说，你就不是赢钱要紧了。"宋玉生道："我饿了不要紧，自己想赢钱活该。田小姐陪着受饿，那我就不对了。"他说着，已是起身让座，四奶奶自和他去作替工。

朱公馆大小两间饭厅，都在楼下。她家女仆就引着到楼下饭厅里来。桌上果然是四菜一汤，女佣人安排着杯筷，是两人对面而坐。她盛好了饭，就退出去了。宋玉生在魏太太对面，向她看看，笑道："田小姐，你瘦了。"她叹了口气道："我的事，瞒不了你，你是到我家里去过的。你看我这样的环境，人还有什么不瘦的？"

宋玉生道："不过我知道，你这一阵子，并不在城里呀。"魏太太道："你怎么知道我的行踪？"他手扶了筷子碗不动，望了她先微微地一笑，然后答道："你对于我很漠然，可是我是在反面的，我已经托人打听好几次了。今天我实在没有想到你会到这里来。你是不是猜着我在这里？不过那我太乐观了。"她笑道："这也谈不上什么悲观乐观。"宋玉生道："你忽然失踪了，我的确有些悲观的。"

说时，她手里那只饭碗已经空了，宋玉生立刻走出他的位子来，接过她的饭碗，在旁边茶几上洋瓷饭罐里，给她盛着饭，然后送到她面前去。魏太太点了头道："谢谢，你说悲观，在我倒是事实。这回我离开重庆市区，我几乎是要自杀的。我实告诉你……”说着，她向房门外看了看，然后笑道：“你看我手上，不是有两枚钻石戒指吗？已经卖掉了一枚了。”她说着话时，将拿筷子的手伸出来些，让他看着。接着道：“女人非到万不得已的时候，她不会卖掉这样心爱的东西的。我已经亏空了百十万了。就是再卖掉手上这枚戒指，也不够还债。因为你到过我那破鸽子笼，知道我的境况的，倒不如对你说出来，还痛快些。若对于别人，我还得绷着一副有钱小姐的架子呢。”

宋玉生道：“你不就是亏空百多万吗？没有问题，我可以和你解决这个困难。”魏太太望了他道：“你不说笑话？”宋玉生道：“我说什么笑话呢？你正在困难头上，我再和你开玩笑，我也太没有心肝了。”魏太太倒没有料到误打误撞，会遇到这样一个救星。这就望了他笑道：“难道你可以和我个人演一回义务戏？”

宋玉生道：“用不着费这样大的事。我有几条路子，都可以抓找到一笔现款。究竟现在哪条路准而且快，还不能决定。请你等我两天，让我把款子拿了来。”魏太太道：“多承你的好意给我帮忙，我是当感谢的。不过总不能师出无名，你得告诉我为什么要帮助我。”宋玉生笑道：“你这是多此一问了。我反问你一声，为什么我唱义务戏的时候，你我并不认识，你肯花好几千元买张票看我的戏呢？”魏太太道：“因为你是个名票，演得好，唱得好，我愿意花这笔钱。”

宋玉生笑道：“彼此的心理，不都是一样。你只要相信我并不是说假话，那就好办了。一定要把内容说出来，倒没有意思。吃完了饭了，喝点这冬菜鸭肝汤吧。这不是朱四奶奶的厨子，恐怕别人还做不出来这样的菜。”说着话，他就把魏太太手里吃空了的饭碗，夺了过来，将自己面前的瓷勺儿，和她舀着汤，向空碗里加着。一面笑道：“牌我不打了，你接着替我打下去吧。我在旁边看着，夜是慢慢地深了，你还打算到哪里去呢。”魏太太道：“我不能在这里过夜。”说着，她也向房门外看了一看，接着道：“而且我还希望四奶奶给我保守秘密，不要说我来过了。”

宋玉生把汤舀了小半碗，两手捧着，送到她面前，低声笑道：“你那意思，是怕老范和洪五吧？姓洪的到昆明去了。”魏太太红着脸道：“我怕他干什么，大家都是朋友，谁也干涉不了谁。”宋玉生伸出雪白的手掌，连连摇撼了几下，笑道：“不要提他，谁又信他们的话。吃完了饭，赶快上楼去吧。”魏太太听宋玉生的口音，分明洪范二人已对他说了些秘密。自己红着脸，慢慢地把那小半碗汤喝完，也颇奇怪。

他们这里吃完了饭，那女佣人也就进来了。她拿着两个热手巾把子，分别送到两人面前，向宋玉生低声笑道：“我已经煮好了一壶咖啡，这还是送到楼上去喝呢，还是宋先生喝了再上楼？”魏太太看那女佣人脸上，就带三分尴尬的样子，这很让自己难为情，便道：“宋先生在楼上打着牌呢，这当然是大家上楼去。”说着，她就先走。

宋玉生紧跟在后面上来，将手扶了她的手臂，直托送到楼口。魏太太对于这件事，倒没有怎么介意。到了那小房间里，朱四奶奶老远地看到，就抬了手连连招着笑道：“玉生快来吧，还是你自己打。我和你赢了两把，他们大家都不高兴。”宋玉生道：“我让给田小姐了，我在旁边看看就行了。”

朱四奶奶对于男女交际的事，她是彻底的了解，宋玉生这样地说了，她并不问那是什么原因，就站起来让座给魏太太坐下。这已是十点多钟了，魏太太打牌之后，就没有离开朱四奶奶家。到了次日，她确已证明洪五已到昆明去了，胆子就大了许多，虽然范宝华也很为自己花了些钱，但这是不怕他的。恰好昨晚一场麻将，宋玉生大赢，他到魏端本家里去过，知道她是个纸老虎，因此连本带利三十多万元，全送给了她。她掏空了皮包，现在又投下去许多资本，心里更觉舒服。

这天晚上，朱四奶奶家里居然没有赌局，她有了几张话剧荣誉券邀了魏太太和几位女朋友去看话剧，散戏之后，魏太太就说要到亲戚家里去。四奶奶和她走到戏馆子门口，拖着她一只手，向怀里一带笑道：“这样夜深，你还打算到哪里去？今晚上我家里特别地清静，你陪着我去谈谈。”魏太太对于她所问的要到哪里去，根本不能答复。不过她约着去陪了谈谈，倒是可以答复的，便笑道：“你那肚子里海阔天空，让我把什么话来陪你说。”朱四奶奶还牵着她的手呢，微微地摇撼了几下。笑道：“你若是这样说话，就不把我当好朋友了。”魏太太自乐得有这个机会，就跟了她一路回家去。

朱四奶奶家里佣人是有训练的，她在外头听戏，家里就预备下了消夜的，朱四奶奶是不慌不忙，吃过了夜点，叫佣人泡了两玻璃杯好茶，然后把魏太太引到自己卧室里去。重庆的沙发椅子困难，多半都是藤制的大三件，上面放下了软垫，以为沙发的代用品。不过朱四奶奶家里，究竟气派不同。除了她的客厅里有两套沙发之外，她的卧室里也有两件。这时，红玻璃罩子的电灯发着醉人颜色的光亮，那两把沙发围了一张小茶桌，上面两玻璃杯茶，两碟子糖果，一听子纸烟。

四奶奶拉了魏太太相对而坐着，取了一支纸烟擦了火柴点着吸了，摇着头喷出一口烟来，然后将手指头夹了烟支向屋子四周指着，笑道：“不是我吹，一个女人，能在重庆建立这么一番场面，也很可自傲了。”魏太太笑道：“那的确是值得人佩服的事。何须你说。”

四奶奶摇摇头道：“究竟不然，我的漏洞太多。实不相瞒，我的笔下不行，有许多要舞文弄墨的地方，我就只好牺牲这着棋，这不知有多少损失，还有我这么一个家，每天的开支，就是个口记的数目，并没有一本账。我必得找个人合作，补救我这两件事的缺憾。”魏太太听到这里，就知道她是什么用意了。笑道：“你所说的，当然是女人，这样的女人在你朋友里面，就会少了吗？”

四奶奶摇摇头道：“不那么简单。除了会写会算之外，必须是长得漂亮的。”魏太太笑道：“这就不对了，你又不是一个男人用女秘书，你管她漂亮不漂亮呢？”朱四奶奶笑道：“这是你的错误。审美的观念那是人人有的。这问题摆到一边，不要研究。我朋友里面，能合这个条件的虽然有几位，但最合条件的，就莫过于你。你的环境，我略微知道一点。我这个要求，你是可以答应的。因为无论怎么样，在我这里住着，比在何处长家里住着，要舒服得多。”魏太太听了这话，倒不免吓了一跳。在何处长家里住着她怎么会知道，心里想着，脸上不免闪动了两下。

四奶奶笑道：“你必然奇怪，我怎么会知道你在何家的消息呢？”说着，她就笑了，把胸脯微挺了起来，表示她得意之色。因道：“老实说，大概能交际的女人，我很少不认得的。歌乐山来人，也有到我这里的啊。假如你在我这里能住个一两月，你对这些情形，就十分明了了。”魏太太没有勇气敢拒绝她的要求，也在桌上烟盒子里取出来一支纸烟，慢慢地吸着。

朱四奶奶笑道：“你的意思如何？你若愿意在这里屈留下来，除了我所住的这间屋子，你愿意在哪间，随你挑选。花钱的事，你不必发愁，我有办法，将来你自己也有办法。至于洪五爷那层威胁，你不必顾忌，你不就是欠他几个钱吗？他在昆明的通信地址我知道，我写信给他，声明这钱由我归还，也许他就不肯要了。”魏太太笑道：“我真佩服你，怎么我的事情你全知道？”朱四奶奶将指头夹着烟支，在嘴里吸上了一口，笑道：“我多少有点未卜先知。”魏太太默然地吸着烟，有两三分钟没有说话。

四奶奶道："你没有什么考虑的吗？"魏太太道："有这样的好事，我还有什么考虑的呢？不过你还没有告诉我，我在你这里，要做些什么事？我是否担任得下来？"四奶奶笑道："你绝对担任得下来。大概三五天，我总有一两封信给人，每次我都是临时拉人写。虽然这并不费事，可是我就没有了秘密了。这件事我愿意托给你。此外是每天的家用开支，我打算有个账本，天天记起来，这本来我自己可以办的，可是我就没有这股子恒心，记了两天，就嫌麻烦把它丢下了。这件事也愿意交给你，也就只有这两件事，至多是我有晚上不回来的时候，打个电话给你，请你给我看家。也许家里来了客，我不在家，请你代我招待招待，这个你还办不来吗？"

魏太太由歌乐山出走，身上只有了一万多法币，除了买车票，实在是任何事不能干了。现在不经意中得了这样一个落脚的地点，而且依然是和一批太太小姐周旋，并不失自己的身份，这是太称心意的事了。这就笑道："四奶奶的好意，我试两天吧。若是办得不好，你不必客气，我立刻辞职。"

四奶奶伸着手掏了她一下脸腮，笑道："我们这又不是什么机关团体，说什么辞职就职。好了，就是这样办了。你要不要零钱用？我知道你在歌乐山是负债而来的。"魏太太道："宋玉生赢的那笔钱，他没有拿走，我就移着花了。"

四奶奶起身，就开了穿衣柜扯出一只抽屉，随手一拿，就拿了几卷钞票，这都交到魏太太怀里，笑道："拿去花吧。小宋是小宋的，四奶奶是四奶奶的，钱都是钱，用起来滋味不一样。今晚上，你好好地睡着想一想，有什么话明天对我说，那还是不晚的。"魏太太看四奶奶那乌眼珠子转着，胖脸腮不住地闪动，可以说她全身的毫毛都是智慧的根芽，自己哪敢和她斗什么心机？便笑道："没有什么话说，我是个薄命红颜，你多携带携带。”

四奶奶拍了她的肩膀笑道：“谈什么携带不携带，你看得出来我这里的情形，总是大家互助，换句话说，就是大家互乐呢。去安歇吧，有话明天答复我。”魏太太表面上虽然表示着踌躇，其实她心里并没有丝毫的考虑。因为她现在没有了家，什么地方都可落脚。

当晚回到四奶奶给她预备的卧室里，倒是舒舒服服睡了一宿，醒来的时候还很早，掏出枕头下的手表看，还只有七点钟。她有意看看今日的阴晴，掀开了窗户的花布帘子，向外张望了一下。这窗户是和大门同一个方向的，偶然朝下看，却见宋玉生由这楼下走出去，他取下头上的帽子，在空中招摆着，正是和楼上人告别。她心想：这家伙来得这样早吗？不过她又一转念，以后正要帮助着朱四奶奶，这一类的事，那是大可不必研究的。欲知后事如何，请看《谁征服了谁》。

四 谁征服了谁

第
一
回

居然一切好转

朱四奶奶这种人家，固然很是紊乱，同时也相当的神秘。魏太太听着四奶奶的话，好像很是给自己和宋玉生拉交情。现在看到宋玉生一早由这里出去，这就感到相当的奇怪，她放下了窗帘，坐在椅子上，呆呆地想了一阵，也想不出一个什么道理来。悄悄地将房门开了，在楼上放轻脚步巡视一番，只听到楼下有扫地的声音。此外是全部静止，什么声响没有。经过四奶奶的房门外，曾停住听了两三分钟，但听到四奶奶打鼾的声音很大，而且是连续地下去，并没有间断。她觉着这并没有什么异样，也就回房去再安歇了。

午后朱四奶奶醒来，就正式找了魏太太谈话，把这家务托付给她。她知道自己的事，四奶奶都清楚，也就毫不推辞。过了两天，四奶奶和她邀了一场头，分得几十万元头钱，又另外借给了她几十万元，由她回歌乐山去把赌账还了，把衣服行李取了来。

当她搭公共汽车重回重庆的时候，在车子上有个很可惊异的发现。见对座凳上有个穿布制服的人，带着一只花布旅行袋。在旅行袋口上挤出半截女童装，那衣服是自己女儿娟娟的，那太眼熟了。这衣服怎么会到一个生人的手上去？这里面一定有很曲折的缘故。她越看越想，越想也就越要看。那人并不缄默，只管和左右邻座的旅伴谈着黄金黑市。分明是个小公务员的样子，可是他对于商业却感到很大的兴趣。那人五官平整，除了现出多日未曾理发，鬓发长得长，胡楂子毛刺刺而外，并没有其他异样的现象。这不会是个坏人，怎么小孩子的衣服会落到他手上呢？

魏太太只管望了这旅行袋，那人倒是发觉了。他先点个头笑道：“这位太太，你觉得我这旅行袋里有件小孩子衣服，那有点奇怪吗？这是我朋友托我带回城去的。他很好的一个家庭，只为了太太喜欢赌钱，把一个家赌散了。那位太太弃家逃走，把两个亲生儿女，丢在一个养猪的穷婆子那里饿饭。这位朋友把孩子寻回去了，自己在城里卖报度命。两个孩子白天放在邻居家里，晚上自己带了他们睡，又作老子又作娘。他小孩还有几件衣服存在乡下，我给他带了去。”

魏太太道：“你先生贵姓？”他笑道：“我索性全告诉你吧。我叫余进取，我那朋友叫魏端本。我们的资格，都是小公务员，不过魏先生改了行，加入报界了。太太你为什么对这注意？”魏太太摇摇头道：“我也没有怎样的注意。我要和我自己孩子做两件衣服穿，不过看看样子。”

余进取看她周身富贵，必定是疏建区的阔太太之一，也就不敢多问什么。倒是在魏太太方面，误打误撞，探得了丈夫和孩子们的消息，心里是又喜又愁。喜的是和姓魏的算是脱离了关系，以后是条孤独的身子，爱干什么，就干什么，不会觉着拘束。忧的是魏端本穷得卖报为生，怎样能维持这两个孩子的生活呢？虽然和姓魏的没有关系了，这两个孩子，总是自己的骨肉，怎能眼望着他们要饭呢！她在车上就开始想着心事，到了重庆，将箱子铺盖卷搬往朱公馆，在路上还这样想着呢：

不要在路上遇到魏端本卖报，那时可就不好意思说话了。难道像自己这样摩登的女人，竟可以和那一身破烂的人称夫妻吗？她想是这样想了，但并没有遇到魏端本。

等着坐了轿子押解着一挑行李到了朱公馆，那里可又是宾客盈门的局面。楼底下客厅里男女坐了四五位，宋玉生在人围正中坐着，手指口说，在那里说戏。魏太太急于要搬着行李上楼，也没有去过问。

上楼之后，就听到前面客厅里有人说笑着，想必也是一个小集会。她把东西在卧室里安顿好，朱四奶奶就来了。她笑道："你回来就好极了，我正有笔生意要出去谈谈。楼上楼下这些客，你代我应酬应酬吧。有一半是熟人。楼上有了六个人，马上就要唆哈。楼下的人，预备吃了晚饭跳舞。回头你告诉他们把播音器接好线，地板上洒些云母粉。我要开溜。他们若知道，就不让我走的。"

魏太太道："什么生意，要你这样急着去接洽呢？"她笑道："有家百货店，大概值个两三千万元，股东等着钱做黄金生意，要倒出。我路上有两个朋友愿意顶他这爿铺子，托我去做个现成的中人。"

魏太太道："既是有人愿意倒出百货店来做金子买卖，想必是百货不如黄金。你那朋友有钱顶百货店，不会去买现成的金子吗？"朱四奶奶笑道："这当然是各人的眼光不同。现在我没有工夫谈这个。回家之后，我再和你谈这生意经吧。"说着，她将两手心在脸上扑了两扑，表示她要去化妆，扭转身子就走了。

魏太太在她家已住过一个时期，对于她家的例行应酬，已完全明白，这就走到了楼上客厅里去，先敷衍这些要赌钱的人。今天的情形特殊，完全是女客。魏太太更是觉得应付裕如。其中有两位不认识，经在场的女宾一介绍，也就立刻相熟了。魏太太宣布四奶奶出门了，请各位自便。大家就都要求她也加入战团，她见了赌，什么都忘记了的人，当然也就不加拒绝。

十分钟后，客厅隔壁的小屋子里，电灯亮了起来。圆桌面上铺了雪白的桌布，两副光滑印花的扑克牌放在中心，这让人在桌子外面看到，先就引起了一番欣慕的心理。她随了这些来宾的要求，也就在桌子旁边的椅子上坐下。这样在余进取口里所听到的魏端本消息，也就完全丢在脑后了。

但她究竟负有使命，四奶奶不在家，不时地要向各处照应照应，所以在赌了二三十分钟之后，她必得在楼上楼下去张罗一阵。这样倒使她的脑筋比较的清醒，她进着牌时，有八九分的把握才下注，反之，有好机会，她也宁可牺牲。因之，这天在忙碌中抽空打牌，倒反是赢了钱。

晚饭是魏太太代表着四奶奶出面招待的，又是两桌人。她当然坐主位，而宋玉生也就挨了主席坐着。吃饭之间，他轻轻地碰了她一下腿。然后在桌子下张望着，就放下筷碗弯腰到桌子下去捡拾什么。他道："田小姐，请让让，我的手绢落在地上。"她因为彼此挤着坐，也就闪开了一点椅子，她的右手扶着椅子座沿。宋玉生蹲在地上，就把一张纸条向她扶了椅子的手掌心里一塞，立刻也就站起来了。

魏太太对于这事，虽觉得宋玉生冒昧，但当了许多人的面，说破了是更难为情的，默然地捏住了那纸条，当是掏手绢，把那纸条揣到衣袋里去。饭后，她抢着到卧室里去，掩上了房门，把纸条掏出来看。其实，这上面倒没有什么下流的话。上写着：

> 四奶奶今天去接洽这笔生意，手续很麻烦，也许今晚上不回来的。饭后跳舞，早点收场。今天赌场上的人，都不怎么有钱，你犯不上拿现钱去赢赊账。

在这字条上，所看出来的，完全是宋玉生的好意，魏太太再三地研究，这里没有什么恶意，也就算了。不过她倒是依了宋玉生的话，对于楼下的舞厅，她没有把局面放大。因为朱四奶奶常是在晚饭前后，四处打电话拉人加入跳舞的。饭前如在赌钱，忘了这事。饭后她就没打一个电话，反正只有那几个人跳，到了一点钟，舞会就散了。楼上那桌赌因为四奶奶不在家，有两位输钱的小姐，无法挪动款项，也就在跳舞散场的时候，随着撤退。魏太太督率佣人收拾一切，安然就寝。

她次日十点多钟起床，朱四奶奶已经回来了。两人相见，她只是微笑，朱公馆的上午，照例是清静的。四奶奶和她共同吃午饭的时候，并无第三人。四奶奶坐在她对面，只是微笑，笑着肩膀乱闪。魏太太道："昨晚上那笔生意，你处理得很得意吧？这样高兴。"四奶奶道："得意！得意之至！我赚了二百元美钞。"魏太太听了这话，不由得两腮飞起两块红晕，低下头挟了筷子尽吃饭。

四奶奶微笑道："田小姐，老实对你说，你爱小宋，我是知道的，可是我也很爱他。他并没有钱，他花的全是我的。他送你的二百美钞，就是我的。凡事他不敢瞒我，你没有起床的时候，他在楼下客厅里等着我呢。我见了他，第一句话就问他，我给的二百美钞哪里去了。他说转送给你了，而且给我下了一个跪，求我饶恕他。我当然饶恕他，我并不要他做我的丈夫，我不会干涉他过分的。你虽然爱他，你没有撩他，全是他追求你，我十分明白。这不能怪你，像他那柔情似水的少年，谁不爱他？不过我待你这样周到，你不能把我的人夺了去呀。"

魏太太听她赤裸裸地说了出来，脸腮红破，实在不能捧住碗筷吃饭了。她放下碗筷，两行眼泪像抛沙似的落下来。她在衣襟纽扣上掏下了手绢，只管擦眼泪。四奶奶笑道："别哭，哭也解决不了问题，我可以称你的愿把小宋让给你，我不在乎，要找什么样子的漂亮男子都有，我还告诉你一件秘密消息，袁三小姐也是我的人，她和我合作很久了，范宝华在她手上栽筋斗，就是我和她撑腰的，老范至死不悟，又要栽筋斗了，他现在把百货店倒出，要大大地做批金子。我昨天去商量承顶百货店就是他的。他在我这里，另外看上了一个人，就是昨晚和你同桌赌唆哈的章小姐，我已经答应和他介绍成功，但是我有一个要求，教他将他和你的秘密告诉我，他大概很恨你，全说出来了。"

魏太太没想到她越说越凶，把自己的疮疤完全揭穿，又气又羞，周身抖颤，哭得更是厉害。朱四奶奶扑哧一声笑道："这算得了什么呢？四奶奶对于这一类的事，就经过多了，来，洗脸去。"说着拉了魏太太一只手拖了就走。

她把魏太太牵到屋子里，就叫女佣人给田小姐打水洗脸，当了女佣人的面，她还给魏太太遮盖着，笑道："抗战八年，谁不想家？胜利快要来了，回家的日子就在眼前，何必为了想家想得哭呢？"等女佣人打水来了，她叫女佣人出去，掩上了房门，拉着魏太太到梳妆台面前，低声笑道："我不是说了吗？这没有什么关系，四奶奶玩弄男人，比你这手段毒辣的还有呢。将来有闲工夫，我可以告诉你，我用的花样儿就多了。"

魏太太看她那样子，倒无恶意，就止住了哭，一面洗脸，一面答道："你是怎么样能干的人，我还敢在你孔夫子面前背书文吗？我一切的行为，都是不得已，请你原谅。"四奶奶笑道："原谅什么，根本我比你还要闹得厉害。"魏太太道："我真不知道那二百美钞是四奶奶的。我分文未动，全数奉还。"四奶奶将手拍了她的肩膀，连摇了几摇头道："用不着。送了不回头，我送给小宋了，他怎么样子去花，我都不去管他。我不但不要那二百元美金，我还再送你三百，凑个半千。"

魏太太不明白她这是什么意思，望了她道："四奶奶，你不是让我惭愧死了吗？"四奶奶笑道："这钱不是我的，是位朋友送给你的，让我转送一下而已。这个人你和他赌过两次，是三代公司的徐经理。”魏太太道：“他为什么要送我钱呢？”四奶奶笑道：“小宋又为什么送你钱呢？钱，我已经代你收下了。在这里。”说着她就打开了穿衣柜，在抽屉里取出三叠美钞，放在梳妆台上，笑道：“你收下吧。”

魏太太道：“我虽和徐经理认识，可是不大熟，我怎好收他这样多的钱呢？”四奶奶道：“你也不是没有用过男朋友的钱。老范和洪五爷的钱，你都肯用，姓徐的钱，你为什么就不能用？”说着这话，她可把脸色沉下来了。

魏太太红着脸，拿了一只粉扑子在手，对了梳妆台上的镜子，只管向脸上扑粉，呆了，说不出话来。朱四奶奶又扑哧地笑了。低声道：“美钞是好东西，比黄金还吃香。三百美钞，不是个小数呀，收着吧。”说时，她把那美钞拿起来，塞到她衣服口袋里去了。

魏太太觉得口袋里是鼓起了一块。她立刻想到这换了法币的话，那要拿大布包袱包着才拿得动的。这就放下了粉扑子，抓住四奶奶的手道：“这事怎么办呢？”说时，眼皮羞涩得要垂下来。四奶奶笑道：“你真是不行，跟着四奶奶多学一点。男人会玩弄女人，女人就不能玩弄男人吗？拿了钱来孝敬老娘，就不客气地收着。不趁着这年轻貌美的时候，挖他们几文，到了三十岁以后，这就难了。四十岁以后呢，女人没有钱的话，那就只有饿死。事情是非常的明白。你不要傻。”

魏太太被四奶奶握着手，只觉她的手是温热的。这就低垂了眼皮低声问道：“这事没有人知道吗？”四奶奶笑道：“只有我知道，而且你现在是自由身子，就是有人知道了，谁又能干涉你？那徐经理今天请你吃晚饭。”魏太太道：“改天行不行呢？”四奶奶道：“没关系，尽管大马关刀敞开来应酬，自然我会陪你去。”

魏太太在四奶奶屋子里坐了一会子，实在也说不出什么话来，自己任何一件秘密，人家都知道，有什么法子在她面前充硬汉呢？而况又是寄住在她家里。当时带了几分尴尬的情形，走回自己卧室里去。把口袋里的美钞掏出数了一数。五元一张的，共计六十张，并不短少。她开了箱子把三百元美钞放到那原存的二百元一处，恰好那也全是五元一张的，正好同样的一百张。这真是天外飞来的财喜。若跟着魏端本过日子，做梦也想不到这些个钱吧？四奶奶说得对了，不趁着年轻貌美的时候，敲男子们几个钱，将来就晚了。反正这个年月，男女平等，男子们可以随便交朋友，女子又有什么不可以？自己又不是没有失脚的人，反正是糟了。

她站在箱子边，手扶了箱子盖，望了箱子里的许多好衣服，和那五百元的美钞，这来源都是不能问的，同时也就看到了手上的钻石戒指。这东西算是保存住了，不用得卖掉它了，她关上了箱子，拍了箱盖一下，不觉得自己夸赞自己一句：我有了钱了。俗言说，衣是人的精神，钱是人的胆，她现在有了精神，也有了胆，自这日起，连牌风也转过来了，无论打大小唆哈，多少总赢点钱。有了钱，天天有得玩，天天有得吃，她可以说是没有什么心事该想的，然而也有，就是自己那两个孩子，现在过的什么日子，总有些放心不下。她听说白天是寄居在邻居家，这邻居必是陶太太家。想悄悄到陶家看看小孩子吧？心里总有点怯场，怕是人家问起情形来，不好对人家说实话。考虑着，不能下这个决心，而朱四奶奶家又总是热闹的，来个三朋四友，不是跳舞唱戏，就是赌钱，一混大半天和一夜，把这事就忘了。

不觉过了七八天，这日上午无事，正和朱四奶奶笑谈着，老妈子上楼来说，范先生和一个姓李的来了。魏太太忽然想起了李步祥，问道："那个姓李的是不是矮胖子？"女佣人道："是的，他还打听田小姐是不是也在家呢，我说你在家。"魏太太道："既是你说了，我就和四奶奶一路去见他。”说着，两人同时下楼，到了楼梯半中间，她止住了步子，摇了几摇头。

四奶奶道：“不要紧，范宝华正有事求着我，他不敢在我这里说你什么，而且你也很对得起他。”魏太太道：“我倒不怕他，把话说明了，究竟是谁对不住谁呢？只是这个姓李的，我不好意思见他，他倒是个老实人。他好像是特意来找我的。他和陶家也很熟，也许是姓魏的托了他来谈孩子的事吧，我见了面，话不好说，而且我又喜欢哭。”

四奶奶笑道：“你的意思，我明白，我找着他在一边谈谈吧。假如孩子是要钱的话，我就和你代付了。”魏太太点了点头，倒反是放轻了步子回转到楼上去。

四奶奶在楼下谈了半小时，走回楼上来，对她笑道：“你不出面倒也好。李步祥说，他是受陶伯笙太太之托来见你的。姓陶的和太太闹着别扭，一直没有回家。陶太太自己，摆纸烟摊子度命。自己的孩子都顾不了，怎能代你照应孩子呢？她很想找你去看看孩子，和魏端本说开了，把孩子交你领来。我想你一出面，大人一包围，孩子拉着不放，你的大事就完了。我推说你刚刚下乡去了，老妈子不知道。我又托姓李的带十万元给陶太太说，以后有话对我说。这事我给你办得干净利落，教他们一点挂不着边。”

魏太太默然地坐着有五分钟之久，然后问道：“他没有说孩子现在过得怎么样？”朱四奶奶道：“孩子倒是很好，这个你不必挂念。”说到这里，她把话扯开，笑道：“你猜老范来找我是什么事？”魏太太道：“当然还是为了那座百货店的出顶。”朱四奶奶道：“光是为这个，那不稀奇。他原来出顶要三千五百万，现在减到只要两千四百万了。此外，他出了个主意，说是我不顶那百货店也可以。他希望我对那个店投资两千万，他欢迎我做经理。两千万我买小百货店的经理当，朱四奶奶是干什么的？肯上这个当吗？”

魏太太道：“姓范的手上很有几个钱啦，何至于为了钱这样着急？”朱四奶奶道：“这就由于他发了财还想发财。大概他已打听得实了。黄金的官价马上就要升为五万。他就要找一笔现款，再买一大批黄金。现在是三万五的官价。他想买三千五百万元的黄金，马上官价发表，短短的时间，就赚一千五百万，而且买得早的话，把黄金储蓄券弄到手，送到银行里去抵押，再可以套他一笔。所以他很急。不过各人的看法不同，他肯二千四百万出顶那个百货店，也有人要。你猜那人是谁。”魏太太道：“投机倒把的事我一摸漆黑，不知道。”四奶奶伸手一掏她的脸腮，笑道：“就是你的好友徐经理呀。”魏太太听了这话，脸上一红，微微一笑。

第二回

一连串的好消息

魏太太的微笑，不仅是难为情，她也这样想着，我也眼看到范宝华出卖他的财产，而且也可以说是卖给自己的好友。在范宝华交易成功以后，到朱公馆来和四奶奶道谢，她也就一同随四奶奶出来相见。范宝华看到她，首先是一惊，她不但装扮得更是漂亮，而且脸上和手臂上的肌肉，长得十分丰润。这已到了四川的初夏季节。魏太太穿了一件蓝绸白花背心式的长衫，两只肥白的手臂完全露出。在左臂上围了一只很粗的金膀圈，当大后方大家全着了黄金迷的日子，凡是佩戴着新的金器品，那就是表示了那人有钱。

她在朱公馆住了这些时候，已是应酬烂熟，这就伸出一只手来和他握着，笑问道："范先生更发财了吧？"他道："发财？我瞒不了四奶奶，我把老底子都抖着卖了。"

宾主落了座，范宝华首先表示道："今天来此，并无别事，特意来和四奶奶道谢，这爿店倒出了，你给我帮了不小的忙，因为上个比期，我听到说黄金官价快要升到五万了，我就大胆借了一笔钱，做了一百五十两黄金储蓄，利息是十一分。不想储蓄券买到手了，偏偏是官价没有提高。昨天的比期，我若不还钱，又得转一个比期，那我就要蚀本了，前天我把倒店的这笔钱得着了，昨天还了债，而且是喜事成双，大概明后天官价就要提高，这个消息，我得的十分准确。四奶奶可以趁此机会赶快作点黄金储蓄吧。”

四奶奶笑道：“作黄金生意的人，天天自己骗自己，总说是黄金官价要提高。财政部长，比作生意的人，还要聪明得多，他不会让老百姓占便宜下去的。”范宝华道：“那是当然。不过现在黄金黑市是八万上下，一两黄金比官价贵四五万元，财政部能够老是这样吃亏下去吗？”

朱四奶奶点着头道：“那是当然。不过三万五的黄金现在还可以储蓄，到了五万就动不得了。你若是愿意出四万的价钱，我这里有朋友托卖的几十两储蓄券，八月底到期。”范宝华道：“真的，那是两万官价定的了。”

四奶奶道：“那就凭你去计算吧。反正你现在出四万，三个月后至少捞回八万。”范宝华大为兴奋，不由得站起来问道：“多少两呢？”四奶奶道：“五十多两，分四张储蓄券。你要接受，就趁早。这是两位小姐输了钱，抵押赌博账的。”范宝华拍了手道：“我全要，我全要！”

魏太太坐在一边看到，微笑道：“范先生对于买金子还是这样感到兴趣。”范宝华道：“我稳扎稳打，又不冒一点险，怕什么的，至少是不赚钱，决不会吃官司。”她听说，脸一红，没有话说，朱四奶奶把话扯开来道：“范老板，言归正传，你要买这五十两储蓄券，四十八小时限期，过期我就卖给别人了。还有一层，若是官价宣布到五万，你就带了钱来，我也不卖，反正不能比官价还便宜些。”

范宝华站着向她拱了手道：“四奶奶再帮我一次忙，请你替我保留四十八小时。若是官价升到了五万，那当然另作别论。”说时，他看到魏太太冷冷地坐在那里，也向她拱了手道："田小姐请你替我美言两句，我若是赚了钱，一定请客。"魏太太只抿嘴笑着，没有作声。范宝华很知道她的身世，倒不介意她是否高兴。他立刻注意到去筹款，就向四奶奶告别了。

他走着路，心里就想着这将近二百万的现钞，要由哪里出？唯一能和他跑腿的，还是李步祥，他连走了两家谈生意的茶馆，把李步祥找着，请他到家里吃午饭，并把朱四奶奶让出五十两黄金储蓄券的话告诉他。问道："老李，你能不能和我再跑两天。我手上还有一小批五金材料，你去和我兜揽兜揽主顾看。"李步祥道："五金材料，也不比黄金坏，留在手上，照样的涨价。我看你还是把买得的黄金储蓄券，送到银行里去抵押，再套一批款子。用黄金滚黄金，这法子最简单。"

范宝华笑道："这个法子，我还要你说吗？我手上的黄金储蓄券，有十分之五六，都在银行里，只有最后套来的一批，还放在手上。大概还有二百多两。这二百多两，拿去抵押，总还可以借到五六百万。可是你得算算利钱，每个月负担多少？我就是尽五十两做，恐怕也要拿出八十两去押，才套得出现款来。这样套着，买的黄金储蓄越多，手里的存券就越少。反过来，利钱倒越背越多。所以我现在不想套着做了，愿意拿现钱买现货。五金变成金子，不赚钱也不会吃亏。"

李步祥将手摸摸头，笑道："若是据你这说法，黄金提高官价的事，一定是千真万确的了。第一次黄金涨两万的时候，我失了机会，只买了几两。第二次涨三万五的时候，我还是没有赶上，只买了几两。这一次涨五万以前，吓！我得狠他一下。"说着一拍大腿，用脚在地面重重一顿。

范宝华道："我老早不是说过了吗？就是借钱干，也还比做普通生意强。"李步祥道："你看这次黄金加价，会在什么时候发表？"说着，他向范宝华的脸上看着，好像他的脸上就有一行行的字，能把这问题答复下来。他笑道："信不信由你，至多不会出一个礼拜。在银行里摆着一字长蛇阵的人，抢着买黄金，财政部要提高，也得压两天他们的宝，若是可以由人民随便押中，以后的戏法就不灵了。这几天银行里买黄金的高潮又过去了。财政当局再也憋不住的。"李步祥笑道："你虽不是财政部长，由于上两次加价，你都猜得很准，我是一定相信你。你有什么东西零卖，开张单子给我，我和你跑跑。"

范宝华就在他的皮包里取了十张单子给他，并答应借给他五两金子的本钱。这个重赏，把李步祥激动了，立刻就走去。范宝华也夹了皮包，上他的写字间。在每日下午两三点钟的时候，这里总有些人来往，交换商场情报。这来往的并不限于正式商人，品类是相当复杂的。他正由楼下的公司营业部走上了楼梯口。一位穿西服的，迎面相遇，抓着他的手道："你这时候才来，我到你写字间来了两三次了。"范宝华道："失迎失迎，我今天中午接洽一笔买卖，未免来得晚了一点。屋子里谈吧。"

这人随着范老板进了屋子，他随手就把房门掩上。笑道："老实说，我是够交情的。我为了报告你这消息，三十分钟之内，我两次上这个楼。"范宝华笑道："你看金子官价快要发表了吗？"说着，他在身上取出烟盒子来，打开盒子，捧着送到客人面前，请他取烟。

他摇摇手道："我没有工夫。我看到我们老板刚才发出去一封亲笔信，是送给一家银行经理的，又打出去两个电话，再三叮嘱快点办，迟了时间就来不及了。我看这情形，就猜着和金价有关。老实说，我也想发财。我就特别献殷勤，借着向老板回话的机会，故意到公事抽屉柜里去寻找文件。其实这都是极普通的文件，连人家送的杂志都分别塞在那里，老板向来不看。重要文件，有他的机要秘书管着，不会放在那里，我故意自言自语地说前几天收到两张讣闻不知道是什么日子开吊，应该查查看。我这样说着，就只管在那里整理文件，意思是要等我们老板接过电话。我这个计划，总算没有白费力，不到十五分钟，来了电话。我们老板接着电话，先就是一阵高兴，后来说：‘当然请客，还要大大地请客。数目可以作三四个户头，反正不把我的姓改掉就成，用什么名字都可以。不过后天礼拜六下午，可能发表。若是提前发表，我们就扑空了。’我听了这些话，再根据老板向银行里经理去信的事，互相参考一下，那不是买黄金储蓄是干什么。说的后天发表，不是黄金官价发表，又是什么?”

范宝华偏着头想了一想道：“你猜着应该是对的。纵然不对，我们也应当向这个方向办。”说着和那人握了两握手。那人笑道：“我还有几个地方要去，事情紧迫，不说闲话了。”说着转身就向外走。范宝华道：“我的期票还没有开给你呢。”那人笑道：“我们都是在社会上要个漂亮场面的人，谁也不会过河拆桥，你赶快预备头寸吧。”说着，抬起手来向他招了两招，拉开门出去了。

范宝华送到了房门口，呆站了一下，见来人是匆匆而去，步子放落得极不自然，可知道他心里是很着急的。他回到屋子里，先坐下来吸了一支烟，自己一拍大腿，也就站起来，随着信口道：“找头寸去。”

门一推进来一位穿蓝湖绉长衫的朋友。他这衣服是战前之物，表示了他是位囤积的能手。他蓄着两撇短八字须，梳了半把背头，脸子上光滑红润，也表示他修养有素。他从容地走了进来，问道：“我以为你和朋友在谈生意经呢。”他笑道：“谈生意经的朋友，是刚刚走出去，我在着急。黄经理有何见教。”

他将房门随手关上了，低声笑道：“据我得的消息，三天之内，就要……”范宝华道：“黄金官价，加到五万，或者七万。”黄经理道：

"你只猜到了一半，是黄金储蓄，要停止办理。这本来是个极明显的事情。黄金黑市到了八万多，官价还是三万五，那不是有意让国库亏本？不过为了官方面子，咬着牙拖下来这么一个时期。现在实在拖不下去了，非停办不可。停办之后，黑市脱了官价的联系，那还不是拼命的跑野马。老兄若是手上有钱，赶快的作黄金储蓄吧。三天之后，你就可以发小财。"

范宝华道："你这消息可靠吗？"黄经理道："太可靠了。"范宝华笑道："多谢多谢，你给我这消息，是太够交情了。我若赚了钱，请你吃饭。"黄经理摇摇头道："请我吃饭用不着，今天晚上，有个小应酬，要请你帮一点忙。"

范宝华道："只要我能够办到的，你就说吧。"黄经理道："我们公司里一个姓吴的小职员，太太添了孩子，自己有点小亏空，想不出法子弥补。听到黄金储蓄要停办的消息，他忽然计上心来，打算邀一场头。将所得的头钱，赶快就去作黄金储蓄。等着黄金储蓄停办了，他把储蓄券出卖，一定可以捞个对本对利。他所邀的角色，都是这二楼上的老板先生们。你是个唆哈能手，对这事谅无推辞的了。"说着，他拱了两拱手。

范宝华笑道："打唆哈我没有推辞过的事。不过今天的时间，我要腾出来去找头寸。"黄经理笑道："谈到找头寸，范先生有的是办法，难道还要整夜地奔忙吗？而且太晚了，头寸也无法去找。我们现在不妨把时间定到晚上八点钟。这位邀头的吴老弟，他当然要办一点菜，请大家吃餐便饭。"

范宝华道："这样下本钱，还要请大家吃顿便饭。那么，打少了头钱，人家还不够开销呢。"黄经理道："唯其如此，所以还要找大角儿名角儿才能唱成这台戏。"

范宝华沉思了一下子，点头道："我就凑一脚吧。在什么地方？"黄经理道："我们那小职员，所住一间屋，餐厅和厕所都在那里，那也实在无法招待来宾，就在我家里吧。"

黄经理也是在这楼上设下写字间，专作游击生意的。范宝华偶然周转不灵，也和他通融些款子。他出来替伙计们邀一场赌，自也不能驳回，就约定了八点半钟以前准到。这时他心里不想别的，料着不论是黄金折价，或者是停止储蓄，但在最近几天，必有一桩实现。实现以后，黑市必又是一个剧烈的波动。这个机会，不能失掉，他抬头一看，那位黄经理什么时候走去，已不知道。刚才站在屋子里低头沉思，已是出了神了。他转后悔不该让李步祥去兜卖五金材料，自己亲自出马，倒是立刻就可以知道好坏的消息，现在把事情交给人家办去了，若是自己又出去办，这事就弄得一女许配两个郎了。他心里这样想着，两手背在身后，就在屋子里绕圈子走着。

走了几个圈子，他又坐下来，吸一支纸烟，最后，他站起来一拍桌子，说了一句走。把放在桌子上的皮包提了起来，就有个要出门的样子。倒不想门外有人答应了，笑道："范老板起什么急，你怕金子会飞了？"说话的，正是他盼望的李步祥。

便问道："有好消息吗？"李步祥摇摇头道："接连跑了四五家，有的说，你那单子上定的价钱赛过了行市，他们不能接受。有的一看单子，就知道是范老板的存货。他们说得更是气人。范老板又是买金子差了头寸，抛出五金材料来换现钱。卖货要赚钱，买金子又要赚钱，钱都归范老板一个人赚了，这个时候，有现钱在手的人，谁不去买黄金，又痛快，又简单。谁愿啰哩啰唆，买一批五金材料在家里摆着。"

范宝华淡笑道："你出去跑了半天，就是把人家这些骂我的话带了回来？"李步祥笑道："你别忙呀，当然我还有话。最后我跑了两家五金行，他们正要带些材料到内地小县份去。看了这单子上的货，有合用的，也有不合用的，要分开来买。若不分开，就照码打七折。”

范宝华摇着头，那句不卖的话还没有说出，李步祥又道：“我给你算了一算，就是打七折，你还可以卖出二百万大关。只要你一点头，他们把银行里的本票给你。你有了本票，明天上午就可以买黄金储蓄券，后天上午，你就把储蓄券拿到手。若是这个时候，宣布黄金加价，你还是合算之至！你若不放心，我已给你找到了路子，你自己去接洽。”

范宝华低着头想了几分钟，顿着脚道：“好吧，为了黄金，我百货店都倒出了，这一点五金材料的存货，我留着也作不出好大的办法来。好罢，我扫清底货，卖了就卖了。以后我专作黄金，连这个写字间也不要了。”李步祥笑道：“你也就是坐在家里等着发财。”

范宝华道：“我八点半钟还有个约会，现在我们就去签张草约。走吧。”说着，他挽了李步祥的手就走。这个写字间，范老板和邻居亭子间，共用了一名茶房，叫老幺。他在老板来了之后，就去给他预备开水泡茶，他这时提着茶壶来了，却正碰到老板走出门。他这就笑道：“生意郎个忙，茶都不喝一口唆？”

范宝华笑道：“我实在也是忙糊涂了，我走进这写字间，是怎样进来的都不知道，我还忘了有个李老幺呢。”他笑道：“范先生，你不忙走，我有件事求求你。你硬是要答应咯。”

范宝华笑道：“你还没有说出要求来，先就说硬是要我答应，这话教我怎么说呢？”李老幺鞠着躬道：“范先生，你忙，也不在乎几分钟吗，你耍一下，我有话说。”说着，他斟了一杯茶，双手送到面前，请他接着，然后在衣服袋里，取出一张纸条，又是一鞠躬，双手呈给范老板。他接过来看着。上面这样写：

敬呈范大经理。启者无别，止因我家老祖母冉病在床，没得医药费。立马要借薪工三个月。他是七十八岁之人，望大经理开恩，借我，三个月巴。二天长薪工我的薪工不加，算是利钱，要得？千即千即。茶房李老幺鞠躬。

范宝华笑道：“难得，虽然上面不少别字，我居然看懂。你有老祖母？我没听见你说过。你不是再三声明，你是六亲无靠的一个人吗？”李老幺笑道：“这个老祖母是我过房幺叔的祖母。”

范宝华笑道：“更胡说了。你幺叔的祖母，是你的曾祖母，你怎叫祖母呢。你老实说，是怎样搞亏空了，要借钱。”李老幺正了脸色道：“龟儿子骗你，我没有搞亏空。我不嫖不赌，六亲无靠，啥子亏空？”

范宝华笑道：“现在是你自己说的，你六亲无靠，你哪里来的祖母？”李老幺将手抬起来搔搔头发，这就笑道：“我有点正当用途，确是，龟儿子就骗你。”范宝华道：“你有什么正当用途？快说，我要走了。”李老幺道：“大家都在买金子准备发财，我当茶房的人就买不得？你借三个月薪工给我，有个四五万块钱，我也买一两耍耍。”李步祥在一旁听到伸了一伸舌头。

范宝华笑道：“你说明了，我倒是可以帮你一个忙，明天上午，你到我家里去，我准给你一两黄金的钱，你要发这注小财，还是越快越好，明天上午，你必须把现款交到银行里去。”李老幺听说，深深地鞠躬，范李二人这才从容地出门。

走在路上，李步祥道：“老幺怎么也知道抢黄金？”范宝华道：“大概这黄金停止储蓄的消息，这三层楼都传遍了，利之所在，谁不去抢？”他们说着话，已经到了楼房的大门口。身后忽然有人接嘴道：“李老板，教你笑话。”回头看时，却是陶伯笙太太。

她提了一只大白包袱，里面伸出许多长纸盒子的两头，正是整条的纸烟。她穿了件旧蓝布大褂子，脊梁都让汗湿透了。李范两人都知道她已在摆纸烟摊子了，并不敢问她提着什么。范宝华向她点了个头道：“久违久违，我是和老李谈着茶房借工资买黄金的事。”

陶太太把包袱放在地面，掏出手绢擦了一擦额头上的汗，然后笑道：“实不相瞒，我正也是为了这事来见范先生的。你这大楼我不敢胡乱上去，我看到李先生进去的，我就在这门口等着。”范宝华以往在她家打搅过的，自不能对人家冷淡，便道：“我正有一点事，不能招待陶太太，有什么见教，你就请说吧。”她笑道：“伯笙不告而别地离开家庭到西康去了。我一个女人，怎能维持得了这个家。我现在已经做小生意了。做小生意怎能有多大翻身呢？家里还有几件皮衣服，我想托范先生给我卖掉它，就是卖不掉，押一笔款子也好，因为我等着钱用。”

范宝华笑道：“夏天卖皮货，这可不是行市。你有什么急用呢？”陶太太笑道：“刚才范先生说了，茶房都要借工钱做黄金储蓄，哪个不想走这条路呢？”范宝华听她这话，又看她脸上黄黄的，很是清瘦。他心里这就联想到，无论什么人都在抢购金子了。

第三回

魔障复生

陶太太这个要求，在李步祥看起来，倒是很平常的。什么人都变卖了东西来做黄金生意，她把那用不着的皮货变成黄金，那不是很好的算盘吗？便在一旁凑趣道："陶太太现在的生活，也很是可怜，范先生路上若有熟人愿意收买皮货的，你就和她介绍介绍吧。"范宝华很是怕她开口借钱，就连连地点了头道："好的好的，我给你留心吧。"说着，他拔步就走。

李步祥倒是不好意思向人家表示得太决绝，只得站在屋檐下向她点了头，微笑道："陶太太现在是太辛苦了，是应当想一个翻身的法子。伯笙走的这条路子也算是个发财的路子，等他回来了就好了。"

陶太太看了范宝华已经走远，笑道："发财的人，就是发财的人，他生怕我们沾他什么光。其实我不要沾什么光，我是来碰碰机会，看看那位魏太太在不在这里。她不要魏先生，那也算了，这年月婚姻自由，谁也管不着她。只是她那两个孩子，总是自己的骨肉，她应该去看看，有一个孩子，已经病倒两天了。魏先生自己要做买卖，又要带孩子，顾不到两头，只好把那摊子摆在那冷酒店门外，那就差多了。”

李步祥道：“他不是在卖报吗？”陶太太道：“白天摆小书摊子，晚上卖晚报，这两天不能卖报了。真是作孽，他想发个什么财，要买什么金子呢？当个小公务员，总比这样好一点吧？”

李步祥站着想了一想，点着头道：“你是一番热心，我知道。魏太太不会到这里来的，她现在和阔太太阔小姐在一处了。你这话，我倒是可以转告她。我要陪范先生去做笔生意，来不及多谈。有工夫，我明天去回你的信吧。”他说毕，也就走开。

范宝华在街边等着他呢。问道：“准是她和你借钱吧？”李步祥笑道：“人穷了，也不见着发财的人就红眼。她倒是另有一件事访到这里来的。”因把陶太太的话转述了一遍。

范宝华摇摇头道：“那个女人，虽然长得漂亮，好吃好穿又好赌，任什么事不会干，姓魏的把她丢开了，那是造化，要不然，他也许还要坐第二拘监所。今天我的生意做妥了，我倒可以周济周济他。快点去把这笔买卖做成吧。”

他口里说着快，脚下也就真的跟着快。向李步祥道：“走上坡路，车子比人慢的多。走吧。”说着，他约莫是走了二三十家店面，突然停住了脚步，向他笑道：“这个不妥。我们赶上门去将就人家，也许人家更要捏住我们的颈脖子。东西少卖几个钱，我倒是不在乎。若是人家拖我两天日子，那我就全盘计划推翻，还是你去接头，我在家里等着。只要今天晚上他们能交现款，我就再让步个折扣，也在所不惜。老李，人在这个时候，是用得着朋友的。你得和我多卖一点力气。”说时伸手连连地拍了他的肩膀。他也不等李步祥回答，就向回家的路上走了。

他到了家，那位当家的吴嫂看了他满脸焦急的样子，知道他又是在买金子。因为每次收买金子，他总要紧张两天的。便向他微笑道：“你硬是太忙。发财要紧，身体也要紧。不要出去了，在家歇息一下吗。消夜没得。”说着，伸手替他接过皮包和帽子。

老范不由得打了个哈哈笑道：“我忙糊涂了，忘记了吃饭这件大事。我生在世上，大概不是为吃饭来的，只是为挣钱来的。好，你给我预备饭。”他说着话，人向楼上走。走到楼梯半中间，他又转身下来，站在堂屋中间，自搔头发自问道：“咦！我忘了一件什么事，想不起来，但并没有忘记什么东西。哦，是了，我的皮包没有拿回来。吴嫂，暂不开饭我出去一趟，马上就回来。”

吴嫂和他捧着茶壶走来，笑道：“喝杯茶再走吗。应了那句话，硬是抢金子。”他道：“我把皮包丢在写字间了。有图章在里面，回头我等着用。”吴嫂笑道：“硬是笑人。皮包你交给我，我送到楼上去了，你不晓得？”范宝华笑道：“是的是的，你在门外头就接过去了，不过我总忘记了一件事。”

吴嫂斟了一杯茶，双手递给他，笑道：“不要勒个颠三倒四。是不是没看着晚报？”他道：“不是为了夜报，但我的确也忘了看，你给我拿来吧。”他端了茶杯，坐在椅子上慢慢地喝着，眼睛还是望了茶的颜色出神，见杯子里漂着两片小茶叶，他就看这两片茶叶的流动。

吴嫂站在身边道：“看报，不要啥子，你回回做金子都赚钱，这回还是赚钱。”她把晚报放在他茶杯子上，笑道：“你看报，好大的一个金字。”范宝华顺眼向报上看去，果然是报上的大题目，有一个金字。这个金字，既是吴嫂所认得的，当然他更是触目惊心，立刻放下茶杯，将晚报拿起来看。欧洲的战事国内的战事，他都不去注意，还是看本市版的社会新闻。那题目是这样写着：“黄金加价，即将实现。”他立刻心里跟着跳了两跳。

他还怕看得有什么错误，两手捧了报，站在悬着电灯光底下，仔细看着。那新闻的大意，是黄金加价问题，已有箭在弦上之势，日内即将发表，至于加价多少却是难说，黄金问题，必定有个很大的变化。若是不加价，政府可能就会停止黄金政策的继续发行。老范看了那新闻，觉得对于自己所得的消息，并没有错误。他把报看过之后，又重新地再看一遍。心里想着，总算不错，今天预先得着了消息，赶快就抓头寸。这消息既然在晚报上登出来了，那不用说，明天日报会登得更为热闹。回头李步祥把主顾带着来了，只要给现钱，我什么条件都可以接受。

他这样想着，将报拿着，两手背在身后，由屋子里踱到院子里去，由院子里又踱到屋子里来，就是这样来回地走着。吴嫂把饭菜放到堂屋里桌上，他就像没有看到似的还是来回地走着。吴嫂叫了几声，他也没有听到。吴嫂急了，就走过来牵着他的衣袖道："朗个的？想金子饭都不吃唆？"范宝华这才坐下来吃饭。可是他心里还不住地想着，假如李步祥失败，就要错过一个绝大的发财机会。他正吃着饭，突然地放下筷子碗，将手一拍桌子道："只要有现款，什么条件，我都可以接受。"

吴嫂站在一边望了他，脸上带了微笑，正有一句话要问他。桌子一响，她吓了身子震动着一跳，笑道："啥子事？硬是有点神经病。"范宝华回头看了她笑道："你懂得什么，你要在我这个境遇，你会急得飞起来呢。"

李步祥在门外院子里答言道："范先生，有客来了。"范宝华放下筷子碗，迎到屋子外面来，口里连说着欢迎。但他继续到第三个欢迎名词的时候，感觉到不妥，还不知道来的人属于百家姓上哪一姓，怎好就说出欢迎的话来？因之，立刻把那声音缩小了。

随着李步祥走进屋子来的，也是一位穿西服的下江人。他黄黄的脸，左边腮上，有个黑痣，上面还长了三根黄毛。这个人在市面上是有名的，诨号穿山甲。范宝华自认得他。问道："周经理，好久不见，用过晚饭没有?”他笑道:“我们不能像范先生这样财忙,现在已是九点多钟了,岂能没有吃过晚饭?你可以自便,等着你用过了饭,我们再谈吧。”

范宝华饿了,不能不吃,而又怕占久了时间会得罪了这上门的主顾,将客人让着在椅子上坐下了,又敬过了一遍茶烟,这才坐下去将筷子碗对着嘴,连扒带倒,吃下去一碗饭,就搬了椅子过来,坐在面前相陪。先就说了几声对不起。

李步祥怕他们彼此不好开口,先笑道:“周老板很痛快的。我把范兄的意思和他说了,他说在商业上彼此帮忙,一切没有问题。”范宝华连说很好,又递了一遍纸烟。

那穿山甲周老板笑道:“都是下江商人,什么话不好说。那个单子,我已经算好了,照原码七折估计,共是二百四十二万。说一是一,说二是二,我们就照单子付款。不过那时间太晚了,连夜要抓许多现款,实在不是容易事。现在我只找到二百万本票,已经带来,都是中央银行的,简直当现钞用。这对于范老板那是太便利了。”说着在身上掏出一只透明的料器夹子,可以看到里面全是本票和支票。他掏出几张本票,交到范宝华手上,笑道:“这是整整二百万。至于那四十二万零头,开支票可以吗?”

范宝华虽然不愿意,可是接过了人家二百万本票,就不好意思太坚执了自己的意见,点头道:“当然也可以。不过我明天上午就得当现款用,支票就要经过银行一道交换的手续与时间。”穿山甲道:“若是范老板一定要本票,今晚上我去和你跑两家同业,作私人贴现,也许可以办到。为了省去麻烦起见,两万你不要了,我去找四十万现钞给你,好不好。”

范宝华道:“若是贴现的话,我还是要本票,两万就不要了吧。”穿山甲向他笑道："痛快，三言两语，一切都说妥了，不过这批五金，并不是我要，我和别人拉拢的，大家都是朋友，我不能说要佣金的话，你总得请请客。"

范宝华笑道："没有问题，明天晚上我请你吃饭。"穿山甲笑道："彼此都忙，也许没有工夫。我看你单子上开有灯泡两打，你又涂掉了，大概因为不属于五金材料。你就把两打灯泡送给我吧。"范宝华道："这是我自己留着用的。好吧，我送一打给你。"穿山甲道："好，就是那么办。我现在还是把那四十二万的支票给你，以表示信用。你现在开张收条给我，并在单子上注明，照单子提货，不付退款，并注明加送灯泡一打。"

范宝华也没有考虑，就全盘答应了。穿山甲的一切，好像都是预备了的，就在料器夹子里，掏出一张现成的支票给他。范宝华看时，数目是四十万，日子还开去十天。因笑道："不对呀，周老板，这是期票。"他道："这是人家开给我的支票，当然不能恰好和你所要的相符，反正这支票我是作抵押的，又不当现钞给你。过两小时也许不到两小时，我就会拿本票或现钞来换的。"

范宝华因他已经交了二百万本票，也就只好依照他的要求，写了一张收据和提货单子给他。并注明如货色不对，可以退款。他接到那单子，就笑问道："货在哪里呢？我好雇车子搬走。"

范宝华道："货在家里现成，夜不成事，你明天来搬还晚了吗？"穿山甲笑道："夜不成事，我怎么给你货款呢？我又怎么答应着给你拿支票去贴现呢？货不是我买的，我已经交代过了，交了款，我拿不到货回去，我怎么交代？"他说到这里，已不是先前进门那种和颜悦色。脸子冷冷的，自取了纸烟，擦着火柴吸烟，来个一语不发。

范宝华不能说收了人家的钱，不给人家货。笑道："倒不想周老板这样不放心，好吧。你就搬货吧。”于是亮着楼下堆货房间的灯，请李步祥帮忙，把所有卖的货，全搬了出来。由穿山甲点清了数目，雇了人力车子运走。

直等他走后，范宝华一看手表，已是十点多钟，拍了手道：“穿山甲这小子，真是名实相符，我中了他缓兵之计。现在已经大半夜了，到哪里拿支票贴现去？看这样子，就是明天上午，他也不会送现款来，反正他已把货搬了去了，我还能咬他一口吗？”李步祥道：“你也是要钱太急，他提出什么要求，你都答应了。我不知道你是什么算盘，我没有敢拦着你。”

范宝华背了两手，在屋子里转了圈子走路。大概转有十多个圈子，他将放在茶几上的那份晚报拿起来看看，又拍了手道：“不管了。吃点小亏，买了金子我就捞回来了。老李，明日上午还得跑银行，要起早。我请你吃早点。”李步祥道：“你还跑什么银行？朱四奶奶那里有五十两黄金的黄金储蓄券，现成的放在那里等着，你交款就手到拿来。”

范宝华道：“她的话，不能十分靠得住。我现在是抢时间的事，假如让她要我半天，下午也许银行里就停止黄金储蓄了。办了这笔，我再想法去买了那笔。”说话时，他坐一会，站了一会，又走一会，他当家的吴嫂，不断地来探望他。

李步祥因已深夜，也就告辞了。他在路上想着，老范这样忙着要买金子，想必这是要抢购的事情。他临时想得一计。自己皮包里，还有老家新寄来的一封信，是挂号的，邮戳分明。在大街上买了两张信纸，带到消夜店里去，胡乱吃了一碗馄饨，和柜上借了笔墨，捏造了一封家书。上写家中被土匪抢劫一空，老母气病在床，赶快汇寄一笔家用回来，免得全家老小饥饿而死。他把那家书信封里的原信纸取消，将写的信纸塞了进去，冒夜就跑了七八处朋友家里，他拿出信来，说是必须赶快汇一笔钱回去。但时间急迫，要想立刻借一笔款子，这是不可能的事。现在只有打一个会，每个朋友那里凑一万元的会资，共凑十万元。在深夜的灯光里，大家看到他那封信，也都相信。他既需款十分迫切。在当时，一万元又已不算什么大数目。都想法子凑足了交给他。有的居然还肯认双股。于是他跑到十二点钟，就得了十一万五千元。他的目的，不过想得十万元，这就超过了他的理想了。他很高兴地回到了寓所，安然地睡觉。

到了次日早上，他起床以后，就奔向范宝华的约会。他们在广东馆子里吃早点，买了两份日报看，报上所登的，大概地说，世界战局和国内的战局，都是向胜利这边走。物价不是疲也是平，只有黄金这样东西，黑市价目，天天上升。范宝华的皮包里，已经带有两百多万现款。他含着笑容向李步祥道："老实说，我姓范的做了这多年的抗战商人，已经变成个商业油子了。我无论做哪票生意，没有把握，就不投资。投资以后准可捞点油水。"

李步祥偷看他的颜色，还是相当的高兴，这就一伸脖子向他笑道："你押大宝，我押小宝，我身上现有四两的钱，不够一个小标准，你可不可以借点钱给我凑个数目。"范宝华笑道："你要我来个四六拆账，那未免太多了吧？"李步祥笑道："那我也太不自量了。只要你借我四万元，让我凑个小五两。我昨天和你跑了一下午不算。今天我还可以到银行里去排班，以为报酬。"

范宝华擦了一根火柴，点着烟吸，喷出一口烟来笑道："以前我是没有摸到门路，到国家银行里去乱挤，现在用不着了。这事情可交给商业银行去办。我们就走，我准保没有问题。"说着，站起来就要向外开步。

李步祥扯着他的衣袖笑道："四万元可没借给我，你还打算要我会东。”范宝华呵了一声笑着，复坐下来把东会了。李步祥道：“我看你这样子，有点精神恍惚，你不要把昨晚收到的本票都丢了。”范宝华道：“穿山甲答应给我现钞的。可能那张四十万元的期票，都会是空头，那我也不管它了，有了机会再抓。四十万元的亏，我还可以吃得起。”李步祥见他带着那不在乎的样子，也就不再追问，跟了他走。

范宝华自从和万利银行做来往上了一次当以后，他就不再光顾滑头银行了。现在来往最密的是诚实银行。这家银行稳做，进出的利息都小。那银行经理贾先生，也能顾名思义，他却是没有一切的浮华行动，终年都是蓝布大褂，而头上也不留头发，光着和尚头，嘴唇上似有而无的有点短胡楂子，他口里老衔着支长可二尺多漆杆烟袋，斗子上，插一支土雪茄。这是个旧商人的典型。

范宝华对他，倒很是信仰。带着李步祥到了诚实银行，直奔经理室。那贾经理一见，起身相迎，就笑道：“范先生又要做黄金储蓄。”他呆站了望着他道：“你怎么会知道这件事呢？”贾经理左手执了旱烟袋，先伸出右手和他握了一握，然后指了鼻子尖道：“我干什么的？难道这点事都不知道吗？就从昨天下午四点钟起，又来了个黄金浪潮，不过这买卖竟是稳做可靠。”

范宝华见他这样说穿了，也不必弯曲着说什么，就打开皮包来，取出本票，托他向国行去办黄金储蓄六十两，而且还代李步祥买五两。贾经理很轻微地答复道：“没有问题，先在我这里休息休息，吸支烟喝杯茶，我立刻叫人去办。”他把客人让着坐了，叫茶房把一位穿西服的行员叫了来。他将经理桌上的便条，开了两个户头的名字，和储蓄黄金的数目。交给那个行员道：“最好把储蓄券就带了回来。”那行员答应着去了，贾经理道：“范先生，你能等就等，不能等，就在街上遛个弯再来，我先开张收据给你，也不必经营业股的手了，我亲自开张便条吧，在两个钟头就要把收据收回来的。”

范宝华道：“我一切听便。”那贾经理口里还咬住旱烟袋嘴子，将旱烟杆放在身旁。他坐在经理席上偏了头就将面前的纸笔写了一张收据并盖了章，交给范宝华道：“两笔款子开在一处，没有错。”说毕，吸着旱烟。因为经理室又有客来。范李二人马上告辞。

到了街上，李步祥道：“我看这位经理土头土脑，作事又是那样随便，这不会有问题吗?”范宝华笑道：“我们这点钱，他看在眼里？两亿元他也看得很轻松。我非常地信任他。回头来，我们就可以取得黄金储蓄券，我心里这块石头算是落下去了。现在我们要考虑的，就是到哪里去消磨两三个钟头。”李步祥道：“我要看看魏端本去，到底怎样了，我倒是很同情他。”范宝华同意他这个说法，走向魏端本住的那个冷酒店来。

在街上，远远地就看到那里围上一圈人。两人挤到人圈子里看时，一个穿灰布中山服的人，蓬着头发，他手上拿了几张铅印的报纸传单，原是卖西药的广告，上面盖了许多鲜红的图章。他举着那传单，大声叫道：“这是五十两，这是五百两，这是一两，大小数目都有，按黄金官价对折出卖，谁要谁要?”他叫完了，围着的人哄然大笑。

第四回

失去了母亲的孩子

这个疯子所站的身后，地面上铺了一块席子。席子上放了一些新旧书本，和一些大小杂志。那席子边站着一个穿青布制服的汉子，两手环抱在胸前，愁眉苦脸的，对这个疯子望着，那正是魏端本。范宝华进入圈子里，向他点了个头道："魏先生，好哇？这个人怎么回事？"魏端本也向他点点头。断章取义的，只答应了下面那句话，苦笑道："这是我一个朋友余进取先生，是个小公务员。因为对黄金问题，特别感到兴趣，相当有研究。可是他和我一样的穷，没有资本做这生意，神经大概受了一点刺激，其实没有什么了不得。"

余进取先生笑嘻嘻地听他介绍，等他说完了，就向范宝华笑道："谁要说我是疯子，他自己就是疯子。我没有一点毛病。你先生的西服穿得很漂亮，皮包也很大，我猜你绝不是公务员，你一定是商人。你愿不愿意和我合伙做金子，我准保你发财。你看，我这不是黄金储蓄券？由一千两到一两的，我这里全有。"说着，他把手上拿着的一叠传单举了起来。

范宝华笑道："余先生，你醒醒吧，你手上拿的是卖药的传单。"他笑道："你难道不识字？这一点没有错，是黄金储蓄券。这个不算，我还有现货。"说着，他就回转身去，在地面上拾了一块石头，高高地举过了头笑道："你看，这不是金砖？"

围着看的人又哈哈大笑。这算是惊动了警察，来了两名警士瞪了眼向疯子道："刚才叫你走开，你又来了。你再不走，我就把你带了走。"他淡笑道："这奇怪了。买卖黄金，是政府的经济政策，我劝市民买黄金，这是推行政令，你也干涉我。"警士向前推了他道："快走，你是上辈子穷死了，这辈子想黄金把你想疯。"他连说带劝把他拉走，看到人跟在后面，也就离开了这冷酒店的门口。

范宝华这就近前一步，向端本笑道："你这位朋友很可怜，眼看见胜利快要接近，他倒是疯了。将来回家，连家里人都不认得了。"魏端本笑道："我的看法，倒是和范先生相反。疯了更好，疯了就什么都不想了。"他说着话，弯下腰去，把席子上放的书本整理了一下，手上拿起两本书，向空中举着，笑道："我现在做这个小生意了。往日要知道不过是这样的谋生，何必费那些金钱和精神，由小学爬到大学，干这玩意，认识几个字就行了。"

李步祥怕人家不好意思，始终是远远地站在街边上。现在看到魏端本并不遮盖穷相，也就走了过来，向他笑道："魏先生多时不见，你改了行了。"魏端本站起来笑道："李老板我不是改行，我是受罚。我不肯安分守己，站在自己的岗位上工作，好好地要作黄金梦。你想，假如这黄金梦是我们这样普普通通的人，都可以实现的，那些富户豪门他都干什么去了。作黄金买卖可以发财，那些富户豪门，他早就一口吞了。不是我吃不到葡萄，我就说葡萄是酸的。除非那些富户豪门，他要利用大家抢购黄金，好得一笔更大的油水。不然的话，大鱼吃小鱼，他们在不久的将来，一定要把这些作黄金的人吃下去。纵然不吃下去，他也会在每人身上咬一口。”他说着话时，那黄瘦的面孔上绷得紧紧的，非常的兴奋。

李步祥看他这个样子，好像是得着了什么新鲜消息，就走近了前，扯着他衣襟，低声问道：“魏先生，你得了什么新闻吗？”他道：“我并没有得什么新闻，不过我不想发财了，我的脑筋就清楚过来。凭我多年在重庆观察的经验，我就想着办财政的人，开天辟地以来，就没有作过便宜老百姓的事。”

他这样地说着，倒给予了范宝华一个启迪。这的确是事实。把握财权的人，都是大鱼吃小鱼，谁肯把自己可以得的便宜，去让给老百姓。范宝华便点头道：“魏先生这样自食其力，自然是好事。本钱怎么样，还可以周转得过来？”他将手向地摊上指了两指，笑道：“这些烂纸，还谈得上什么本钱？要有本钱，我也不摆地摊了。”

范宝华笑道：“要不要我们凑点股子呢？”魏端本对于这句问话，大为惊异，心想：他为什么突然有这个好感。于是对他脸上很快地看了一眼。见他面色平常，并没有什么奇异之处，这就点了头道：“谢谢，我凑付着过这个讨饭的日子吧。我因为小孩子病了，不能不在家里看守着。假使我能抽出身子在外面多跑跑的话，找到几个川资，我就带着孩子离开重庆了。”

李步祥道：“魏先生几个孩子？”他叹了口气道：“两个孩子，太小了。女的五岁，男的三岁不到。偏是最小的孩子病了，时时刻刻地我得伺候他的茶水。”李步祥道：“找了医生看没有？”魏端本道：“大概是四川的流行病，打摆子。我买点奎宁粉给他吃吃，昨天有些转机了。现时睡在床上休息。”

李步祥道：“我倒有个熟医生，是小儿科，魏先生若是愿意找医生看看的话，我可以介绍。”魏端本道：“谢谢李老板。我想他明天也许好了。”他口里虽是这样拒绝着的，脸上倒是充分表示了感激的意思。

李步祥是比较知道他的家务情形。望了他道：“魏先生，我有点事情和你商量，到你屋子里去谈几句，可以吗?”魏端本道：“可以的，我得去请人给我看摊子。”范宝华笑道：“你请便吧。我在这冷酒店外面桌子上来二两白酒，可以代劳一下。”魏端本又向他道着谢，才带了李步祥走到屋子里去。

他外面那间屋子，已经是用不着了，将一把锁锁了，引着客到里面屋子来，客人一进门，就感到有一种凄凉的滋味，扑上人的心头。靠墙壁的一张五屉柜零落的堆着化妆品的罐子和盒子，还配上了两只破碗。桌子里面，放了一把尺长的镜子，镜架子也坏了，用几根绳子架花的拴缚着，镜子面，厚厚的蒙了一层灰尘。正中这张方桌子，也乱放着饭碗筷子、瓦钵子，还有那没盖的茶壶，盛了大半壶白水。大女孩子手上拿了半个烧饼，趴在床沿上睡着了。上身虽穿了一件半旧的女童装，下面可赤了两只脚。满头头发，纷披着把耳朵都盖上了，看不到孩子是怎样睡着的。一张大绷子床，铺了灰色的棉絮。一个黄瘦的男孩子，将一床青花布的棉被角，盖了下半截，上身穿件小青布童装，袖子上各撕破了两块。脸尖成了雷公模型，头枕在一件折叠的旧棉袄上，眼睛是半开半闭的睡着。那床对面朝外的窗户，大部分是掩闭着的，所有格子上的玻璃，六块破了五块，空格子都用土报纸给遮盖了，屋子里阴暗暗的。在光线不充分的屋子里，更显着这床上两个无主的孩子，十分可怜。

魏端本看到客人进屋以后，也有点退缩不前，就知道这屋子给人的印象不佳，这就叹口气道：“我这么个家，引着来宾到屋子里来，我是惭愧的。请坐吧，我是连待客的茶烟都没有的。”他说着话，在桌子下拖出一张方凳子来，又在屋子角落里搬出个凳子在桌子前放着。

李步祥看到他遇事都是不方便的，这也就不必在这里放出来宾的样子了，拱拱手向主人道："我也可以说是多事。不过陶太太托了我，我若不给你一个回信，倒是怪不好的。我也是无意中遇到她的，以前我在陶太太那里见过，也许她还不认识我呢。"他说着，绕了一个大弯子，还没有归到本题，说时，脸上不住的排出强笑来，而且还伸着手抚摸头发，那一份窘态是可想到他心里很怕说的。

魏端本笑道："李老板不说，我也明白了。你是说陶太太托你去找孩子的母亲，你已经把她找到了？"李步祥笑道："是的。我也不是找她，不过偶然碰着她罢了。她现在很好。不过也不大好。一个人，孩子总是要的啊！"魏端本笑道："我完全明白了。她不要孩子算了。有老子的孩子，那绝不会要娘来养活他们。李先生这番热心，那我很是感激的。不过我并没有这意思，希望她回来养这个孩子。我若是那样，也就太没有志气了。多谢多谢！"说着，他既拱手，又点头。

这么一来，倒弄得李步祥不能再说一个字了，只有向魏端本作了同情的态度，点了头道："魏先生这话是很公正的，我们非常的佩服。我姓李的没有什么长处，若说跑路，不论多远，我都可以办到，魏先生有什么要我跑路的事，只管对我说，我一定去办，那我打搅了。"说着，他也就只好向外走。

他们这一说话，把床上那个孩子就惊醒了。魏端本道："孩子，你喝口水吧！"他道："我不喝水，我要吃柑。"魏端本道："现在到了夏天，广柑已经卖到五百块钱一个。一天吃六七个广柑，你这个摆摊子的爸爸，怎么供养得起？"李步祥站在门外，把这话自听到了。

随后魏端本出来，他和范宝华告辞，在路上就把屋子里面的情形告诉了他。范宝华笑道："没有钱娶漂亮老婆，那是最危险不过的事。他现在把那个姓田的女人抛开了，那是他的运气。"李步祥道："那个生病的孩子没有娘，实在可怜。我想做点好事，买几个广柑送给那孩子吃。你到银行里去拿储蓄券吧，吃了午饭，我到你公馆里去。”范宝华笑道：“你发了善心，一定有好报，你去办吧。”

李步祥却是心口如一，他立刻买了六只广柑，重新奔回那冷酒店。这时，那个为黄金发疯了的余进取，又到了那店外马路边上站着。老远的就听到他大声笑道：“我是一万五买的期货，买了金砖十二块。现在金价七万五，我一两，整赚六万。有人要金砖不要？这块整八十两，我九折出卖。好机会，不可失掉。”他两手各拿了一块青砖，高高举起，过了头顶，引得街上看热闹的人，哈哈大笑，魏端本也就被围在那些看热闹的人圈子里。

李步祥想着，这倒很好，免得当了魏先生的面送去，让魏先生难为情。于是把广柑揣在身上悄悄地由冷酒店里溜到那间黯淡的房子里去。那个男孩子在床上睡着，流了满脸的眼泪，口里不住地哼着，我要吃广柑。那个女孩子已不趴在床沿上睡了。她靠了床栏杆站着，也是窸窸窣窣地哭。同时，她提起光腿子来，把手去抓着，有几道血痕向下流着。

李步祥赶快在身上掏出广柑来，各给一个。问女孩子道：“你那腿，怎么回事？”她拿着广柑擦了眼睛道：“蚊子咬的，爸爸也不来看看我。”说着，咧了嘴又哭起来了。李步祥道：“不要哭，你爸爸就来的。”说着，又给了她一个广柑。那孩子两手都拿了广柑，左右开弓地拿着看看，这就不哭了。床上那个男孩子更是不客气，已把广柑儿的皮剥了，将广柑瓢不分瓣地向口里乱塞了去。

李步祥对于这两个孩子的动作不但是不讥笑他们，倒是更引起了同情心，便把买来的广柑，都放在床头边，因道：“小朋友，我把广柑都给你留下来了，可是你慢慢地吃。下午我再来看你。若是我来看你的时候你还有广柑，我就给你再买。若是没有了，我就不给你再买了。”小渝儿听说，点了两点头道："我留着的。"他一面说，一面将广柑拿了过去，全在怀里抱着。

李步祥道："你还想什么吗?"他这样说，心里便猜想着，一定是想糖子想饼干。可是他答复的不是吃的，他说我想妈。李步祥只觉心里头被东西撞了一下。看看孩子在床上躺着，黄瘦的脸睁了两只泪水未干的眼睛，觉得实在可怜。虽然对了这两个小孩子，也被他窘倒了，而说不出一句适当的话来，他正是这样怔怔地站着，窗子外面，忽然发生一种奇怪的声音，哇的一声像哭了似的。李步祥听了这声音，很是诧异，赶快打开窗户来向外看去。

魏端本住的这间屋子是吊楼较矮的一层楼，下面是座土堆，在人家的后院子里，由上临下，只是一丈多高，他向下看时，乃是方桌子上摆了一架梯子，那梯子就搭在这窗子口。有个女人，刚由梯子上溜下去，踏到了桌子面上了。她似乎听到吊楼上开窗子响，扭转了身由桌子上向地面一跳。

李步祥虽看不到她的脸，但在那衣服的背影上，可以看出来那是魏太太，立刻伏在窗台上，低声叫道："魏太太，你不要走，你的孩子正想着你啦。"她也不回转头来，只是向前走着。不过对李步祥这种招呼，倒不肯不理，只是抬起嫩白的手，在半空中乱招摆着。她这摆手的姿势里，当然含着一个不字。不知她说的不，是不来呢，或者是不要声张?李步祥不知道人家的意思如何，自然不敢声张，可又不愿眼睁睁望了她走去，只好抬起一只手来，向她连连地乱招着。可是魏太太始终是不抬头，径直的向前走。她走进人家的屋子门，身子是掩藏到门里去了，却还伸出一只手来，向这吊楼的窗户，连连地摇摆了几下，李步祥这就证明了那绝对是已下堂的魏太太。左右邻居，少不得都是熟人，她知道孩子病了，偷着到窗户外面看看，这总算她还没有失去人性。

他呆站了一会，见床上那个男孩和床面前站的这个女孩，都拿着广柑在盘弄，这就向他们点个头道："乖孩子，好好地在家里休息着。你爸爸若是问你广柑由哪里来的，你就说是个胖子送来的。我放着一张名片在这镜子上，你爸爸自会看到这名片。"他真的放了一张名片在那捆缚镜子的绳圈里，就放轻着脚步走出去了。

他走开这冷酒店的时候，首先把脸掉过去，不让魏端本看到。走不多路，就遇到了那位为黄金而发疯的余进取。他没有拿传单，也没有拿青砖，两手捧了一张报在看，口里念念有词。因为他在马路边的人行道上走，不断地和来往的人相撞。他碰到了人，就站住了脚向人家看上一眼，然后翻了眼向人家道："喂！你看到报上登的黄金消息没有？又要提高。每两金子，官价要提高到八十万，你若是现在三万五买一两金子，就可以赚七十六万五，好买卖呀。我没有神经病，算盘打得清清楚楚。现在做个小公务员，怎么能够活下去，一定要作一点投机生意才好。我很有经验，中央银行中国农民银行都要请我去做顾问。买黄金期货到农民银行去买，做黄金储蓄，到中央银行去做，你以为我不晓得做黄金生意？带了铺盖行李，到银行门口去排班，那是个傻事。我有办法，无论要多少金子，我打两个电话就行了。这是秘密，你们可不要把话胡乱对人说呀……这些事情，做干净了，发几千万元的财，就像捡瓦片那样容易。做得不干净呢，十万块钱的小事，你也免不了吃官司。"他说着话时，顺手就把最接近他的一个路人抓住，笑嘻嘻地对人家说着。

街上看热闹的人，又在他后面跟上了一大群。他越看到人家围着他，越是爱说。小孩子们起哄，叫他把金子拿出来看。他那灰布中山服的四个口袋，都是装得满满的，由胸面前鼓了起来。走一步，四个顶起来的袋子就晃荡着一下。他听到人家问他金子，他就在四个口袋里陆续地取出大小石块来，举着向人表示一下，笑嘻嘻地道：“这是十两的，这是十五两的，这是二十两的，这是五十两的。”他给人看完了，依然送回到口袋里去。

李步祥看他所拿的那些大小石头，有不少是带着黑色的。他也是毫无顾忌的，只管向口袋里揣着。不免向他皱了两皱眉，又摇摇头。偏是这位疯人就看到了他的表情，迎向前笑道：“你不相信我的话，那你活该倒霉，发不了财。你像魏端本那个人一样，只有摆摊子的命。”李步祥听到他口里说出魏端本来，倒是替这可怜人捏一把汗，疯子乱说，又要给人家添上新闻材料了。这时，身后有人轻轻地叫了一声李老板，而且觉得袖口被人牵动着。

回头看时，魏太太站在身后，脸子冷冷的，向他点了个头。可是看她两眼圈红红的，还没有把泪容纠正过来呢。李步祥轻轻哦了一声，问道：“田小姐，你有什么话要和我说的吗？”魏太太道：“我的事不能瞒你，但是你总可以原谅我，我是出于不得已。多谢你，你给我两个孩子送东西去吃，以后还多请你关照。”说着，她打开手上的提包，在里面取出两叠钞票来，勉强地带了笑容道：“请你好人做到底，给那两个孩子多买点吃的送了去。”

李步祥接过她的钞票，点了头道：“这件事，我可以和你做。不过我劝你回去的好，你千不看、万不看，看你两个孩子。”她连连地摇着头，道：“孩子姓魏，又不姓田，我岂能为这孩子，牺牲我一辈子的幸福？我多给孩子几个钱花也就很对得住他们了。”

李步祥道：“不过我看你心里，也是舍不得这两个孩子的。你不是还去偷偷地看过他们吗？”魏太太道：“我又后悔了，丢开了就丢开了吧，又去看什么呢？有了你这样热心的人，我更放心了。”

李步祥心想：这是什么话？我管得着你这两个孩子吗？两个人原是

走着路说话的。他心里一犹豫，脚步迟了，魏太太就走过去好几步了。李步祥正是想追上去再和她说几句，却有一辆人力车子也向魏太太追了去。车子上坐着一个摩登太太，向她乱招着手，连叫了田小姐。随着，也就下了车了。两人站在路边，笑嘻嘻地谈话。

李步祥见魏太太刚才那副愁容，完全都抛除了，眉飞色舞地和那摩登女子说话，他就故意走近她们之后，慢慢地移着步子，听她们说些什么。魏太太正说着："晚上跳舞，我准来。白天这场唆哈，我不加入吧？我怕四奶奶找我。"那个女子笑道："只三小时，放你回去吃饭。没有你，场面不热闹，走吧。你预备四五十万元输就够了。"说着，挽了魏太太手臂一同走去。李步祥自言自语地道："这家伙还是这样往下干。魏端本不要她也好。唉！女人女人！"

第五回

滚雪球

人类虽然是自私的，但有那事不干己的批评，却能维持正义感。李步祥对于魏太太的看法，他这番自言自语，引起了一个同调，有人在身后接话道："是这个样子，我也就不必去再找她了。"李步祥回头看时，正是陶太太。她带了个穿学生制服的男孩子，将一只布包袱，包了许多条纸烟，在身上背着。他跟在后面，手提了一只篮子，也装了许多纸烟。

李步祥道："陶太太真忙，我老是看到你运货。"她叹了口气道："有什么法子，不是两餐饭太要紧了吗？我原来是在城里摆摊子，这利息太少。我现在跑远一点，到南岸龙门浩渡口上去摆摊子，晚上就回来，再摆两三小时。今天为了魏太太的事，我忙了一天，总算有点成绩，魏太太居然答应了来看看孩子。她是托人悄悄地告诉我的，希望不要让一个人知道。她偷着看孩子一眼，我想人心都是肉做的，看到了自己的孩子，一定会回心转意，不想她看过之后，丝毫也不动心，这种人，心肠是铁打的。我若也像她这样，不管孩子，我又何必吃这些苦呢？把孩子丢开，我一个人管一个人还会饿死吗？李先生，哪天你得闲，我愿和你请教，我也想跑跑百货市场。”

李步祥提到他内行的事，精神就来了，将头连连地摇上了一阵，连说道：“不行了，不行了，不是时候了。将来海口打通，外国货什么都可以来，物价就要大垮，现在重庆市上囤积的百货，若是不向内地去分销的话，十年也用不了。现在德国快打垮了。将来大家全力去打日本，这还有什么问题。不出一年，日本鬼子就要退出中国，谁肯把百货还留在手里呢？所以两个月来，只有百货涨不上去。你还走上这条路干什么？我非常之赞成你这番奋斗精神，我得和你出点主意。你什么时候在家呢？”陶太太道：“我简直不能在家了。你若有工夫，晚上可以到精神堡垒那里去找我，我总在那里摆摊子的。我初摆烟摊子的时候，总怕人家见笑，藏藏躲躲。那怎么能做生意呢？后来一想，这不过是穷了，有什么怕见人。我索性就到最热闹的地方摆摊了。”

李步祥叹了口气道：“世界上就是这样不公道，像你这样刻苦奋斗的人，会有人笑，像魏太太那样好赌胡闹的人，到处有人叫她田小姐。”陶太太低声笑道：“我们不要在街上说人家，改日见吧。”于是她跟着孩子走了。

李步祥对她这些举动，都觉得不错。心里更留下了一个绝对帮忙的意思。帮人家的忙，要有力有钱，这又让他想到了金子生意了。于是挑选好了目的地，走向范宝华家去。这是他的熟路，见大门敞着就径直地向里走。

在天井里先就听到吴嫂一阵笑声。她道：“这是主人家的地方，主人家答应了，我有啥子话说？你们买金元宝，买金条，我啃一点元宝边就要得。”这就听到另一个人说：“假如能打得二十万的头钱，我除了五万元的开销，还落十五万，我决计分一半给你，就算七万，也可以储蓄二两黄金。马上黄金官价提高，算他变成五万吧。这七万就赚了三万，过了半年，你怕黄金黑市不会超过十万，七万就双成了二十万，那个时候，你把储蓄券兑了现金在手，变成钱，也好置许多东西，就是不变成钱，贴点工资，你可以打两只金镯戴，你看这不是很风光的事吗？”

最后这两句话，吴嫂最是听得进，仿佛两只手臂上就都戴了金镯子，不免对自己的手臂看了一看，由嗓子眼里格格地笑出来。她说：“我怕没得勒个福气，做大娘的戴镯子，硬是少见咯。”那人又说：“这年头儿，什么都变了。大娘做太太的，我就看到好几位，戴金镯子算什么。”

吴嫂说：“有是有咯，也是各人的命。”李步祥听着，心想：这是谁，真能迎合着吴嫂的心事说话。伸头看时，一位穿西服的小伙子，站在客堂里和吴嫂说话。

当年重庆市上要表示场面，必得穿套西装。尤其做生意买卖发了财的人，和在商界里当小职员的人，不吃饭，也置得一套西装。同时，在抗战前经常穿西服的人，无非是公教人员，如今在乡下住着草房，吃着平价的黄色而有稗子的米，这西装又有何用，卖一套西装，可以维持一个月生活，又都把西装送到名为拍卖行的旧货店里去寄卖。这种西装，总有半旧，样子也是老的。买去穿的人，无论长短肥瘦，总不能和身体适合。尤其是两只肩膀的地方，不是多出来一块，就是缩进去一截。这位小伙子穿的，也就是这个样子。说话带着很浓厚的下江口音，可以知道他是一位生意人。

李步祥还没有说话，吴嫂已经看到了他，便点头道：“进来吗，先生在楼上。”李步祥走进屋去时，那小伙子看他不过是穿了一套青色粗布的中山服，就没有怎样地理他，自坐下去掏出纸烟来吸。

李步祥昂起头来，向楼上叫了两声老范。范宝华应声下来，向他笑道："成功了，人家办得是特别加快，已经把储蓄单子拿来了。你的五两在这里。"说着在身上掏出一张黄金储蓄券递到他手上。

李步祥接着过来一看，果然不错。深深地点了个头，说着谢谢。范宝华道："你谢我干什么，你得谢那位诚实银行的贾经理。你只看他把款子送到银行里去两小时，就把储蓄单子拿了出来，这一份能力，绝非偶然。"他这么一说，那个穿西服的小伙子，感到了很大的兴趣，站起来伸着头问道："范先生，有这样快的手续吗？普通作黄金储蓄的，都是第一天交上款子去，银行里交给你一块铜牌子取储蓄单子。这还是上午去办。若是下午去办，还得迟延一天。"

范宝华望了他笑道："让你又学得了一个乖。你有多少钱呢？我可以和你去存。"李步祥见老范对他不怎么礼貌，也就向他注意着看了一下。范宝华笑道："老李，你不认得他。他是荣长公司的学徒，黄经理很相信他。他昨天邀了一场头，打了十多万头钱，这家伙是得着甜头了。今晚上又要借我的地方，给他打一场扑克，你来凑一脚好不好？"

李步祥看了那小子两眼，脸上带了三分微笑，那意思是说，原来你是个学徒。便笑道："我凑一脚，也配吗？"范宝华笑道："你不要以为他穿西服，你穿破中山服就不如他。这小子财迷脑壳，居然想得了个法子，运动我的女管家，约法三章抽得了头钱，除了开支，二一添作五，对半分。他也姓吴，和我们吴嫂拜干兄妹。"这么说着，把那小伙子羞成一张大红脸。

范宝华抓了李步祥的手道："你和我上楼来说话吧。"李步祥跟着他上楼，范宝华笑道："黄金官价，的确要变，有贾经理这条路子，今日交款，今日就可以取得储蓄单，太便利了。我家里还有二百多两的单子，不妨再倒一下把，拿去抵押三四百万，还可买进一百多两，官价一提升，我卖掉一百两的单子就可以还二百两的债。现在押在银行里的单子和家里所有的单子，约莫是三千五百五十两。我真正掏出去的本钱，不过是四千多万，就照现在的官价来合计，我那些金子，已值一亿一千万了。这都是买了就押，押了再买，再买再押，再押再买，用滚雪球的办法，滚起来的，我通盘算了一下，我大概欠银行四千多万的债，黄金官价提高，一千两金子，就值五千万，也许还多些。我统共拿出去四千多万法币，我套进了两千多两金子，不必等半年，一兑现，我就是万万富翁了。”说着，伸手拍了两拍李步祥的肩膀，笑道：“老李，我有没有办法？我为什么把这些实话告诉你呢？我看你这人很忠实，也很勤快。我发了财打算胜利以后到南京去开一爿绸缎百货庄，要你给我当经理。你看好不好?”他说着，眉飞色舞，翘起嘴角不住的微笑。

李步祥听了他这个报告，也是替他欢喜，伸了手只管摸头发。笑道：“老兄真有办法。不过我的意思，还是稳扎稳打的好，不要把黄金储蓄券都押到银行里去。”老范笑道：“我原来也是这个想法。不过我既然采用了滚雪球的战术，我就索性作个彻底。诚实银行的老贾，他也说我这个办法对。黄金储蓄是国家办的，越是胜利在望，国家越要顾全信用，到期的黄金，一定要兑给老百姓的。第二层，官价和黑市相差得这样远，政府只有两个法子来挽救，不是提高官价，就是停止黄金储蓄。不管他走哪条路，现在八万多的黑市价，一定可以保持。若是停止黄金储蓄的话，黑市也许会再涨。那么，我押在银行里的储蓄券，照分两计算，我就没有押到二万一两，只要我不把日子拖长，连本带利，我买一两黄金储蓄券，就可以还二两押款。这是十拿九稳的事，我还有什么顾虑。你想，我这看法，还有什么漏洞不成吗?”

李步祥昂头想了一想，笑道：“倒没什么漏洞。”范宝华笑道：“好了，就是这样办，我有三千多两金子这件事，你得和我保守秘密，尤其是在袁小姐那方面你不可以和我透露一个字。她要知道我有这么些个钱，又要敲我的竹杠了。你到我这里来，有什么事？”

李步祥道：“陶伯笙和我们都是朋友。他太太现在作香烟贩子，生活非常的苦。我想着，大家帮点忙，给她凑点资本，你的意思如何？”范宝华道：“可以的，我给她邀一场赌。”李步祥摇摇头道：“不好！你范老板，可以说是浑身的道法，何必又在赌上出主意。陶家弄成这个样子，就是邀头的结果。”范宝华道：“我明天把这笔黄金买卖作完了，我就提笔款子，加入她香烟的股本吧，赚了钱，她还我，给我两盒纸烟算红利。不赚钱，股本算我白送。”

李步祥道：“那太好了，你打算加入多少资本？”范宝华随便地答道：“两三万吧。”李步祥拱了两拱手道：“你留着唆哈一阵牌吧。”范宝华笑道：“我就不愿意和你说实话，说了实话你就要把我当财神了。”

李步祥笑道：“你和那个小徒弟一次二次帮几十万的忙，到了自己的朋友，你就只给两三万，这不是太说不过去了吗？”范宝华笑道：“姓吴的这个孩子，有点儿只重衣衫不重人，你赌口气，回头也凑上一脚，他立刻就要捧你了。”

李步祥道：“你预备滚雪球，我们往小处说，搓搓藿香丸子也是好的。我也得把这五两定单和箱子里的八两定单，找条出路去。若是押得到十两金子现钞的话，我十三两黄金，也就变成了二十三两的虚数，等黄金官价涨了，卖掉七两，可以还十两的债，那我至少十二两，变成十六两。经营得好，也许可以变成十七八两。有财喜不捞，我来赌钱吗？”范宝华笑道：“你现在也想明白了这个滚雪球的诀窍了。好吧，你回去想法子变钱吧。若是变不出钱来，明天九十点钟到诚实银行去找我，我也可以托贾经理和你办点小押款。”

李步祥越想找钱的办法，越是有趣，在范家就坐不住，立刻下楼。在客堂里，见吴嫂又在和那小伙子计议赌局，就笑道：“吴嫂，你忙着抽头干什么？你要买金子，范先生有的是办法。”范宝华在后面跟着来了，笑道：“你又打算瞎说了。我罚你请我吃晚饭。”他说着话，只管跟了李步祥走。

姓吴的小伙子，就向前扯着他的衣服道：“范先生，你不要走，还帮我这个忙，凑成今晚上这个局面吧。”范宝华向李步祥的后影指了两下，然后将手掩了半边嘴，低声向他笑道：“这位李先生，今天晚上要和人家签订合同，订人家一爿绸缎庄。办上一桌顶好的喜酒，答谢让盘的主儿和中人，他是我们朋友里面的大亨，我可不敢得罪他。”

小伙子道：“真的？”范宝华道：“他和你们经理都拜过把子，怎么不真？你若能邀他也来赌一脚，我就不走。”小伙子见范宝华说得很是诡秘，又亲自见他交了一张黄金储蓄券给他，料着这事没有错，就很快地追出大门口来，见李步祥还站在巷子里等候，便跑到他面前，深深点了个头赔了笑脸道：“师叔，范师叔请你回去说话。”李步祥听此称呼，大为惊异，望了他不知道怎样的答复。他又笑道：“今天师叔办喜酒，作晚生的愿意沾沾师叔的喜气。”

他的话还没有交代完毕，范宝华在后面跟着出来，挥了手道：“和你开玩笑的。挂了球了，快走吧。”李步祥最怕警报，挂球是警报的先声，他听了这个消息，什么都不管，掉头就跑。范宝华还是哈哈大笑。

吴家那小伙子对于他这作风，倒有些莫名其妙，只有翻了两眼望着他。范宝华笑道：“你猜这位姓李的是干什么的？他是二把手一个厨子，你叫他师叔，你学过厨子吗？”小伙子红了脸道：“范先生不是说他是要承顶人家的绸缎百货庄吗？”范宝华笑道：“他到底是干什么的，我不告诉你，大概你和吴嫂可以拜兄妹，也就可以向他叫师叔了。”

那小伙子虽知道这是范先生戏弄他，可不敢怎样反驳，因笑道：“只求范先生今晚上把这场赌凑成，你说我什么都行。”范宝华道：“你们经理说是你太太分娩，等着要钱用，真的吗？你说实话。”

吴小伙子看看吴嫂，又看看主人，红了脸笑道：“我想买点黄金储蓄。”范宝华笑道：“总算你肯说实话。不过我今晚上不能赌钱，我得在家里细细地算一算晚上的账，老弟台，我和你一样，犯了爱金子的毛病，明天我得跑一上午，跑出这笔金子来。明天金子到了手，我就精神抖擞了，那时，没有人邀头，我也要赌钱的。你可以改期明天吗？”

吴小伙子先是皱了眉头子，然后微笑道：“范师叔，你看这事，就是这么一点讨厌。不知道黄金涨价是哪一天。若是明天不买，后来涨了价，那就没有意思了。”范宝华坐到藤椅上，架起腿来吸纸烟，斜着眼向他看看，又向吴嫂看看。笑道：“我倒有变通办法。你大概需要多少钱，先和我们吴嫂借着用一两天，然后我和你打一场唆哈，抽得头钱还她。”

吴嫂摇摇头道：“我一个当大娘的人，叫我放债把穿洋装的先生，硬是笑人。”范宝华笑道：“你怎么说这话，他不是和你认本家吗？”吴嫂道：“那是别个说得好耍的吗。”范宝华道：“姓吴的小娃儿，人家不和你沾亲带故，那是不会帮你的忙的。你说和她认本家，是不是拿她开玩笑？你若是拿她开玩笑，不但她不愿意，我也不愿意，那就什么都谈不上了。”

他看了看范宝华的颜色，真的还有几分严重的样子，这就带了笑容道：“我们本来都姓吴吗。”范宝华向吴嫂笑道：“人家西装穿得这样漂亮，和你认本家兄妹，还有什么对不起你的。”吴嫂笑道：“啥子本家兄妹，我二十三，他二十二。”范宝华道：“那你是姊姊了。你得帮你兄弟一个忙，借给他几万块钱，二天我负责还你。”吴嫂对那小伙子看看，只是微笑。范宝华笑道：“要不要买金子？要买金子，赶快认亲戚。吴嫂这个样子，分明说你没有诚心。你不叫她一声姊姊，这个忙我帮不成了。”

那小伙子站在两人面前，不敢拒绝，又不好意思叫出来，只好捧着拳头连连作了两个揖笑道：“请多帮忙吧。”范宝华道：“不行，你请谁帮忙，没有交代出来。”那小伙子笑道：“请我们本家大姊帮忙呀。”范宝华操了川语问吴嫂道：“要得这声大姊，就值几万咯。”吴嫂点了头道：“就是就是。要借几万？”范宝华道：“你借给他十万吧，他可以定三两黄金储蓄。五天之内，我负责还你。”吴嫂向小伙子笑道：“你要一下，我去拿钱。”说着，她真上楼取钱去了。

那小伙子弄成了一张通红的脸，只有傻笑。吴嫂的手上，倒还是相当的便利，不到五分钟，她就拿了一大叠钞票来，两手捧着交给那小伙子，笑道：“我是个穷姊姊，帮不到好大个忙。拿去一本万利。”那小伙子虽然不好意思，但是钞票交过来了，他也不能不接，只是点着头连说谢谢。他的目的已经达到了。认了个老妈子作姊姊，久在这里，也没多大的意思，说声谢谢，扭身走了。

范宝华笑道：“吴嫂，你认了这么一个兄弟，安逸不安逸？”她笑道：“啥子安逸，那是想借我的钱吗，你怕我不晓得。”范宝华笑道：“你也知道，钱的力量多大吧？今晚让我在楼上算一夜的账，你不要搅我。”吴嫂翻了大眼，向他笑道：“哪个搅你吗？”范宝华哈哈大笑。他说了却真是这样的做了，吃过晚饭，他在楼上掩着房门，算了大半夜的账。吴嫂只是送了几回茶水。照例要问明天吃啥菜的话，都免除了。

次日早上，他用皮包装着支票簿、黄金储蓄券、图章，就奔上诚实银行。那位贾经理，衔了一支长杆旱烟袋，这时，正仰卧在睡椅上，睁眼望了天花板，他架起腿来，将身穿的那件蓝布褂，抖得周身颤动，似乎想心事正想出了神。范宝华走到经理室里就笑嘻嘻地道：“贾经理，我又找你来了。”贾经理坐了起来，笑道：“黄金官价，今天还没有提升，你还得滚一回雪球。”

范宝华笑道：“我是受贾经理的劝告，再作一回。”说着，就挨着贾经理旁边坐下。低声笑道：“我还有二百四十多两黄金储蓄券，我想在你这里押借八百万。”贾经理不等他说完，耸了小胡子向他笑道：“你都是两万一两买进的吧，倒要在我这里赚钱。”

范宝华笑道：“少借点我也行啦。”贾经理点点头道：“钱我可以借给你。黄金储蓄券，今天我可不能代办。这两天国行掐得很紧，上五十两的，就押日子，而且我和朋友办的也太多，树大招风，我得休息休息。”

范宝华道：“我朋友那里，倒有五十多两现券，我嫌数目小，没有买下。我押二百两给你，你借我五百万，我再把那五十多两滚到手，二百两的官价，现在也值七百万，押五百万，实在不算多。”贾经理笑道：“各有各的算法。照十五分利息算，一个月是七十五万利息，两个月就离七百万不远了。你三个月不还钱，我们就赔了。”

范宝华道：“黄金官价提到五六万的日子你怕我不赶快还钱？”贾经理笑道：“范先生，你要办，就赶快办，明天星期六。到了星期一，也许黄金真有变化。那时候你出新价钱买，就太吃亏了。你不信，到国行门口去看看，作黄金储蓄的人，今天又挤破了门。我帮你最后一个忙，你把二百四十两都放下来我借你五百万。这两天滚黄金挤得头寸紧极了。你不妨到别家去试试，恐怕二三百万都调不动。”

范宝华沉静地想了一想，跳起来道：“让我叫个电话试试。”说着，他真的拨动了电话。他拿着电话道：“是田小姐吗？请四奶奶说话，我姓范。对了，穷忙，改日奉访。请四奶奶说话。”他捧着话机等了两分钟先笑着答应了。

他道：“并非我失信，因为没有调到头寸。现在有点办法了，那五十两可以出让吗？涨价？反正不能涨过官价三万五吧？就是就是，我请客。滚雪球？这个名词，四奶奶也晓得。不说笑话，我哪里是想发财，不过现在没什么生意好做，只有走上这条路。好，回头我带款子来。好，不是现钞，就是本票。再会。”他挂上了电话，向贾经理笑道：“居然又滚到五十两。”

贾经理将两个指头摸了小胡子，笑道：“你在电话里叫的四奶奶，是不是出名的朱四奶奶？”范宝华点了两点头，贾经理两手一拍，忘其所以，把口里衔的旱烟袋都落到地下来了。

第六回

谁征服了谁

贾经理这个表示，范宝华也就认为十分惊异，向他望着问道："贾先生对朱四奶奶的观感怎么样？"贾经理弯下腰去，在地面上拾起旱烟袋来，笑道："我对此公，闻名久矣。不知道究竟是怎么个人物？"范宝华道："并没有什么了不得。长圆的脸，有点儿瘘头。左边嘴上，长有一个小黑痣。此外，不过是化妆成一个摩登少妇而已。这有什么了不起的吗？"

贾经理笑着把小胡子都闪动起来了。他摇摇手道："不是你这个说法，我觉得她好像有一种特别的魔力，可以颠倒众生。我倒要看看她这份魔力，是怎样的施展出来的。"范宝华笑道："你要见她，那是太容易了。贾经理有工夫，我陪着你到她家里去拜访一下，这事就解决了。这时她正在家，或者我打个电话给她，请她来拿钱。"

贾经理将旱烟袋送到口里吸了两下，笑道："我真的还想领教吗？说说罢了。我惹不起。"范宝华看看这屋子里，除了一位襄理，还有一位银行行员，贾经理纵然愿意和朱四奶奶谈谈，当然他也不便说出来。

这就向他笑道："好奇的心理，人人有之，凡是一种特殊的人，大家总会想见见的。我是少不得要请她一次的，将来请你作陪吧。言归正传，我要借的那个数目，贾经理能不能答应。"

他又把旱烟袋在嘴里默然地吸了两口，笑道："反正也就是这一次了。多次的忙，我都帮过你了。这一次我不答应，也就把以前的人情，完全断送。好吧，我借五百万给你吧。开一张划现的本票，可以吗？"范宝华道："朱四奶奶当然不要现钞用，不过她也是转交别人，你不必划现了。"

贾经理笑道："开一张朱四奶奶的抬头票子吧。老兄，我帮你的忙，你也给我们拉拉存户呀。"范宝华听他这口音，就晓得他有意把朱四奶奶找了来看看。笑道："好的，你随便开什么样的本票都可以。我明天把她拉了来，亲自和你接洽。她是个大手笔，作个两三千万的来往，还真不费事。"

贾经理听说，满脸带了笑容，就和范老板把五百万的借款办好，并依了他的要求，将这个数目，开成三张本票。老范借得了钱，又向朱四奶奶通了个电话，说明马上就来，和贾经理握了握手，夹着皮包就走。

今天贾经理却是特别的客气，随在后面，送到大门口来，笑嘻嘻地道："你所说的话是真的吗？"范宝华被他问着，先是愕然了一下，自己向他许过什么愿呢？但在贾经理那副笑容上，立刻想到他说的是要见朱四奶奶，便笑道："明天我准把她拉了来。"

贾经理笑道："我也不过好奇而已，并无别故。"范宝华也只笑着说是是。在街上叫了一辆车子，向朱四奶奶家跑。马路是不能通到她家的，有一截下坡路。他怕走着会耽误了时间，在岩口上又换了小轿。到了朱公馆门口，远远看到四奶奶伏在楼上窗户口闲眺，这才松了口气，觉得这五十两黄金储蓄券，是完全买到手了。

他下轿子的时候，四奶奶在窗户里就向他招了两招手，那意思自然是让他上楼去了。他到了楼上客室里，朱四奶奶左手推着门，右手扣着衣服的纽扣。她身上披了一件淡黄色印红绿花的长衫，还敞着下摆三四个纽扣。光着两条腿子趿了拖鞋。范宝华笑道："这样子，四奶奶还是刚起来呢。"她道："起是起来一会儿了，昨天许多人在我这里跳舞到天亮才散，我家里还有两位小姐睡着没走呢。"

范宝华道："是熟人吗？"他不大经意的样子问着。坐在沙发上，架起腿来吸纸烟。朱四奶奶坐在他对面椅子上，笑道："有熟人又怎样？现在你是一脑子的黄金，恐怕也没有那闲情来跳舞吧？"范宝华摇摇头道："我是徒有其名，到处找头寸，到处碰钉子，十两八两地凑点数目，就是买一个月不断，又能买多少。人家大户，开着支票，一来就是两千两，神不知，鬼不觉，和我们是天远地隔。"

朱四奶奶望了他道："钱带来了吗？"范宝华道："当然带来了。在四奶奶面前，还敢掉枪花吗？"说着就打开皮包，将三张本票取出，双手递过来。朱四奶奶道："这够买一百四十多两的了，我没有这些个储蓄券。"范宝华笑道："四奶奶有的是。我听说一次唆哈，你就赢得了二十张黄金储蓄券。"她笑着把鼻子哼了一声，点点头道："也许之，可是四奶奶一次输出一百多两黄金，足有三十张储蓄券，你就没有听到说过呢。你等着吧。"说着起身就走。那三张本票，她放在茶几上，并没有拿着。

不到五分钟，四奶奶手里捧着小小的绿漆保险匣子出来。她将匣子放在茶几上，将盖口上的对字锁转动着，铃子在匣子响了一阵，她将盖子打开，里面先是一层内盖，再揭开这层内盖，露出里面，并没有别的，全是黄金储蓄券。范宝华看到，不觉暗暗叫了一声惭愧。想着这些储蓄券，便是一两一张，也够二三百两。这女人真有办法。

四奶奶挑了三张黄金储蓄券交到他手上，笑道："这是六十两。我收下你二百万一张本票，就算两清吧。其余的款子你拿回去。我并不等二百万元现款用，我猜你或者难买，让六十两给你。我是两万定的储蓄。多少赚了一点钱，照官价三万五算，你还差十万零头，不必找我了。"说着，她收下了一张二百万元的本票，把其余的交还给范宝华。

他笑道："四奶奶原说有两位小姐要出卖黄金储蓄券，我以为是谁赌输了拿这个还赌账，原来是四奶奶的，我就不敢要了。"朱四奶奶已把保险盒子关上，拍了盒子盖道："东西放到这里面去了，你以为就是钉下万年桩的吗？慢说是黄金储蓄券，就是金子，也不能当饭吃当衣穿，饿了冷了总是要换掉的。"

范宝华笑道："这个我当然知道。不过你也不会等着把这个换衣穿换饭吃，这是因为我找黄金储蓄券，找得很忙，你故意让六十两给我的。"朱四奶奶站着本是要提了保险盒子走，这就半回转身来，偏了头，斜了眼珠向他望着，微笑道："你懂得这一层就好了。大家是鱼帮水，水帮鱼，你有机会，也得和四奶奶效点劳才好。"说着，她提了盒子走了。

范宝华始终不解她表示如此的好意是为了什么，也只有坐在这里纳闷。忽然门外有人娇滴滴地叫着："四奶奶，什么时候了？我该回去了。"那是下江人，勉强地说着国语，听起来，很是不自然。随了这话，一个女子推门而进。

她蓬着满头很长的烫发，将根红辫带子束了脑顶四周。两片脸腮，脂粉抹得像苹果的颜色一样。尤其是两道眉毛长而细，细而黑。眼圈子上簇拥着覆射线的长睫毛，身上穿件短袖子白绸衬衫，翻着领子向外，露出颈脖子下一块白胸脯。两个乳峰，顶得高高的。下面穿着蓝羽毛纱西服长脚裤，拦腰束了一根紫色皮带，下面赤脚穿了漏帮子高跟白皮鞋，十个脚指头，全露在外面，每脚指甲上，都涂了蔻丹，这是战时首都一九四五式最摩登的装束。她虽是细长的个子，却是肌肉饱满，皮肤白嫩，简直周身上下，无懈可击。

范宝华的神经，随了他的视线，一同紧张起来，惊讶着身子向上一站。那位女郎也就同样的惊讶，轻轻地哟了二声，自说着两个字："有客。"身子向后一缩。但是她要表示着大方，并没有走，站在客室门边，冷冷地问道："是会四奶奶的吗？"范宝华站起来道："是的，我们已经会谈过了。"那位小姐并不和他谈话，自转身走了。

她走了不上两分钟，朱四奶奶来了。范宝华笑道："刚才有位小姐找你，她是谁？"朱四奶奶笑道："漂亮吗？"范宝华笑道："像是一位明星。摩登之至！摩登之至！"四奶奶笑道："总算你眼力不错。这是东方曼丽小姐，你应该也听到过她的大名。"范宝华笑道："昨晚上她在这里跳舞的吗？"朱四奶奶笑道："你忙着黄金储蓄，你还有工夫跳舞吗？"范宝华笑道："我也不过是这样随便地问一声罢了。"他说时，将头歪倒在肩膀上，笑嘻嘻望了女主人。四奶奶带笑着叹了一口气道："唉！我给你介绍吧。"于是就大声叫着曼丽。

曼丽来了。她笑道："还叫我呢？我要回去了。"四奶奶指着范宝华道："这是范先生，他对你久仰得很，让我介绍介绍。"范宝华笑着，还没有说话，曼丽就走向前来，伸出手来和他握手。范宝华虽是匆匆地和她握了一握，可是心里立刻觉得舒服之至。他也找不出什么好应酬名词来，只管向她说着："久仰久仰。"曼丽笑道："不要客气吧。我们都是常到四奶奶家里来会面的熟人。"说着，她掉过头来向四奶奶道："我真要回去一趟，午饭不叨扰了。"说着，她向外走，四奶奶送了出去。

范宝华料着她由大门走，就伏在楼窗上看。他看了她的后影子，只管出神。房门推开了，身后一阵嘻嘻的笑声，他回头看时，朱四奶奶手扶了门框，向着范宝华点了两点头。范宝华道：“四奶奶笑什么？长得好看的人，不是大家都爱看的吗？”他说着话，和四奶奶又在沙发上坐下了。

朱四奶奶向他先斜瞟了一眼，然后笑道：“你想和曼丽交朋友吗？”他搭讪着吸纸烟，笑道：“那当然哪。不过我看她那分排场，恐怕我这穷小子有点结交不上。”朱四奶奶笑道：“你客气什么。你手上那么些个金子，拿出二三百两来，什么摩登女郎不会让你打倒？”范宝华伸了一伸舌头，笑着又摇了两摇头。

朱四奶奶笑道：“我介绍你们去作朋友，那是不成问题的，至于伺候女朋友的花费，那要看各人的交情，同时，也要看各人的个性，这是难说的。也许曼丽喜欢你，什么钱都不要你花，天下事就是这样，不能预料。”范宝华笑道：“我征服女人，没那回事吧？不过你要老说钱的话，那可说得我们太小器了，而且也把曼丽小姐看轻了。”

朱四奶奶将嘴一撇，鼻子里哼了一声道：“这算你懂得女人。这件事我也不提了。我还是谈我的吧，老范，你和万利银行的何经理很熟，他最近买金子栽了个大筋斗，你晓得吗？”范宝华笑道：“怎么不晓得？他现时在银行界，弄得名誉很糟。”

朱四奶奶道：“虽然如此，可是他私人还很有钱，倒霉的是银行的存户而已。我有点事想和他谈谈，你能介绍我去见他吗？”范宝华吸着纸烟，沉默地想了两分钟，笑道：“四奶奶若是要在银行里作什么来往的话，何必找万利银行。凡是可靠的银行，都可以办。我现在作来往的那诚实银行的贾经理，人就很好。我可以介绍你和他谈谈，而且他非常之仰慕你的。”

朱四奶奶听到贾经理这名词，先就嗤嗤地一笑，然后点点头道：“这个人很有点名。”范宝华道：“这个人是票号出身，买卖做得稳当得很。”朱四奶奶将头一摆道：“那么一个小商业银行，有什么名不名的。我所说的，是关于他本人别的事情。”说到这里，她又是嗤嗤的一笑。范宝华笑道：“怎么提到了贾经理，四奶奶就要发笑，难道这里面，还隐藏着什么有趣的新闻吗？”

四奶奶将眼珠望了他很灵活的一转，笑道：“你要知道贾经理怎样有名，我屋子里有他姨太太一张相片，你不妨来看看。”说着，她站起身来就向范宝华招了招手。范宝华知道朱四奶奶这个人交起朋友来，无所谓男女的界限。她既这样地招呼着，也就跟了她一路而去。

四奶奶在她自己那间又当书房，又当秘密客室的小屋子里，和范宝华谈了一小时，复又同到客室里来。这就笑道：“老范，你若肯听老大姐的话，你准可以发财。老实说，依照你这样滚雪球办法作黄金储蓄，你就作到二三百条金子，又有什么了不得？你想变成一个富翁，必得轰轰烈烈大干一场。”范宝华坐在沙发上摇摇头道：“四奶奶看得多，经过得多，敢说这种大话。两三百条金子，我不但不敢小视它。老实说，我也很难达到这个程度。”

朱四奶奶道：“你要自暴自弃，我也没有法子。我还谈我的吧。你能不能依我的办法进行。”说着，她由原坐的另一张沙发，移过身体来，和老范同坐在一张长沙发上，然后伸着手，轻轻拍了他两下大腿，笑道：“你也不妨跟在我后面看看。你们男子，总以为金钱可以征服女人，但在朱四奶奶眼里，那是女人征服金钱的。”范宝华点点头笑道：“在你口里说出这话来，我相信是正确的。现在还不到十二点钟，老贾还没有下班，我赶着到银行里去先和他谈谈，不过这样的作风，是不是嫌着太急岔儿一点呢。”

朱四奶奶笑道：“在你四奶奶手上，不管什么样子的老奸巨猾，他都得翻筋斗。没关系，你就去告诉老贾，我也是你这样的办法，要押掉黄金储蓄券再滚着买新的。急于和他谈谈，不过我今天去先开户头。”范宝华笑道：“好吧，我试试。”说着，他就站起身来。

四奶奶向他招了两招手，笑道：“真是重赏之下，必有勇夫，我白白地使唤你，那怎么行？我总得肯舍一点。等着吧，小弟兄。”说着，她起身就向里面去了。不到五分钟，她又出来了。她手上拿了两张黄金储蓄券，向他面前的茶几上一扔，笑道：“这是九十两，也是零数不计，就折合你那三百万元吧。”范宝华笑道：“我又占四奶奶的便宜。”

朱四奶奶笑道：“占的便宜不大，你心里明白就是了。”范宝华觉得她一百多两黄金储蓄券作两次拿出来，那是大有手腕的。这也不敢多事犹疑，立刻就在皮包里取出那两张本票奉上。

朱四奶奶左手接了那本票，右手抬起来，将中指夹了大拇指，重重的一弹，笑道：“小兄弟呀，你被我征服了。我们两个人的交涉完了。这就看你的了。”范宝华捧了拳头，连连地拱着手道：“那是当然，那是当然。我马上就走，就走就走。”说着，他真的走了。

他像来的时候那样赶路，不到二十分钟就到了诚实银行。见了贾经理，将他拉到小会客室里，谈了十来分钟，两个人是笑容满面的走回了经理室。他首先拿起电话机子来，就向朱四奶奶通了个电话。朱四奶奶是个聪明透顶的人，根本就在电话旁边等着。

范宝华道：“我和贾经理说过了。他说不知道四奶奶要多少款子。数目太多的话，他得临时去调动头寸。所以哪，得让我先和四奶奶通个电话。银行里的厨子，作的是北方菜，面食很好，四奶奶可以到这里来吃午饭吗？那不要紧，我们可以等半小时。”他在这里和朱四奶奶通电话，贾经理口衔了旱烟袋，正是注意地看着他。这就立刻接嘴道：“没有关系，就多等一个钟头，那也不要紧。我是吃过早点的，晚点吃午饭，那丝毫没有关系。”范宝华这就向电话里报告着道：“四奶奶听见了吗？贾经理说了，就是等一个钟头也不要紧。好好！我们一定等着。”

他挂上了电话，回头就向贾经理笑道：“经理先生，预备了什么好菜？”他笑道：“当然要丰盛一点。叫厨子预备四个碟子一大碗卤。”范宝华听了这话，心里凉了半截。问道：“四个碟子，那是什么菜？”贾经理道：“两荤两素。荤的是酱牛肉和松花蛋，素的是油炸花生米，五香豆腐干。”

范宝华看到经理室内并无外人，他不由得伸了一伸舌头，笑着叫道：“我的经理，你这算是请朱四奶奶吃饭啦。趁早由我作个小东。”贾经理笑道：“你是南方人，不知道北方人的习惯。北方人吃面是不要菜的。这样办，我觉得已经是十分丰盛了。”他说是这样说了，可是他的脸皮已经红了。

范宝华笑道：“真的，我来作这个东。”说着，就在身上掏出一叠钞票来，笑道：“请你把厨子叫来，我让他替我代办两万元的酒菜。”贾经理笑道：“老兄，你这样的作风，简直是北方人所说，骂人不带脏字。在我这里招待来往户，难道两万元的东我都作不起？”说着，打着桌上的叫人铃，叫听差把厨子叫了来，当了范宝华的面，吩咐着道：“你给我预备两万元的菜，中午就吃，你要当我正式请客那样办。先到庶务那里去拿钱。越快越好。”厨子答应去了，贾经理就笑嘻嘻地表示了他一份得意，似乎他这手笔是非常之大的。

果然，他和老范说着闲话，不到半小时，听差进来报告：“有一位朱太太……”贾经理不等他报告完毕，就站了起来道：“请请请，请到客厅里坐。”他于是放下了手上的旱烟袋，就掏出蓝布口袋里的手绢擦了一把脸。他和老范走到会客室，朱四奶奶已经先在了。她穿了件黑绸印花红桃点子的长衫，露出雪白的肥手臂，这已让人感到黑白分明。而她两只闪亮的眼睛，乌眼珠子，在浓抹脂粉的脸上转动，配上嘴角上那点小黑痣，真有几分动人。

她用不着范宝华介绍，首先伸出肥白的手臂到贾经理面前来，笑道：“这是贾先生了，久仰得很。”贾经理握着她的手，觉得柔软得像个棉絮团子一样。这就笑道：“我对四奶奶实在是久仰的了。请坐。”这时，听差照着平常的办法，将纸烟听子送着烟，将茶杯敬着不带茶叶的黄茶。贾经理摇摇头道：“这些茶烟，怎样待客。把瓜片茶泡两杯来，把美国烟拿来。”

四奶奶笑道：“贾先生不必客气，以后熟了，有许多事要你帮助，不要把我当贵客。”贾经理让着她在长藤椅子上坐着，斜对了相陪，不断地偷看她那黑绸衣服里伸出来的白手臂。听差送着好茶好烟来了，贾经理道：“去拿点美国糖果来。”范宝华心想：这家伙怎么变了，全拿美国货来表示敬意。

这银行斜对门，就是代卖美国军用品的走私货的。不到十分钟，就是两只大玻璃碟子装着美国糖果送到茶桌上。这东西倒是四奶奶喜欢吃的。她一面剥着糖果纸，一面向贾经理道：“我那一点小事情，范先生和贾经理提过了吗？”他点了点头道：“提过的。黄金储蓄券押款，我们本来作得不少，但四奶奶要款子，我们绝对办，至于我们这里的比期存款，都是八分。四奶奶的款子，我们也一定优待，改为九分。”

四奶奶腿架了腿坐着，向他颠动了身子，笑道：“谢谢。我也没有多少款子可存，不过我所认识的一些小姐太太们，各有各私房，都愿意直接在银行里存点款子花利息，而她们又不愿站在银行柜台边办理。希望我给她们介绍一位诚实可靠的银行经理。我今天是先来打个头阵，作开路先锋。今天我认识了贾经理，以后我就可以带着太太小姐们来见经理了。贾先生不嫌这事麻烦吗？”说着，她乌眼珠又是向贾经理一转。

贾经理道：“这是我们的业务，怎么能说麻烦呢？四奶奶以后随时来，我们欢迎之至。”说到这里，厨子在客厅门口一瞥。贾经理知道他有话说，就走了出来。厨子低声道：“经理叫我办的菜，时间太急，来不及，我办的是些熟菜。另外只买了条大鱼。”贾经理道：“你想法子作两样海菜吧。你和馆子里很熟悉，通融一点现成的材料拿回来做。要不然，给我叫两样菜来，这顿便饭，一定要办得像样点，钱你就不必计较了。”他说着这话，声音并不怎样的低。在客厅的人，都听到了。

范宝华心里想着：这和他原来定的只办四个碟子吃打卤面，完全不同了。这位打算盘的贾经理，一见四奶奶就变了样了。他这样想着，四奶奶见他脸色变动，也就抿了嘴笑着，将一个食指，指了自己的鼻子尖，那意思说：四奶奶很行，你看是女人征服了资本家，还是资本家征服了女人呢？她这样无言地发问时，不住地点头，表现了得意之色。

第七回

各得其所

朱四奶奶和贾经理谈了一小时，厨子把酒菜就准备得妥当，送到饭厅里放着，请着男女来宾入席。范宝华是最留意贾经理的这桌席，除了那一大盘子卤菜的杂镶，布置得十分精美而外，第二道菜，就是白扒鱿鱼。在大后方的城市里，根本没有了海味，富贵人家，还可以吃到囤积多年的海参，其次一点的是墨鱼，而在酒席馆子里可以吃到的，最上等的海味，就是鱿鱼了。

朱四奶奶被让在首席坐着，她看到了第二道菜，先就笑道："贾经理办这样好的菜请客，大概借钱是没有问题的了。"贾经理笑道："四奶奶和我们客气什么？你有时头寸调转不过来，在我这里移动一点款子，那是毫无问题的。现在所要考虑的，就是我们这小银行，是否承受得了四奶奶这个大户头的调动？"

四奶奶点了两点头道："我承认贾经理应当有这个看法。可是我实在是个空名，并没有什么钱，假如我有钱，我也和那些会找舒服的人一样，坐飞机到美国去了。"贾经理笑道："那还是四奶奶客气，四奶奶真要到美国去，还会有什么困难吗？”

她将上面的牙齿，咬了下面的嘴皮，点了两点头，笑道：“我也就是混上这点虚名，承各方面的朋友看得起我，都以为我是有办法的。好吧，我也就借了大家看得起我的这点趋势，自己努力前进，将来也许有点造就吧？”她的说话，就是这样，有时是自谦，有时又是自负，就是让人摸不着她的深浅。不过贾经理坐在她对面，觉得她一言一笑，全有三分媚气，说她是过了三十岁的人，实在也看不出来。

这一顿饭，办得实在丰盛之至。谈着吃着，混了一小时，正事倒是随便只谈几句，但朱四奶奶的要求很简单，只要她拿金子来押款，贾经理答应借给她，她就算得着了圆满的解决。那贾经理呢？对于朱四奶奶，根本没有打算在她头上赚多少钱，只要她常常到银行来，而且能介绍几位太太小姐的存户，他也十分满足。所以事实上也没什么可作长谈的。

吃过了午饭，这诚实银行，又早是下午的营业时间，她向范宝华笑道：“多谢你介绍，我的事情已经成功了，现在可以告辞了。”说着就起身向贾经理道谢。贾经理虽是不嫌她多坐一会，不过今天是初次见面，却也不便表示挽留，亲自把她送出银行大门。

他回到经理室的时候，老范还坐在沙发椅上。他耸着小胡子摇了头，微笑道：“这是个了不得的女人，这是个了不得的女人。”说着，拿起长旱烟袋来，向口里衔着，紧傍了老范坐下。当他将烟袋嘴子衔着的时候，不住地由心窝里发出笑来，几乎是张开了口，含不住那烟袋嘴子。范宝华道：“贾经理说她是个了不得的女人，就算是个了不得的女人吧，这也不致这样的好笑。”

贾经理道：“我说她了不得，并不是说她的本领有什么了不得。我是瞧她的年岁说话。据说，她是四十将近的人了。照我看去，不过二十多岁，而且肌肉丰满，有一种天然的妩媚，我觉得她比少女还美。简直……简直……哈哈。”他形容不出来了，却把那笑声来结束他的谈话。

范宝华听了，暗下大吃一惊。心想：和朱四奶奶交朋友的，无非是借她的介绍，另结交一两位异性的朋友，谁会直接去赏识这只母老虎。贾经理乡下老儿的样子，倒有打老虎的主意，这胆子大得惊人。可是受了朱四奶奶的重托，却不便在一旁破坏，这就笑道：“你这看法是对的。她若是没有一点魔力，那些太太小姐们怎么肯和她亲热得像亲生姊妹一样呢？”

贾经理道：“听说她家里布置得很好？”他这原是一句平淡的问话，可是他问过之后，却又嘻嘻地笑了起来。范宝华听了他这话音，已很明白他是什么用意，这就点了头笑道：“要谈怎么样好，那倒是各人看法不同。不过她家里有个小舞厅，有两间赌钱的小屋子，有一位会作江苏菜的厨子，二三好友到她那里去，倒是可以消遣半天的。贾经理哪天有工夫，我奉陪你到她公馆里去看看。”

贾经理左手握着旱烟袋，右手摸摸头发，笑道：“我既不会跳舞，又不会打牌，那去了有什么意思呢？”范宝华笑道：“难道你看人跳舞还不会吗？吃江苏菜还不会吗？”贾经理道：“据你这样说，到那里去，乃是专门享受去了。”范宝华笑道：“那是当然。最大的好处就是精神上的享受，交不到的女朋友，在这里都交到了。我就……”说着，将手掩了半边嘴脸，对着贾经理的耳朵，低低地说了两句。他哈哈大笑道：“我老了，没有这个雄心了。”他又立刻下了句转语道：“不过我也总应当去回拜人家一下。”

范宝华点头说好，就约了隔一两天来奉约，倒是真落个宾主尽欢而散。范宝华心里，这时又不在女朋友问题上。他所计划的是皮包里的那几张黄金储蓄券。他告诉人家，手上的黄金券都抵押光了，那正是和其他有钱的人同样的作风，越有就越说没有。他急于要回家去盘盘自己的账底，加上了今天所得的黄金储蓄券，数目和兑现的日期，应该列一个详细的表。假如还能滚一次雪球，不妨再滚上一回，他这样想着，就直奔回家去。

吴嫂老远地迎着他笑道："金子买到了手没得？"范宝华夹着皮包一面上楼，一面笑道："金子买到了，你倒是很关心的。"吴嫂笑道："那是啥话，我靠那个吃饭吗！"范宝华走到了楼梯半中间，回转头向她笑道："你靠我吃饭？现在用不着。你有个在公司里当职员的好兄弟，可以帮助你了。那小子多么漂亮。"说着打了个哈哈奔上楼去。

他向来是这样和佣人开玩笑惯了，说完了，自也不把任何事放在心上。他回到了屋子里，掩上了房门，就把箱子里的黄金储蓄券和收买金券的账目仔细盘查了一下，第一次是先后买进了四百两，也押掉四百两，买进三百多两，变成七百多两。第二次把出顶百货店的钱，买进七百多两，合并手里的存货，押出去一千一百两，再买进八百多两。变成了二千五百两。第三次只押出去二百多两，买进一百多两，现在是银行里押着一千八百两不到，手里也就把握着将近一千两的黄金储蓄券，共是二千八百两。假如小小地再滚一次雪球，押出去五百两，买进来三百两，就突破三千两的大关了，真正掏腰包买的黄金，只有一千二百两，这滚雪球的办法，滚出一千六百两。黄金官价一提高，卖掉八百两，就可以把银行里押的一千八百两赎回，这钱就赚多了。希望黄金提价还迟延几天，再把最后一次雪球滚成，那就可以暂时休息一下。先在重庆成家立业，然后等胜利到来，回下江去享享福。这样看起来，还是我范宝华有办法。

他想到此处十分高兴，将手拍了桌子一下，大声叫道："还是我有办法。"他拍这下桌子，乃是自己赞赏自己，并没有其他的意思，可是这声音非常的重大，这声大响，把楼底下的吴嫂也惊动了。她提了一壶开水，红着两只眼睛，板着脸子走上楼来。到了范宝华面前，噘了嘴道："啥事又发脾气吗？"范宝华道："我没有发脾气呀。哦！你说我拍了一下桌子，那是我高兴起来，自己夸赞了自己一句，与别人不相干。吓，你为什么哭了。"他不问倒罢了。他问过之后，吴嫂手上的开水壶，已经是力不胜任，这就放下水壶，两行眼泪抛沙一般地落着。

范宝华笑道："大概因为说你有了个把兄弟，你就不高兴了。其实我就是说你有个把兄弟罢了，另外并没有什么意思。这不去管他了。我告诉你真话，我真发了财了。你伺候我两年，我不能不重重地酬谢你一下，我送你一张十两的黄金储蓄券。这已过了一个多月限期了。再过四个多月，你就可以拿到十两黄金了。"说着，就在整叠的黄金储蓄券里面，抽出了一张，交给吴嫂。

她放下水壶之后，就抬起手来，不住地揉擦眼睛。听到主人要给她十两黄金储蓄券，已经是一阵欢喜，由心眼里痒到眉毛尖上来，但是眼泪水还没有擦干，自不便笑出来。只有板了脸子，将肋下抽出来的手绢，只管擦抹脸皮，呆呆地并不说话。

及至范宝华将黄金储蓄券递过来，她也认得几个字，接过来一看，这就露了白牙笑道："真的送我？"范宝华笑道："我纵然说假话，那储蓄券是国家银行填写着的，那绝不会假。"吴嫂笑道："谢谢你。我和你泡好了茶，就去和你上菜市买点好菜来消夜，你发财应该吃好。"范宝华乱点了头道："吃好点，吃好点，我也不是那种守财奴，只晓得看钱成堆而不晓得用的人。大概今天晚上没有人来，我们可以一块儿吃。"

吴嫂笑着头一扭，提了开水壶走了。但她不到两三分钟又来了，给主人打手巾，送茶壶，递纸烟，并用玻璃碟子装着花生米，放在主人算账的桌子上。最后站在旁边笑道："没有啥事我就买菜去了。"交代过这句话，她方才走去。这当然都是十两金子的力量。

这日下午，老范就没有出去，他结账之后觉得是拥有两千多两黄金的富翁，抗战八年，实在没有白吃这番苦处，于是躺在床上，架起腿来，仰卧着看天花板。觉得那天花板上，不断的现出幻影来，洋房、汽车、漂亮的女人，都是心爱之物，同时，他心里也就觉得已经尝到了这洋房、汽车等等的滋味。他越想是越沉醉，也就不想出门了。

次日早上，他还睡得很晚才起床，蒙眬中就听到叮叮咚咚，楼下打着门响，吴嫂由楼下笑着进屋来道："快穿衣起来。那个李老板来了。我看他红光满面，眉毛眼睛都是笑的，一定是有啥子好消息告诉你。"范宝华道："那么，你请他在楼下等着，我一会儿就来。"

吴嫂下去了，范宝华穿好衣服，也就不及洗脸漱口，就向楼底下走。只走到楼梯半中间，就听到李步祥带着强烈的笑音，叫起来道："老范呀，这一宝我们完全押中了。黄金官价，果然提高到五万。你三万五买进的黄金储蓄券，每两就赚到一万五了。"

范宝华走到楼下，但见他两只胖脸红得发光，坐都坐不住，手里拿着一块手绢，满头乱擦，又揩揩额角上的汗。只是间着步子，绕了椅子转圈圈。范宝华笑道："这一大早，你又是在什么地方得来的这马路消息。"李步祥道："好！马路消息。报上已经是很大的字登着了。"说着，他就在他那青呢布中山服的口袋里，掏出两张报纸交给他看。

当然，这是范宝华最需要的食粮，赶快接过来，就展开着，两手捧了看。李步祥是比他更注意，已经在报纸中间，用红笔圈了个大圈，那红圈中间，就是一条花边新闻。很大的题目字写着黄金官价提高为五万。他打了个哈哈，跳着叫起来道："究竟是我猜对了，究竟是我猜对了。"他说着话，身子随了这声音紧张，两手也情不自禁地颤动着，于是在两手过分地用劲之下，刷的一声，把手上的报纸撕成两半边。

李步祥笑道："老范，你这是怎么了？"范宝华摇摇手笑道："你不用过问，这无非是我神经紧张过分。这段新闻，我还只看了个题目，你不要打岔，让我把这段新闻详细地看看吧。"说着，把两个半张报纸放在桌上，平铺着，将破裂的地方拼拢起来，然后伏在桌上，低了头细细地向下看。虽是那段新闻只有百十来个字，可是他看得非常地有趣，看过一遍，再看一遍，足足有十来分钟之久。他然后点着头笑道："我又是高兴，我又是可惜。"

李步祥望了他问道："你这话是怎么个说法？"范宝华道："我昨天滚了一次雪球，又滚进一百多两，这又白捞了几百万，当然值得我高兴。可是也就为了我又滚进了一百多两，我就松懈下来，在家里舒服了大半天，没有再去打主意。假如我再肯出去跑跑，多少还可以滚进几十两。这岂不是可惜？总是有点遗憾的。"

李步祥道："你还有遗憾吗？我跑了一天，只搞到十来两，也就心满意足了。我还不够你搞得的零头呢。"范宝华将手乱摸着头，笑道："我们总算没有白费气力，各发了一点小财了。今天下午，我们尽量地轻松一下。老李，你是要看戏，还是要看电影？"李步祥笑道："我们这算什么发财。钱还没有到手，这就先要花掉一半。"范宝华笑道："你不要先装出那穷相，今天无论怎么样子花钱，都归我付，还不行吗？"说着，伸了手拍着李步祥的肩膀哈哈大笑。

吴嫂听到大笑，抢出来看，李步祥看她红光满面，将牙齿只管微微地咬了下嘴唇，这就笑道："吴嫂，你也发了财吧！恭喜恭喜。"吴嫂的脸更是红了，扭转头去就跑。隔了门道："我们是穷人吗，发啥子财！"李步祥低声道："老范，你这就不对。吴嫂在你家，不但是把钥匙，而且是个百宝囊，什么事她不和你办。你也应当在经济上帮助她一点。"

范宝华道："这还用得着你说吗？也许她手上积攒的钱，不比你手上的少。”李步祥笑道：“那我倒是相信的。黄金官价一提高，我们就都有了办法，真得谢谢财政部。”

范宝华也是很高兴，笑得两只肩膀左闪右动，忙个不了。他倒是言而有信，留着李步祥在家里吃过午饭，邀着李步祥一路出门，先到戏园子里去，买好了夜场的票，然后两个人同去看电影。看完了电影，先和李步祥同去吃江苏馆子，然后从从容容地上戏馆子。

两人在路上走的时候，范宝华笑道：“老李，今天总够你快活一天的了吧？现在日本飞机，让美国飞机打得无影无踪，在城里找娱乐，现在还有个好处，就是用不着担心警报。把这颗心完全放下来找娱乐，这是十年来很少有的事呀。”李步祥笑道：“不过在你的立场上，那倒不见得是够娱乐的。至少你得手挽着一个如花似玉的小姐，那你才算合适呢。”

范宝华笑道：“天下事是难说的。今天我和你一路进戏馆子，明天我就挽一个如花似玉的摩登女子同去看戏，你看这话真不真？”李步祥笑道：“那有什么不真？你范老板根本就有钱，也交过漂亮的女朋友。现在你又走熟了朱四奶奶的那条路子，那就是个大交际场，还怕朱四奶奶……”

范宝华这就把手连碰了他两下，笑道：“声音小一点，你看，说曹操，曹操就到了。你看，那前面是谁？”说时，他就拉住李步祥的手，让他站住。李步祥向前看时，一男两女，笑说着走近了戏馆子的大门。两个女的是朱四奶奶和魏太太，那个男的，却穿了一身灰哔叽笔挺的西服，头上没有戴帽子，黑头发梳着溜光的背头。

李步祥低声道：“那个男子是谁？”范宝华笑道：“那是田佩芝小姐的新朋友，是一家公司的经理，年纪不大，四十来岁。”李步祥道：“四十多岁，年纪还算不大吗？”他笑道：“当然不大，有钱的人，七十岁还可交女朋友呢。”他们站在这里笑着，那一男两女，已是走进了戏馆子。

李步祥笑道：“老范，你还进去不进去？”他道：“我花了钱买戏票，为什么不进去？你这话问得太奇怪了。”李步祥笑道：“我怕你看了吃醋。”范宝华昂着头道：“我吃什么醋，她有办法，我也有办法，她能找对手，我也能找对手。进去吧。”说着，他大了步子走进戏馆。

他们都是对号入座的票子，由茶房顺了号头找去，事情是非常的凑巧，他们座位的前面，就是朱四奶奶的座位，恰好范宝华就坐在魏太太的身后。因他们已经坐定了在看戏，身后有什么情形发生，自然不是她们所能知道，而且范宝华坐下来，还有一种很熟识的香味，不断地向鼻子里送了来。他本来是心里不存什么芥蒂的，可是坐得这样近，可以看到魏太太后脑脖子下的白皮肤，又闻到了这种香味，他说不出来心里有一种什么烦恼，虽然戏台上在唱戏，可是他眼睛对于戏子的动作，简直没有印到脑子里面去。偏偏前面这位徐经理，并没有什么感觉，他紧紧地挨了魏太太坐着，偏过头去，对她的耳朵，不断地喁喁说着话。魏太太是时刻地在脸上露出笑容。

范宝华看到恨不得把面前这只茶杯子对两人砸了过去。约莫是十来分钟，座位旁忽然轻轻喊了一声道：“在这里，在这里。”范宝华回头看时，却是两个摩登男女，男的是宋玉生，穿着翠蓝绸长衫，配着黑头发，越是衬出雪白的脸子，女的就是在四奶奶家会面的那位曼丽小姐。她今天还是上穿衬衫，下套西服裤子，不过衬衫变换了条子纹的，脸上的胭脂擦得通红。

宋玉生先笑道：“怎么分开来坐，分成了前后排呢？”他这句话说着，四奶奶和魏太太站起来，回头看到了范宝华，都惊讶地哟了一声。这两排座位上，正好范宝华靠外的座位空着，四奶奶靠里的座位也空着。她笑道：“小宋坐我这里，曼丽坐在老范那里。”曼丽道：“这和我们票上的号码相符吗?”四奶奶道:“你尽管坐下。若是不对的话,茶房自然会来和我们对号。先坐着先坐着,别搅扰别人听戏。”

曼丽倒是很大方,就在范宝华身边坐下,还笑着向他低声道:“范先生早来了?”老范真没有想到有这样一个好机会,笑着连说是的。四奶奶却站起身来,反身伏在椅子背上,扯着范宝华的肩膀,带了媚笑,轻轻地对了他的耳朵道:“你发财的人运气好,今天可说各得其所吧?”范宝华点了头不住地笑。

第八回

皆大欢喜

在这个地方，遇到曼丽小姐，那的确是令范宝华意外的事，不过既是遇着了，这个机会，就不可以失掉。于是向她敬烟，向她斟茶，还买糖果水果敬客，不断的周旋。曼丽小姐，对于这几个角儿表演的戏，很感到兴趣，尤其她对台上一个唱小生的角儿，很是赞赏，她除了低声叫好之外，还鼓了几回掌。

范宝华低声向她笑道："东方小姐，你觉得这戏很不错吗？"她点点头道："我觉得很是不错。"他笑道："不知东方小姐明天有工夫没有？若是抽得出工夫来，我愿明天请你再看一回。"她笑道："我是闲人一个，天天有工夫，但也不知哪里来的许多闲事，总是交代不清楚，所以也可说没有工夫。"

范宝华笑道："那么，我就去买票，明天请你和四奶奶一路来好不好？"曼丽向他笑着，将嘴对前座魏太太的后影子一努。范宝华笑着摇摇头，也没有说一个字，于是四目相视而笑。范宝华在朱公馆跑着的日子虽不见多，可是四奶奶来往的宾客，差不多都是消息灵通的。自己的事为东方曼丽熟知，自在意中，倒也不去介意，就悄悄地买下了次日的戏票。

戏散之后，四奶奶抓着范宝华的手道："我明天中午，请你吃饭。今天派你一个差使，护送曼丽回家。"范宝华笑道："有这样优厚的报酬，我敢不效劳？只要曼丽小姐愿意，我也应当护送。"朱四奶奶笑道："请你吃饭，派你护送小姐，根本是两件事。"范宝华口里说着是是，看看曼丽的脸色，略微有点笑容，不点头，也不说话，只是睁眼望了他。范宝华向她点点头表示了愿意听她的指挥，至于同伴看戏的人，他已全忘了。她始终是带了微笑，站在他身边。

大家出了戏馆子，范宝华就随在她身后走去了。这是深夜十二时以后，重庆的街市，已是车少人稀，只有电线杆上的孤零电灯，断续地在夜空里向人睁着雪亮的眼睛。曼丽没有坐车子，在马路边沿上走着，范宝华跟在后面，有一句没一句地和她聊着闲话。

走了两条马路，她忽然问道："范先生，你今天是太高兴了吧？"范宝华笑道："当然是很高兴，难得我和你作了朋友。"她笑道："那有什么稀奇，我有很多男朋友，你也有很多女朋友。我是说你今天有笔很大的收入。"范宝华道："我也不必相瞒，我是老早买了点黄金储蓄券，今天官价提升了。不过翻身的人太多，也不止我一个，而且我是其中渺乎其小的一个。"

曼丽道："这倒是实话。重庆市上一买几千两金子的有的是，明天中午吃饭你知道有些什么人吗？"范宝华道："大概今日在场的人都有了吧？哦！我那同伴不会在内。哟！他走开了，我都不知道。"曼丽笑道："你有了新的女朋友，就忘了旧的男朋友了。四奶奶也是这样，你可以拜她为师。明日中午吃饭，有贾经理，没有小宋。你知道那为什么吗？"范宝华吓吓地笑了一声。曼丽笑道："天下也不少大胆的人，要在太岁头上动土。范先生，你不觉得我是一位太岁。”范宝华在后面连点头带拱手，只管说不敢，不敢。曼丽笑了一阵。范宝华觉得这位小姐倒是单刀直入，有话肯说。可是这让人说话不能带一点弹性，也就只好随声附和的一笑。

又送了两条街，就到了曼丽寄宿舍的门口。她回转身来，伸手和他握了一握，笑道：“明天午饭见了。谢谢你呀。”范宝华倒觉得她的态度不坏，笑着告别。回得家去，吴嫂开门相迎，他首先就闻到一种香气。上得楼来，在灯光下看到她一张大白脸，笑道：“今天你也高兴，化妆起来了。”她笑道：“哪里是？是吴家娃儿，下午来了，他说，你这宝硬是押得好准。他把所有的钱，前后买了十两金子。本钱都是三万五。今天一涨价，他赚了十五万。他说，谢你是谢不起，送了我一瓶雪花膏。我擦了试试，好香哟！”

范宝华笑道：“那么，你收了我一张十两的黄金储蓄券你也赚了十五万了。我不很对得起你吗？”说话时，她正在他面前，向桌面的玻璃杯子里倒茶。范宝华就趁便在她横胖的脸腮上撅了一把，两个指头，粘满了雪花膏。吴嫂倒不闪开，就让他撅。微笑道：“啥事我不和你作，你也应该谢谢我吗！”

范宝华大笑。他手上端着杯子，坐在椅子上，只是昂了头出神。吴嫂望了他道：“又有啥事在想？你还想发财？”他道：“我暂时够了，不再想倒把了。不过我在想，这次黄金一涨价，大家大小占点便宜，我想不起来，还有谁吃亏的没有。”吴嫂道：“你朋友里头，那个赌鬼陶先生好久没来，说是到川西贩大烟土去了，回来了没得？他不买黄金，买乌金，恐怕发不到财。”

范宝华道：“本来赌钱也可以发财，但是他的手艺不到家，那也就认命吧。”吴嫂道：“我就认命，我和你到下江去当一辈子大娘，我都愿意。”范宝华道：“不过我娶了太太以后，就怕你不愿意了。”她鼻子哼了一声道：“你若是娶田小姐那样的女人，你就要倒霉咯。”范宝华笑道：“你还是放她不过。”吴嫂道：“我有啥子放她不过。你不信就往后看吗！”

老范点点头道：“我承认你这话有些理由。不必往后看，明天上午我就可以把她看出来了。”吴嫂并不知道他说话何指，只是笑笑。范宝华是比昨天更高兴，今天是在发财之后，又认识一位曼丽小姐了。

到了次日中午，他换了一套漂亮的西服，到了朱四奶奶家门口，老远地就看到一乘小轿，追踪而来。他心想着：这或者是曼丽小姐来了，可就站在路边等轿子抬了过来。不多一会，轿子到了身边，他才看得清楚了，轿里乃是一位穿西服的黄脸汉子。他正注意着，轿子里笑着叫了一声老范。他由声音里面听出来了，正是诚实银行的贾经理。他忍不住笑道：“我都不认得了，好漂亮。前面那幢洋楼就是朱公馆，已经到了。”

贾经理叫住了轿子，下来和他握着手，笑道：“老兄，和你两天不见，你可发了大财了。”范宝华笑道：“你打发了轿钱，我们再说话。”贾经理打发轿子走了。

范宝华握着他的手，对他这身西服看了一看，这倒是挺好的灰色派立司做的。不过身上的两只衣肩，在他的瘦肩膀上各伸出来一块，而领子也现着开了个更大的领圈，这样，就连带着腰身也不相称了。西服里面，也是一件雪白的绸衬衫。只是他打的一条红蓝格子的领带，却歪扭到一边。于是情不自禁地，将他的领带扭正过来。这不免又有了个新发现，原来他的小胡子，原来是沿着上嘴唇一抹平的，这时，只在鼻子底下，养了一小撮小牙刷子似的东西。便笑道：“贾经理，你失落了什么东西吧？”贾经理听说，不免愕然一下，只管望着他。

范宝华道："我猜想着，你不会知道是失了什么的。我告诉你吧，你鼻子以下，嘴唇以上，丢了论百数的物资。"贾经理想过来了，哈哈笑道，伸手拍了他的肩膀道："老弟台，你不要见笑，谁到女人堆里去，不要修饰修饰呀。我们不让人见喜，也不要让人讨厌吧？"范宝华笑道："是的是的，我给贾经理捧场，见了四奶奶，我多给你说好话。"贾经理笑道："快到人家门口了，说话声音小一点儿吧。"

于是老范故意挽了他的手膀，作出很年轻而顽皮的样子，带跳带走。贾经理自不便这样做，只有加快了步子跟他走去。

到了朱公馆门口时，四奶奶已是含了满面的笑容，站在石阶下等着了。她今天似乎有意和贾经理比赛着年轻，换了一件花绿绸的西装，翻着领子，敞开了脖子下一块白胸脯。拦腰微微地束住了一根绿绸带子。头发半蓬松着，在脑后簇起一排乌云卷，在右边鬓角下，斜插了一朵茉莉花球。看到客人来了，老远地伸出光而又白的手臂，和客人一一握手，连说欢迎。

在四奶奶后面，同时闪出曼丽小姐。她今日也换了装束，穿了白底红花的长衫。那花全是酒杯大一朵的玫瑰。长发梳了两条小辫，而且还戴了两个红结子，鲜艳夺目。贾经理两道看数目字的眼光，早被这一团红花所吸引。她已是迎出来了，在红嘴唇里，先是露出两排雪白的牙齿，向老范一笑，然后点了头道："客都到齐了，就等你二位。"她本还不曾认识贾经理，而贾经理借了这句话，取下头上新买的呢帽，连点头带鞠躬，笑道："来晚了，对不住，对不住！"说着，闪到一边。

主人将来宾迎到客厅里，果然还有一对客人，男的是徐经理，女的是魏太太田佩芝小姐。她和女主人一样，今天改穿了西装，不过颜色更鲜艳一点，乃是紫色带白点子的花绸作底。鬓边也学了主人，斜插着茉莉花球。而她脸上的胭脂，擦得比任何一次都要浓厚些。

当女主人将男女来宾一一介绍之时，她也和范宝华握着手，而且还笑着说：“我们是很久不见了。”老范见她赘上这句话，有点莫名其妙，昨晚上不还在戏馆子里见面的吗？但也不声辩，只是笑笑。

次之，徐经理和范贾二人握手，他穿着一套漂亮的白哔叽西服，在重庆，那简直是少有人能表现的。而在他的手指上，就套着一枚钻石戒指。老范心里想着，这位田小姐，大概是根据金刚钻交朋友的，谁有金刚钻，就和谁要好。他心里这样想着，和徐经理握着手，却很快地看了魏太太一眼，大家落座。

朱家漂亮的女仆用搪瓷托盘，先托着两只玻璃杯，送到茶桌上。贾经理看杯子上盖着盖子，隔了玻璃看到里面的茶色绿阴阴的，每片茶叶都舒展地堆叠在杯子底上。魏太太笑道：“这茶可喝，是福建真品。在四川于今能喝到福建茶，这不是容易的事呀。”

正说着，女主人亲自捧了只圆形的玻璃盒子进来。里面是整块的乳油蛋糕，女仆跟在后面，送着瓷碟子和水果刀来。女主人掀开盒盖，将之放在茶桌上，然后将蛋糕切着，放在碟子里，每人面前，送去一碟。

范宝华按着碟子笑道：“哎呀，这是祝寿蛋糕呀。四奶奶的华诞？”她且不答复这话，向曼丽瞟了一眼。曼丽坐在旁边椅子上，就站了起来，向她摇着手道：“不能再误会了，我的生日早过去了。”四奶奶笑道：“不管是谁的生日吧，反正不是我的生日。”

贾经理看到曼丽和魏太太都是年轻貌美，而且也非常的活泼，并没有什么男女界限。心里暗暗想着，这地方实在是个引人入胜之处，能够常来，必定可以交到女朋友，既然如此，这就必须装得大方些，好给人家一个好印象。于是笑道：“那我得恭贺一番，让我打一个电话到行里去，给曼丽小姐预备一点寿礼。”范宝华心里想着：这家伙福至心灵，居然自动地说送礼。曼丽听到银行经理要送礼，不由得破颜一笑，点了头道："贾经理你不要客气，我已经声明了，并不是我的生日。"

贾经理端着蛋糕碟子，正将赛银小叉子，叉着大块的蛋糕向嘴里塞了去。见曼丽向他笑着，不免慌了手脚，咀嚼着蛋糕道："没有别的，送点儿寿桃寿面来，凑份热闹罢了。"曼丽料着他这是虚谦之词，依然笑了谦逊着道："不要破费，不要破费！"

范宝华可知道他的脾气，说是寿桃寿面，必是三斤切面，二三十个白面馒头。这种东西，送到朱四奶奶家里，只好让人家倒了喂狗。他若是真打电话送来了，那可是个笑话。于是笑道："要送礼，我们就合股公司吧，来来，我们商量商量。"

说着，把贾经理引到舞厅的门帘子下面，低声道："你打算送东方小姐一些什么？"贾经理道："我不是说送人家寿桃寿面吗？"范宝华道："你说的是三斤切面，二三十个馒头？"贾经理道："送馒头究竟不大好。我想送十个小鸡蛋糕，那些小鸡蛋糕，不有歪桃子形的吗？正好当寿桃用。"范宝华抱着拳头，给他拱了两拱手。低声笑道："劳驾！你不必办，都交给我吧。我绝对向曼丽说，是我们两个人买的。"

贾经理道："那么，你打算送什么东西？"范宝华道："我送她一个金锁片和一副金链子。"贾经理怔了一怔，翻眼望着他道："我们两个人？"范宝华笑道："我出钱，你出名。"说着，捏了他的手，连摇撼了两下，意思是教他不必再说。

于是两人复归到座位。老范向曼丽笑道："东西我们已经商量好了，明日补祝。"徐经理和魏太太表现得很亲密，坐在一张仿沙发的长藤椅上，态度很是自然。他也向曼丽笑道："我们也当略有表示，只好补祝了。"曼丽笑道："我说不是生日，你们一定要说是我生日，那我有什么法子，好在我能白得许多东西，也不吃亏，我就糊里糊涂算是过生日吧。"

朱四奶奶端了一碟蛋糕，傍着贾经理身边的椅子坐着，笑道："大家都凑份子，不带我一股吗？二位也替我代办一下吧。"贾经理在她坐下来的时候，就觉得有一阵动人的香气送到了鼻子里，同时，又看到四奶奶露着细白整齐的牙齿向人笑来。尤其是她以南方人操着的国语，觉着比纯粹北方人说的还要清脆入耳。他很怕答应晚了，招致四奶奶的不快。立刻笑道："我们代办，我们代办，假如办得不称意，还可以更改。"

四奶奶对于贾经理之为人，虽略微了解，可是对于范宝华之个性，却摸得更熟，老范正开始追求曼丽，他把老贾拉到一边去，一定商量好了送礼的办法，而且由他作主，一定是很优厚的。于是向范贾二人笑了一笑。

这里是刚把寿糕吃完，老妈子就请上楼去吃饭。这原来赌钱的小客室里，布置了一张小圆桌又是六把弹簧椅子。圆桌上是雪白的台布蒙着，放下了赛银的杯碟牙筷。这在战前，实在平常得很，可是在大后方的今日，却是个极不容易遇着的事。贾经理先是一惊。桌子中间放下一只一尺二寸直径大彩花盘子，里面放着什锦拼盘。贾经理站在桌边看去，就看到其中有鲍鱼和龙须菜两样。明知道这是飞机带来的罐头货。可是这日子要在重庆吃这样的罐头货，非得和盟友有些来往不行。心里就回想到前天请四奶奶吃饭，幸而是接受了老范的劝告。若是只弄四个碟子请她吃面，决非这种大手笔的人看得惯的。

他正这样出神呢，四奶奶走到他的身边，轻轻地挽了他一只手臂，向正面席上推动着，笑道："贾先生，请到上面坐。"他是站在桌子下方的，笑道："不必客气，我就在这里坐。"朱四奶奶向他看了一眼微笑道："那不妥当吧？你和我女主人坐在一处，要占我的便宜？"贾经理对于她这个说法，真是没有法子辩护，把老脸涨红了，连说不敢。四奶奶笑道："既不敢，你就服从我的命令，请坐上席。"贾经理本已词穷，听到她这话，又很有点味儿，就只好坐了上席。

于是主人让范宝华、徐经理左右夹着贾经理坐了。曼丽、田佩芝左右夹着自己坐了。坐定，她先笑道："我们这里，男女阵线，壁垒分明，各占桌子半边。田小姐和徐经理挨着坐，友谊本来是深的。曼丽小姐和范先生挨着坐，我也希望友谊有进步。我和贾经理隔着个桌面，好像是友谊浅薄一点。但我希望能够不划分这样深远的界限，因为现在时代不同了。请喝酒。"她说话时，老妈子早在各人杯子里斟上了酒，她举起杯子来，对着各人敬酒，而她的眼光，却在杯子沿上望了贾经理。贾先生真觉得满身都是舒服，也就端起杯子奉陪。

主人是十分的周到，她先向曼丽敬酒，说是祝寿，要范宝华相陪。然后向魏太太道："田小姐，我恭贺你一杯。"魏太太和徐经理公开的陪伴，本来日子很短。在范宝华当前，她说不出来精神上是受着一份什么压迫，所以她始终不大说话，只是微笑着。这时女主人正式向她敬贺一杯，只得举起杯子来笑道："我有什么可贺的呢，我并不过生日。"

四奶奶笑道："我这杯酒，比恭贺你作生日那还要有劲。徐经理快陪一杯，我知道你们的喜期快了。"这位徐经理恰好也是不大说话的，举着杯子笑道："多谢多谢，我干杯。"四奶奶道："这多谢是双关的，有谢介绍人的意思在内。老范、曼丽，你们也同贺一杯。贾经理就剩你了。咱们也恭贺这两对一杯，好吗?"这咱们两个字，说得贾经理心服口服，连说好好。他也就端起杯子来，于是同干了一杯。这样魏太太的情形是公开了，曼丽的态度，也相当明朗，而最妙是四奶奶自己的心事，也略有透露，于是三位男宾皆大欢喜。

第九回

有钱然后有闲

朱四奶奶为什么请吃这顿便饭，贾经理还有些莫名其妙。照着普通人的习惯，当然是要向银行里借钱，才向银行老板拉拢。朱四奶奶为了买黄金储蓄，才把原有的储蓄券在银行里押款，以便调动现金，再去套买。现在黄金官价已升高到了五万一两，已经没有大利可图，四奶奶那种聪明人，应该不会去做这样的傻事。那么，这就另外有事相求了。那是什么事呢？必须知道她是一种什么要求，才好先想得了答词来应付这个竹杠。他心里有了这么一个念头，所以谈笑着吃过饭以后，他就表现着缄默。

主人让到小客厅里来坐，用大的玻璃缸子装着广柑、白梨、桃子待客。四川地方，任何农产物，都比下江早一两个月，但冬季的水果，能和夏季的水果一同拿出来，那还是非特别有钱的人不办。贾经理立刻又有个感想：朱四奶奶手上还是有钱，也许她不会向银行来借钱的。于是很从容地坐着吃水果。

徐经理靠近了他坐着，就向了他笑道："贾先生，黄金官价一提高，作黄金倒把不行了，这些人不乱抓头寸，银根又该松下来了吧？”贾经理道：“虽然金子的涨落，很可影响到银根的松紧，但是重庆市面上的金融，千变万化，而各商业行庄，各走的路子不同，所以不能完全用黄金价格去看金融市场。徐先生贵公司，完全是经营生产事业，不会受市场金价高低的波动吧？”

徐先生原来很沉默，他只有看到魏太太的脂粉面孔，有时作一阵微笑。不过谈到了生意经，也就兴奋起来了，摇摇头道：“不那么简单，钢铁、纱布、糖，我们都经营过，不是原料不够，就是没有出路。现在我们是专营酒精。印度的输油管，已经通到了昆明，眼见酒精又没有了多大的出路。不过湘西和四川境内，现在还谈不到用汽油，暂时可以维持一个时期。胜利是慢慢的接近了，我们不能不早早的作复员计划。最近我也想到贵阳去看一趟。”

朱四奶奶正握着魏太太的手，坐在对面一张沙发上，这就接了嘴道：“徐经理不带个伴侣同走吗？”他道：“我去个十天半月就回来，只是观察，没有什么事要办，我不打算带同事去。”朱四奶奶将嘴向魏太太一努。笑道：“谁管你同事的，我是问你带不带她去？”他笑道：“我当然是很欢迎的。”魏太太因范宝华坐在旁边，不便说什么，只是微笑。

曼丽正将一只广柑，在碟子里切成了四瓣。她就把手上的赛银水果刀子，把碟子在茶几上向对面拨动，因为范宝华就坐在茶几对面。她将下巴微微点着，笑道：“老范，给你吃。”他笑着说声谢谢。曼丽笑道：“不用谢，这是我运动运动你。到四川来了这么多年，还没有去过成都，这实在是个遗恨。马上胜利来到，我们就要出川，这时还不到成都去看看，那就更少到成都去的机会了，老范什么地方都熟，能不能够在公路局给我找张到成都的车票？”

范宝华道：“这好办，你什么时候走？”曼丽道：“我不是要普通的车票，我要坐特别快车，有位子的车票。”范宝华道：“那也好办，告诉我日子就行。”朱四奶奶向他瞟了一眼道：“你不是对我说，要带百十万元到成都去玩上几天吗？你自己买票，和曼丽带买一张就是。”

范宝华心想：我几时说过要到成都去？但他第二个感觉，跟着上来，只看朱四奶奶那眼色，就知道她是有意这样说的。便笑道：“我最近是要去一趟，也不光是游历，有点生意经可谈，但日子还没有定。”朱四奶奶道：“那你就提前走吧。”范宝华道：“我的日子很活动，可以随便提前。东方小姐什么时候走？”她笑道：“老实说，我想揩揩你的油，同你一路走。路上有人照应，你哪天走，我就哪天走。我在重庆是闲人一个。”

贾经理一旁冷眼看着，心想：这倒干脆，一个人带一个如花似玉的出门游历，而且一说就成。进了这朱四奶奶公馆的门，那就是有艳福可以享受的。他吸着纸烟，虽不说话，脸上可也很带了几分笑意。

朱四奶奶也是在碟子里切了一个广柑，然后将碟子端着递到他手上，笑道：“贾先生，先来个广柑？我们都是有责任的人，离不开重庆，想出去游历，这是不可能的事了。到了星期日，只好郊外走走了。”她这样说着，虽没有指明是相邀同去，可是她提了个星期日。四奶奶有什么星期不星期哩，那分明是有邀为同伴之意了。两手接过她的碟子，就点了头笑道：“这话赞成之至！这个星期日，我或者可以借到朋友一辆车子，那时我来奉邀四奶奶吧。”

四奶奶张嘴微笑着，对他瞟了一眼，却没有说什么。她越是不说话，这做作倒越让贾先生心里如醉如痴，只有带了笑容，低头吃那广柑。

大家坐着谈了一会，还是徐经理略少留恋的意思。他向魏太太道：“我要到公司里去看看了，晚上我买好了电影票子等你吧。”魏太太站起来，笑着点了两点头。徐经理和贾范两人都握了一握手，然后回转头来低声向魏太太道："怎么样？你送我一送吗？"魏太太站在他面前，弯着眉毛，垂了眼皮，轻轻地答应了一声，也不知道说的是什么。只见徐经理满脸是笑地走着。魏太太倒不避人，就跟了他后面，走出客厅去。

魏太太出去了有十分钟之久，方才回转客厅来。朱四奶奶向她笑道："徐经理请你看电影，都不带我们一个吗？"她笑道："你早又不说，你早说我就叫他多买两张票了。"四奶奶笑道："徐先生果然要请我们看电影，就不必我们要求了。当然，徐经理不是舍不得这几个钱。大概为了要请我们就有点不方便吧。"魏太太笑道："那有什么不方便呢？大家都是朋友，请谁都是一样。"她说这话时，脸色表现得沉重，而且故意地对范宝华看了一眼。范宝华倒是装作不知不觉，还是和曼丽谈话。

贾经理看他两人椅子挨了椅子坐着，各半扭了身子，低声下气地带笑说话，大概暂时没有离开的意思。自己银行里的业务，可不能整下午地抛开，对朱四奶奶看了一看，笑道："我和徐经理一样，闲不住，下午还要到行里去看看，改日再来奉看。"朱四奶奶笑道："那我也不强留你了。你要到我这里来，你就先给我一个电话，我会在家里等候你的。"

贾经理带着三分爱不能舍的情形，慢慢地站了起来，慢慢地走出了客厅，站在大门口，让朱四奶奶出来相送。朱四奶奶出来了，他站在阶沿下，只管拱手点头，然后笑嘻嘻地告别。

在四奶奶这公馆附近，全都是些富贵人家，因为由这里走上大街，有二三百级山坡路，所以有那些也算投机生意的人，把轿子停在树荫底下，专等几家上街的人。他们曾看见这位贾经理是坐着轿子来的。他由朱公馆里出来，料着他还是要坐轿子走的，轿夫立刻围拢了来，叫着："老爷，上坡上坡。"

贾经理看到朱四奶奶还没有走进屋去，就对轿夫道："你们抬一乘干净一点的轿子来。”等到轿夫把轿子抬来了，再回头看朱四奶奶，人家已进去了。他却把手握了鼻子，摇着头道：“不行不行！你们的轿子脏得很，我不坐了。”其中有个轿夫道：“朗个脏得很，刚才就是我抬下来的吗。”贾经理也不理会他这话，自行走去。

不想他走得急促，走出了石板路，一脚踏入浅水沟里。幸是沟去路面不过低，他只歪了歪身子，没有摔倒，赶快提起脚来，鞋子袜子，全已糊上了黑泥。轿夫们老远地看到哄然一阵大笑，有人道：“还是坐了轿子去好，一双鞋值好多钱，省了小的，费了大的。”贾经理回头瞪了他们一眼，将泥脚在石板上顿了两顿，径直地就走了。

走到山坡中间，气吁吁地就在路旁小树下站了一站，借资休息。这就看到一个胖子，顺着坡子直溜下来。到了面前，他就站住脚，点个头叫声贾经理。他也只好回礼，却是瞪了眼不认识，那胖子笑道：“贾经理不认得我了。我和范宝华先生到贵行去过两回。我叫李步祥。”他哦了一声，问道：“李先生，你怎么也走到这条路上来了。”他说这话，是没有加以考虑的。因为他觉得李步祥是一位作小生意买卖的人。这种人挣钱是太有限了，他不会让朱四奶奶看入眼，也不能不量身价，自己向这里跑。

李步祥恰是懂了他的意思，笑道：“我也是到朱四奶奶公馆里来的，她虽然是一位摩登太太，倒也平民化。什么人来，她都可以接见的。我听说老范在她这里，我有点事情来找他，请他赶快回去。”贾经理笑道：“老兄又在市场里听到了什么谣言？黄金官价大概今天会提高吧？”李步祥笑道：“黄金梦作到了前天，也就可以醒了，不会再有谁再在金子上打主意。”

他一面说着，一面向贾经理身上打量，见他上身穿了一套不合身材的西服，而脚下两只皮鞋，却沾满了污泥，甚至连皮鞋里的袜子，都让污泥沾满了，可以说全身都是不称。但虽然是全身不称，他也必有所谓，才换上这么一套衣履的。于是向他笑道："贾经理也是到朱公馆去的吗?"他脸上现出踌躇的样子，将手摸摸下巴，带了微笑道："我和这路人物，原是结交不到一处的，不过她正式请我，我也不能不到，我是吃完了饭就走了。范先生和一位女朋友在那里还谈得很入神。"

李步祥先是叹了口气，然后点点头道："贾经理这个办法是对的，你是个干银行业的人，不能不到处敷衍存户，可是我们这位范兄，作生意是十分内行，不会亏什么本。不过他一看到了女人，就糊涂了。朱四奶奶这种人家……"说到这里，他把声音放低了几分，笑道："那是一只强盗船。若是愿意作强盗，当然可以在那里分点儿赃。若是个善良老百姓，一定要吃大亏。我真不解老范这个人，那样聪明，对于这件事，这样的看不透。他分居的那位太太袁三小姐，常在朱家见面，他的爱人田小姐，是人家有两个孩子的母亲，离开了家庭，索性和四奶奶当了秘书。这些小姐，各人都有了各人的新对象。这是很好的证明。那里的女人，全是靠不住的，他为什么还要到那里去找新对象呢?"

贾经理微笑了一笑，也没说什么。李步祥望了他，见他的脸色，颇不以自己提出的建议为然，自然也就不再提了。贾经理低头看看自己的皮鞋，那污泥已经干了。于是手扶了帽子，向李步祥点了个头告别。

李步祥站在坡子上出了一会神，也就掉转身向坡子上慢慢地走着。到了大街上，两头张望着，心里有点茫然，正好斜对门有家茶馆，他就找了临街的一张桌子，泡了一碗沱茶，向街上闲看了消遣，不到十来分钟，见两乘轿子，分抬着男女两人由上坡的缺口里出来，正是范宝华和东方曼丽。他们当然不会向茶馆里看来，下了轿子，换了街上的人力车，就一同走了。李步祥暗暗地点了头。又坐了几分钟，独自对了一碗沱茶，却也感到无聊。正自起身要走。一个穿黑边绸短褂子的人，手里拿了一把芭蕉扇，老远地向他招了两招。

那人头上戴顶荷叶式的草帽，嘴上有两撇八字须，那正是同寓的陈伙计。后面跟个中年人，那人穿了短裤衩，上身披着短袖子蓝衬衫，敞着胸口，后身拖着两片燕尾，也没有塞在裤子里。手上拿了一柄大黑纸扇，在胸口上乱敲，那也是同寓的刘伙计。

他两人一直走到面前来，笑道："李先生，你今天怎么有工夫单独地在这里喝茶？"他笑道："我找两个朋友没有找着，未免跑累了，喝碗茶休息休息。我正是无聊，大家坐下来谈谈。"

陈刘二人坐下，陈伙计手摸了胡子，笑道："你有工夫坐在这里喝茶，那究竟是难得的事。你买了几两金子？官价一提高，你这宝孤丁，押得可真准。"李步祥道："我这算什么？人家几百两几千两的买着那才是发财呢。"

陈伙计笑道："你不打算再作什么生意？金子是不能再买了。"他道："我就是为这事拿不定主意。照说，只要倒换得灵便，作什么生意，可不会小于黄金的利息。可是报上天天登着打胜仗的消息，大家眼看着就要回家乡，谁也不敢多进货。这几天，进了货就有点沾手，能够卖出本来，白牺牲利息，就算不错。我想，过去一个时期，也没有什么生意比作金子最合算的了。只要买得多，人坐在家里发财。可惜我是小本经营，没有大批款子调动。不然的话，我这时也是在家里享福。"

说到这里，他自己也禁不住笑起来。低声道："大概是胃口吃大了。我只觉得作什么生意也不够劲了。尤其是我向来跑百货市场的。这几天都是抛出的多，买进的少，我早上到市场里去转了两个圈子，简直不敢伸手。刚才我到街面上打听打听，东西又落下了个小二成。幸而我是没有伸手。我若还像从前作生意似的，见了东西就买，那我现在不知道要亏本多少了。我今天虽没有作生意，坐在这里喝茶，倒反而赚了钱了。

住在城里，看到了货，总想买，明知价钱总是看跌的，可是心里就会因人家的便宜抛售要伸手。明天我决计下乡去躲开市场。”

陈伙计摸着胡子，望了刘伙计笑道：“听见没有？李老板有了钱了，下乡纳福去了。重庆这地方，到了夏天，就是火炉子，谁不愿意到乡下去风凉几天？”李步祥笑道：“我老李有没有钱，反正大家知道，我也用不着申辩。不过我奉托二位，若有什么大行市波动，请给我一个长途电话。”

陈伙计笑道：“那么，你干脆不要下乡。人闲心不闲，你纵然下乡去休息，也没有意思。”李步祥道：“这个年头，要心都闲得下去，除非有个几百两金子在手上。”

刘伙计摇摇头道：“你这话正相反，有了几百两金子在手上的人，晚上睡觉都睡不着，还闲得住这颗心吗？老李呀！胆大拿得高官做，你不要下乡，那太消极了。”李步祥看他这样子，很像心里藏有个题目要做，便掏出纸烟盒，向他们各敬了一支烟，然后笑问道：“二位有什么新发现？”刘伙计吸着烟道：“也不是什么新发现。不过是你那话，现在无论什么货，都不敢囤在手上，怕是两三个月之内，盟军在海岸登陆，物价要大跌。但是有一层，法币倒是……”

李步祥不等他说完，连连地摇了头道：“把法币存到银行里生息？”刘伙计道：“现在比期存款，可以到九分，也不坏呀。不过我说的还不是这个。我们手里拿着法币，看起来很平常，可是在沦陷区里的人，还把法币当了宝贝呢。现在有很多人，就拿法币到沦陷区去抢金子……那事情并不难，把法币带到国军和敌军交界的地方，换了伪币，进到沦陷区去，然后买了金子带回来。那边的人，最欢迎关金。听说现在美钞也欢迎了。国军越打胜仗，法币在沦陷区越值钱。我们若能去跑一趟，准比作什么生意都强，而且最近国军天天在反攻，法币也就天天涨价。听说现在法币对伪币是一比二，可能我们到了沦陷区就一比三了。只要我们带了法币向前走，一动脚就步步赚钱，这是十拿九稳的生意，你不打算试试吗？”

李步祥默然地听着，将桌子一拍道：“对！可以做，我现在正闲着无事可做。是不是坐船到三斗坪呢（按：此为宜昌上游之一小站，在三峡内。宜昌失守后，此为国民党军长江区最前之一站）？”陈伙计道：“三斗坪，谁不能去？现在走套沦陷金子的路线，共有两条，一条是走湖南津市，一条是走陕南出老河口。安全一层，你可以放心，绝没有问题。在双方交界的小站上，有那些当地人专门作引路的生活，哪里都可以去。”

李步祥道：“这个我知道，我在湖南，就常跑封锁线的。你们二位是不是正在接洽这件事？”陈伙计道：“正是接洽这件事。我们是找一位内行同伴。若是成功的话，我们三天之内就走。”

李步祥听了这话，大为兴奋。商议了一阵，他暗下决定两个步骤，第一是和范宝华商议，并向他借一笔钱。第二是把手上存的货都给它抛售出去，好变成法币。主意想定了，和陈刘二人分手，就到范家去请教。见着了吴嫂，她说是范宝华根本没有回来。李步祥坐着等了半小时，没有消息，只好走开了。到了晚上再去，还是没有回家。

次日上午第三次去，老范又出去了。一混两三天，始终是见不着老范。最后，听到吴嫂的报告，他已经坐特别快车到成都去了，李步祥猜着他一定是抢一笔什么生意做。没有借到钱，又没有得着这位生意经的指示，考虑的结果，不向前线去了。打听金价，已经突出十万大关。那黄金储蓄券，若肯出卖，可以得到七万一两。据一般人的揣测，还要继续涨。这多天并没有作百货倒把，倒大大地挣了一笔钱。下乡去避暑休息两天，也算没有白发这笔小财。主意定了，就收拾两个包裹，过江回家。

他家住在南温泉，在海棠溪有公路车子可搭。这公路是通贵阳的，当他走到车站里的时候，贵阳的客车，正要开走。他见朱四奶奶和贾经理站在车外送客。魏太太穿了一身艳装，在车窗子里伸出涂了红指甲的白手，向车子外挥着手，口里连说再见。徐经理和她并排坐着，只是点头微笑。李步祥心里暗叫了一声，这家伙跟人跑了。

车子开过以后，朱四奶奶挽着贾经理一只穿西装的手，笑道："他们走了，我们也上我们的车子吧，在南温泉多玩一些时候也好。"李步祥不便出现，就钻到人群里去偷看。在车站外人行路上，正停了一辆小汽车，他两人坐上那车子就开走了。李步祥心里想着：哦！都发了财，都有了工夫。这是双双地去洗温泉澡了。

第十回

凄凉的童歌

李步祥是个作小生意买卖的人，他的思想很顽固，也不妨说他的旧道德观念，还保存了一点。他对于这几对男女随便的结合，颇不以为然。尤其是贾经理那样一文钱看成磨子大的人，这时和那样挥金如土的朱四奶奶混到一处，太不合算。由海棠溪到南温泉不过是十八公里，一天有六七次班车可搭，他们不坐班车，却要坐小座车，大后方是根本买不着汽油，买酒精也有限制的，为什么这样浪费？到南温泉去洗个温泉澡，值得这样地铺张吗？他存了这个意思，倒要观察一个究竟。

三小时以后，他坐着公共汽车，也到了南温泉。他向车站外一张望，就首先看到贾经理坐的那辆蓝色汽车，停在路边，果然是他们到这里来了。他被好奇心冲动，索性走到温泉浴塘门口去探望一下。

这浴塘在一片广场中，四边栽有树，当他正在树外徘徊的时候，他发现了魏端本先生带了两个孩子，坐在另一团树荫下。两个小孩子虽然都还穿的是旧衣服，然而已经是弄干净了。那个小女孩子，穿一套白花布带裙子的女童装，头发梳得清清楚楚的，还系了一个新的红结子。正围着一群人，对他们看着。魏端本手里拿了一把琴，坐在草地上。李步祥一看奇怪，也就远远站着看了下去。

围着的人，笑嘻嘻地看了他们，那女孩子四处向人鞠躬，也就有人在身上掏出钞票来扔在地上。小男孩才是三岁多，走路还不大十分稳，他跑过去拾着钞票，然后作个立正姿势横了三个指头，比着额角，行一个童子军礼。他上身穿草绿色小褂子，下套黑裤衩，光着腿子赤了只脚，踏着小草鞋，倒不是乞丐的样子，因之他这份动作，引得全场哈哈大笑。

魏端本道："谢谢各位先生，再唱两个歌，我们就休息了。诸位先生，我这也是不得已，小孩子太小，不能多唱。两个小孩，来，我们先唱《义勇军进行曲》。"于是男女两个小孩并排站着，等了拉胡琴过门。魏端本坐在草地上，拉着胡琴。一小段过去，两个小孩比着手势，就在人圈子中间唱起来。

这虽是大家耳熟能详的歌词，因为是两个很小的孩子唱，而且又是比着手势的，所以大家也还感到稀奇。这个歌唱完了，大家鼓了一阵掌，魏端本也点点头，笑道："谢谢各位捧场。"

人群中有人道："小孩儿，再唱一个《好妈妈》，我们买糖你吃。喂！老板，你再让他们唱个《好妈妈》。"魏端本点头道："好！各位多捧场，小娟娟，唱《好妈妈》。"于是两个孩子站着，他又拉起胡琴来。孩子们唱着，歌词倒是很清楚的。他们比着手势唱道：

我的妈妈，是个好妈妈。年纪不多大，漂亮像朵花。爸爸爱她，我们也爱她。

她不作饭，不烧茶，不作衣，也不当家。爸爸没钱，养活不了她。她不会挣，只会花，爸爸没钱，养活不了她。

我的妈妈，是个好妈妈。年纪不多大，漂亮像朵花。爸爸爱她，人家也爱她。

她要戴金，要穿纱，要钻石，也要珠花，爸爸没钱，养活不了她。别人有钱，供她花，她丢下我们，进了别人家。

我的妈妈，是个好妈妈。年纪不多大，漂亮像朵花。爸爸想她，我们也想她。

她打麻将，打唆哈，会跳舞，爱坐汽车，爱上那些，就不管娃娃。我们没妈，也没家，到处流浪，泪流像抛沙。

唱到最后两句，四只小手，先后揉着眼睛，作个要哭的样子。全场看的人，鼓了一阵掌。忽然有个女人的声音叫道："哟！这两个小孩唱得多么可怜。来，小孩儿，我给你们一点钱。"李步祥看时，正是朱四奶奶由人丛里挤出来，左手握着女孩儿的小手，右手拿了一卷钞票，塞到她手上。

魏端本却不认得朱四奶奶，立刻站起来，两手抱着胡琴，向她连连地拱了几个揖，笑道："多谢多谢，要你多花钱。"朱四奶奶道："这是你的两个小孩儿吗？"魏端本道："是的，太小了，没法子，唱两支简单的歌子，混混饭吃吧。"

朱四奶奶道："这歌词是你编的吗？真够讽刺的呀！"魏端本摇摇头笑道："我也不大认识字，怎么会编歌词呢？"朱四奶奶看他穿件旧的蓝衬衫，下套短裤衩，还是一根旧皮带束着腰，不像个没知识的人。便笑问道："这两个小孩的妈呢？"魏端本笑着没作声。朱四奶奶就问小娟娟道："小妹妹，你的妈呢？"她倒是不加考虑，答道："我妈走了。"贾经理也随在四奶奶身后，这就走向前笑道："这还用得着问吗？听他们唱的歌就知道了。"

朱四奶奶道："小妹妹，你姓什么，叫什么名字，几岁了？"她道："我姓魏，叫娟娟，六岁了。"魏端本就也迎上前来向朱四奶奶拱拱手道："落到这步田地，我们是非常惭愧的，实在不好意思说出真名实姓来。请原谅吧。"说毕，只管拱手。朱四奶奶在两个小孩头上，抚摸了一下，也就走开了。

魏端本抱着胡琴向观众作了个圈圈揖，笑道："多谢各位帮忙。小孩子太小，唱多了，怕他受不了，让他们去吃点东西，喝口茶。明天见吧，明天见吧。"于是大家也就纷纷而散。

李步祥站在树后看了很久，惊得呆了。现在见魏端本面前没人，就走向前，叫了声魏先生。他道："哦！李老板，真是骑牛撞见亲家公，倒不想在这里见着面。唉！言之惭愧。"

李步祥道："这是怎么回事？你又不摆书摊子了？"魏端本道："还不是赚不到钱。我也是异想天开，以为胜利快要到了，将来回家，川资都没有，我怎么办呢？眼睁睁就陷在四川吗？因为这两个孩子平常喜欢唱歌，我就想得了这么一个法子，我拉琴，他两个唱。"说到这里，把声音低了一低，笑道："小孩子所唱，还有什么可听的，也就靠人家看到，生一点同情之心吧。不想糊里糊涂。这一宝我就押中了。我可以利用这个法子，沿着公路卖唱，卖到江南去。"

李步祥对爷儿仨看了一看，笑着叹口气道："倒没有想着你们走这条路。小妹妹你认得我吗？"娟娟道："我怎么不认得？那天你给我们广柑吃的。"魏端本道："哦！那天孩子病了，悄悄地送孩子水果吃的就是李老板，我真荒唐，受了人家好处，找不着恩人。"

李步祥伸了手在头上一阵乱摸，笑道："这话太客气。过去的事也不必说它了。你们今天下乡来，总还没有落脚的地点。我的家就住在这街后，你爷儿三个就住到我们家去，好吗？"魏端本把胡琴夹在肋下，抱了拳头道："我们现在是走江湖的人了。应当开始训练到处为家的精神。我今天晚上就住在街上小客店里，晚上无事，我们坐坐小茶馆吧。

我要带孩子吃饭去了。”说着，牵了孩子点头就走。

李步祥站在广场上，发呆了几分钟。心想：天下事真有这样巧的。我今天亲眼看到魏太太和新爱人坐长途汽车上贵阳去了。我又亲眼看到这两个孩子在这里卖唱，听魏先生编的那个歌，是多大的牢骚？我要把实话告诉了他，他更要气死。魏太太原也没有什么大毛病，就是赶赌赶疯了。越赌越输，输了就什么钱都肯要。更巧的，是魏端本受了四奶奶的钱，他很感激她。不知道这个女人，也是害了他太太的一个。

他思前想后地呆站了一会，方才回家，回家之后，倒不怎么挂念生意，倒是魏先生这件事横搁在心里，觉得不告诉他实情，心里闷不住这个哑谜，要告诉他，又怕增加这可怜人的痛苦。闷了大半天，到了晚上，他想着看看他是否还在这个镇市上，到底还是到街上来张望一下。在街的尽头，又听到了胡琴声。那胡琴的谱子，正是白天所听到的《好妈妈》。

顺了那歌声走去，只见一爿茶馆外面，围了一群人。那里正有几个露天摊贩，他们点着长焰瓦壶油灯，在灯火摇摇中，看到魏家两个孩子，又站在街沿上比着唱着，围着看的人，都鼓掌叫着好。魏端本坐在人家台阶石上，陪着拉了几段胡琴。

李步祥因为人家是买卖时间，没有敢向前去打岔。直等两个小孩子唱完了，向观众要钱的时候，他才由人丛中，缓缓地挤了向前。魏端本坐在台阶石上，正是四处张望着出钱的人，当然李步祥挤出了人群，他就看见了。于是提了胡琴迎向前道：“我兄真是信人，我现在没事了，请到茶馆子里喝碗茶吧。”李步祥道：“下乡来，总是没什么事的时候，在家里也无非是睡觉，倒不如来找老朋友谈谈为妙。”

李步祥和魏端本，实在谈不上是什么老朋友的，可是是他说出了老朋友这句话，却给予了魏端本一种很大的安慰。因为在这个社会上，已经没有人认他为朋友，更不用说是老朋友这句话了。他握住李步祥的手道：“李老板，我现在有一个新发现，找着朋友谈天，是人生最痛快的事。以前我为什么没有这个感想，我倒是不懂。”说着话拉了就向茶馆子走。

两个孩子，各人手上拿了一卷票子，当然也跟过来了。魏端本找了一副避着灯光的座头，和李步祥谦逊着坐下。李步祥倒是很关心这位魏先生的。坐下来，首先就问道：“老兄爷儿三个，已经吃了饭没有？”魏端本先叹了口气道：“我不是说孩子唱了不再唱了吗？那为什么又唱呢？就是为着今天这顿晚饭，把钱吃得太多了。今天晚上我们是过得痛快，明天一早起来，就没有钱了。所以预为之计，我们今天晚上再唱几个钱，晚上就睡得着觉，明天睁开眼来，每人两个烧饼是有着落的了。”

李步祥道：“魏先生，你难道手上一个钱都不存着。万一天阴下雨，两个小朋友，没有地方去卖唱的时候，你又怎样的混日子过呢？”魏端本道：“我们还分什么天阴天晴，随时随地但凡看着能挣一碗稀饭的钱，我们就动手了。”

李步祥默然地喝着茶，和魏先生相对看了几分钟。这两个孩子，坐在桌子横头，他父亲将茶碗盖舀着茶，放到他们面前，他们把盖子里茶喝干了，他又续舀一碟盖茶送过去。李步祥伸手在那男孩子头上摸了两摸，笑道：“小朋友，《好妈妈》那个歌，你唱得真好。大概听了这歌的人，都给你几个钱吧？”他道：“我们还有《买黄金》呢。”李步祥望了魏端本道：“这话怎么说？”魏端本道：“为了迎合人心，又要他们容易上口，我和他们编了几个歌。除了一个《好妈妈》而外，还有一个歌叫《买黄金》。”

李步祥轻轻地握了男孩儿的肩膀道：“小兄弟你就唱一个《买黄金》我听听看。”那小孩子倒是唱惯了，说唱就唱。他站在桌子边两手拍着比着唱起来道：

买黄金，买黄金，个个动了心。

黑市去卖出，官价来买进，只要守得紧，一赚好几成，什么都不干，大家买黄金。

买黄金，买黄金，个个变了心。

买米钱也成，买布钱也成，借私债也成，挪公款也成，只要钱到手，赶快买黄金。

买黄金，买黄金，疯了多少人。

半夜去排队，银行挤破门。满街兜圈子，各处找头寸，天昏又地黑，只为买黄金。

买黄金，买黄金，害死多少人。

如疯又如痴，不饿也不冷，就算发了财，也得神经病，若是不发财，人财两蚀本。

买黄金，买黄金，疯了大重庆。

家事不在意，国事不关心，个个想黄金，个个说黄金，有了黄金万事足，黄金疯了大重庆。

李步祥听着点了两点头道：“魏先生编的这个歌，倒是有心劝世的。可是作黄金的人，谁不发个小财？谁听你这一套？”

魏端本回转头在前前后后几张桌子上看了一看，然后指了鼻子尖低声道：“作黄金的人都发财，那倒不见得吧？譬如我，就穷得沿街卖唱。假如我不想黄金，我不会吃官司，也许我那位摩登太太，还不能马上就跑。”李步祥听到他对太太还作原谅之词，就细声嗤嗤地一笑。

魏端本道：“我这话不是事实吗？李老板……”他点点头道：“你说的都是事实。不过过去的事，你也不必老挂在心上。依我的意见，你还是去找点正经事作。这样带着孩子卖唱，不是个办法。”

魏端本道："我不愿在重庆住下去了。我打算带着这两个孩子，顺了公路，一路往前唱。大概我们卖唱周年半载，日本军队也就垮了，到那个时候人家发财回家，我们讨饭回家还不成吗？"李步祥听到这里，他很表示兴奋，将桌子一拍低声笑道："提起回下江我告诉你一件买卖，你也可以做，就是把大后方的法币带到沦陷区去。先在交界的地方换了伪币，然后买了金子回来，可以大大的赚钱。"

魏端本笑道："老兄，还是买金子。这个梦，我已经醒了。各人有各人的命。"李步祥道："那你太不成。作生意买卖，有赚钱的时候，也就有蚀本的时候，蚀了一回本，就撒手不干，那作生意买卖的人，都只有改行了，试问，有多少商人一次都不蚀本的。"

魏端本道："的确也是如此。不过见仁见智，各有不同，我以为这个看家本领，也没有什么错。至少我吃饱了饭睡觉，睡得着，吃不饱呢，我也睡得着。李老板，你是没栽过跟头的人，对我的意思，你是猜不透的。"李步祥听了他这样说着，自也不便跟着再问什么。

喝了一阵茶，因问他父子三人在哪里安歇，明天下山到街上来请他爷儿仨到家里吃早饭。并约定了，没有什么好菜，只买两斤牛肉，烧西红柿给孩子们吃。两个孩子听说有红烧牛肉吃，都睁大了眼望着。小娟娟就指了茶馆楼上说："我们就住在这里。"李步祥真同情这两个孩子，就再三叮嘱魏端本明日早上在茶馆里等着。然后告辞而去。

魏端本虽是这样地约了，他可是天不亮就起来了。这种茶馆楼上的小客店，一间屋子，搭上好几个铺，屋里还有别的客人在睡。他也不能把别人吵醒，借了纸窗子上一点混沌的光亮，看到两个孩子横斜地躺在床铺上睡得很熟。这就弯下腰去，对着两个孩子的耳朵，轻轻地叫道："起来起来！我们就去吃红烧牛肉了。"两个孩子听到吃红烧牛肉，都是一翻身坐了起来。

魏端本只有一个布包袱，昨晚是包好了的，放在头边当枕头，这时提了起来，带着孩子就下楼出门。因为店钱昨日就付了的，所以也并没有什么耽误，径直地走。

乡下人虽然是起得早的，但是因为魏端本过于的起早，天色还是微微的亮，两三个大星点，在屋角上挂着，街上的铺子，一大半还没有开门，街上只是三五个挑箩担的人，悄悄地走着。

魏端本腾出一只手牵了小的男孩子走。女孩子娟娟跟在后面，却只管揉眼睛。她问道："爸爸，我们到哪里去吃红烧牛肉？"魏端本道："我们到那李伯伯家里去吃红烧牛肉，他很喜欢你们的。"他口里说着向李步祥家去，可是他带着孩子背道而驰，却是离开南温泉，走向土桥镇。

这是黔渝公路上一个小站，附近有不少下江人寄住，倒也是个可以卖唱找钱的地方。两个小孩子以为立刻可以吃得红烧牛肉，大为高兴，小渝儿跳着道："那个李伯伯，喜欢听《好妈妈》，我们唱着到他家去吧。姐姐，好不好？"娟娟还没有答应，他先就唱了。沿山公路上，静悄悄地并无人影，只有树下草里的虫吟。一道低矮的凄凉歌声，顺了公路远去："她打麻将，打唆哈，会跳舞，爱坐汽车，爱上那些，就不管娃娃。"

第十一回

黄金变了卦

魏端本流落到沿村卖唱，本来是很欢迎李步祥作个朋友。不料几句话谈过之后，他又谈到买金子，而且要到沦陷区去买金子。魏端本对于买金子这件事，简直是创巨痛深。这样的朋友，还是躲开一点的好，不要又走入了魔道，所以他带了两个孩子，又另辟第二个码头了。

也许是他编的几支歌很能引起人家的共鸣。他父子三人，每天所唱的钱，都能吃两顿饭的。他顺着公路，走一站远一站，不知不觉地走到了綦江县。这里是个新兴的工业区，而根本又是农业区，所以这个地方，生活程度，要比重庆便宜好几成。他既很能挣几个钱，而且负担也轻得多。他很有那个意思，由这里卖唱到贵阳去。

有一天上午，魏端本带了两个孩子坐茶馆。小娟娟要买水果吃，魏端本就给了她几张票子让她自己去买。去了十来分钟，水果没有买，她哭着回来了。魏端本迎着她问道："怎么着，你把钱弄丢了吗？"她举着手上的票子道："票子没有丢。我看到了妈妈。我要妈妈。"说着，又呜呜地哭起来。

魏端本道："你看错了人，你不要想她了，她不要我们的。"娟娟道："我没有看错，妈妈在汽车上叫我的。你去看吗，她在那大汽车上。"说着，拖了他的手走。

魏端本道："孩子你听我的话，不要找她，我们这不过得很好吗？"娟娟道："我要妈妈，我要妈妈，妈妈叫我回重庆去找她。我们去坐大汽车。"她这样一说，小渝儿也叫着要妈妈，同时也咧着嘴哭起来了。

魏端本的左手，是被女儿拖着的，他索性将右手牵了小渝儿，径直就向娟娟指的地方走去。这里前行不到五十步，就是汽车站，在车站的空场上，还停留着两部客车，但车子是空的，娟娟拉着父亲，绕了两部客车，转了两个圈子，她将手揉着眼睛道："妈妈走了。"

魏端本被孩子拉来的时候，心里本也就想着，这时若是看到了田佩芝，倒是啼笑皆非，说什么都不妥当，现在车子是空的，心里倒落下一块石头。便向娟娟道："我说你是看错了人吧？她不要我们，我们又何必苦苦地去想她。"他口里这样说着，两只眼睛，也是四处地扫射。

这时车站上有个力夫，也在空场上散步，就向他笑道："刚才到重庆去的车子，是有一位女客扒在窗子上叫这小孩子的。你们这个小女孩叫她妈妈，她又不下车来，我们看着也是一件怪事。"

魏端本道："果然有这件事。这部车子呢？"力夫道："开重庆了。你问这女孩，那位太太，不是叫她到重庆去找她吗？"魏端本顺着向重庆去的公路看了一看，不免叹上一口气。两个小孩看着没有车子，没有人，自也不拉着父亲找妈妈。

魏端本再三和着他们说好话，又买了水果给他们吃，才把他们带回了寄住的小客店。可是由此一来，娟娟就要定了妈妈。虽然每日还可以出去卖唱，她一引起了心事，就要找妈妈了。

魏端本感到孩子想念得可怜，就把所积攒的钱，买了一张车票，带着孩子回重庆。他自流浪以来，已经不大看报了。只是坐茶馆的时候，听了茶客们的议论。好在是胜利日近，倒不必像以前那样担心不会天亮。但有人谈起报上的材料，他还是乐于向下听的。他带着两个孩子在綦渝通车上的时候，恰好是机会极好，车子并不拥挤，两个不买票的孩子，也共占着一个坐位。座上的旅客们，也是因车上疏落，情绪愉快，大家高谈着新闻。事情是那样不凑巧，议论的焦点，又触到了黄金。

魏端本不要听了，偏过头去，看窗子外的风景。忽然听到有个人重声道："这真是岂有此理，政府作事，也许这个样子的吗？"回过头来看时，座客中一个穿西服的人，手上捧了一张报看，脸色红红的，好像是很生气。隔座的一位老先生问道："有什么不平的新闻，刘先生？"那人道："这是昨晚到的《重庆报》，上面登着，买得黄金储蓄券的人，到期只能六折兑现。这玩笑开得太大了。"那个老头子听了这话，立刻脸上变了颜色，睁了眼睛问道："真有这话，请你借报给我看看。"这穿西装的叹口气，将报递了过去。

这位老者身后，有位座客，早是半起了身子，瞪了双眼，向报上看着。口里念着新闻题目道："财政部公布，黄金储券，六折兑现。"他将手一拍椅子道："真糟糕，赔大发了，赔到姥姥家去了。"他是个中年人，穿了件对襟夏布短褂，三个口袋里，全装了东西，秃着一个光和尚头，他说一口纯粹的北方话，倒是个老实样子。他猛地这样一失惊，倒把前座的老者，也吓得身子一哆嗦。但是他受了黄金储蓄六折兑现的刺激，已经没有工夫，过问其他的事情，立刻在衣袋里取出眼镜，在鼻子上架起。

年老人看报，有这么一个习惯，眼里看报，口里非念不可。他像老婆婆念佛似的，本来声音不大，旁人是听不到的，可是念到了半中间，故作惊人之笔，大声念道："自即日起，凡持有到期之黄金储蓄券，一律六折兑与黄金，但仅储蓄一两者，免与折扣。”他念到这里，车座上又有一个人插嘴了，他道：“我活该倒霉。我换了四个金戒指，共是一两挂零。共得了八万元。自己再凑两万现钞，定了二两黄金储蓄，满以为一两变二两，这是个生意经，于今打六折，二六一两二钱，还要四五个月以后才兑到现金。二万元多买二钱金子，根本就蚀了本，再加上六个月的一分利钱，我太吃亏了。我太吃亏了。”

那老者放下了报，两手取下了眼镜，对这说话的看了一眼，淡笑道：“你老哥算便宜，一两金子出，一两金子进，不过不赚钱，那还罢了，有人变卖了东西来作生意的，有人借了钱来套金子的，那才是算不清的账呢。”他这几句话，似乎引起同车人的心病，有好几个人在唉声叹气。

大概这里满车的人只有魏端本一人听了，心里舒服，他想着：我姓魏的为了想发黄金的财，弄得这样焦头烂额。总以为倒霉就是我一个人。照着现在这样子看起来，大概除了只作一两黄金储蓄的人，大家心里都不大舒服，这倒是让人心里平稳一点。所以大家在车子里谈论黄金券六折兑现的消息，骂的骂，叹气的叹气，他倒是作了个隔岸观火的人静静地坐了听着。

由綦江到重庆，大半天的路程都让座客消耗在批评金价的谈话中。直到最后一站，才把讨论黄金问题终止。魏端本心里也就想着：当黄金涨价的日子，重庆来了一阵大风雨，大家都为了想发财而疯狂，现在黄金六折兑现，大家又要为蚀本而疯狂了。田佩芝迷恋的那些黄金客，都在失意中，也许她会有点觉悟。他这样地揣想着，倒是很放心地又回到他那冷酒店后的吊楼上去。

因为他所租的那房子是四个月一付租金，人虽穷了，房子是预租下的，他还可以从容地住下。将近一个月没有回来，屋子当然要打扫整理一下。自己只管在屋子里收拾一切，就没有理会到两个孩子。这就听到陶太太的声音在外面笑了进来道："好极了，魏先生把两个孩子都带回来了。虽然孩子是晒黑了，可是身体长结实了，也收拾得干干净净的，这倒是让人看了欢喜。"说着话，她牵了娟娟走进屋子来。

魏端本见她蓬着头发，脑后挽了个横髻子，脸上黄黄的两只颧骨顶了起来，身上穿的一件旧蓝绸的褂子，那年龄决不比抗战时间还短，已是有许多灰白的斑纹透露了出来。尤其是她牵孩子的那只手，已略略泛出一片细的鱼鳞纹了。便叹了口气道："陶太太你辛苦了。陶先生还没有回来。"陶太太道："他不回来也好，我自食其力的，勉强可以吃饱，不打人家的主意，也没有什么焦心的事，晚上睡得很香，梦都不作一个。那些作黄金生意的人，前两天听到黄金储蓄券要打折扣。买的期货还要上税，大家已急得像热石头上的蚂蚁。昨天报上，正式公布这消息，我看作金子买卖的人，还不是吊颈投河吗？"

魏端本笑道："也还不至于到这种样子吧？"陶太太道："一点也不假。常常到我家赌钱的那位范宝华先生，他就垮了。"魏端本听了这话，竟是个熟人的消息，他就放下了桌子不去擦抹，坐在床沿上，望了陶太太道："他很有办法呀，怎么他也会垮了。"陶太太道："这就是我愿和魏先生谈的了。"

说着，她将方桌子边一把方椅子移正了，对主人坐着。她似乎今天是有意来谈话的。魏端本取出一盒压扁的纸烟，两个指头夹了一支弯曲着的烟出来，笑道："陶太太吸一支吗？我可是蹩脚烟。"她摇摇头道："卖烟的人不吸烟。若是卖烟的人也吸烟，几个蝇头小利，都让自己吸烟吸掉了。"魏端本道："仿佛陶太太以前是吸烟的。"她笑道："为了卖纸烟，我就把烟戒了。不过我相信卖烟的人自己也吸烟，那就发了财了。"

魏端本吸着纸烟，笑道："我是垮台了。我也愿意知道人家有办法的人，是怎样垮台的。"陶太太道："详细情形，我也是不大知道，只因他家的老妈子吴嫂，找到我家来了。那大概是李步祥老板，告诉她的地点的，她倒不是找我。她是找……"说到这里，陶太太感觉到被找的人，不好怎样去称呼。娟娟和小渝儿，正在屋子角上，围了一把方凳子叠纸块儿。她就指了两个小孩子道："那吴嫂来找他们的妈妈的。"

魏端本问道："她两人怎么会认识的呢？"陶太太笑道："过去的事，你也不必追究，好在你们已经拆了伙了。过去娟娟的妈，是常到范先生那里去赌钱的，所以她们认识。这吴嫂来找娟娟的妈，也不是别事，因为吴嫂也和范先生闹翻了。范先生新近认识一个会跳舞的女人，叫着什么东方曼丽的，同到成都去玩了一趟。回来之后，这个东方小姐，就住到范先生家里去了。吴嫂是给范先生管家管惯了的，现在来了一位女主人，她怎样受得了？和范先生争吵了两场，范先生倒还能容忍，东方小姐可把她开除了。她认识娟娟的母亲，希望她能和她报仇。她以为你们还住在这里，所以找到这里来。我没有告诉她田小姐住在哪里，她倒是把范先生的情形，说得很多。她说范先生昨天得了金子打折扣兑现的消息，上午在外面乱跑。下午不跑了，在家里一个人喝酒，喝得醺醺大醉。那个东方曼丽并不管他，出去看电影去了。她虽然是被开除了，天天还是到范家去的。"

魏端本道："这样说来，这位范先生倒是内忧外患一齐来，那不管他了。陶太太提起了姓田的，我倒要托你一件事。她最近不知由什么地方坐长途汽车回重庆。路过綦江的时候，看到了娟娟，她叫娟娟到重庆找她。我实在是愿意把她忘记了，无奈这两个孩子，日夜吵着要妈妈，我实在对付不了。她既叫孩子来找她，或者有什么用意，请你去问问她看。"陶太太想了一想，笑着摇摇头道："她住在朱四奶奶那里，我怎么好去？不过我可以托那个吴嫂去，她不正要找她吗？”

魏端本道：“我倒不管哪位去，只要知道她的态度就行。”陶太太看看魏先生穿的一套灰布中山服，已洗得带了白色。脸子黄瘦着，虽是平头，那前部头发，也长到半寸长。这样的人，还想那漂亮太太回头，当然是梦想。不过作邻居一场，自也愿意在可能范围内帮忙。

她下午因在家里作点琐事，没有出去摆烟摊子，这就决定索性不摆摊子了。和魏端本谈了一会，就径直到范宝华家来。拍了很久的门，才听到门里慢吞吞地有人问着：“哪一个。”陶太太道：“我姓陶，找范先生谈话。”门开了正是老范本人。他已不是平常收拾得那样整齐。蓬着头的分发，两腮全露出胡子的黑影，唯其如此，也就看到两腮的尖削，眼睛眶子大了，睁着眼睛看人。他上身只穿了件纱背心，一条拷绸裤子，全是皱纹，赤脚拖了一双拖鞋，站在天井中间。

陶太太还笑着向他客气几句。范宝华搓着手道：“陶太太，我们似乎没有什么债务关系吧？”陶太太呆了一呆，答不出来。他笑道：“这是我神经过敏，因为这两天和我要债的太多了。你是从来不来的人，所以我认为你是来要债的。”她笑道：“我们穷得摆烟摊子，怎么会有钱借给人，恐怕连借债都借不到呢。我是来和范先生谈谈的。”范宝华道：“那好极了。”说着，引了陶太太到客堂里坐，自己倒了杯茶放在茶桌上。

陶太太道：“吴嫂也不在家？”范宝华坐在她对面椅子拍了两下腿，叹口气道：“我什么事都搞坏了。她辞工不干了。不过她有时还来个半天，原因是我给的钱没有给够。”谈到钱，说着又拍了一下腿道：“我完了。我没有想到人倒霉黄金会变成铜。这几个月，我押的是黄金孤丁，所有的钱，都做在黄金储蓄上了。”

陶太太道：“虽然打个六折兑现，据许多人说还是不会蚀本的。”范宝华摇了两摇头道：“那是普通的看法。像我们这类黄金投机商人，就不同了。我们把黄金储蓄券拿到手，是送到银行里去抵押借款的。借了款，再作储蓄。一张储蓄券，套借个三次四次，满不算回事。所以买五十两黄金储蓄，手里剩着没有套出去的最后一部分，不会有二十五两，大部分是押在银行里的。银行里是十一分息，一两黄金赚对倍的话，借五个月，利上加利，就把黄金折干了。这个钱只能借两三个月赶快把黄金储蓄券卖了，还了债，可以弄回一部分黄金。”

陶太太虽也是个生意经，但对于这个说法却是完全不懂。只有望了他不作声地笑着。范宝华道：“那也许你不懂，我简单的告诉你吧。大概一两黄金储蓄押了款再去套买黄金，至多可以套出来八钱，另付一成的利钱，事实上是大一半资本，小一半借款，一两黄金，可以变成一两六七。若套第二次，照例减下去，就只能套五六钱，利钱也要加多，而且套做的日子不能过长，不然的话，套来的黄金，就赔到利息里去了。现在黄金储蓄券要打个六折，就一点也套不着了。套不着也事小，还得给银行的利钱。银行老板，算盘比我们打得精。原来一两黄金值三万五的时候，他押借给你两万元。预备那一万五算利钱。于今打六折，三六一万八，五六三，一两黄金储蓄券，只值两万一千元了。他押借一个月，就把黄金储蓄券全部充账，也赔本了，他怎么肯干呢？”

陶太太点点头道：“这个算我懂了。可是黄金黑市，现在是七八万啦。他有黄金储蓄券在手上，还怕拿不回两万元的押款吗？”范宝华道：“你是知其一不知其二。黄金储蓄券，要半年后才能兑现。此其一。六个月后，黄金六折兑现，就合八万的黑市，也是六八四万八。此其二。五个月的利息和复利，正好是对本翻个身，六个月呢，可就把四万八全冲消了。万一黑市跌了，银行里岂不要赔本？此其三。人家银行营业，最怕是资金冻结。现在黄金储蓄券一打六折，没有人再收买了。银行里也没法在这上面打主意。人家押在银行里的黄金储蓄券，都只好锁在保险箱子里，完全冻结。此其四。”他这些话，算解释得很明白，陶太太也听懂了。她还没有答复呢，天井里有人答道：“好极了，我要说的话，范先生都和我说了。”

陶太太向外看时，进来一位五十上下的人，身穿蓝夏布大褂，头上倒是戴了一顶新草帽，手里握着一支长旱烟袋。脸色黄黄的，尖着微有胡子的两腮，像个大商店的老板。范宝华笑着相迎道：“难得难得，贾经理亲自光临。”那人走了进来，老范就向陶太太介绍：“这是诚实银行的贾经理。”

贾经理见陶太太是中年妇女，穿件旧拷绸褂子，又没有烫头发，只微微点了个头。立刻回转脸来向老范道：“无事不登三宝殿。这个比期，我们有点儿调动不过来。老兄的款子，我们有点不能胜任了，你帮点忙吧。”他说着，取下头上的草帽，脱下大褂，露着短袖子汗褂。他就自行在椅子上坐下了。看那样子，大有久坐不走之势。

范宝华倒是很客气，给他送茶又送烟，贾经理将旱烟头撑在地上，烟袋嘴含在口里，半侧了身子望着主人，嘴要动不动地吸着烟。范宝华坐在他对面，两手搓了几下，苦笑着道：“这是谁都不会想到的事，黄金会变卦。事先一点准备没有，把所有的钱都押在黄金这一宝上，于今变了卦，哪里有钱去挽回这个颓势。不得了的，也不是我一个人。”贾经理听了这话，将脚在地面上一顿，皱了双眉道：“老弟台，我们帮你忙，你不得了可连累了我们啦。”

范宝华道：“一家银行，在乎我这千儿八百万的？”他道：“拿黄金储蓄券抵押的，难道只你姓范的一人。朱四奶奶介绍来的就是一千多两。此外的更不用说。我们冻结了两亿，这真要了命。”说着，他重重地在大腿上一拍。

第十二回

失败后的麻醉

在胜利的前夕，亿这个数目字，还是陌生的名词，甚至一亿是多少钱，还有人不能算得出来。这时贾经理说他在押款上，冻结了两亿。陶太太料着这是个无大不大的数目，不免翻了眼向他望着。贾经理继续地向范宝华道："老弟台，你不能不作表示，现在黄金上丝毫打不出主意。得在别的物资上打主意。你还有什么货没有，希望你拿出来抛售一点。"范宝华道："反正……反正……"他说着这话站起身来，两手搓着，脸上泛出了苦笑，嘴角只是乱动。

贾经理对陶太太看了一眼，心里也就想着：这女人老看我干什么？我还有什么毛病不成？范宝华也觉得有许多话要和贾经理说，当了陶太太的面，有些不便，这就向她笑道："你是不是商量你那批货要出手的事？"他说着话，可向她睁了眼望着。陶太太听他这话，却不明白他用意何在。可是看他全副眼神的注意，知道他是希望自己承认这句话的，于是向他含糊地点了两点头。范宝华道："不要紧。虽然这些时候，百货同烟都在看跌，可是真正要把日本人打出中国，那还不知道是哪年哪月的事。现在货物跌价，是心理作用，只要过上十天半个月，战事并没有特大的进展，物价还要回涨的。”

贾经理在一旁听到这话，心里颇有所动，因为他想到合作生意的人，一定是穿着很朴素的。禁不住插嘴问道：“陶太太有什么存货?”范宝华道：“有点儿纱布。”贾经理急道：“那是好东西。若愿意出手，我们可以商量商量，我路上有人要。”范宝华还想向下面说什么。可是陶太太觉得范宝华这个谎撒得太没有边沿。笑道：“我还有点事。这买卖改日再谈吧。”说着，就向外面走。范宝华也就随在后面跟了出来。

站在大门外，回头看了一看，不见贾经理追出来，这才笑道：“陶太太，你特意到我这里来，总有点什么事要商量吧?”陶太太道：“我想和你们家吴嫂说两句话，希望她到我家里去一趟。”范宝华道：“也许我有事请你帮忙，这位贾经理逼我的钱，逼得太厉害。”陶太太道：“那是笑话。银钱上……”她这句没有说完，贾经理已经由大门里出来了。范宝华头也不回。他听到了脚步响，就知道是债权人来了。立刻接了嘴道：“你放心。银钱上决不能苟且，你的货交出来了，我就交给你钱，我们货款两交，你有事请先回去吧，我们货款两交。”说着，他又催她走。陶太太也不知道他是什么用意，只好含糊地答应着走了。

贾经理再邀着老范回到屋子里去坐，先笑道：“那陶太太的货，大概你有点股子吧?你若是能够分几包纱给我，我就把你的款子，再放长一个比期。这在老兄也是很合算的事。”范宝华道：“你帮我的忙，我一定帮你的忙，就是黄金储蓄券这种东西，也各人看法不同。我们怕黄金价值向下垮，可是人家也有宝押冷门，趁这个时候，照低价收进的。只要够得六万一两，我立刻抛出一二百两，也就把你的钱还了。”

贾经理皱了眉道：“那些海阔天空的事，我们全不必谈，你还是说这批货能不能卖给我一点吧。”范宝华低头想了一想，笑道：“我明天上午到你行里去谈吧。”贾经理道：“你若肯明天早上来找我，我请你吃早点。我行里附近有个豆浆摊子，豆腐浆熬得非常的浓厚，有牛乳滋味。再买两个烧饼，保证你吃得很满意。”范宝华笑道：“银行经理赏识的豆浆摊子，一定是不错的。不过我明天也愿意作个小东，请贾经理吃早点。我请的是广东馆子黄梅酒家。”贾经理笑道：“范老板自然是大手笔，我就奉陪一次吧。时间是几点？”范宝华就约定了八点钟。贾经理看他这情形，似乎不是推诿。又说了一阵商业银行的困难，方才告辞而去。

范宝华对于贾经理所说的话，脑筋里先盘旋了一阵，然后拿了一张纸一支铅笔，伏在桌子上作了一阵笔算。最后他将铅笔向桌上一丢，口里大喊着道：“完了完了！”在这重叠的喊声中，李步祥在天井里插言道：“真是完了。”他上身只穿了件纱背心，光着两只大胖手臂，夹了中山服在肋下，手上摇了把黑纸扇，满头大汗地走了进来。他站在屋子中间，将扇子摇了两下，又倏地收了起来。收了之后，刷的一声，又把扇子打开来，在胸面前乱扇着。

范宝华道：“你有什么不得了。你大概前后买了四十两黄金储蓄券，后来押掉二十两，又套回十二两，共是五十二两。打六折，你还有三十一两。还二十两的债。”李步祥道：“不用说，还有十一两，就算我的黄金储蓄券，全是二万一两买的，五十一两，也得血本一百零二万，再加上几个月的利钱，怕不合一百好几十万。十一两金子兑换到手，能捞回这些个钱吗？何况我有三万五买进的一大半，这简直赔得不像话了。我还有个大漏洞……前些时陈伙计约我闯过封锁钱，到沦陷区去套金子。我把手上存的，三十两黄金储蓄券，又抵押掉了，变了现钞。天天说要走，天天走不成，现钞又不敢存比期，还放在押款的银行里，预备随时拿走。三十两金券，押了一百万元，真不算少，我得意之至。原来是三万五买的，本钱只合一百零五万罢了。好了，一宣布打六折，变成了十八两。就算照新官价五万计算，一五得五，五八四，共九十万，也蚀血本一十五万。九十万金本，就差押款十万，半个多月利钱，又是十万。银行里拿着我那金券越久越蚀本，我存的款子，自然不许提。今天下午我去交涉，要我再补还他们二十多万，才可以取回储券。不然，黄金储蓄券他们留下，让我提八十万元了事。三十两黄金，变成八十万元法币，你说惨不惨？而且我这个钱是凑合来的。有的是三万五万借来的，有的是卖掉一些货的钱。借的钱要付利息，卖货的钱，也当算子金。八十万元，经得几回这样重利盘剥？我怎么不完？”

范宝华苦笑着道：“我比你戏法翻得更凶。我又怎么不完。唉！”他说唉时，李步祥也说唉。两人同声地叫出这个唉字，一个是拍着桌子，一个是拍着手。节奏倒是很合适的。就在这时，和范先生同居未久的东方曼丽小姐回来了，她穿着一件漂亮的黑拷绸长衫，露出两条白藕似的手臂。下面是光腿赤脚，穿着黑漆皮条捆绑着的高跟鞋，脚指甲露出在外面，全是涂了蔻丹的。头发蓬着由前到后，却用一根绿绸辫带子捆了个脑箍，在颈脖子后面，扎了个孔雀尾。左手臂上挂了吊带大皮包，右手拿了一柄白骨花纸小扇子，在胸前不住的挥动。她皮肤很白，似乎没有搽粉，而仅仅在脸腮上涂了两个大胭脂晕。这样，更现着她有天然风韵。

她到了屋子里，将小扇子收起，把扇子头比了嘴唇，先向人笑了一笑。唇膏涂得很浓的嘴唇里，露出两排整齐洁白的牙齿，那也是很妩媚的，范宝华也笑了。她问道：“你两人像演戏一样，同时叹着气，有什么不如意的事？”李步祥猜着，老范一定会在她面前说出一套失败生意经来的。然而他没有说，他继续地叹了口气道：“重庆市上，找女佣人真不简单。能用的，全是粗手粗脚，什么也不懂，要找个合适的人，要像文王访贤似的去访。你不在家，什么事没有人管。你在家里，又没有人侍候你，这个局面老拖下去，家里是个无政府状态，我怎样不唉声叹气呢?”

曼丽笑道：“就为的是这个，那没有关系，你别看我是一位小姐，家庭里洗衣作饭，任何部门的事，我都可以做。今天下午，买菜也是来不及了，我们去吃个小馆吧。”范宝华道：“好的好的，我陪你去，你先去休息休息。”

曼丽提了皮包上的带子，态度好像是很自在的，将皮包摇晃着，向楼上走去。走了几步，她又回转身来，笑问道：“大街上有了西瓜，你看见没有？重庆，有西瓜，还是这两年的事。现在的西瓜，居然培养得很好。”范宝华道：“好的，我马上去买两个来，先放在水缸里泡上。在重庆吃西瓜，还是有点儿缺憾，想找冰冻的西瓜是没有的。”说着，他打开桌子抽屉，取了一把钞票在手，就向大门外走。

李步祥跟了出来，笑道：“老范，你满肚子愁云惨雾，见着东方小姐就全没有了。”他笑道：“你怎么这样糊涂，在新交的女友面前，谁不是尽量的摆阔？我们向人家哭穷，人家会帮助我们一万八千吗?”李步祥道：“帮助的事，当然是不会有。手头上分明很紧，反而表示满不在乎，那不能取得人家的谅解呀。人家要花钱，你可要咬着牙齿供给。”范宝华和他走着路，不由得站住了脚，向他笑道：“你看她长得是多么美？在她的态度上，在她的言谈上，没有一样不是八十分以上的，我只要有钱，我是愿意给她花，反正是不得了的，花几个钱，落一个享受痛快，有什么不干？不得了，也无非把我弄成光杆，像我逃难到重庆来时的情形一样。我还能再惨下去吗?”他这样一说，李步祥倒没有什么可说的了，只是呆呆地跟着。

二人买好了瓜走回来，一会儿工夫，东方小姐笑嘻嘻地走了来，挨了范宝华坐着，伸手拍了他的肩膀，笑道："老范，我们到郊外去玩玩，好不好？"他笑道："刚才你还说吃小馆子，这个时候怎么又要到郊外去呢？"曼丽笑道："不但是郊外，还要过江。今天晚上南山新村一个朋友家里有跳舞会，我们应当去参加这个跳舞会。"

范宝华笑道："城里新开了好几处舞场，要跳舞很便利的，何必要涉水登山，跑到南山新村去呢？"曼丽笑道："要跳舞，就痛痛快快狂跳一夜，什么都不要顾忌。在城里跳舞，过了十二点钟就差劲了，舞场里慢慢的人少下来，就是人家家里，到了两点钟，也不能维持了。我觉得那最是差劲，倒不如早点回家去的好。"说着，伸手摸着范宝华的头发，像是将梳子梳理着似的，由前门顶一直摸到后脑勺下边去。

这个手法，看起来是很普通的，可是这效果非常的灵验，在摸过几下之后，范宝华就软化了。他点了头笑道："好的，我就陪你到南山新村去玩一晚上。老李，你也跟我到南山去好不好？"他说着话，偏过头来向李步祥望着。他哟了一声，抬起手来乱摸了和尚头，笑道："我没有那资格，我没有那资格。"说着，拿了搭在椅子背上的衣服，起身就要走。

范宝华笑道："你不去就不去吧，我也不能拉了你走，你还有什么事和我商量的没有？"他站在屋子中间呆了一呆，因道："我当然有话和你商量，可是也不是急在今日一天的事情，明天上午，你由南岸回来，我再来找你吧。"说着，他向外走了几步，复又回转身来，手乱摸着头道："还是，我说出来吧。我在万利银行，也抵押了五两。我知道你上过那何经理的当。不过他自己也在金砖上栽了个跟头。为了挽救信誉起见，最近营业作得好些了，而且拿黄金储蓄券押给他们，又不是存款，所以我倒放心做了。现在我又有一点嘀咕了，我五两金子，只押了十万元，太便宜了。他们可能是吸收大批小股黄金储蓄券抵押，再向别家同业套了更多的头寸。”范宝华笑道：“最好是你到万利银行去看看。”笑时，他只管歪了嘴角。

李步祥一看范家墙上的挂钟，还不到三点三刻。这个时候，银行还不会下班，可以赶去看看。于是也不和范宝华再谈什么，径直地就奔万利银行。

这家银行，还是像前两个月一样，开着大门，柜台前面，并没有一个顾客。便是柜台里的那些职员，也是各人坐在桌子边，看报吸烟。李步祥走到柜台边，还没有开口，一个银行职员，就笑盈盈地迎着道：“钟点已过，请你明天来吧。”李步祥道：“钟点已过，你们怎么还开着门呢？而且，我也不是来提款的。”那职员红了脸道：“本来是钟点已过。管门的勤务有事出去了，所以还没有关门。”李步祥心里有三个字要说出来：不像话。但是忍回去了。点点头道：“那也好，我明天来吧。说起来，各位也许知道这个人，就是范宝华先生，他托我来问两句话，他和你们有来往的，后来中断了。现在还想和你们作点来往，先让我来见见何经理的。”他也只说到这里，说完了，扭转身躯就向外走。

刚出门不到几步，后面有个人追了上来，拖住了他的衣服道：“我们何经理请你回去说话呢。”李步祥转身来问道：“你们经理找我说话？我不大认识呀。”那人道：“是我们经理请你，那不会错的。”说着，他拦住了去路。李步祥心里想着：这是他们拉存款的吧？于是带了三分笑容，回到万利银行来。

这就看到一个穿夏威夷衬衫的人，满脸红光，一溜歪斜地走出来。看到李步祥，远远地抬起手来招了几招，张着口笑道：“李老板，我认识你的，请来经理室坐坐。下了班了，我没事。”李步祥迎向前去，他又和他深深地一弯腰，紧紧地一握手。在这样客气的情形下，也就陪着他进了经理室。那写字台上应放在面前的算盘印色盒，却远远的放在桌子犄角上。代替了经理用的法宝，乃是一只酒瓶和一份杯筷。另外两碟子冷荤，一碟油炸花生米。何经理笑道："李老板喝两盅吗？"他道："不客气，我不会这个。"说着，就在旁边坐着。

何经理站在桌子角上，就端起酒杯子来，仰着脖子喝了一口，然后放下杯子，在桌上一按道："这年月怎能够不会这个，有道是一醉解千愁。"说着，他也和李步祥并排坐着，先放下几分笑容来。点了个头道："范宝华先生，我们是很好的朋友，现在怎么样？很好吧？"李步祥道："他很好。新近作了几笔生意，全都赚了钱。"

何经理道："他没有受黄金变卦的影响？"李步祥很肯定地答道："没有！他老早就趁了五万官价的时候，完全脱手了。"何经理唉了一声道："他是福人。他还记得我这老朋友？"李步祥道："怎能不记得呢？你们共过长期的来往呀。他今天若不是到南岸去跳舞，就要来看何经理了。因为来不及分身，所以让我来看看何经理在行里没有。"

何经理拍了手道："我知道这件事，在南山新村朱科长家里有个聚会。去的人大概不少吧！倒霉的人，我原来没有打算去。既是范先生去了，我也去。有话回头我们和范先生当面说。李先生还是来喝两盅。酒有的是，我再和你添一点菜。喝！"说着，拿起酒瓶子来，嘴对了嘴，咕嘟了几口。然后放下瓶子，在桌上按了一按，同时身子摇晃了几下。他笑道："不要紧。做生意买卖，今日逆风，明日顺风，乃是常事。"他说着话，自己疏了神，把酒瓶当了栏杆使劲地扶着，身子向后一仰，酒瓶自然是跟了人完全向后倒去。李步祥赶快站起来，伸手将他扶着。

他笑道："你以为我醉了，我根本不知道什么叫醉。我酒醉还心里明呢。上次那批期货，他们逼得我好苦。我只搬着几块金砖看了一看。又送走了。这次我做押款，不是自己的本钱……"那位助手金襄理在外面屋子里，正是躲了他撒酒疯，听到这话，赶快跑了进来，笑道："经理，你休息休息吧。李先生，你明天再请过来吧。”李步祥看这样子，也是不能向下谈，匆匆地走了。

何经理抓着金襄理的手，瞪了眼道：“你看我们银行的业务，到了什么样子，这个时候，我们还不该广结广交吗？为什么你把这个姓李的轰走。南岸朱科长家里，今天开跳舞会，我一定要去。我到那里可以遇到一些有办法的人。”金襄理道：“我们也并不拦着你去，你暂时休息一会，想想拿什么言语去向人家求助，那不也是很好的事吗?”

何经理这才放了他的手，站着出了一会神，点点头道：“那也对。把酒瓶子收了过去，让我想想。”他于是歪斜了向那长的藤椅子上一倒，坐下去闭了眼睛养神。这万利银行里，自金襄理以下，都是巴不得安静一下的，大家悄悄地，离开了经理室。

何先生定下神去，想着怎样可以再找着有钱的人帮忙。缓缓地想着，缓缓地就迷糊过去了。他醒来时，经理室就电灯通明了。他看看墙壁上的挂钟，已经是九点钟了。他跳了起来道：“我该过江去了。”说着，连喊打洗脸水来。留在银行里的工友，赶快给他伺候完了茶水。

何经理手里提着一件西装上身，就舟车赶程，奔上南山。由南岸海棠溪到南山新村，乃是坐轿子的路程，老远地看到许多灯火上下，正是列在一片横空，那正是南山新村。将近了那些列若星点的灯火，在黑暗的半空里，传来一种悠扬的音乐声。会跳舞的人，就知道这是什么曲子。

何经理告诉轿夫，直奔音乐响处，乡村里虽没有电灯，一带玻璃窗，透出雪亮的光影。在光影中，于一幢西式楼房下了轿子，就听到屋子里传出一片鼓掌声。他走进门去，就见门廊里挂了两盏草帽罩子煤油灯。在胜利的前夕，煤油依然是奢侈品。只看这两盏灯，就知道主人是盛大的招待。由门廊转到客室里，地板铺的大通间，已挤满了男女。屋顶上悬下两盏大汽油灯，光如白昼。客室面山的一排窗户，全已洞开，灯光反映着，可以看到外面花木扶疏。晚风由花木缝里吹过来，这倒像个露天舞场。这大客室只有三面墙上，挂着大幅的中西画，屋子里一切家具移开，作为男女周旋之地了。屋角上挂着声音放大器，传出了留声机里的音乐唱片声。在音乐声中，舞伴们男女成对在推磨，正舞到酣处。

何经理站在舞伴圈子外看了一看，有不少熟人，而最为同调的，就是其中有两个男宾，都是这回黄金变卦以后，形情大坏的人。这时，他们并没有记得黄金生意亏下了多少钱，更不会想到借了债的是应该怎样的交代了。立刻心里想着：那也好，大家把那事忘了吧。舞场是不能马上加入的了，在面山的窗户中间，有两扇纱门，可以看到那里一片草地，设下了许多藤椅和茶几，不舞的人，正在乘凉。

何经理拉开纱门，走到那里去。有两个人起身向前来相迎，笑说："欢迎欢迎。"这两人一个是主人朱科长，另一个却是想不到的角色，乃是诚实银行贾经理。这就不免和他握了手，连摇撼着几下道："这是奇迹，老兄也加入了我们这种麻醉集团。"他倒是很淡然，笑道："我们也应该轻松轻松。"说着，拉了何经理的手，走到一边的藤椅子上，并没坐下。

何先生首先一句问着："近来怎么样？"贾经理将手拍了椅靠道："到这里来是找娱乐的，不要问。"何经理正想问第二句话时，主人两个女仆同时走来。一个是将一杯凉的菊花茶，放在茶几上，一个是将搪瓷盘子，托着一大盘新鲜水果，低声道："请随便用一点。"他随便取了两个大桃子在手，心里想着：这里一切还是不问米价的。这个念头未完，舞厅里音乐停止，大群男女来到草地。范宝华和一位摩登女郎，也一同走了出来。

第十三回

欢场惊变

何经理根据了过去的经验，觉得范宝华是一个会作生意的人，而会作生意的人，凡事得其机先，是不会失败的。那么，这次黄金变卦，他可能就不受到影响。李步祥说他最近作了两笔生意又发了财，那可能是事实。这时见到了他，于是老早地迎上前去，向他握着手道："久违久违，一向都好？"范宝华记起他从前骗取自己金子的事，这就不由得怒向心起，也就向他握了手笑道："实在是久违，什么时候，由成都回来的呢！"何经理说着早已回来了，和他同到空场藤椅子上坐着。范宝华就给他介绍着东方小姐。

何经理对这个名字，相当的耳熟，心里立刻想着：范老板的确是有办法，要不，怎么会认识这有名的交际花。便笑道："范先生财运很好吧？"范宝华笑道："托福托福。我作生意，和别人的观感，有些不同。我是多中取利，等于上海跑交易所的人抢帽子，抢到了一点利益就放手。"

何经理和他椅子挨椅子地坐着，歪过身子来，向他低声道："这个办法，最适于今日的重庆市场。因为战事急转直下的关系，可能周年半载，日本人就要垮台。甚至有人说，日本还会向盟军投降。你想，若有这个日子来到，什么货还能在手上停留得住，绝不是以前的情形，越不卖越赚钱了。今天下午看准了明天要涨个小二成，甚至小一成，今天买进，明天立刻就卖出。这样，资金不会冻结，而且周转也非常的灵便。”

他说着好像是很有办法，很诚恳。但那东方小姐，又坐在范先生的下手，正递了一支烟给范先生，又擦着火柴给他点烟。范先生现在对东方小姐，是唯命是听的。已偏过身子去就着东方小姐送来的火，偏是在露天擦火柴，受着晚风的压迫，接连地擦了几根都没有擦着。范宝华只管接受东方小姐的好意，就没有理会到何经理和他谈的生意经。

他把那支烟吸着了，何经理的话也就说完了。他究竟说的是一篇什么理论，他完全没有听到。何经理也看出他三分冷淡的意思，一方面感到没趣味，一方面也不知要拿什么手腕来和范宝华拉拢交情。正在犹豫着，却听到有一位女子的声音叫道：“老贾呀，你还是坐在这里吗？”贾经理在对面椅子上站了起来，笑道：“我在这里等着你呢。你的手气如何？”

何经理不用回头去看，听这声音，就知道是朱四奶奶。因为她的国语虽然说得不坏，可是她的语尾，常是带着强烈的南音。如“拉”字“得”字之类，听着就非常的不自然。何经理在重庆这么多年，花天酒地，很是熟悉，对于朱四奶奶这路人物，也就有浅薄的交谊。他现在是到处拉拢交情的时候，就不能不站起来打招呼。于是向前和她笑道：“四奶奶，好久不见，一向都好？”

范宝华听到，心里想着：这小子见人就问好，难道所有的熟人，都害过一场病吗？朱四奶奶笑着扭了身子像风摆柳似的，迎向前和他握着手道：“哟！何经理，你这个忙人，也有工夫到这里来玩玩。”何经理笑道："整日地紧张，太没有意思，也该轻松轻松。我来的时候，没有看到四奶奶。"她道："这里有用手的娱乐，也有用脚的娱乐，我是用手去了，屋子里有一场扑克，我加入了那个团体。"何经理道："那么，怎样又不终场而退呢？"四奶奶道："我们这位好朋友贾经理，他初学的跳舞，自己胆怯，不敢和别人合作。我若不来，他就在这里干耗着。我就来陪他转两个圈子。"何经理笑道："不成问题。贾经理这几步舞，是跟着四奶奶学来的？"贾经理正走了过来，这就笑道："我也就是你那话，整日的紧张，也该轻松轻松呀。"两位经理站在当面互相一握手，哈哈大笑。

就在这时，音乐片子在那舞厅里又响起来了。在空场里乘凉的人，纷纷走进舞厅。朱四奶奶道："老贾，我们也加入吧。"他连说着好好，就跟着四奶奶进舞厅了。何经理坐在草地上，周围只有两三个生人，而主人也不在，他颇嫌着怅惘。椅子旁的茶几上，摆着现成的纸烟和冷菊花茶，他吸吸烟，又喝喝茶，颇觉着无聊。幸是主人朱太太来了。她陪着一位少妇走过来，顺风先送来一阵香气。他站起来打招呼。朱太太就介绍着道："何经理，我给你介绍，这是田佩芝小姐。"屋子里的汽油灯光，正射照在田小姐身上。

何经理见她头顶心里挽了个云堆，后面垂着纽丝若干股的长发，这正是大后方最摩登的装束。她穿了一件粉红色的薄纱长衣，在纱上堆起小蝴蝶花。手里拿了带羽片的小扇子，这是十足的时髦人物。虽然还不能十分看清面目。可是她的身段和她的轮廓，都很合标准的。这就深深地向她一点头。她笑道："何经理健忘，我认得你的。请！"

照着舞场的规矩，男子一个鞠躬，就是请合舞。何经理原只是向她致敬，而田小姐却误会了，以为他是请合舞，而且还赘上了一个请字。何经理当然是大为高兴，就和她一同加入舞厅合舞。

朱四奶奶和贾经理一对，一手搭着他的肩膀，一手握着他的手举起来，进是推，退是拉，贾经理的步伐，生硬得了不得。四奶奶对于这个对手，并不见得累赘，脸上全是笑容。看到何田二人合舞起来，她就把眼风瞟过来，点着头微微一笑。

这时，这舞厅里约莫有六七对舞伴，音乐正奏着华尔兹，大家周旋得有点沉醉。在舞厅门口站着一个穿西服的人，何经理一看，那是本行的金襄理。他正想着：这家伙也赶了来。可是看他的脸色，非常紧张，而且他见到何经理，还点了两点头。但是他在汽油灯下，看清楚了田小姐，觉得非常漂亮，而且也记起来了，仿佛她是一位姓魏的太太，于今改为田小姐，单独加入交际场，这里面显然是有漏洞。在一见即可合舞之下，这样的交际花，是太容易结交了。正因为容易结交，不可初次合舞就不终曲而散。所以金襄理点头过来，他也点头过去，一直把这曲华尔兹舞完，何经理还向魏太太行个半鞠躬礼，方才招呼着金襄理同到草地上来。

金襄理引他到一棵树荫下，低声道："经理，你回重庆去吧。明天上午，我们有个难关。"何经理道："什么难关？和记那一千五百万，我不是和他说好了，暂时不要提现吗？"

金襄理道："正为此事而来。那和记的刘总经理，特意写了一封信到行里，叫我们预备款子。行里看的人，看到和记来的信，拿信找到经理公馆，又找到我家里。我一时实在想不起来，怎样去调这些个头寸。这还罢了。偏是煤铁银行的张经理也通知了我要找经理谈谈。他那意思，我们押在他那里的黄金储蓄券，这个比期，一定要交割，并说有三张支票，明天请我们照付，千万不要来个印鉴不清退票。"何经理道："这三张支票是多少码子？你没有问他？"金襄理迟迟顿顿地道："大概是三千万。"何经理道："明天上午，要四千五百万的头寸！那不是要命！”说着，将脚一顿。

金襄理道：“兵来将挡，水来土掩。他们不是要我们的钱吗？我们一面调头寸准备还债，一面向人家疏通，缓几天提现。还有一个办法，经理明天一大早就去交换科先打个招呼……”何经理又一顿脚道：“还要提交换科，我们那批期货，不是人家一网打尽吗？”金襄理见和他提议什么，他都表示无办法，也就不好说什么，只是呆呆地站在他面前。

何经理沉吟了一会子道：“这个时候要我过江去，夜不成事，我也想不出什么好办法。大不了我明天中午停业，宣告清理。我拼，重庆市上银行多了，大家混得过去，我们也就该混得过去。”说到这里，主人朱科长在草地上叫道：“何经理，过来坐吧，那里有蚊子。”何经理答应一声，立刻走过去，将金襄理扔在一边，不去管他。

这时魏太太和朱四奶奶，都在藤椅子上坐着，舞场上音乐响着，她们并没有去跳舞。何经理一过来，魏太太起了一起身，向他笑道：“何经理今晚上还过江去吗？”他觉得这问话是有用意的。便笑道：“假如田小姐要过江，我可以护送一程。”魏太太道：“谢谢！让我再邀约两位同伴吧，有了同伴，我胆子就壮了，可以在这里多打搅一些时候。”何经理道：“玩到什么时候我都可以奉陪。”

朱四奶奶坐在他斜对面，脚跷了脚，摇撼着身体，笑道：“何经理对于唆哈有兴趣吗？”何经理这时是忧火如焚，正不知明日这难关要怎样的过去。可是朱四奶奶这么一说，就拘着三分面子，尤其是对于新交的田佩芝小姐，不能不敷衍她。这就笑道：“这玩意是人人感到兴趣的，我可以奉陪两小时。田小姐如何？”魏太太笑道：“我对于这个，比跳舞有兴趣。不过，我们和经理对手，有点儿高攀吧？”何经理笑道：“这样一说，那我就非奉陪不可了。”说着，打了一个哈哈。

那位金襄理兀自在树底下徘徊着，听到银行主持人这样一个哈哈，不免魂飞天外，也不向姓何的打招呼了，竟自走去。何经理虽看到他走去，却也不管，就向朱四奶奶笑道："我们是不是马上加入？"朱四奶奶道："我得问问老贾，什么时候过江。咦！这一转眼工夫，他到哪里去了。"

朱科长道："大概是到我们隔壁邻居陆先生家去了。向来我这里有聚会，陆先生是必定参加的，不知道什么缘故，今天他没有来。"何经理道："是丰年银行的陆先生住在隔壁？"朱科长道："这是他的别墅，夏天是多半在这里住。"朱四奶奶道："既是老贾到陆经理那里去了，一定是谈他们的金融大策，我们不必等他，他会到赌场来找我们的。"说着，她挽了魏太太的手臂就走，回过头来就向何经理看了一看。他点了头笑道："二位先去，我马上就来。不出十分钟。"说着，他还竖起了右手一个食指。

这两位女宾走了，他心里立刻想着：老贾去找陆经理，必定商量移挪头寸。丰年银行，是重庆市上相当殷实的一家。老贾可以去找他想法，我老何也可以去找他想法，趁他还没有谈妥的时候，自己立刻就去。若是等老贾得了他的援助，恐怕……想到这里，只见诚实银行的贾经理，垂头丧气走了来。心里这倒暗喜一下，陆先生的力量，不曾被他分去，自己就可以得些援助。

等着他到了面前，笑道："贾兄，你哪里去了，四奶奶正找你呢。"他这时不是游戏的面孔了，抓着何经理的手，正了颜色道："你以为我真是来跳舞的？我是特意来找陆老园调头寸的。"他这样说，因为陆经理号止园。叫他陆老园乃是恭敬而又亲近之辞。

何经理道："你想到了法子没有？"老贾道："陆老园说，和他有关系的银行，共有七家，这个比期都不得过去，家家都要他调头寸。就是这七家，已经够他伤脑筋，他哪里还有余力和别家帮忙？"

何经理道："我不相信你们做得稳的人家，也是这样的紧。"贾经理叹上一口气，又摇了两摇头道："一言难尽。"何经理正还想说什么，朱科长在身后叫道："两位经理，朱四奶奶在请你们呢，快去吧。"贾经理向何经理看了一看，笑道："请吧。"他笑虽然是笑了，可是他的脸上，显然是带了三分惨容。何经理倒是不怎么介意，点了个头就走了。

朱科长在前面引路，引到一间特别的屋子里。这屋子是他们全屋突出的一间，三面开着六扇纱窗。屋顶上悬下了一盏小汽油灯。灯下一张圆桌子，蒙上了雪白围布，坐了七位男女在打唆哈，各人身后又站上几位看客。这里有两面窗子在山坡上，下临旷野。其余一面，窗子外长了一丛高过屋顶的芭蕉。所以这虽是夏夜，竟有习习的晚风吹来。

朱四奶奶和魏太太连臂地坐着，她面前就放了一本支票簿。何经理眼尖，就认得这是诚实银行的支票。四奶奶在支票上，已开好了数目，盖好了印鉴。浮面一张，就写的是一十万元。这时金子黑市才六七万元一两，这不就是一两五钱金子吗？桌上正散到了五张牌，比牌的开始在累司。到了她面前，她是毫不犹豫地就撕下那张支票下注。对面一位男客向她笑道："四奶奶总是用大注子压迫人。"

她因脚步响，一回头看到贾经理进来，便笑道："你有本领赢吧。我存款的银行老板来了。请打听打听，我这支票，绝不会空头。我纵然开空头，诚实银行也照付。我作得有透支。"那男客笑道："四奶奶的支票，当然是铁硬的。"说笑着，翻过牌来，是他赢了，把支票收了去。

何经理看四奶奶面前的支票，上面依然写着是一十万元，心里想着：假如这是透支的话，那岂不是输着老贾的钱？想着，偷眼看贾经理的颜色，有点儿红红的，他背手站在四奶奶身后，并不作声。魏太太回过脸来，向何经理瞟了一眼，在红嘴唇里露出了两排雪白的牙齿，微微一笑，又向他点了两点头。何经理像触了电似的，就紧挨着魏太太坐下。

魏太太面前正堆了一大堆码子，她就拿了三叠，送到何经理面前，笑道："这是十万，你拿着这个当零头吧。"他笑着点了点头笑道："我开支票给你。"她又向他瞟了一个眼风，微微笑着说了四个字："忙什么的？"何经理想着：这位太太手面不小，大可以和四奶奶媲美了。于是就开始赌起来。

说也奇怪，他的牌风，比他的银行业务却顺利得多，上场以后，赢了四五牌，虽然这是小赌，他也赢到了二百万。心里正有点高兴。主人朱科长却拿了一封自来水笔写的信封进来。笑道："你们贵行同事，真是办事认真。这样夜深，还派专差送信来。"说着，把那封信递过来。

何经理心里明白，知道这事不妙，就站起来接着信，走到屋角上去拆开来。里面又套着一个信封，是胡主任的笔迹，上写何经理亲启。再拆开那封信，抽出一张信纸来看。上面潦草地写着：

育仁经理仁兄密鉴：兹悉贵行今晚交换，差码子五千万元。明日比期，有停止交换可能。望迅即回城，连夜办理。贵行将来往户所押之黄金储蓄券，又转押同业，实非良策。顷与数同业会晤，谈及上次贵行将支票印鉴故意擦污退票几乎使数家受累，此次决不通融。明日支票开出，交换科所差之码子更大。弟叨在知交，闻讯势难坐视。苟可为力之处，仍愿效劳。对此难关，兄何以醇酒妇人，逍遥郊外也。金襄理闻已失踪，必系见兄出走，亦逃避责任。此事危险万分，望即回城负责办理业务，勿使一败不可收拾。千万千万，即颂晚祺，弟胡卜言拜上，即夕。

何经理看了这封信，忽然两眼漆黑，立刻头重脚轻，身子向旁边一倒。这样一来，赌场上的人都吓得站了起来。

贾经理走向前问道："何兄，怎么了，怎么了？"抢上前看时，汽油灯光照得明显，何经理笔挺挺地躺在地上，一动也不动。女客们吓得闪到一边，都不会说话。有两位男客上前，对这情形看了一看，同叫道："这是脑充血，快找医生吧。"大家只是干嚷着，却没有个适当办法。有人向前来搀扶，也有人说动不得，有人说快舀盆冷水和他洗脚，让他血向下流。到底是贾经理和他有同行关系，抓着一个听差，搬了一张睡椅来，将何经理抬到上面躺着。

在灯光下，只见他周身丝毫不动，睁了两只眼睛看人，嘴唇皮颤动了几下，却没有说出话来。这时，把主人夫妇也惊动着来了，虽然只是皱眉头，也只好办理抢救事件。

魏太太在今日会到了何经理之后，觉得又是一条新生命路线，不料在一小时内，当场就中了风，这实在是丧气，当他躺在睡椅上的时候，她就悄悄地溜到草场上来乘凉。主人家出了这么一个乱子，当然也就不能继续跳舞，所有在舞场上的人，有的走了，有的互相商量着怎样走，因为既是夜深，又在郊外更兼是山上，走是不大容易的。有的决定不走，就在草场上过夜。

魏太太一眼看到范宝华单独坐在这里，东方曼丽未同坐，这就向他笑道："何经理忽然中风了，你没有去看看。"范宝华叹口气道："看他作什么？我也要中风了。"魏太太笑道："你们这些经济大家，都是这样牢骚。我相信过两三天，风平浪静，你们一切又还原了。"范宝华偷眼向她看看，觉得她还没失去原来的美丽，便一伸腿，两手同提着两只西装裤脚管，淡淡地问道："徐经理没有来？"魏太太低声道："他在贵阳没有回重庆来。"范宝华道："你为什么一个人先回重庆来呢？"魏太太站起来，在草地上来回的走着。

范宝华不能再问她什么话，因为其他的客人，纷纷地来了。魏太太在草场上走了几个来回，走到范先生面前，问道："曼丽到哪里去了？

我找找她去。”说着，她向舞厅里走。范宝华看她那样子，觉得是很尴尬的。望着她身后点了两点头。又叹了一口气。身后有人低声道：“范老板，你还愿意帮她一点忙吗？”

回头看时，朱四奶奶一手扶了椅子背，一手拿了一把收拾起的小折扇，抿了自己的下巴，微微地笑着。范宝华道：“她很失意吗？那小徐对她怎么样？”朱四奶奶张开了扇子，遮了半边脸，低下头去，低声向他笑道：“田小姐也是招摇过甚，明目张胆地和小徐在贵阳公开交际。小徐的太太赶到贵阳去了，那结果是可想而知。现在她回来了，还住在我那里，管些琐务，你可不可以给她邀一场头，今天她是有意来访陆止老的，偏是陆止老不来。新认识了老何，老何又中风了。”范宝华笑道：“她长得漂亮，还怕没有出路。”正自说着，忽然有人叫道：“田小姐掉到河沟里去了。”两人都为之大吃一惊。

第十四回

舞终人不见

范宝华对于魏太太究竟有一段交情，这时听到说她掉到水沟里去了，就飞奔出去。穿过舞厅，向大门外的路上，正是有人向外走着，所以他无须问水沟在哪里就知道去向。在大门外向南去的路上，有两行小树，在小树下有若干支手电筒的电光照射，正是围了一群人。走到那面前，见树外就是一道小山溪。山溪深浅虽不得知，但是看到水倒映着一片天星，仿佛不是一沟浅水。便问道："人捞上来了没有？"只听到魏太太在人丛中答道："范先生，多谢你挂念，我没有淹着，早是自己爬起来了。"

范宝华向前看，见魏太太藏在一丛小树之后，只露了肩膀以上在外面。便问道："你怎么会掉下沟里去的呢？"她道："我是出来散散步，没有带灯光，失脚落水的。"范宝华听她这话，显然不对。这两行树护着河沿，谁也不会好好走路失脚落水。便道："不要受了夜凉，赶快去找衣服换吧。"

身后有人答道："不要紧，我把衣服拿来了。这是哪里说起，家里有位中风的，门口又有一位落水的。”说话时，正是女主人朱太太。她面前有个女仆打着灯笼，手里抱着衣鞋。魏太太在树丛后面只是道歉。在树外的多是男子，见人家要换衣服，都回避了。

范宝华也跟着回避，到了草地上，看到曼丽正和朱四奶奶站在一处，窃窃私语。他笑道：“这正是趁热闹，田小姐高兴一人去散步，会落到水里去了。”曼丽低声笑道：“你相信那话是真的吗？自从她由贵阳回来以后，就丧魂失魄似的。四奶奶这一阵子事忙。始终没有和她的出路想好办法，她对于这宇宙，似乎有点烦厌了。”四奶奶笑道：“要自杀什么时候不能自杀，何要在这热闹场中表演一番。她大概是新受到了什么刺激。不忙，明天我慢慢地问她。”

他们在这里讨论魏太太的事，那位贾经理坐在藤椅子上，仰着身体，只管展开一柄小折扇不住的在胸面前扇着。可是身子挺着，他的头却微坐下来直垂到胸口里去。四奶奶手上正也拿了一柄小折扇呢，扇子是折起来的，她拿了扇子后梢，两个指头钳住，晃着打了个圈圈，同时，将嘴向那边一努，低声笑道：“他和何经理犯着一样的毛病。明天是比期，头寸有些调转不过来。”

曼丽道：“他的银行，作得很稳的，为什么他们这样的吃紧？”朱四奶奶又向范宝华看了一眼笑道：“你问他，他比什么人都清楚。”范宝华也不说什么，笑了一笑，在草地上踱着步子。

这时，魏太太随着一群人来了，她先笑道：“我还怕这里出的新闻不够，又加上了一段。”朱四奶奶道：“我刚才方得着消息的。你今晚别回去了，就在这里休息休息吧。据说，隔壁陆止老，连夜要进城，我想随他这个伴。”曼丽道：“他那样的阔人，也拿性命当儿戏，坐木船过江吗？”朱四奶奶道：“当然他有法子调动小火轮。人家为了几家银行明天的比期，慢说是调小火轮，就是调用一架飞机，也不会有问题。”

坐着那边藤椅子上的贾经理，始终是装作打瞌睡的，听了这话，突然地跳着站起来道："陆止老真要连夜进城，那么，我也去。"主人朱科长手里夹了一支纸烟，这时在人群里转动着，也是来往地不断散步。他一头高兴，已为一位中风和一位落水的来宾所扫尽，大家多有去意，这就站在人丛中问道："各位，今晚我招待不周，真是对不住。这些人要走，预备轿子是不好办的，只有请各位踏上公路，步行到江边去。轮船是陆止老预备好了的，那没有问题。我已雇好了几个力夫，把何经理抬走，实在是不能耽误了。陆止老为了他，就是提早两小时过江的。各位自己考虑，真是对不起。"主人翁最后两句话，完全是个逐客令，大家更没有停留的意思了。

朱四奶奶见贾经理单独站在人群外面，就走向前挽了他一只手臂道："老贾，我们先慢慢走到江边去好吗?"他道："好的，不过我总想和陆止老谈几句话。"朱四奶奶道："好的。他们不就住在隔壁一幢洋楼里吗？我陪你同去见他。"说着，将小扇子展开，对他身上招了几招，然后就挽了他走。一面低声笑道："陆止老也许会帮你一点忙的，我可以和你在一边鼓吹鼓吹，成功之后，你可不可以也帮我一点忙?"贾经理道："可以呀。你今晚上输的支票，我完全先付就是。"四奶奶道："我明天还要透支一笔款子，我不是一样要过比期吗?"贾经理顿了一顿，没有答复这句话。

只见篱笆外面，火把照耀，簇拥一乘滑竿过去。在滑竿上坐着一个人，正用着苍老的声音在责备人。他道："花完了钱就想发横财，发了横财，更要花冤枉钱，大家弄成这样一个结果，都是自作自受。我姓陆的不是五路财神，救不了许多人。平常我劝大家的话，只当耳边风……"说着话，滑竿已经抬了过去。贾经理站住了脚道："听见没有，这是陆止老骂着大街过去了。"朱四奶奶道："那也不见得就是说你我呀。我要向前去看看。”说着，她离开了贾经理，就向前面追了去。

贾经理也不知她是什么意思，站着只看了发呆。这又是一群人抬了一张竹床，由面前过去。床上直挺挺地躺着一个人，将一幅白布毯子盖了，简直就抬的是具死尸，那是度不过比期的何经理，买过金砖的何经理。贾经理看着这竹床过去，不由得心里怦怦地跳了几下。随了这张竹床之后，来宾也就纷纷地走去。立刻跳舞厅里的两盏汽油灯都熄了。眼前是一阵漆黑。前半小时那种钗光鬓影的情形，完全消逝无踪，他不觉在脑筋里浮出了一片空虚的幻影。怔怔地站着，没有人睬他，他也不为人所注意。

就在这时，听到东方小姐在大门外老远的叫着：“老范老范。”由近而远，直待她的声音都没有了，听到主人夫妇说话的声音，由舞厅里说着话回到房里去。听到朱科长太太道：“这是哪里说起？我们好心好意地招待客人，原来他们都是到我们这里来借酒浇愁的。中风的中风，跳河的跳河。”朱科长道：“刚才有人告诉我，他们有几个人，就是到乡下来躲明天的比期的。比期躲得了吗？明天该还的钱不还，后天信用破产，在重庆市上还混不混？”

贾经理听了这话，也不作声，身边正好有块石头，他就坐在上面。沉沉地想着明天诚实银行里所要应付的营业。自己也不知道是经过了多少时候，耳边但听到朱家家里人收拾东西，关门，熄灯，随后也就远远的听到鸡叫了。这是个下弦的日子，到了下半夜，半轮月亮，已经高临天空，照见这草场外面，虽有一带疏篱围着，篱笆门都是洞开的，随了这门，就有一条路通向外面的山麓。他已经觉得身上凉飕飕的，也就感到心里清楚了许多。觉得自己的银行，明天虽有付不出支票的危险，天亮了就到同业那里去调动，至多停止交换是后日的事。还是尽着最后五分钟的努力吧。他自己暗叫了一声对的，就起身向篱笆门外那条路上走去。

空山无人，那半轮夜半的月亮，还相当的明亮，照见自己的影子，斜倒在地上，陪着自己向前走去。迎面虽有点凉空气拂动，还不像是风。夜的宇宙，是什么动静没有，只有满山遍野的虫子，在深草里奏着天然的曲子。他不知道路是向哪里走，也无从去探问。但知道这人行小路顺着山谷，是要通出一个大谷口的。由这谷口看到灯火层层高叠，在薄雾中和天上星点相接，那是夜重庆了。这就顺了这个方向走吧。

约莫走了一二里路，将近谷口了，却听到前面有人说话。始而以为是乡下人赶城里早市的，也没有去理会，只管走向前去。走近了听到是一男一女的说话声。他这倒认为是怪事了。这样深更半夜，还有什么男女在这里走路？于是放轻了脚步，慢慢移近。这就听到那个男子道："我实在没有法子为你解除这个困难。我家里和银行里存的东西，不够还一半的债，你说到重庆来了八年是白来了，我何尝不是白来？"那妇人道："你和曼丽打得火热了，正预备组织一个新家庭吧？"那男的打了一个哈哈道："我要说这话，不但是骗你，而且也是骗了我自己。她住在我那里，是落得用我几个钱。我欢迎她住在我那里，是图个眼前的快乐。好像那上法场的人一样，还要吃要喝，死也作个饱死鬼。"

贾经理这就听出来了，女的是田佩芝小姐，男的是范宝华先生。田小姐就道："我和你说了许久，你应该明白我的心事了。我是毁在你手上的，最好还是你来收场。我劝你不必管他什么债不债了。你把家里的那些储蓄券卖了，换成现金，足够一笔丰富的川资吧？我抛弃一切和你离开重庆市。"范宝华道："那么，我牺牲八年心血造成的码头，你牺牲你两个孩子。"魏太太道："你作好事，不要提那两个孩子吧。魏端本自己毁了，我无法和他同居，我又有什么法子顾到两个孩子。你说你不能牺牲八年打出来的码头，你黄金生意作垮了，根本你就牺牲了这个码头，而且胜利快来了，将来大家东下，你还会留在重庆吗!”说到这里，两个人说话的声音寂然了。

贾经理看到月亮下面，两个人影子向前移动，他也继续的向前跟着。约莫走了半里路，又听到范宝华道：“我现在问你一句实在的话，你今天晚上，是失脚落水吗?”田佩芝道：“我没有了路了，打算自杀。跌下去，水还浸不上大腿呢。我呆了一呆，我又不愿死了，所以走起来叫人。”

范宝华道：“你怎么没有路了？住在朱四奶奶家里很舒服的。”田佩芝道：“她介绍我和小徐认识，原是想弄小徐一笔钱，让我跟小徐到贵阳去，也是为那笔钱。她希望我告小徐一状，律师都给预备好了。这样，小徐可以托她出来了事。她就可以从中揩油了。我没有照她的计划行事，她不要我在她那里住了。”

范宝华道：“她怎么就会料到小徐的太太会追到贵阳去的呢?”田佩芝道：“我就是恨她这一点，她等我去贵阳了，就辗转通知了人家。我在贵阳受那女人的侮辱，大概也是她叫人家这样办的。我若抛头露面到法院里告状，说是小徐诱奸，我的名声，不是臭了吗？我回重庆以后，她逼我告状多次，实在没有法子，我卖掉了三个戒指和那粒钻石，预备到昆明去找我一个亲戚。昨天小输了一场，今天又大输了一场，川资没有了。我回到四奶奶家，只有两条路，第一条路，到法院起诉，敲小徐的竹杠，第二条路，我回到魏家去过苦日子。可是，我都不愿。”

范宝华道：“所以你自杀，自杀不成，你想邀我一同逃走。”田佩芝道：“中间还有个小插曲。我很想和万利银行的何经理拉成新交情，再出卖一回灵魂，可是他也因银行挤兑而中风了。这多少又给了我一点刺激。”范宝华道：“你和我一样总不能觉悟。我是投机生意收不住手，你是赌博收不住手。这样一对宝贝合作起来，你以为逃走有前途吗?”田佩芝道："那我不管了。总比现时在重庆就住不下去要好些。"

范宝华道："这样看起来，朱四奶奶的手段辣得很。她和老贾那样亲热，又是什么骗局。我知道她有一批储蓄券押在老贾银行里，那是很普通的事，占不到老贾很大的便宜。此外，她在老贾银行里作有透支，透支可有限额的。像老贾那种人，透支额不会超过一百万。这不够敲的呀！"

田佩芝道："这些时候，她晚上出来晚，总带了老贾一路。老贾图她一个亲近，像你所说的，落得快活。她就拼命在赌桌上输钱，每次输个几十万，数目不小，也不大，晚上陪老贾一宿，要他明日兑现。老贾不能不答应。限额一百万，透支千万将近了。"

范宝华道："那又何苦？她也落不着好处。"田佩芝笑道："你在社会上还混个什么，这一点你都看不出来。赢她钱的那个人，是和她合作的。打唆哈，对手方合作，有牌让你累司，无牌暗通知你，让她投机，多少钱赢不了？诚实银行整个银行都可以赢过去。"

贾经理听了这话，犹如兜头浇了一瓢冷水，两只腿软着，就走不动了。他呆在路上，移不动脚。心里一想，她可不是透支了好几百万了吗？作梦想不到她输钱都是假的。不要说银行里让黄金储蓄券，冻结得透不出气来，就是银行业务不错，也受不住经理自己造下的这样一个漏洞。他想着想着，又走了几步，只觉心乱如麻，眼前昏黑，两腿像有千斤石绊住了一样，只好又在路上停留下来。等自己的脑筋缓缓清醒过来时，面前那说话的两个男女，已经是走远了。

他想着所走的路，不知通到江边哪一点，索性等天亮了再说吧。他慢慢地放着步子，慢慢地看到了眼前的景物，竟是海棠溪的老街道。走到轮渡码头，坐第一班轮渡过江，一进船舱，就看到范田二人，同坐在长板凳上。范宝华两只眼眶子深陷下去两个窟窿，田佩芝胭脂粉全褪落了，脸色黄黄的，头发半蓬着，两个人的颜色，都非常的不好看。范宝华看到贾经理起身让座。他就挨着坐下了。

范宝华第一句话就问道："今天比期，一切没有问题?"贾经理已知道他是个预备逃走的人。便淡笑道："欠人家的当然得负责给。人家欠我们的，我们也不能再客气了。"

范宝华听了，虽然有点心动，但他早已下了决心，把押在银行里的储蓄券，完全交割掉就完了，反正不能再向银行去交钱。他也淡笑了一笑。这二男一女虽都是熟人，可是没并排地坐着，都是默然地谁也没有说话，其实各人的心里都忙碌得很。全在想着回到家里，如何应付今日的难关。

轮船靠了重庆的码头，范宝华由跳板上是刚走一脚，就听到前面有人连喊着先生。看时，吴嫂顺了三四十层的高坡，飞奔下来。走到了面前，她喘着气道："先生，你你你不要回去吧。我特意到轮船码头上来等着你的。"范宝华道："为什么?"吴嫂看了看周围，低声道："家里来了好些个人。昨晚上就有两个人在楼下等着没有走。今天天亮又来了好几个人。"范宝华笑道："没有关系。他们不过是为了今天的比期，要我清账而已。所有做来往的几家商号，都不是共事一天，而且我有黄金储蓄券押在他们手上，也短不了他们的钱。"他说着这话，是给同来的贾经理和田小姐听的。然而贾经理哪有心管人家的闲事，已经坐着上坡轿子走了。魏太太倒是还站在身边，她对于范先生，本来还有所待。

吴嫂看到她，坦然地点了个头道："田小姐，好久不见。"魏太太道："听到说你不在范先生家里了。"她叹口气道："我就是心肠软。天天还去一趟，和他照应门户，他们不回家，我也不敢走。"魏太大道："东方小姐回去吗?"吴嫂道："她不招闲咯，回去就困觉，楼下坐那样多人，好像没有看到一样。"魏太太向范宝华看了一眼，问道："你打算怎么办?”他道:“没有关系。你在朱家等着吧，我打电话给你。我给你雇轿子吧。”说着，他招手把路旁放着的一辆小轿叫来，而且给她把轿钱交给轿夫了。

魏太太坐着轿子去了。范宝华道:“吴嫂，还是你对我有良心，你还赶到码头上来接我。这一定是东方小姐说的。”吴嫂道:“她猜得正着，她猜你同田小姐一路来。”说着，把声音低了一低道:“你的钱，都放在保险柜子吗?她睡在你房里，我不在家，怕她不会拿你的东西。”

范宝华站在石头坡子上，对着黄流滚滚，一江东去的大水，很是出了一会神。吴嫂道:“你回去不回去呢?你告诉我有什么法子把那些人骗走。你然后回去打开保险箱拿走东西转起来吧。”

范宝华叹了一口气，还是望大江出神。吴嫂道:“他们对我说了，把你抵押品取消了，你还要补他们的钱。如是抵押品够还债，他们也不来要钱了。”

范宝华摇了两摇头，说出一句话:“我没想到有今天。”作投机生意的人，自然是像赌博一样，大概都不知道这一注下去，是输是赢。可是作黄金生意的人，拿了算盘横算直算，算不出蚀本的缘故，所以范宝华说的，想不到有今天，那是实在的情形。吴嫂看了他满脸犹疑的样子，也是替他难受，因道:“你若是不愿回去的话，把开保险箱子的号码教给我，要拿什么我跟你拿来。你放不放心?”

范宝华道:“这不是放心不放心的事，而是……好吧，我回去。丑媳妇总也要见公婆的面，反正他们是要钱，也不能把我活宰了。叫轿子，我们两个人都坐轿子回去。”吴嫂听到他的话说得这样亲切，心里先就透着三分高兴。笑道:“只要你的事情顺手，我倒是不怕吃苦。为你吃苦，我也愿意。”

范宝华道:“的确，人要到了患难的时候，才看得出谁是朋友，谁不是朋友。我现在有一件事和你商量。”说着，他向左右前后看了一看，见身边没有人，才低声继续着道：“你娘家不是住北郊乡下吗？我想躲到你那个地方去，行不行？”吴嫂道：“朗个不行？不过你躲到我那里，我不明白你是啥意思。”

范宝华道：“第一，我要躲着人家猜不到的地方，第二，我要在那地方和城里通消息，第三，太生疏了的地方也不行，你想，我无缘无故躲到一个生疏地方去，人家不会对我生疑心吗？”吴嫂咬着厚嘴唇皮，对他看了一眼，摇摇头道：“你说的这话，我不大明白。”

范宝华叹了口气道：“我实在也是无路。我不是听到刚才你说的那两句话，我也不会这样想。你不是说愿意为我吃苦吗，我溜了，我那家可舍不得丢，我想托你为我看管。住在你乡下，我有什么事，随时可以通知你，你有什么事，随时可以通知我。他们讨债，也不能讨一辈子，等着风平浪静了，我再回到重庆来。没什么说的，念我过去对你这点好处，你和我顶住这个门户吧。”说着，向吴嫂拱了两拱手。吴嫂道：“客气啥子，人心换人心，你待我好，我就待你好。你到成都去耍，不是我和你看家？不过现在家里住了一位东方小姐，说是你的太太，又不是你的太太；说不是你的太太，她又可以作主。”

范宝华道：“这个不要紧。我今天回去，会把她骗了出来，然后由里到外，你去给它锁上。我不在家，她也就不会赖着住在我那里了。”吴嫂对他望望，也叹了口气道：“你在漂亮女人面前，向来是要面子的，现在也不行了。啥子东方小姐，西方小姐，你没得钱她花，她会认你？”

范宝华也不愿和她多说，叫了两乘小轿，就和吴嫂径直走到家里。大门敞着，走到天井里，就听到客室里闹哄哄的许多人说话。其中李步祥的声音最大，他正在和主人辩护，他道：“范先生在银钱堆上爬过来的人，平常就玩个漂亮，哪把比期，不是交割得清清楚楚。昨天是南岸有跳舞，闹了个通宵，不是躲你们的债。”

范宝华哈哈大笑道：“还是老朋友不错，知道我老范为人。”说着，他大开着步子走进了客室。这时，椅子上，凳子上，坐着六位客人之多。有穿夏威夷衬衫的，也有穿着绸小褂子的，桌上放了一大叠皮包。看到他进来，不约而同地站起，有的叫范老板，有的叫范先生。

第十五回

空城一计

范宝华向大家看了一眼，又将手指了桌上的皮包道："各位把我家里当了银行，在我这里提现吗？"说着，他把西服上身脱了，端了把椅子过来，放在屋子中间，然后伸了两腿坐下，提起两只裤脚管，笑道："昨天晚上，快活了个通宵，手也玩，脚也玩。不过，没有白玩，唆哈了半夜，小赢二百万，至于今天的比期，我没有忘记。在重庆码头上混，就讲的是个信用。各位的单据都带来了？"说着，他在西服裤子袋里，掏出一只赛银扁平的纸烟盒子，掀开盖子来，向各人面前敬着烟。笑道："大家来一支，这是美国烟。"大家看他那种满盘不在乎的样子，料着不会不还债，大家也就不便提要债的话，就是不吸烟的，为敷衍主人的面子，也都接受了一支。

范宝华又在身上掏出打火机来，向大家点火。然后笑道："现在银行里还没有开门，也办不了来往。我熬了个通宵，实在是饿不过，非吃一点东西，不能办事。我作个小东，请各位到广东馆子里去吃早点。"这债主子里有位年纪最大的，光着和尚头，嘴上有两撇八字胡须，将半旧的黄色川绸小褂子，卷了两只袖子，手里拿了一柄黑折扇，有一下没一下的，在胸面前扇着。主人说话，他只是翻眼睛望着，要捉住一个漏洞。这时主人要请吃早点，他想着这可能是个漏洞。这就站起来摇了两摇手道："大家都有事。你不必客气。"

范宝华笑道："我倒不是和各位客气。我肚子实在饿得慌。这样吧，主听客便，有愿和我去吃早点的，就和我一路走，有不愿走的，就在舍下宽坐片时，我上楼去换件衣服。"说着，他起身就走了。

到了楼上房间里，床上珍珠罗的帐子已经四面放下。曼丽穿了身浴衣，光着手臂和大腿，侧身睡在帐子里。看那样子，还是睡得很香。他的保险箱放在屋子的犄角上，斜对了帐子。他喊了两声曼丽，床上也没有人答应。他就蹲下身子去，将保险箱打开，先将里面单据证券，分作两卷取出，各在裤袋里取出一方手绢，紧紧的一卷。

他又拿了两件旧衣服，将这两个手绢包裹着，然后自己换了条短裤衩，披着短袖衬衫，完全是个随便的装束，复又走下楼来。他将旧衣服包的那个布卷，笑着递给李步祥道："老兄，我家里的衣服，吴嫂就忙着洗不过来，哪里还有工夫和你洗这许多衣服。"说着，把那包袱向他怀里塞着。李步祥莫名其妙地接着那包裹，见范宝华对他直使眼色，也只好接受着了。

范宝华笑道："你看，我忙着这一早晨，脸也没洗，口也没漱。吴嫂，把洗脸家伙送到这里来。"在座的六位要债人，正待向他开口，见人家洗脸都来陪着，自也不能不忍耐片时，那吴嫂将脸盆漱口盂一样样地搬到客里桌上放着，范宝华洗脸的用品，还真是不少，牙膏、牙刷、香皂、雪花膏、生发油、小梳子、小镜子，那吴嫂真是不怕麻烦，陆续和他取来。

范宝华当了大众漱洗，还向大家笑道："不要紧，时间还早得很。

今天上午，误不了各位的事。”他总摸索了有半小时以上，才把这张脸洗完，随后拿镜子照着，唉了一声道：“不对，我长了这么一脸胡子，也没有把胡子刮刮，吴嫂，重新打盆热水来。”吴嫂答应着，除了给舀洗脸水之外，而且还把刮胡子刀和刀片，作两次给他拿来。

这样又摸索了二十分钟，他才把脸洗完。向李步祥道：“我知道你会来找我的。我们那笔买卖，十点半钟可以成交。现在还不到九点。时间还早，我请各位吃早点，你也去作一个陪客吧。”李步祥和老范是多年的朋友，看他这情形，就明白他的用意了。于是笑道：“好的，我叨扰你一顿。今天上午这件买卖成交，你大赚一笔。你请一百次客的钱也有了。哈哈。”

范宝华就向六个债主子道：“我陪客也请到了，各位请吧。”还是那个老债主子表示不同意，他摇着头笑道：“今天比期，大家都忙，我们把上午的事情办完了，还要办下午的事情呢。范先生可以先看看我们的账。”

范宝华突然地正着脸色向大家道：“各位，你们有点不讲天理人情。人生在世，为的是什么？不就为的是穿衣吃饭吗？我这样昼夜奔走是为了吃饭，各位一大早就到我这里来要债，又何尝不是为的吃饭？无论怎么忙，这个肚子，你得让我填满。我好意请各位去吃早点，固然是客气。同时，我也是存着一个念头，知人知面不知心，我是去填肚子，你们不会说我是躲比期。所以邀你们一路走，也好监督我。你们既不赏脸，我也无须客气。老李，我们到金龙酒家吃早点去。不要紧，有钱还债，只要不过今日下午四点。银行能办清手续，我们就不负责任。”说着，他拿起桌上一把芭蕉扇，就缓缓地走出去了。自然，李步祥夹了那包袱，跟了他到金龙酒家。

重庆是上海式的码头，虽然抗战首都，移到这里，政治冲淡不了商业，反而增加它的旺盛。早上有办法的公务员和有办法的商家，照例是挤满了广东食店和江苏食店。范李两人在食堂里找了许久，才在那角上找到了一副小座头。

李步祥四周看了一看，坐下来就伸着头低声问道："老范我听到你消息不好，一早来看你的。你这是什么意思，当了许多人塞个包袱到我手上。"老范拍了他的肩膀笑道："你接着包袱，没有问我什么，这就对了。我以后的出路，都在这包袱里。老李，今天早上，可以大吃一顿，我不省钱。人生在世，有吃就要吃，错过了机会，不见得就再吃得到。"说时，茶房向桌上送着茶点，范宝华拿起摆好的筷子，夹了个叉烧包子就向嘴里塞了进去。咀嚼着向李步祥道："逃难的时候，哪里吃得着这个。"

李步祥望了他道："我看你今天的情形很兴奋。"他四周望了一望，低声道："我老早就兴奋了。我老实告诉你，我那些押在人家手上的黄金储蓄券，非交割清楚不可了。押在银行里的我不怕他，我这个房子是租的，要清理我的财产，也就是那些家具，反正不能和我打官司。只有这些私人的来往，可是让我受窘。他们可真讨债，连本带利，把我的储蓄券都没收了，我还得找他们一大笔款，而且他们不要储蓄券，只是要我还债。老实说，要倒霉大家倒霉，我拼了那些储蓄券不要也就算了，让我再找一笔钱出来，我办不到。"

李步祥道："你今天不还那些人的钱，那还是不行啦。你有什么法子摆脱他们？"范宝华笑道："慢慢的吃点吧，'料然无事'。"说着，他来了一句戏白。说话之间，他是左手端茶杯，右手拿筷子，吃得非常的安适。

这时，身后有人轻缓地叫了一声范先生，回头看时，就是那讨债的领袖人物小胡子来了。范宝华将筷子头点着座旁的椅子道："胡老板，坐下来吃一点吧。我请你来，你不来，现在你可自己来了。”他道：“不是那话。现在已经十点钟了。我们在银行里取得了款子，上午还想作一点事情。”范宝华道：“坐下来吃一点吧。反正我上午给你支票，十二点钟以前，你可以取到款子。你要债，我还债，事情不过如此而已。你还有什么话说。”李步祥也移挪着椅子道：“你就坐下吧。给你来一碗面好不好？”

这老头子拘了面子，也只好坐下。范宝华给他一支纸烟，又给他斟上一杯茶。笑道：“没关系，你就破除十分钟工夫，吃两碟点心吧。”这位胡老板看了满桌的包子、饺子、鸡蛋糕，加上肚子里还正是有点饿，也就扶起筷子来吃了。范李二人却是不慌不忙地在座上谈着闲话。

大概又是十来分钟，食堂里吃早点的人，已经是纷纷地走了。也不知主人是什么时候招呼的，茶房又给他送来一碗猪肝面。胡老板见面碗摆在面前，摇着手道：“你二位吃吧。”范宝华道：“我们老早来的，已经吃饱了。这碗面，你若是不吃，也不能退回。你尽管吃吧。交情是交情，来往是来往，我们并不是请你吃了点心，就教你不讨债，我们还是照样的还钱，分文不会短少。”

这么一说，胡老板弄得不好意思起来，点了头道：“笑话，笑话！范先生有办法有面子的人，怎么说这话。”李步祥道：“这就对了。范先生回去就开支票给你，你还有什么堵在心上，吃不下去。”胡老板望了那碗面，紫色的猪肝，绿色的菠菜，铺在面上。带了油香的红汤，阵阵向鼻子里送着香味，在三分尴尬情形下，也只扶着筷子挑几条面，尝了一口。这一尝，其味无穷，不知不觉，把那碗面吃了。

这时，有人叫道：“胡老板，你在这里吃早点了。现在可不早，已经十一点钟了。银行快上门了。”这是另一个讨债的追了来，老远地抬起手来招了两招。范宝华笑道：“不要紧，我马上就回家开支票给你们。”他站起来，将李步祥拉到一边说了几句话。又慨然会了东，对走到面前新来的债主笑道：“没有了时间，我也不留你们吃早点了，来支美国烟吧。”他又在裤衩袋子里，掏出赛银烟盒子来，向二人敬着烟。李步祥向他使了个眼色，又一抬手就先走了。

范宝华将带着的芭蕉扇，在胸前摇了几摇，笑道：“凡事都有一个一定的步骤，急不来的，一个月两个比期，哪个比期，我不是像平常一样，从从容容地度过。这就是老早我已把款子预备好了。要给的钱，说破了嘴唇皮还是要给的，你们是摸不清我范老板的脾气，若是对我有相当的认识，真用不着天不亮就来堵我。这个时候，到金龙酒家来找我，一点不费事，还可以扰我一顿呢。你们天不亮就来，还不是没有堵着我吗？昨天晚上我就走了。我若有心躲这个比期，今天根本就不回来，又其奈我何？你们都太小气。”说着，摇了扇子向回家的路上走。这两个人自是默默地跟着，到了客室里，还有四个债权人，浑身透出疲倦的样子，靠了椅子背坐着。

范宝华向他们一抱拳道：“有偏了。家里缺少招待，对不起得很。闲话少说，办理债务要紧。现在我就开支票给各位。在支票没有兑现以前，我不要各位把抵押品和借据交还给我。我的支票，也许是空头，那不是要各位的好看吗？但一样的，我也是不放心。我把支票交给你们，你们一点凭据不给我，我也就太大方了。现在只要各位收了支票之后，给我写个临时收据，大家玩漂亮一点，好不好？”六个人看他这样子，是实心实意的还债，就同声答应了一句好。

范宝华叫道：“吴嫂，把我的皮包给我拿来。”吴嫂随了这声，提着一只锁好了的皮包，送到客室里。范宝华在袋里摸出钥匙，将皮包打开了。取出两本支票簿子来，然后再伸手到皮包里去摸索着，自己哦了一声道：“图章在保险箱里呢。”说着，起身就向楼上走去。

去了很久，他摇着头走回客室来，一拍手道："糟糕透了，保险箱的钥匙丢了。"胡老板道："保险箱，不是对号的吗？怎么还要钥匙？"范宝华道："我这保险箱是双重保险的，又对号，又有暗锁。各位不要急，等我想想，我这钥匙，是不是丢在金龙酒家了呢？我是放在裤衩小口袋里的，准是掏烟盒子的时候，随手带了出来了。我得亲自去找找。这件事情，非同小可。"说着，一扭身就向大门口跑出去了。

这些债主，看他那样焦急的样子，这是事出不得已，不能拦着他去找钥匙，大家只好还是在客室里等着。只有胡老板有点疑心，觉得事情怎么如此凑巧？他出去找钥匙，不要一找就永不回来吧。可是看到他放支票的皮包，还放在客厅的桌上，料着他又不会不回来。

五分钟，十分钟，十五分钟，大家静静的坐着等下去。胡老板首先有点不耐，问同伴几点钟了。有人戴着手表的，抬起手臂来看了一看，叹气道："到十二点，只差十分了。银行上午办事钟点已过，一切只等下午了。"胡老板站起来就向门外走去。却和范宝华碰个正着。他手指上挂了一个带铜圈的钥匙，笑道："找着了，找着了。在我的纸烟盒子里放着呢。马上开支票，马上开支票。"他说着话，上楼去取下了图章就坐到桌边去，一个个的问着债权人，款子共是多少，就照着人家报的数目，抽出口袋里的自来水笔，各开了一张支票。开完了支票，一一地盖上图章，将支票都放在桌上。笑道："我的手续是办了。各位应该每人给我一张收据，收据不能用自来水笔，请各位用毛笔写吧。"他于是在旁边桌子抽屉里取出纸笔墨砚，请各人写收据。

这时，隔壁屋子里当当一阵时钟响，正是敲着十二点。他脸上带了得意的微笑，向大家道："我这个人绝对守信用，说了今天上午还钱，不会等到下午。请赐收据吧。"这六个人看到人家的支票开在桌上，还有什么话说。挨次地写着收据，换取了桌上的支票。六个人把手续办完，已是十二点一刻了。范宝华一拱手笑道：“六位请吧，该去吃午饭了。我还有三千年道行，没有逼倒。哈哈。”这六个人被他奚落了两句，也没有话回答，还是带着笑道歉而去。

第十六回

螳螂捕蝉黄雀在后

这一幕喜剧，范宝华觉得是一场胜利，他站在楼下堂屋里哈哈大笑。身后却有人问道："老范啦。你这样的高兴，所有的债务，都已经解决了吗？"说着这话的，是东方曼丽。她披了一件花绸长衣在身上，敞了胸襟下一路纽袢，没有扣住。手理着散了的头发，向范宝华微笑。范宝华笑道："不了了之吧。我在重庆这许多年，多少混出一点章法，凭他们这么几个人，就会把我逼住吗？这事过去了，我们得轻松轻松。你先洗脸，喝点茶，我出去一趟，再回来邀你一路出去吃午饭。"

曼丽架了腿在长藤椅子上坐着，两手环抱了膝盖，向他斜看了一眼，抿了嘴笑着，只是点头。范宝华道："你那意思，以为我是假话？"

曼丽道："你说了一上午的假话，作了一上午的假事，到了我这里，一切就变真了吗？你大概也是太忙，早上开了保险箱子，还没有关起。是你走后，我起床给你掩上的，保险箱子里的东西，全都拿走了，你还留恋这所房子干什么？你打算怎么办，那是你的自由，谁也管不着。不过我们多少有点交情，你要走，也不该完全瞒着我。"范宝华脸上，有点儿犹豫不定的颜色，强笑道："那都是你的多虑，我到哪里去？我还能离开重庆吗？"

曼丽道："为什么不能离开重庆？你在这里和谁订下了生死合同吗？这个我倒也不问你。我们虽不是夫妻，总也同居了这些日子，你不能对我一点情感没有。你开除一个佣工，不也要给点遣散费吗？"她说到这里，算露出了一些心事。范宝华点着头道："你要钱花，那好办。你先告诉我一个数目。"

曼丽依然抱着两只膝盖，半偏了头，向他望着，笑道："我们说话一刀两断，你手上有多少钱，我们二一添作五，各人一半。"范宝华心里暗想着：你的心也不太毒，你要分我家产的一半。但是他脸上却还表示着很平和的样子，吸了一支纸烟在嘴角里，在屋子里踱来踱去，自擦火柴，吸上一口，然后喷出烟来笑道："你知道我手上有多少钱呢？这一半是怎么个分法呢？"

曼丽道："我虽然不知道，但是我估计着不会有什么错误。我想你手上，应该有四五百两黄金储蓄券。你分给我二百两黄金储蓄券，就算没事。纵然你有六百两七百两，我也不想。"范宝华只是默然地吸着烟，在屋子里散步，对于她的话，却没有加以答复。

吴嫂在一边听到这话，大为不服，沉着两片脸腮，端了一杯茶，放到桌子角上，用了沉着的声音道："先生，你喝杯茶吧。你说了大半天的话，休息休息吧。钱是小事，身体要紧，你自己应当照应自己。钱算啥子，有人就有钱。有了钱，也要有那项福分，才能消受，没有那福分把钱讹到手，也会遭天火烧咯。"

曼丽突然站起来，将桌子一拍，瞪了眼道："什么东西？你作老妈子的人也敢在主人面前说闲话。"吴嫂道："老妈子朗个的？我凭力气挣钱，我又不作啥下作事。我在我主人面前说闲话，与你什么相干？你是啥子东西，到范公馆来拍桌子。”曼丽拿起桌上一个茶杯，就向吴嫂砸了去。吴嫂身子一偏，当啷一声，杯子在地上砸个粉碎。吴嫂两手捏了拳头，举平了胸口，大声叫道：“你讲打？好得很。你跟我滚出大门来，我们在巷子里打，龟儿子，你要敢出来，老子不打你一个稀巴烂，我不姓吴。”说着，她向天井里一跳，高招着手，连叫来来来。

曼丽怎样敢和吴嫂打架，见范宝华在屋里呆呆地站着，就指了他道：“老范，你看这还成话吗？你怎么让老妈子和我顶嘴。”吴嫂在天井里叫道：“你少叫老妈子。以先我吃的是范家的饭，作的是范家的工，也只有范先生能叫我老妈子。现在我是看到范家没有人照料房屋，站在朋友情分上，和他看家，哪个敢叫我老妈子？”

曼丽正是感到吵嘴以后，不能下台。这就哈哈大笑道：“范宝华，你交的好朋友，你就是这点出息。”吴嫂道：“和我交朋友怎么样，我清清白白的身体，也不跑到别个人家里去困觉，把身体送上门。”这话骂得曼丽太厉害，曼丽跳起来，要跑出屋子去抓吴嫂。范宝华也是觉得吴嫂的言语太重，抢先跑出屋子来，拖着她的手向大门外走，口里连道不许乱说。

吴嫂倒真是听他的话，走向大门口，回头不见东方小姐追出来，这就放和缓了颜色，笑向他道：“好得很，我把你骗出来了。你赶快逃。家里的事，你交给我，我来对付她。她骂我老妈子不是？我就是老妈子。只要她不怕失身份，她要和我吵，我就和她吵，她要和我打，我就和她打。料着她打不赢我。你走你走，你赶快走。”说着，两手推了范宝华向巷子外面跑。

范宝华突然省悟，这就转身向外走去。他的目的地，是一家旅馆。李步祥正在床上躺着，脱光了上身，将大蒲扇向身上猛扇。看到范宝华来了，他跳起来道：“你来了，可把我等苦了。”说着，提起床头边一个衣服卷，两手捧着交给他道："你拿去吧。我负不了这个大责任。你打开来看看，短少了没有？"

范宝华道："交朋友，人心换人心。共事越久，交情越厚。花天酒地的朋友，那总是靠不住的。"因把家里刚才发生的事情告诉了他。李步祥一拍手道："老范，这旅馆住不得，你赶快走吧。刚才我由大门口进来的时候，遇到了田小姐，她问我找谁，我失口告诉和你开房间。她现在也是穷而无告的时候，她不来讹你的钱吗？"

范宝华笑道："不要紧。她正和我商量和我一路逃出重庆去。"李步祥道："哦！是你告诉她，你要在这里开房间的，我说哪里有这样巧的事了。你得考虑考虑。"范宝华道："考虑什么，捡个便宜老婆，也是合适的事，我苦扒苦挣几年，也免得落个人财两空。"李步祥道："老范，你还不觉悟，你将来要吃亏的呀。"他笑道："我吃什么亏，我已经赔光了。"他说着话，脱下衬衫，光了赤膊，伸了个懒腰笑道："一晚上没有睡。我该休息了。"

李步祥正犹豫着，还想对他劝说几句。房门却卜卜地敲着响，范宝华问了声谁。魏太太夹了个手皮包，悄悄地伸头进来。看到李步祥在这里，她又缩身回去了。范宝华点了头笑道："进来吧。天气还是很热，不要到处跑呀。跑也跑不出办法来的。"魏太太这就正了颜色走进来，对他道："我是站在女朋友的立场，告诉你一个消息的……曼丽和四奶奶通了电话，说你预备逃走。她说，你若不分她一笔钱，她就要通知你的债主，把你扣起来。我是刚回四奶奶家中，听了这个电话，赶快溜了来告诉你，你别让那些要债的人在这里把你堵住了。在旅馆里闹出逼债的样子，那可是个笑话。"

范宝华道："曼丽在哪里打的电话？朱四奶奶怎样回答她？"魏太太道："她在哪里打的电话，我不知道。四奶奶在电话里对她说，请她放心。姓范的可以占别个女人的便宜，可占不到东方小姐朱四奶奶的便宜。非叫你把手上的钱分出半数来不可。我本想收拾一点衣服带出来的。我听了这个电话就悄悄地由后门溜出来了，赶快来通知你。你手上还有几百两金子，早点作打算啦。四奶奶手段通天，你有弱点抓在她们手上，你遇着了她，想不花钱，那是不行的。小徐占过她什么便宜，她还要我在法院里告他呢。在眼前她会唆使曼丽告你诱奸，又唆使你的债权人告你骗财，你在重庆市上怎么混，趁早溜了，她就没奈你何。”

范宝华被她说着发了呆站住，望了她说不出话来。李步祥道：“这地方的确住不得，你不是说要下乡去吗！你迟疑什么？赶快下乡去，找个阴凉地方睡觉去，不比在这里强？”

范宝华道：“也好。我马上就走。请你悄悄地通知吴嫂，说我到那个地方去了。她心里会明白的。今天你的比期怎样？你自己也要跑跑银行吧？你请吧，不要为我的事耽误了你自己的买卖。”李步祥看了看魏太太，向老范点点头道：“我们要不要也通通消息呢？”范宝华道：“那是当然，你问吴嫂就知道。”魏太太装作很机警的样子，他们在这里说话，她代掩上了房门，站在房门口。

李步祥和范宝华握了手道：“老兄，你一切珍重，我们不能再栽筋斗啊。”说着，他一招手告别，开着门出去了。范宝华跑向前，两手握了魏太太的手道：“你到底是好朋友。”她一摇头道：“现在没有客气的工夫了。你下乡是走水路还是走旱路，船票车票，我都可以和你打主意。”范宝华道：“水旱两路都行。水路坐船到磁器口，旱路坐公共车子到山洞。”魏太太道：“坐船来不及了。第二班船十二点半钟已开走，第三班船，四点钟开，又太晚了。到歌乐山的车子一小时一班，而且车站上我很熟，事不宜迟，我马上陪你上车站，你有什么东西要带的没有？”范宝华道：“我没有要带的东西，就是这个手巾包。”魏太太伸手拍了他的肩膀道："不要太贪玩了，还是先安顿自己的事业吧。你看昨晚上何经理的行为，是个什么结果？快穿上衣服，我们一路走。"范宝华到这个时候，又觉得田小姐很是不错了。立刻穿上衣服，夹了那个衣包，又和她同路走出旅馆。

旅馆费是李步祥早已预付了的，所以他们走出去，旅馆里并没有什么人加以注意。他们坐着人力车子，奔到车站，正好是成堆的人，蜂拥在卖票的柜台外面。那要开往北郊的公共汽车，空着放在车厂的天棚下。查票的人，手扶了车门，正等着乘客上车。魏太太握着他的手道："你在阴凉的地方等一等，我去和你找车票。"

她正这样说着话，那个查票的人对她望着，却向她点了个头。魏太太笑道："李先生，我和你商量商量。让我们先上去一个人，我去买票。"那人低声道："要上就快上，坐在司机座旁边，只当是自己人，不然，别位乘客要说话的。"魏太太这就两手推着他上了车去。范宝华这时是感到田小姐纯粹出于友谊的帮忙，就安然地坐在司机座旁等她。

不到五分钟，拿了车票的人，纷纷地上车。也只有几分钟，车厢里就坐满了。可是魏太太去拿票子以后，却不见踪影。他想着也许是票子不易取得。好在已经坐上车了，到站补一张票吧。他想着，只管向车窗外张望，直待车子要开，才见她匆匆地挤上了车子。车门是在车厢旁边的。她挤上了车子，被车子里拥挤的乘客塞住了路，却不能到司机座边去。范宝华在人头上伸出了一只手，叫道："票子交给我吧。"魏太太摇摇手道："你坐着吧。票子捏在我手上。"范宝华当了许多人的面，又不便问她为什么不下车。

车子开了，人缝中挤出了一点空当，魏太太就索性坐下。车子沿途停了几站，魏太太也没有移动。直等车子到了末站，乘客完全下车，魏太太才引着老范下车来。范宝华站在路上，向前后看看，见是夹住公路的一条街房，问道："这就是山洞吗？这条公路，我虽经过两次，但下车却是初次。"魏太太笑道："不，这里是歌乐山，已经越过山洞了。你和吴嫂约的地方，是山洞吗？"范宝华道："我离开重庆，当然要有个长治久安之策。我托她在那附近地方找了一间房子。"

魏太太笑道："那也不要紧，你明天再去就是了。这个地方，我很熟，你昨晚一宿没睡，今天应该找个凉爽地方，痛痛快快地睡一觉。关于黄金生意也罢，乌金生意也罢，今天都不必放到心里去。"

范宝华一想，既然到了这地方，没有了债主的威胁，首先就觉得心上减除了千斤担子，就是避到吴嫂家里去，也不在乎这半天。明日起个早，趁着阴凉走路，那也是很好的。便向她点点头笑道："多谢你这番布置。"

魏太太抿了嘴先笑着，陪他走了一截路。才道："我也是顺水人情。歌乐山我的朋友很多，我特意来探望他们另找出路。同时，我也就护送你一程了。"说着话，她引着范宝华走向公路边的小支路。这里有幢夹壁假洋楼，楼下有片空地，种满了花木，在楼下走廊上有两排白木栏杆，倒也相当雅致。楼柱上挂了块牌子，写着清心旅馆。范宝华笑道："这里一面是山，三面是水田，的确可以清心寡欲，在这里休息一晚也好。"

魏太太引着他到旅馆里，在楼下开了一个大房间，窗户开着，外面是一丛绿森森的竹子。竹子外是一片水田。屋子里是三合土的地面，扫得光光的。除一案两椅之外，一张木架床，上面铺好了草席。屋子里石灰壁糊得雪白，是相当的干净。正好一阵凉风，由竹子里穿进来，周身凉爽。魏太太笑道："这地方不错，你先休息休息，回头一路去吃一顿很好的晚饭。"范宝华道："你不是要去看朋友吗？"魏太太笑道："我明天去了，免得你一个人在旅馆里怪寂寞的。"范宝华点点头道："真是难得，你是一位患难朋友。”

他这样说着，魏太太更是体贴着他，亲自出去，监督着茶房，拿了一只干净的洗脸盆和新手巾来，继续送来一套茶壶茶杯，也是细瓷的。范宝华将脸盆放在小脸盆架子上洗脸擦澡，她却斟了两杯茶在桌上凉着。范宝华洗完了，后面窗户外的竹阴水风，只管送进来，身上更觉得轻松，而眼皮却感到有些枯涩。魏太太端了茶坐在旁边方凳子上，对他看看，又把嘴向床上的席子一努，笑道：“你忙了一天一夜，先躺躺吧。”

范宝华端起一杯凉茶喝干了，连打了两个呵欠。靠了床栏杆望着她道：“我很有睡意。你难道不是熬过夜，跑过路的？”她道：“你先睡。我也洗把脸，到这小街上买把牙刷。晚上这地方是有蚊子的，我还得买几根蚊香，你睡吧，一切都交给我了。”

范宝华被那窗子外的凉风不断吹着，人是醺醺欲醉。坐在床沿上对魏太太笑了一笑，她也向老范回笑了一笑。老范要笑第二次时，连打了两个呵欠。魏太太走过来，将他那个布包袱在床头边移得端正了，让他当枕头，然后扶了他的肩膀笑道：“躺下躺下……睡足了，晚上一路去吃晚饭，晚饭后，在公路上散步，消受这乡间的夜景。过去的事，不要放在心上，以后我们好好的合作，自有我们光明的前途。”说着，连连地轻拍着他的肩膀。

范宝华像小孩子被乳母催了眠似的，随着她的扶持躺下了。魏太太赶快地给他掩上了房门。窗子没关，水竹风陆续地吹进屋来，终于是把逃债的范宝华送到无愁乡去了。

魏太太轻轻地开了房门出来，到了账房里，落好了旅客登记簿，写的是夫妇一对，来此访友。登记好了，她走出旅馆来，远远看到支路的前面，有个穿了衬衫短裤，头盖着盔式帽的人，手里拿根粗手杖，只是向这里张望。看到这里有人走路，他突然地回转身去。他戴了一副黑眼镜，路又隔了好几十步，看不清是否熟人。不过看他那样子，倒是有意回避。她想着：这是谁？我们用闪击的方法，逃到歌乐山，有谁这样消息灵通，就追到这里来？这是自己疑心过甚，不要管他。于是大着步子走到街上，先到车站上去看了一看，问明了，八点钟，有最后一班进城的车子。又将手表和车站上的时钟对准了。

走开车站，又到停滑竿的地方，找着力夫问道："你们晚上九点钟，还在这里等着吗？"这里有上十名轿夫，坐在人家屋檐下的地上等生意。其中一个小伙子道："田小姐，你好久不来了。你说一声，到时候，我们去接你。"魏太太道："不用接我，晚上八点半钟在这里等我就可以。我先给你们五百元定钱。"说着，就塞了一叠钞票在他手上，然后走去。

她安顿好了，于是在小杂货铺里买了几样东西，步行回旅馆。这时，夕阳已在山顶上，山野上铺的阳光，已是金黄的颜色了。她心里估计着，这些行动，决不会有第二个人知道。不过这颗心，像第一次偷范宝华的现钞一样，又有点跳跃。她想着：莫非又要出毛病。她想着想着，走近旅馆，回头看时，那个戴盔式帽，戴黑眼镜的人，又在支路上跟了来。她忽然一转念，反正我现在并没有什么错处，谁能把我怎么样？我就在这里挺着，等你的下文。于是回转身来，看了那人。

那人似乎没有理会魏太太。这支路上又有一条小支路，他摇撼着手杖，慢慢地向那里去了。看那样子，是个在田野里散步的人。魏太太直望着他把这小路走尽了头，才回到旅馆去。她已证明自己是多疑，就不管大路上那个人了。

回到屋子里，见范宝华弯着身体，在席子上睡得鼾声大作，那个当枕头的包袱，却推到了一边去，她走到床边，轻轻叫了几声老范，也没有得到答复。于是将买的牙刷手巾，放在床上，口里自言自语地道：

“我把这零碎东西包起来吧。”于是轻轻移过那包袱，缓缓地打开。果然里面除了许多单据而外，就是两卷黄金储蓄券。她毫不考虑，将手边的皮包打开，将这可爱的票子收进去。皮包合上，暂时放在床头边。然后把布包袱重新包好，放在原处。

这些动作很快，不到十分钟作完。看看范宝华，还是睡得人事不知。她坐在床沿上出了一会神，桌上有范宝华的纸烟盒与火柴盒，取了一支烟吸着。她把烟吸完，就轻轻地在老范脚头躺下。心里警戒着自己，千万不要睡着。她只管睁了两只眼睛，看着窗外的天色。天色由昏黄变到昏黑，茶房隔着门叫道：“客人，油灯来了。”魏太太道：“你就放在外面窗台上吧！”说着，轻轻地坐起来，又低声叫了两声老范。老范还是不答应。她就不客气了，拿了那手皮包轻轻地开了房门出来，复又掩上。然后从容放着步子，向外面走去。

这时，星斗满天，眼前歌乐山的街道，在夜幕笼罩中，横空一道黑影，冒出几十点灯火。脚下的人行路，在星光下，有道昏昏的灰影子。她探着脚步向前，不时掉头看看，身后的山峰和树木，立在暗空，也只是微微的黑轮廓。好一片无人境的所在。她夹紧了胁下的皮包，心想：我总算报复了。忽然身后有人喝道：“姓田的哪里走？”她吓得浑身哆嗦，人就站住了。

第十七回

收场几个忍心人

魏太太本来就是心虚的，任何响声，都可以让她吃一惊，这种喝叫的声音，根本就来得很厉害，她不能不站住了脚。那个追来的人，脚步也非常的快，立刻就到了面前。星光之下，魏太太还可以看出那人影子的轮廓，正是下午两次遇到在支路上散步的人。他道：“田小姐，久违久违，你好哇？你应当听得出来我的声音，我是洪五爷。”魏太太哦了一声。

洪五爷道：“我告诉你，我也住在旅馆里。登记簿上，是我朋友的房间，所以你不知道窄路相逢。现在你打算怎么办？把老范的东西，拐到重庆去出卖吗？他算完了，你还要席卷他的东西，你不是落井下石？”魏太太道：“我，我，我不怎么样？”

洪五带了笑音道：“不要害怕。老范是个躲债的人，他不能出面和你为难。我呢，记得很清楚，你骗了我两只钻石戒指。那东西哪里去了？”魏太太道：“那是你送我的呀。我赌钱输掉了，现在可不能还你。”

洪五道：“我也不要你还。但是你要听我的命令，你和我一路回重庆去。老范的东西，你交给我，我去还他。”魏太太道：“我没有拿他什么东西。”

洪五道：“你这个女流氓，比妓女还不如。妓女拿身体换钱，只是敲敲竹杠而已。你是又偷又骗，无所不为。你放明白一点，东西拿过来。老实告诉你，我在那房间窗户外面，藏在竹子林里，看你多时了。我怎么知道你到歌乐山的，我到范家去看老范，知道老范跑了，路上遇到李步祥，又知道你们在旅馆里。赶到旅馆门口，我看见你坐人力车上公共汽车站，我知道歌乐山是你赌钱的老地方，晚一班车子追了来，一看就猜个正着。话都告诉你了，你还有什么话说？”魏太太道：“我和你同到重庆去就是。”

洪五道：“你先把东西拿过来。”说着，他伸出手来，就把魏太太胁下夹的这个包袱抢着夺了过去。同时，他亮着手上的手电筒，对她脸上射出一道白光。见魏太太呆了脸色，怔怔地站着，不由得放声哈哈大笑。魏太太怕他这声音惊动了人，下意识地提起脚来就跑，一直跑到街上去。

到了街上，她站着定了一定神，想着是就这样算了呢，还是去找他理论把东西退回老范。思索的结果，觉得大家翻起脸来，只有女人丢面子。歌乐山还有不少的女友，这话揭穿了，是把自己一条求财之路打断。于是向着车站的一条路上走，把最后一次的金子梦打破。

她搭坐着晚班汽车到重庆，那已经是晚上十点钟了。她带了一脸懊丧的颜色，回到朱四奶奶公馆。这时晚饭吃过了，她家正有一桌麻将在打。朱四奶奶自己只在赌桌旁边招待，并没有上桌。魏太太看到小客堂里灯火辉煌，料着在赌钱，这就不敢惊动谁，悄悄地回到自己卧室里去。

她回到屋子里，看到屋子里情形，和出去的时候是一样，这让她像作了一场梦又醒过来，原以为早上出去，生活将有个大大的转变，谁知跑出去几十公里，还是回到这个屋子来安歇。什么也没有得着。今天这场梦算完了，明日将怎样地去重新找出路呢？她无精打采地就向床上一倒。她当然是睡不着，她仰在床上，睁了两只眼睛，向天花板上望着，两只脚在床沿下，不住地来回晃荡着。

门一推，朱四奶奶进来了。她手扶了门，向魏太太微笑了一笑，然后点了头道："辛苦了，由歌乐山回来。"魏太太突然的坐了起来问道："你的消息很灵通。"四奶奶道："我并不要打听你的消息，可是人家巴巴地由歌乐山打了长途电话来，我也不能不听。老贤妹，你对于范宝华的行为，那我管不着，但是曼丽是我们自己人，你这样一来，曼丽一只煮熟了的鸭子，可给你赶跑了。她若知道这件事，她肯和你善罢甘休吗？"

魏太太道："大家都是朋友，谁也不能干涉谁吧？"四奶奶正了颜色道："话不能那样说吧？假如这个时候，你和老范同居，她把老范人带了走，钱也带了走。你的态度应当怎么样？"说着，她走进屋子来，索性在椅子上坐着，板了脸道："你现在有两条路可走。一条路是依了我的话，找着我指定的律师告小徐一状。一条路是你明天就离开我这里。我这里纵然可以作救济院，但是我们自己人不能害自己人，我也不救济汉奸。现在我也不要你马上答复我，我容许你今晚上作一夜的考虑。"说着，她站起身来就走出门去了。

魏太太在屋子里站站又坐坐，有时靠了桌子，斟杯茶慢慢地喝着，有时又燃一支烟吸着，对了墙上悬的一面镜子看自己的相貌。房门轻轻地推着，有人低声叫了句佩芝，回头看时，正是那青衣名票宋玉生。他穿一身湖水色的绸裤褂，一点皱纹没有，梳得乌光的头发，配着那雪白的脸子，先就让人有几分欢喜了。这就笑着向他点了两点头道："进来坐吧。”

宋玉生进来，就在四奶奶刚才坐的那张椅子上坐下了。他望了魏太太的脸色道：“你的颜色为什么这样不好看？”魏太太淡淡的一笑道：“你这不是明知故问？”玉生笑道：“你若还把我当你一个朋友的话，我劝你还是接受四奶奶的要求。你为什么不愿告小徐一状，难道你还爱他吗？”魏太太道：“笑话？我认识他，完全是四奶奶导演的。我爱他哪一点，除非为了他有钱，可是他有钱，也没有给我多少。”

宋玉生两手一拍，笑道：“这不结了。你认识小徐，是四奶奶的导演，现在你更应当听四奶奶的导演。四奶奶为你导演这出戏，无非是要和你找条出路，现在你什么没有得着，白让姓徐的占你一番便宜，不但四奶奶不服，连我也不服。”魏太太笑道：“你当然不服了。”说着，伸手在他脸腮上搬了一下。她是轻轻伸着两个指头搬他一下的，然而他脸腮上，就有两块小红印。魏太太向他笑道：“你看，你还是个男子汉啦，轻轻地掏一把，你就受了伤了。”

宋玉生笑道：“我就恨，我这一辈子不是女人，这年头儿作男子没有好处，凡事都落在下风。”魏太太笑道：“所以你爱唱青衣花旦的戏了。我这里有好烟，来支烟吧。你是难得到我这屋子里来坐坐的。”说着，她将放在床上的手提包打开，取了一盒美国烟出来敬客。

宋玉生立刻在小褂子袋里，掏出一叠钞票，悄悄地塞到她皮包里去。魏太太取一支纸烟塞到他嘴里，又亲自擦着火柴，给他点着，笑问道：“你是怎么回事。今天对我这样的客气。”

宋玉生道：“我也是为你的前途呀！你现在是什么办法都没有了，自己又爱花钱又爱赌，你不找条出路怎么办？依着我的意思，四奶奶叫你做的事，你实在可以接受。根本用不着你上法庭打什么官司。只要律师写封信去，也就吓倒了。他并没有作黄金倒把，他那公司，丝毫不受黄金风潮的影响。这个日子，不受黄金影响的人，就是发财生意，你为什么不趁这个机会敲他一笔。”说到这里，他起来顺手将房门掩着，先走近了一步，低声笑道：“我被这位统制得太苦，我又没什么钱。我假如有钱，我就带你离开重庆了。”魏太太将嘴一撇道：“你又拿话来骗我。我不信你的话。”

宋玉生道：“你得仔细地想想。这个世界，除了我，还有谁能了解你，你不听我的话，你不会有出头之日的，我呢，人家都把我当个消遣品而已。只有你看得起我。现在你也不信我的话，我没有法子了。我幻想中那个好梦，现在作不成了。”这几句话，本来就字字打入了魏太太的心坎。加上他说的时候，又是那样愁眉苦脸。魏太太叹了口气道：“为了你，我再做一次出丑卖乖的事。好在姓徐的对我也无感情可言。”

宋玉生拉了她的手，乱摇晃了一阵，笑道：“好极了，好极了。”当时魏太太也有些疑惑，为什么告姓徐的一状，姓宋的会叫好极了呢？可是她一见到宋玉生遇事温存周到，就不忍追问他了。当晚和宋玉生谈了两小时，就把一切计划决定。

次日上午，四奶奶又恢复了和她要好的态度。到了第三日，几家大报上登出了一条律师受聘为田佩芝法律顾问的广告。不知道田佩芝是什么样人的，当然不介意，而对这广告最关心的，还是他原来的丈夫魏端本。

他为了小孩子的话，回到重庆，来找他们的母亲，正是有点踌躇，现在看到了这段广告，他却是发生了好几点疑问，田佩芝是不是有意要这两个孩子？根据法律，小孩子太小，她有这权利带了去养活。根据经济力量，那她是太不能和沿街卖唱的人相比了，小孩子当然也愿意和她过活。那个律师的广告，明明白白登载了事务所的地点，他就带了两个孩子找到律师那里去。律师也并没有想到田小姐的广告是对付姓徐的，而首先却是姓魏的来找。这事并没有和当事人谈过，他不知道田佩芝是什么意思，就改约了第二日再谈。但又怕在事务所里遇到了姓徐的来人，并指定了地点，是中山公园的茶亭。

重庆没有平地，公园也是在半边山上。当年也没有料想到这里会作抗战首都，公园的面积，也是一览无余。只是这个茶馆，却非常的热闹，沿着山腰，一楼一亭，还有几十张散座，常是坐满了人，而这也是花钱极少，可以消遣半日的地方。在那里泡一碗沱茶，俯瞰扬子江，远看南山，让终天通住在鸽子笼里的人，可以把胸襟舒展片时。魏端本在每日下午，总带着两个孩子，到茶座外面山石上唱几个歌。他们唱的《好妈妈》，总是让品茶的人，引起了同情心。小渝儿和小娟娟一伸手和人家要钱，很少有人拒绝。他们看准了这里是个财源，总得在这里混两三小时，这样，大家都认识他们了。

履约的这一天，魏端本怕是争论不过对方，跑了一上午，在百货交易的市场上，找到了李步祥，并恳求了陶太太半天不卖纸烟，同到公园的茶亭上来。他向来是不在这里泡茶喝的，这时也就在大亭子里占了个座位，泡了三碗沱茶。

李步祥也是常到这里的人，茶房认得他，端着茶碗来的时候就向他笑道："李老板，你也认得这唱歌的两个小娃？"李步祥问魏端本道："你也常来？"他叹口气道："我还有富余钱坐茶馆吗？这几天常带着孩子到这里来卖两小时的唱。自然，也不免遇到熟人。可是我顾不了这个面子，每天的伙食要紧。这里是最能卖唱的一个地方，我舍不得丢开。"

陶太太一摆头道："不要紧。当初我摆香烟摊子的时候，也是有些不好意思，可是我想到这又不是一天两天的事，长远要靠这个为生，偷偷摸摸地躲着人，这小生意怎样做，所以我索性大大方方地摆摊子。这样一来，不但没有人鄙笑我，而且都同情我。卖唱要什么紧，那还不是凭自己本事吃饭吗?”

她这么一说，倒引起了邻座位的注意。有人看到小娟娟也爬在桌子边方凳子上坐着，就走过来摸了她的头笑问道：“小朋友，今天唱歌还先喝碗茶润润嗓子吗?”她摇摇头道：“我今天不唱歌，到这里来等我妈妈。”那人问道：“你还有妈妈吗?”她很得意点了个头道：“我怎么没有妈妈？等一会儿就来。”

这人也是多事。看到娟娟说有妈妈，把她所唱的“我有一个好妈妈”联想起来，颇是新闻。便向她姐弟二人招了两招手，把他们叫到自己桌子边去，买了一些糖果花生给他们吃。那桌子和魏端本所坐的地方，只相隔了两三尺空地，他只是向那个人点了几点头，说声多谢，也没有拦着。那桌上也有三四个茶客，就都逗引着他姐弟们说话。

小渝儿打着一双赤脚，只穿了条青布短裤衩。上身是件黄夏布背心，也只有七八成新。魏端本今日忙着，也没有工夫给他擦澡，两只光手臂，都抹上了一层灰。他拿了块米花糖，站在桌子边吃。一个茶客笑道：“往日你唱歌，都弄得干干净净的，今天等你妈，倒不干净了。我要罚你唱个歌。”小渝儿吃得正高兴，当众唱歌又是作惯了的事，说唱就唱，拉着娟娟道：“姐姐，你也唱吧。”小娟娟虽是穿了件带裙子的花夏布女童装，可是蓬着头发，今天没有梳两个小辫。茶客也笑道：“对了，她也该罚，今天没有平常漂亮。”小娟娟信以为真，就和小渝儿站在茶座中间，唱起《好妈妈》来。因为他们认为这个歌是最能叫座的。

他们一唱，茶座上的人看到这一对不满三尺的小孩，唱着这讽刺性的歌，都注意地听着。当他们唱到最后一段：“她打麻将，打唆哈，会跳舞，爱坐汽车，爱上那些，就不管娃娃。”大家也正预备鼓掌。就在这时，小渝儿突然停止了不唱，跳起来大叫一声道：“妈妈来了。”小娟娟随了兄弟这声叫，连喊着妈妈，就向茶亭子外奔了去。

听唱的茶客，总以为这两个孩子是没有妈的。纵然有妈，由这父子三个人身上去推测，那也一定是很狼狈的。这时，随了小娟娟的喊声看了去。见面前有一个漂亮少妇，满脸的胭脂粉，身穿一件白绸彩色印花长衫。脚上登了最时髦的前后漏帮的乳色皮鞋。胁下夹着一只放亮的玻璃皮包。这东西随盟军飞机而来，还不到半年呢。只看她的手指甲，涂着通红的蔻丹，那就不是做粗事的人。

小娟娟姊弟就奔向这个少妇，连声叫着妈妈，这边桌上的陶太太，忘其所以，还照着旧习惯，站起来叫了声魏太太。她随在律师后面，老远地就看到两个小孩子在茶座人丛中唱歌。那歌词虽不十分清楚，但看到全茶座向这两个脏孩子注意，就怕当场出丑，把步子缓了下来。这时两个孩子跑了过来，大家的眼光也都随了过来，她感到这事情太没有秘密了。尤其是魏端本蓬了一头短发，穿套灰色布袍服，像个小工，在大庭广众之中和他去开谈判，那太丢人了。她立刻站了脚，向律师道：“我不和他们谈话了。这简直是有意侮辱我一场。”说毕，扭转身就要走。

小渝儿几个月不见妈妈了，现在见了妈妈，真是在苦海中得了救命圈，跑上去，扯着她衣服的下摆，身子向后仰着，乱叫妈妈。小娟娟也站在她面前，连叫了几声妈。魏太太红着脸，伸手将小渝儿的手拨开，连道：“你们不要找我，你们不要找我。”茶座上的人这就看出来了，这和小孩子唱的歌词里一样，真是一个不要孩子的摩登妇人，都瞪了眼望着。

魏太太见人都注意了她，更是心急，三把两把，将小渝儿的手拨开，扭身就跑。小渝儿跳了脚叫道：“妈妈不要走呀。我要妈妈呀！”小娟娟也哇的一声哭了。这时，茶座上不知谁叫了一声：“岂有此理！”又有人叫：“打！”也有人叫：“把她抓回来。”世界上自然还有那些喜欢打抱不平的人，早有四五个茶客，飞奔了出去，口里连喊着："站住。"

魏太太穿的是高跟鞋，亭子外一道横山小路，常有坡子，她跑不动，只得闪在那同行的律师后面。律师也觉魏太太过于忍心，便摇了手挡住众人道："各位，有话好说。她是个妇人，我们可以慢慢地和她说。"李步祥在后面也追了上来，抱了拳头向那几个人道："多谢多谢，我们还是和她讲理吧。"

这些人不能真动手打人，有两个人拦着，也就站在路头上，瞪了眼向魏太太望着。有人问李步祥道："这孩子是她生的吗？"李步祥道："当然是她生的。家家有本难念的经。一时也说不清，他们闹着家庭纠纷，已经分开了。我们朋友，正是来和他们解决这个问题呢。"

魏端本这时带了两个孩子也走向前，对太太点了个头道："佩芝，你跑什么？我也不能绑你的票呀！我穷了，你阔了，我并不要你再跟我。不过孩子总是你生的。母子见了面，说两句话，有什么要紧呢？"魏太太一看，围绕着山坡上下，总有上百人来看热闹。魏端本那一身穷相，和自己对比着，实在不像样子。便顿了脚道："你好狠的心。你骗了我到这地方来，公然侮辱我。你什么东西，你是犯了私挪公款作黄金的小贪官。你有脸见我，我还没脸见你呢。有什么话，你对我的律师说。我已被你羞辱了一场，你还要怎么样？"说着，也哇的一声哭了起来。

陶太太由人丛中挤了向前，扯着她道："田小姐，不要在这里闹，到我家里去谈吧。"说着，扯了她就走。看热闹的人，虽然很是不平，一来她是女人，二来她又哭了，大家也就只是站着呆望了她走去。小娟娟小渝儿都哭着要妈。魏端本一手扯住一个，叹了气道："孩子，你们还要她干什么？她早就把我们当叫花子了！"李步祥也帮着他哄孩子，先把小渝儿抱了起来，对他道："别哭别哭，我一会儿带你去找她。"两个孩子哪里肯听，只是哇哇地哭着。

魏太太走的是上坡路，群集着看热闹的人，就把她的行踪，看得清清楚楚。她走着路，不时掀起那片花绸长衫的衣襟，看是否让小渝儿的脏手印上了一块黑迹，至于这里两个小孩子叫妈，她并不回头望一下。这又有人动了不平之火，骂道："这个女人，好狠的心。"接着又有人喊了个打字，于是一片叫打的声音。也不知哪一位首先动手，在地面捡了一块石子，遥远地向魏太太后身抛了去。这一块石子就引起了一起石雨，都是向她身后飞来。虽然都没有砸到她身上，她也就吓得乱跑。在这里，她明白了一件事：就是在人群之中，虽没有利害的关系夹杂着，是非与公道，依然是存在的。

第十八回

爆竹声中一切除

这幕悲喜剧，最难堪的是魏太太了。她很快地离开了公园，回身握着陶太太的手道：“这是哪里说起？我特意来看孩子，多少也许可以和姓魏的帮一点忙，他为什么布置这样一个圈套，当众侮辱我一场。好狠。从此，他们不要再认识我这个姓田的。至于两个孩子，那是彼此的孽种。不为这孩子我不会跟姓魏的吃这多年的苦。姓魏的呢，不为这孩子，他一个人也可以远走高飞。我现在也是讲功利主义，不能为任何人牺牲。再见吧，陶太太。”说着，街边正停着一辆人力车子，她也没有讲价钱，跳上车子，就让车夫拉着走了。她为了还要和律师取得联络，就回到朱四奶奶那里去等电话。

果然，不到半小时，律师的电话来了，她在电话里答道：“这件事，是那条法律顾问的广告招引来的，不要再登了。小徐若是没有反响的话，我们就向法院里去递状子，不要再这样啰哩啰唆了。”

四奶奶的电话，是在楼上小客室里，那正和四奶奶休息的所在，只隔一条小夹道。电话说到这里，她跑过来抢过电话机，笑道：“大律师，晚上请到我家里来吃晚饭吧。一切我们面谈。电话是解决不了问题的，回头见，回头见。”说着，她竟自把电话挂上。她回过头来，看到魏太太的脸色红红的，眼睛角上似乎都藏着有两包眼泪，便握着她的手道：“怎么回事？你又受了什么打击了吗？”她摇了头随便说了没有两个字，接着又淡笑道：“我们受打击，那还不是正常的事？我的事也瞒不了你，我在重庆混不下去。”

四奶奶道：“那为什么？”魏太太就牵着四奶奶的手，把她引到自己卧室里来，把公园里所遇到的那段故事，给四奶奶说了。四奶奶昂头想了一想，她又把手抚摸了几下下巴，正了颜色道：“老贤妹，你若是相信我的贡献的话，我倒是劝你暂时避一避魏端本的锋芒。”魏太太愕然地望了她道：“这话怎么解释？”四奶奶道：“无论姓魏的今天所作，是否出于成心，今天这一道戏法，即是大获全胜，他就可能继续地拿了出来，反正你没有权力不许他卖唱，也不能禁止那两个孩子叫你作妈。你在重庆街上，简直不能出头了。我劝你到歌乐山去躲避一下，让我出马来和你调停这个问题。”

魏太太本来是惊魂甫定，面无人色，现在四奶奶这样一说，她更是觉得心里有点慌乱。问道：“难道他们派有侦探，知道我的行动吗？”四奶奶道：“你到哪里去，他不知道？首先他知道你住在我这里，他可以带了两个孩子到门口来守着。高兴，他们就在这门口唱起《好妈妈》来。我姓朱的，也只能对我大门以内有权。若是他在我这大门外摆起唱歌的场面，我是干涉不了的，也许他明天就来。”

魏太太抓着四奶奶的手道：“那怎么办？那怎么办？你这里朋友来了，不是让我无地自容吗？”四奶奶微笑道：“我不说，你也不着急。我一说明，你就急得这个样子。这没有什么了不得，你今天就搭晚班车，到歌乐山去。也许洪五还在那里，你还有个伴呢。”

魏太太道："小徐的官司，怎么进行呢？"四奶奶道："那好办，明场，有律师和你进行。暗场，我和你进行。现在我给你一笔款子，你到歌乐山去住几天。我们随时通电话。"

这时，楼下佣人们，正在听留声机，而留声机的唱片，正是歌曲《渔船曲》。她还抓着四奶奶的手呢，这就不由得乱哆嗦了一阵道："他们在唱吗？"四奶奶笑道："不要害怕，这是楼下佣人开着话匣子。"

魏太太道："既然如你所说，那我就离开重庆吧。不过范宝华这家伙也在歌乐山，他若遇见了我，一定要和我找麻烦的。"四奶奶撩着眼皮笑了一笑道："他呀，早离开歌乐山了。我的消息灵通，你放心去。"说着，她回到自己卧室里去取了一大叠钞票来，笑道："这都是新出的票子，一千元一张的，你花个新鲜，共是三十万元，你可以用一个礼拜吗？"她道："这是三两多金子，我一个礼拜花光了，那也太难了。"四奶奶笑道："只要你手气好，两个礼拜也许都可以过下去。"

魏太太正要解说时，前面屋子里电话铃响，四奶奶抢着接电话去了。只听到四奶奶道："我马上就要出门了，明天上午到我这里来谈吧。不行不行，我不在家，就没有人作主了。"

魏太太一听这话，好像是她拒绝什么人前来拜访，就跑到她面前来问道："谁的电话？"朱四奶奶已是把电话挂上了。她抿了嘴绷着脸皮，鼻子哼了一声，向她微笑道："我猜得是一点都不错，那位陶太太要来找你了。我说你没有回来，她就要来看我，我就推说要出去。她怎么会知道了我的电话？那可能她还是会来的。"

魏太太道："那了不得的，我先走吧。"四奶奶笑道："那随你吧。反正我为朋友是尽了我一番心的。"魏太太二话不说，回到屋子里去，匆匆地收拾了一个包裹，就来向四奶奶告别。

四奶奶左手握了她的手，右手轻轻地拍了她的肩膀，笑道："我作老大姊的人，还是得啰唆你几句。小徐是不是肯掏一笔钱出来了事，那还不知道。我搞几个钱，也很不容易，你不要拿了我这笔钱一两场唆哈就输光了。走吧，早点到歌乐山，也好找落脚的地方。”说着，在她肩上轻轻地推了一把。她这时候，觉得四奶奶就是个好朋友，和她约了明天通电话，握着手就走了。四奶奶含了笑容，走到楼窗户口向人行路上望着，看到她坐了一乘小轿子走去。不多时，又有一乘小轿子停在门口，东方曼丽却由轿子上跳下来，一直跑上楼，叫道：“我要质问田佩芝一场的，四奶奶老是拦着。”说着，跑到四奶奶面前，还鼓了腮帮子。她今天还是短装，下穿长脚青哔叽裤子，上穿一件白布短裤褂。对襟扣子，两个没扣，敞开一块白胸脯，两个乳峰顶得很高。四奶奶对她周身上下看看，笑道：“你还是打扮成这个样子，失败好几次了。”

曼丽道：“这次对于老范，我不能说是失败，那是他自己作金子生意垮台了。二来也是你说的，你正要利用田佩芝和小徐办交涉，不要把她挤走了。我只好忍耐。刚才我在路上碰到她，她带了个包袱坐着轿子。她到哪里去？”四奶奶笑道：“你不必问，她到哪里去，也逃不出四奶奶的手掌心。你现在给我打个电话到小徐公司里去，叫他马上就来。你说田佩芝已经下乡了，就在这三四小时内，是个解决问题的机会。这电话要用你的口气，你说我很不愿意管田佩芝的事了。”

曼丽笑道：“电话我可以打。有我的好处没有？”四奶奶道：“你还在我面前计较这些吗？我对你帮少了忙不成？”曼丽笑道：“到了这种时候，你就需要我这老伙计了。像田佩芝这种人，跟你学三年也出不了师。”说着，她高兴地蹦蹦跳跳地打电话去了。

四奶奶到了这时，把一切的阵线，都安排妥当了。这就燃了一支烟卷，躺在沙发上看杂志。不到一小时，那位徐经理来了。他在屋子外面，就用很轻巧的声音，叫着四奶奶。她并不起身，叫了一声进来。徐经理回头看看，然后走到屋子里来。四奶奶道："坐着吧。田佩芝到歌乐山去了。你对这件事，愿意扩大起来呢，还是愿意私了？"徐经理在她对面椅子上坐下，笑道："我哪有那种瘾，愿意打官司？"四奶奶还是躺在睡椅上的，她抬手举了一本杂志看着，笑道："我听听你的解决办法。"徐经理道："要我五十两金子，未免太多一点。我现在交三十两金子给四奶奶，请你转交给田小姐，以后，我们也不必见面了。"说着，在西服口袋里摸索了一阵，摸出三个黄块子来，送到四奶奶面前。

她看都不看，眼望了书道："你放在桌上吧，我可以和你转交。不过这不是作生意买卖，是不是讲价还价，我不负责任。"徐经理把黄金放在她身边茶几上，向她拱了两拱手，笑道："拜托四奶奶了。我实在筹不出来。"四奶奶微笑着，鼻子哼了一声。徐经理道："四奶奶以为我说假话？"她这才将手上的书一抛，坐了起来道："我管你是真话是假话，这又不干我什么事。是你请我出来作个调人的，你不愿我作调人，你怕田佩芝不会找上你公司去。"徐经理啊哟了一声道："这个玩不得。我还是拜托四奶奶多帮忙。"

四奶奶冷笑道："有钱的资本家要玩女人，就不能疼财。女人把身体贡献给你们，为的是什么？五十两金子你都拿不出来，你还当个什么大公司经理。你这样毫无弹性的条件，我没有法子和你去接洽。你把那东西带回去吧。你把人家带到贵阳去，在那地方把人家甩了，手段真够毒辣。田佩芝老早回重庆来等着你了。她一个流浪女人，拼不过你大资本家？你叫公司里看门的，谨慎一点吧！"徐经理站着倒是呆了。迟疑了两分钟之后，赔笑道："当然条件有弹性。我们讲法币吧。"

四奶奶道："和我讲法币，你以为是我要钱？"徐经理又站在她面前，连连两个揖，连说失言。四奶奶道："好吧，我和你说说看，多少你再出一点。三天之内，听我的回信。你请便，我有事，马上要出去。"

徐经理笑道："田小姐，这两天不会到我公司里去?"

四奶奶一拍胸脯道："我既然答应和你作调人，就不会出乱子。只要你肯再出一点钱，我一定和你解决得了。你不要在这里啰唆，我还有别的人要接见。"徐经理笑道："四奶奶简直是个要人。我的事拜托你了。我还附带一件公文，贾经理和我通过两回电话。"

四奶奶笑道："他希望我不要在他银行里继续透支，是不是?"徐经理笑着点了两点头。四奶奶道："这问题很简单，你们银行里可以退票。"徐经理笑道："假如退了票，你去质问他呢?"四奶奶摇摇头道："那我也不至于这样糊涂，我没有了存款，支票当然不能兑现。不过我私人可以和他办交涉。他跟着我学会了跳舞，认识了好几位美丽而摩登的小姐，而且人家都说四奶奶和他交情很好，甚至会嫁他。这样好的交情，他一位银行家送我几个钱用，有什么使不得?"徐经理笑道："当然使得。不过他愿意整笔的送你，请你不作透支。这个比期几乎没有把他的银行挤垮，他们的业务，急遽地向收缩路上走……"

四奶奶一摇头道："我不要听这些生意经。"徐经理笑道："那就谈本题吧。"说着掏出赛银烟盒子来，打开，在里面取出了三张支票，笑道："这里有一百五十万元，开了三张期票，每张五十万。有了这个，请你不要再向他银行里透支了。"四奶奶笑道："没有那样便宜的事，但是他送来的钱，我倒是来者不拒。拿过来吧。"说着，把三张支票，接了过来。她将日子看了看，点着头道："这很好，每隔五天五十万，合计起来，是每天十万。假如他能这样长期地供养我，我也就心满意足了。好了，没你什么事了。"说着，她将那三张支票，揣进了衣袋。

徐经理倒没想到四奶奶对姓贾的是这样的好说话，向女主人道着谢，也就赶快地走去。他之所以要赶快走去，就是要向贾经理去报告四奶奶妥协的好消息。其实四奶奶对谁也不妥协，对谁也可以妥协。只要满足了她的需要就行，她等徐经理走远了，拍了两手哈哈大笑。

曼丽由别的屋子里赶到这里来，笑道：“四奶奶什么事这样的高兴？”四奶奶笑道：“我笑他们这些当经理的人，无论算盘打得怎样的精，遇到了女人，那算盘子也就乱了。贾老头儿的银行，现在已经是摇摇欲倒，自己的地位，也就跟着摇摇欲倒，他还能够尽他的力量，一天孝敬我十万法币。哈哈。”说着，她又是一阵大笑。曼丽道：“四奶奶这样高兴，能分几文我用吗？”朱四奶奶在身上掏出那三张支票，掀了一张交给曼丽，笑道：“这是明日到期的一张，你到诚实银行去取了来用。”曼丽接着支票，向怀里衣襟上按着，头一偏，笑问道：“都交给我用吗？”朱四奶奶笑道：“那有什么不可以的。有道是养兵千日，用在一朝。只要我遣兵调将的时候，你照着我的话办就是了。”

曼丽拿着支票跳了两跳，笑道：“今天晚上跳舞去了。我看看楼下有轿子没有。”她推开了窗子，向窗子外一望，只见楼下行人路上，男男女女纷纷地乱跑，她不由得惊奇地喊道：“这是怎么回事？有警报吗？”朱四奶奶也走到窗子面前来看，只见所有来往奔走的人，脸上都带了喜色。摇摇头道：“这不像跑警报。”在路下正经过的两个青年，见她们向下张望着，就抬起一只手叫道：“日本人无条件投降了。”四奶奶还不曾问出来这是真的吗，在这两个青年人后面又来了一群青年，他们有的手上拿着搪瓷脸盆，有的拿着铜茶盘子，有的拿了小孩子玩的小鼓，有的拿饭铃，敲敲打打，疯狂地向大街上奔去。接着劈劈啪啪的爆竹声，由远而近地响起来了。半空中像是海里掀起了一阵狂潮，又像是北方大陆的冬天，突然飞起了一阵风沙，在重庆市中心区，喧哗的人声，一阵一阵地送了来。

曼丽执着四奶奶的手，摇撼了几下道：“真的，我们胜利了，日本人投降了。让我打个电话去问问报馆吧。”朱四奶奶点点头道：“大概是不会假的。但是……”她淡淡地答复了这个问题，一转语之后，却拖长了话音，没有继续说下去，曼丽究竟是年纪轻些，她跳了起来道：“真的日本人投降了，我打个电话问问去。”四奶奶笑道：“你不要太高兴，我们都过的是抗战生活，认识的都是发国难财的人。自今以后，我们要过复员时代的生活，发国难财的人，也变了质了，我们得另交一批朋友。重庆是住不下去了。我们还得计划一下，到南京去吗？到上海去吗？还是另外再找一个地方？我有点茫然了。”曼丽笑道：“你也太敏感了。凭了我们这点本领，哪里找不到饭吃？”

四奶奶点点头道：“这是事实，可是我不敢太乐观。四奶奶之有今日，是重庆的环境造成的。没有这环境，就没有朱四奶奶，就是徐经理贾经理这一类人，也不会存在。在一个月以前，我就想到了，我正在筹备第二着棋。没有想到胜利来得这样的快。”曼丽笑道：“你这是杞人忧天，我打电话去了。”四奶奶也没有理会她，默坐着吸香烟。但听到曼丽口里吹着哨子，而且是《何日君再来》新歌曲的谱子。歌声由近而远，她下了楼了。窗子外的欢呼声，爆竹声，一阵跟着一阵，只管喧闹着，直到电灯火亮，一直没有休息过。四奶奶是对这一切，都没有感动，默然地坐在屋子里。今天朱公馆换了一个样子，没有人来打牌，也没有人来跳舞，甚至电话也没有人打来。她越是觉得胜利之来，男女朋友都已幻想着一个未来的繁华世界，这地方开始被冷落了。

她独自地吃过了晚饭，继续地呆坐在灯下想心事。她越是沉静，那欢呼的爆竹声，更是向她耳朵里送来。她家两个女佣人，都换着班由大街上逛了回来。十二点钟，伺候她的刘嫂，进屋来向她笑道：“四奶奶，不到街上去耍？满街是人，满街的人都疯了，又唱又闹，硬是在街上跳舞咯。几个美国兵，把一个老太婆抬起，在人堆里挤，真是笑人。”四奶奶淡笑道：“你看到大家高兴，不是今天晚上，有不少自杀的。”刘嫂道："这是朗个说法？"四奶奶冷笑道："你不懂。你不用管我，我睡觉去了。"说着她果然回卧室睡觉去了。

次日她睡到十二点起来，只是在家里看报，并没有出门。这幢楼房，依然是冷清清的。到了下午两点多钟，曼丽由楼下叫了上来道："四奶奶，我们上了当了，贾经理开的支票，兑不到钱。"她红着脸站在女主人面前。四奶奶望了她道："不能吧？他是银行的经理，开着自己银行里的支票，那会是空头吗？纵然是空头，他本行顾全了经理的信用，也会兑现给你。"曼丽将一张支票，扔到四奶奶手上道："你看，支票上有两道线，是划现。"四奶奶接过来一看，果然有两道线。笑道："划现也不要紧，就存在他银行里，开个户头，明日自己开支票去兑现，他们还能不兑现吗？"曼丽道："这个我也知道。可是诚实银行今天挤满了提现的人，和汽车站挤票子一样，我哪里挤得上前。是我亲眼看到两个提现的人，由营业部里面骂了出来，说是他们贾经理躲起来了。并有人说，他们银行，已停止交换。可能明后天他们就关门，这划现的支票，还有希望吗？"

四奶奶听到这话，立刻脸上变了色，呆了眼神道："那我的打击不小。难道昨天放爆竹，今天他就完了吗？让我去打电话问问。"说着，她匆忙地就奔向了电话室。曼丽也不知道她和贾经理有什么来往账。但自昨晚上得了日本投降的消息以后，她的兴味索然，那是事实，这的确是有了重大的打击。就静坐小客室里，冷眼看四奶奶的变化。

她约莫是打过了半小时的电话，拍了两手走到小客室里来，跳了脚道："大家都完了。"曼丽道："我们胜利了，怎么会是完了呢？"四奶奶一顿脚道："唉！你有所不知。我积攒的几个钱，都投资在商业上，现在都给昨天晚上的爆竹炸完了。……第一，我住的这所房子，不值钱了。下江人都回家了，谁要？第二，我投资在百货上面，有上千万，马上上海的货要来了，我的东西要大垮。第三，我又和几个朋友投资在建筑材料上。重庆人必定走去大半，谁还建筑房子呀。第四，我还有几包棉纱，马上湖北的棉纱一来，我又完了。我如此，好些作投机生意的人也如此。我告诉你几个不幸人的消息，万利银行的何经理，在医院里休养着中风的毛病，已经有了转机了，昨天晚上，听说日本投降，又昏了过去。诚实银行老贾，今早溜了。”

曼丽道：“我听到范宝华说，他银行里的钱，是让黄金储蓄券冻结了。胜利以后，储蓄券绝对可以兑到黄金，他也不至于完全失败。”四奶奶道：“他和我走的是一条路，投资在地产和建筑材料上。你看这不会完吗？小徐作的是进口生意，不用提，从今以后，一切货物都看跌，他还是卖不卖呢？我打了几个电话，越听越不是路，我都不敢再向下打电话了。”

曼丽道：“田佩芝给你打过电话没有？她也应该打听打听胜利的消息吧？”四奶奶笑道：“对了，我还忘记告诉你这个不幸人的消息。洪五告诉我，昨晚上歌乐山几个阔人家里，开庆祝胜利大会，有吃有喝有唱有舞，另外还有赌。田佩芝一夜唆哈，输了五十万元。她在我这里只拿三十万元去，结果，她输光了，还差二十万元，她怎么会在歌乐山住得下去？听到日本人投降的消息，她应该回重庆了。曼丽，你不要和她争吵了，她不会在我这里再住下去的。”

曼丽道：“那为什么？她有了出路了吗？”朱四奶奶笑道：“她难道不怕她的丈夫来找她吗？我都完了，她怎能还来依靠我，就是你，也应当再去想新路线，那些能在我这里花钱的人，有办法的赶快要回老家，没有办法的人，在重庆，也住不下去了。”说着，她微微地叹了口气，向睡椅上倒了下去。曼丽看到她这样无精打采的神气，也就不便再向她追问那五十万元的支票，应当怎样的兑现了。这日本人宣告投降的第二日，重庆整个市场，还在兴奋中。朱四奶奶这所洋楼，还是没有人来光顾。曼丽在这里自也感到无聊，她打开楼窗户向外望着，见来往的人，彼此相逢，都道着恭喜恭喜，像过年一样，这很有点兴趣。正在看着呢，见大路上一棵树下，有三个人在那里徘徊。乃是两男一女。有个男子穿了深灰布的中山服，光着大圆头，就是范宝华的朋友李步祥。

她就跑下楼去，迎到他们面前。李步祥先抱了拳头道："东方小姐，恭喜恭喜。"曼丽道："恭喜什么？"李步祥道："呀！全城人都在恭喜，你不知道？"曼丽道："我知道。日本投降了，我们可以回老家了。可是，我的盘缠钱还不知道出在哪里呢。"李步祥不由得皱了眉道："正是这样。四奶奶在家吗？"曼丽道："她在家，但是今天不大高兴，你们找她有事吗？"李步祥指着一位一身青布短衣服的男子道："这是魏端本先生。"又指着一个中年妇人道："这是陶伯笙太太。我们受魏先生的托，要来和田佩芝小姐谈谈。现在胜利了，大家可不可以团圆？就是凭她最后一句话。"曼丽向魏端本周身上下看看，微笑了一笑，点点头道："这也是应当的。不过，她到歌乐山去了。也许她今天晚上会回来。昨晚上庆祝胜利她又赌输了，你们找她谈话可不是机会。"魏端本道："她还是这样的好赌？"曼丽道："对了，你若有钱供给她的赌本，你就找她回去。我还告诉你。她和我共同争夺一个姓范的，她把姓范的最后一笔资本偷了去了，结果，又让别人拿去了。姓范的也要和她算账。还有，她又正在和一个姓徐的办交涉，要控告人家诱奸，你预备和她保镖的话，她正没有着落，首先就要把你卷入旋涡了。我忠告你一句，这样的女人，你放弃了她吧。"

魏端本听到曼丽这些话，把脸气紫了，也不理她，回转脸来，向陶太太道："回去吧，行了，我已经得到最后的答复了。"说着，他首先回转身来，向原来的路走回去。陶李二人也在后面跟着走回去。

魏端本两个小孩，是托冷酒店里的伙计代看着的，他们正在屋檐下玩，一个人手上拿了两块糖。魏端本道："谁给你们糖吃？"娟娟道："陶伯伯给的。"魏端本道："哪个陶伯伯？"娟娟道："隔壁的陶伯伯。"魏端本道："他回来了？我看看他去。"娟娟道："他在我们屋子里躺着呢。"魏端本听说，扯了两个孩子，就向屋子里走。

进房门之后，他吓了一跳。一个男子，穿了件发黑的衬衫，已看不出原来是白是灰的本色，下面淡黄短裤衩，像两块抹布。赤了双脚，满腮胡楂子，夹了半截烟卷，坐在床沿上吸，正是陶伯笙。叫了声陶兄。他站起来握着手，什么话没说，只管摇撼着，最后，他落下眼泪来了。

魏端本道："你怎么弄到这种狼狈的样子，比我还惨啦。"陶伯笙松了握着的手，丢了那半截烟头，将衬衫揉着眼睛，摇摇头道："一言难尽。你们是想发黄金财，我是想发乌金财。奔到西康，贩了一批烟土回来，在路上全给人抢了。我流落着徒步走回重庆。到了五十公里以内，我实在不好意思回来了，就在疏散下乡的同乡帮里，东混西混，一直混到现在。昨天晚上爆竹响了，同乡们劝我回家，该预备回老家了。可是到了自己门口，我不好意思去见我太太了。等你回来，给我疏通疏通。"

魏端本道："用不着疏通，你太太是昼夜盼望你回来的。她随后就到，我去请她来。"陶伯笙连说着不，但是魏端本并没有理会，已经走出去了。正好陶太太和李步祥已经走到冷酒店门口，他向他们招了两招手道："我家里来坐坐，我介绍一位朋友和你们见见。"陶太太信以为真，含了笑容，走进他的屋子。

陶伯笙原是呆呆地坐在床沿上，看到了自己的太太，突然地站起来，抖颤着声音道："我……我……我回来了。"只说了这句，伏在方桌子上，放声大哭，陶太太也是一句话没说，哇的一声哭了。

这把魏李也都呆住了，彼此相望着，不知道用什么话去安慰他们才好。还是陶太太先止住了哭，她道："好了，回来就好了，有话慢慢地说吧。你在这里稍微坐一会，我马上就来。"说着，她扭身就走了。陶伯笙伏在桌上，把两只手枕了头，始终不肯抬起头来。

果然，不到十分钟，陶太太又来了。她提着一个包袱，放在桌上，她悄悄地打了开来，包袱里面是一件衬衫，一条短裤，一套西服，一双皮鞋和袜子，衣服上还放了一叠钞票。她用着和悦的颜色向他道："你和魏先生李先生去洗个澡，理理发，我给魏先生带这两个孩子。"陶伯笙已是抬起头来向太太望着了。这就站起来，向太太拱了手道："你太贤良了，让我说什么是好呢？我现在觉悟了，和你一块儿去摆纸烟摊子吧。"说着，他不觉是颈脖子歪着，跟着也就流下眼泪来。

陶太太这回不哭了，正了颜色道："尽管伤心干什么？无论什么人作事业有个成功，就有个失败。昨晚上爆竹一响，倾家荡产的人就多了，也不见得有什么人哭。抗战胜利了，我们把抗战生活丢到一边，正好重新作人。你既肯和我一路去摆纸烟摊子，那就好极了。去洗澡吧。换得干干净净的回家，我预备下一壶酒和你接风，二来庆祝胜利。我请李先生魏先生也吃顿便饭。"

李步祥拍了手道："陶先生你太太待你太好了，那还有什么话说，我们就照着你太太的意思去办吧。"魏端本点点头道："把我的家庭对照一下，陶太太是太好了，那我们就是这样办。我奉陪你一下午。"

陶伯笙对魏先生这个破落的家庭看了一看，点了头道："我和魏太太，都是受着唆哈的害，从今以后，我绝对戒赌了。太太，我给你鞠个躬，我道歉。"说着，真的对了太太深深地弯着腰下去。吓得陶太太哟了一声，立刻避了开去，然而她却破涕为笑了。

李魏二人在陶太太一笑中，陪了陶伯笙上洗澡堂，两小时以后，他是焕然一新的出来了。重庆的澡堂，有个特别的设置，另在普通座外，设有家庭间。家庭间的布置，大致是像旅馆，预备人家夫妻子女来洗澡。当然来洗澡的客人，并不用检查身份证。不是夫妻，你双双地走进家庭间去，也不会受到阻碍。开澡堂的人，目的不就是赚钱吗？

陶伯笙三个男子，自是洗的普通座，他们洗完了澡出来，经过到家庭间去的一条巷子门口，陶伯笙站着望了一望，笑道："在重庆多年，我还没有尝过这家庭的滋味，改天陪太太来洗个澡了。"正说着，由这巷子里出来了一男一女，男的是笔挺的西服，女子穿件花绸长衫，蓬着烫发，却是魏太太田佩芝小姐。这三个男子，都像让电触了一样，吓得呆站了动不得。魏太太却是低了头，抢着步子走出去了。

魏端本在呆定的两分钟后，他醒悟过来了，丢开了陶李二人，跑着追到大门口去。门口正停了一部小座车，西服男子先上车，魏太太也正跟着要上车去。魏端本大喝一声："站住。"魏太太扭过身来，红着脸道："你要怎么样？你干涉不了我的行动。"魏端本板了脸道："你怎么落得这样的下流？"说到这里，那坐汽车的人，看着不妙，已开着车子走了，留下了田佩芝在人行路上。

她瞪了眼道："你怎么开口伤人？你知道你在法律上没有法子可以干涉我吗？"魏端本道："我不干涉你，更不望你回到我那里去。我们抗战胜利了，大家都要作个东归之计。你为什么还是这样沉迷不醒？你是个受过教育的女子呀，洗澡堂的家庭间，你也来！唉！我说你什么是好！"魏太太道："我有什么不能来？我现在是拜金主义。我在歌乐山输了一百多万，谁给我还赌账？"陶李二人也跟着追出来了。陶伯笙听她这样答复，也是心中一跳。望了她道："田小姐，你不能再赌钱了，这是一条害人的路呀！世上有多少人靠赌发过财的？"

魏太太将身一扭，愤恨着道："我出卖我的灵魂，你们不要管。"说着，很快地走了。她听到身后有人在叹息着说："她的书算白念了。把身体换了钱去赌博，这和打吗啡针还不如呀！”她只当没有听到，径直地就奔向朱四奶奶公馆。她到了大门口，见门是虚掩的，就推门而入。这已是天色昏黑，满屋灯火的时候了。她见楼下客室里，灯火亮着，屋子里有一缕烟飘出了门外，就伸着头向里面看了一看。立刻有人笑道：“哈哈！我到底把你等着了。”

说话的是范宝华，他架腿坐在沙发上，突然地站了起来。他将手指上夹的半截烟卷，向痰盂里一扔，抢向前，抓了她的手臂道：“你把我的黄金储蓄券都偷走了。你好狠的心！”说着，把她向客室中间一拖。

魏太太几乎摔倒在地，身子晃了几晃，勉强站定，红了脸道：“你的钱是洪五拿去了，他没有交还给你吗？”范宝华道：“他作酒精生意，作五金生意，亏空得连铺盖都要卖掉了。黄金储蓄券到了他手上，他会还我？我在重庆和歌乐山两处找你两三天了。你现在打算怎么办？”魏太太道：“我有什么办法呢？你不是愿意走吗？”范宝华哈哈笑道：“你这条苦肉计，现在不灵了。我要我的钱。我知道你现在又靠上了一个坐汽车的，你有钱。你若不还我钱，我和你拼了。”说着，他将两只短衬衫外面露的手臂，环抱在胸前，斜了身子站定，对她望着，两只眼睛，瞪得像荔枝一样的圆。

魏太太有点害怕，而朱家的佣人，恰是一个也不见，没有人来解围。她红着脸一个字没说出，只听楼梯一阵乱响，回头看时，宋玉生穿了一件灰绸长衫，拖了好几片脏渍，光了两只脚，跌跌撞撞向外跑，在这门口，就摔了跤，爬起来又要跑，范宝华抢向前问道：“小宋，什么事？”他指楼上道：“不、不、不好，四奶奶不好。”说着，还是跑出去了。范宝华听说，首先一个向楼上走，静悄悄的，不见一个人，自言自语地道：“怎么全不在家？”楼上的屋子，有的亮了电灯，有的黑着，四奶奶屋子，电灯是亮的，门开着，门口落了一只男人的鞋子，好像是宋玉生的。他叫了一声四奶奶，也不见答应。他到了门口，伸头向里一看，四奶奶倒在床上，人半截身子在床上，半截身子在床下，满床单子是血渍。他吓得身子一哆嗦，一声哎呀怪叫。

魏太太继续走过来，一看之下，也慌了，她竟忘了范宝华刚才和她吵骂，抓了他的手道："这这这……"范宝华道："这是是非之地，片刻耽搁不得，怪不得她全家都逃跑了。我可不能吃这人命官司。"他撒开了魏太太的手，首先向楼下跑。到了客室里，把放下的一件西服上装夹在肋下就走。魏太太跟着跑下楼来时，姓范的已走远了。她也不敢耽误，立刻出门，两只脚就像没有了骨头一样，一跛一拐，出得门来，就摔了两跤，但是挣扎着还是向前来。她已没有了考虑，知道去歌乐山的公共汽车，还有一班，径直地就奔向了汽车站。

范宝华的意思，竟是和她不谋而合，也正在票房门口人堆里挤着。魏太太想着：现在是该和他同患难了，还是屈就一点吧。于是轻轻地走向前，低声叫了一声老范。范宝华回头看到了她，心里就乱跳了一阵，低声答道："为什么还要走到一处？你自便吧。"他在人丛里钻，扭身就走。他想着，已经是晚上了，自己家里，不见得还有讨债的光顾，回家去看看吴嫂也好。自从离家以后，始终还没有通到消息呢！

他一口气跑回家去，见大门是紧紧地关着，由门里向里面张望，里面黑洞洞的，伸手摸摸门环，上面插了一把锁，门竟是倒锁着的了。他暗暗叫了一声奇怪，只管在门外徘徊着。这是上海式的弄堂建筑，门外是弄堂，他低头出了一会神，弄堂口上，有人叫道："范先生回来了。你们的钥匙，吴嫂交给我了。"这是弄堂口上小纸烟店的老板，他已伸着手把钥匙交过来。

范宝华道着谢，开了大门进家，由楼下扭着了电灯上楼，所有的房屋，除了剩下几件粗糙的桌子板凳，就是满地的碎纸烂布片。到厨房里看看，连锅罐都没有了。他冷笑着自言自语地道：“总算还好，没有把电灯泡取走。要不然，东西空了，看都看不见呢。”他叹了几口气，自关上大门，在楼板上捡起几张大报纸，又找了几块破布，重叠地铺着，熄了电灯，躺下就睡。他当然是睡不着，直想到隔壁人家钟敲过两点，算得了个主意，明天一大早，找川资去。有了钱，赶快就走。重庆是连什么留恋的都没有了。他在楼板上迷糊了一会。

天亮爬了起来，抽出口袋里的手绢，在冷水缸洗了把脸，就走向大梁子百货市场。百货行里的熟人很多，也许可以想点办法吧？他是想对了的，走到那所大空房子里，在第一重院落里，就看到李步祥和魏端本两人，将三大篓子百货，陆续取去，在铺席子的地摊上摆着。魏端本已明白了许多，只向他点了点头。李步祥抢向前握了他的手道：“好极了，你来了，我们到对面百龄餐厅里谈谈去。魏先生，你多照应点，我就来。”说着向魏端本拱拱手，将老范引到对过茶馆子里去，找了一副座头坐下喝茶。

范宝华道：“你怎么和姓魏的在一处？”他道：“他反正没事。我邀了他帮忙，把所有的存货，抢着卖出去，好弄几个川资。我什么都完了，就剩摊子上这些手绢、牙膏、袜子了。”范宝华拍了身上的西服道：“你比我好得多，我就剩身上的了。”李步祥还没有答他的话，他的肩上却让一只手轻轻拍着，同时，还有一阵香气。他回头看时，却是袁三小姐。她穿了件蓝绸白花点子长衫，满脸脂粉，红指甲的白手，提着一只玻璃皮包。范宝华突然站起来道：“幸会幸会！请坐下喝茶吃点心。”袁三红嘴唇一噘，露了白牙笑道：“我比你着急多了。范老板，还有心喝茶吗？”说着，她打开皮包来，取出一张支票，放到他面前，笑道：“我们交情一场，五十万元，小意思，我找你两天，居然找到了，你就看我这点心吧。”

老范和她握着手道："你知道我的境遇？"她眉毛一扬道："袁三干什么的？我也不能再乱混了，马上也要离开重庆。"说着，向李步祥笑道："李老板，你还能给我找一支三花牌口红吗？"李步祥道："有的是，我送你一支。"袁三一抬手，将手绢挥了一挥，笑道："不错，你还念旧交。我忠告你一句话，别作游击商人了。"说着，扭起身走了。李范二人，倒是呆了一呆。

范宝华喝了一碗茶，吃了几块点心，也无心多坐，揣着支票走了。李步祥会了茶东，再到百货市场，和魏端本同摆摊子，把刚才的事告诉了他，他叹口气道："苦海无边，回头是岸。只有那位田佩芝是不回头的。"李步祥叹口气道："你还想她呢？你听我的话，死心塌地，作点小生意，混几个川资回老家吧！抗战入川，胜利回不了家，那才是笑话呢。"魏端本叹着气，只是摇头。不过他倒是听李步祥的话，每日都起早帮着他来卖仅有的几篓存货。分得几个利润，下午就去贩两百份晚报叫卖。一个星期后，李步祥的存货卖光了，魏端本白天改为作搬运小工，专替回家的下江人搬行李，手边居然混得几十万元，而且认识了一个木船复员公司的经理，分给了他两张木船票，可以直航南京。

在木船开行的这天，他高高兴兴，挑着两个包，带着两个孩子向码头上走。经过一家旅馆门口，见他离开了的妻子，又和一个男子向里走。听到她笑道："昨晚上输了六七十万，你今天要帮我的忙，让我翻本啦。"

小娟娟跟在魏端本身边，叫起来道："爸爸，那不是妈吗？"他摇摇手道："不是，那是摩登太太。我们坐船到南京去找你妈妈，她到了南京去了。"小渝儿左手牵了爸爸，右手指着旅馆门道："那是妈妈，妈妈进去了。"魏端本连说不是，牵着儿子，儿子牵着姊姊，向停泊木船的码头上走。他们就这样复员了，别了那可以取得大批黄金的重庆。

（全文完）